조선 후기 고전소설의
공간 미학

탁원정 지음

보고사

책머리에

"나만의 공기로 오롯한 나만의 공간이 있는가."

여성들이라면, 특히 오랫동안 혼자만의 공간에 익숙해 있던 경우라면, 가족으로 인한 안락함이나 안정감과는 별도로, 결혼 이후 집은 이런 회의를 불러오는 공간이다. 실제 내가 오롯한 나로 존재할 수 있는 나만의 공간이 허락되지 않는 것이, 21세기 현재까지도 결혼한 여성들 대부분의 현실일 것이다.

박사논문을 준비하던 즈음, 나만의 공간에 더욱 예민해져 있던 필자가 17세기의 작품인 〈사씨남정기〉를 읽으면서, 여성 인물인 사씨나 교씨의 공간을 그냥 지나칠 수 없었던 것도 그 때문이었을까. 사씨와 교씨의 공간이야말로 그들 자신이며, 불안정함 그 자체라는 정황에 나의 현실이 포개져 보였기 때문이었을까.

〈사씨남정기〉에서 정실인 사씨의 안방과 첩인 교씨의 별당은 그들의 지위에 따라 부여된 공간이며, 첩 교씨의 별당은 물리적으로도 그곳에서 타는 거문고 소리가 들리지 않을 정도로 안방으로부터 멀리 떨어진 주변부에 있었다. 이 별당의 이름은 백자당(百子堂)으로, 명명에서부터 후사 생산이라는 특별한 목적이 전제되어 있고, 이는 그 자체로 매우 불안정한 공간임을 담지한다. 정실인 사씨의 안방도 사정은 다르지 않다. 교씨에게 안방이, 빼앗지 않으면 자신이 집 밖으로 나갈 수밖에 없는 공간으로 인식되면서 교씨의 모해가 계속되자, 결국 사씨는 안방에서 나와 초가로 옮겨가게 된다. 안방이라는 최고의 공간이자 중심에서 누추한 초가라는 최하의 공간이자 주변부로의 공간 이동은 사씨의 신분 강등과 그대로 대응된다.

이와 같은 여성 공간의 역학은, 불편하면서도 그 과정에 대해 좀 더 정밀히 분석해 보고 싶은 욕구를 불러일으켰고, 결국 공간론이라는 주제로 박사학위논문을 시도하게 되었다. 하지만 여성 공간에 대한 관심과 박사논문 간의 거리는 멀었다. 무엇보다 고소설에서 공간론은 낯선 주제였고, 자연히 공간론의 방법이나 체계에 대해 참고할 연구가 부족했으며, 여성 공간의 역학이라는 관심 대상 또한 너무 협소했다.

이 때문에 오랜 시간 지체와 정체를 반복하면서, 현대문학과 외국문학에서 공간을 다루는 방법에 대해 참고하되 고소설 공간만의 독자적인 특성을 살리는 분석 틀을 마련하고자 하였고, 여성 공간에서 남성 공간으로, 2차 상징 공간에서 1차 현상 공간으로 그 영역을 확대해 갔으며, 〈사씨남정기〉와 같은 시기의 가정소설인 〈창선감의록〉까지 대상으로 하여 일정한 범주를 설정하면서 학위논문에 근접해 갔다. 그 결과 17세기를 대표하는 작품인 〈사씨남정기〉와 〈창선감의록〉에 대한 본격적인 공간론인 박사학위논문을 완성하게 되었다. 이를 통해 가정소설 공간의 기본 구도를 설정하였고, 공간과 갈등의 상관성, 공간과 인물의 상관성에 대한 분석의 틀을 마련하였다.

이후 자연스럽게 공간 논의에 집중하면서 공간 관련 연구들을 연속적으로 발표하게 되었다. 〈장화홍련전〉에 대한 논의에서는, 핵심 서사를 중심으로 집, 못, 관아의 세 공간으로 나누어, 현실과 비현실 공간의 관계 속에서 각 공간의 성격을 분석함으로써 '억울한 죽음과 그 신원'이라는 핵심 서사와 공간 간의 긴밀한 관계를 드러내었다. 19세기 작품인 〈옥수기〉에 대한 논의에서는, 17세기부터 본격적으로 나타나기 시작한 고소설의 중국 배경이 이국취향의 한 양상이라는 전제 하에, 〈옥수기〉의 중국 형상화 양상을 특징짓고, 나아가 이를 19세기라는 시대적 맥락 속에서 파악함으로써 〈옥수기〉의 중국 형상이 지닌 시대적 의미를 드러내었다. 고소설 속의 관서-관북 지역 형상화에 대한 논의에서는, 지역의 실상과 부합되는 형상화, 절강 유역의 환유 공간으로서의 평양, 서사적 유형성과 '비일상성'이라는 특징을 추출하였다. 이처럼 다양한 작품을 대상으로 지속적인 논의를 하는 가운데 어느덧 공간은 낯익은 재료가 되었다.

하지만 공간을 다루는 데 익숙해질수록 매너리즘에 대한 고민도 깊어졌다. 그렇기에 일부러 공간 논의를 외면하기도 하였다. 그런데 외면하는 과정에서 오히려 고민의 답을 얻을 수 있었다. 그것은 공간 논의의 영역이 무궁무진하게 열려 있다는 것이다. 매너리즘은 공간 영역에 대한 좁은 인식에 갇혀 있던 필자의 문제이지 공간 논의 자체의 문제는 아니었던 것이다.

이번 책은 바로 그런 맥락에서 이제까지의 공간 연구를 한 차례 정리하는 시간이자 초심을 되살리는 시간을 가진다는 의미에서 기획되었다. 박사학위 논문과 그 이후에 발표한 논문들을, 작품의 공간 배경에 따라 중국 배경 소설과 조선 배경 소설로 1,2부를 나누어 편성하였다. 새로운 논의를 추가하지 못한 점이 아쉽지만, 고소설 공간론의 일단(一端)을 맛보기에는 충분하리라 생각한다. 필자가 박사논문을 준비할 때처럼, 공간에 관심이 있지만 참고할 자료를 찾는 데 어려움을 겪는 동료 연구자들에게도 미진하나마 도움이 될 것으로 기대한다.

박사논문이 나온 지 너무나 오랜 시간이 흘렀지만, 고소설 분야에서의 공간론이라는 낯선 주제에 대해 함께 고민해 주시고 그것이 위험한 시도에 그치지 않도록 단단히 붙들어 주신 정하영 선생님, "소설이 보이지 않는다"는 조언으로 작품의 인문지리적인 배경부터 단계적인 논의를 하게 해 주신 이혜순 선생님, 전례가 없던 공간론의 논리적이고 유기적인 체제를 위해 끝까지 고민해 주신 성기옥 선생님, 소설 공간에 대한 미학적인 분석에 깊이를 더할 수 있도록 차분히 조언해 주신 박일용 선생님, 논문 전체가 모나지 않도록 부드럽게 매만져 주신 신선희 선생님……그분들께 고마움을 너무 늦게 표현해 죄송하고 지금까지도 절절하게 감사드리고 싶다.

　　그리고……끝이 없는 길에서 지리멸렬한 걸음을 계속하는 필자를 지켜봐 주신 가족들에게도 감사드린다.

2013년 9월 15일
탁원정

목차

제2부 조선 배경 고전소설의 공간

제1부

중국 배경 고전소설의 공간

17세기 가정소설의 공간 연구

- 〈사씨남정기〉, 〈창선감의록〉을 대상으로 -

1. 서론

1) 연구 목적 및 의의

소설사에서 17세기는, 김시습의 「금오신화」를 시작으로 15·6세기 소설사의 주된 흐름을 이루었던 전기소설과 몽유록의 내·외적 변모와 국문소설의 등장, 그리고 장편화라는 새로운 국면들이 나타남으로써 소설사의 중요한 전환기로 주목되어 왔다.[1] 전반기의 〈홍길동전〉을 필두로 후반기에 〈창선감의록〉, 〈사씨남정기〉, 〈소현성록〉 등의 국문소설이 나타남으로써 한문소설과 국문소설이 공존하게 되었고,

---

[1] 김종철, 「서사문학사에서 본 초기소설의 성립 문제-전기소설과 관련하여」, 『다곡이수봉선생화갑기념논총』, 경인문화사, 1988./김대현, 「17세기 소설사의 한 연구-전기소설의 변형양상과 장편화 과정」, 성균관대 박사학위논문, 1993./장효현, 「전기소실 언구의 성과와 과제」, 『민족문화연구』 28집, 고려대 민족문화연구소, 1995./박희병, 「漢文小說과 國文小說의 관련양상」, 『韓國文學에 있어서 國文文學과 漢學의 관련 양상』, 한국한문학회 1998년 전국학술대회 자료집./정출헌, 「17세기 국문소설과 한문소설의 내비적 위상」, 『韓國文學에 있어서 國文文學과 漢文文學의 관련양상』, 한국한문학회 1998년 전국학술대회 자료집.

〈최척전〉, 〈운영전〉, 〈동선기〉 등 전기소설이 중편화되고 장편 가문
소설이 등장하는 등 분량 면에서도 확대를 보이며, 이전까지 주로 식
자층 남성으로 제한되었던 소설 독자층[2]이 확대되면서 특히 규방 여
성들의 존재가 부각되는 시기이기도 하다. 또한 가족과 가정의 문제가
새롭게 부각되면서, 〈홍길동전〉과 〈최척전〉 등을 거쳐 〈사씨남정기〉,
〈창선감의록〉, 〈소현성록〉 등에 와서는 가정과 가문의 문제를 본격적
으로 다루게 되었다.[3]

　이런 점에서 17세기는 본격적인 소설의 시대라고 볼 수 있겠는데,
이 시기의 작품 중에서 특히 〈구운몽〉과 〈사씨남정기〉, 〈창선감의록〉
등은 모두 지식인 남성 작가에 의해 창작되었으며, 당대는 물론 후대
의 지식인들로부터 긍정적으로 평가되던 작품들이다.[4] 무엇보다 이
들 작품들은 여성 독자들과 밀착적 관계를 지니는 것[5]으로 평가되는

─────────────

2) 소인호는 〈주생전〉이 개별 작품으로서가 아니라 작품집의 형태로 전해지고 있다는
　사실에 주목하면서, 특히 〈주생전〉이 포함된 작품집 6권 가운데 한글본 두 본을 제외
　한 나머지는 모두 한문본으로서, 전기소설의 유통이 주로 사대부 독자를 중심으로 이
　루어지고 있었음을 알 수 있다고 하였다. 소인호, 「〈주생전〉 이본의 존재 양태와 소설
　사적 의미」, 『고소설연구』 11집, 한국고소설학회, 2001, 195면.

3) 송성욱, 「18세기 장편소설의 전형적 성격」, 『한국문학연구』 4, 고려대 민족문화연구
　원 한국문학연구소, 2003, 5–28면.

4) 이문규는, 만와옹의 〈일락정기〉서문에 나타난 작가의 허구성에 대한 인식을 다루면
　서, 후대의 지식인들에게 소설의 허구성에 대한 긍정적 인식을 가능하게 한 대상 작품
　으로 〈남정기〉, 〈창선감의록〉, 〈구운몽〉 등이 있음을 지적하였다. 이문규, 「국문소설
　에 대한 유학자의 비평의식」, 『한국학보』 31, 일지사, 1983, 49–52면.
　　최기숙은 본격적인 의미에서의 소설을 대상으로 한 긍정적 인식이 17세기 창작품을
　중심으로 이루어진 것은 중요한 의미를 갖는다고 하면서, 〈사씨남정기〉와 〈창선감의
　록〉이 그 대표적 작품이며, 이들은 한결같이 우호적인 대상으로 인식됨으로써, 소설에
　대한 인식적 전환을 일으키는 계기로 작용하였다고 보았다. 최기숙, 『17세기 장편소설
　연구』, 월인, 1999, 60면.

5) 임형택은 〈구운몽〉, 〈사씨남정기〉, 〈창선감의록〉 등을 '규방소설'로 규정하고, 그 출
　현 배경을 17세기 이후 문벌 사회 속에서의 규방 여성의 존재와 관련하여 검토하였다.

데, 이는 이 시기 소설사의 중요한 국면인 국문소설의 성장과 여성 독
자의 확대라는 측면에서 주목할 부분이다.

 이 시기 새롭게 가세한 소설 향유층인 여성 독자들은 규방 여성이라
는 말로 대체되기도 하는데, 규방은 여성들이 거처하는 공간을 통칭하
는 말6)로 여성들의 일상생활이 이루어지는 생활 공간이면서 동시에
그 속에서 여성들만의 문화를 향유하는 문화 공간이기도 하다. 특히
소설 독서는 17세기 이후 규방의 중요한 문화였음을 확인할 수 있는
데, 규방에서 권장된 소설들은 대체로 여성 교양을 풍부하게 해주면서
교훈적인 내용을 전하는 것으로, 〈사씨남정기〉, 〈창선감의록〉 등이
그 대표적인 작품들이었다.7) 실제 〈사씨남정기〉, 〈창선감의록〉은 모
두 가정을 중심으로 그 안에서 벌어지는 사건과 갈등을 다루고 있다는
점에서, 가정 혹은 집 안으로 활동이 제한된 여성 독자들의 삶에 더욱
밀착되어 있다고 할 수 있다.

 이는, 〈소현성록〉과 같은 장편 국문소설에도 상당 부분 그대로 적
용될 수 있는 측면이다. 그러나 〈사씨남정기〉, 〈창선감의록〉의 경우,

 임형택, 「17세기 규방소설의 성립과 창선감의록」, 『동방학지』 57집, 연세대국학연구
 원, 1988.
6) 최초의 사전인 『이아(爾雅)』에는 '규(閨)'를 궁중의 작은 문으로 풀이하고 있으며, 『정
 자통(正字通)』에는 부인이 거처하는 곳을 '규(閨)'라고 풀이하고, 또한 이후 '규(閨)'라
 는 글자는 '규방(閨房), 규합(閨閤), 규곤(閨壺)' 등으로 조어되면서 여성들의 공간을
 지칭하게 되었는데, 이 중에서도 규방이 여성들이 거처하는 공간을 통칭하는 말로 가
 장 많이 쓰였다고 한다. 김경미, 「규방 공간의 형성과 여성문화」, 국세문화새난 편,
 『한국의 규방문화』, 박이정, 2005, 15면.
7) 김경미, 앞의 글, 27면. 이렇게 볼 때 당시 유학자들이 세교라는 효용성을 내세워
 소설의 전범으로 인식하면서 긍정적으로 평가한 작품들과 규방에서 주로 읽혔던 소설
 들이 일치한다고 할 수 있으며, 이는 규방 여성의 소설 독서가 그 대상 작품 선택에서
 가장을 중심으로 하는 남성의 영향이 컸음을 드러내 준다고 할 수 있다.

여성의 관심사를 남성 지식인 작가가 다루고 있다는 점에서 변별점을 지닌다. 이는 그 이전 시기까지 남성 지식인 작가의 창작 양태와도 변별되면서, 이 시기 소설 창작과 향유의 또다른 새로운 면모라고 할 수 있다.

이처럼 두 작품은, 17세기 소설사의 중요한 국면을 대표한다는 측면에서 17세기를 대표하는 작품들이라고 할 수 있고, 따라서 두 작품을 온전히 파악하는 것은 17세기 소설사의 성격과 의의를 규명하는 중요한 작업이 될 것이다.

두 작품에 대한 논의는 이와 같은 의의, 중요성에 대한 인식을 전제로 상당히 활발하게 이루어져 왔다. 각 작품을 개별적으로 다루는 논의는 물론 처첩 갈등과, 정치적 갈등이라는 동일한 소재가 다루어지면서 동시에 이 두 갈등이 긴밀히 연결된다는, 구성상의 유사성을 전제로 두 작품을 함께 다루는 논의도 풍부하게 이루어졌다. 전자의 경우, 작가, 인물, 갈등, 주제 등 여러 관점에서 다각도의 분석이 이루어져 왔으며8), 후자의 경우 두 작품의 영향 관계와 유형적 성격을 규명하

---

8) 〈사씨남정기〉를 다룬 연구는 다양한 시각에서 활발하게 이루어져 왔는데, 비교적 최근의 논의들만 정리하면 다음과 같다. 이상구, 「사씨남정기의 작품구조와 인물형상」, 『김만중 문학연구』, 국학자료원, 1993./진경환, 「소설사적 관점에서 본 창선감의록과 사씨남정기의 관계」, 『김만중 문학연구』, 국학자료원, 1993./김현양, 「사씨남정기와 욕망의 문제-소설사적 평가와 관련하여」, 『고전문학연구』12, 한국고전문학회, 1997./박일용, 「사씨남정기의 이념과 미학」, 『고소설연구』6, 한국고소설학회, 1998./정출헌, 「가부장적 가족제도의 질곡과 사씨남정기」, 『배달말』27, 배달말학회, 2000./이상구, 「사씨남정기의 갈등구조와 서포의 현실인식」, 『배달말』27, 배달말학회, 2000./지연숙, 「사씨남정기의 이념과 현실」, 『민족문학사연구』17, 민족문학사학회, 2000./강상순, 「사씨남정기의 적대와 희생의 논리」, 『고소설연구』12, 한국고소설학회, 2001.// 이원수, 「가정소설 작품세계의 시대적 변모」, 경북대 박사학위논문, 1991/박순임, 「고전소설에 나타난 처첩관계 갈등」, 한국정신문화연구원 박사학위논문, 1991/김탁환, 「사씨남정기계소설 연구」, 서울대 석사학위논문, 1993/이승복, 「처첩 갈등을 통해서 본 가정소설

는 데 집중되었다.9) 또한 이런 연구 성과들을 통해 두 작품의 실상과
의의가 충분히 드러났다고 할 수 있다.

그런데 두 작품은 모두 가정 혹은 집이라는 공간10)을 중심으로 서
사가 전개되며, 그 속에서 빚어진 가정 내적 갈등과 가정 외적 갈등의

과 가문소설의 관련 양상」, 서울대 박사학위논문, 1995./이성권, 「가정 소설의 역사적
변모와 그 의미」, 고려대 박사학위논문, 1998.

〈창선감의록〉은 작가나 주제, 사상 연구(김병권, 「창선감의록연구」, 부산대 석사학위
논문, 1982./ 엄기주, 「彰善感義錄硏究」, 성균관대 석사학위논문, 1984./정규복, 「彰善
感義錄의 儒家思想과 小說史的 의미」, 『고소설논총』, 茶谷李樹鳳先生回甲紀念論叢刊
行委員會, 1988.)/영향 관계에 대한 연구(권정희, 「〈창선감의록〉과 〈사씨남정기〉〈일
락정기〉비교 연구」, 홍익대 교육대학원 석사학위논문, 2002.)/소설 구조나 소설사적
위상에 대한 연구(유광수, 「창선감의록 구조 연구」, 연세대 석사학위논문, 1996./진경
환, 「창선감의록의 작품구조와 소설사적 위상」, 고려대 박사학위논문, 1992)./작가의
식이나 사상에 대한 연구(정규복, 「彰善感義錄의 儒家思想과 小說史的 의미」, 『고소설
논총』, 茶谷李樹鳳先生回甲紀念論叢刊行委員會,1998./ 김병권, 「17세기 후반 창작소
설의 작가사회학적 연구」, 부산대 박사학위논문, 1990.) 향유층에 대한 연구(이지영,
「〈창선감의록〉의 이본 변이 양상과 독자층의 상관관계」, 서울대 박사학위 논문,
2003.) 등이 있다.

9) 두 작품의 영향 관계에 대한 논의들은, 크게 〈창선감의록〉이 〈사씨남정기〉의 사건
전개를 더욱 다양하고 복잡하게 만든 것이라는 견해(조동일, 『한국문학통사』 3, 지식산
업사, 1984, 103-111)와, 〈사씨남정기〉가 〈창선감의록〉의 복합구성을 단순구성 방식으
로 개조한 것(엄기주, 앞의 논문, 84-95면./임형택, 앞의 글./ 진경환, 앞의 논문,
194-216면./ 박일용, 「인물형상을 통해 본 구운몽의 사회적 성격과 소설사적 위상」,
『정신문화연구』 44호, 정신문화연구원, 1991, 206-207면.)이라는 두 견해로 대별된다.
두 작품의 유형 관련 논의는 가정소설, 혹은 가문소설이라는 유형적 범주 속에서 두
작품의 성격을 규명하고 있는데, 〈창선감의록〉, 〈사씨남정기〉를 초기 가정소설로 규
정하거나(이원수, 앞의 논문, 16-37면.)과 초기 가문소설로 규정하거나(진경환, 앞의
논문, 57-76면.), 〈창선감의록〉만을 가문소설로 규정하는(최기숙, 앞의 책, 146-148
면.)등 분분한 양상을 보여 왔다.

10) 민족학적(ethnographical) 입장에서 말한다면 우리나라의 가족이란 말은 하나의 학
술어이고, 일반으로 광범위하게 그리고 일상어로서 사용되는 말은 가족보다는 이른바
〈집〉이란 용어이다. 〈집〉이란 개념은 가족구성원, 가족원이 생활하는 거주지, 건물,
생활공동체로서의 가족, 그 이외에 가족의 범위를 초월하여 동족 친척까지 포함할 수
도 있다.

긴밀한 연결 속에서 인물들의 집 밖으로의 공간 이동이 이루어지고, 그 이동을 통해 가정 내·외적 문제가 해결된다는 공통점을 지니고 있다. 이는 무엇보다 두 작품의 공간이, 서사의 부수적 요소로서가 아니라 서사의 핵심적 요소로서 서사 전개에 긴밀하게 작용하고 있음을 의미한다고 할 수 있다.

실제 작품들에 나타난 가정 갈등과 정치적 갈등의 관련성은 무엇보다 '집'이라는 공간의 성격 규명을 통해 드러날 수 있다. 즉, 집을 하나의 사회, 국가로 보거나 사회, 국가의 가장 기본적이고 집약적인 공간이라고 인식했던 당대의 공간 인식을 기저에 둘 때 두 갈등의 관련성 또한 잘 해명될 수 있는 것이다.[11] 처첩 혹은 계후 갈등이라는 집 안의 중심 갈등 또한, 공간 이동의 의미가 크고 일생의 대부분이 공간적으로 불안정한[12] 여성들이 갈등의 주체가 되고 그들의 역할이 중시된다는 점에서 공간의 관점에서 접근해 볼 수 있다.

이들 작품에서는, 사건과 갈등의 정점에서 인물들의 공간 이동이 활발하게 일어나고 자연스럽게 초점 또한 집 밖으로 옮겨지는데, 이 과정에서 중국이라는 방대한 공간 위에서의 지리적 궤적이 부각되고 있다. 또한 그 이동 지역들은 대체로 지리지에 근거한 사실적이고 역

---

11) 일반민가가 경제적 요인에 의해 기본적 요구에 충실했던 데 비해 상류주거 공간은 안정된 권력과 경제력을 바탕으로 가족중심의 사상과 규범 등의 정치, 사회, 문화 전반적인 시대상을 담아내고 있는데, 두 작품은 상층 가정을 대상으로 한다는 점에서 이와 같은 논의에 부합된다.

12) 여성의 경우 태어나서 죽을 때까지 불안정한 공간 속에서 불안정한 삶을 살 수밖에 없으며, 이것이 여성 갈등 중심의 가정소설이 더 보편적으로 나타나게 되는 이유가 될 것이다. 결혼 전에는 다른 집으로 시집 가 버릴 존재라는 점에서, 결혼 이후에는 훗날 시어머니의 뒤를 이어 안방을 차지하게 되기까지 언제나 신분상의 혹은 공간적인 확정성이 없다는 점에서 그러하다.

사적인 지역들로 나타나며, 이는 역사지리에 대한 작가들의 관심을 드러내 주는 공간 설정이라고 할 수 있다.13) 이처럼 집 밖 공간이 부각되고, 그 속에서 작가의 의도적인 공간 설정이 나타난다는 점에서, 집 밖 외부 공간 또한 집 안과 마찬가지로 충실히 다뤄져야 할 것이고, 무엇보다 이제까지 주요 인물의 행로에만 초점이 맞춰지면서 구체성을 띠지 못했던 그 실상이 온전히 드러나야 할 것이다. 특히 두 작품에서 나타나는 '동정호'나 '장사', '촉/성도' 등은 역사적, 문화적 함의를 지니는 공간으로, 이는 곧 작품이 지향하는 바와도 연결될 수 있을 것이다.

이와 함께 두 작품에서는 중국 명나라라는 허구적 공간을 배경으로 하면서도, 실상 조선의 가정과 그 문제를 다루고 있다. 이와 같은 양상은, 소설의 허구성에 대한 당대의 분분한 평가와 인식들 가운데서, 작가 나름의 진단과 그에 따른 인식을 드러내 주는 것이라고 할 수 있다. 따라서 동시대 다른 작품들에 나타난 공간 설정과의 비교를 통해, 두 작품의 공간 설정이 지니는 고유한 특징으로 연결시킬 수 있을 것이다. 또한 서사와 공간의 긴밀한 관계를 전제로 해서, 가정소설로서 두 작품이 지니는 후대적 의의를 공간의 관점에서 새롭게 조명해 볼 수 있을 것이다.

본 연구에서는 이와 같은 전제 하에, 17세기를 대표하는 작품이자

---

13) 시경희는, 19세기 작품인 〈옥선몽〉에서 중국 지역의 구체적이고 실제적인 공간이 설정된 것은, 중국의 절강을 직접 유람하고 작품에 그 지역들을 반영한 것이라기보다는 조선후기 역사지리에 대한 관심이 고조됨에 따라 중국의 지리서에 대해 방대하면서도 섬세하게 섭렵하고자 했던 분위기에 힘입은 것으로 볼 수 있다고 하였다. 서경희, 「〈옥선몽〉연구—19세기 소설의 정체성과 소설론의 향방」, 이화여대 박사학위논문, 2003, 121–123면.

가정소설14)인 〈사씨남정기〉와 〈창선감의록〉을 대상으로 본격적인 공간론을 시도하고자 한다. 이를 통해 두 작품에 대한 좀더 깊이 있는 작품 이해에 도달함은 물론, 소설 논의의 새로운 가능성을 모색해 보고자 한다.

2) 연구사 검토 및 연구 방향

소설의 현실 공간은 그 자체로 조건화된 공간으로서, 인물과 행동에 대한 제약의 성격을 지닌다. 소설이 재구성된 허구의 공간이라 할지라도, 현실 공간은 소설이 모태로 하는 사회를 의식적이건 무의식적이건 반영할 수밖에 없으며, 그런 과정에서 자연스럽게 그 사회의 규범이나 질서 또한 소설 공간 속에 묻어오게 마련이기 때문이다. 따라서 모태가 된 사회가 얼마나 규범적이고 제약적인가는 소설의 현실 공간과 밀접한 관계에 있다고 할 수 있다.15)

고소설의 공간에는 비현실적이고 환상적인 공간들이 많이 나타나는데, 이 또한 현실의 제약성을 다분히 의식한 공간 설정이라고 할 수

---

14) 두 소설의 유형 분류에 대한 논의는 두 작품의 선후 관계와 연계되어 상당히 분분한 양상을 보여 왔는데, 본고에서는 〈창선감의록〉의 가문소설적 성향을 인정하는 전제 하에, 〈창선감의록〉의 화가(花家)를 중심 가문으로 보고〈창선감의록〉을 가문소설로 보는 경우 화가를 비롯한 여러 가문의 존재와 그 연합 양상에 주목하고 있다. 화가가 이들 여러 가문들과의 연합을 통해 가문을 확대하는 것은 사실이지만, 분명한 것은 그 중심에는 화가가 있다는 것이다), 〈사씨남정기〉와 함께 화가, 유가라는 중심 가문, 가정 내의 갈등을 중심으로 서사가 전개되는 가정소설로 다루고자 한다.

15) 실제 사회 속에서 행위 주체들의 육체적 사용은 결코 자의적인 방식으로 행사될 수 없으며, 거기에는 언제나 일정한 규칙과 제재가 있게 마련이다. 또한 그것은 무엇보다 각 사회 주체들이 사회 공간 내에서 차지하고 있는 위상(position)과 관련되어 있다. 홍성민, 「부르디외와 푸코의 권력개념 비교: 새로운 주체화의 전략」, 『문화와 권력 -부르디외 사회학의 이해』, 현택수 편, 나남출판, 2002, 243면.

있다. 특히 고소설의 모태가 되는 조선조 사회가 그 어느 사회보다 제도, 규범 등에서 구성원에게 엄격했다는 점에서, 비현실적이고 환상적인 공간 설정은 그 속에서 자유로운 인간의 무한한 활동 가능성을 드러내고자 한 것이라고 볼 수 있다. 〈구운몽〉이, 다른 몽유 형식의 작품들과 달리 몽유자인 성진의 공간을 비현실적 공간으로 설정하고, 꿈 속의 공간을 현실 공간으로 설정함으로써 꿈 속 현실에서 자유로운 삶을 누릴 수 있는 여유를 통해 '현실의 소설적 이완'을 추구하고자 했다는 지적16) 또한 이런 맥락에서 파악될 수 있다.

이렇게 볼 때 고소설에서 어떤 이야기를 다루는가 하는 이야기의 성격과 공간의 설정은 불가분의 관계에 있다고 할 수 있다. 곧 어떤 공간이 설정되었는가가 이야기의 성격을 드러내 준다고 할 수 있는 것이다. 또한 그 속에서 인물의 행위와 갈등의 성격까지도 규정해 준다고 할 수 있다. 그러므로 고소설의 '공간'은 인물이나 주제, 갈등의 부수적 요소로서가 아니라, 작품의 성격을 규정하고 인물의 행위, 갈등과도 긴밀히 연결되는 중요한 구성적 요소로서 다루어져야 할 것이다.

이제까지 이루어진 고소설의 공간에 대한 논의는 대체로 비현실 공간, 환상 공간에 집중되어 왔다.17) 이는 실제 천상, 용궁, 저승, 선계,

---

16) 강상순, 「〈구운몽〉과 영웅소설의 소설사적 상관성」, 『김만중 문학연구』, 국학자료원, 1993, 215면.

17) 조희웅, 「한국 서사문학의 공간관념」, 한국고전문학연구회 간 『고전문학연구』 제1집, 1971./금용욱, 「구운몽의 시·공간 구조 연구」, 국민대학교 석사학위논문,1983./김용범, 「금오신화이 공간구조와 작기의식」, 『한남어문학』,1984./김갑진, 「조선조 소설의 서사 공간 연구」, 한양대학교 한국학연구소『한국학논집』 5, 1986./하순철, 「고소설의 비현실계」, 고대 교육대학원 석사학위논문,1987./ 이재문,「고소설 공간 배경의 상징적 기능에 관한 연구」, 충남대학교 교육대학원 석사학위논문,1990./조정희,「고소설의 신성 공간 연구」,고려대학교 교육대학원 석사학위논문, 1993/ 심치열, 「〈옥루몽〉의 시공간 체계 연구」, 『문학 한글』 9, 1995/ 이지영, 『금오신화』와 『기재기이』의 비교

등과 같은 비현실적이고 초월적인 공간이나 꿈, 환상과 같은 가상적 공간 기재가 고소설 전반에 걸쳐 두루 설정되어 있고, 그것들이 지닌 상징적 의미가 작품의 주제나 사상과도 깊이 관련되어 있기 때문이다. 특히 주제나 사상의 측면에서, 비현실 공간은 그 속에 이미 어느 정도 현실의 모순이나 갈등에 대한 인식이 전제되어 있다는 점이 주목되어 왔다. 즉, 고소설의 비현실 공간은 현실 공간과 긴밀한 관련 하에 설정되는 것이다. 이런 점에서 비현실적인 공간 설정이나 그에 주목한 논의는 고소설 공간과 공간 논의가 갖는 독특하고 고유한 양상일 수 있다.

그럼에도 이와 같은 비현실적인 공간에 치중하여 현실 공간에 대한 관심이 상대적으로 결여되어 온 점은 아쉬운 부분이다. 현실 공간은 비현실 공간과는 다른 차원에서 현실을 다루면서 이야기의 성격을 규정하고 있으며, 특히 인물이 현실적인 삶을 살아가는 공간이라는 점에서, 그 공간에 처한 인물의 행위와 갈등에 좀더 직접적이고 구체적인 동인이 될 수 있을 것이다.

〈사씨남정기〉와 〈창선감의록〉은 현실 공간을 배경으로 하고 있으며, 그 중에서도 현실적이고 일상적인 삶의 대표 공간인 '집'을 중심으로 서사가 전개된다. 이런 점에서 두 작품에 대한 공간론은, 주로 비현실 공간이나 가상 공간에 논의가 집중되면서 그 속에서 주인공의 활동 영역을 포괄적으로 의미하는 '계(界)'의 차원이나 인물의 지리적 궤적의 의미로 다루어져 왔던, 기존의 고소설 공간 논의의 대상이나 그

연구—공간구조를 중심으로」, 서울대학교 석사학위논문, 1996/ 김창진, 「시공의 변화를 중심으로 금오신화를 살핌」, 『석의 박일민 박사 회갑기념 국어국문학 논총』, 대양출판사.1997/ 심형근, 「금오신화의 공간 구조 연구」, 고려대학교 인문정보대학원 석사학위논문, 2001./ 박혜리, 「심청전의 공간 구조 연구」, 홍익대 석사학위논문, 2003.

접근 방식 등을 보완하는 논의가 될 수 있을 것이다.[18]

〈사씨남정기〉와 〈창선감의록〉의 공간에 대한 논의는, 집 혹은 가정의 내(內) 공간에 대한 연구, 집 혹은 가정의 외부 공간에 대한 연구, 여성 인물과 공간에 대한 연구, 공간 이동과 공간 구조에 대한 연구로 나뉜다.

먼저, 집 혹은 가정의 내(內) 공간에 대한 논의를 보면, 임형택은 〈창선감의록〉에서 나타나는 안채에서의 남녀합석이, '내외법(內外法)'이 엄격하던 모두 당시 사회에 비추어 볼 때 이채로운 일이며, 이는 밀폐된 규방에 상주해야 했던 당시 상층 여성들에게 자신들이 접해 보지 못한 세계나 상황에 대한 대리 만족의 기능을 한다고 보았다.[19] 집이라는 현실 공간의 제약성과 그 일탈적 양상이 대리 만족으로 유도되고 있다고 할 수 있다. 최시한[20]은 가정 소설의 주 배경인 가정이 집의 의미를 포함하는 것으로서, 주제, 인물, 사건 등의 표현에 이바지하는 형태적 요소로서나 그에 대한 사회적, 지적 태도를 환기하는 관념으로서 모두 중요한 의미를 지니며, 그런 점에서 "가정 소설이 가정을 주된 배경으로 삼는다는 것은 가정소설의 특성 거의 모두를 싸잡을 수도 있다."고 하였다. 이는 가정을 단순한 배경으로 보는 데서 한 단

---

18) 고소설 공간 논의에서 작품 내적 공간은 구체적 차원의 장소적 공간/수직, 수평으로 나눈 지리적 공간 혹은 우주적 공간(천상계/지상계/수중계/신선계)/관념적 시공간(현실계/비현실계)으로 나뉘는데, 이 중에서 관념적 공간 구분 즉, 이원적 세계 인식을 다룬 연구가 가장 많고, 다음으로 지리적 공간 연구가 많으며, 구체적 공간도 있으나 대략적이거나 막연하며 대상 작품도 걱강소설이나 영웅소실이 내부분이나. 또한 이와 같은 대상 공간이나 작품의 성격상 공간에 대한 거시적인 접근이 이루어져 왔다고 할 수 있는데, '집'과 같이 일상적이고 현실적인 공간을 다룰 경우, 좀 더 구체적이고 섬세한 접근이 이루어질 것이다.

19) 임형택, 잎의 글.

20) 최시한, 『가정소설 연구-소설형식과 가족의 운명-』, 민음사, 1993.

계 나아간 것이며, 공간이 가정 소설의 특징적 요소임을 지적해 준 것
이라 할 수 있다. 또한 교씨와 사씨의 갈등을 '안방차지 다툼'으로 명
명하여 갈등과 공간의 상관 관계를 단초적으로 제시하고 있다. 이성
권[21]은 〈사씨남정기〉와 〈창선감의록〉을 초기 가정 소설로 규정하고,
이들 초기 가정 소설의 가정 내 갈등을 '문벌가의 존속을 위협하는 세
력'의 '문벌가 내 영입'에서 비롯된 문제로 보았다. 여기에서도 '문벌
가'는 '가문'을 의미하지만, 외부 인물들의 불합리한 입가(入家)와 그로
인한 내 공간의 해체, 분열이라는 갈등의 공간적 의미 분석이 이루어
지고 있다. 정출헌[22]은 〈사씨남정기〉의 갈등, 인물과 가부장제의 역
학적 관계를 논의하면서, 교씨의 악행은 그 자신이 거처하는 공간의
존재 조건에서 비롯된 것이며, 사씨나 유한림의 권위나 권력, 존재 기
반은 가정이라는 울타리 안에서만 가능한 것이라고 하여, 공간과 인물
의 실존 관계를 가부장제를 매개로 드러내고 있다. 이승복[23]은 가정
은 일정한 생활 공간을 점유하고 의식주를 포함한 일상 생활을 영위하
는 혈연 공동체를 의미한다고 할 수 있는데, 이제까지의 처첩갈등을
다룸에 있어 처와 첩이라는 갈등 당사자에게만 논의의 초점이 맞춰져
있었다는 문제제기 하에, 가정소설의 중요한 갈등인 처첩 갈등이 가족
이라는 공간에서 다른 가족 구성원 혹은 가족 집단에 미치는 작용과
반작용 등이 포괄적으로 논의되어야 한다고 보았다.

 이처럼 가정 소설의 가정 혹은 집이라는 내부 공간에 대한 기존의
논의에서는, 가정 소설에서 가정이라는 배경이 얼마나 중요한가 하는

---

21) 이성권, 앞의 논문.
22) 정출헌, 앞의 글.
23) 이승복, 앞의 논문.

점이 공통된 전제로 자리하고 있지만, 이들 연구들은 가정 소설의 공간만을 본격적으로 다루고 있지는 않으며, 주(主) 공간인 '집' 혹은 '가정'을 공간의 개념으로 보지 않는 경우도 있다. 실제 대부분의 논의에서 가정은 공간으로 명명되고 있지만, 공동생활을 영위하는 가족 집단의 실체라는 추상적이고 관념적인 의미에 초점이 맞추어져 있다.

집이나 가정 외부 공간에 대한 논의는 여성 인물들의 축출 이후의 공간적 궤적에 초점이 맞추어져 있는데, 먼저 김탁환24)은 출문당한 여성들이 의거지를 불교나 도교와 같은 비유교적인 종교 공간으로, 이를 현실 세계가 범접할 수 없는 안전함이 보장된 초월 공간으로 보았다. 외부 공간에 설정된 초현실적 공간이, 현실의 유교 이념의 자장에서 벗어나는 것이라는 분석은 제약으로서의 현실 공간의 성격을 역으로 드러내 주는 것이라 할 수 있다. 단, 의거지를 초현실적 공간으로 볼 수 있는가는 문제가 되는 부분이다. 또한 박일용25)은 〈사씨남정기〉의 현실이 당대 현실을 이념형적으로 유형화한 것으로 실상과는 거리가 있다는 전제 하에, 두 번의 초월계의 개입은 "사씨의 이념적 정당성을 확인시켜 주고 절대적 위기 상황을 해소시키기 위해 소설 공간을 확장한 것"으로 보았으며, 나아가 이런 맥락에서 특히 죽음을 감행했던 두 번째 초월계의 개입이 이루어진 동정호로의 여정을 작품의 제목과 연결짓기도 했다. 소설 공간은 작가의 특정 인식에 의해 의도적으로 재구성된 것이며, 그 속에서 특별히 설정된 공간은 인물의 행위와 이동을 유도할 수도 있다는, 한 단계 나아간 공간 논의라고 할 수 있다.

---

24) 김탁환, 앞의 논문.
25) 박일용, 앞의 논문.

외부 공간에 대한 논의들은 대부분 여성 인물들의 위기 상황에서의 초월적 공간의 개입 양상과 의거지의 성격을 다루고 있는데, 이를 현실의 윤리, 이념과의 관계 속에서 파악하고 있다는 점에서 의의가 있다. 그러나 동시에 선인형 여성 인물에만 초점이 맞추어져 있고, 초월계의 개입이나 의거지 모두 전체적인 공간 구도 속에서 점하는 위치와 그 속에서 나타나는 공간의 특성이나 성격보다는 그 자체의 기능만 부각되고 있다는 한계를 지닌다.

여성 인물과 공간에 대한 논의는 여성주의 시각의 논의에서 주로 나타난다. 그 중 대표적인 두 논의를 살펴보면, 먼저 박명희[26]는 여성 인물들의 집 밖 축출 상황과 관련하여, 여성 영웅소설의 주인공들과 달리, 사적 영역만을 전부로 알고 남성의 보호권 아래에 있던 대부분의 여성 인물들은 위협적인 외부의 세력에서 자신을 방어할 아무런 수단도 갖고 있지 못하기 때문에 무기력하며, 결국은 세계와의 대결을 피해 남성의 영역도, 여성의 영역도 아닌 무성(無性)의 영역으로 도피한다고 하면서, 〈사씨남정기〉의 사씨도 동궤에 속한다고 보았다.[27] 김연숙[28]은, 고소설 속의 여성 인물들을, 남편이 있는 집을 구심점으로 삼아서 움직이며 집을 벗어나려 하지 않는 선인형의 구심적인 인물과 집을 뛰쳐나가려는 경향을 지니고 있는 악인형의 원심적 인물로 대별하고, 사씨를 전자에 교씨를 후자에 대응시켰다. 또한 악인형의 원

---

26) 박명희, 「고소설의 여성중심적 시각연구」, 이화여대 박사학위논문, 1990
27) 최기숙 또한 축출된 여성들은 자신의 여성적 정체성을 위협하는 공격적 세계인 집 밖의 세계 앞에서 적극적인 행동력을 익히기보다는 수동적인 자기 보전을 위해 성소에 머무르면서 자신을 구출해 줄 남성적 힘을 기다린다고 하면서, 집 밖으로 축출된 여성들이 머무르게 되는 공간을 성적(性的)으로 중립적인 성소라고 규정하였다. 최기숙, 앞의 책, 415면.
28) 김연숙, 「고소설의 여성주의적 연구」, 서강대 박사학위논문, 1995.

심적 인물을 단군신화의 호랑이에 비유하면서, 가부장적 이념의 현시 공간으로서의 가정은 여성의 호랑이적인 기질이 용납될 수 없는 공간이라고 지적하였다. 이와 함께 여성에게 있어 집 안과 밖 공간이 지니는 의미를 안전/위험, 가족 공존/가족 분리 등등의 이항 대립 요소로 분별하였다.

이와 같은 여성주의 연구들은, 여성 인물과 공간의 관계에서 주로 여성이 있어야 할 공간인 집과 그렇지 않은 공간인 집 밖의 대립 구도를 다루면서, 두 공간이 지니는 대비적 성격과 그 속에서의 여성 인물들의 행위에 초점을 맞추고 있다. 이들 논의는 여성과 공간의 밀접한 관련 양상을 다루었다는 점에서 무엇보다 중요한 성과라고 볼 수 있다. 그러나 여성 중심적 혹은 여성주의적 분석 과정에서 집과 그 속의 여성보다는 집 밖 공간과 그 속의 영웅적 여성상에 주목하면서 전자에 대한 깊이 있는 접근은 이루어지지 못한 상태이다.

이상의 논의들은 공간의 중요성과 기능 그리고 제약적 현실로서의 성격이 지니는 중요성을 시사하고 있다. 그러나 제약적 현실, 일상 공간으로 중요한 집에 대응되는 혹은 이를 포함한 개념으로 사용되는 '가정'이, 공동생활을 영위하는 가족 집단의 실체라는 추상적이고 관념적인 의미에 초점이 맞추어져 있다. 따라서 자연히 갈등 또한 집 내부 공간의 구체적 성격이나 그 인물과의 관계보다는 가부장제의 가정과 그 구성원의 관계라는 관념적인 차원에서 다루어져 왔으며, 실제 그 결과로 유교 이념을 근거로 한 선악 갈등, 인성의 대립이라는 이분적 인물 분석이 주류를 이루어 왔다. 외부 공간 또한 선인형 인물의 위기와 그 상황에서의 초월계의 개입 부분만을 확대시켜 이를 작품 전체의 주제나 작가 의식과 연결시킴으로써, 작품 전반의 거시적 공간 구도 속에서 숨겨지고 드러나는 작가의 다면적인 세계 인식이 이념과 비이념으로 도식화되는 경향을 보이며, 이처럼 선인형 여성의 위기에만 초점이 맞추어져 있어 외부 공간도 총체적으로 다루어지지 못하였다.

이런 측면에서 공간 이동과 공간 구조에 주목한 논의들은 두 작품에서 '공간'이 중요한 구성적 요소임을 부각시키고 있다. 특히, 〈사씨남정기〉는 남정 전과 남정 후가 가정과 가정 밖, 즉 노상(路上)으로 대별된다는 점에서, 그 구성 원리의 첫 번째 기준으로 시간, 공간을 설정할 수 있다고 본 김경미의 지적은 주목할 만하다. 김경미는 또한 교씨라는 인물이 실상 그 역할 면에서 사씨보다 우세하다고 하면서, 이를 교씨에 의해 소설 공간이 집에서 집 밖 노상으로 옮겨진다는 공간 이동의 측면에서 파악하였다.29) 또한 우쾌제30)는 〈사씨남정기〉의 남정로를 실제 답사를 통해 재구해 보고 그 여정의 의미를 파악했는데, 작품에 나타난 공간의 실체성을 드러내고 역사적, 문학적 의미를 충실히 드러냈다는 점에서 의의를 지니지만, 변형된 이본을 대상으로 하여 이본 자체에서 나타나는 지리적 배치의 오류를 작가 김만중의 오류로 파악하고 있는 것은 아쉬운 점이다. 설성경은, 〈사씨남정기〉의 남행이, 북쪽이라는 문제의 공간에서 벌어진 갈등을 화해의 공간인 남쪽에서 해결하는 것이라고 보았는데31), 이는 공간 구조와 주제를 긴밀히 연결시켰다는 점에서 의의가 있으나, 남행이나 군산의 의미 파악에서 남해 관음이라는 불교적 의미를 지나치게 부각시킴으로써 〈사씨남정기〉를 일종의 불가의 수행교본처럼 느껴지게 한다.

---

29) 김경미, 「사씨남정기 작중 인물연구」, 이화여대 석사학위논문, 1986.
30) 우쾌제, 「〈南征記〉의 南征路에 나타난 西浦의 中國 認識 考察」, 『국어국문학』 115, 국어국문학회, 1995.
31) 설성경, 「謝氏南征記의 寓意性」, 『동방학지』 102, 연세대 국학연구원, 1998, 159–161면.

〈창선감의록〉의 경우, 최기숙은 〈창선감의록〉의 공간 구조를, 퇴사한 경화사족들의 자손들이 혼사과 교우 관계 및 혈연관계를 중심으로 한 가문 연합과 친당 형성을 통해 상경종사(上京從仕)하여 경화사족의 지위로 복귀하는 서사 내용으로 구성된다고 하면서, 경화사족(京華士族)이란 '재경(在京)'에 대칭되는 지역적인 범위로서의 '재지(在地)'와 '이족(吏族)'에 대칭되는 신분으로서의 '사족(士族)'을 지칭한다고 하여 계층과 지역의 상관성을 강조하였다.32) 이지영은 〈창선감의록〉의 이본을 다루면서 한문본에서는 정치적 공간이 부각되는 데 비해, 국문본에서는 삶의 공간이 부각된다고 하여 독자층에 따라 중요시되는 공간의 성향이 달라진다는 중요한 지적을 하였다.33) 이와 함께 한문본에서 지리지에 근거한 공간 설정이 나타난다고 했는데, 이는 〈창선감의록〉의 장편화 방법을 다룬 정길수에 의해서도 지적되었다.34) 정길수는, 특히 인물들의 동선을 고려한 계산된 여정이 나타난다고 했는데, 이와 같은 논의들에 의해 중국 배경이라는 추상적 공간 배경이 구체적인 형상을 띠게 되었다.

이처럼 〈사씨남정기〉의 경우 여성 인물인 사씨의 남정에 주목하고 있다면, 〈창선감의록〉은 남성 인물인 화진의 이동과, 서울에서 세거지, 다시 서울로의 순환 과정에 좀더 주목하고 있다고 할 수 있으며, 그 과정에서 인물의 다양한 지리적 궤적이 구체적으로 드러나고 있다.

본고에서는, 이와 같은 기존 논의의 성과를 바탕으로 〈사씨남정기〉와 〈창선감의록〉의 공간을 분석함으로써, 두 작품의 공간이 지니는

---

32) 최기숙, 앞의 책, 148-149면.
33) 이시엉, 앞의 논문.
34) 정길수, 「17세기 장편소설의 형성경로와 장편화 방법」, 서울대 박사학위논문, 2005.

성격과 의미는 물론, 공간을 통해 나타나는 작품의 새로운 해석과 의의를 드러내고자 한다.35)

　2장에서는, 먼저 소설 공간의 개념을 공간에 대한 논의와 관련하여 살피고, 소설에 대한 인식과 작품을 배태한 당대 사회, 문화적 공간 관념을 통해 소설 공간의 성격을 파악하고자 한다. 다음으로 기본 구도와 표층 구조, 심층 구조의 층위에서 가정소설 공간의 분석 방법을 모색하고자 한다.

　3장에서는 두 작품에 나타나는 공간의 실상을 객관적으로 파악하여 본격적인 분석을 위한 토대를 마련하고자 한다. 먼저, 집/집 밖이라는 기본 구도의 공간 배치가 어떤 원리와 의도에 의해서 이루어지고 있는 가를 살피고자 한다. 다음으로는 서사 전개에 따른 중심 인물들의 동선에 따라 각 공간이 어떻게 연계되고 있는지는 살피고, 이를 통해 공간 이동의 구조를 밝히겠다.

　4장은 본격적인 공간 분석 단계로서, 먼저 집/집 밖의 기본 구도 속에서 각 공간이 중심 갈등과 연계되는 양상을 분석하고, 이차적으로

---

35) 본고에서는 〈사씨남정기〉와 〈창선감의록〉 모두 이래종의 한문 교감본(이래종 역주, 『사씨남정기』, 태학사, 1999./이래종 역주, 『창선감의록』, 고려대학교 민족문화연구원, 2003.)을 주 텍스트로 한다. 〈사씨남정기〉의 경우, 이금희에 의해 원본 계열로 추정된(이금희, 「〈남정기〉의 문헌학적 연구」, 숙대 박사학위 논문, 1986년.) 조동일교수 소장본을 한문본과 대비해 본 결과, 김춘택이 한역의 기준으로 삼은 부분의 차이를 제외하고는 본고의 논지에 영향을 줄 만한 부분은 거의 나타나지 않으므로, 더 광범위한 향유층을 거느렸던 김춘택의 한역본 계열을 주 대상으로 하면서 필요한 부분에서 보충적으로 다루기로 한다. 〈창선감의록〉의 경우, 이지영이 원본 계열 중 대표본으로 다룬(이지영, 앞의 논문) 국립도서관본 또한 이래종의 교감본과 글자의 전후 배치의 차이나 한두 자의 이탈이 있을 뿐이므로, 원본계 중 고려대 만송본을 기준으로 한 이래종 교감본을 주 대상으로 한다. 또한 원본계의 한문본과 가장 가까운 나손본을 대비해 본 결과 한글본 고유의 표현상 차이가 나타날 뿐 본고의 논지에 영향을 줄 만한 부분은 나타나지 않았다. 따라서 이 또한 필요한 경우에 한해 보충적으로 다루기로 한다.

내부 공간과 외부 공간으로서의 심리적, 상징적 의미를 인물의 행위지
표에 근거해 분석한 후에, 이를 바탕으로 작품 전체의 순환구도가 지
니는 의미를 분석할 것이다.

5장에서는 두 작품의 공간이 지니는 특징과 소설사적 의미를 살펴
볼 것이다. 먼저, 두 작품의 공간이 지니는 특징은, 인물의 공간 인식
과 작가 혹은 서술자의 공간 인식이라는 두 측면에서 다루고자 한다.
다음으로 두 작품의 공간이 지니는 소설사적 의미는, 당대의 소설 공
간 속에서 두 작품의 공간이 차지하는 위치는 어디인가 하는 측면과
후대의 소설 공간에 어떤 영향을 미쳤는가 하는 두 측면에서 다루고자
한다.

2. 소설 공간의 의미와 분석 방법

1) 소설 공간의 개념과 성격

소설의 공간에 관한 논의는, 소설 공간에 대한 다양한 접근을 통해
이루어져 왔다.[36] 먼저, 인물에 의해서 행위가 이루어지는 데 요구되
는 공간으로 흔히 장면, 장소, 배경, 환경, 분위기 등과 같은 의미로
사용되는 배경적 공간에 대한 논의가 있다. 이때 공간은 대체로 실제
세계, 현실 세계의 공간과 유사한 양상을 띠게 된다. 다음으로는, 소
실 공간이 시석 이미지에 의해 그 자체의 실체와 역동성을 가지고 있
다는 전제 아래서 공간의 존재론적 특성을 규명하려는 논의가 있다.

---

36) 기존의 공간론에 대해서는 김현의 박사 논문을 참고로 했다. 김현, 「현대소설의 時間性
   및 空間性 연구 – 김동인과 염상섭의 단편을 중심으로」, 서강대 박사학위논문, 1987.

이재선은 집의 공간 시학을 통해, 집은 사회성이나 문화성을 대리하는 공간으로, 문화나 제도적인 면에서 가정 외적인 영역으로 여성적인 공간을 확대시킬 수 없는 제약 상태에 있었기 때문에, 여성적인 성소(聖所)이면서 동시에 여성의 성(城)이요 감옥이 된다고 하였다.37)

작품 속에 구현된 공간을 의미생성을 위한 이차모델 형성체계로 보는 기호학적 논의도 있다. 이는 모든 공간을 내/외 혹은 상/하 등의 이항대립 체계로 분석하여 여기에 가치, 의미를 부여하는 것으로, 이때 '안에서 밖으로 나가다'나 '위로 올라가다'와 같은 인물의 공간적 행위 또한 그 자체로 가치나 의미를 지니게 된다. 이 밖에 하나의 상징으로서 공간에 접근하는 경우가 있는데, 이때 공간은 인물의 의식이나 인식 속에서 재창조된 것으로, 실제 공간과의 관련성은 적게 나타난다. 같은 공간이라도 인물이 처한 상황과 그 의식에 따라 다른 공간을 의미하게 되는 것이다.38)

이와 같은 다양한 공간론은 소설 공간이 무엇인가, 소설 공간을 어떻게 파악하는가를 잘 드러낸다고 할 수 있다. 실제 이를 통해 소설 공간이, 배경이라는 아주 기본적이고 소박한 공간 개념에서부터, 그 자체로 존재론적 의미를 지니는 역동적인 공간 개념이나 나아가 하나의 상징으로서의 공간 개념에 이르기까지 다양한 층위를 지니고 있다는 것이 나타나고 있다. 또한 그만큼 소설에서 공간은, 소설의 부수적 구성 요소나 하위 개념이 아니라 오히려 적극적으로 그 의미를 찾고 드러내어야 할 중요한 구성 요소임을 드러내 준다고 할 수 있다. 소설

---

37) 이재선, 『우리 문학은 어디에서 왔는가』, 소설문학사, 1986, 349–351면.
38) 장일구, 「소설 공간론, 그 선제와 시평」, 『공간의 시학』, 한국소설학회 편, 예림기획, 2002, 22면.

공간이, 단순한 장소나 배경이 아니라 인물의 내적 세계를 반영함은 물론, 행위의 기점으로서 그 구조나 이동 자체가 서사 진행의 원동력이자 의미 생산의 출발점이 되기도 하며, 나아가 공간의 구조와 의미는 작가의 세계인식까지 설명할 수 있는 것[39]으로 파악되는 것도, 바로 소설 공간에 대한 적극적인 의미 부여의 결과라고 할 수 있다.

그런데 소설 공간의 의미와 기능은, 소설에서 어떤 공간이 설정되는가 하는 것과 밀접한 관계에 있다고 할 수 있다. 어떤 공간이 설정되느냐에 따라 작품의 한 배경으로 다뤄지는 데 그치기도 하고, 인물의 행위나 의식과의 상호작용을 이루는 중요한 요소로서 다뤄지기도 하며, 어떤 경우에는 하나의 공간이 작품 전체의 지향이나 주제를 드러내는 핵심 요소로서 다뤄질 수 있기 때문이다.[40] 따라서 공간의 설정 또한 작품 속의 공간이 지니는 의미, 나아가 작품 전체를 논하는 데 매우 중요한 국면이 된다고 할 수 있다.

고소설의 공간에 대한 논의가, 중국이라는 일반적인 배경 설정이 지니는 의미나 이유를 밝히는 데서 시작된 것도 이러한 측면과 무관하지 않다. 중국이라는 배경이, 동경이나 모방의 차원에서 설정되었는가 아니면 조선이라는 당대 현실에 대한 우의로 설정되었는가에 따라 작품 속에서 중국이라는 배경이 지니는 의미나 기능이 달라지기 때문이다. 또한 그러면서도 설정의 이유가 무엇이든 간에 중국이라는 배경

---

39) 황도경, 「소설 공간과 '집'의 시학」, 『현대소설연구』 17, 2002, 391면.
40) 홍성암은, 소설의 공간 설정과 작가 의식의 상관관계를 논하면서, 소설에서 공간을 연구하는 문제는 소설 전체를 이루고 있는 큰 복합적 덩어리가 어느 방향으로 움직이고 있는가를 하나의 윤곽으로 파악하거나 아니면 특정 상징을 통해서 주제를 나타내는 공간의 정점이 어딘가를 집어내는 것에 한정되어야 한다고 하였다. 홍성암, 「소설의 공간 설정과 작가 의식」, 『현대소설연구』 5, 1996, 63면.

은, 그 자체로 고소설의 허구성을 대표하는 공간이라고 할 수 있는 데[41], 특히 17세기 이후의 본격적인 소설의 시대와 함께 이와 같은 중국 배경이 나타나기 시작했다는 점에서, 중국 배경은 허구성이라는 소설의 본질적인 성격과 긴밀히 연결된다고 할 수 있다. 이렇게 볼때, 공간 설정의 문제는 곧 소설의 허구성 문제와도 맞닿아 있다고 할 수 있다.

실제, 소설의 허구성은 〈사씨남정기〉와 〈창선감의록〉이 창작된 17세기의 당대적 상황에서도, 무엇보다 소설과 관련하여 가장 큰 논란거리였다고 할 수 있다. 이때 소설의 허구성은, 홍만종이 소설을 가리켜 말한 '착공구허(鑿空構虛)'라는 말로 대표되었다. 이 말에는 무엇보다 소설이, 사실의 기록이 아니라는 점이 부각되고 있다고 할 수 있는데, 이후 이 말은 단순히 허구성의 본질을 지적하는 가치중립의 측면에서 보다는 '없는 것을 꾸며내고 없는 일을 늘여낸 것' 등의 부정적인 측면에서 거론되었다.[42]

김경미는, 착공구허 혹은 가허착공(架虛鑿空)은 창작과정에 허구적 상상력이 개입되었음을 의미하는 것으로, 이는 기록에 있어서 사실을 중시하는 유자(儒者)들에게 대체로 부정적인 것으로 인식되었다고 하면서, 이처럼 허구성이 유자들에게 경전이나 사실과의 관계 측면에서 파

---

41) 조정희는, 고소설에서 중국이라는 배경 또한 하나의 신성 공간으로 나타나고 있다고 하면서, 중국 배경에 대한 논자들의 다양한 견해에도 불구하고 중국이라는 장소의 의미는 결국 고소설의 허구성을 대표하는 상징적 유형의 공간이라는 점이라고 하였다. 조정희, 앞의 논문, 62면.

42) 〈천군연의〉의 작가 정태제(1612-1669) 는 그 서문에서 실제로는 없는 것을 꾸며내고 없는 일을 늘여낸 것이라고 하여 허구적 속성을 지적했으며, 유몽인(1559-1623)은 『於 于野談』 「學藝篇」에서 허균에 대해 부정적 평가를 내렸고, 이수광은 「芝峰類說 自敍」에서 허구성과 환상성을 비판하였다.

악되었다는 것은, 소설의 내용이 사실인가 아닌가를 거론하는 진안(眞贋) 혹은 진가(眞假)의 문제와 연결된다고 하였다.43) 이는 특히 역사 연의인 〈삼국지연의〉를 둘러싸고 일어났는데, 〈사씨남정기〉의 작가 김만중 또한 〈삼국지연의〉의 진가 문제를 중요하게 거론하면서 작가로서의 허구성, 나아가 소설의 진가 문제에 대한 인식을 드러내고 있다.

> "지금 이른바 삼국지연의라는 것은 원인(元人) 나관중(羅貫中)에게서 나온 것으로 임진(壬辰) 이후에 우리나라에서 성행하여 부녀자나 어린애들까지 다같이 외워 말할 수 있어서 우리나라의 선비들이 대부분 사서를 읽으려하지 않기 때문에 건안(建安) 이후 수백 년의 일을 모두 여기에서 믿는 근거를 취한다. 예를 들면 도원결의(桃園結義), 오관참장(五關斬將), 육출기산(六出祁山), 성단제풍(星壇祭風)과 같은 것이 왕왕 선배들의 과거 문장에서 인용한 것이 보인다. 서로 바뀌어 전해지고 이어받아서 참과 거짓이 뒤섞이니 예를 들면 여포사극(呂布射戟), 선주실시(先主失匕), 적토도단계(的盧跳檀溪), 장비거수단교(張飛據水斷橋)와 같은 것은 도리어 사실이 아니라고 의심하니 몹시 가소로운 일이다"44)

예문을 통해 드러난 것처럼, 김만중은 당시 선비들이 정사(正史)인 〈삼국지〉가 아닌 소설 〈삼국지연의〉를 통해 역사를 확인하는 것에 대해 개탄하고 있는데, 이는 당시 선비들의 잘못된 학문 태도를 지적하는 내용이면서도 동시에 소설 〈삼국지연의〉가 정사 〈삼국지〉와는 다르다는 점을 분명하게 인식하고 있음을 드러내 준다. 〈삼국지연의〉를

---

43) 김경미, 「조선후기 소설론 연구」, 이화여대 박사학위논문, 1994, 126-127면.
44) 김만중, 『서포만필』, 홍인표 역주, 일지사, 1987, 384면.

사실 여부로 진단하면서 사실과 다른 점을 지적하고 의심하는 선비들을 가소롭게 여긴다는 것은, 〈삼국지연의〉가 사실이 아님을 인식하고 있다는 것이기 때문이다.

그런데 이와 같은 소설의 진안 혹은 진가 문제는, 허구성 중에서도 소설의 공간 설정과 관련하여 매우 중요한 측면이라고 할 수 있다. 크게는 소설 전체의 배경에서부터 작게는 지명이나 장소의 측면에서까지 실제 현실, 사실을 반영한 공간 설정이 이루어지느냐 현실과는 다른, 사실이 아닌 공간 설정이 이루어지는가 하는 문제와 직접 연결될 수 있기 때문이다. 실제 〈삼국지연의〉와 같은 소설의 허구성, 비사실성을 인식한 김만중이, 〈사씨남정기〉나 〈구운몽〉의 공간 배경을 조선이 아닌 중국으로 설정하고 있는 것도 이런 점과 무관하다고 할 수 없다.

또한 이처럼 당대의 소설에 대한 인식이 소설 공간의 설정에 중요한 영향을 미친다는 것은, 소설의 공간 설정에 작가층과 향유층이 처한 당대의 현실이 매개되고 있음을 드러내 준다. 특히 소설 공간의 설정과 그 수용에서는, 작가와 독자의 공간 인식이나 관념이 중요한 요소가 된다고 할 수 있다. 실제 고소설에서 중국이라는 공간이 대표적인 배경으로 설정되거나, 비현실적인 공간, 관념적인 공간이 빈번하게 나타나며, 전고를 활용하거나 역사적, 문화적 상징을 띠는 공간이 작품 속의 특정 상황과 매개되어 설정되는 것 등은 당대 사회, 문화적 공간 관념과 밀접하게 연결된다.

고소설에서 중국 배경이 특히 17세기부터 두드러져 나타나게 되었다고 전술한 바 있는데, 이는 16세기부터 중국의 다양한 문물이 유입되어 직접 가보지 않더라도 중국의 역사와 사회, 문화 등에 친숙할 수 있었다는 당대의 사회, 문화적 상황과 연결된다고 할 수 있다. 정민

은, 중국 절강의 서호가 16,7세기 조선의 지식인층에게 중국 현지인들
보다도 실정에 밝고 익숙하며, 친숙한 공간으로 인식되었다고 하면서,
이는 무엇보다 당시 문인지식인층에서 전여성의 《서호지》가 애독서
로 자리잡았기 때문이라고 하였다. 또한 그런 과정에서 강남 땅, 특히
서호(西湖) 일대가 조선의 시인들은 물론 소설 작가들에게도 이국정서
가 충만한 낭만적 상상력을 자극하는 이상의 땅이 되었다고 하였는
데,45) 이는 중국 문물의 유입과 당대 문인들의 공간 인식, 나아가 문
학 공간의 설정에 이르는 연쇄적 영향 관계를 잘 드러내 준다고 할 수
있다.

실제 이뿐만이 아니라, 조선 시대의 소설 독서는 중국의 연의소설
수입과 더불어 성행하게 되었다고 할 수 있다. 기대승(奇大升)은 선조
2년(1569)에 올린 상소문에서 〈삼국지연의〉만이 아니라 〈초한연의〉,
〈전등신화〉, 〈태평광기〉 같은 당시에 유행하던 중국소설 모두가 남녀
간의 음담과 신괴불경지설(神怪不經之說)을 늘어놓았다고 통박하였지
만, 실제 그 속에는 중국소설의 수요가 급증하여 교서관에서까지 재료
를 대주고 판각하게 하였고 여항에서 다투어 인출하였던 사실46)까지
함께 들어 있다. 이는 중국 소설의 성독 양상을 여실히 드러내 준다고
할 수 있다. 이는 당대의 문인 작가층의 경우에도 예외가 아니었다.
허균의 경우, 1614년과 1615년 두 차례에 걸쳐 북경에 가서 4천여 권
의 중국 서적을 구입해 왔다는 기록이 있는데47), 이를 통해 허균이 적

---

45) 정민, 「16・7세기 조선 문인지식인층의 江南熱과 西湖圖」, 한국고전문학회 하계학술
　　대회 발표논문집, 2002.8, 8-9.
46) 이경선, 『삼국지연의의 비교문학적연구』, 일지사, 1976, 120면.
47) "갑인(1614)・을묘(1615) 두해에 일이 있어 북경에 두 번이나 가게 되어, 그때 살림살
　　이를 팔아서 약 4천 권의 책을 구입하였다."(甲寅乙卯兩年 因事再赴帝都 斥家貸 購得

극적으로 중국소설을 구해 읽었음을 알 수 있다.

앞서 김만중 또한 〈삼국지연의〉를 익히 읽은 상태였음이 나타났는데, 허균이나 김만중과 같은 작가들이 이들 중국 소설들을 숙독하고 애독했다는 것은, 이들의 소설 창작 과정에도 어떤 방식으로든 중국 소설의 수용이 이루어졌으리라는 추정을 하게 한다. 또한 이는 소설 공간의 수용과도 연결된다고 할 수 있는데, 실제 이들의 소설인 〈홍길동전〉이나 〈구운몽〉, 〈사씨남정기〉는 물론 당대의 다른 작품들에서도 중국이라는 거시적인 공간 배경만이 아니라 중국의 구체적인 지명, 지역 등의 수용과 활용 양상이 나타난다.

비현실적 공간이나 관념적인 공간에 관한 인식들도 당대 소설 공간의 설정에 중요한 영향을 미친 요소라고 할 수 있다. 이는 무엇보다 환상에 대한 인식이라고도 할 수 있는데, 초현실계와 현실계를 명확하게 구분하지 않거나[48], 비합리성이나 비현실의 측면에서 오늘날과는 다른 시각을 가졌던 고대인이나 중세인들의 공간 인식, 나아가 중세 이후 두드러진 세계에 대한 이원적 인식과 연결된다.[49] 이는 또한 당시 유교가 대표적인 종교로 공식화되었음에도 불구하고 그 이전부터

書籍幾四千餘卷) 허균,『閑情錄』,『국역 성소부부고』4. 소인호, 앞의 글, 193면에서 재인용.

48) 조혜란은 〈전우치전〉의 초현실계가 현실계 안에서 등장 인물들의 신념체계 속에서 존재하는 것으로, 현실계 안에서 그리고 즉각적이면서, 일상 생활 가운데서 일어날 수 있는 도술 행위가 〈전우치전〉의 공간적 특징을 단적으로 드러낸다고 하였다. 조혜란, "민중적 환상성의 한 유형-일사본 〈전우치전〉을 중심으로-",『고소설연구』제15집, 2003, 65-66면. 조정희 또한 소설에서 이계들은 서로 넘나들 수 있는 곳으로 나타난 것으로 보아, 고대인과 신의 거리가 그만큼 가깝다고 느낀 것 같다고 하였다. 조정희, 앞의 논문, 14면.

49) 강상순,「고소설에서 환상성의 몇 유형과 환몽소설의 환상성」,『고소설연구』제15집, 2003, 33면.

내려오던 무교나 불교 등이 여전히 중요한 자리를 점하면서, 특히 이 시기에 이르러 신선 사상과 관련된 선계 등의 도가적 공간 관념50)이 두드러지게 나타나게 되었다는 점과도 연결된다.

이 밖에 전고(典故)나 역사와 관련된 공간 인식 또한 공간 설정에 영향을 미치고 있다고 할 수 있다. 전고를 활용하거나 역사적, 문화적 상징을 띠는 공간이 작품 속의 특정 상황과 매개될 수 있는 것인데, 이는 소설 창작만이 아니라 지식인층의 문학 행위에서 일반적으로 이루어져 왔던 것이기도 하다. 한 예로, 중국 사행노정에서 최현은, 수양산의 모습과 느낌을 표현한 시에서 난하와 수양산을 소개하고 각각에 '의리(義理)'와 '대명(大名)'을 연관시켰는데, 이때 '백이, 숙제→의리→수양산'의 관계항에서 수양산은 더 이상 자연에 존재하는 물리적 공간이 아니라 백이, 숙제 혹은 후대인들에 의해 이념화된 공간이라고 할 수 있다.51) 이와 같은 전고나 역사 공간의 활용은 소설 속에서도 다양하게 나타나고 있다. 이들은 관습적인 공간 처리로 보여질 수도 있지만, 그 속에서 당대와 역사 공간, 당대인과 역사 속 인물이 만난다는 점에서 의미 있는 공간 설정이라고 할 수 있다

그런데 17세기의 사회, 문화적 공간 관념에서 가장 두드러지는 것은 무엇보다, 이 시기 들어 하나의 사회제도로서 정착하게 된 가부장제와

---

50) 시간적인 요소와 공간적인 요소가 하나의 합일을 이룰 대 우주관이 성립되는데, 선계(仙界)는 이와 같은 '우(宇)'와 '주(宙)'의 개념에서 현세공간과 구분된다. 무엇보다 선계에서이 공간 관념에 따른 시간치기 그것을 입증하는데, 〈구운몽〉의 선세공산인 남전산(藍田山)은 양소유가 피난하기 위하여 찾은 현세의 장소이지만, 이곳이 선계공간으로 인식되는 지점은 "楊花未落"과 "菊花滿發"에서이다. 김용범, 『道敎思想과 英雄小說』, 문학아카데미사, 1991, 34면.

51) 조규익, 「깨달음의 아이콘, 그 제의적 공간」, 소재영 외, 『연행노정, 그 고난과 깨달음의 길』, 박이정, 2004, 99-100면.

그와 관련된 공간 관념이라고 할 수 있다. 17세기는, 예학의 발달과 당쟁으로 인한 문벌사회의 도래에 따라, 이전까지 의식적 측면에 국한된 문제였던 가부장제가 하나의 사회제도로서 정착된 시기이다. 이 시기에 이르러 가부장제는 이전의 국가적 차원만이 아니라 실질적인 가족 사회까지 철저하게 자리잡게 된 것이다. 이로써 기존의 자연적이었던 가족은 이념화되고 사회 구성의 기본 단위로 편제되었다. 또한 국가도 가족의 확대된 형태로 간주되어 왕과 신하, 수령과 백성의 관계를 아버지와 자식의 관계로 보았다. 이처럼 사회의 모든 조직을 가족의 확대된 형태로 보고 그 구성원의 관계를 아버지와 자식의 관계로 보는 가부장제에서 가장 두드러지는 것은 상하 관계, 위계적 질서이다.[52]

여기에는 무엇보다 동양적 가부장제의 근원적 원리로 자리하고 있는 음양론(陰陽論)의 영향[53]이 크다고 할 수 있다. 우리의 선조들은 수천 년 동안 음양의 이치에 따라 생활하여 왔으며[54] 이는 사회와 문화

---

52) 이는 중국 유교사상 하에서의 공간 질서나 공간 배치와 유사하다. 예의 질서체계에 바탕을 둔 중국적인 공간이념은 위로는 천자에서 아래로는 서민에 이르는 서열과 위계를 가시적으로 표현하는 물리적인 구성을 취하게 되었다. 강희, 「공간사용특성에 따른 한국과 중국 전통주거 비교연구─조선시대 양진당과 명·청 시대 사합원을 중심으로─」, 국민대 석사학위논문, 2004, 23면.

53) 한대(漢代) 유학의 대표적 인물이며 유명한 춘추학자였던 동중서(董仲舒, B.C.179∼104)는 우주를 주재하는 최고의 존재로서 '천(天)'을 상정하고, 천(天)이 만물을 주재하는 작용을 하는 것은 반드시 음양과 오행의 기를 통하여 표현이 되는 것임을 역설하였다. 또한 그에 이르러, 음양오행의 개념은 소박한 자연개념에서 벗어나 가치 개념이 부여된 형이상학적 관념론으로 변화되었다. 그는 "위에 있는 모든 것은 모두 그 아래에 대해 양(陽)이 되고, 아래에 있는 모든 것은 모두 그 위에 대해 음(陰)이 된다."고 보았다. 그는 존비의 위계라는 관점에서 음양론을 전개함으로써, 종래에는 주로 횡적인 관계로 인식되었던 음양의 관계를 상하의 관계로 대치하였는데, 이것이 바로 동양적 가부장제의 근본이 된다.

54) 공간의 성격과 관련된 전통적인 음양의 개념은 다음과 같다.
　　陰＝地-內-靜-從-女-精-小-寒-消極-被動-收斂-閉鎖-內向-周邊

곳곳에서 찾아볼 수 있는데, 이 음양론이 가부장제와 결합하면서 자연스러운 문화 개념으로보다는 제도와 긴밀히 연결된 특정 사상으로 자리잡게 된 것이다. 실제 이와 같은 문화적, 사회적 상황 하에서 남녀, 부자, 군신 등의 모든 인간 관계에서 상하 위계가 나타나는데, 이는 무엇보다 공간을 통해 구조화된다.55)

　가부장제의 원형적 공간인 집의 내부 공간은 남녀의 상하, 신분의 상하, 연령의 상하의 구분에 따라 사랑채와 안채, 사랑채와 행랑채, 큰 사랑채와 작은 사랑채/ 안방과 별당으로 구분되고 있으며, 이와 같은 공간 배치에는 집 안의 어떤 구성원에 대해서도 상위를 점하는 가부장 일인의 독점적 의도성이 그대로 반영된다. 또한 이와 같은 배치에 의해 집 내부 공간은 남성의 바깥 공간이 앞이고 중심이며 상위의 공간인 데 비해, 여성의 안 공간은 뒤이고 주변이며 하위의 공간으로 위계화된다. 또한 17세기 이후에는 보다 적극적인 주자학의 실천 윤리가 주장됨으로써 가례(家禮)가 실행되었는데, 그 가운데 특히 중시된 것이 조상에 대한 제례의식이며, 이를 위해서 집에는 반드시 가묘를 세우고 일정한 법도에 따라 제례를 치르는 것이 규범화되었다. 이에 따라 가묘와 사당이 집의 북동쪽에 배치되면서 최상위의 공간으로 자리한다.56)

　　陽＝天-外-動-主-男-氣-大-暑-積極-能動-發散-開放-外向-中心·

55) 유교에서 인륜, 즉 '인간다운' 질서는, '삼강오륜'을 통해 단적으로 표현되고 있듯이, 곧 위계의 질서로 이해되고 있으며, 인간공동체 내의 이러한 위계 질서의 윤리적 완성이야말로 유교에서 지향하는 궁극적 목표였다. 조상숭배·장유유서·남녀유별의 사상과 상하계급 의식 등은 바로 이상의 유교 이념에서 파생된 것이며 그 중에서 남녀유별 사상은 조선시대 상류가옥의 내외 생활 공간 분리를 창출한 사상적 근간이다.
56) 사대부의 집이라면4대의 소상 신수를 모신 가묘를 집 안에 세우고 절기에 맞추어 정성을 다한 제사를 지내는 것이 법도로 자리잡았다. 이 과정에서 주택 전체의 구성에

그런데 이와 같은 위계적 공간 구도는 집 내부 공간에만 국한되어 나타나지 않는다. 이는 집을 둘러싸고 있는 마을과 더 나아가 세계를 구분하는 기준으로도 적용되고 있다. 마을의 경우 안쪽 공간은 속소(俗所)이며 주변 공간은 성소(聖所)에 해당된다.57) 또한 서울은 상위에 자리한 중심이요 중앙이며, 지방은 하위에 있는 변방으로 구분된다. 이는 건국 초기부터 강력한 중앙집권체제를 효과적으로 구축해서 지방의 자치권을 인정하지 않고 모든 행정이 왕의 명령에 의해 일관성을 갖도록 한 정치적 의도와 연결되는 것으로, 이를 실현하는 데에도 유교 이념이 크게 작용하였으며, 이처럼 국왕을 정점으로 한 중앙집권체제 속에서 나타난 현상은 전국 모든 지방 도시들이 서울인 도성을 정점으로 획일화되는 것이다.58)

가부장제와 관련하여 상하의 위계 질서와 더불어 두드러지는 주요 원리는 여성에 대한 공간적 통제 양상을 통해 나타난다. 하나의 제도로서 가부장제를 정착시킨 지배층은 가부장권을 강화하기 위해 자식들 특히 여성들의 행실을 철저히 단속시켰고, 17세기를 전후로 하여 이전에 국가의 정책 차원에서 이루어지던 여훈서(女訓書)의 보급이 개인 차원의 것으로 많이 전환되고 있다는 사실59)은 이를 뒷받침해 준다.

변화가 따랐다. 우선 집 안에 가묘를 세우게 되었는데 주자 가례에서는 가묘의 위치를 정침의 동쪽에 두어야 한다고 명시하였다. 이때 정침을 17세기 양반 주택에서 어디로 해석해야 하는지 불분명하였다. 정침은 일반적으로는 안채로 해석될 수 있지만 그 밖에 사랑채가 될 수도 있고 집 전체를 가리킬 수도 있기 때문이다. 많은 양반 주택에서는 정침을 안채로 보고 가묘는 안채 동쪽에 두는 결정을 한 것으로 보인다. 김동욱, 『조선시대 건축의 이해』, 서울대 출판부, 1999, 219면.

57) 김진명, 『굴레 속의 한국여성-향촌사회의 여성인류학-』, 집문당, 1993, 37면.
58) 김동욱, 앞의 책, 36면.
59) 조선조 초기부터 〈삼강행실도〉, 〈내훈〉 등이 간행되었고, 조선조 후기에도 〈여계〉, 〈여논어〉〈내훈〉〈여범촬록〉을 합본한 〈여사서〉의 언해본, 〈오륜행실도〉, 〈규중요람〉

이러한 여훈서들은 여성이 조선조 사회의 유교적 가치 체계와 의식
을 내면화하고 습관화하게 하는 데 그 초점이 있으며, 이는 무엇보다
여성의 공간을 집 안, 더 좁게는 규방 안으로 한정시킴으로써 효력을
발휘하게 된다고 할 수 있다. 집 안으로 여성의 공간을 제한하는 것의
이면에는 여성을 남성 공간으로부터 엄격히 분리, 격리, 단절시키는
공간적 의도가 자리하고 있다고 할 수 있는데, 이는 정절 이데올로기
나 내외법(內外法)이라는 가부장제의 통제 기제가 공간화된 것으로 볼
수 있다. 실제 상류 가옥에는 외부 손님들이 안채 바로 전의 중문 앞까
지 가는 것을 막기 위해 사랑채 바로 앞에 협문을 내었는데, 이는 하인
들과 여성들은 출입하지 않는 공식적인 남성 전용문이라고 할 수 있
다. 이것은 남녀 접촉을 금기시하는 유교 이데올로기의 내외법이 바로
주거공간의 형태를 일정 부분 바꾸었고, 이는 다시 남성과 여성이 접
촉할 가능성을 처음부터 원천봉쇄하는 물리적 장치로서 기능하게 되
었음을 나타낸다.[60]

이상과 같은 당대의 사회, 문화적 공간 관념이나 공간과 관련된 인
식들은 소설 공간의 설정에 어떤 식으로든 매개되었을 것이며, 특히
가부장제와 관련된 일련의 관념들과 가정소설인 〈사씨남정기〉와 〈창
선감의록〉의 공간 설정 간에는 더욱 긴밀한 관계가 형성되었을 것으
로 추정해 볼 수 있다.

등의 여성 수신서가 계속 간행되었다.

60) 김영신, 「조선시대 양반가옥의 공간구조를 통해 본 여성 통제에 관한 연구—영남 양동
마을 향단을 중심으로」, 이화여대 석사학위논문, 1995, 55-56면.

2) 가정소설 공간의 분석 방법

고소설의 공간은, 현실 공간과 비현실 공간[61]이 결합된 양상으로 나타난다. 작품에 따라 그 비중은 다르지만 대체로 이와 같은 공간 구성을 취한다고 할 수 있는데, 최초의 소설인 김시습의 〈금오신화〉에서부터 그 양상이 두드러진다. 〈금오신화〉의 다섯 작품들은 현실계와 비현실계가 대등한 비중을 지니면서, 사건과 갈등의 양상에 따라 공간의 초점이 이동하는 공간 구조를 취하고 있다. 이와 같은 공간 구조는 곧 작품의 지향과 연결되는데, 예를 들어 〈이생규장전〉 등과 같이 '현실계→비현실계→현실계'로 공간 구조가 변화하는 작품의 경우, 주인공이 현실계에서 자신의 욕망을 제대로 실현하지 못해 비현실 공간으로 이동하고 그 곳에서 일시적인 충족이 이루어지지만, 현실계로 돌아올 수밖에 없는 그 근본적인 불완전성으로 인해 결국 비극성이 증대하는 양상을 낳게 되는 것이다.[62] 이때 현실과 비현실은 인물이나 작가의 인식이나 그 서사적 기능 등에서 대립 구도의 양상을 띤다고 할 수 있다. 〈금오신화〉이후에 대거 나타난 몽유록 유형의 소설들에서도 그 양상이 '꿈 이전→꿈→꿈 이후'로 바뀌었을 뿐, '현실→비현실→현실'의 공간 구조는 그대로이다.[63]

17세기 작품들인 〈구운몽〉이나 〈숙향전〉에서도 현실과 비현실의 공간 구성은 두드러지게 나타나고 있다. 〈구운몽〉의 경우는 전대의 몽유

---

61) 여기에는 천상계, 선계, 지하계, 수중계 등 고소설에 나타나는 비현실, 비일상의 공간이 모두 포함된다.
62) 심형근, 앞의 논문, 28면.
63) '꿈'은 인간이 현실계에서 비현실계라는 다른 공간으로 자유롭게 넘어가는 공간 이동을 자연스럽게 처리하는 장치이다. 심형근, 앞의 논문, 13면.

구조를 수용하면서도, 꿈 속이라는 비현실 공간이 한 순간의 경험이 아니라 일생의 경험으로 나타나고 있으며, 외형상 꿈 속이라는 비현실 공간의 양상이면서도 오히려 일상적인 공간의 양상을 띠는 이중적인 공간 구성을 드러낸다는 점에서 현실과 비현실 공간 구성의 다른 모색을 보여주고 있다. 〈숙향전〉의 경우에는, 천상에서 죄를 지은 인물들이 지상계로 내려온다는 적강 구조를 통해 이원적 세계관을 여실히 드러내고 있다. 동시에 그야말로 현실과 비현실이 다채롭게 혼합되면서, 천상계와 지상계, 선계와 속계, 지상계와 지하계 등의 경계가 무화(無化)되기도 하고64), 꿈이라는 매개 공간을 통해 연결되기도 한다.

이처럼 15세기의 〈금오신화〉로부터 17세기의 〈구운몽〉이나 〈숙향전〉에 이르기까지, 고소설의 공간은 대체로 현실과 비현실의 공존과 결합 양상을 띠면서 비현실 공간이 초점화되는 특징을 드러내는데, 그런 점에서 이들 소설은 현실/비현실의 공간 구도를 지닌다고 할 수 있다.65) 실제 이들 소설에 대한 공간 논의 또한 이와 같은 현실/비현실의 공간 구도 속에서 전개되어 왔다.

이에 비해, 본고에서 대상으로 하는 17세기의 가정소설인 〈사씨남정기〉와 〈창선감의록〉에서는, 이 시기까지 주된 공간 구도였던 현실/비현실 구도와는 다른 구도가 나타나고 있다. 그것은 바로 집/집 밖의

---

64) 성현경은, 〈숙향전〉의 이와 같은 선속, 지상·지하의 통합 양상을 작품의 공간적 특징으로 지적하는 동시에, 이를 두 세계의 구분이 명확한 서양의 공간관념과는 다른 우리 고유의 공간 관념으로 보았다. 성현경, 「淑香傳論」, 『한국옛소설론』, 새문사, 1995, 135–161면.

65) 16세기 말에서 17세기에 들어가면서 변모된 애정전기의 경우, 전란 이후의 현실적이고 사실적인 공간 속에서의 남녀의 이합이 새로운 서사 구조로 나타나게 되었는데, 이런 섬에서 이 시기 애정전기는 현실/비현실의 공간 구도에서 비껴서 있다고 할 수 있다.

구도이다. 이는 무엇보다 두 작품에서 나타나는 대표적인 공간적 행위가 '집을 떠나다'와 '집으로 돌아오다'이기 때문이다. 물론 17세기 들어 가족과 가정의 문제가 새롭게 부각되면서, 이미 〈홍길동전〉과 〈최척전〉 등에서 가족의 공간으로서 집이 나타나고, 서사 전개상 그 '집을 떠나는 행위'도 부각되고 있다. 그런데 〈홍길동전〉의 경우, 결정적으로 '집으로 돌아오다'가 나타나지 않는다. 집은 물론 집 밖의 공적인 공간도 부정시되면서 결국은 조선이라는 나라를 떠나 율도국으로 가는 공간의 확산이 나타나고 있으며, 이는 곧 길동이라는 인물의 존재 탐색이나 자아실현과 대응되는 것으로 파악되기도 한다.[66]

이에 비해 〈최척전〉은 일단 가정 내적인 문제가 아닌 전란과 피난이라는 가정 외적인 문제, 사회적 문제로 '집 떠나기'가 이루어진다. 따라서 〈홍길동전〉과 같은 집에 대한 부정은 나타나지 않으며, '집으로 돌아오기'를 통한 가족의 재결합으로 서사가 종결된다. 이런 점에서 〈최척전〉은 가정소설인 〈사씨남정기〉나 〈창선감의록〉과 공간 구도를 공유한다고 볼 수도 있다. 그런데 〈최척전〉의 경우, 집이 아닌 집 밖에 초점이 있다. 다시 말해 집 밖의 확대가 나타나고 있는 것이다. 이는 결국 집과 집 밖이 대등한 대치 구도를 지니지 못한다는 것을 의미한다.

17세기 가문소설인 〈소현성록〉 또한 집을 중심으로 서사가 전개된다는 점에서, 다른 여느 작품들보다 〈사씨남정기〉나 〈창선감의록〉의 공간 구도와 밀접한 관계에 있다고 할 수 있다. 그러나 〈소현성록〉에

---

66) 성현경, 「洪吉童傳論—야동본을 중심으로—」, 앞의 책, 99-100면. 강현모, 「〈홍길동전〉 서사 구조의 특징과 양상」, 『한민족 문화 연구』창간호, 한민족문화연구학회, 1996, 12면.

서는 집 밖이 아닌 집 안이 초점화되고 있으며, 그런 점에서 집 안의 안/밖 구도가 더 중심이 된다고 할 수 있을 것이다. 이에 비해 가정소설인 〈사씨남정기〉나 〈창선감의록〉에서는 집과 집 밖이 대등하게 구성되고 있다. 이는 단순히 서사의 비중 면에서 나타나는 대등함이 아니다. 집과 집 밖, 그리고 떠나고 들어오는 행위에 의한 공간 이동이 갈등과 긴밀히 연결되면서 긴장 구도를 이루고 있는 것이다. 그런 점에서 이와 같은 집/집 밖의 대치, 긴장 구도는, 같은 시기의 가정이나 가족의 문제를 다룬 다른 소설과 변별되는, 〈사씨남정기〉와 〈창선감의록〉의 특징적 공간 구도라고 할 수 있다.

따라서 가정소설인 〈사씨남정기〉나 〈창선감의록〉의 공간은, 무엇보다 이 집/집 밖의 기본구도를 중심으로 분석되어야 할 것이며, 그럴 때 두 작품의 공간이 지닌 특징 또한 잘 드러나게 될 것이다. 또한 이와 같은 기본 구도는 다시 표층 구조와 심층 구조로 나뉠 수 있는데, 전자는 작품 속의 집과 집 밖 공간의 표층적인 양상을 살피는 것으로, 각 공간의 객관적인 실상을 충실히 드러내는 것을 목적으로 한다. 이는 심층 구조 분석을 위한 토대로서 진행될 것인데, 배치를 통해 나타나는 정적 구조와 공간의 이동을 통해 나타나는 동적 구조로 나누어 살펴볼 것이다.

이때 정적인 구조에서는 특히, 명대의 재상가로 설정되어 있는 허구적 상황이 실제 집의 배치에서 나타나는가의 여부에 주목하여 살펴볼 것이다. 명대의 전형적인 주택 구조는, 원진하게 폐쇄된 공간구성, 좌우대칭의 축적 구성을 기본으로 하는 口자형 구성을 취하는 사합원으로, 중국의 전통적인 생활공간의 구성원리인 '전당후실(前堂後室)' 또는 '전조후침(前朝後寢)'의 원리에 입각한 배치가 이루어지고 있다. 또한 주택 전방에 놓인 마당까지는 외부인의 출입이 허용되는 반면, 그 후방은 가족 이외 외부인의 출입이 철저히 금지되는 사적 공간으로 규정되는 등 주택 내부에 있어서 남녀와 상하의 구분이 비교적 엄격하게 적용되었다고 할 수 있다.[67] 이처럼 가부장제를 바탕으로 하는 유교적인 공간질서가 주거공간의 구성에 크게 작용하고 있다는 점에서, 명대의 사합원은 17세기의 조선의 사대부 집과 상당히 유사하다고 할 수 있다.

그러나 당대 조선의 집은 무엇보다 남녀의 공간이 안채와 바깥채로 따로 구성되어 있다는 점을 특징으로 한다. 이는 단순한 배치의 문제를 떠나 남녀 공간의 분리에서 매개된 여러 가지 사건과 갈등을 유발할 수 있고, 이는 곧 작품의 심층 구조와 긴밀히 연결되는 측면이다. 따라서 두 작품 속의 집이 그 구성과 배치에서 중국의 것이냐 조선의 것이냐는, 심층 구조의 분석을 위해 전제적으로 파악되어야 할 중요한 측면이라고 할 수 있다. 또한 중국 배경이 그 실상에 부합되어 나타나는가는, 소설의 허구적 구성이라는 작가의 공간 인식과 공간 설정의 문제와도 연결될 수 있다. 이는 집 밖의 배치에도 그대로 적용될 수 있는 측면이므로, 이와 같은 전제 하에 정적 구조에 대한 세심한 고찰이 필요하다.

다음으로는 갈등과 공간의 관계, 인물과 공간의 관계, 작품의 주제, 지향과 공간 구조의 관계 등의 세 층위에서 공간 구도의 심층 구조를 분석할 것이다. 여기에서는 무엇보다 집이, 일상적이고 현실적인 삶의 공간으로서 그 속에서 인물들의 생활이 구체적으로 이루어지는 물리적 배경이라는 측면을 넘어, 당대 사회와 그 이데올로기의 공간적

---

67) 손세관, 『깊게 본 중국의 주택 −중국의 주거문화 下』, 열화당, 2001.

구현체로서 인물의 행위와 사고에 지대한 영향을 미치는 중요한 의미소라는 측면에서 다루어져야 할 것이다. 실제 가부장제 질서의 심리적인 구획이나 그와 관련된 상징성 등으로 인해, 집은 갈등의 추이와 긴밀히 연계되고, 인물의 행위와 심리에 중요한 영향을 미치게 되며, 나아가 공간 구조의 정점으로서 작품의 지향을 드러내기 때문이다.

먼저, 갈등과 공간의 관계는, 집 안의 경우 집 안의 위계나 남녀의 구분 등과 같은 공간 질서와 갈등의 연계 양상에, 집 밖의 경우 집으로부터의 심리적, 물리적 거리와 갈등의 추이 간의 연계 양상에 초점을 맞추어 분석할 것이다. 다음으로, 인물과 공간의 관계에서는, 집이나 집 밖이라는 공간이 각각 내부 공간과 외부 공간이라는 측면[68]에 초점을 맞추어, 인물들이 각 공간에서 느끼는 심리적, 정서적 반응을 공간적 행위 지표로 추출하고 이를 통해 각 공간의 성격을 규정할 것이다. 마지막으로, 작품의 지향과 공간 구조의 관계에서는, 집을 중심으로 한 순환 구도의 양상과 의미를, 집과 그 구성원인 인물의 두 측면에서 나누어 분석할 것이다. 이때 작품의 공간 구조가 지니는 궁극적인 지향이 드러나게 될 것이다.

이상과 같이, 두 작품의 공간은 표층과 심층 구조의 거시적 층위에서, 또한 각각의 구조 안에서 다시 정적, 동적 구조와 갈등, 인물, 순환 구도 등의 세부적인 층위 등을 통해 분석될 것이다. 또한 이럴 때, 두

---

68) 박혜리는 〈심청전〉의 공간 구조를 다루면서, 로트만의 내외 공간 개념을 적용하여 심청의 집은 형태만 있을 뿐 집으로서의 아무런 기능도 가지지 못하는 내부 공간으로, 심청이 기대고 쉬어야 할 평온함과 휴식이라는 고유의 기능을 상실하고 있다고 보았다. 즉, 심청의 내부 공간은 본래의 기능인 보호의 기능과 평온함을 주는 기능을 상실한 불완전한 내부공간으로, 심청을 보다 큰 고난에 빠뜨리고 죽음에까지 이르게 하는 공간이라는 것이다. 박혜리, 앞의 논문.

작품 속에서 공간은, 인물이 거처하는 방에서부터 마당이나 후원, 나아가 집 전체, 그리고 집 밖의 여러 지역과 중국이라는 거시적인 공간 배경까지를 모두 포괄하며, 동시에 행위의 배경으로서의 공간에서 이미지나 인식과 관련된 인물의 정서적 영역까지 확대, 심화시킨 공간, 나아가 그 이동을 통해 작품 전체의 지향하는 바를 드러내는 주제적 구성 요소로서의 공간까지를 포함하는 개념으로서 다루어질 것이다.

3. 17세기 가정소설 공간의 기본 구도

1) 기본 공간의 배치

〈사씨남정기〉와 〈창선감의록〉의 서사구조 속에서 선명하게 구별되는 두 개의 공간은 집과 집 밖 공간이다. 이는 무엇보다 서사에서 나타나는 공간적 행위의 핵심이 '집을 떠나다'와 '집으로 돌아오다'로 나타나기 때문이다. 또한 이때 집은, 여성 인물들이 결혼 이후에 편입하게 되는 시가(媤家)를 의미하게 되며, 따라서 〈사씨남정기〉에서는 유한림의 집을, 〈창선감의록〉에서는 화진의 집을 의미한다.[69]

---

69) 〈창선감의록〉에서는, 화가 이외의 다른 집들도 나오고 특히 남성 주인공 화진의 또 다른 부인인 윤씨의 결혼 전 집은, 결혼 전 여성 인물들의 집거지로서 윤씨의 쌍둥이 동생인 윤여옥을 중심으로 상당히 비중 있게 다루어지고 있으며, 집을 떠나 유리하던 결혼 전의 남씨가 험난한 여정 끝에 안착하게 되는 공간이기도 하다. 이런 점에서 남녀 인물들의 결혼 이전의 서사에서는 분명 중요한 위치를 점하고 있다고 할 수 있는데, 이는 다른 측면에서 〈사씨남정기〉가 사씨의 결혼을 기점으로 서사가 전개되는 데 비해, 〈창선감의록〉에서는 남녀 인물들의 결혼 전 삶, 특히 여성 인물들의 시련을 중심으로 한 서사가 비중 있게 전반부에 자리하고 있기 때문이기도 하다. 그러나 서사 전반에서 중심적으로 다루어지는 집은 분명 화가이다. 따라서 이를 중심으로 하고 다른 집들을 참고적으로 함께 다루도록 하겠다.

(1) 유교적 원리에 따른 집 배치

〈사씨남정기〉에서 유가(劉家)는 "누대의 재상가로서 머물던 저택은 왕후의 그것과 같다[70]"고 언급되고 있다. 그 공간 구성과 배치 양상을 살펴보면, 먼저 집 안에 가묘와 사당이 있는 것으로 나타난다. 가묘는 사씨가 시집와서 가묘에 올라가 조종 선령께 고유했다[71]는 데서 처음 나타나며, 또한 사씨를 내보내고 교씨를 정실로 올리는 과정에서 사당의 존재가 나타나는데, 이때 사당을 청소하고 향안을 배설하는 등의 의례 과정이 나타난다. 가묘의 건립은 조선 초만 해도 부진하였고, 그 상징성도 부각되지 않아 부수어 버리는 사례도 있었으나, 조선 중반기 이후에 이르면서 가묘와 사당은 가문과 친족 조직의 구체적 상징으로 자리잡게 되었고, 종가의 사당이 지니는 의미는 더욱 커지게 된다.[72] 따라서 유배지에서 해배된 유한림이 무창으로 집을 옮길 때나 강서부 중에서 3년 간 머물 때 이 가묘를 옮겨오고자 했던 것이나, 사씨를 내보낼 때 유씨 종족이 사당에 모두 모이는 것 등이 나타나는 것에서, 〈사씨남정기〉의 가묘와 사당은 당대의 현실과 상당 부분 일치하는 공간 구성이라고 할 수 있다. 또한 집 안에는 사당, 사랑, 안채, 행랑채 순의 공간적 위계가 있고, 이를 공간적으로 표시하기 위해 지반의 높이를 달리해서 각 채를 기초보다 높게 짓기도 했는데[73], 상가묘(上家廟)라는 표현에 의하면 이와 같은 건축 방식도 따르고 있음을 알 수 있다.

---

70) 家世宰輔 所居第宅如王侯. 〈사씨남정기〉 225면.
71) 上家廟 告祖宗. 〈사씨남정기〉 235면.
72) 한옥공간연구회 편, 『한옥의 공간문화』, 교문사, 2004, 51면.
73) 땅의 높이를 통해서 그 위에서 생활하는 사람들의 위계를 강조하고자 한 것이다. 윤재홍, 『우리 옛집 사람됨의 공간』, 집문당, 2004, 19면.

또한 외당으로 나갔다든지 내당으로 들어왔다 등의 표현들이 자주 나타나면서 남녀의 공간이 안채와 바깥채로 따로 구성되어 있는 것으로 나타나는데.[74] 실제 유한림이 머무는 바깥채는 그 존재만 확인될 뿐 구체적으로 나타나지 않고, 사씨가 머무는 정침과 교씨가 머무는 별당, 그리고 별당이 있는 화원 등 안채가 두드러지게 나타나며, 사씨의 처소인 정침으로부터 별당이 멀리 떨어져 평소의 거문고 소리가 들리지 않는다고 할 정도로 안채의 규모가 크다고 할 수 있다. 또한 별당이 있는 화원에는 꽃구경을 하고 차를 달여 마실 수 있는 정자가 구비되어 있으며, 여기에 백자당이라는 별당이 위치하는데, 백자당은 외부와 단지 담장 하나를 사이에 두고 있는 것으로 되어 있다. 이는, 당시에 별당을 안채 뒤 또는 옆으로 주택의 여러 건물과 완전히 분리해서 짓고, 그 주위에 정원과 연지(蓮池)를 만들어서 주인과 가족들의 소요자적(逍遙自適)의 공간으로 삼았던 것과도 근접해 있다.

이처럼 유가는 공간의 구성 면에서 당대 상층 가옥에 가깝다고 할 수 있으나[75], 실제 왕후의 집과 같다는 위용이나 규모는 잘 드러나지

---

74) 유가는 아니지만, 사씨가 결혼하기 전 친정의 모습은 엄격한 내외 양상을 잘 드러낸다. 남주인이 없는 사가에 유소사가 직접 청혼하러 가지 않고 매파를 보내며, 일이 어그러져 두 번째 갈 때도 신성 지현을 보낸다. 이에 사가에서도 남자가 없어 유모가 아기 공자(희랑)을 안고 나와 객당에서 지현을 맞는다. 또한 지현의 청혼에 유모가 안에 들어가 부인의 답을 얻어 나와 전해 주는 등 엄격한 내외 구분 양상이 나타난다.

75) 작품 속에서 두 집은 중국 명나라의 재상가로 설정되어 있으나, 실제 그 양상은 조선 사대부가의 그것이다. 중국의 사합원이라는 전통 주택은, 그 가운데에 마당을 두고 건물이 그 주변을 둘러싸는 공간구성을 취하고, 내외지법에 의해 남녀의 공간 사용에는 구분이 있었으나 별침하지는 않았으며, 북－동－서－남의 방위에 따른 위계적 배치와 세대(世代)에 따른 위계적 배치에 의해 네 동의 각기 독립된 건물로 구성되어 있었다.(손세관, 앞의 책.) 이에 비해 한국의 전통 주택은 내외지법(內外之法)에 의해 남녀 생활공간이 안채와 사랑채로 독립되어 있으며, 이것이 한국 건축의 특질이자 중국 주택과의 변별점이 된다.

않는다. 이는 집에 거주하는 구성원의 수와 무관하다고 할 수 없는데, 실제 〈사씨남정기〉에 비해 대가족인 〈창선감의록〉에서는 집의 규모나 가옥 구조 등에서 훨씬 장대하고 복잡한 양상이 나타난다.

(1) 화공의 집안에서는 선대(先代)로부터 이미 부(府) 동쪽으로 30리 떨어진 월왕성(越王城) 아래에 터를 잡은 채 살고 있었다. 산을 깎아 누대를 세우고 냇물을 끌어다 못을 만들었으므로, 아름다운 집채가 구름 속에 우뚝하고, 고운 기둥들은 가지런히 늘어서 있었다. 진기하고 아름다운 나무들도 울창하게 가꾸어져 있었으니, 학은 푸른 소나무에서 울고, 사슴은 고운 제방에서 노닐었다.[76]

(2) 그 무렵 심부인은 정당(正堂) 취성루(聚星樓)에서 거주하고, 성부인은 취화당(翠華堂)에서 거주했다. 동쪽의 수선루(壽仙樓)에서는 정부인이 거주하고, 서쪽 설매당(雪梅堂)에서는 임소저가 거주했다. 녹영당(綠影堂)에서는 성부인의 아들 준의 아내인 요씨(姚氏)가 머무르고, 수선루 좌측의 홍매당(紅梅堂)에서는 태강소저가 머물렀다. 화공은 백화헌(百花軒)에 기거하면서 두 아들로 하여금 한송정(寒松亭)과 죽우당(竹友堂)에서 각각 거주하게 하고, 쌍취정(雙翠亭)은 성생(成生)의 서실(書室)로 삼게 했다.[77]

(1)은 소흥부에 자리잡은 화가(花家)의 모습으로, 집 주변에 산을 깎아 만든 대(臺)나 후원, 동산과 연못이 나타나는 등 그 대지의 규모와

---

76) 自公先世 已卜居于府東三十里 越王城之下 斲山爲臺 引水成塘 華構入雲 彩棟參差 珍樹嘉木 鬱然成行 鶴唳淸霄 鹿遊金堤.〈창선감의록〉 24면.

77) 時沐夫人處正堂聚星樓., 成夫人居翠華堂., 東邊壽仙樓, 鄭夫人處之., 西邊雲梅堂, 林小姐居之. 綠影堂, 成夫人子儁之妻姚氏處之. 壽仙之左紅梅堂, 太姜小姐居之. 公處百花軒. 使兩子處寒松亭竹友堂, 而雙翠亭爲書室也.〈창선감의록〉 25면.

화려함 등에서 〈사씨남정기〉와는 다른 양상을 띤다. 그 내포하는 바는 다르지만, 윤부인이 격리되어 머물던 북원소각이 내당에서 팔구 리나 떨어져 있어 인적이 닿지 않는 곳78)이라는 것이나, 그 북원의 묘사79) 등에서도 화가의 규모가 부각되고 있다. (2)의 가옥 구조 또한 〈사씨남정기〉에 비해 많은 인물이 나오는 만큼 훨씬 복잡하게 나타나는데, 이에 의하면 여성 공간은 심부인을 중심으로 모든 여성 인물들에게 각각의 공간이 안배되어 있고80), 남성 공간은 화공을 중심으로 또한 각각의 공간이 안배되어 있다. 무엇보다 화공의 누이인 성부인과 그 아들 며느리의 공간까지 나타나고 있어 대가족의 면모를 여실히 보여준다. 또한 이와 같은 공간의 부여, 배치가 화욱이라는 가장에 의해 정해진 것임이 분명하게 드러나고 있는데, 그런 점에서 이들 공간은 각 인물이 지니는 신분, 위치와 밀접하게 연결되어 있을 것으로 추정되지만, 그것이 공간적으로 표면화되어 나타나지는 않는다.81)

이후에 화진의 두 부인인 윤, 남씨와 화춘의 첩인 조녀가 들어오면서 다시 각각 비춘당과 봉귀정, 그리고 만류정 등이 추가로 배치되는데, 〈사씨남정기〉에서와 마찬가지로 두 부인의 처소보다는 조녀의 만

78) 公子沈思移時, 問日, "北園小閣, 距內堂幾何?" 兩人日, "相距八九里, 而人跡不相到也."〈창선감의록〉225면.

79) 此時, 尹夫人在深園萬木之中. 秋風一起, 黃葉滿庭, 哀猿晝啼, 山鬼夜呼.〈창선감의록〉227면.

80) 실제 상층의 대가족이라 하더라도 며느리들은 특별한 공간이 안배되지 않던 현실에 비해, 〈창선감의록〉에서는 모든 여성 인물의 거처가 따로 배정되고 있다.

81) 신재홍은 〈구운몽〉의 결말부에 나타나는 양부의 공간 배치에서, 특히 대부인-영양공주-양소유의 처소가 남북으로 일직선상에 놓여있는 데 주목하여, 이 축이 곧 양부의 뼈대를 의미하며 양소유의 집은 곧 당대 사대부 가정의 이데올로기적 모델이라 할 수 있다고 보았다. 신재홍, 「구운몽의 서술원리와 이념성」, 『고전문학연구』 5, 한국고전문학연구회, 1990, 149-150면.

류정이 부각되고 있다. 특히 조녀의 경우 처음에는 취란당에서 거처했으나, 외당과 너무 멀리 떨어져 있어 왕래하기 불편하다는 이유로 화춘이 만류정으로 옮겨가게 했으며, 이는 외당과 협문 하나를 사이에 두었다고 나타난 것으로 보아 외당과 상당히 가깝게 위치한 것으로 보인다. 또한 조녀의 유입과 관련하여 서원(西苑)의 이화정도 나타난다. 화춘은 이 이화정 뜰을 거닐다가 우연히 이웃집의 조녀를 보게 된 것이다.

또한 백화헌이나 한송정, 죽우당이나 쌍취정 등의 명칭에서 별당형 사랑채의 양상이 연상되는데, 그와 같은 별당형 사랑채의 가장 일반적인 형태가 서재형이나 누정형이었으며, 조선 전기까지는 주택 안에서 보편화되지 못하다가 17세기 이후 폭발적으로 증가했다[82]는 점에서, 당시의 건축 양식간의 상관성을 엿볼 수 있다. 실제 화욱과 화춘의 갈등이 본격화되기 시작한 후원의 상춘정도 집 안의 누각이나 정자의 존재를 확인시켜 준다. 또한 윤공자가 북원소각을 찾아가는 대목에서는, 높이가 다섯 길이나 되는 높은 담[83]의 존재가 나타나는데, 이는 상층 집의 집 밖에 대한 격리와 차단의 원리가 공간화된 것이라고 할 수 있으며, 이 역시 당시 상층 집의 대문이나 담의 건축 양식과 맞닿아 있다고 할 수 있다.[84] 실제 윤공자는 창두를 시켜 나무를 베어 담 아래에다 쌓게 한 뒤 그것을 타고 담을 넘어간다.[85]

82) 강영환, 『새로 쓴 한국 주거문화의 역사』, 기문당, 2002, 211면.
83) 卽人靑驢向越土成卜. 陽雲桂化, 小騎馬從之, 到北園下, 崇垣周遭, 而其高五丈.〈창선감의록〉 226면.
84) 이런 상황은, 화가와 정적의 관계에 있는 당대 최고의 권세가인 엄숭의 집이 일곱 겹의 문으로 겹겹이 싸여 있었다는 데(公子之計迂矣. 自此堂至外門, 凡度七重金鎖.〈창선감의록〉 254면)서도 잘 나타난다.
85) 公子乃使蒼頭, 伐木而積其下, 乘之以上.〈창선감의록〉 226면.

이와 함께 결말부에 서울집으로 다시 옮겨갔을 때 소흥의 가묘를 옮겨온다든지, 화진이 두 신부와 함께 집에 돌아와 먼저 가묘에 배알하는 예를 올린다든지 여성 인물들이 출문당할 때 사당에 고하는 것 등에서 가묘와 사당이 부각되는데, 이는 〈사씨남정기〉의 양상과 유사하다. 그런데 〈창선감의록〉에서는 이 밖에도 과거급제한 신래의 배알이나 새집 헌수식에서의 제사 등 의례와 관련하여 더욱 다양한 양상이 나타나며, 화상서의 삼년상을 치르는 악차(堊次)도 나타난다. 또한 결말부의 새집 헌수식에서는 대규모의 잔치가 벌어지면서, 안마당이 의례의 공간으로 사용되는 양상이 나타나기도 한다. 평상시에 접근이 차단되었던 안마당과 안대청이 혼례나 각종 의례시에 가족에 한해서 공개되는 양상[86] 또한 당대의 공간 사용과 근접한 것이라고 할 수 있다.

〈창선감의록〉에서는 〈사씨남정기〉에서 표면화되지 않았던 사랑채도 부각되는데, 화공이 백화헌에서 손님을 맞아 술과 음식을 나누면서 담소한다[87]든지, 화공이 죽은 이후에 장자 화춘이 백화헌에서 범한, 장평 무리와 함께 지낸다든지 하는 모습 등을 통해 남성 공간인 사랑의 기본적인 기능이 나타나고 있다. 또한 집 안의 남녀 공간을 구분하는 공간물인 중문(中門)의 존재가 매우 부각되어 나타난다. 이 또한 가족원이나 그 밖의 구성원이 많은 집이기 때문에 나타나는 양상이기도 하지만, 작품 속에서는 바깥에서 찾아오는 사람들의 차단이라는 본래 기능 외에 안채의 여성 인물이 집을 나가게 될 때 거쳐 나갈 수밖에 없는, 출문(黜門)의 절차와 관련된 공간으로 더 부각되고 있다.[88] 이와

---

86) 한옥공간연구회 편, 앞의 책, 48면.

87) 公乃與侍郎, 相携還百花軒, 進酒告飯, 從容良晤. 〈창선감의록〉 36면.

88) 정지영은 『조선왕조실록』의 "≪예(禮)≫에 따르면, 부인은 낮에 뜰에서 놀지 않고, 까닭 없이 중문에 나오지 않는 것이니 이는 부도(婦道)를 삼가야 하기 때문이다"(『세종

함께 집 안의 공간이면서도 인물들이 내쳐지거나 격리되는 공간으로 기능하는 중랑채나 북원소각 등도 나타난다.

이처럼 그 규모나 구성 등에서 차이가 나타나기는 하지만, 기본적으로 두 작품은 당대 상층 집의 구성과 구조를 공유하고 있으며, 무엇보다 남녀의 안/밖 구분이나 일정한 질서에 의한 공간 배치, 그리고 사당이나 가묘와 같은 가부장제의 대표적 공간물의 부각 등이 나타난다는 점에서, 당대의 가부장제 공간 질서에 부합하는 공간 배치가 이루어지고 있다고 할 수 있다. 특히 '중문'은 남녀의 엄격한 구분을 공간화한 대표적인 공간물[89)로 두 작품에서 모두 빈번하게 나타나고 있다.

(2) 지리지적 사실에 근거한 집 밖 배치

① '북경'과 '장사'의 대칭적 정점 배치

〈사씨남정기〉에서는 유가를 중심으로 사씨의 친정인 신성과 교씨의 친정 하간부가 모두 북경 근처의 지역으로 설정[90)되는 등 인물들의

실록』 13년 6월 25일)나 "예(禮)를 살피면, 부인이 중문(中門)을 나오면 반드시 얼굴을 가리고, 나갈 때는 사방을 두른 가마를 타니, 의심할 여지를 없애고 위협에 미리 대비하기 위한 것입니다.(『태종실록』 4년 5월 25일)" 와 같은 부분의 예들이, 전통사회에서 중문이라는 경계가 규방여성이 넘나들 만한 이유가 있을 때만 넘어설 수 있는 것이었음을 드러내고 있다고 지적하였다. 정지영, 「규방 여성의 외출과 놀이: 규제와 위반, 그 틈새」, 국제문화재단 편, 앞의 책, 131–132면.

89) 남녀유별의 사상은 공간을 분할하는 기준이 되었다. 사랑채와 안채 사이에는 담을 치고 문을 달았으며, 이 문이 닫히면 두 세계는 완전히 차단되었다. 외부 사람의 안채 출입을 엄금하고, 시선이 안채에 이르는 것을 막기 위한 '내외벽'과 '내외담'을 실시하였다. 전라도 지방에서는 이를 대신하여 중문 가까이에 화단을 설치하는 경우도 있었다. 이러한 내외벽의 형태는 지층에서 약간 떨어져서 외부 사람의 시선은 차단하고 안채에서는 외부사람의 발을 볼 수 있어 그의 신분을 파악할 수 있었다고 한다. 윤현정, 「한국전통주거공간에 있어서 경계공간의 개념 및 특성–조선시대 주거건축의 공간구조를 중심으로–」, 세종대학교 석사학위논문, 2002, 26면.

근거지가 모두 북경을 중심으로 혹은 유가를 중심으로 설정되어 있다. 그러다가 결혼 이후 두 남녀 주인공의 축출로 새로운 공간들이 나타나는데, 축출 이전, 즉 본격적인 공간 추가 이전에 유한림이 안찰을 떠나는 산동이 또한 중요한 공간으로 추가 배치된다. 이는 철저히 사씨 축출의 음모와 연계된 혹은 그것을 위한 공간 배치라고 할 수 있다. 또한 사씨의 축출 이전에 두부인의 '장사'행이 이루어지면서 '장사'라는 새로운 공간이 추가되는데, 이 공간은 서울과 유가 주위에서 움직이던 동선의 범주를 일순간 확장시키는 의미를 지니는 동시에 사씨 남행의 동인, 목적으로서의 의미를 지닌다. 이후 사씨의 축출로 유씨 선영, 화용현, 동정호 악양루, 군산의 수월암 등이 추가로 배치되고, 유한림의 축출로 행주, 장사[91], 무창, 강서부중 등의 공간이 추가로 배치된다.

먼저, 사씨가 축출 이후 찾아가는 선산묘하는 "장어성동지선산(葬於城東之先山)"[92]으로 북경 부근에 위치해 있는 것으로 나타나는데, 실제 사씨가 이곳을 찾아갈 때 북경 내 성의 동문(東門) 가운데 하나인 조양문(朝陽門)을 지나는 것으로 되어 있다. 다음 목적지인 장사는 고모인 성부인이 있는 곳으로, 꿈에 나타난 유소사의 말에서 알 수 있듯이 북경으로부터 '남쪽으로 오천 리나 떨어진[93]' 먼 공간이다. 바로 여기에서부터 사씨의 본격적인 남행이 시작되는데, 사씨는 남방으로 왕래하면서 장사를 하는 통주 사람 장삼이 두부인 댁의 종이라는 말을 듣고,

---

90) 유한림–북경 순천부(명 영락 년간 북경 일대 지역) /사씨– 신성현(하북성에 있던 고을. 북경 바로 남쪽에 인접) /교씨– 하간부(하북성에 있던 고을. 북경에서 멀지 않음)
91) 동정호 악양루, 군산의 수월암 등 사씨와 같은 여정이 여기에 포함된다.
92) 〈사씨남정기〉 237면.
93) 當南行五千里外以避之. 〈사씨남정기〉 280면.

광서 지방으로 가는 그의 배를 타고 장사로 떠난다. 통주는 북경 동쪽 해안가 지역의 지명으로 남쪽으로 가는 수로가 연결된 곳이다. 두부인이 사씨에게 찾아가 장사로 올 것을 권유할 때도 바로 이 수로가 통한다는 것을 강조한 바94) 있다. 또한 광서 지방은 장사가 있는 호광 지방을 거쳐 더 남쪽으로 내려가는 곳이다. 따라서 사씨의 장사행은 중국 명나라의 지리지적 사실에 근거하여 이루어지고 있으며, 북쪽에서 남쪽으로의 이동이라고 할 수 있다.95)

이후 사씨는 장사가 있는 호광지방에 도착하게 되는데, 이는 배를 타고 가는 과정이라는 점에서 아주 간략화되어 있다. 장사에 도달하기 전에 사나운 바람을 피해 화용현에 잠시 들르게 되는데, 화용현은 호남성 악양현에 있는 마을로 동정호 북쪽에 위치해 있다. 여기에서 후에 첩으로 들일 임씨를 만나게 되는데, 이때 임씨가 무창의 물고기를 잡아 대접했다는 것 역시 화용현과 북쪽으로 인접한 무창의 물길이 통하는 지리적 사실을 염두에 둔 설정이라고 할 수 있다. 또한 임씨는 교씨가 버린 인아를 보호하고 있다가 첩으로 들어오게 됨으로써 가족의 완전한 재결합을 가능하게 하는 인물이다. 그런데 임씨가 인아를 보호할 수 있었던 것은, 인아를 데리고 다니던 완삼이 무창에서 표류되어 화용현에 도착하게 되었을 때 임씨 집 밖에 인아를 버리고 갔기 때문이다. 따라서 여기에서도 역시 무창과 화용현의 지리적 관계가 나

---

94) 吾思之 長沙雖遠 舟楫路通 往來不甚難 .〈사씨남정기〉 265면.

95) 〈사씨남정기〉에서 집 밖의 공간들은 대부분 북경에 얼마나 가까운가를 기준으로 더 가까우면 북방, 더 멀면 남방으로 지칭되는 지리적 상관관계 하에 있다. 이는 산동 지방에서 유한림과 만난 냉진이 산동부다 북경에 가까운 신성을 북방으로 지칭하고, 행주 유배지에서 북으로 올라가던 유한림이 장사에 이르러 동청의 행차를 북방에서 오는 행차로 생각하는 데서 잘 나타난다.

타나고 있음을 알 수 있다.

악양루에 이르러 사씨는 장사의 두부인이 아들의 임지를 따라 성도으로 떠나버린 것을 알게 되고, 악양루 동정호변에서 자진하고자 하다가 꿈에 나타난 아황, 여영의 계시로 군산 수월암에 안착하게 된다. 악양은 또한 장사로 가기 전에 있는 지역으로, 악양루가 있고 동정호가 있으며 동정호 안에 군산이 자리하고 있다. 따라서 장사행에 이어 군산 수월암에 안착하는 여정 또한 지리지에 근거한 공간 배치라고 할 수 있다.

또한 군산(君山)은 원래 상산(湘山), 동정산(洞庭山)이라 불리워졌고, 군산이란 이름은 먼저 동정산이라 쓰이던 것이 순(舜)임금의 두 부인 아황(娥皇)과 여영(女英)이 이곳에 머물면서 생기게 된 이름이다. 그러므로 군산에는 이비(二妃)에 관계된 전설들이 많이 남아 있다. 순임금이 남순(南巡)길에 올라 창오(蒼梧)에서 붕(崩)하신 후 그 소식을 듣고 이곳까지 찾아와 피눈물을 뿌리다 순절한 열녀의 대표적 행적이 그대로 남아있는 곳이기도 하고, 현재에도 이비묘(二妃廟)를 비롯한 상비사(湘妃祠) 등이 남아 있어 많은 사람들로 하여금 아황과 여영의 절의를 본받게 해 주고 있는 곳이다.[96] 따라서 지리지에 근거한 사실적 공간 배치에 역사적, 문학적 차원의 공간 배치가 겹쳐지고 있는 것이라고 볼 수 있다.[97]

---

96) 우쾌제, 앞의 글, 71면.

97) 조규익은, 수양산이 조선조 지배세력에게 '충절'의 덕목으로 이념화된 공간이지만, 청나라 등장 이후 그 정도는 더욱더 심화되었다고 하면서, 조선조 지배세력의 의식 속에 각인된 '백이 숙제의 수양산'은 '기독교의 십자가'와 같은 차원의 도상이자 상징적 기호일 수 있는데, 〈파노프스키가 언급한 '도상해석학'의 삼 단계를 적용한다면, (Panofsky, Erwin, Studies inIconology:Humanistic

Themes in the Art of the Renaissance, New York, 1962, 35면.) 백이 숙제와 수양산

바람은 순하고 배는 빨라 동정호 어귀를 악양루 아래로 나아갔다. 그곳은 바로 옛날 전국(戰國)시대의 초나라 땅이었다. 순임금이 남방으로 순수하다가 창오(蒼梧)의 들에서 붕어(崩御)하셨다. 두 왕비 아황과 여영을 따라갈 수가 없었으므로 상강(湘江) 물가에서 눈물을 뿌렸다. 그 눈물이 피로 변하여 대나무 숲을 덮었다. 이른바 소상(瀟湘) 반죽(班竹)이 그것이다. 그 후 초나라의 어진 신하 굴원은 회왕을 섬기며 나라에 충성을 다했다. 그러나 소인의 참소를 받자 『이소경(離騷經)』을 짓고 물 속으로 뛰어들어 스스로 목숨을 끊었다. 한나라 가의(賈誼)는 낙양의 재자(才子)였다. 그런데 당시 대신에게 미움을 사서 장사(長沙)로 추방을 당했다. 그도 이곳에 이르러 글을 지어 물에 던져 굴원을 조상하였다. 저들 네 사람의 유적이 아직도 남아 있었다. 매양 구의산 기슭에 구름이 일거나 소상강에 밤비가 내리거나 동정호에 달이 밝거나 황릉묘에서 두견이 슬피 울거나 하면, 비록 그럴 만한 이유가 없는 사람이라 하더라고 처연하게 눈물을 흘리며 크게 탄식을 발하지 않는 이가 없었다. 참으로 이른바 천고(千古) 단장(斷腸)의 땅이었던 것이다.[98]

인용문에서 나타난 것처럼 〈사씨남정기〉에서도 바로 그와 같은 역사적 공간임이 잘 나타나고 있다. 또한 이후 안착하게 된 수월암의 경우, 사씨의 중매를 담당했던 우화암 여승 묘희가 스승이 죽은 후 남악

의 실제 사적이 이야기되던 前도상학적 단계, 그 이미지나 주제의 관습성이 인정된 도상학적 단계, 그 내면적 의미나 상징적 가치를 드러내는 도상분석학적 단계 등으로 나눌 수 있다고 하였다. 조규익, 앞의 글, 90-91면.

98) 風順舟疾, 從洞庭口, 出岳陽樓下, 此地卽古戰國時楚地也. 虞舜南巡, 崩於蒼梧之野. 二妃娥皇女英, 不能從焉, 泣於湘水之濱, 淚化爲血, 灑於竹林, 此所爲瀟湘斑竹也. 其後, 楚之賢臣屈原, 事懷王, 盡忠於國, 爲小人所讒, 著離騷經, 投水而死. 漢之賈生, 洛陽才子, 惡於其時大臣, 放之長沙, 至此, 而投書以弔屈原. 此四人者, 遺跡尙存. 每雲起於九嶷之峀, 瀟湘夜雨, 洞庭月明, 黃陵廟杜鵑哀鳴, 雖無故之人, 無不悽然而下淚, 喟然而興歎者, 眞所謂千古斷腸地也. 〈사씨남정기〉 284-285면.

군산에 수월암 지은 지 일 년 정도 된 해 사씨를 맞이하게 된다는 점에서, 사씨의 이동이 만들어낸 새로운 공간, 의거지로서의 기능을 하기 위해 생겨난 공간이라고 할 수 있다.[99)]

사씨 축출 이후 유한림 또한 동청의 간계에 합세한 엄숭의 참소에 의해 행주로 유배를 가게 되는데, 행주는 천하의 악지로 풍토병이 심해 살아 돌아오기 힘든 남방이다. 행주는 명대 지도에서 찾아볼 수 없었는데, 그럼에도 유한림이 해배되어 무창으로 올라가던 중에 장사에 이르렀다는 정황상 장사보다 더 남방이라고 추정할 수 있다. 이후 천자의 대사면으로 해배된 유한림은 서울 집이 아닌 전답이 있는 무창으로 돌아가게 되는데, 무창으로 올라가다가 장사에서 계림 태수로 부임하던 동청의 행차를 마주치게 된다. 여기에서도 하남성 진류 현령이던 동청이 귀주성 계림으로 가던 길에 장사를 거친다는 설정은 지리지적 사실에 근거한 것이다. 이 이후 동정호 악양루를 거쳐 군산의 수월암에 이르게 되는데, 이는 사씨와 같은 여정이지만 사씨가 북쪽에서 내려오다가 이 여정에 오른 것이라면, 유한림은 남에서 올라오다가 이 여정에 오르게 된 것이다.

또한 전답이 있는 무창에 머무르면서 농사를 지어 이를 수월암이 있는 군산으로 보내기도 하는데, 앞서 임씨와 관련해서 언급했듯이 무창은 동정호 유역과 인접한 지역이며, 따라서 군산으로 식량을 보낸 것

---

99) 그런데 이와 같은 일련의 양상은, 17, 8세기에 불교 사찰이 도시에서 자취를 감추면 깊은 산 속으로 자리잡으면서 승려들 또한 점차 산간에서 은둔적으로 수행에 정진하고 세속과 거리를 두는 시대, 문화적인 상황과 긴밀히 연결된다. 또한 이때 사찰은 자급자족의 경제 수단을 강구하지 않으면 안 되어서 승려들은 스스로 농작물을 생산하고 겨우살이를 위한 나무하기를 했는데(김동욱, 앞의 책, 181~191면.) 이는 수월암에서의 사씨의 모습에서 잘 나타난다.

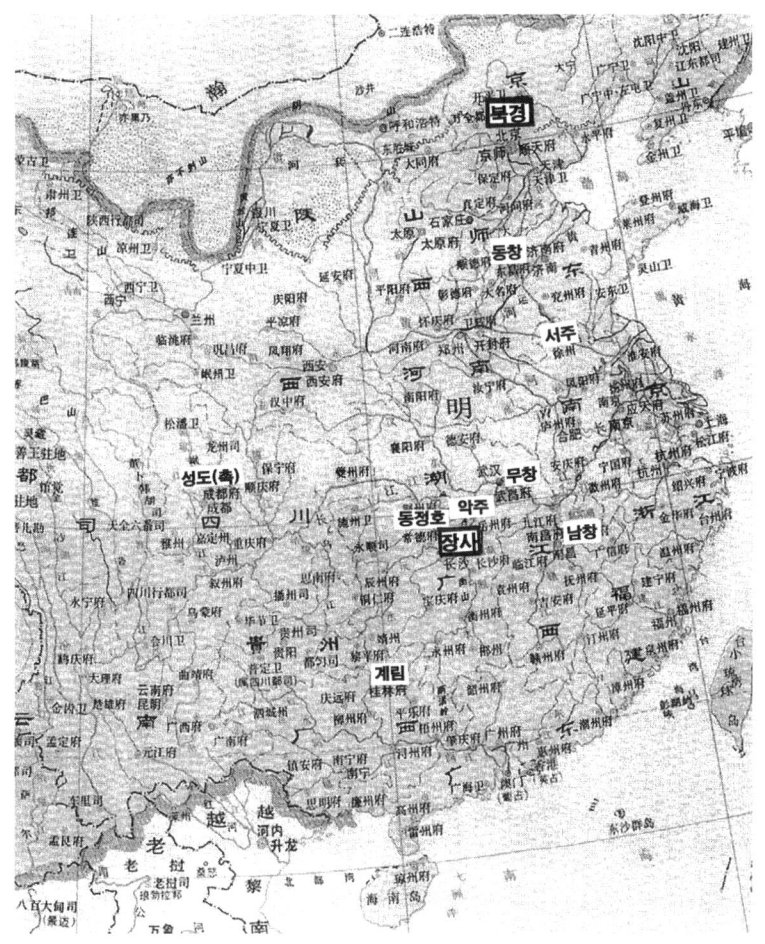

〈사씨남정기〉 집 밖 배치도

도 자연스러운 설정이라고 할 수 있다. 또한 이후 부임한 강서부중 역시, 군산의 동쪽 지역으로 사씨의 복귀를 전제한 공간 설정이면서 동시에 이 강서 지역에 속해 있는 남풍(南豊) 현령이 보낸 옥환으로 교씨의 행방을 수소문하게 만드는 공간 설정이기도 하다. 실제 산동성 동

창에 있다는 교씨를 찾으러 갔던 관원은 교씨를 찾지 못하고 강서로
다시 내려오다가 서주(徐州)에서 창기가 되어 있는 교씨를 보게 된다.
이때 서주가 산동과 강서의 중간 지역에 위치한다는 사실이 또한 전제
되어 있으며, 유한림은 다시 서울로 올라갈 때 서주에 들러 교씨를 속
여 데려오게 되는데, 이때 유한림이 '역마를 타고 서울로 올라간다[100]'
는 설정은, 서주가 당대 주 역로였던 사실과 일치한다.

이처럼 〈사씨남정기〉에서 외부 공간의 배치는, 북경이라는 최북단
에서 행주라는 최남극까지 북남의 일직선에 화용현, 무창, 악주(동정호
악양루, 군산의 수월암), 장사, 계림 등이 속해 있고, 강서의 남창, 강소
성 서주, 산동성 동창, 사천 성도[101] 등이 곁가지를 이루고 있으며, 무
엇보다 이 중심의 일직선에서 교차점이 가장 많은 공간으로 북경과 장
사가 배치되는 양상이다.[102] 따라서 〈사씨남정기〉의 집 밖 외부 공간
은, 북쪽의 북경과 남쪽의 장사를 정점으로 하는 대칭적 배치가 이루
어지고 있으며, 각 지역의 설정이나 이동 과정에서 지리지에 근거한

---

100) 劉尙書乘馹詣京師 過徐州 欲知喬氏事. 〈사씨남정기〉 338면.
101) 성도는 두부인의 아들 두희억이 장사에서 옮겨 간 임지로서, 사씨의 행방과 관련하
여 거론되는 선에서 그치고 있다. 우쾌제는 〈사씨남정기〉에서 유소사를 장사지낸 선
산을 성도에 있는 것으로 설정한 이본을 대상으로 하면서, 북경에서 성도라는 머나먼
거리를 지척처럼 설정한 김만중의 지리적 오류를 지적하였다. 한편으로 김만중이『서
포만필』에서 삼국시대에 관한 언급을 십분의 일이나 할당할 정도로 삼국시대에 지대
한 관심을 가지고 있다는 점에서 삼국시대 촉 땅인 성도를 남정의 중심지로 삼았다고
보고 있는데(우쾌제, 앞의 글, 74~77면.), 아무리 삼국사나 〈삼국지연의〉에 심취해
있다 하더라도, 전투의 배경지를 여성인 사씨의 이동지로 삼았다는 것은 긴밀성이
약해 보인다. 이는 '城東之先山'에서 선산의 위치를 성도로 변형시킨 이본을 대상으로
다소 무리한 연결을 시킨 것이라고 생각해 볼 수 있다. 또한 이런 점에서 〈사씨남정
기〉의 이본고 또한 공간 설정의 측면에서 다루어질 필요가 있다고 본다.
102) 사씨의 동생인 사공자가 과거에 급제하여 강서 남창의 추관이 되었을 때, 남창이
장사와 가까운 곳임을 기뻐하면서 임지로 향했다는 데서도 장사가 정점이 된다는 것
이 나타난다. 남창은 지리지상 장사의 동북쪽으로 인접해 있다.

사실적 공간 설정이 나타나고 있다.

② '북경/소흥'과 '북경/촉'의 대칭적 배치

〈창선감의록〉의 서두에서 화가는 서울에서 세거지인 소흥으로 옮겨
오게 되는데, 이때부터 소흥의 화가가 서사의 중심 공간이 된다.

> 화공이 돌아간 소흥(紹興) 땅은 바로 우공(禹貢)의 양주(楊州)에 속
> 하는 지역이다. 북쪽에는 산음현(山陰縣)이 있고, 서쪽에는 상우현(上
> 虞縣)이 있으며, 동남(東南)녘에는 운문산(雲門山)과 난저산(蘭渚山)이
> 우뚝하게 솟아 있다. 그리고 조아강(曹娥江)과 감호(鑑湖)가 있어 천하
> 의 명승지로 이름이 높은 곳이다.[103]

위 예문은 화가의 세거지가 있는 소흥에 대한 서술인데, 이는 소흥
의 역사적, 지리적 사실과 그대로 일치한다. 실제 산음현은 회계군에
속한 현이며, 난저산은 소흥 서남쪽에 있는 산으로, 소흥땅에서 왕희
지의 예술을 탄생시킨 난정으로 유명한 명승지들이다. 또한 산동 제남
현에 있던 윤시랑은 사윗감을 찾아다니다가 절강 소흥부의 화가에 이
르게 되는데, "마침내 천리마를 타고 동자 몇 사람을 거느린 채 남경
으로 떠났다가 다시 절강을 향해 나아갔다."[104]는 서술에서 그 분명한
행로가 나타나고 있음을 알 수 있다. 또한 윤상서를 맞이한 화상서는
"산농에서 여기까지는 천어 리 길이 넘습니다. 무슨 일로 중회가 이

---

103) 公到紹興, 紹興卽禹貢揚州之地, 北有山陰, 西有上虞, 而雲門蘭渚之山鬱紆東南, 曹
　　娥之江, 鑑湖之水擅天下名勝焉.〈창선감의록〉24면.
104) 遂以千里名 , 家僅數人, 作路於南京, 轉向浙江焉.〈창선감의록〉112면.

먼길을 찾아오셨습니까105)"라고 하는데, 이 또한 산동 제남부에서 절
강 소흥부까지의 지리적 거리를 염두에 둔 설정이라고 할 수 있다.

이후 남부인의 축출 과정에서 나타나는 성도 화악산(華萼山)의 자현
암은, 이미 남부인 결혼 전에 복선적으로 제시되었던 공간106)으로, 이
때 화악산은 실제 성도 서쪽에 있는 산이다. 또한 이 성도가 있는 촉땅
은 결혼 전 시련 과정에서 남어사 부부가 청성산 곽선공에게 구출되어
가 있는 곳으로, 소흥과는 동서로 대척적인 위치에 있는 상당히 먼 곳
이다.

> 선시에 촉(蜀) 중 청성산 운수동에 곽선공이라는 자가 있어 은거낙
> 도하더니, 어느날 가인에게 일러 말하기를 "금월 모일에 동정호에서
> 억울하게 죽은 사람이 있을 것이므로 내가 가서 구하리라."하고, 짧은
> 돛대의 작은 배로 강의 물결을 타고 악양 청초호에 이르니107)

위의 인용에서 촉 중 청성산 운수동과 그곳에 은거하는 곽선공이 나
타나고 있다. '청성산(靑城山)'은 〈최척전〉에서도 최척이 선도를 수련
하려고 찾아간 해섬도사가 은거하는 공간으로 되어 있는데, 실제 중국
도교의 본산으로 성도 북방에 위치한 관현 현성 서남에 있는 산이다.
이렇게 볼때 촉은, 남부인의 화악산 자현암이라는 불교적 공간과 청성
산 운수동이라는 도교적 공간의 복합 공간으로 나타나고 있다고 할 수
있다. 화진 역시 촉중 성도로 유배를 가게 되는데, 이때 청성산 운수

---

105) 山東距此千餘里, 不知仲晦緣何遠來也.〈창선감의록〉35면.
106) 貧道成都華萼山 資賢庵乞食女僧, 而法名淸遠也.〈창선감의록〉68면.
107) 先時 蜀中靑成山 雲水洞 有郭仙公者 隱居樂道 一日 謂其家人曰 今月某日 洞庭湖
    有寃死者 當濟之 卽以短棹小艇 乘涪江之水 至岳陽靑草湖.〈창선감의록〉74-75면.

동에 가서 남어사를 만나고 오는 길에 선계 체험을 하게 된다는 점 또한 촉이 도교의 본산지라는 것과 연결되는 설정이다.

특히 화진의 유배지 성도는 황성에 대해 변방으로 나타나고, 실제 황성이 있는 북경으로부터 서남쪽에 위치한 먼 곳이지만, "그 땅은 풍토가 깨끗하고 수려한 곳이니 그나마 다행이다.[108]"는 데서 알 수 있듯이, 유배지면서도 그렇게 부정적으로 인식되지 않는 공간이다.[109] 이는 유배지에서의 화진의 모습을 통해서도 잘 나타나는데, 무엇보다 성도라는 지역 자체의 성격에서 기인하는 것이라고 볼 수 있다. 성도는 사천의 수도로 역사적으로 피난 유랑자의 종착지였다. 당 현종이나 당나라의 시성 두보의 피난처도 사천의 성도였는데, 이와 같은 유랑과 피난의 정착지로서의 성도의 역사적 성격이 화진의 유배지에 투영되어 있다고 할 수 있다.

두보의 경우에는 성도에 와서 초당을 짓고 3년간 살았는데, 피난살이였음에도 불구하고 육체적으로나 정신적으로 일생 중 가장 평화로운 생활을 보냈다는 점 또한, 화진이 유배의 길에 올랐음에도 집에서 보다 더 안락한 삶을 살았던 것과 연결된다. 특히 촉적 채백관을 토벌한 후 유이숙과 왕겸 등이 화진이 적거했던 초당을 가리키면서 "저 집이 우리 한림께서 3년 동안 고초를 겪으신 곳이야[110]"라고 하는 말에서는 두보의 3년 초당 생활이 겹쳐지기도 한다.

---

108) 定配所於成都 此地風土清美 猶미幸也. 〈장선감의록〉 248면.
109) 실제 성도는 사천성의 수도로 중국 역사 문화적 명승지로 유명한 곳이다. 특히 전국시대 촉국(蜀國)의 수도로 많은 유적들이 산재되어 있다. 주변에는 아미산(峨眉山)이 있고, 낙산대불(樂山大佛), 대족석각(大足石刻), 촉금(蜀錦), 촉수(蜀銹), 죽기(竹器) 등이 유명하다. 『中國交通旅遊圖』, 中國 地質出版社, 1993.
110) 此吾翰林老爺 三年喫苦之處也. 〈장선감의록〉 384면.

또한 유성희가 헤어지면서 "촉중에서 돌아와 역학을 깨우치고, 촉중에서 일어나 남조의 명신이 되었으니, 이 둘을 얻는다면 어찌 촉 땅이 선생에게 복을 주는 땅이라 아니할 수 있겠습니까[111]"라고 하는데, 여기에서도 '촉' 땅의 역사적 성격이 나타나며, 이는 후에 화진의 앞날로 그대로 재현된다. 여기에서 특히 성도가 삼국시대 촉땅이었다 점이 중요하게 작용하는데, 화진은 이곳 성도에서 병법을 익히고 그것을 발판으로 남해적 정벌과 다시 서촉 정벌 등의 전투를 통해 정치적인 전기를 맞게 되기 때문이다.

화진의 출정 여정은, 〈창선감의록〉의 공간 확대에 결정적인 역할을 하게 된다. 먼저, 광동성의 경주(瓊州)와 애주(崖州)를 침범하고 만화천왕이라 자칭하던 서산해가 안남해구로 쳐들어 오자, 화진은 운남성(雲南省) 광남부(廣南府) 종사로서 부주성으로 출정하게 된다. 가는 길에 동란주(東蘭州)에서, 귀양부(貴陽府) 통판으로 있다가 상경하던 매부 유성양을 만나게 되고 화춘의 옥사를 듣게 된다. 이때 귀양부에서 올라오는 여정과 부주성으로 내려가는 남북의 여정이 교차하는 것 역시 지리지상 사실에 근거한 것이다. 화진이 부주성에서 서산해를 물리치는 과정에서 안남행이 이루어지며, 서산해를 물리친 이후에는 경애 지방으로 들어가 대사면을 베푼다. 이후 귀환하는 길에, 호남성에 있던 무강주(武岡州)에서 촉중 도적 채백관을 치라는 조서를 받고 회군하여 촉 땅 삼천으로 출정하게 된다.

화진은 촉적 채백관을 물리친 후 성도 금관루에서 귀경하던 남어사의 행차 만나게 되고, 이후 개선하는 길에 산서성 신강현(新絳縣)에 있

---

111) 昔, 程伊川兄弟, 自蜀而歸, 易學大明. 張魏公范景仁, 起於蜀, 皆爲南朝之名臣. 先生得斯二者, 則安知蜀之不爲先生基福之地乎. 〈창선감의록〉 267면.

던 강주(絳州)에서 성학사와 윤학사의 영접을 받게 된다. 태원부 유차
현을 지나는 길에는 유차현에 옥사로 연루되어 있던 누급과 조녀, 난
수 만나게 되고 이들을 경사로 압송시킨다. 또 하북성의 역인 탁록역
(涿鹿驛)에서 다시 영접관을 만나고, 북경 순천부의 옥하교(玉河橋)에서
천자의 행차를 만나게 된다.

이와 같은 화진의 출정 여정으로, 촉에서 다시 더 남쪽인 운남의 부
주성은 물론 남쪽 국경을 접한 안람국(베트남)으로까지 공간이 확장되
었으며, 안람국의 경우 국 외로의 이동이 일어났다는 점에서 공간 설
정의 방대함을 느끼게 해 준다. 특히 〈사씨남정기〉에서 그랬던 것처
럼 이와 같은 이동 양상은 지리적 사실과 일치하여, 오고 가며 만나는
인물의 공간이 오차 없이 설정되고 있으며, 촉적을 물리친 후 성도에
서부터 북경으로 개선하는 행차의 지리적 설정은 마치 지리지를 들여
다보는 것처럼 사실적이다.

〈창선감의록〉에서는 화진과 남씨라는 중심 인물의 집 밖 이동 외에
도, 기타 인물들의 집 밖 이동이 다양하게 나타나고 있다.

8월에 남공 일행은 가까스로 형주의 석문산에 당도했다. 그 날 해가
질 무렵 일행이 파수역에서 배에 오르니 돛은 가볍고 바람이 빨라 순식
간에 금사주를 지나갔다. 마침 동정호에 안개가 걷히고 군산에 달이 솟
아올랐다.112)

위의 인용은, 남씨의 결혼 전 남어사 부부의 악주 유배 여정으로,

---

112) 八月, 公間關到荊州之石門山. 日已暮, 乘舟於巴水驛, 帆輕風疾, 瞥眼過金沙洲. 時,
洞庭煙殘, 君山月出. 〈창선감의록〉 73 면.

북경에서 동정호 동쪽 지역인 악주로 가기 위해 거쳐야 하는 지명이 망라되어 있다. 이는 사씨의 장사행과 여정은 유사하면서도, 사씨의 여정이 동정호의 역사적 사실을 부각시킨 것과 달리 지리적 행로가 부각되고 있다. 또한 여기에서 남소저는 동정호 선녀의 도움을 받은 이후 호남성 파릉의 진도독 집에 머물게 되는데, 호남성 파릉은 동정호 입구에 위치한 지역이므로 남소저의 의거행이 자연스러워진다. 또한 이후에 진도독 집에 들른 윤시랑과 함께 윤시랑의 세거지인 산동 제남에 가게 되는데,

> 윤시랑은 진부(陳府)에서 며칠 동안을 더 머물다가 길을 떠났다. 오부인도 두 소저와 함께 수레를 타고 윤시랑의 뒤를 따라갔다. 일행이 개봉부(開封府)에 이르자 윤시랑은 기실(記室) 한 사람을 시켜 오부인의 행차를 모시고 동창(東昌)에서 곧바로 제남으로 향하게 했다. 그리고 윤시랑 자신은 광평(廣平)을 거쳐 경사로 올라간 뒤 궁궐로 나아가 천자에게 복명했다.113)

에서 알 수 있듯이, 각각 제남과 경사로 오르는 여정이 구체화되어 있다. 또한 윤공자의 정혼자인 진소저가 조문화의 늑혼을 피해 남장을 하고 회남으로 가다가 백련교에서 백경을 만나 윤공자를 가장하고 그 누이와 정혼한 사실이 편지로 알려지자, 윤시랑은 지도를 펴놓고 보고는, 부인에게 "백련교는 평원역 북쪽으로 2리 남짓한 곳에 있군요. 경사에서 회남으로 가려면 거쳐가야 하는 길목이지요. 필씨 진녀가 그 곳에서

---

113) 侍郎留陳府數日, 起程. 吳夫人與兩小姐同車, 隨侍郎後. 行至開封府, 侍郎使記室一人, 陪夫人行車, 自東昌直向濟南. 而侍郎從廣平還京師, 詣闕復命. 〈창선감의록〉 103면

백경과 만났을 것입니다."[114]라고 하면서 그 정황을 지도상 여정으로 파악한다.

이처럼, 〈창선감의록〉에서는 그 구성원의 수나 군담의 설정 등으로 인해서, 집 안에서와 마찬가지로 〈사씨남정기〉에 비해 복잡하고 구체적인 공간 구성과 설정이 이루어지고 있으며, 특히 이동에서의 지리적 관계가 더 부각되어 나타나고 있다고 할 수 있다.[115]

〈창선감의록〉에서 외부 공간은, 먼저 초반부에 북경에 있던 화진의 집이 소흥부 집으로 내려오면서, 북에서 동남쪽으로 이동 배치되고 있다. 이때 화진의 집만이 아니라, 윤시랑이나 진도독, 남어사 등의 집도 북경에서 산동성의 제남, 호남성 파릉 그리고 촉 등으로 일시에 분산 배치된다. 화진의 소흥부 집을 포함한 세 집은 북경을 기준으로 볼 때 남동쪽에 위치하며, 촉은 남서쪽에 위치한다.[116] 또한 그 이후에 남씨의 이동과 화진의 유배로, 소흥에 대해 일직선으로 서쪽에 위치한 촉의 화악산 자현암, 청성산 운수동, 성도 유배지 등이 배치된다. 이후 화진의 출정 여정으로, 성도를 기준으로 할 때 그 남쪽인 운남성

---

114) 因沈思少頃, 使公子搜出輿地圖, 展之案上, 撫掌笑曰, 白蓮橋在平原驛北二里許, 此自京師, 走淮南之路也. 必然陳女與白瓊, 相遇於此. 〈창선감의록〉 147면.

115) 정길수는 이와 같은 공간 배치가 중국 지리에 밝은 독자들이 읽더라도 실감을 느끼기에 부족함이 없어 보인다고 하면서, 작가가 실제 중국의 지리적 정보를 참조하여 주요 인물의 동선을 치밀하게 구축한 것으로 볼 수밖에 없다고 했는데(정길수, 앞의 논문, 171면), 이는 사건을 시간적으로 배열하기에 앞서 먼저 지도부터 그리고 그 지도 위에 여러 가지 인물을 배지하는 방식의 이야기도 고소설의 상상력 속에서 시도될 수 있다고 본 김탁환의 제안적 논의(김탁환, 「고소설과 이야기문학의 미래」, 『고소설 연구』 17집, 한국고소설학회, 2004, 23면.)에 구체적 실증을 주는 것이라고 볼 수 있겠다.

116) 남어사의 촉 이동은 윤시랑이나 진도독의 세거지 이동과는 다른, 악주로의 유배 과정에서 이르게 된 피난지, 의거지 이동이지만, 이 역시 그 의미 면에서는 북경으로부터 지방으로의 이동이고, 결국 북경으로의 복귀가 이루어진다는 점에서는 동궤에 놓인다.

광남부 부주성, 남쪽 국경 인접 지역인 광동 일대와 안남 등 극남부 지역이 추가로 배치된다. 또한 성도에서 개선하는 길의 산서성 신강현에 있던 강주, 산서성 태원부 유차현, 하북성의 역인 탁록역, 북경 순천부의 옥하교 등은 지리지상 서남쪽의 성도에서 북방의 북경에 이르는 일직선의 여정이다.

이렇게 볼때, 주로 남북으로 설정되었던 〈사씨남정기〉의 공간 배치에 비해, 〈창선감의록〉은 북남, 동서의 사방에 걸쳐 두루 섭렵하는 그야말로 광대한 공간 배치가 이루어지고 있다. 이 중에서도 집의 배치에 대응될 수 있는 집 밖 배치에서는, 북경, 소흥, 성도(촉)와 그 이남의 출정지 등이 중요한 공간이 된다. 화진은 아버지와 함께 북경에서 소흥부로 이동하고, 그곳에서 북경에 하옥되었다가 성도로 유배 간 후에, 그 이남 지역을 두루 거친 후 다시 성도에서 이르렀다가 북경으로 개선하게 된다. 여성 인물인 남씨의 경우, 결혼 전에 악주의 동정호와 그 부근의 파릉, 이후에 산동 제남 등을 거치게 되지만, 결혼 이후에는 촉으로의 이동만 나타나고 이 역시 북경으로 돌아가게 된다.

이러한 공간 설정에서 북경과 소흥, 촉(성도)이, 가장 빈번하게 나타나고 겹치는 주요 공간이라고 할 수 있으며, 따라서 〈창선감의록〉에서는, 북경을 북쪽의 정점으로 해서 동남쪽으로 소흥을, 서남쪽으로 촉을 꼭지점으로 하는 삼각 배치가 이루어지고 있다고 할 수 있다. 또한 지명이나 그 내용이 지리지에 나타난 것과 일치하며 무엇보다 그 지명에 대한 서술도 상세하다.

두 작품에서는 북경, 악주, 성도(촉), 절강, 산동 등 명대의 대표적 지역, 도시 등이 공통적으로 나타나는데, 두 작품 모두에서 '남방'으로 총칭되는 명의 남부 지역은 〈사씨남정기〉의 경우에 한림이 유배가는

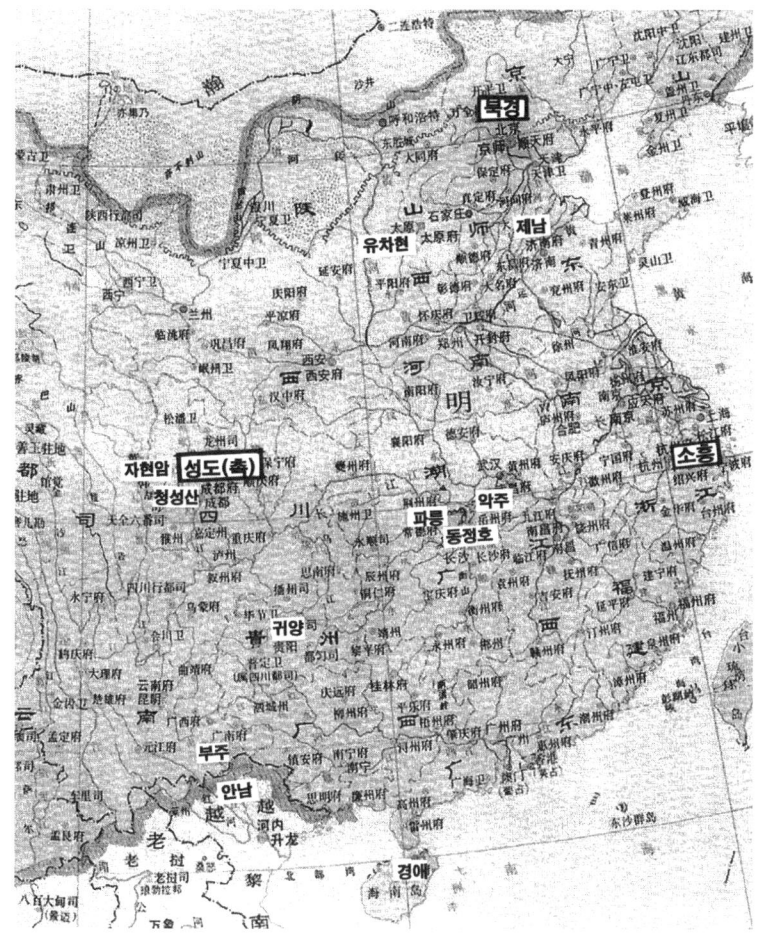

〈창선감의록〉 집 밖 배치도

천하이 아지로 풍토병이 심해 북방 사람이 가면 살아올 수 없는 땅으로, 〈창선감의록〉에서는 성도에 유배중이던 화진이 해적 선산해 평정을 명받고 출정하게 되는 전장, 전쟁의 땅으로 나타난다. 결국 두 작품 모두에서 남방은 유배와 전쟁의 땅으로 그려지고 있는 것이다. 또한 동정호와 그 인근 지역인 악주는 두 작품에서 여주인공의 시련, 고난과 관련하여 거의 유사한 의미를 지니거나 기능을 한다. 이는 무엇보다 그 지역이 지니는 역사적, 상징적 의미 때문인데, 노정의 목적과 방향을 잃고 죽음을 결심하는 사씨의 경우 아황 여영의 죽음과 겹쳐진다면, 남씨의 아버지 남어사가 악주로 유배되는 과정에서 적도(賊徒)의 화를 입는 것은 굴원과 겹쳐질 수 있는 것이다. 그 기능 또한 죽음의 위기에 몰린 인물들을 구해준다는 점에서 동일하다.

이처럼 두 작품에서 서울인 북경을 비롯해, 남방이나 동정호 부근의 악주와 그 근방 등은 유사한 의미를 지니지만, 다른 지역들은 작품에 따라 성격이나 중요도 면에서 다르게 나타나고 있으며117), 이는 곧 두 작품의 공간 이동의 양상이나 그 지향과 밀접하게 연결된다고 할 수 있다.

2) 공간의 이동과 그 지향

(1) 동선의 결합과 정점 지향성

〈사씨남정기〉에서 나타나는 공간 이동은, 갈등으로 인해 가족 구성원들이 집을 떠나는 것에서 본격화되지만, 그 이전에 사씨와 한림의 집 밖 이동이 이루어지고, 이것이 이후의 본격적인 공간 이동과 긴밀히 연결되고 있다.

사씨는, 교씨의 모해로 축출되기 이전에 친정어머니의 병간호를 위

---

117) 두 작품에서 모두 성도(촉)가 나타나는데, 그야말로 〈사씨남정기〉에서는 유한림의 고모인 두부인의 아들 두희억이 장사에서 옮겨 간 임지로서, 사씨의 행방과 관련하여 거론되는 선에서 그치는 데 비해, 〈창선감의록〉에서는 서사에서 핵심적인 공간으로 부각된다.

해 친정이 있는 신성에 잠시 들르러 가게 되는데, 이 친정행은 어머니의 죽음으로 한동안 지체된다. 또한 이때 산동 지방에 흉년이 들자 유한림은 산동 안찰의 임무를 맡고 집을 떠나 산동으로 향하게 된다. 유한림은 산동 동창의 한 객점에 머물게 되었을 때 미모의 소년 냉진을 만나게 되고, 냉진이 마음에 들어 여정을 함께 하게 되는데, 냉진은 바로 교씨와 동청의 모해를 위해 투입된 인물이다. 냉진은 유한림에게 자신이 신성에서 오는 길이며, 그곳에서 아름다운 인연을 이루지 못해 다시 남방으로 돌아가는 길이라고 하면서 그 증거로 옥지환과 동심결까지 내보인다.

옥지환이 유한림 집안의 세전지물과 흡사한 것이라는 점이나 그 헤어지게 된 사연과 신성이라는 공간적 정황 등등에 의해, 유한림은 사씨에 대한 의심을 키우게 되는데, 반 년 만의 귀환 후 옥지환의 행방이 묘연해지자 그것이 사실로 확인되면서 결국 사씨는 축출된다. 이때 사씨의 친정행은 어머니의 병간호와 그 장례 등의 이유로 이루어졌고, 유한림의 산동 안찰 또한 공적인 임무를 위한 것이었지만, 여기에 냉진이라는 인물의 산동행이 겹쳐지면서 사씨와 한림의 공간 이동은, 전혀 다른 공간 이동의 의미를 띠게 되고 결국 집 안의 갈등과 긴밀히 연결된다.

또한 사씨 축출 직전에 유한림 집을 오가면서 사씨 편을 들어주던 두부인은 아들의 임지를 따라 장사로 떠나게 된다. 이때 장사는 단순한 임시이시만, 이후 사씨의 남행에 복선의 기능을 히는 공간이 된다. 이는 두부인이 떠나기 전에 장사로 찾아올 것을 권하는 데서도 잘 나타난다. 그러나 장사는 너무나 먼 곳이기에 사씨는 유가의 선산묘하에 찾아간다.

두부인이 있는 장사 대신 선산을 택한 사씨의 이동은 당연한 것으로 보일 수 있지만, 공간적으로는 매우 중요한 의미를 갖는다. 먼저, 사씨가 다른 여성들처럼 장사나 선산 대신 친정에 가 버렸다면, 혹은 투철한 절의로 자진했다면 집 밖에서의 공간 이동 자체가 이루어지지 않았을 것이기 때문이다. 또한 장사가 아닌 선산묘라는 가까운 곳에서 의거하게 되었기 때문에 다시 교씨와 동청에 의해 쫓기게 되면서 본격적인 남행에 오르게 된 것이다. 그러나 장사에 거의 다 이르렀을 때, 두부인이 장사를 떠났다는 소식을 듣고 사씨는 갈 곳을 잃게 된다. 다른 공간 이동이 그 결합과 교차를 통해 의미를 생성하는 데 비해, 두부인의 이동은 그 자리를 비움, 그 자리를 떠남으로써 의미를 생성하는 다른 양상을 보여주고 있다.

장사행 역시 무산되고 갈 곳을 잃은 사씨는 동정호 악양루에 이르러 회사정 기둥에 자신이 동정호에 빠져 죽음을 알리는 글을 쓴다. 이때 회사정 기둥에 글을 쓴 행위는 자신의 신세를 한탄하는 성격의 것이지만, 후에 유한림이 이 곳에 이르렀을 때 사씨의 행적을 알게 되는 계기로 작용한다. 이후 의식을 잃은 사씨는 꿈에 이비를 만난 이후 제 2의 의거지이자 정착지인 수월암으로 이동하게 되고, 여기에서 사씨의 집 밖 이동은 일단락된다.

사씨의 출문 이후 유한림 또한 교씨와 동청의 모해로 인해 유배를 가게 되는데, 행주라는 극남방으로의 이동과 그 곳에서의 생활상 등은 사씨와는 무관한 공적인 이동의 양상이 짙다. 이와 같은 무관한 양상은 무엇보다 집 안의 문제 인물이었던 동청과 교씨의 집 밖 이동으로 사적인 이동과 결합하게 된다.

교씨는 사씨와 유한림의 축출을 공모한 동청과 함께 동청의 임지인

하남성 진류로 떠났다가, 동청이 더 큰 자리를 얻고자 엄숭에게 부탁하여 귀주성 계림으로 임지를 옮겨가게 된다. 행주에서 유배되어 무창으로 가던 유한림이 장사에 이르러 이들 행차를 보게 된 것이나, 장사의 주점에서 설매를 만나 그간의 사정을 듣고 사씨를 찾아 악양루에 이르게 되는 것, 또한 여기에서 다시 동청 등이 보낸 자객에 쫓겨 동정호변에 이르렀다가 사씨와 묘희를 만나게 된 것 등은 모두 이와 같은 교씨와 동청의 임지 이동이 있었기 때문이다. 결국 동정의 님빙행과 유한림의 북방행이 장사에서 교차하는 지점에서, 유한림의 공적인 이동이 사적인 이동으로 전환하게 되었다고 할 수 있다.

또한 유한림이 악양루에서 수월암에 이르는 여정은 사씨의 여정을 그대로 되밟는 공간의 반복 양상을 띠고 있다. 유한림은 회사정에 씌여진 사씨의 유서를 보게 되고 악주 강가에 서 자객들에 쫓기게 되는데, 이 악주 강변은 쫓겨난 부인과 후에 뒤쫓아온 남편이라는 다른 상황과 시간차에도 불구하고 두 사람의 여정이 그대로 겹치는 공간이다. 뿐만 아니라 죽음이라는 같은 위기에 처한다는 점, 또한 그 상황에서 관음의 계시를 받은 묘희의 도움으로 위기에서 벗어나게 된다는 점 등에서 인물들이 동일한 체험을 하게 되는 유형적 공간으로 나타난다. 단, 사씨가 북쪽에서 내려오다가 이 여정에 오른 것이라면, 유한림은 남에서 올라오다가 이 여정에 오르게 된 것으로, 이 경우에도 남북의 교차가 나타나고 있다.

이후 무창 세거지에 머물다가 서울로 복귀했던 유한림은 나시 강서 포정사로 부임하게 되는데, 이때의 강서부중은 사씨가 머무는 군산 수월암이나 첩으로 맞아들이는 임씨의 화용현과 근접한 거리에 있다. 또한 사씨 동생이 이 지역의 남창추관으로 오게 된 것도 사씨와의 만남을 생각했기 때문이다. 따라서 강서부중은 수월암에 이어 집 밖에서 다시 가족이 모이는 재회와 결합의 공간이 된다. 또한 강서부중으로의 이동은, 집 안 갈등의 핵심이었던 동청과 교씨의 처리 문제와 연결된다.

교씨 일행은 장사에서 유한림과 만난 이후 계림 임지로 옮겨가 살게 되는데, 여기에서도 동청과 유한림 때와 같은 간통과 고발 사건이 벌어지고, 이로 인해 동청이 참수당하자 교씨는 이번에는 냉진을 따라 산동으로 떠난다. 그런데 동창으로 가던 객점에서 교씨와 냉진은 전재산을 도둑맞게 되고, 무일푼의 신세로 동창에 가 살던 교씨는 냉진이 죽자 서주에서 창기로 살아가게 된다. 이와 같은 교씨의 공간 이동은, 유한림의 유배행이 그랬던 것처럼 유한림 가족의 공간 이동과 별개의 것으로 보인다. 그런데 이처럼 별개의 것으로 보이는 두 공간 이동은 우연한 사건을 계기로 연결된다.

강서부중에 머물던 유한림에게 유가의 세전지보(世傳之寶)인 옥환이 완상품으로 올려지는데, 이것은 동창의 객점에서 교씨와 냉진의 재산을 도적해 달아났던 정대의 부인이 남풍현령에게 판 것이었다. 정대 부인은 자신들이 개봉부에 살고 있었으나 동창에서 도적한 이후로는 그곳에 돌아가지 못하고 남풍에 살고 있었다고 하는데, 이와 같은 일련의 공간 이동은 곧, 서로 별개로 진행되던 교씨와 유한림의 공간 이동을 결합시키는 계기가 된다. 실제 이들의 말을 듣고 유한림은 동창으로 교씨를 찾으러 보내는데, 이때 동창에서 교씨를 행방을 찾지 못한 관원은 강서로 다시 내려오다가 서주에서 창기가 되어 있는 교씨를 보게 된다.

이때 교씨가 서주에서 창기가 되어 있는 상황 또한 유한림이 보낸 관원과의 만남에 중요한 역할을 한다.

"그들은 마침 이웃집의 다락 위를 바라보았다. 어떤 여자가 발을 걷고 행인들에게 눈길을 보내고 있었다."118)

서주에서 이름난 창기가 되어 있었고, 또한 창기로서 위와 같은 행위가 이루어졌기 때문에 관원의 눈에 띌 수 있었던 것이다. 이후 유한림은 서울로 올라가면 서주에 들러 교씨를 속여 데려간다.

이처럼 〈사씨남정기〉에서는, 집 밖으로 뿔뿔이 흩어진 가족들이 집 밖에서 상봉한 후 함께 귀가하는 '가족 찾기'의 여정이 공간의 이동 구조로 나타나고 있으며, 그 과정에서 여러 인물들의 공간 이동이 교차하고 겹치는 양상을 드러내고 있다. 이와 같은 공간의 교차와 반복은, 별개로 이루어지던 인물들의 공간 이동을 하나로 연결하기도 하고 또 다른 공간 이동을 매개하고 있으며, 같은 공간이라도 상황에 따라 다른 기능을 하기도 하면서 가족찾기의 여정에 결합되고 있다.

특히 북경에서 산동 지방으로 거쳐 넘어가는 주요 역로(驛路)인 동창의 객점은, 사씨를 모해하기 위해 동청과 교씨가 보낸 냉진이 우연을 가장하여 유한림과 만나는 공간이자, 후에 동청이 참수당한 후 냉진이 관비가 된 교씨를 빼내어 함께 들렀다가 정대라는 마부에게 재물을 모두 도적당하는 공간이기도 하다. 동창은, 냉진이라는 악인이 간교를 저지른 공간이기도 하고 자신도 곤경을 당하는 공간이 되기도 하며, 유한림 가족의 문제에 출발점이 되기도 하고 그 해결의 빌미를 마련하는 공간이 되기도 한다.

그러나 무엇보다 〈사씨남정기〉의 집 밖 여정에서 두드러지는 공간은 '장사'이다. 장사는 두부인이 아들을 따라 이동한 공간이고, 사씨가

118) 適見傍舍樓上 有一女子 褰簾而立 目送行人. 〈사씨남정기〉 337면.

제2의 의거지로 삼고자 찾아가던 공간이며, 유배지에서 무창으로 올라가던 유한림과 계림으로 내려가던 교녀의 행차가 마주치는 북행과 남행의 교차 지점이기도 하고, 동청과 교녀에게 쫓김을 당하던 유한림이 사씨와 만나 수월암으로 향하게 되는 공간이기도 하다. 이런 점에서 '장사'는 집 밖 공간 이동의 정점이 되는 공간이라고 할 수 있으며, '가족찾기'라는 서사를 명료하게 드러내 주는 공간이라고 할 수 있다.

〈창선감의록〉에서는 남주인공 화진의 집을 중심으로 한 서사가 진행되다가 일단락되고, 여기에 새롭게 화진의 부인인 남소저의 결혼 전 시련담이 첨가된다. 이때 남소저의 시련담과 그 공간 이동은 중심인 화진의 집에서 비롯된 것은 아니지만, 결혼 이후의 화진과 남소저의 공간 이동과 밀접한 관련을 맺고 있다.

남소저는, 아버지 남어사의 참화 때 부모와 함께 악주 유배행을 떠났다가 동정호 유역에서 겨우 목숨을 건지고 부모와 헤어져 유랑하는 신세에 처한다. 이때 남어사 부부는 동정호에 빠져 거의 죽을 위기에 처했다가 촉의 청성산 곽선공의 구출로 살아나 청성산으로 들어가게 된다. 남소저는 부모가 죽었다고 생각하고 동정호 언덕에서 물에 빠져 죽으려고 하는데, 이때 상군(湘君)의 명을 받은 선녀가 나타나 훗날 부모와 다시 만날 것을 예언해 준다.

이렇게 볼때, 남소저의 공간 이동은 동정호에서의 상군의 도움을 전제한 여정이라고 할 수 있고, 그런 점에서 남소저의 일련의 공간 이동 양상은 '동정호'라는 공간을 공유하는 사씨의 행로와 유사하다. 단, 사씨가 불가의 의거지로 가게 되는 것과 달리, 남씨는 친척벌 되는 진부, 즉 일반 민가에 의거하게 되는데, 이는 남소저의 혼인에 대한 복선의 공간 이동이라는 의미를 지닌다. 남소저는 진부에 머물다가 윤시랑의 방문을 받고 윤시랑 집에 머물면서 윤소저와 함께 화진과 혼인하게 되기 때문이다. 여기에서 남소저의 결혼 전 시련담은 일단락되고 다시 서사는 화가로 돌아온다.

화가에서도 집 밖 공간 이동은 남소저를 시작으로 이루어지는데, 남소저는 화춘의 첩 조녀의 시기를 받다가 결국 독죽을 먹고 집 밖에 버려지게 된다. 이 경우 남소저의 공간 이동은 죽어서 내버려지는 형태로, 두 작품 속의 어떤 집 밖 이동보다 극단적인 양상을 띤다. 화가의 북원 밖 보림사 소나무 앞에 버려진 남소저는, 촉중 화악산 자현암에서 온 청원에 의해 소생하여 청원과 함께 촉중으로 들어간다.

화악산 자현암의 청원은 남소저가 결혼하기 전에 남소저 집에 와서 그림 시주를 받아 간 인물로, 이때 청원이라는 인물과 자현암이라는 공간은, 훗날 남소저의 촉중행에 복선이 되는 인물과 공간 설정이라고 할 수 있다. 무엇보다 촉중 청성산에 그 부모가 의거하고 있다는 점에서, 남소저의 공간 이동은 남어사 부부의 의거지를 전제한 것이라고 할 수 있다. 그러나 일단은 자현암에 의거하면서 사씨처럼 속세와 단절된 삶을 살게 된다.

화진 또한 화춘과 범한 등의 모함에 의해 집 밖으로 이동하게 된다. 화진은 장초에 의한 고발로 소흥부 옥에 갇혔다가 황성 옥으로 옮겨진다. 이 때 화진의 또다른 부인인 윤부인 또한 화춘과 장평의 간계에서 벗어나기 위해 동생 윤여옥과 옷을 바꿔 입고 집을 나와 친정으로 가고, 대신 동생 윤여옥이 윤부인으로 가장하고 엄숭 집에 늘어가는데, 이 공간 이동은 윤여옥이라는 인물의 부각으로 화가의 공간 이동과는 별개의 것으로 보인다. 그러나 윤부인으로 가장한 윤여옥이 화진이 풀려날 수 있도록 힘쓴 덕분에 화진이 죽음을 면하고 촉중 성도로 유배

가게 된다는 점에서 또한 중요한 계기가 되는 공간 이동이라고 할 수 있다. 화진은 소흥이 아닌 북경에서 성도로 이동하고 있지만, 성도가 촉땅이라는 점에서 이 또한 이미 촉땅에 머무르고 있던 남소저와 그 공간을 전제한 것이라고 볼 수 있다.

실제 화진은 성도 배소에 이른 지 몇 년 지났을 때, 완화계를 거닐다가 남소저의 아버지 남어사가 쓴 글을 발견하고 운수동을 찾아가게 되는데, 이때 남어사에게 남소저가 촉땅에 와 있다는 것을 알려주지만 함께 찾자는 제의에는 적소에 매인 몸이라며 사양한다. 남소저가 촉중에 와 있다는 것을 알게 된 남어사는 그날부터 촉중을 두루 다니면서 딸을 찾지만 쉽게 찾지 못한다. 사씨의 남행과 달리 남소저의 촉행은 단순하게 나타난 것에 비해, 남어사는 1년 여를 두루 찾으러 다닌 후에야 결국 자현암에 이르게 되고 남소저를 만나게 된다.

이처럼 〈사씨남정기〉에서 남편인 유한림의 사씨를 찾는 여정이, 〈창선감의록〉에서는 아버지인 남어사에게서 나타난다는 것은, 남소저의 촉중행이 남어사 부부의 의거지를 전제로 한 것임을 확인시키는 동시에, 남소저의 결혼 전 시련담이 그 해결 국면으로 지속되고 있음을 드러내 준다. 이후 남소저는 아버지를 따라 운수동으로 의거지를 옮기게 된다.

화진은 운수동에서 적소로 돌아오는 길에 선동(仙洞)에 들어가게 되는데, 이 선동의 공간 체험은 이후의 출정이라는 공간 이동에 결정적인 요인으로 작용한다. 선동에서 선인을 만나 병법을 배우고 현실로 돌아온 화진은, 유성희의 천거로 안남해구로 쳐들어온 서산해를 치러 부주로 떠나게 된다. 이때 화진을 백의종사로 천거한 유성희는, 화진이 성도로 유배 길에 올랐을 때 화산역에서 만나 화진을 위기에서 구해주었던 인물로, 화산역에서의 만남을 통해 위기에서의 구출은 물론 재기의 발판까지 마련해 준 중요한 인연의 인물이 된다.

이때 집에서는 범환과 조녀가 달아나고, 장평의 모함으로 화춘은 황성 옥에 갇히게 되는데, 부주성으로 가던 화진은 동란주에서 매부인 유성양을 만나 화춘의 옥사를 듣게 된다. 따라서 귀주성에서 서울로 다시 올라가게 된 유성양의 여정은, 화춘의 옥사를 화진에게 알려주기 위해 설정된 것이라고 할 수 있으며, 또한 여기에서 부주로 내려가는 화진의 남행과 북경으로 올라가는 유성양의 북행이 교차하고 있다.

이후 서산해를 토벌하고 돌아가던 화진은 촉땅 삼천으로 출정하라는 명을 받고 회군하는데, 이 2차의 출정은 남어사와 운수동에 함께 머물던 남소저와의 만남을 전제한 것이라고 할 수 있다. 실제 촉중을 다 평정한 화진은 금관루에서 복권되어 북경으로 올라가던 남어사의 행차를 만나게 되는데, 그러나 출정중이기에 남소저와의 동행이 이루어지지는 않는다. 남소저는 아버지를 따라 북경의 윤시랑 집에 머물렀다가 화진의 복귀 이후에 집으로 돌아온다. 이후 화진 또한 개선길에 오르게 되는데, 북경으로 가는 길의 태원부 유차현에서 조녀 일행을 만나게 된다.

이전에 집을 나온 범환과 조녀는 강호지간을 두류하다가 태원부에 이르러 범환이 누급에게 살해되고 조녀 등은 이에 옥사에 연루된 상태였는데, 이와 같은 조녀 등의 집 밖 이동 또한 개선하는 화진과의 만남을 전제로 이루어진 공간 설정이라고 할 수 있다. 이후 조녀 등은 화진에 의해 북경으로 잡혀가게 된다.

이처럼 〈창선감의록〉은 남주인공 화진의 이야기와, 여주인공인 그의 아내 남소저와 그 부모인 남어사 부부의 이야기가 병행 혹은 교차하면서 펼쳐진다. 화진의 이야기가 남성 인물의 영웅담의 양상을 띤다

면, 남소저의 이야기는 여성 인물의 시련담의 양상을 띠는데, 두 개의
이야기가 두 사람의 결혼을 기점으로 하나로 엮이게 되는 것이다. 그
런데 이와 같은 두 이야기의 결합은 인물들의 동선의 결합을 통해 이
루어지고 있다.

두 이야기의 핵심 인물인 화진과 남소저의 경우, 일단 남소저의 촉
행이 이루어진 후에 다시 화진의 촉행이 이루어지는데, 남소저의 촉행
에는 이미 남어사 부부의 촉행이 전제되어 있다. 따라서 남어사 부부
와 남소저의 동선이, 또한 남소저와 화진의 동선이 결합하고 있으며
이 중심에는 '촉'이 있다. 바로 '촉'이라는 공간으로의 집중에 의해, 이
와 같은 동선의 연쇄가 가능해진 것이다. 화진의 경우 유배지 행이나
해배 이후의 군담 출정 등 다양한 공간 이동을 보이지만, 그런 중에도
지리적 궤적은 촉을 기점으로 하고 있다는 것에서 촉 지향성이 잘 드
러난다. 〈사씨남정기〉에서 '장사'에 의해 '가족찾기'의 서사가 명료해
진 것처럼, 〈창선감의록〉에서는 '촉' 지향성을 지님으로써 복합적인
서사의 전체적 통일성이 확보되는 것이다.[119)]

이처럼 두 작품에서는 갈등과 서사의 진행에 따라 집 밖으로의 이동
과 집 밖에서의 다양한 이동이 이루어진다. 특히 갈등의 해소와 서사
의 종결에 가까워지면서 집 밖에 나와 있는 인물들 간의 우연한 만남
이 두드러져 나타나는데, 이는 중심이나 주변 인물, 선인형이나 악인
형과는 무관하게 나타나는 것으로, 이를 가능하게 하기 위해서 공간의
집중화[120)]가 나타나고 있다.

---

119) 김화영 역술, 「소설의 세계」, 『문학사상』, 1984, 5월호, 345–347면.
120) 김재용, 「가정소설과 시공간 형식(1)–쌍선기를 중심으로」, 『국어교육 연구』제 7집,
    원광대, 1989, 366면.

〈사씨남정기〉에서는 '장사', 〈창선감의록〉에서는 '촉'으로의 집중화가 이루어지는데, 특히 여성 인물인 사씨나 남씨가 있는 공간으로의 방향성이 그와 같은 양상으로 나타난 것이라고 할 수 있으며, 이는 동시에 갈등 해소를 위한 공간의 연쇄라고 볼 수 있다.

(2) '멀어지기'와 '가까워지기'의 순환적 이동

두 작품에서 서사 전개에 따라 나타나는 가장 분명한 공간 이동은 '집을 떠나다'와 '집으로 돌아오다'이다. 이는 물론 중심 인물들의 경우에 더욱 분명하게 나타나지만, 주변적 인물이나 악인형 인물들에서도 찾아볼 수 있다.

먼저, 〈사씨남정기〉에서는 유한림의 고모인 두부인이 아들이 임지로 떠나고, 이를 이어 사씨가 축출되어 떠나가며, 유한림 또한 유배지로 떠나게 된다. 이후 교씨와 동청 또한 집 안의 가산을 챙겨 달아나고 이때 사씨의 아들인 인아 또한 교씨에 의해 내보내져 호타하에 버려진다. 이처럼 사씨의 '집 떠나기'를 전후로 하여 집의 구성원 대부분의 '집 떠나기'가 나타난다. 특히 이 중에서 사씨의 '떠나기'는, 그 전후로 이루어지는 다른 인물들의 떠남을 매개한다는 점에서, 또한 친정에 안착하고자 하지 않고 남정을 떠남으로써 공간 확산을 가져온다는 점에서 중요한 의미를 지닌다. 사씨의 지속적인 공간 이동으로 〈사씨남정기〉의 공간이 열리고 있는 것이다.

이와 같은 '집 떠나기'는 또한 집으로부터 '멀어지기'의 이동이라고 할 수 있는데, 실제 두부인의 장사행이나 유한림의 남방 유배행이 거리상 더 먼 것이지만, 이들의 이동이 간략한 서술로 그치는 데 비해, 사씨의 이동은 그 과정이 구체적으로 다루어짐으로써 집으로부터 멀어지는 양상을 뚜렷하게 보여준다.

이후 유한림과 동청 일행이 장사에서 만나는 것을 기점으로 돌아오기가 이루어지는데, 이는 집에 가까워지기의 이동이라고 할 수 있다. 이 '돌아오기', '가까워지기'에서는 남성 인물인 유한림의 공간 이동이 부각된다. 그런데 집으로 돌아오는 과정은 유한림의 공적인 삶과 관련하여 지체된다. 유한림은 해배된 이후 바로 서울로 돌아가지 않고 전담이 있는 무창에서 이름을 숨기고 사는데, 이는 해배는 되었지만 정치적 복권이 이루어지지 않은 상태이기 때문이다. 그러다가 엄숭의 몰락으로 복권되면서 서울로 올라갔다가 다시 강서부중으로 내려오게 되는데, 이 곳은 서울의 집으로 돌아가기 전의 예비적인 '돌아가기', '가까워지기' 라고 할 수 있다. 이곳에서 사씨를 맞이함은 물론, 임씨라는 새로운 첩과 함께 임씨가 데리고 있던 아들 인아도 찾게 되기 때문이다.

이처럼 집 밖 강서부중에서 일단 일차적인 돌아오기가 이루어진 후에 서울 집으로의 완전한 돌아오기가 이루어지는데, 이는 무엇보다 집 밖 이동을 초래했던 교씨의 돌아오기와 관련된다. 교씨의 경우 처벌이라는 결말을 맞지만, 그것이 집에 돌아와서 이루어지기 때문이다. 악인형 인물들까지 돌아오게 하는 '가까워지기'는 곧 공간의 수렴이라고 할 수 있다.

이렇게 볼 때 〈사씨남정기〉에서는 집과 장사를 거점으로 하는 순환적 이동이 이루어진다고 할 수 있다. 또한 전반부는 집이라는 내부 공간에, 후반부는 집 밖이라는 외부 공간에 초점이 맞추어져 있는데, 시간의 경과나 그 구체성 등에서 전반부의 비중이 좀더 높다고 할 수 있다. 무엇보다 집이라는 공간은 떠남과 돌아옴이라는 순환적 이동의 정점에 있으며, 이런 점에서 원점 회귀형 공간 구조[121]라고도 할 수 있다.

또한 집/집 밖의 기본구도에 서울/변방, 북방/남방의 구도가 그대로 대응되면서 세 층위에서 동일한 순환적 이동이 나타난다고 볼 수 있다. 결국 〈사씨남정기〉는 장소적 측면에서 집에서 집 밖으로 나갔다가 집으로 돌아오는, 또 지리적 측면에서 서울에서 지방, 변방으로 나갔다가 서울로 돌아오는, 그리고 방위에서 북방에서 남방으로 다시 북방으로 돌아오는 이야기 구조라고 할 수 있다. 또한 이때 각 위치에 동일하게 자리하는 [집/서울/북방]과 [집 밖/변방/남방]은 모두 유사한 가치를 지닌다고 할 수 있다.

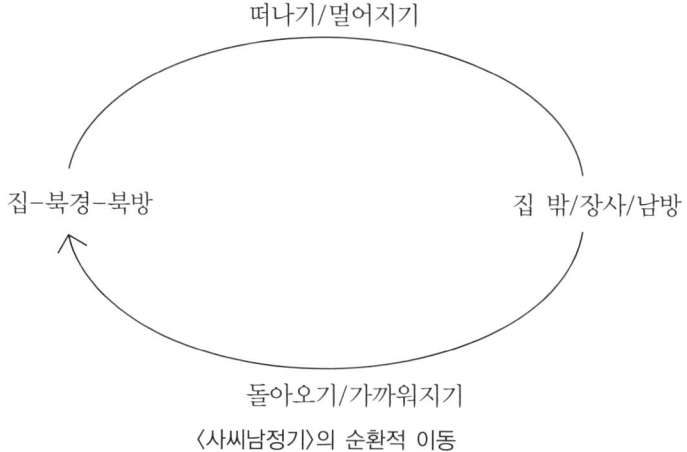

〈사씨남정기〉의 순환적 이동

〈창선감의록〉에서도 화진의 고모인 성부인이 아들의 임지를 따라 떠나고, 화소저 또한 남편인 유성양의 임지로 떠나며, 이후 본격적으로 이루어진 집안 갈등으로 인해 남씨와 윤씨, 그리고 화진 등이 모두

---

121) 김종건, 『〈구인회〉소설의 공간설정과 작가의식』, 새미, 2004, 57면.

집을 떠난다. 또한 이후 범환과 조녀 또한 교씨가 그랬던 것처럼 집안의 가보를 훔쳐 달아난다. 〈사씨남정기〉에서와 마찬가지로, 이 또한 집으로부터 '멀어지기'의 이동이라고 할 수 있으며, 남씨의 '떠나기' 역시 그 전후로 이루어지는 다른 인물들의 떠남을 긴밀히 매개한다는 점에서, 사씨에 대응되는 공간 이동이라고 할 수 있다.

그러나 '떠나기'를 통한 공간 확산이라는 측면에서는 남성인 화진의 이동이 두드러진다. 사씨에 대응되는 남씨가 아닌 화진의 이동이 두드러지는 것은, 화진과 사씨가 집 안 갈등과 관련된 공간 이동에서 핵심에 있는 인물이라는 점을 드러내 준다. 즉, 확산적 공간 이동의 중심에는 이처럼 집 안 갈등의 가장 중심에 있는 인물들이 자리하고 있는 것이다.

화진의 출정 여정은 공적인 것이지만, 절강의 소흥보다 남쪽인 부주나 안남 등에 있을 때는 집을 북으로, 무강주에서 촉으로 회군하라는 명을 받고 촉으로 올라가는 길에서는 동쪽으로 부르는 등 집이라는 사적 공간을 기점으로 한 공간 이동의 양상을 띠며, 그의 이동은 그 기점인 집으로부터 '멀어지기'의 양상을 띤다. 또한 동시에 북경으로부터도 '멀어지기'의 양상을 띤다. 소흥이나 북경에 대해 유배지인 촉은 모두 서쪽과 남쪽으로 대칭적인 위치에 있으며, 자연히 출정이 진행되면서 광남부나 광동성 등 그 이남 지역으로 또 안남이라는, 남쪽 국경을 넘어서는 지역으로까지 이동하면서 멀어지기의 극점에 이르렀다가 가까워지게 되는데, 이때 소흥의 심씨 모자는 윤씨의 떠나기와 관련하여 이미 북경에 올라와 있는 상태였으므로 가까워지는 공간은 소흥이 아니라 북경이다. 이때 사적인 이동이나 공적인 이동의 수렴이 일치하게 된다.

　이와 같은 '돌아오기'에서도 역시 화진의 이동이 중요한 역할을 한다. 화진의 남방 출정을 기점으로, 집 밖 옥에 갇혔던 화춘이 돌아오고 남편을 따라갔던 화소저가 돌아오며, 화진 자신 또한 돌아오는데, 이때 조녀 또한 태원에서 잡혀온다. 이후 조녀에 의해 축출되어 친정에 가 있던 임씨가 돌아오자 윤시랑 집에 머물던 윤씨, 남씨 또한 집으로 돌아온다.

　또한 〈창선감의록〉에서 화부를 비롯한 모든 집안은 북경에 있었으나, 동일한 시기에 정적인 엄숭으로 인해 각기 화욱의 집은 절강성의 소흥으로, 윤혁의 집은 산동성의 제남으로, 진형수의 집은 호남성 파릉으로 옮겨지고, 남어사는 우여곡절 끝에 촉 청성산 운수동에 은거하게 된다. 이처럼 서두에 서울이라는 한 공간에 집중되어 있던 사회적 공간은 정치적인 문제, 갈등으로 인해 동일한 시간을 기점으로 확산되고 있다. 그런데 〈사씨남정기〉와 같은 선명한 상관관계는 나타나지 않음에도, 인물들의 말[122]을 통해 소흥이나 제남 등의 세거지 혹은 본가가 서울에 대해 궁향, 궁벽한 곳, 변방, 주변[123]임은 드러나고 있다.

---

122) 오공이 추언을 듯고 흔연 허락 왈 아즈에 나히 졈졈 악관의 일으되 궁향벽처에 쳐ᄒᆞ야 어진 규수를 엇지 못ᄒᆞ야 쥬야 근심이러니(〈창선감의록〉 한글본 254면.)/셩부인이 과거 긔별을 듯고 화공즈와 셩싱을 디ᄒᆞ야 왈 너희 문장이 족히 가셩을 츄락지 아니리니 엇지 민양 궁향에 독로ᄒᆞ리요(〈창선감의록〉 한글본 291면.)

123) 한국의 평가적 공간감지(장소에 대해 가치판단을 내리는 '평가적(appraisive)감지'이다. 장소 또한 지역에 대한 친근감의 유무, 호오(好惡)같은 태도도 포함된다. 가운데 대표적인 것은 서울 우위성이다. 서울은 상위에 자리한 중심이요 중앙이며, 지방은 하위에 있는 변방 또는 외톨이로 여기는 것이다. 그래서 서울로 가는 것은 권력이나 사회가치에 대한 접근이 이루어지는 상황이라 여겨 상경(上京)이라 했고, 서울을 떠나는 것은 낙향(落鄕)이라 하여 중요가치에서 멀어지는 낙오를 상징하고 있다. 장소간의 오고감이란 쌍방향에서 한쪽 방향은 바람직한 것이고 그 반대 방향은 원하는 바가 아니라고 여긴다는 점에서 '방향적 편견'(direction-bias)이라 할 수 있다. 김형국, 『한국 공간구조론』, 서울대출판부, 348-349면.

또한 이 세거지는 일시적으로 머무는 공간으로 나타나는데, 세거지로의 이동이 정적과의 관계에서 비롯된 것이니 만큼 정적인 엄숭의 세력 약화, 파직과 함께 서울로의 재집중, 귀환이 이루어진다.

성도에서의 서촉 정벌을 끝으로 화진과 화진 일가는 물론 분산 배치되었던 다른 집들도 북경으로 돌아오게 된다. 화가만이 아니라 전 집안이 서울−지방−서울의 순환 양상을 보이는 것이다. 이때 〈사씨남정기〉의 공간 배치에서 '북/남'의 뚜렷한 대비가 나타나는 데 비해124), 〈창선감의록〉은 '서울/지방(변방)'의 뚜렷한 대비가 이루어진다.125)

---

124) 이는 외부에서 영입되는 인물들도 대부분 남쪽 인물이며, 긍정적 인물들은 수평적이거나 공간이 두드러지지 않으나 부정적 인물들은 남쪽 인물임이 두드러지는 데서도 나타난다.

125) 최기숙은 이를 작가의 처지, 상황과 관련해서 다루었는데, 가문은 창달했었더라도 작가 개인은 진출을 하지 못한 채 집안에 유폐되어 평생을 보냈던 것으로 알려진 조성기가, 이러한 본인의 유폐적 삶이 작중에서는 재지사족의 처지로 전이되어 적극적인 활동에 대한 열망을 서울 진출과 문벌 규합이라는 당대 사대부의 보편적인 욕망과 결합시킴으로써 보편성을 확보했다고 설명할 수 있다고 했다. 또한 그는 환로에 나아가지 않았지만 나라의 일에는 깊은 관심을 보이고 있었다는 〈行狀〉의 기록으로 미루어 보아 작품의 서사적 내용은 그의 욕망과 관심의 내역과 긴밀히 연관되며, 그의 소외된 처지가 정계에서 소외된 재지사족의 정치적 욕망 및 위기의식과 결탁하여 보편적 공감대를 형성했을 것으로 추정했다. 최기숙, 앞의 책, 151면.

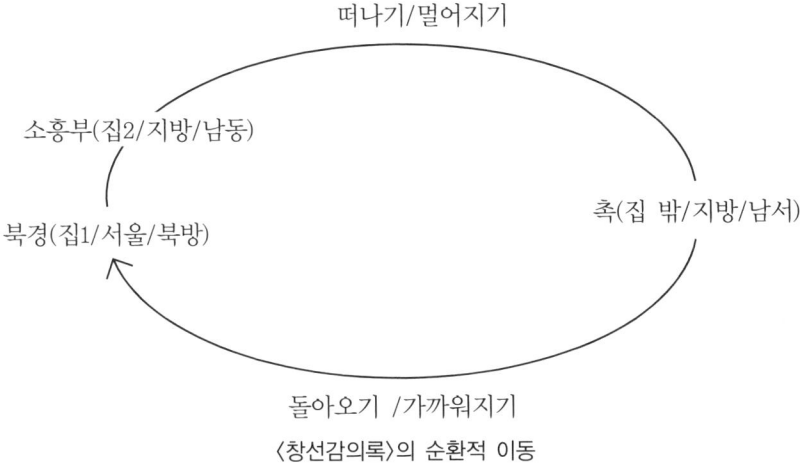

〈창선감의록〉의 순환적 이동

　이처럼 두 작품은 집으로부터 멀어졌다가 가까워지는 구심적 순환 구조를 보이고 있으며, 이 과정에서 공간의 확산과 수렴이 이루어지고 있다. 〈창선감의록〉의 경우, 그 공간 이동의 중심에 놓이는 집이, 북경의 집과 소흥의 집으로 일치하지는 않지만[126], 이 경우에도 집 자체가 '가까워지기'의 귀결점이 되는 것은 마찬가지이다. 악인까지도 결국에는 집에 가까워지는, 집에 와서 처벌을 받는 양상은 그대로 나타나고 있는 것이다. 인물들에게서 공히 집에 돌아오는 것이 강조되는 이와 같은 순환적 이동은, 두 작품에 나타나는 공간 이동의 중심에 집이 있음을, 그 중심이 집임을 확인시켜 준다.

---

126) 〈창선감의록〉의 경우에는, 서울 집→소흥부 집→서울 집으로의 순환 구조가 첨가되고 있으며, 이는 정치적인 공간 이동이 별개의 양상으로 나타나는 것이라고 할 수 있다. 실제 〈사씨남정기〉의 경우 공적 영역이 부각되는 서사에서도 집이 중심이 되지만, 〈창선감의록〉에서는 공적 영역이 부각되는 서사에서는 북경이 순환의 중심에, 사적 영역이 부각되는 서사에서는 집이 순환의 중심에 자리한다.

4. '집/ 집 밖' 공간 구도의 성격과 기능

소설에서 공간의 기본 공간 구도는 그 자체로 작가가 현실, 나아가 세계를 어떻게 공간적으로 구조화하고 의미화하는가를 나타낸다. 〈사씨남정기〉와 〈창선감의록〉에서는 이와 같은 공간적 구조화가 '집 떠나기'라는 핵심적인 행위어에 의해 집/ 집 밖 구도로 이루어지며, 이는 무엇보다 두 작품의 중심 갈등과 긴밀히 연결된다. 따라서 본 장에서는 이와 같은 기본 구도 속에서 일차적으로 집과 집 밖 공간이 중심 갈등과 매개되는 양상을 분석하고, 이차적으로 내부 공간과 외부 공간으로서의 심리적, 상징적 의미를 분석한 후에, 이를 바탕으로 작품 전체의 순환구도가 지니는 의미를 분석할 것이다.

1) 공간과 갈등의 상관성

(1) 갈등의 표출과 공간 구도의 혼란

집/집 밖의 기본 구도에서 사건과 갈등의 중심이 되는 집은, 내부적으로 뚜렷한 공간 구도를 드러낸다. 안채와 사랑채가 안과 밖에 배치되고 중문 등으로 격리되어 있으며, 안채와 사랑채 공히 각 인물들의 공간이 정해지는 집 내부적 공간 배치는 단순한 물리적 배치, 물리적 구획을 넘어선다. 공간 배치를 통해 각 구성원의 행동과 의식을 제한하고 규제하는 심리적 구획의 의미를 지니는 것이다.[127] 이러한 심리

---

127) 한국전통주거공간의 구획은 1차적으로 차폐물의 유무에 따라 〈심리 · 도덕적 구획〉과 〈차단적 구획〉으로 나뉜다. 예를 들어 사랑 마당에서 안마당으로 문이 개방되어 있어도 안마당은 여자의 공간이고 사랑마당은 남자의 공간으로서 남자는 안마당을 마음대로 드나들 수 없는 것이다. 이것이 〈심리 · 도덕적 구획〉이고, 사랑마당과 동일

적 구획은 무엇보다 성과 신분에 의해 이루어지는데, 이에 의해 집 내
부는 크게 여자들을 중심으로 한 안채와 남자들을 중심으로 한 사랑채
의 안/밖 공간 구도와, 안/밖의 각 공간 내에서 다시 신분에 의해 구분
되는 위계 구도로 구분될 수 있다.

신분에 의한 위계 구도에서는 여성 공간의 위계 구도가 부각되는데,
〈창선감의록〉의 경우, 시어머니와 며느리의 관계는 물론 며느리들 간
의 관계까지 공간적으로 뚜렷이 나타난다. 이는 남성 공간인 사랑채에
서의 위계가 공간 배치로 엄격히 드러나는 데 비해, 안채에서의 며느
리들의 서열은 공간적으로 뚜렷하지 않은 당대 현실과는 다소 거리 있
는 것으로, 작품 속에서 그만큼 여성 공간이 초점화되고 있음을 의미
한다.

① 위계 구도의 혼란과 갈등의 표출

〈사씨남정기〉에서 핵심 공간이 되는 유한림의 집, 유가의 공간 배
치는 당대 사회의 '집'과 유사한 양상을 띠지만, 남성 공간인 바깥채
혹은 사랑채에 대한 언급은 거의 나타나지 않으며, 여성 공간인 안채
의 정침(正寢)과 첩 교씨가 머무는 별당, 그리고 그 별당이 위치한 후
원이 무엇보다 부각되고 있다.

레벨에 있을지라도 담장이 놓여 구획하여 차단시키는 경우가 〈차단적 구획〉이다. 2차
적으로는 차폐물이 있어도 구획되지 않는 경우가 있고 차폐물이 없어도 구획되는 경
우가 있다. 이것은 신분, 성, 연령 등에 의하여 그 구획의 범위가 정해지는 것으로
여자하인은 남자주인의 거처에 들어가지 못하고 남자 하인은 여자주인의 처소에 들
이가지 못하는 경우이다. 이는 공간의 표층구조가 사용자의 심층구조인 행위·사고·
언어를 지배하는 것이다. 김난기, 「韓國傳來住居空間의 記號論的 分析에 關한 硏究」,
홍익대 석사학위논문, 1983, 96면.

사씨가 거처하는 안방은 안채의 중심 공간에 해당한다. 사씨는 시어머니의 부재(不在)로 시집 온 직후부터 안방이라는 중심 공간을 차지할 수 있었고, 그 공간이 부여한 안주인이라는 지위를 누릴 수 있었다. 이후 후사(後嗣) 문제로 교씨를 들이기 전까지 10여 년의 기간 동안 지속된 사씨의 안방 차지로, 일견 사씨는 남편인 유한림과 거의 대등한, 확고하고 안정적인 공간 확보에 성공한 것처럼 보인다. 이런 점에서 교씨 유입 이전까지는 여성 공간 또한 안정적인 구도를 유지하고 있으며, 따라서 이런 안정성의 파괴는 전적으로 악인 교씨의 몫으로 돌려질 수도 있다.

그러나 교씨 유입 이전의 사씨 공간의 안정성은 그렇게 보여지는 안정성일 뿐이다. 사씨의 경우, 시어머니의 부재로 처음부터 안방이라는 확고한 안주인의 공간을 차지하긴 했지만, 이 역시 자격 검증의 과정 혹은 기간을 거치지 않았기 때문에 안정적일 수는 없는 것이다. 무엇보다 후사 생산이라는 일차적 검증이 유보된 상태였기 때문에 안방 차지는 임시적인 것일 수밖에 없다. 이 때문에 사씨는 안방 확보와 관련하여 자신의 유일한 그러나 가장 큰 약점인, 자식을 낳지 못하는 기간이 10년 가까이 되어 오자 스스로 이 불안정한 상황에서 벗어나고자 첩을 들이기로 한다.[128] 따라서 그 결과 이루어진 첩 교씨의 유입은, 이와 같은 임시적이고 불안정한 상황을 초래한 것이 아니라 노출한 것

---

[128] 실제 여성들이 남긴 문집류에서 스스로 첩을 들이는 정실부인의 모습은 드물다. 따라서 사씨가 교씨를 추천하는 것을 두고, 가부장제에 철저히 길들여진 정실의 남편과 집안을 위한 자발적이고 희생적인 선택으로 간주하는 것은, 작가의 의도에 의해 허구적으로 만들어진 이상적 정실의 모습을 그대로 인정하고 받아들인 것이 된다. 그러나 본고에서는 비록 외형상 자발적 선택으로 나타남에도 불구하고, 실상은 안정된 공간 확보를 위한 어쩔 수 없는 선택이라는 입장이다.

이라고 볼 수 있다.

이는 후에 임씨를 천거하면서 임씨가 교씨와 다른 사람임을 강조하는 사씨에게, 두부인이 사람이 다르다고 해도 결국에는 유익할 것이 없다고 충고하는 데[129]서도 잘 나타난다고 할 수 있다. 사씨가, 안방을 내 줄 수밖에 없었던 갈등 상황을 교씨의 인물됨에 돌리고 있는 데 비해, 두부인은 첩이라는 제도, 첩을 들이는 것 자체가 갈등의 소지를 안고 있다는 입장을 지니고 있으며, 이는 곧 첩을 들이는 한 문제는 언제나 노출될 수 있음을 의미하는 것이기 때문이다.

사씨의 안방 확보의 일환으로 안채 내에는 새롭게 백자당(百子堂)이라는 이름의 별당이 마련되고, 여기에 가난한 선비의 아내가 되기보다는 차라리 재상의 첩이 되고자 했던 교씨가 들어와 거처한다. 남성과 정실 부인 그리고 그 자식으로 이루어진 가족은 이 세상 중심이며, 그들이 중심이 되는 것을 방해하는 존재인 첩은 주변이다. 이와 같은 위계를 분명히 하기 위해 적처와 첩은 군신 관계로 비유되기도 했는데[130], 〈사씨남정기〉에서 사씨/교씨의 안방/별당은 바로 그와 같은 위계가 공간으로 구체화된 것이며, 교씨의 별당은 물리적으로도 그곳에서 타는 거문고 소리가 들리지 않을 정도로 안방으로부터 멀리 떨어져 있었다.

이 별당은 백자당이라는 이름에서 알 수 있듯이 후사 생산이라는 특

---

129) 杜夫人笑曰, 雖賢, 終無益. 〈사씨남정기〉 339면.
130) 첩이 가족원을 부르는 호칭을 보면, 남편은 군(君), 처는 여군(女君), 남편의 부모는 군자부모(君子父母), 남편의 자(子)는 군자장자(君子長子), 군자중자(君子衆子)라고 하여 남편과 그 처를 군(君)이라고 하여 각기 임금과 임금의 부인으로 부르도록 설정되어 있음을 알 수 있다. 정지영, 「조선 후기의 첩과 가족 질서-가부장제와 여성의 위계」, 『사회와 역사』, 65, 한국사회사학회, 2004, 18면.

별한 목적이 전제된 공간인데, 목적이 전제된 공간이라는 것은 그 자체로 매우 불안정한 공간임을 담지한다. 그런데 백자당의 위기는 결정적으로 사씨의 임신으로 야기된다. 물론 사씨가 후사를 생산하더라도 백자당은 여전히 또다른 목적[131]을 위해 존재할 수 있다. 교씨 또한 처음부터 첩이 되고자 한 것이지 정실이 되려고 한 것은 아니다. 따라서 굳이 사씨를 모해하지 않더라도 백자당에서 안존할 수 있었을 것이다.

  그러나 교씨는 사씨의 임신 소식을 듣고 본격적으로 모해를 위한 악행을 시작하는데, 이는 무엇보다 자신에 대해 시기와 반감을 지닌 사씨가 아들을 낳음으로써 획득한 유한림의 후대를 업고 자신을 참소하지 않을까 하는 우려에서 비롯된 것[132]이다. 결국 교씨는 자신에 대한 참소와 그 결과 이루어질 축출을 미리 방지하기 위해 먼저 사씨를 공격하기로 한 것이고, 이는 공간적으로 사씨가 차지하고 있는 안방을 빼앗는 것으로 나타난다. 이는, 교씨의 유입이 집에서의 축출을 방지하는 동시에 안방을 확보하는 차원에서 사씨에 의해 주도된 것이라는 점에서 아이러니한 상황이라고 할 수 있다. 이제 교씨에게 있어 안방은 빼앗지 않으면 자신이 집 밖으로 나갈 수밖에 없는 공간이 되는 것이다.[133]

---

131) 이는 유한림의 남성적 욕망을 충족시키는 공간임을 의미하는 것으로, 이는 '집'의 공간성을 다루는 다음 장에서 구체적으로 다룰 것이다.

132) "徒以我則生男, 彼則無子之故, 我得丈夫之厚待. 今彼生子, 而將爲此家之主, 吾兒無用耳. 彼雖外 仁,而花園責我之言, 明是猜忌. 一朝讒於翰林, 翰林素信彼, 吾之身世, 豈不可慮"〈사씨남정기〉 249면.

133) 기존의 연구에서 이와 같은 교씨의 행위는 첩으로서보다는 악인으로서 부각되었다. 그러나 동시에 이 악인이라는 낙인의 이면에는 신분 질서 하에 자신에게 주어진 본분, 분수를 지키지 않는 사람이라는 의미가 담겨 있으며(정출헌, 「〈구운몽〉의 작품세계와 그 이념적 기반」, 『김만중 문학연구』, 국학자료원, 1993. 184면.), 이와 같은 선악 대립 이면에 가부장적 질서 내에서의 권력의 문제가 도사리고 있다(강상순, 「〈사씨남정

이와 같은 교씨의 '안방 빼앗기'는 사씨의 '안방 빼앗기기'와 대응된다. 계속되는 교씨의 모해로 사씨는 안방에서 나와 초가에서 죄인으로 자처하는데, 안방이라는 최고의 공간이자 중심에서 누추한 초가라는 최하의 공간이자 주변부로의 공간 이동은 사씨의 신분 강등과 그대로 대응된다. 그러나 사씨의 강등은 여기서 그치지 않는다. 비어 있는 안방을 합법적으로 차지하고자 한 교씨의 모해로 사씨는 안방을 빼앗기는 것은 물론 아예 집 밖으로 내몰리게 된다. 사씨가 이와 같은 하향적 공간 이동을 하는 것과 대비적으로, 교씨는 주변인 백자당으로부터 중심인 안방으로 상향적 공간 이동을 하게 된다.[134]

이처럼 〈사씨남정기〉에서 여성 공간의 위계 구도는, 여성 인물들의 공간 확보 문제와 밀접하게 연결되면서 사건과 갈등을 유발하고, 나아가 중심과 주변에 속한 인물 관계의 전도(顚倒) 양상을 초래하고 있다.

〈창선감의록〉에서 핵심 공간이 되는 화진의 집, 화가에서는, 먼저 부모 대(代)의 제 1 부인 심부인과 제 3 부인 정부인의 처소인 정당과 수선루가 부각된다. 남편이자 가장인 화욱에 의해 배치된 이 안채 공간은 안방인 정당을 중심으로 건넌방인 수선루가 그 동편에 자리하고

기〉의 적대와 희생의 논리」, 『고소설연구』 12, 2001, 125면.)는 데서 나아가, 사씨의 득남으로 교씨의 존재 근거가 박탈됨으로써 자신의 존재 근거 확보를 위해 사씨를 모해한 것(박일용, 앞의 글, 224면.)이며, 결국 교씨의 악행은 그녀의 존재 조건, 곧 그러한 악행을 촉발시킨 그릇된 사회제도와 분리하여 존재하지 않는다는 견해(정출헌, 앞의 글, 93-94면.)가 제기되기에 이르렀는데, '신분 질서 하에 주어진 분수'나 '존재조건' 등이 공간과 인간의 밀접한 관계와 연결된다는 측면에서, 논자는 후자의 입장을 취한다.

134) 수직축의 양쪽 끝인 "높다"와 "낮다"는 대부분의 언어에서 많은 의미를 담고 있다. 우월하거나 뛰어나다는 것은 대부분 물리적 높이에 대한 감각과 연관되어 형성되었다. 브리만 글자 그대로의 의미에서 보면 "등급"은 어떤 사람이 공간을 오르내리는 단계이다. 사회적 지위는 "크다"나 "작다"가 아니라 "높다"나 "낮다"로 표현된다. 이-푸 투안(Yi-Fu Tuan), 구동회-심승희 역, 『공간과 장소』, 도서출판 대윤, 1999, 68면.

있는데, 이 안방/건넌방 역시 위계상 중심/주변 구도를 나타낸다.[135]

　그런데 물리적으로 중앙에 배치되고 위계상으로도 중심에 있는 심씨의 처소는 실제 중심의 의미를 지니지 못한다. 화욱이 살아 있는 작품 전반부에서 안채 공간의 핵심으로 부각되는 것은 심씨의 정당이 아니라 제 3부인인 정부인의 수선루이다. 가장인 화욱이 안채에서 찾는 공간은 언제나 정부인의 처소로 나타나고, 그 누이인 성부인이 찾는 곳 또한 정부인의 처소이며, 화욱과 성부인 등이 모여 집안 일을 상의하는 곳 또한 정부인의 처소인 수선루이다.[136]

　이는 물리적으로나 위계상으로 주변에 있는 수선루, 즉 건넌방이 오히려 실질적인 중심의 위상을 지니게 되고, 심부인의 정당은 자연스럽게 주변화되는 중심/주변의 전도 양상을 초래한다. 이는 신분상의 위계적 공간 구도와 그 실제, 실상과의 괴리를 의미하는 것으로, 신분에 의해 주어지는 공간과는 별도로 가장의 애정에 의해 부여되는 공간의 위상이 다를 수 있음을 드러내 준다. 이런 점에서 심씨의 화진 모자에 대한 처철하리 만큼 심각한 증오는 본질적으로 '지위의 일치하지 않음'[137]에 기인한다고 할 수 있다. 그러나 〈사씨남정기〉에서와 달리, 실질적인 중심을 되찾기 위한 심부인의 행위는 구체화되지 않고, 단

---

135) 본래 건넌방은 대체로 시어머니의 안방에 대해 며느리에게 주어지는 공간으로, 중심인 안방과의 관계에서 주변에 놓이는데, 〈창선감의록〉에서는 제 3 부인인 정부인의 공간이 건넌방으로 나타난다.

136) 一日, 公退朝, 歸入鄭夫人寢室(〈창선감의록〉 22면.)/ 已而成夫人至. 公將俄間說話, 傳於成夫人. 公卽席與成夫人, 決歸計(〈창선감의록〉 23면.)/ 是日, 公對成夫人鄭夫人, 說與尹侍郞定婚之事.(〈창선감의록〉 40면.)

137) 인간은 지위 일치, 즉 한 가지 지위의 여러 측면들 간의 일치성 혹은 다른 지위들 간의 일치성에 대한 욕구를 가지고 있다. 그러나 인간은 종종 일관성이 무너진, 심한 경우에는 완전히 일치하지 않는 상황에 직면하게 된다. R.H.라우어, 정근식 · 김해식 옮김, 『사회변동의 이론과 전망』, 한울 아카데미, 1995, 296-297면.

일방적인 대립 양상만을 나타내다가 화욱과 정부인이 함께 세상을 떠남으로써 자연스럽게 여가장으로서 중심을 되찾게 된다.

자식 대(代)에서 심부인의 세 며느리인 임씨, 윤씨, 남씨와 첩 조씨의 공간은, 일단 시어머니의 공간인 안방, 즉 중심에 대해서는 모두 주변의 성격을 띠지만, 주변 속에서도 다시 신분에 의해 배치가 이루어지고 있으며, 언젠가 있을 중심 확보, 중심 진출의 가능성이 잠재된 공간들이다.138) 특히 그 중에서도 첩이라는 신분으로, 주변 중에서도 주변에 위치한 화춘의 첩 조씨의 별당이 부각되고 있는데, 이는 〈사씨남정기〉에서 교씨의 공간이 부각되었던 것과 유사한 양상이다.

그러나 교씨의 별당이, 사씨의 안방과의 관계에서만 주변으로 규정되는 선명한 중심/주변 구도를 나타내는 것과 달리, 조씨의 별당은 안채의 중심인 시어머니 심부인의 안방은 물론, 화춘의 정실인 임씨와 화진의 두 부인 윤씨, 남씨의 공간들과 이중 삼중의 위계 관계를 지니는 복선적인 중심/주변 구도를 나타낸다. 조녀는 정식 며느리의 신분이 아니었고, 다른 인물들과의 상호적인 시기, 암투보다는 일방적인 시기, 질투로 문제를 불러일으키지만, 조녀와 다른 여성들 간의 관계

---

138) 여성들도 어린시절을 보낸 다음에 나중에는 '시어머니가 죽으니 안방 차지가 내차지'라는 말처럼 며느리와 시어머니의 교체는 구체적인 가옥 내부의 공간 배치에 나타나고 있다. 김동욱 외 著,『한국민속학』, 새문사, 1988, 96-97면.

또한 한국 전통가족의 가계계승은 크게 은거형과 종신형으로 대별된다. 은거형은 가부장권 전부를 포함하여 일시에 가계계승을 하는 유형이다. 공간사용에서 가장 큰 특색은 부모가 은거를 한다는 점이다. 종신형은 사후에야 가장권, 주부권이 계승되는 것으로, 공간 사용에서 생전에 사랑방을 아들에게 넘기는 법이 없고, 시어머니도 며느리에게 살아서는 안방을 내주지 않았다는 점이다. 실제 공간 배치에서 은거형은 일정시기에 부모가 은거하는 방과 바꾸는 것이 기대되므로 아랫대를 위한 방 배려가 다소 허술하다. 한편 종신형은 생전에 안방 차지에 대한 욕구를 가지지 않도록 하기 위해 대체로 방의 크기나 장식이 비슷하였다. 한옥공간연구회 편, 앞의 책, 54-55면.

자체는, 무엇보다 여자의 예속적 봉사를 중요시해서 집의 균형이 며느리들 간의 쟁투, 편애 등에 의해 파괴된다고 생각했던 당시 상황[139])과 밀접한 것으로 보인다.

또한 조씨가 간음이라는 모해를 통해 정실인 임씨를 집 밖으로 축출하고 임씨의 공간을 차지한 이후에도, 다시 화진의 두 부인 윤씨와 남씨를 모해하고 결정적으로 독죽을 먹여 남씨를 집 밖으로 내보낸 것은, 이들이 화진이라는 남편의 서열에 따라 중심이 될 가능성이 많다는 점과 상통한다고 볼 수 있다.

남성 공간에서 장차간의 위계는, 가장인 화욱이 죽은 후에 장자인 화춘이 백화헌을 차지하게 되면서 공간화되어 나타난다. 그러나 백화헌을 차지한 화춘은 그 공간에 어울리지 않는 인물로 그려지며, 이는 그 어머니 심씨의 안방 차지가 그랬던 것처럼 실상과 괴리되는 공간 차지라고 할 수 있다. 즉, 백화헌이라는 가장의 공간을 차지하고는 있지만, 인물이 그 공간에 어울리지 않음으로 인해 그 주인이 바뀔 수 있는 상황임을 담지하는 것이다.

실제 이와 같은 상황은 백화헌의 주인이 될 가능성인 높은 차자(次子) 화진이, 심부인과 장자(長子) 화춘에 의해 공격당하는 것을 통해 구체화된다. 이는, 화진이 중심 공간을 차지하는 데 대한 견제와 저지의 의미를 담고 있으며, 실제 그 결과 화춘 등의 모해로 화진은 벼슬이 삭탈당하고 남씨 또한 소실로 강등된다.

조녀가 윤씨나 남씨를 모함하고 집 밖으로 몰아낼 수 있었던 것도, 이와 같은 남성 공간의 갈등 상황을 매개로 했기에 가능했던 것이며, 이는 후에 저자거리에서 심문받던 조녀의 반박[140])을 통해서도 잘 나

---

139) 김영선, 앞의 논문, 215면.

타난다. 구멍이 뚫려 있었다든지 고기가 썩어 있었다는 것은, 애초에 문제가 있었다는 것을 의미하고, 이는 실제 근본적이고 심각한 갈등은 심씨 부자와 화진의 갈등이라는 점을 드러낸다고 할 수 있다.

이처럼 〈창선감의록〉에서는, 부모 대와 자식 대에서 모두 여성 공간의 위계 구도가 나타나며, 이는 남성 공간의 위계 구도와 긴밀히 연결되고 있다. 또한 이 과정에서 중심/주변 구도가 전도 혹은 역전되는 양상을 보이고 있다.

두 작품의 위계 구도에서 각 공간을 차지하던 인물들은 중심↔주변으로 상호 이동하게 되는데, 이들은 모두 여성 인물들에게서 나타난다. 이는 여성 인물들에게 부여된, 배치된 공간이 확정된 것, 안정된 것이 아님을 의미하며, 따라서 여성 공간의 위계 구도는 여성 공간의 불확실성을 잘 드러내 준다고 할 수 있다. 또한 중심에서 주변으로 역이동한 여성들이 결과적으로 모두 집 밖으로 내몰린다는 점에서, 남성 공간의 불안정성이 신분을 전제로 한 것임에 비해, 여성 공간의 불안정성은 실존, 생존을 전제로 한 것임을 알 수 있다. 결국 이렇게 볼 때, 안채라는 여성 공간 속의 위계 구도는 집에 남느냐 집에서 나가야 하느냐 하는 집/ 집 밖의 거시적인 공간 구도로 연결된다고 하겠다.

② 남녀 공간의 혼란과 갈등의 심화

위계적 공간 구도에서 여성의 안채 공간이 부각되는 것처럼, 남녀라는 성별에 근거한 안/밖 구도에서도 여성 공간이 더 부각된다. 실제 집 안의 상황만을 대상으로 할 때, '밖으로부터 들어오며', '들어오자'

---

140) 空穴風來, 腐肉蟲生, 夫人之家不亂, 而我獨亂之乎. 一市人粲然皆笑. 〈창선감의록〉
411면.

등 [들어온다]만이 두드러지게 나타나는데, 이는 안에서 밖으로의 공간 이동이 엄격히 제한된 것임을 반증하는 것이며, 자연히 집안 일 또한 여자들이 기거하는 안채를 중심으로 다루어진다. 즉, 여성들의 제약적 공간 이동이, 인물과 사건이 안채로 집중되는 양상을 불러 온 것이다.

그런데 이 안채로의 출입은, 주로 가정의 일원인 남성에 의해 이루어지는 것이라 할지라도 집 안에서의 남녀 공간이 엄격히 분리되었던 현실상과는 다소 괴리가 있다. 후대 가정소설인 〈옥난빙〉에서는 가장인 진공이 '몽조헌'이라는 집 안의 중심이자 가장 상위의 공간[141]에 앉아 집 내부의 출입상황, 특히 안채로의 출입상황을 감시하고 파악하는 양상이 부각되는데, 이는 남성 공간에 의한 여성 공간의 감시와 통제 양상으로, 집의 남성 공간과 여성 공간의 분리, 격리가 엄격한 현실상을 그대로 반영하고 있다.

이런 측면에서 〈사씨남정기〉, 〈창선감의록〉에서 이와 같은 분리, 격리가 엄격하게 나타나지 않는 것은, 이를 감시하고 통제할 가부장권의 부재 혹은 결핍 문제와 연결되고 나아가 집의 존립 문제와도 연결된다고 할 수 있다. 이는 특히, 장자이면서도 장자의 면모를 갖추지 못한 화춘[142]에 의해 안채로의 이동이 가장 활발하게, 빈번하게 이루어지는 것[143]에서 단적으로 나타난다. 즉, 장자인 화춘의 문제적 인물

---

141) 이때 〈몽조헌〉의 공간성은 물리적인 측면뿐 아니라 상징적인 측면에서도 집 안의 중심과 최상위라는 공간지표를 갖는다.

142) 화춘이 장자감이 아니라는 것은 그 아버지 화욱의 말을 통해 몇번이나 강조되는데, 말뿐만이 아니라, 화춘의 처소인 한송정과 그곳에서의 화춘의 모습(두건까지 벗고 낮잠 자는 모습)에서, 죽우당이나 백화헌에서 책 읽는 모습으로 일관되는 화진과 대비되는 그의 면모가 여실히 나타난다.

143) 화춘이 급히 내당으로 뛰어들어갔다./ 춘이 대희하여 뛰어들어가서/ 그때 화춘이가

상이 안/밖 공간 구도의 견고성 여부와 깊이 연루되어 있음을 드러내
주는 것이며, 이는 같은 문제적 인물인 교씨나 조씨의 경우에서도 나
타나고 있어 주목된다.

〈창선감의록〉에서는 인물에 대한 공간의 부여, 배치가 화욱이라는
가장에 의해 정해진 것이며, 이는 또한 성별과 신분에 따르는 공간 배
치임이 분명하게 나타난다. 실제 화욱은 제 3 부인인 정부인을 후대했
음에도 불구하고 공간 배치를 하는 과정에서는 제1 부인인 심씨의 처
소를 안채의 중앙에 배치했다. 그런데 화욱이 죽은 후 화춘은, 첩 조
씨가 머물던 취난정이 후원 뒤쪽에 있어 외당과 멀다는 이유로 외당과
문 하나를 사이에 둔 만류정으로 옮기게 한다. 이와 같은 공간 배치는,
화욱의 위계적 배치에 위배되는 자의적 배치이며, 그 자체로 공간 구
도의 혼란을 담지한다고 할 수 있다.[144]

실제 그 결과 집 안의 남성 인물인 화춘은 물론 외간남자인 범환까
지 마음대로 드나드는 혼란상이 초래된다.[145] 조씨와 범환의 사통은
남편인 화춘이 집에 있는 상황에서도 버젓이 이루어지고 있으며, 이
과정에서 밖↔안의 공간 이동이 현저히 나타난다는 점에서 더욱 문제
적이라고 할 수 있다.

또 들어와서/이때 화춘은 내당에 들어가 심씨를 보고

144) 그런데 당시 첩이라는 신분에 따른 행위 양상을 살펴보면, 첩을 들인 남성에 의해
얼마든지 그 공간, 처소의 위치가 이동될 수 있었다고 한다. 실제 〈구운몽〉의 양가
배치에서는 첩들의 치소가 양소유 좌우로 배치되어 있기도 하다. 따라서 실상에서는
충분히 있을 수 있는 일을 그린 것으로 볼 수도 있는데, 중요한 것은 이와 같은 이동
배치가 부정적인 것으로 부각되고 있다는 점이다.

145) 初, 琦處趙女於翠蘭堂, 與外堂絶遠, 以爲不便於往來. 遂以趙女, 移處於萬柳亭, 隔一
小門而相出入. 蘭査已與范漢通, 而趙女又引以自通之. 自琦病後, 漢狼籍入宿. 家人往
往有知之者, 而不敢言也. 〈창선감의록〉 195면.

그 때 마침 범한이 만류정에서 조녀를 끌어안고 누워 있었다. 그런데 계향이 찾아와 정당에서 벌어진 사건을 고했다. 이윽고 범한은 옷을 주섬주섬 주워 입으며 일어났다. 그 때 화춘은 소장의 초고를 들고 황망하게 외당으로 나가고 있었다. 범한은 갓을 삐딱하게 눌러 쓴 채 신발을 질질 끌면서 느릿느릿 걸어 만류정 협문으로 나가다가 바로 화춘과 마주치고 말았다. 하지만 범한은 조금도 놀라는 기색을 보이지 않았다. 그러나 화춘도 역시 범한의 태도를 의심할 경황이 없었다.146)

위의 인용 부분은, 범환과 조녀의 간통 정황과 그로 인한 공간 혼란을 극적으로 제시하고 있으며, 〈사씨남정기〉에서도 동청과 교씨의 간통과 관련하여 유사한 상황이 나타난다.147) 또한 이와 같은 공간 구도의 와해는 곧 집 안 전체의 질서, 기강 해이와 연결된다고 할 수 있다. 실제 화가는, 누나인 윤씨가 후원에 갇혔다는 소식을 듣고 찾아온 윤공자가 몰래 후원까지 갈 정도로 기강이 해이해져 있으며, 이는 이후 윤공자가 윤소저로 위장하고 찾아간 엄숭 집의 엄격한 면모148)와 대

---

146) 時, 范漢方擁趙女而臥, 桂香入告正堂之事 提衣而起. 琫持狀草, 蒼茫出外堂. 漢傾冠曳履緩步, 而自萬柳亭夾門出來, 正與琫相遇. 漢略無驚怪之色, 琫亦不暇於致疑焉. 〈창선감의록〉 203면.

147) 동청가 교씨가 백자당에서 장주의 압살을 모의한 이후 상황으로, 한문본에서는 그냥 나가면서 납매에게 명 내리는 것으로 되어 있는데 데 비해 한글본에서는 "손을 잡고 서로 히롱홀 추 한림이 문득 들어오거늘 동청이 크게 놀뇌 다라나다가 납매를 보고 일너왈"으로, 서로 희롱하다가 갑자기 한림이 들어오자 동청이 크게 놀라 달아나는 급박한 정황이 펼쳐진다. 조동일 소장본 〈사씨남정기〉 69면.

148) "내 집이 금분이 여러 겹이요 철원이 여러 길이며, 호위하는 군사와 문지키는 나졸이 무수하니, 이곳에서 외담 문까지 나가자면 일곱 개의 금쇄문이 있으며 또 오빠의 거처하는 사랑을 지나가게 되오니", "드디어 소문으로부터 열쇠를 맞추어 문을 열새 다섯 문을 지나 후원문에 이르러서는", "문득 內子가 내당에서 뛰쳐나온 즉 뉘 놀라 묻지 아니하리요" 등에서 엄숭 집 내부의 내/외와 집과 집 밖의 내/외 경계가 얼마나 엄절한가가 단적으로 드러난다.

비되어 더욱 두드러져 나타난다. 엄숭 집이 당대 최고의 권세가라는 측면에서 이와 같은 대비는 곧 화가의 몰락상과도 연결될 수 있다.

〈사씨〉에서 교씨가 백자당에 들어오기까지는 안/밖의 공간 구도가 문면에 드러나지 않은 채 견고화되어 있다고 할 수 있다. 그러나 백자당에 교씨가 거처하면서 이와 같은 견고함이 조금씩 흔들리기 시작하는데, 이는 백자당이라는 공간의 위치나 성격과 밀접한 관계가 있다. 우선, 백자당은 그곳에서 타는 거문고 소리가 들리지 않을 정도로 "정침(正寢)으로부터 멀리 떨어져 있고"[149], "외부와 단지 담장 하나만을 사이에 두고 있는"[150] 공간이다.

여성 공간의 위계 구도에서 나타났듯이, 중심 공간인 안방은 안채라는 여성 공간의 중심이자 여성 공간을 대표하는 공간으로, 남성 중심의 가부장제 원리와 이념의 잣대에 우선적으로 올라가 있는 공간이다. 이런 점에서 백자당이 정침으로부터 멀리 떨어져 있다는 것은, 정침, 즉 안방을 초점으로 투사되는 격리와 폐쇄의 원리가 상대적으로 약화될 수 있음을 의미하고, 이는 외부와 단지 담장 하나를 사이에 두고 있다는 것에서 단적으로 가시화된다.

담장 혹은 담은, 집 외부로부터 집 내부를 격리하고 보호하는 경계 공간이면서 동시에 그와 같은 경계를 허무는 일탈의 공간으로 변모한다. 가정 소설에서 부정적인 인물들의 일탈 행위가 '담을 넘는다'[151]로, 그 공간 지표가 '담이 허물어졌다'로 자주 표현되는 것도 이 때문이다. 이런 점에서 외부와 담장 하나를 사이에 두고 있었다는 것은,

---

149) 百子堂去正寢遠, 〈사씨남정기〉 243면.

150) 百子堂與外, 只隔一墻. 〈사씨남정기〉 253면.

151) 〈창선감의록〉에서 조씨와 화춘의 만남과 통정 또한 화춘의 '담을 넘어가는 행위'를 통해 이루어졌다

보통 안방이 앞뒤로 겹겹의 문과 담에 둘러싸인 것과 대비되면서 동시에 그 자체로 쉽게 일어날 수 있는 일탈의 가능성[152]을 시사한다. 후원 또한 집 안에 있으면서 담을 통해 외부의 시선이 넘어 들어온다는 점에서 완벽한 격리와 폐쇄가 이루어지기 어려운 공간이라 할 수 있다.

그런데, 백자당은 이러한 화원 안에 위치해 있으며, 더군다나 교씨는 화원 문의 열쇠도 가지고 있었다. 이는 남성 공간에 대한 개방 혹은 폐쇄의 여부가 교씨에 있다는 뜻으로, 공식적으로 안으로의 출입이 허락되지 않은 외간 남자를 향한 개방이 이루어졌을 때, 안/밖 공간 구도는 심각한 위기를 맞게 된다.

> "실푸다 옛적 성인이 규문지예를 말하사 외언으로 닉실의 들어오지 못하게 하고 닉언으로 외당의 나가지 아니케 하와 몸을 닥고 집을 좃ᄎ케 하여 음탕흔 바람을 닉치고 가ᄉ흔 말을 멀니 치더니 졔 유흔님은 안으로 음난흔 첩을 두고 박그로 부정흔 ᄉ람을 친신ᄒ고 ᄯᅩ 신약한 종이 ᄉ를 타서 화인을 주출하와 가문을 욕되긔 ᄒ니엇지 절통치 아니하리요?"[153] / 아아! 옛날 성인이 예법을 제작하여 규문의 법도를 엄하게 하였다. 집안의 말은 밖으로 나가지 못하고 밖의 말은 집안으로 들어오지 못하게 하였다. 몸을 닦고 집안을 다스리며 음란한 소리를 물리치고 아첨하는 사람을 멀리하게 하였다. 이는 모두 본원(本源)을 바르게 하고 과오를 미연에 방지하게 하려는 것이었다.[154]

---

152) 한밤중이라는 시간적 배경과 '담장 너머'라는 공간적 배경이야말로 이들 남녀간의 사랑을 엄격하게 통제하던 당대의 사회적 제약과 일탈을 은밀하게, 그렇지만 공공연하게 드러냈던 문학적 표현이다. 정출헌, 「판소리계 소설에 나타난 여성 형상과 그 의미」, 『고전문학과 여성주의적 시각』, 소명출판, 2003, 173면.

153) 조동일 소장본 〈사씨남정기〉 219면.

154) 噫! 古者, 聖人制禮 嚴閨門之法, 內言不出外 外言不入內 修身齊家, 放淫聲, 遠侫人. 皆所以正本源, 而防幾微也. 〈사씨남정기〉 50면.

교씨와 동청의 사통(私通)이 성사되는 장면 뒤에 나온 서술자의 이와 같은 탄식은 안/밖 공간 구도의 위기, 와해가 지니는 심각성을 그대로 드러내 준다고 할 수 있다. 실제 "교씨는 한림이 정침(正寢)에 들어가 머무는 날이면 버젓이 동청과 정을 통했다"[155]는 데서 알 수 있듯이, 이와 같은 위기는 우려가 아니라 현실로 찾아온다. 그런데 여기서 주목할 것은, 이와 같은 안/밖 구도의 와해가 교씨의 안방 입성 이후에도, 아니 오히려 그 이후에 더 두드러진다는 점이다.

> 마침내 교씨는 더욱 방자해졌다. 매번 한림이 궁중에서 숙직을 서는 경우에는 유독 남매만을 거느리고 백자당에서 잤다. 그리고 버젓이 동청을 그곳으로 불러들였다.[156]

안방을 차지한 이후에도 백자당을 오가며 동청을 불러들이는 것은, 백자당을 거처로 삼고 있으면서 동청을 불러들였던 것과는 비교도 안 되는 심각한 문제 상황이라고 할 수 있다. 그 과정이 어떠했건 간에 안방의 안주인 자리에 오른 교씨가 자신의 공간인 안방을 지키지 않고, 첩의 신분으로 살던 별당을 오감으로써 안방/별당이라는 위계의 공간 구도에 혼란, 혼돈을 빚고 있으며,[157] 무엇보다 안주인의 신분으로 외간 남자와 통정함으로써 집의 안/밖 구도까지 와해시키고 있기 때문이다.[158]

---

155) 翰林入處正寢之日, 則喬氏公然與董靑通. 〈사씨남정기〉 253면.

155) 翰林入處正寢之日, 則喬氏公然與董靑通. 〈사씨남정기〉 253면.
156) 喬氏益縱恣, 每翰林直宿, 則獨與臘梅宿百子堂, 公然招董靑入. 〈사씨남정기〉 298면.
157) 안방이나 별당과 같은 여성의 거처는 곧 그 공간에 사는 여성의 이름으로 대체되기도 한다는 점에서 한 인물이 두 공간을 동시에 점유한다는 것은 혼란을 초래한다.
158) 이처럼 교씨가 백자당이라는 주변에서 안방(내당)이라는 중심으로 옮겨 가는 과정에서, 중심/주변, 안/밖의 공간 구도 모두 와해되는데, 교씨가 가부장제의 질서를 유린하는 인물이라는 것은, 교씨가 이처럼 가부장제의 질서가 구획한 공간 구분, 배치,

이처럼, 〈창선감의록〉과 〈사씨남정기〉의 안/밖 구도는 성별과 관련된 것이니 만큼, 문제적 인물들의 사통과 같은 문제적 행위와 긴밀히 연결되고, 그 과정에서 내밀화된 일탈의 양상이 감지되며, 자연스럽게 공간 구도와 그 질서의 혼란, 파괴를 가져옴으로써 집 자체의 위기를 드러내고 있다.

(2) 갈등의 추이와 공간 이동의 연계

집/집 밖의 공간 구도가 개인적인 삶의 공간 구도라는 점에서, 이 구도에 가장 민감한 인물은 여성들이라고 할 수 있다. 여성들의 경우 개인적인 삶을 벗어난 사회적인 삶이 따로 존재하지 않기 때문이다. 실제 두 작품에서 남성의 경우, 집 밖으로의 이동이 반드시 '집을 떠남'을 의미하지 않지만, 여성의 경우 집 밖으로의 이동은 '집 떠남'과 동일시되거나 그와 연결된 공간 이동으로 나타난다.

① 갈등의 지속과 공간의 확산

집과의 관계에 초점을 맞출 때, 두 작품에서 여성의 집 밖 공간은 집/집 밖의 경계 공간과 집 밖 공간으로 나뉠 수 있다. 전자는 집 밖에 있지만 완전한 집 밖이 아니라는 점에서 경계 공간이라고 할 수 있는데, 작품 속에서 친정이나 선영이 이에 해당한다. 먼저, 친정은 시가에서 쫓겨난 여자가 갈 수 있는 유일한 합법적 공간이다. 17세기 가문소설인 〈소현성록〉에서도 친정은 대부분의 경우 소가(蘇家)의 며느리들이 시댁에서 출거한 후 찾아가는 곳이다.159)

질서를 해체하고 허무는 데서 단적으로 나타난다고 할 수 있다.

실제 〈창선감의록〉에서 임부인이나 윤부인의 친정행이 이루어진 것
이나, 사씨의 동생 사공자가 사씨에게 당연히 친정으로 갈 것을 권유
하는 것도 이런 점에서 자연스러워 보인다. 또한 〈창선감의록〉에서
친정은, 언젠가 문제가 해결되면 있을 시가로의 복귀를 전제한 일시
적, 임시적 피난처로 나타나며, 그런 점에서 사씨나 남씨가 머무는 의
거지와도 상통하는 면이 있다.

  그러나 사씨는 자신을 태운 가마가 무심코 친정 가는 남쪽 방향으로
길을 잡자 길을 바꿔 유씨 선영 아래로 향하게 한다. 사씨를 찾아온
사공자가 "여자가 시집에서 용납받지 못하면 응당 본가로 돌아가야 하
는데 왜 산중에 있느냐"[160]고 하자 사씨가 "한 번 본가로 돌아가면 문
득 유씨와는 인연이 끊어질 것이야"[161]라고 말한 것이나, 사씨가 유씨
선영에 자리잡고 있다는 말을 들은 교씨가 "사씨가 신성으로 가지 않
고 선영 아래로 간 것은 필시 출부(黜婦)로 자처하지 않기 때문"[162]이
라고 한 데서 알 수 있듯이, 사씨는 자신이 유씨 가문에서 완전히 축출
되었다고 생각하지 않으며, 집 밖에 있으면서도 완전한 집 밖이 아닌,

---

159) 일시적 출거 후의 피난처 역할을 하는 경우가 가장 많다. 먼저, 여씨의 계략으로
   소현성이 석씨를 쫓아내고자 하자 양부인은 석씨를 〈친정〉에 가 있으라고 한다. 이에
   석씨는 친정에 가서 머물며 생남(生男)까지 하나 친정아버지가 노하여 아들만 보내고
   석부인을 보내지 않다가 소현성의 간병차 돌려보낸다. 이후 여씨도 화씨를 모함한
   것이 밝혀지자 〈친정〉으로 출거당했다가 재가하게 된다. 도한 늑혼에 의해 일시적으
   로 쫓겨가는 곳이기도 한데, 형씨는 명현공주의 늑혼 일로 황제가 친정으로 돌려보내
   라 하자 냉정히 친정으로 갔다가 상사병에 걸린 운성 때문에 시가에 다시 돌아온다.
   쫓겨가는 것이 아니라 자진해서 가는 경우도 있는데, 석씨는 화씨가 자기 때문에 석파
   를 미워하는가 하여 〈친정〉에 가지만 소현성은 부인을 찾으러 처가에 가지 않는다.
160) 女子不容於夫家, 則還歸本宗. 而姐姐之自投空山中何也. 〈사씨남정기〉 275면.
161) 而一往本家, 便與劉氏絶矣. 〈사씨남정기〉 275면.
162) 謝氏不之新城而之墓下, 必不以黜婦自處. 〈사씨남정기〉 276면.

유씨 가문의 자장(磁場) 안에 있으며 그래서 진실이 밝혀지면 다시 집으로 돌아갈 수 있는 선영 아래에 거처를 마련한 것이다.

실제 유씨 선영은 아직 유씨집 며느리라는 것이 통하는 곳이며, 물리적 거리 면에서도 시댁이 있는 서울을 벗어나지 않는, 그래서 유한림이 때때로 왕래하는 곳이다.163) 따라서 사씨가 이런 공간에 자리잡았다는 것은, 사씨의 강한 복귀 의지를 드러낸 것이라고 할 수 있으며, 이는 그 누구보다 사씨의 공간을 빼앗고 집 밖으로 내보낸 교씨에 의해 잘 포착된다. 그리고 교씨로 하여금 "때때로 왕래하는 한림이, 만일 사씨가 깊은 산중에서 외롭게 지내는 모습을 보기라도 한다면 마음에 동요가 일어나지 않겠냐164)"며 자극하는 동청과 함께 사씨를 그곳으로부터도 축출시킬 계략을 도모하게 만든다. 결국 이후에 나타나는 선영에서의 일련의 사건은, 집 안의 갈등을 집 밖으로 연장시킨 것이면서, 동시에 사씨의 지속적인 공간 이동을 가져온다.

2차로 이루어지는 사씨의 장사(長沙)행은, 시댁과의 물리적 거리 면에서 볼 때 선영과는 비교가 안 될 만큼 멀고, 그 먼 거리는 곧 여정의 험난함을 의미한다. 그럼에도 불구하고 사씨가 장사행을 감행한 것은 두부인이 있는 곳 또한 심리적 측면에서 시댁과의 연줄이 닿아 있는 공간165)이기 때문이다. 그런 점에서 선영의 연장선상에 있다고 할 수

---

163) 轎夫取新城路, 謝氏命改路, 出朝陽門, 抵劉氏墓下, 得草屋數間住焉. 荒山四匝, 老樹參天, 朝暮惟聞風聲鳥語而已.…… 此地卽劉氏宗族奴僕之所居也. 見謝氏來, 皆感歎, 餽以野蔬園果. 謝氏又爲人縫織, 畧取其直, 又有若干首飾隨身者. 於時, 賣珠爲餐, 牽蘿補屋, 苦楚雖甚, 粗可以度歲月. 〈사씨남정기〉 275-276면.
164) 翰林苟見彼孤寄深山, 豈不追念而有動於心乎? 〈사씨남정기〉 276면.
165) 가정을 벗어나 거리로 나가더라도 다른 친척을 찾아가거나 모친과 동행하는 경우는 대개 남성으로 변복하지 않는데 이것은 모친이나 친척이 보호공간인 가정을 상징하기 때문이다. 강금숙, 「숨은 성과 드러난 성-고소설에 나타난 변복의 의미」, 『여성의

있는데, 선영이 그 자체로 고정된 공간 의미, 즉 경계 공간으로 기능하는 데 비해, 장사의 경우는 두부인의 존재 여부로 의미가 주어지는 공간이니 만큼, 두부인이 떠나버린 장사는 이제 사씨에게 물리적으로나 심리적으로 집으로부터 너무나 멀리 벗어나 있는 공간일 뿐이다.

이후 사씨는 황릉묘 꿈의 계시와 묘희의 도움을 거쳐 세속을 초월한 공간166)인 수월암에서 지내게 된다. 수월암은, 선영이나 장사와는 달리 유가(劉家)와 절연(絕緣)한 공간이다. 이처럼 집으로부터 심리적으로나 물리적으로 격리된 수월암에 안착한 이후, 사씨는 집 안의 갈등에 직접적으로 연루되지 않게 된다.

〈창선감의록〉의 남씨는 사씨가 수월암에 안착하기 이전까지 겪은 여정은 생략된 채, 집에서 독죽을 먹고 죽어 나온 후 바로 청원의 도움으로 살아나 청원을 따라 자현암으로 향한다. 이때 남씨의 죽음을 막기 위해 청원과 그 일행은 남씨가 죽어 버려지는 바로 그 장소에 나타나야만 했고, 이것을 실현하기 위해 그들은 촉에서 절강 소흥이라는 공간적 거리를 극복하게 된다.167) 이는 남씨가 청원에 함께 촉의 자현암으로 향하는 과정에서도 마찬가지 양상으로 나타나며, 이로 인해 남씨의 경우 경계 공간을 거치지 않고 바로 집으로부터 격리된 공간에 머물게 된다. 자현암의 경우, 수월암과 같은 묘사는 이루어지지 않지만, 남씨의 아버지 남어사가 몇 년을 두루 찾았는데도 못 찾다가 겨우 찾게 된다는 데서 이 또한 세속과 떨어진 공간이라는 것을 알 수 있다.

글 여성의 삶』, 1999, 70면.

166) 山在八百里洞庭湖中, 四面皆水, 滿山皆巖石竹林, 自古人跡之所不到也. 尼姑扶謝氏, 尋細徑而行, 十步九憩, 抵一庵子, 庵名水月庵, 幽深瀟灑, 非人間也.〈사씨남정기〉295면.

167) 미하일 바흐찐, 앞의 책, 278면 참조.

또한 사씨의 경우와 마찬가지로 남씨와 관련된 갈등 양상도 더 이상 나타나지 않는다.

남성 인물들의 경우도 집 안의 갈등 상황에서 집 밖으로 이동하게 되는데, 이때 두 작품 모두 집 안의 갈등과 집 밖의 갈등이 연계되어 나타난다. 먼저, 〈사씨남정기〉에서 유한림은, 집 안의 갈등 인물인 동청에 사주를 받은 엄숭에 의해 유배를 가게 되는데, 이는 집을 떠나는 동시에 황성을 떠나는 것이기도 하다. 한림이 유배 가면서 도성 문을 나가는 장면은 사씨가 집을 나가는 장면과도 흡사하다. 그런데 사씨가 선영 등의 경계 공간을 거쳐 감으로써 집 밖에서도 교씨나 동청에 의한 위기 상황에 처했던 것과 달리, 한림은 바로 유배지로 이동함으로써 집 안 갈등의 자장 밖에 놓이게 된다. 실제 한림의 유배지인 행주는, 서울을 떠난 후 반 년 만에 구사일생으로 도착할 수 있는 천하의 악지(惡地)[168]로, 물리적으로 변방에 위치한다.

〈창선감의록〉에서도, 집 안의 갈등이 조정이라는 공적 공간의 갈등과 연계되면서, 남성 인물인 화진의 집 밖 이동이 이루어지게 된다. 이는 하옥과 유배의 양상으로 나타나는데, 유한림의 경우와 달리, 하옥되었을 때나 유배 과정에서까지 계속해서 독살될 위기에 처한다. 집 안의 갈등 인물이었던 범한은, 한림이 옥에 있을 때부터 독살시킬 기회를 노리다가, 유배가게 되자 그를 배행하게 된 관리들을 찾아가 많은 뇌물을 쓰고 도중에 한림을 독살하고자 한다. 그러나 유이숙이나 왕겸 등의 지인과 유성희의 도움으로 위기 상황을 벗어나게 된다.

이처럼 화진은 위기 상황을 거쳐 유배지인 서촉에 이르게 되는데,

---

168) 丞相曰, 會有救者, 不用極刑. 而幸州, 天下之最惡地, 北方人, 一去無生還者. 殺人, 以梃與刃, 何以異也. 〈사씨남정기〉 304면.

이 역시 '유배가는 곳'이라든가 '반역이 일어나는 곳'이라는 점에서 서울로부터 멀리 떨어진 변방(邊方)에 해당한다. 그러면서도 유한림의 유배지인 행주와 달리, '갈 만한 곳'으로 인식될 만큼 부정적 의미가 약하다. 또한 청성산 곽선공과 은진인 등 도인이 사는 곳이자 화악산 여승 청원이 사는 곳으로, 속세와는 떨어진 공간의 성향을 지닌다. 이런 점에서, 화진의 유배지인 촉은 사씨의 수월암에 근접해 있다고 할 수 있으며, 화진 또한 이 유배지에서 적거하게 된 이후에는 집 안 갈등과 관련된 위기 상황을 더 이상 겪지 않게 된다.

② 갈등의 해결과 공간의 수렴

집 밖에서도 지속되던 집 안의 갈등은, 남성 인물들의 공적인 복귀를 통해 새로운 국면을 맞이하게 된다. 행주에서 풀려나 무창을 향해 가던 한림은, 장사땅에서 진류 현령으로 부임하던 동청의 행차를 만나게 되고, 교씨의 음모와 사통 내용을 알게 된 후 다시 위기에 처하게 되는데, 이때 동청이 보낸 자객에 쫓기다가 묘희에 의해 구출되어 수월암에 안착하는 과정은 사씨의 경우보다 더 급박한 위기 상황을 연출한다. 이는 갈등의 지속이자 위기 상황이지만, 이로 인해 교씨의 음행 등을 알게 된다는 점에서 동시에 갈등의 새로운 국면을 가져오는 것이라고 할 수 있다.

사씨와 마찬가지로 유한림 또한 수월암에 안착한 이후에는 더 이상 갈등으로 인한 위기 상황에 처하지 않게 된다. 수월암에서 사씨를 만난 이후 세거지인 무창에서 지내다가, 정적이자 집 안 갈등과도 연계되었던 엄숭의 몰락으로 조정에 복귀하게 된다. 이와 같은 유한림의 공적인 복귀는 동청과 교씨 등의 악인들의 몰락과 궤를 같이하며, 이때 악한 인물들의 공간 이동과 남성 인물들의 공간 이동이 교묘하게 접합된다.

무창 세거지(世居地)에서 지내던 유한림은 정치적으로 복권하면서 서울로 돌아가게 되는데, 유한림의 공간 이동은 여기서 마무리되지 않는다. 유한림은 강서 포정사로 부임하게 되는데, 강서에서의 임기는 무엇보다 문제의 핵심이었던 동청과 교씨의 행방과 그 처리 문제와 연결되어 있다. 실제 유한림은 동청이 죽은 이후 냉진을 따라나선 교씨의 행방을 탐문하여 교씨가 서주의 창기가 되어 있음을 알게 되고, 이후 임기를 마치고 서울로 돌아갈 때 교씨를 속여 서울의 옛집으로 찾아오게 만든다.

화진은 유배지에서 선계 체험을 한 이후 서산해를 토벌하기 위한 출정의 여정에 오르게 되는데 이 또한 공적인 복귀에 해당한다. 그런데 유한림의 복귀 여정이, 집 안의 갈등과 선명한 관련 양상을 보이면서 집약적으로 나타나는 것과 달리, 화진의 복귀 여정은 방대한 군담부의 삽입으로 인하여 지체되고 분산된다. 그러나 1차의 출정 과정에서 부주성으로 가는 길에 유성양을 만나 형인 화춘의 옥사를 듣자 그 해결을 호소하고, 2차로 촉으로 출정하는 도중에는 심씨에게 편지를 써 자신의 출정이 모두 화춘의 옥사를 해결하기 위한 것임을 밝혀 심씨와의 화해를 도모하기도 한다.169) 이는 화진의 출정 또한 결국 가정 갈등과 긴밀한 관계에 있는 여정임을 드러내며, 동시에 심씨 모자와 화진 사이의 갈등이 집 안 갈등의 근본적인 양상임을 드러내 준다. 또한 촉중

---

169) 죽음을 무릅쓰고 전쟁터로 달려간 것은 만일 요행으로 작은 공이라도 세우게 된다면 조정이 반드시 죄를 용서하고 고향으로 돌아가게 하리라 믿었기 때문입니다. 그러면 많은 사람들을 거느린 채 북을 두드리며 대궐 문으로 나아가 형장의 지극한 원한을 호소하려 했던 것입니다. (生死赴難者, 萬一僥倖, 得逢寸功, 則朝廷必赦罪譴, 放還故土. 伊時相率百口, 擊鼓叫閤, 鳴此至冤, 是所願也. 〈창선감의록〉 381면.)

채백관을 토벌한 이후에는 성도 금관루에서 집에서 축출된 부인과도 만나게 된다.

유한림의 복귀 여정에서와 마찬가지로, 화진 또한 개선하는 길에 태원부 유차현에서 누급과 조녀, 난수 등 집 안 갈등의 당사자들을 만나 경사로 압송시킴으로써 갈등 해결의 결정적 계기를 맞게 된다. 유한림이 교씨의 처리에 적극적으로 개입했던 것에 비해, 화진의 경우 이미 옥사에 연루되어 있던 조녀 일행을 서울로 압송하는 명을 내리는 정도의 개입이 이루어지는데, 여기에서도 화진에게 중요한 갈등이 무엇인가 하는 것이 다시 나타난다고 할 수 있다.

이처럼, 두 작품에서 공히 남성 인물들이 복귀하는 과정에서 교씨나 조녀 등 악인 일행을 만나게 된 것은, 이들의 집 밖 공간 이동 또한 갈등의 추이와 긴밀히 연결되고 있음을 나타낸다. 〈사씨남정기〉에서 사씨와 유한림까지 집 밖으로 내몰고 난 교씨는, 자신 또한 집안의 재물 등을 긁어모아 심복들과 함께 집을 나서는데, 동청을 따라 임지(任地)인 계림으로 향하던 길에 장사에서 유한림을 만나 다시 그를 위기에 몰아넣는다. 또한 계림에서 동청이 집을 비우는 날이 많자 다시 압객이던 냉진과 정을 통하는데, 이런 계기로 냉진의 고발에 의해 동청이 참수당한 후에는 다시 냉진을 따라 나서게 된다. 그러나 동창에서 냉진 또한 죄를 짓고 장독으로 죽게 되자 교씨는 서주의 창기가 되는데, 바로 이 서주에서 유한림에게 발각되어 잡혀가게 된다.

〈장선감의록〉에서도, 장평이 화춘과 모의하여 엄숭을 이용하고 그 과정에서 화춘이 범환과 조녀를 불신하게 된 것을 알게 되자 범환과 조녀는 화부의 금은보화를 털어 하남부로 도망간다. 그러나 죄상이 드러나자 야반도주하여 두루 돌아다니다가 태원부 유차현에 가서 숨어

살게 되는데, 바로 여기에서 개선하던 화진에게 발각되어 역시 압송된
다. 이런 점에서 악인형 인물들의 집 밖 이동은 갈등을 지속시키기도
하지만, 그보다는 갈등의 해결을 매개하는 측면이 강하다. 즉, 이들의
공간 이동 자체가 갈등의 해소를 위해 이루어지고 있다고 볼 수 있는
것이다.

악인형 인물들의 압송과 함께 갈등 해결 과정에서 그 밖의 대부분의
인물들 또한 서울과 집으로 돌아오는 공간 수렴이 나타난다. 강서부중
에서 머물던 유한림 가족이 모두 서울의 집으로 돌아오고, 화진의 복
귀 이후 소흥에 머물던 성부인까지 서울로 올라오면서 갈등은 마무리
된다. 이처럼 두 작품에서 집 밖 공간 이동은, 그 확산과 수렴의 양상
속에서 갈등의 추이와 긴밀히 연결되고 있다.

2) 공간의 성격과 행위지표

1) 관계의 단절과 부정성의 내부 공간

두 작품에서 갈등과 사건의 중심인 집은, 그 자체로 인간에게 가장
기본적인 내부공간이 된다. 이때 내부 공간으로서 집의 의미는, 인간
삶의 중심이며 아무리 넓은 것일지라도 건축물로서가 아니라 '거처로
서의 집'[170]을 의미한다고 할 수 있다. 또한 이와 같은 내부 공간은,
기본적으로 그 공간에서 살아가는 구성원들이 보호받고 있으며 안전
하다는 인식을 가질 수 있어야 하며, 구성원간의 내밀한 관계를 통한
평온함이 전제되어야 한다.[171] 〈창선감의록〉에서 여성 인물들의 결혼

---

170) 가스통 바슐라르, 앞의 책, 114면.
171) 집이 그 사명 즉 인간에게 안식과 평화 속의 삶을 가능케 해주는 사명을 다하기

전 집은, 내외 구분이 엄절하거나 가족 간의 갈등이 존재하거나 하지 않는 그야말로 화목하고 안정적인 집으로 그려지고 있으며, 이런 측면에서 일반적인 내부 공간으로서의 성격과 기능을 지닌다고 할 수 있다. 그러나 〈사씨남정기〉나 〈창선감의록〉의 중심이 되는 집, 즉 유家와 화家의 모습은 그렇지 못하다.

① 관계의 단절과 소외의 공간

두 작품에서 집은 구성원의 소외를 불러오는 공간이다.[172] 이는 부부나 부자 관계에서 나타나는 애정의 소외와 신분의 문제에서 빚어지는 존재론적인 소외의 두 양상으로 나타나는데, 이들이 서로 긴밀히 연결되면서 복합적인 소외의 양상을 나타내고 있다. 특히, 전자는 남성 인물이 어떤 여성 인물과 어떤 자식에게 편중된 애정을 보이는가 하는 것이 관건인데, 이때 어머니와 아들의 밀착적 관계[173] 때문에 부

위해서는 외부 세계로부터 보호해 주는 외적인 울타리가 필요할 뿐 아니라, 내적으로는 인간이 즐겁게 머무를 수 있는 하나의 공간이 형성되어야만 하며 그 공간은 평화의 분위기를 내뿜어야 한다. 즉 집이란 주거성의 특징을 지니고 있어야만 한다. 현대철학회 편, 「인간과 그의 집」, 『현대철학의 전망』, 1974, 34면.

172) 소외는, 그것이 의식될 때 정체성에 대한 회의를 가져오고 자신의 실존을 자각하게 된다는 점에서 인간 실존의 핵심적인 모습이며, 이런 관점에서 본다면 인간 삶과 존재의 기본이자 중심 공간인 집'에서 소외가 나타난다는 것은 자연스러운 양상일 수 있다. 소외의 라틴어는 alienatio라는 명사로서, 첫째는 재산과 관계있는 뜻으로서 재산의 소유권을 타인에게 이양하는 것을 뜻했고, 둘째는 정신적 불안 상태와 연관되어 사용되었는데 주로 인간의 정신력, 지력, 감각의 능력이 마비되어 버린 상태를 의미했으며, 셋째로 인간의 따뜻한 관계가 차가운 관계로 변질되는 것을 지시하며, 인간 관계 속에서 자아가 타인에 의해 배척되는 것도 여기에 포함된다. 즉 라틴어 alienatio는 불행한 인간 관계를 뜻하는 것이다. 정무길, 『소외론 연구』, 문학과 지성사, 1978, 20면.

173) 이는 어머니에 대한 애정이 아들에 대한 애정으로 전이되고, 아들에 대한 애정이 어머니에 대한 애정으로 전이되는 것을 의미한다.

자 관계의 소외는 부부 관계의 소외로 전이되는 양상을 보인다.

부부 관계에서 소외의 가장 단적인 공간적 지표는 '공방174)'이며, 그 행위 지표는 '찾아가기'와 '기다리기'가 대립적 짝을 이룬다. '집'의 공간 구도에서 나타났던 것처럼, 남녀의 안/밖 공간 구분에 의해, 밖의 남성은 뒤의 여성을 찾아갈 수 있지만 안의 여성은 밖의 남성을 찾아갈 수 없다. 특히 부부 관계에서 이 행위들이 매개하는 합방은 안에서만 가능하다. 이와 같은 남녀 공간의 격리와 일방적 통행의 방향성 자체가, 남성 인물은 공간의 독점적 선택권을 갖고 여성은 이에 수동적으로 선택당하는 우열 관계를 만들어낸 것이며, 그 공간적 지표는 '찾아가기'와 '기다리기'라는 두 행위로 나타나게 된 것이다. 이때 여성 인물의 소외는, 남성 인물이 찾아오지 않은 '결핍의 방'과 남성 인물이 찾아간 다른 방의 '충만의 방'을 전제로 할 때 가능해진다.

애정에서 비롯되는 소외와 그 공간적 지표인 '공방'은 단순히 부부만의 문제가 아니다. 집의 가장인 남성은 집의 핵심 권력을 의미한다. 따라서 가장이 어디로 이동하는가 하는 것은 그 찾아간 공간과 공간 주인의 위상과 밀접하게 연결된다. 작품 속에서 집은, 집 밖이라는 공적인 공간에 대비되는 사적인 공간임에도 불구하고 '완전히 사적인 삶'이 가능하지 못한 공간이다. 앞 장에서 언급했던 것처럼, 안방은 안채의 중심이면서 모두의 눈이 집중되는 공간이다. 따라서 안방에 누가 출입하는가는 집 안 사람 대부분이 알 수 있으며, 그만큼 공개된, 노출된 공간이라고 할 수 있는 것이다. 별당과 같이 후원에 있는 공간에

---

174) 우리 여성 문학의 이른바 여성성은 내방이 가지는 생활의 조건, 특히 혼자 지키는 공방의 텅빈 공동화 상태와 아주 밀접한 서정을 그 바탕으로 한다. 이재선, 앞의 책, 365면.

서는 이와 같은 양상이 상대적으로 약화되지만, 공식적으로 이루어지는 출입에 대해서는 마찬가지라고 할 수 있다. 즉 남편의 출입 여부는 공개된다는 것이다.

이 '공개된다는 것'은 집 안의 사람들, 특히 윗 사람의 권력 여부에 무엇보다 민감한 아랫 사람들에게 중심 권력이 어디로 이동하는지를 파악하게 해 준다. 따라서 '오늘밤 남성이 어느 방에 들었는가'는 그 다음날 바로 아랫 사람들의 입을 통해 퍼지면서 자연스럽게 어떤 방의 여성이 애정을 차지했는지 나아가 더 권력이 있는지로 전이되는 것이다. 이처럼 애정의 소외는 구성원의 소외 그 자체에서 그치지 않고 집 안에서의 위상 문제와 연결된다고 할 수 있다.

> 샹셰 삼 부인을 거느리미 일삭 늬의 십일은 셔당의 쳐ᄒ고 팔일은 화부인긔 잇고 두 부인긔 뉵일식 이시니 그 졔가ᄒ미 이ᄀᆺ고 양부인이 ᄋᆞ즈의 졔가ᄒᆞᆯ 아름다이 넉여 거느리기를 고로 ᄒ니 화셕 이부인이 졍셩이 동동ᄒ여 가ᄒᆡᆼ이 착난치 아니ᄒᆞᆫ지라[175)]

〈소현성록〉에서 소경은 황제의 사혼으로 여씨를 부인으로 맞아 세 부인을 거느리게 되는데, 세 부인을 맞은 소경은 한 달에 10일은 독서당에 머물고, 8일은 원비(元妃) 화씨의 침소에서 자며 석씨와 여씨의 침소에서는 각각 6일을 머문다. 이는 각 부인들의 지위와 그대로 일치하는 잠자리의 배분으로, 이 또한 소경이 어느 방에 들었느가 하는 것이 곧 가문 내적 권력의 문제와 긴밀히 연결되고 있음을 드러낸다.

〈창선감의록〉에서 가장인 화욱은 화진을 편애하면서 장자인 화춘을

---

175) 〈소현성록〉 권지사.

소외시키는데,[176) 이와 같은 화춘의 소외는 자연스럽게 화춘의 어머니인 심부인의 소외와 연결된다.[177) 동시에 화진에 대한 편애는 화진의 어머니인 정부인에 대한 편애와 연결되는데, 여기에서 자식에 대한 편애나 그로 인한 소외가 먼저인지, 부인들에 대한 것이 먼저인지는 정확히 드러나지 않는다. 그러나 이 두 양상이 긴밀히 연결된 것임을 분명하다. 화욱은 언제나 정부인의 침소를 '찾아가는 것'으로 나타나는데, 이때 화욱을 맞이하는 정부인 침소는 '충만의 방'이 되며, 이는 드러나지 않지만 심부인 방의 '결핍의 방'과 대응된다. 그런데 심부인은 남편의 애정으로부터 비롯된 소외만 경험하는 것이 아니다. 화욱의 누이이자 화가의 중요한 권한을 쥐고 있는 성부인 또한 정부인의 침소를 찾아 담소하며, 이 세 명이 집 안의 대소사를 결정하기도 하는데, 이때 심부인은 집안의 총부로서 지니는 권한으로부터도 소외되는 것이다.[178)

자식 세대에서는 화춘의 부인 임씨와 첩 조씨 사이에 이와 같은 관계가 설정된다. 조씨의 경우, 화춘의 외도를 통해 집 안에 유입된 만큼 남편과의 관계에서는 소외나 그로 인한 공방을 경험하지 않는다. 그러나 조씨는 첩으로서, 남편과의 관계만이 아니라 집 안 구성원과의 관계에서 또 다른 소외를 경험하게 된다.[179) 이는 집 안에서의 자리 찾

---

176) 화춘은 장자로서의 면모만이 아니라, 화진에 비교되어 이상적 남성의 면모를 갖추지 못한 남성으로서의 인물됨, 자질 때문에 아버지 화욱으로부터 소외된다.
177) 내가 형옥을 박대한 것은 단지 선공께서 형옥만을 지나치게 편애하셨으며 상춘정에서 있었던 한 가지 일이 골수에 사무쳤기 때문이었어. (吾之薄待荊玉, 徒以先公之鐘愛太偏, 而賞春亭一事, 入於骨髓之故也. 〈창선감의록〉 319면.)
178) 昔鄭氏賢美而得人心, 又生奇子如珍者. 故其權日重, 相公至有廢立之意, 而家人視我母子亡如也. 〈창선감의록〉 165면.
179) 花小姐自逢尹南之後, 以琅琅歡笑, 長在於秘春鳳歸之間, 而林姚兩小姐, 亦往來講

기, 존재 확인과 관련되었다는 점에서 존재론적 소외라고 할 수 있고, 이는 '무시하기'와 '무시당하기'의 대립 양상으로 나타난다. 첩인 조씨를 바라보는 집 안 구성원들의 눈은 냉혹하고 부정적인데, 이는 한 가족의 구성원이면서도 동시에 가족의 테두리로부터 소외될 수밖에 없는 첩의 존재 자체에서 기인한 것이며, 특히 조녀가 화춘과의 야합을 통해 집에 들어오게 되었다는 점에서 그 양상은 더 짙게 나타난다.

실제 조씨는 시비들에게까지도 비웃음의과 질시의 대상이 되며, 무엇보다 화진의 부인인 남씨에 의해 철저히 무시당한다. 남씨는, 임씨를 내쫓고 정실이 된 조씨가 자신이 정실이므로 세전지보를 돌려달라고 하자 가장인 화욱에게 받은 것이므로 줄 수 없다고 한다. 이는 결국 조씨의 정실 자리를 인정하지 않는 것으로, 조씨가 비록 정실 자리를 차지했을지라도 남씨에게 조씨는 어디까지나 첩일 수밖에 없음을 의미한다. 이런 점에서 조씨가 보낸 독죽을 먹고 남씨가 죽음에 임박하게 된 극단적 상황 또한 그만큼 조씨의 소외와 관련되어 있다고 할 수 있다.[180)

〈사씨〉에서는 사씨와 유한림의 일대일 대응 관계가 첩 교씨의 유입으로 자연스럽게 깨지면서 유한림의 '찾아가기'에 의해 역시 '충만의 방'과 '결핍의 방'의 대응관계가 성립된다. 그런데 교씨가 머물게 된 백자당은, 이름에서 드러나는 표피적 목적 이외의 또 다른 목적이 전

禮, 玉趾聯翩, 〈창·선감의록〉 157면.

180) 조씨가 윤, 남부인에게 느꼈던 소외는 신분만이 아니라 그들의 미모와도 관련된 것이다. 이는 서술자의 의도와 관련된 것이기도 한데, 조녀의 아름다움은 첩의 아름다움일 뿐으로 정실들의 아름다움과는 비교될 수 없다는 듯 그 아름다움의 고하(高下)를 신분과 연결시켰다. 조씨는 그 미모로 화부에 들어오게 되었는데, 그 미모에서도 열등감을 느끼게 된 것이다.

제된 공간이다. 그것은 바로 유한림의 남성적 욕망을 충족시키는 공간
이라는 것이다.

　　그날 저녁 한림은 서원(西苑)에서 집으로 돌아가 백자당(百子堂)으
로 갔다. 하지만 술에 취하여 잠을 이룰 수 없어 난간을 의지하고 앉아
있었다. 마침 달빛은 대낮처럼 밝고 꽃 그림자가 창문에 가득하였다.
한림이 교씨에게 명하여 노래를 부르게 하였다. 교씨는 감기가 들어 목
이 아프다는 구실로 사양하였다. 한림이 다시 말했다. "그렇다면 거문
고를 대신 타게." 교씨는 그 명도 역시 따르려 하지 않았다. 한림이 재
삼 재촉하였다.181)

　위에서 나타나는 것처럼, 실제 백자당은 완연히 기방의 양상을 띠
며, 그 속에서 유한림은 음주가무를 즐기는 남성의 모습으로, 교씨는
기녀의 모습으로 나타난다. 이본에 따라서는 교씨가 평상시에도 가량
을 불러 거문고를 배우면서 함께 노래 부르고 술을 먹는 것으로 나타
나는데, 그런 경우에는 더더욱 기방으로서의 면모를 드러낸다. 이처
럼 한림은, 안방에 들렀을 때와 백자당에 들렀을 때 완연히 다른 모습
을 보이는데, 이는 각기 대응하는 사씨와 교씨의 모습과도 부합된다.
안방에서의 부부의 모습은 대체로 사씨가 무엇인가에 대해 충고하거
나 권고하는 모습이고, 교씨는 노래를 부르거나 거문고를 타거나 하소
연을 하는 모습으로 나타난다.
　여기에서 안방이라는 공간이 당시의 유교 이념의 이상적인 공간배

---

181) 是夕, 翰林歸家, 至百子堂, 被酒不能睡, 憑欄而坐. 月色如晝, 花影滿窓. 翰林命喬氏
歌, 喬氏辭以觸風 病喉. 翰林曰, "宜以琴代之". 喬氏又不肯焉. 翰林促之再三.〈사씨남
정기〉, 246면.

치를 대표하는 공간으로 설정되고, 백자당은 이에 비해 현실적인 그러나 드러내고 싶지 않은 비공식의 공간으로 설정되고 있음을 알 수 있다. 실제 이 비공식의 숨겨진 공간182)에서 행동의 제약성은 상대적으로 약하며, 그 때문에 유한림의 남성적 욕망 또한 내밀하게 충족될 수 있는 것이다. 흔히 유한림의 경우, 〈구운몽〉이나 〈창선감의록〉의 남성 주인공들에게서 나타나는 남성적 욕망이 드러나지 않는다고 여겨지지만183), 유한림 또한 남성적 욕망을 지니고 있으며, 이를 외부에서 혹은 드러내고 발현하는 것이 아니라, 집 안이라는 성역에서 내밀하게 그리고 정당하게 충족하고 있다.184) 동시에 유한림이 욕망을 충족하는 과정에서 공방(空房)의 사씨는 소외를 맛보았을 것이다.

화원 정자에서의 음조에 대한 훈계 대목은, 흔히 이 훈계로부터 교씨의 악의가 생겨나기 시작했다는 것으로 중요시되지만, 그 속에는 거문고 연주가 평상시에도 유한림의 욕망 충족의 한 부분으로 백자당에서 이루어지고 있었다는 사실과, 독점적이던 유한림의 애정이 분산되고 어느 순간부터 소원해지면서 공방의 나날을 보내게 된 사씨가 그 실체를 그때서야 직접 확인하게 되었다는 두 가지 사실이 숨어 있다는 점을 주목해야 할 것이다.185) 따라서 사씨의 훈계는 일차적으로 정숙

---

182) 백자당의 이와 같은 성격은, 백자당에 있을 때는 교씨와 동청의 사통 사실이 비밀리에 유지될 수 있었지만, 사씨 출문(黜門)으로 교씨가 안방에 거처하게 된 이후에는 안방에서 백자당으로 잠자리를 옮기는 것이나 백자당에서 다시 동청과 사통하는 사실을 집 안 사람 대부분이 알게 되었다는 데서도 잘 나타난다.

183) 송성욱, 「17세기 소설사의 한 局面-〈사씨남정기〉·〈구운몽〉·〈창선감의록〉·〈소현성록〉을 중심으로-」, 『한국고전연구』 8집, 2002, 261면.

184) 〈구운몽〉에서 양소유의 세계 또한 사대부 남성의 일탈적 욕망의 형상화로서, 환몽이라고 하는 소설적 이완의 공간에서야 노출될 수 있는 성격의 것으로 파악되기도 한다. 강상순, 「〈구운몽〉과 영웅소설의 소설사적 상관성」, 『김만중 문학연구』, 국학자료원, 1993, 219면.

한 집 안의 안주인이 기강을 바로잡기 위해 이루어진 것이지만, 그 이면에는 유한림의 남성적 욕망을 부추김으로써 안방의 애정이 별당으로 전이되는 상황에 대한 견제가 숨어 있다고 할 수 있다.

반대로 교씨는 후사 문제로 유입된 첩이라는 신분 때문에, 남편과의 관계에서는 물론 집 안 사람들과의 관계에서도 소외될 수 있는 처지였다. 그러나 실제 교씨는, 유한림의 남성적 욕망 충족과 자신의 존재 목적이었던 득남을 통해 애정이 충족됨은 물론 집 안에서의 위상도 높아지게 되는데, 오히려 이 과정에서 안방의 사씨가 소외되는 소외의 전이 양상이 나타난다. 그러나 이후 사씨의 득남으로 교씨는 잠재되어 있던 존재론적 소외를 의식하게 된다.

〈창선감의록〉와 달리, 〈사씨남정기〉에서는 어머니와 자식의 편애와 소외가 그대로 일치되지는 않는다. 유한림은 사씨와 교씨에 대한 애정을 적절히 분산하면서 그 자식들에 있어서는 유독 적자인 인아를 편애하는데[186], 이는 화욱의 화진에 대한 편애의 양상과 그것이 촉발하는 문제 등과 유사하다. 실제 이런 상황에서 교씨가 아들의 소외를 자신의 소외로 전이시킴으로써 결핍감을 맛보게 되고, 이를 만회하기 위해 부부 관계를 이용하는 양상을 보이는 것이다.[187]

---

185) 박일용 또한 후사 때문에 교씨를 맞아들이는 축첩의 동기는 현실성 갖기 힘들며, 교씨가 예상우의지곡 등을 연주한다는 것은 그가 기생첩들과 같은 기예 능력을 지녔음을 뜻하는 것으로, 이는 그가 색과 기예를 통해 가부장의 욕구를 충족시키고 그 대가로 물질적 안정을 보장받는 첩임을 뜻하는 것이라고 보았다. 박일용, 앞의 글, 222-223면.

186) 翰林自外還, 未及脫上衣, 抱麟兒而撫之曰, "此兒額上崤骨, 酷似先人 他日必大吾門" 仍謂其乳母曰, "須善養也."/麟兒漸長, 與掌珠戲於一處. 麟兒雖幼, 氣像卓越, 異於掌珠之徒美麗而已. 〈사씨남정기〉 248면.

187) 이런 점에서, 사씨의 소외가 부부 관계에서의 애정, 신뢰의 측면이 강하다면, 교씨의 소외는 애정보다는 첩이라는 신분과 관련된 존재론적 소외의 측면이 강하다고 할

이처럼 두 작품에서 '소외'는 구성원들에게 좌절과 상실을 맛보게 하고 동시에 이를 해소하고자 하는 의지를 자극하는데, 이와 관련하여 특히 부정적 인물들에게서 경쟁적 관계의 대상자를 모함하는 행위가 빈번히 나타난다.[188] 이는 경쟁자의 결점이나 문제를 찾아내기 위한 '엿듣기'[189]와 그것을 모함으로 옮기는 '고해바치기'의 행태로 나타난다. '엿듣기'는 똑바로 듣는 것과 대립되어 그 자체로 행위가 정당하지 못하다는 것을 전제하고 있다. 또한 이때 엿듣는 사람과 그 대상 인물 사이에 정보의 위계와 욕망의 관계, 권력의 위계를 복합적으로 설정한다.[190]

심부인의 시비 난향은 화진 남매의 대화를 창밑에 엎드려 엿듣고 심부인에게 고해바치며, 조씨는 남, 윤부인이 유벽한 곳에서 만나 신세 한탄한 것을 벽틈으로 낱낱이 엿듣고 심부인에게 참소한다. 윤부인을

수 있다.

188) 최시한 또한 가정소설의 갈등은 투쟁이 아니라 모해나 심리적 폭력의 형태로 전개되며, 비밀의 탄로, 관련자의 깨달음 등에 의해 해결되는 경우 많다고 보았다. 최시한, 앞의 책, 26면.

189) '엿듣기' 혹은 '엿들음'은 시대나 사회를 불문하고 문화적으로 옳지 못한 부정적인 상태의 지표로 나타난다. 블라지미르 또뽀로프, 「뻬쩨르부르그와 러시아 문학에 있어서의 뻬쩨르부르그 텍스트」, 『시간과 공간의 기호학』, 로프만 외, 러시아 시학연구회 편역, 열린책들, 1996, 104면.

190) 이정원, 「조선조 애정 전기소설의 소설시학 연구」, 서강대 박사학위논문, 2003, 103면. 전성운 또한 〈소현성록〉에 나타난 '엿보기'를 주인공들의 성적 공간을 끊임없이 엿봄으로써, 성에 대한 정보를 공개하고 나아가 모든 이들과 공유하려 드는 것으로 보았다. 한 가문 내에서 가장의 성을 독점하는 것은 곧 권력의 독점과 연결된다. 가장의 애정 편중은 필연적으로 권력의 편중을 초래하기 때문이다. 석파는 소경의 성적 행위를 공개함으로써 치우침을 차단한다. 공개되지 않은 정보는 수많은 이의 의심을 유발하기 마련이다. 그러므로 발생한 정보는 끊임없이 공개되어야 하며, 그렇게 해야만 모든 이들은 성의 공평한 분배, 조화로운 권력의 분배가 행해짐을 알게 된다. 결국 석파의 엿보기는 성적 정보의 공개를 통해 권력의 집중화를 차단하고, 공유를 통해 균형과 조화를 추구하려는 의도의 반영인 셈이다. 전성운, 「〈소현성록〉에 나타난 성적 태도와 그 의미」, 한국고소설학회, 70차 발표논문집, 2005.7.

엄숭 집에 보내고자 하는 장평과 화춘의 밀담 또한 조씨가 엿듣게 되는데, 이는 '고해바치기'와 연결되어 또다른 갈등이나 사건을 초래하지는 않지만, 조씨라는 부정적 인물의 습관적 엿듣기 행태를 드러내준다. 〈사씨남정기〉에서는 엿듣기는 아니지만 교씨 시비나 장주 유모가 무슨 소리만 들으면 바로 교씨에게 달려가 전하거나 하소연하는 모습191)이 나타난다. 이처럼 '엿듣기'나 '고해바치기'는 대체로 악인들이 선인들의 동정을 살피고 염탐하는 과정에서 나타난다.

또한 이 염탐은 사생활을 목격하기에는 가장 유리한 위치에 있는 시비들에 의해 이루어진다. 사람들은 시비들 앞에서 마치 아무도 없는 듯 거리낌 없이 행동하며, 또한 시비는 사생활의 모든 은밀한 측면에 가담하도록 요구되기도 한다.192) 화원에서 사씨가 교씨의 거문고 소리를 처음 들었다고 하자 시비들은 일찍이 들어서 알고 있었다고 하는 대목은, 이처럼 자주 있는 일 그래서 자신을 모시는 시비들조차 알고 있는 일을 사씨는 모르고 있었다는 것을 나타내는데, 이는 결국 사씨가 교씨의 생활에 대한 염탐을 한 적이 없으며, 선인의 시비들 또한 어떤 일을 보거나 듣더라도 사씨에게 고하는 일이 없음을 의미한다고 할 수 있다.

이처럼 구성원간의 소외와 그로 인한 좌절과 결핍은, 구성원간의 내밀한 유대 관계를 형성하지 못하고 서로를 시기하고 무시함은 물론 불신하게 만들고, 나아가 서로를 감시하고 통제하는 관계의 단절 상황을 초래한다.

---

191) 於是, 掌珠乳母, 抱掌珠而走喬氏, 訴曰, "相公獨撫愛期待麟兒, 而視掌珠若不見也." 遂悲泣. 〈사씨남정기〉 248-249면.
192) 미하일 바흐찐, 전승희 역, 『장편소설과 민중언어』, 창작과 비평사, 1988, 306-307면.

② 부정성의 내부 공간

두 작품에서 집은, 집이라기보다는 하나의 사회로 나타난다. 인물 간의 갈등은 집의 법으로 다스려지고 이 과정에서 인물에게 태형이 가해지고, 인물을 감옥에 가두기도 하며, 극단적인 경우 사형이 내려지기도 한다. 특히 두 작품 속에서 집 안의 감옥이나 격리된 공간에 인물을 가두고 인물이 갇히는 상황은 너무나 빈번하게 나타난다.

> 심씨는 자신을 원망하고 저주했다고 여겨 크게 노한 나머지 윤부인을 정원 북쪽의 작은 누각에 가두게 했다. 그리고 남부인을 매로 때린 뒤 중랑(中廊) 밖의 죽각(竹閣) 밑에 가두게 했다. 아울러 윤, 남 두 부인의 시비들은 모두 대문 밖으로 내쫓게 했다.[193]

조씨의 참소를 들은 심부인은 윤씨와 남씨를 후원과 중당에 가두며, 이후 중당에 갇혀 있던 남부인은 조녀에 의해 독이 든 죽을 먹고 죽은 상태로 집 밖에 버려진다. 물론 남씨는 집 밖에서 다시 살아나지만, 집 안에서 일시적으로 죽음을 맞이한다는 측면에서 이 때 집은 시해, 살해의 집이 된다.[194] 〈사씨남정기〉에서 교씨의 모함을 받은 사씨는 스스로 정당에서 나와 초옥에 거처하게 되는데, 두 부인의 눈에 비친 사씨의 행색[195]에 비춰볼 때 감옥에 갇혀 있는 것과 흡사하다. 또한 이때 사씨가 초옥에서 머무는 것은 '스스로 가두기, 갇히기'[196]라고

---

193) 沈氏大怒, 以爲怨詛, 囚尹夫人於園北小閣, 笞南夫人而囚中廊外之竹閣下. 又盡逐尹南侍婢等於門外. 〈창선감의록〉 185면.

194) 〈사씨남정기〉에서도 후원에서 실제 끔직한 유아압살 사건이 일어난다.

195) 侍婢引杜夫人, 之謝氏所, 席藁陋室, 所見悽慘. 謝氏木簪布裳, 亂髮如蓬, 形身憔悴, 若不勝衣 〈사씨남정기〉, 264면.

할 수 있다.

이처럼 '가두기'와 '갇히기'는 주로 여성 인물들을 통해 나타나는데, 〈창선감의록〉에서는 남성 인물인 화진도 결혼 전부터 중당에 갇히기도 하고, 결혼 후에는 자신의 처소인 죽우당에 갇히기도 한다. 여성 인물들이 본래의 거처에서 나와 다른 곳에 갇히게 되는 것과 달리, 본래 자신의 처소에 갇힌다는 점에서 양상은 다소 다르지만, 내외문을 잠궈 하늘을 볼 수 없게 한다거나 때때로 음식까지 끊어 곤박이 심하다[197]는 데서 알 수 있듯이 실제로는 옥에 갇힌 것과 다를 바 없다. 개인에게 주어진 방은 가장 편안하고 안일한 상태로 있을 수 있는 자신만의 사적 공간이지만, 이 경우에 화진의 죽우당은 오히려 감금과 구속의 공간이 되는 것이다.

그런데 남성 인물인 화진의 '갇히기'는, 이미 집 밖 사회라는 공적 공간으로의 진출이 차단된 채로 집이라는 사적 공간에 구속돼 있던 상태에서 집 내부적으로 다시 한 번 구속, 통제되는 이중의 '갇히기'라고 할 수 있고, 이런 점에서 여성 인물들의 '갇히기'보다 더 복합적인 성격을 띤다고 할 수 있다.[198] "주야로 부모 부르며 체읍하더니", "소리 듣고 땅에 업더지며" 등의 행위에서 나타나듯, 남성 인물인 화진의 '갇히기'는 이상적 남성 인물의 면모마저 변화시키고 있다.

화진을 이렇게 만든 것이 효 이념이라는 점에서 가부장제 하에서는

---

196) '고립되다' 혹은 '폐쇄되다'는 부정적 상태를 나타내는 대표적인 공간 지표이다. 블라지미르 또뽀로프, 앞의 글, 107면.
197) 沈氏又鎖斷竹友堂內外門, 使翰林不敢見天日, 往往絕其飮食而困厄之.〈창선감의록〉185면.
198) 두 작품에서 안의 존재인 여성이 밖으로 나가야 하는 것이 공간의 측면에서 중심이 된다고 할 수 있는데, 화진을 통해 볼때 〈창선감의록〉에서는 밖의 존재인 남성이 안에 구속될 때의 갈등과 대응 양상도 중요한 측면이라고 할 수 있다.

남성 또한 공간적 약자임을 알 수 있다.[199] 이는 화진이 집 밖으로 축출되는 상황과도 연계되고 있어 주목된다. 화진의 경우 조정의 명으로 하옥된다는 점에서 집에서 '내보내지는 경우'와 는 다르지만, 정치적인 문제가 아닌 집 안의 윤리 문제로 정치적인 시련을 겪게 된다는 점에서 집이 사회, 국가의 원형적 공간임이 다시 드러난다고 할 수 있다.

또한 이 '가두기'에는 갇혔던 인물을 집 밖으로 내보내는 행위가 연계되어 나타나는데, 두 작품에서 첩의 모해에 의해 출문(黜門)당하는 사씨와 임씨 모두 외부인과의 사통, 간통 혐의를 받고 집을 나가게 된다. 이처럼 '내보내기'를 가져오는 결정적인 사유는 대부분 여성의 정절 윤리와 관련된 것인데, 교씨나 조씨가 이와 같은 혐의를 모해에 적극 이용할 수 있었던 것은, 집이라는 공간이 가부장제의 원리에 철저히 지배받는 공간임을 그만큼 잘 간파하고 있었다는 것을 의미한다.[200]

이는 여성 인물의 축출 과정에서 '사당'이 부각되고 있는 데서도 잘 나타난다. 두 작품에서 사당은, 조상을 모시는 가례(家禮)의 대표적 공간으로서보다 집 안에 여성 인물이 들어오거나 나갈 때 이를 신고하는 공간으로, 여성 인물이 집에 적합한 인물인가에 대한 정신적 검열, 검증을 담당하는 공간으로서의 역할이 부각된다. 이때 '사당'은 집의 가부장제 이념을 상징하는 공간 지표라고 할 수 있다.

또한 교씨나 조씨에게 사씨와 남씨가 '함께 집에 있을 수 없는, 공존

---

199) 강상순은, 가부장제가 남성만을 위한 제도이기만 한 것이 아니라 남성을 억압하는 제도이기도 하다는 사실이 지금껏 연구에서는 간과되어 왔다고 하면서, 가문을 위하여 항상 진중하고 예(禮)에 바르며 매사를 적절하게 처신하여야 하는, 가문의 유익을 위해 자신을 다스려야 하는 남성도 역시 이러한 이데올로기가 가하는 억압의 그물 아래 있다고 말할 수 있을 것이라고 하였다. 강상순, 앞의 글, 236면.

200) 이런 점에서 가부장제 원리의 작동 양상이 '간계'에 역으로 이용되는 상황은 가부장제 원리의 허상 혹은 모순을 노출하는 것이라고 할 수 있다.

할 수 없는 존재'로 인식되는 것, 그래서 조녀가 "너는 다시 들어오지
못하리니"라고 하면서 독살시킨 남씨를 집 밖에 내다 버리게 하는 것
등에서는 집의 폐쇄적이고 배타적인 성격201)이 나타난다.

아아! 옛날 성인이 예법을 제작하여 규문의 법도를 엄하게 하였다.
집안의 말은 밖으로 나가지 못하고 밖의 말은 집안으로 들어오지 못하
게 하였다. 몸을 닦고 집안을 다스리며 음란한 소리를 물리치고 아첨하
는 사람을 멀리하게 하였다. 이는 모두 본원(本源)을 바르게 하고 과오
를 미연에 방지하게 하려는 것이었다.202)

위 인용문은 〈사씨남정기〉에서 교씨가 사씨를 모해하기 위해 동청
과의 사통을 허락하는 장면 뒤에 이어지는 서술자의 탄식이다. 이를
통해 사람은 물론 말조차도 함부로 교통되어서는 안 되는 것이 집과
집 밖이며, 그만큼 집은 철저히 외부와 단절, 격리되어야 하는 폐쇄적
인 공간이라는 것이 잘 드러난다. 이는 사씨를 축출하면서 한림이 사
당에 올리는 글에서도 잘 나타난다. 한림은 사씨가 친정인 신성에 갔
을 때 추악한 소문을 널리 퍼뜨렸다는 것을 고하는데, 이는 즉 집 안
여자의 행실이 집 밖에서 그것도 정절과 관련된 문제가 떠도는 것은
소문만으로도 큰 문제가 된다는 것을 의미한다.

---

201) 이정원은 〈장화홍련전〉에서 배좌수가 두 딸을 잃은 아버지로서의 슬픔을 표현하면
서도 전동호의 심문에 거짓말을 하게 되는 것은 가장으로서의 위치 때문이며, 가장에
게조차 거짓을 강요하는, 강박되고 폐쇄적인 가부장제 문화의 물리적 현현으로서 집
을 상정하게 된다고 하였다. 이정원, 「〈장화홍련전〉의 환상성」, 한국고소설학회 69차
발표논문집, 2005.4.
202) 噫! 古者, 聖人制禮 嚴閨門之法, 內言不出外 外言不入內 修身齊家, 放淫聲, 遠佞人.
皆所以正本源, 而防幾微也. 〈창선감의록〉 50면.

이처럼 집 내부적으로는 물론 집 밖과의 관계에서도 폐쇄적인 성격을 드러내는 집의 부정성은, 집에 있어야 할 구성원을 집 밖으로 내보내는 데서 극대화된다. 이는 집의 존재 의미 자체를 흔드는 중대한 문제가 되며, 구성원들에게 변란, 변괴나 재난이 많은 집, 그래서 '피하고 싶은 집' 혹은 '피해야 하는 집'203) 등으로 인식된다.

그 때 화춘의 집안에서는 제반사가 큰 혼란에 빠지면서 재변(災變)이 계속 일어나고 있었다. 백화헌 앞에 서 있던 천년 묵은 고목나무가 까닭 없이 쓰러졌고, 만류정 아래에서는 늙은 구미호(九尾狐)가 슬피 울며 돌아다녔으며, 상서 사당에서는 한낮에 곡소리가 들려왔다. 그러므로 화춘은 근심스럽고 두려워 어쩔 줄을 모르고 있었다.204)

또한 위에서 나타난 것처럼, 사람들이 떠나가 버림으로써 그 존재 의의를 상실한 집은 '폐옥'으로 구체화된다.

(2) 시련과 회생의 이중적 외부 공간

① 부정적 전력의 공간

일반적으로 내부 공간에 대비되는 외부 공간은 열려 있는 공간으로서의 자유205)를 의미한다. 물론 그러한 자유가 위기와 위협 등의 부정적 측면을 동시에 의미206)하기도 하지만, 그럼에도 외부 공간은 자유

---

203) 相公家內氣甚惡 方書云 主人離家 又相公兩眉間有黑氣 宜移家攘災 亦須慎言以免禍. 〈사씨남정기〉 300면.

204) 此時, 瑃見家事大亂, 禍變層生. 而百花軒前, 千年大木, 無故自落, 萬柳亭下, 九尾老狐, 往來悲啼, 尚書祠堂, 畫聞哭聲. 瑃憂懼, 不須所出. 〈창선감의록〉 217면.

205) 이-푸 투안, 앞의 책, 93~94면.

와 개방의 의미가 강하다. 특히 집 안으로, 다시 그 안의 안으로 공간
이 규정되고 닫혀져 있던 여성 인물들에게 외부 공간은 비로소 자유롭
게 숨을 쉴 수 있는 공간일 수 있다.

실제 어떠한 모함이나 그로 인한 정신적, 육체적 시련에도 불구하
고 조금의 흔들림도 보이지 않던 사씨가, 집을 나온 이후 감정을 노출
하면서 인간적 모습을 보이게 되는 것이나, 집을 나온 후 하간에서 기
다리고 있던 동청과 만나 함께 하면서 자신의 끼를 마음껏 발산하는
교씨의 모습207)은, 집 밖 공간이 자유로움으로 열려 있음을 보여 준
다. 이는 역으로 자신의 감정과 행동을 억제하고 엄격한 가부장의 질
서에 순응해야 하는 집이, 두 사람에게 얼마나 억압적인 공간이었는가
를 잘 보여준다고 할 수 있겠다. 남씨 또한 집 안에서 독살된 채 밖으
로 내보내진 후 청원에 의해 다시 살아나게 되었다는 점에서, '밖으
로의 이동' 그 자체가 삶의 지속 혹은 재생을 가능하게 하는 긍정적 의미
를 지닌다.

그러나 두 작품에서 집 밖의 외부 공간은 여성 인물들에게 자유이기
보다 집과는 또다른 억압적 상황이 도사리는 위기의 공간으로서의 성
격을 강하게 드러낸다. 〈창선감의록〉에는 집 밖 공간이 여성에게 어
떤 의미 공간인가를 구체적이고 생생하게 드러내는 대목이 있다.

---

206) 부정적인 측면에서 공간과 자유는 하나의 위협이다. "취약한(bad)"이라는 단어의 어
근은 "열린(open)"을 뜻한다. 열려 있고 자유로운 것은 노출되어 있고 취약한 것이다.
이-푸 투안, 앞의 책, 94면.

207) 동청은 배에 술을 가득 싣고 교씨와 함께 마음껏 즐겁게 놀았다. 동청은 스스로 비파
를 탔다. 교씨가 거문고를 당겨 예상우의곡으로 화답했다.(大置酒舟中, 與喬氏盡歡.
靑自彈琵琶, 喬氏援琴, 和以霓裳羽衣之曲. 〈사씨남정기〉306면.)

그런데 이 땅은 바로 많은 배들이 모여드는 곳이라서 남북을 오가는 사람들로 이목이 번다하단다. 도로에서 떠돌다가는 필시 욕을 보게 될 것이니 암혈에 깊이 숨어 종적을 숨기는 편이 좋을 듯하구나. 혹시 산다면 다행스런 일이지만, 죽어도 또한 운명이라 해야겠지. 이윽고 두 사람은 머리를 풀어헤쳐 얼굴을 가린 뒤 산간 소로를 따라 걷기 시작했다. 아아 소저는 귀한 가문에서 생장했으므로 한 발자국을 걷는 수고도 일찍이 겪어 본 적이 없었다. 그런데 험한 산길에는 돌마저 울퉁불퉁하게 솟아 있었다. 여리고 여린 몸으로 어떻게 의탁할 곳을 찾아갈 수 있었겠는가. 10리도 미처 걸어가기 전에 다리에 힘이 빠지고 발바닥에는 물집이 잡혔다. 이윽고 비주는 함께 숲 속에 주저앉아 울음을 터트리고 말았다.[208]

이를 보면 집 밖은 여자들이 욕보이기 쉬운 공간이며, 신체적으로도 견뎌내기 힘든 공간이다. 물론 집 밖이라 하더라도 어떤 공간이냐에 따라, 또는 어떤 경위로 집 밖에 나오게 되었느냐에 따라 공간의 의미는 조금씩 달라질 수 있다. 그러나 집 안/ 집 밖이 여성/남성, 사적/공적 영역으로 규정된 조선조 사회에서, 집 안의 존재로 규정된 여성에게 남성의 영역인 집 밖이라는 공간은 그 자체로 낯설고 부정적인 의미를 지닐 것이다. 더 나아가 집으로부터의 축출은 그 순간부터 생존의 위기와 유린의 가능성이라는 이중적 위기에 내던져짐을 의미하는데, 이는 무엇보다 외부 공간이 집 안의 존재인 여성에게 허용되지 않는 남성의 공간이며, 이로 인해 여성이 성(性)이 그대로 유표회(有表

---

208) 此地乃舟舶齊湊之會也, 南來北去, 耳目繁多, 流離道路, 危辱必至, 莫如深窟巖穴, 滅影屏迹, 生則幸耳, 不生亦命也. 相與散髮 面, 從山間小 而行. 噫 小姐生長金房繡閨, 曾未有跬步之勞. 而崩岸斷麓, 山石, 妍妍玉骨, 何以自致乎. 行未十里, 脚 跗重繭. 婢主相泣於林薄之間. 〈창선감의록〉 84면.

化)되는 공간이기 때문이다. 또한 이와 같은 공간에서 여성들의 대응
행위는 '옷으로 숨기'와 '몸으로 숨기'로 나타난다.

'옷으로 숨기'의 경우 남장(男裝)이 가장 빈번히 나타나는데, 〈창선
감의록〉에서 집 안에서 독살된 채 집 밖으로 나가게 된 남부인은 관음
대사의 현몽으로 자신을 구하러 온 청원에 의해 다시 살아난 후 청원
을 따라 촉으로 향하면서 시비 계양과 함께 남복을 하고 가며, 후에,
자현암을 찾아온 아버지 남어사와 함께 운수동으로 갈 때도 남복을 하
고 간다. 이처럼 청원이라는 초월적 존재의 매개자와 동행하면서도,
또 아버지와 동행하면서도 남복을 한다는 것은, 동행자의 여부를 떠나
서 집 밖은 여성이 여성으로서의 성을 드러낼 수 없는, 드러내어서는
안 되는 공간이라는 점을 분명히 하는 것이다.209)

〈사씨남정기〉에서도 집을 나온 사씨가 처음으로 의거하게 된 선산
묘하는 집 외부라는 측면에서 겁탈의 모해 가능성이 제기되고 있으며,
실제 사씨도 가짜 두부인 편지에 답하는 편지에서 공산중에 강포가 두
렵다는 편지 속 말210)이 진실로 그렇다며 이를 강조하고 있다. 집 밖
에서라도 심리적으로나 물리적으로 완전히 집과 절연되지 않는 공간
에 머물고자 했던 사씨는 다시 자신의 그와 같은 의지 때문에 그 공간
마저 상실할 위기에 처하는데, 특히 집 안에서의 공간 상실 위기가 심
리적 폭행의 양상을 띤 것과 달리, 집 밖에서의 공간 상실 위기는 육체
적, 물리적 폭행의 양상을 띠고 있어 더욱 심각한 위기로 다가온다.

---

209) 윤여옥과 정혼한 진채경이 아버지를 살리기 위해 조문화의 늑혼에 권도로 승낙하고
는 아버지 진공에게 자신의 계획을 털어놓자, 진공은 "여아로 하여금 변복하고 사방
을 떠돌게 하다니"하면서 자신의 신세를 한탄한다. 이때 진공의 말을 통해 여성의
집 밖 이동에 남복개착이 전제되고 있음이 잘 드러난다.
210) 所諭空山中, 强暴可畏, 誠是誠是. 〈사씨남정기〉 343면.

겹겹의 문과 담으로 보호되었던 집 안의 안방과 달리, 문 하나로 겨우 유지되는 선영 아래의 초가는 교씨와 동청이 보낸 냉진 일행의 겁탈 위기, 위협에 너무나 쉽게 노출되어 있는 것이다.

이런 점에서 선영 아래의 초가는 심리적인 측면과 물리적인 측면에서 친숙/낯섦, 안전/불안이 공유되는 이중적 공간이라고 할 수 있고, 사씨가 두부인에게 보내는 편지의 내용에서 알 수 있듯이, 집 밖이라는 공간이 여성에게 물리적으로 어떤 공간인가를 비로소 절감하게 만드는 공간이기도 하다.

사씨는 선산묘하에서 꿈을 깬 후 결단을 내리지 못하다가 동전을 던져 점사(占辭)를 보고 확고하게 마음 정하는데[211], 이는 작품 전반에서 보여주는 사씨의 태도나 인품과는 다른 모습으로, 사씨가 당시 처지에서 무엇인가에 매달리지 않고는 못 견딜 정도의 절박한 상황에 처해 있음을 드러내며, 이 역시 집 밖 공간의 성격을 잘 드러낸다고 할 수 있다.

또한 장사에 도착하기 직전 늙은 창두가 병사(病死)하자 사씨는 여행 중에 남종이 없음을 심히 낭패로 여기는데, 이는 남종이 없음으로 해서 생길 수 있는 유린, 겁탈의 위험을 의식했기 때문일 것이다. 그러나 그럼에도 불구하고 집 밖행 내내 사씨는 남장 대신 성을 가능한

---

211) 한문필사본(국립중앙도서관 소장본)은 남기홍 소장본계열의 이본인데, 대부분의 이본들은 점사만 나오고 괘(卦)의 모양은 나오지 않는데, 이 이본에서는 점사와 괘의 모양까지 나타난다. 엎드려 빌건대 존구신령께서는 특히 박명한 신부를 가엾게 여기사 점사를 밝게 나타내시어 저로 하여금 흉한 것을 피하게 해 주옵소서. 말이 끝나자 동전을 던지니 곧이 변하여 구가 되고 그 점사에 말하기를 서남은 이롭고 동북은 불리하며 서남으로 가면 사람을 만나리라……변하여……(伏乞尊舅姑神靈特憐薄命新婦 明示爻辭 使之避凶趨吉 語罷擲錢坤變爲姤 其辭曰 利西南不利東北 行西南遇人…… 變……) 이금희, 「〈남정기〉의 문헌학적 연구」, 숙명여대 박사학위논문, 1986, 52면.

드러내지 않는 무채색의 소복(素服)을 입는다. 사씨가 남복이 아닌 소복을 입을 수 있었던 것은 황릉묘에서의 극한 위기 전까지 사씨가 유모와 여동은 물론 남자종인 창두까지 동행하고 있었고, 장사로 가는 배 안에서도 두부인 댁 종이었던 장삼이 동행하는 등 여성 혼자의 몸으로 집 밖을 유리하는 다른 여성 인물들의 경우와는 상황이 달랐기 때문이다. 즉, 집을 나왔음에도 불구하고 유가 며느리라는 이름의 행차를 지속할 수 있었기 때문인 것이다. 그러나 남복이 아닌 사씨의 소복 또한 작품 내에서 상당히 강조되는데,212) 이는 집 밖에서도 훼손되지 않는, 훼손되어서는 안 되는 사대부가 여성의 정절 의지와 연결된다고 볼 수 있다.

'몸으로 숨기'는 남장이나 소복 등 옷으로 성을 가리지 않은 경우에 나타나는 여성들의 행위 양상이다. 여성 인물들은 여성의 몸으로 집 밖에 머물 경우, 그 자체로 사람들의 이목이 집중되는 것을 두려워하여 사람들이 없는 곳으로 숨어다니거나 머리를 풀어 낯을 가린 채 다니거나 수풀 아래 숨어 동정을 살피는 등 사람들에게 정체를 드러내지 않기 위해 몸을 숨기는 행위를 자연스럽게 행한다.

이렇게 볼 때 결국 집 밖 공간에서 나타나는 성의 유표화(有表化)는 곧, 여성 인물에게 언제 어디서나 도사리는 겁간의 잠재적 폭력을 의미한다고 할 수 있으며, 이런 점에서 여성들에게 집 밖 공간으로의 이동과 집 밖 공간에서의 여정은 그 자체로 부정적 전력이 된다고 할 수 있다.213)

---

212) 사람들이 주고받는 소리 "그 부인은 흰옷을 입고 있었습니다"/ "어떤 부인이 소복 차림으로 한림을 맞으며"/ 유한림 마중을 맞는 자리에서 사씨는 7년을 입은 소복을 화복으로 갈아입음.

213) 사씨는 교씨의 모함으로 집에서 쫓겨나기 이전에 친정어머니의 병간호를 위해 친정

화진의 두 부인 중 남씨가 사통의 모해로 독살된 채 집 밖으로 내보
내지게 된 것도, 남씨의 결혼 전 유리 상황이 부정적 전력으로 작용했
기 때문이라고 할 수 있다. 즉, 아버지 남어사의 유배로 길을 떠났다가
중도에 부모와 헤어지고 시비와 유리하다가 윤시랑의 집에 의거하게
된, 남씨의 결혼 전 전력은 결혼 후 외간남자와의 사통이라는 정절과
관련된 무고를 가능하게 하는 부정적 전력으로 작용하고 있다는 것이
다.214) 교씨가 결국 죽음이라는 결말을 맞는 것도, 남성 공간에서 성
을 매개로 한 계속되는 공간 이동을 보인 그 부정적 전력과 연결된다고
할 수 있다. 또한 이런 점에서 여성 인물들에게 외부 공간은 물리적으
로는 개방된 공간이면서도 폐쇄적인 이중적 공간이라고 할 수 있다.

② 시련과 회생의 외부 공간

남성들에게 외부 공간은 그들에게 공식적으로 허용된 남성 공간이

이 있는 신성에 잠시 들르러 가게 된다. 처음에는 잠시 들르러 가는 예정으로 갔던
친정행은 어머니의 죽음으로 한동안 지연, 지체되는데, 이 일시적인 집 밖 이동은
단순한 이동으로 끝나지 않고 사씨의 축출에 중요한 매개, 견인의 요인으로 작용한
다. 교씨와 동청이 역시 안찰사로 나가 있는 유한림 앞에 사씨와 통정한 정황과 빙물
을 지닌 냉진을 보내어 유한림의 의심을 키워 놓은 것이다. 사씨는 친정에 다녀 온
것일 뿐이지만, 시가를 나갔다가 들어오는 일련의 공간 이동은 곧 사씨에게 '부정적
전력'의 공간 이동이 된 것이다.

214) 〈소현성록〉연작에서도 이와 유사한 양상이 나타난다. 소운명은 순무어사로 나갔다
가 부모를 잃고 남복하고 떠도는 이옥주를 만나 결국 혼인하게 되는데, 혼인 후에도
이옥주는 남편과의 관계를 거절해 앵혈이 그대로 있다. 박영희는 "이것은 단순한 운
명에 대한 혐의와 결벽증만이 아니라, 부모없이 떠돌다 길에서 운명을 만남 기봉으로
인해 혼인하게 된 이씨로서 자신의 정절을 증명할 필요 때문이기도 하다."라고 했는
데, 결혼 전의 유랑이 결혼 후 시련으로 연결된다는 점에서 또한 그것이 여성의 집
밖 행로 특히 유랑의 양상을 띤 행로에 대한 부정적 시각과 결부되어 있다는 점에서
남씨의 경우와 유사하다고 할 수 있다. 박영희, 「〈소현성록〉연작 연구」, 이화여대 박
사학위 논문, 1994, 116면.

다. 따라서 여성들이 그들에게 허용되지 않은 외부 공간에서 자연스럽게 위기와 시련을 겪었던 것과는 달리, 남성들의 경우 외부 공간은 자유로운 장으로서 기능할 것이라고 생각될 수 있다. 그러나 두 작품에서 외부 공간은 남성들에게 자유보다는 위기 상황으로 먼저 나타난다. 유한림이나 화진은 모두 유배라는 감시와 통제 하의 제한적 상황에서 타의적 공간 이동을 이루고 있으며, 유배 과정이나 해배 이후의 상황 등에서 '쫓다'와 '쫓기다'로 나타나는 위기 상황에 봉착하게 된다.

유한림의 경우 집 밖에서 처음으로 도달하게 되는 유배지는, 북방 사람들은 한 번 가면 살아오기 힘든 공간이며, "산천과 풍속 또한 아주 특이하였다. 모진 바람과 독한 안개가 아침저녁으로 일어났다. 참으로 사람이 살 수 있는 곳이 아니었다."[215] 등에서 알 수 있듯이 시련의 공간으로 나타난다. 또한 유배지에 도착한 지 얼마 안 되어 한림은 병들어 말 그대로 죽을 위기에 처하게 된다. 그러나 비현실계의 도움으로 목숨을 건지게 됨으로써 극단의 위기에서 벗어나게 된다.

이후 해배되어 무창으로 가는 도중에 장사에 이르렀을 때 동청 행차를 만나게 되는데, 이때는 적소에서 해배만 된 상태이기 때문에 공적인 위상을 회복하지 못한 상태이다. 그래서 공적인 공간에서 왜소해지고 무기력한 모습을 보이는데, 이는 동청의 행차가 지나갈 때 숲 속에 몸을 숨기고 몰래 그 행차를 바라보는 데서 일단을 엿볼 수 있다. 여성들이 자신이 있어서는 안 되는 외부 공간, 남성 공간에서 몸을 숨긴 것처럼, 한림은 남성 공간에서 자신의 왜소한 모습을 드러내지 않기 위해 몸을 숨긴 것이다.

이후 한림은 동청이 보낸 도적떼의 '쫓기'에 '쫓기면서' 사씨와 같은

---

215) 山川風俗絕殊, 獰風毒霧, 朝夕發作, 誠非人所居. 〈사씨남정기〉 306면.

행로를 밟게 되는데, 이 과정에서 사씨의 경우와는 비교할 수 없는 급박한 위기 상황이 연출된다. 오히려 여성 인물보다 남성 인물인 유한림을 통해 집 밖의 위기가 강조되고 있는 것이다. 또한 수월암에서 사씨를 만난 이후 세거지인 무창에서 지내는 기간도 '잠시 몸을 숨겨 사는 것'으로 나타난다.

화진의 경우도 일단 집 밖 행로는 하옥과 유배로 이어지는 부정적인 양상을 띠고 있다. 또한 유배 과정에서도 다시 범환이 보낸 자객의 '쫓기'에 의해 죽음의 위기를 맞으면서 '쫓기는' 상황에 처한다. 그러나 유한림이 집 밖에서 비로소 고난과 위기에 봉착하게 된 것과 달리, 화진은 집 안에서 이미 모진 시련과 위기를 겪은 상태이기 때문에 화진은 집 밖 행로와 그 의미는 유한림의 경우와 다소 다르다.

먼저, 화진은 집 밖에서도 안에서처럼 심씨나 형에 대한 맹목적 효와 애를 드러낸다. 그런데 집 안에서는 통하지 않던 지효(至孝)가 집 밖에서는 의리나 인으로 통하여 여러 사람을 감복시키고 범환이 야기한 여러 차례의 죽음의 위협 자체를 차단하는 결과를 낳게 된다. 집 안에 갇혔다가 곧 더 큰 무고로 집 밖의 옥에 갇혔지만 인품 때문에 오히려 보호받게 되는 것이다.

> (1) 그 뒤로 한림은 홀로 죽우당(竹友堂)에 거처하면서 독서로 낙을 삼았다. 심씨는 계향 등으로 하여금 서로 부추겨 가며 한림에게 갖은 곤욕을 가하게 했다. 특히 쓴 나물과 거친 밥은 사람이 먹을 수 없는 것이었으나, 한림은 편안한 마음으로 그것을 받아들였다.[216]

---

216) 翰林獨居竹友堂, 以書史自娛. 沈氏使桂香等相煽, 危辱備至, 苦菜惡食, 人不可堪, 而翰林處之恬如也. 〈창선감의록〉 165면.

(2) 그 뒤로부터 한림과 왕유 두 사람은 붕우의 의를 가탁(假託)하고 노주(奴主)의 정을 겸비했다. 왕겸은 샘물을 길어 쌀을 일었고, 유이숙은 나무를 해서 밥을 지었다. 때때로 설령(雪嶺)에서 주살로 새를 잡기도 하고, 금강(錦江)에서 낚시로 고기를 낚기도 했다. 봄에는 고사리 순으로 국을 끓이고, 여름에는 양하 뿌리로 나물을 무쳤다. 그리고 계수나무 젓가락과 대나무 소반을 쓰니 음식의 풍미가 절로 뛰어났다. 죽우당에서 머물 때의 짠 소금과 거친 밥에 비한다면, 이제는 마치 천정(千鼎)을 나열하고 만종(萬鍾)을 누리는 것 같았다. 한림을 종종 등나무 지팡이와 칡으로 삼은 신과 안건(岸巾) 차림으로 이슬 맞은 단풍 아래나 꽃이 핀 암석 사이에서 한가하게 소요하면서, 반년 동안 옥에 갇혀 고초를 겪던 때를 돌이켜 보니, 마치 신선이 되어 날개를 달고 하늘로 오르는 것 같았다.[217)]

(1)은 형수인 임씨의 축출 사건으로 심씨에게 더욱 곤욕을 당하게 된 화진의 집 안에서의 생활상이고, (2)는 유배지에서의 생활상이다. 오히려 집에 있을 때보다 편안하고 여유로운 삶을 누리는 화진의 모습과 유배지의 성격에서, 집 밖은 화진이라는 남성 인물의 자유로운 장(場)으로서 나타난다고 할 수 있다. 이는 유배라는 제한적 상황에서도 화진의 공간 이동이 유람의 양상으로 나타나고 있으며, 이 과정에서 선계의 경험을 하게 되는 데서 잘 나타난다.

남성 인물의 집 밖 여정이, 그것도 유배라는 부정적이고 제한적 상황에서의 여정이 유람의 양상으로 나타난다는 것은, 여성 인물에게 집

---

217) 自此, 翰林與王劉二人, 托朋友之義, 兼奴主之情. 謙汲泉而淅米, 爾淑負樵而炊飯. 或弋取雪嶺之鳥, 釣得錦江之魚, 羹以薇蕨之春拳, 菜以蘘荷之夏股, 桂箸竹盤, 風味佳絕. 其比竹友堂苦鹽蔬糲, 不啻如羅千鼎, 享萬鍾. 而有時以藤杖葛屨岸巾, 嘯嗷於玉露楓林之下, 幽花錦石之間, 回思半年圄圄之苦, 脫然若羽化而登仙矣. 〈창선감의록〉 277면.

밖 공간 여정이 언제나 생존과 관련하여 극한적 공간 환경으로 점철되는 것과 대비되는 양상이며, 이는 여성과 남성에게 다르게 부여되는 집 밖 공간의 성격을 잘 나타내 준다. 또한 이 이후 두 번 이상 전쟁에 참여하는 모습은 자유로운 장으로서의 본격적인 양상을 드러내는 것이며, 이때 집 안에서는 물론 집 밖에서도 드러나지 않았던 화진의 남성적 면모 또한 발휘되기 시작한다.

이와 같은 화진의 출정과 입공을 통해, 집 밖이라는 공간이 남성 인물이 제 능력을 펼치고 인정받을 수 있는 공간임[218]과 동시에 시련의 공간이자 회생의 공간임이 드러나게 된다. 유한림 또한 유배지에서 해배된 이후 점차 정치적으로 복권하게 되면서 사적으로나 공적으로 회생할 수 있게 된다. 또한 시련 단계와 회생 단계에서 각각 소극적이고 나약한 면모와 적극적이고 강인한 면모를 대조적으로 보임으로써, 회생 공간에서 인물의 면모 또한 본래의 모습으로 돌아가고 있다는 것을 잘 드러내고 있다.

동시에 집 밖은 열려 있는 가능성으로 인해 '우연히 만나다'가 이루어지며, 이로써 위기나 문제의 해결을 모색할 수 있게 되는 공간이다. 이는 무엇보다 '길'의 공간성을 통해 부각된다. 길은, 아주 다양한 사람들이 하나의 시–공간적 지점에서 교차함으로써 우연한 만남이 일어나기 좋은 장소이다. 문제 해결의 열쇠를 쥐고 있는 남성 주인공과 악

---

218) 이와 같은 집 밖 공간의 성격은, 화진의 집 밖 이동을 견제하여 화진을 집 안에 억류한 심씨의 말 "이 판에 저 아이가 만약 경사로 올라가 위로 천자의 총애를 받고 아래로 동료들의 세를 얻게 된다면, 마치 용이 구름을 만나고 호랑이가 바람을 탄 형세와 같아 제어할 방도가 없을 것이니라. 장차 이 곳에 붙잡아 둔 채 고통을 가함으로써 우리가 상춘정에서 당한 원한을 시원하게 풀어야 하지 않겠느냐"(〈창선감의록〉 165면)을 통해서도 잘 드러난다.

인들의 '길에서의 만남, 교차' 또한 이와 같은 길의 공간성에서 비롯된 것이다.

유한림의 경우, 본격적인 집 밖 이동 이전에 '산동으로의 안찰'이라는 공간 이동을 하게 되는데, 이때 길 위라는 공간적 상황 속에서 냉진이라는 떠돌이 인물과 '우연한 만남'을 이루게 된다. 이는 후에 사씨의 모해와 연결되는, 문제를 유발하는 만남이라고 할 수 있는데, 이처럼 객점이라는 열린 공간, 길 위에서의 만남은 문제의 출발점이 되기도 한다. 이후 장사의 객점에서도 설매와의 '우연한 만남'이 이루어지는데, 이로 인해 교씨와 동청에게 다시 한번 죽을 위기에 처하게 된다는 점에서, 이 역시 갈등과 연결된 만남이라고 할 수 있다.

유한림의 경우, 집 안 갈등과의 긴밀한 관련 속에서 '악인과의 만남'이 두드러졌다면, 화진의 '우연한 만남'에서는 집 밖 위기 상황에서의 '지우(知友)와의 만남'이 두드러진다. 화진은 하옥되어 범한의 독살 위기에 처했을 때 유이숙과 왕겸 등의 지인을 만남으로써 이 위기를 벗어날 수 있게 된다.[219] 또한 유배지로 향하던 중에는 화산역에서 유성희를 만나게 되는데, 이는 화진의 서촉 유배 여정과 서안부로 돌아가는 유성희의 출정 여정이 교차하는, 그야말로 길에서의 '우연한 만남'이 이루어진 것이면서, 동시에 위기에서 구출해주는 '지인과의 만남'이 이루어진 것이다. 유성희는 후에 서산해가 안남해구로 쳐들어왔을 때 화진을 백의종사로 천거하면서, 위기에서의 구출은 물론 재기의 발판까지 마련해 주는 중요한 인연의 인물이 된다.

---

219) 范漢見翰林之出獄, 大驚, 密訪李少裵三而厚賂之, 授以毒藥, 使之行毒於中路. 而劉爾淑侍左右, 不離須臾. 王謙亦奉夏御史之命, 看檢飲食. 李少等無以乘隙焉. 〈창선감의록〉 261면.

이처럼 길 혹은 길 위라는 공간과 공간적 상황은, 집이라는 일상적 공간에서는 좀처럼 만나기 힘든 사람들이 만나게 되는 '우연한 만남'의 공간이며,[220] 또한 남성 인물들의 복귀 과정에서 길 위에서의 악인들과의 만남이 이루어지고 이로 인해 갈등이 해결 국면에 접어든다는 점에서, 길은 문제를 유발하는 공간이자 그 해결이 매개되는 공간[221]이 된다.

여성 인물들에게도 집 밖은 일단 시련과 위기의 공간으로 나타난다. 〈사씨남정기〉에서는, 집 밖 여성의 성적 위기만이 아니라, 생활고가 드러나고 있어 주목된다. 사씨가 소사의 선산 묘하에 있을 때 사씨의 생활이 묘사된 것을 보면, 대가집 부인에서 영락한 모습이 강조되고 있으며 사씨 또한 그곳에서의 생활을 고되고 힘들다고 여긴다.[222] 이와 같은 상황은 집 밖에서의 행로 중 가장 곤궁하고 급박한 상황에 처하게 되는 동정호 악약루에서도 찾아볼 수 있다. 아황 여영의 꿈을 꾸고 난 직후 갈 곳도 없을 뿐 아니라 먹을 것도 떨어진 사씨 일행은 민

---

220) 사씨가 장사로 향하던 길에 화용현에서 임씨를 만난 것도 이와 같은 길의 공간성과 연결된다.

221) 소설에서 만남은 보통 '길에서' 이루어진다. 길은 특히 우연한 만남이 일어나기 좋은 장소이다. '길'에서는 아주 다양한 사람들이 하나의 시-공간적 지점에서 교차한다. 사회적-공간적 거리에 의해 통상적으로 서로 떨어져 있던 사람들이 우연히 만날 수 있으며, 온갖 대비가 노출되고 가장 다양한 운명들이 서로 충돌하고 얽힐 수 있다. 길에서는 인간의 운명과 삶을 규정하는 시간적-공간적 연쇄들이 사회적 거리의 붕괴로 인해서 더욱 복잡하고 구체적으로 되면서 독특한 방식으로 서로 결합한다. 길의 크로노토프는 새로운 출발점인 동시에 사건의 결말이 일어나는 장소이기도 하다. 미하일 바흐찐, 앞의 책, 450~451면.

222) 위조된 두부인의 편지를 받은 날 밤 사씨는 혼자 속으로 "이 땅으로 온 이래 모든 일이 매우 어려웠어. 날마다 산소의 소나무를 바라보며 위인을 삼았었지"라고 탄식하고 있으며, 이런 상황이었기 때문에 두부인의 가짜편지를 받고도 너무 기쁜 나머지 다른 것은 생각할 겨를이 없을 정도였다.

가에서 구걸해 먹는다. 또한 수월암에 안착한 이후에도 그곳에 귀속하지는 않았지만, 묘희의 일을 거들며 살았다[223]는 데서 알 수 있듯이, 대가집 며느리와 현저히 달라진 생활상이 두드러진다.[224]

그러나 여성인물들에게도 집 밖은 위기인 동시에 회생의 공간이 된다. 그 대표적인 공간적 행위지표는 '의거하다', '의탁하다'라고 할 수 있다. 무엇보다 집 밖이라는 위기 상황에서 수월암이나 자현암과 같은 의거할 수 있는 곳을 찾게 된 것이 그 1차적인 회생이 될 것이고, 의거하면서 남편인 유한림이나 아버지인 남어사를 다시 만나게 된 것이 그 2차적인 회생이며, 이 이후에 남편들의 복귀와 함께 다시 집으로 돌아가는 계기가 마련된 것이 3차의 회생이 된다고 할 수 있다. 특히 이때 수월암이나 자현암과 같은 암자가 속세와 떨어진 공간이라는 설정이 이 회생에 중요한 영향을 미친다. 이들은 집 밖이면서도 현실 세계가 범접할 수 없는 안전함이 보장되어 있는 곳[225]이기 때문이다.

이처럼 두 작품에서 집 밖 공간은, 남녀 인물에게 공히 시련의 장이

---

223) 謝氏及乳母在庵中, 凡事與妙喜分勞. 〈사씨남정기〉 298면.

224) 교씨의 모함을 받기 전까지 집 안에서 사씨의 모습은 서안(書案)에 기대 앉아 고서를 읽거나 화원에서 차 마시고 꽃구경을 하다가 날이 저물면 자리를 파해 돌아오는 한적하고 한가한 여유로운 모습이다. 이는 선산묘하에서 남을 대신하여 바느질과 길쌈으로 생계를 연명하는 모습과 대비를 이룬다. 조혜란에 의하면, 17세기에는 양반 여성들도 필요하다면 언제든지 생계를 책임져야 했고, 그 중에서도 바느질은 가장 일반화된 것이기 때문에 고소설 속의 여성 인물들에게서도 자주 나타난다(조혜란, 앞의 글, 374면.)고 하는데, 사씨의 경우에는 집 밖의 곤궁한 상황에서나 이런 모습이 나타나고 있는 것이다.

225) 김탁환은, 이와 같은 초월적 공간은 무엇보다도 여주인공이 유교이념에 위배되었다는 죄명에서부터 자유롭고, 악인들의 해침으로부터 안전을 보장받을 수 있는 곳이라야 한다고 하면서, 이러한 공간이 비유교적인 종교와 관련된다는 점을 작가의 불교나 도교에 대한 호의적인 태도로부터도 찾을 수 있지만, 소설의 전개상으로 볼 때, 유교이념을 어긴 인물이 다시 유교적 공간으로 몸을 피한다는 것은 자기 모순이기 때문이라고 하였다. 김탁환, 앞의 논문, 52면.

면서 동시에 회생의 장으로서, 이는 집이라는 내부 공간에 대해 외부 공간이면서도 부정적인 성격으로 일관되지 않는, 외부 공간의 이중적 성격을 드러낸다고 할 수 있다.

3) 순환 구도의 양상과 기능

(1) 순환을 통한 '집'의 회복

〈사씨남정기〉와 〈창선감의록〉의 서사 구조 속에서 선명하게 구별되는 두 개의 공간은, 중심으로서의 집226)과 주변으로서의 집 밖 공간이다. 이는 무엇보다, 집이 인물들의 삶과 존재의 근거지이자 가장 기본적인 일상 공간이며, 핵심적인 사건과 갈등의 중심 공간이라는 점, 또한 집에서 멀어졌다가 집에 가까워지는 구심적 순환 구조를 취한다는 점 등을 통해 나타난다. 또한 이와 같은 중심/주변의 공간 분할은 그 자체로 위계적 공간 분할이라 할 수 있다.227)

집의 중심성은 〈창선감의록〉에서 화진의 누이 화소저의 경우를 통해 잘 나타난다. 화소저는 집과 관련된 순환 이동에서 중심 인물은 아니지만, 그의 결혼 전 집이 바로 화진의 집이며, 다른 입가(入家)의 여성들과 달리 출가 후에도 이 결혼 전의 집에서 지속적으로 생활한다. 실제 화소저의 결혼 후에도 화가에는 화소저가 머무는 공간이 따로 정해져 있으며, 주인공대의 인물들은 아니지만 갈등과 해소에 중요한 역

---

226) 집은 한 사람이 공간 안에 뿌리내리고 거기에 토대해서 그의 모든 공간과의 관계를 획득하는 중심이다. 인간은 삶에 여러 공간이 관여하지만 집이 확고한 중심으로서 삶의 근거지우고 있다. 여기에서 집은 존재의 근거이며 관계의 바탕이자 한 사람의 삶의 중심으로 확인된다. 윤재홍, 앞의 책, 31-32면.
227) 에드워드 소자, 이무용 외 옮김, 『공간과 비판사회이론』, 시각과 언어, 1997, 142면.

할을 하는 〈사씨남정기〉의 두부인과 〈창선감의록〉의 성부인도 결혼 전의 집에 오랫동안 머물면서 집안 일을 주관하는 모습을 보인다. 나른 입가자(入家者)들과 달리, 시가에서 쫓겨온 것도 아닌 상황에서 이런 출가인들 또한 근거지로 삼고 생활한다는 점에서 유가와 화가의 중심성은 더욱 확연히 드러난다고 할 수 있다.

두 작품 모두, 갈등이 심화되는 단계에서 집 안에 있던 인물들이 집 밖으로 이동하게 되고 갈등의 정점에 이르러서는 아무도 남지 않거나 주변적 인물만 남게 된다. 이는 곧 집이라는 내(內) 공간의 파괴를 의미한다. 교씨가 집안의 재산은 물론 가문의 대를 이을 유일한 혈통까지 밖으로 내몬 후에, 사람은 물론 재산까지 모두 빠져나가고 황폐화된 유한림의 집은 파괴된 내 공간의 구체적 형상이라 할 수 있다.

> 유시랑은 머리 숙여 사은하고 옛집으로 돌아갔다. 인아 유모 등 비
> 복 몇 사람만이 남아 집을 지키고 있었다. 중당에는 먼지가 쌓여 있었
> 고 사당 뜰에는 풀이 무성하였다.

무엇보다 집을 벗어난 삶 자체가 제한적인 여성 인물들이 집 밖으로 나와 임시적 공간에 거처하고 있으며, 유한림은 사면된 후에도 집에 돌아오지 않으려 하면서 일시적이나마 무창을 귀로할 곳으로 삼는다.[228] 유한림은 수월암에서 사씨를 만났을 때 "패가하여 정착할 곳이 없는 신세이므로 무창으로 가서 이를 스스로 새로워지는 땅으로 삼고자 한다"[229]고 하면서, 무창에 가묘를 옮겨오고자 한다.

---

228) 翰林本京師人, 不敢歸家, 而有田在武昌, 以爲歸老之所. 〈사씨남정기〉 309면.
229) 顧念敗家危蹤, 無所止泊 以爲自新之地. 〈사씨남정기〉 320면.

17세기 들어 본격적으로 자리잡기 시작한 가묘가 가옥 자체의 상징성을 높이면서, 당시 상류 가족의 이동성은 사라지는 양상을 보이게 되었는데,230) 이는 가묘가 있는 집의 가부장권을 확고히 하는 동시에 그 집의 중심성, 절대성을 드러내는 것이라고 할 수 있다. 그런데 유한림의 경우 이와 같은 정신적 집을 옮겨오고자 하며, 이는 그대로 집의 중심성 약화를 의미한다. 또한 〈창선감의록〉에서는 여러 인물을 집 밖으로 내몬 화춘조차 집을 피해 나온다.

이처럼 집이라는 내(內) 공간이 구성원들의 집 밖 이동 과정에서 파괴되고, 그 중심성이 약화되는 것과 달리, 사씨나 남씨가 집 밖에서 머무르는 수월암이나 자현암이라는 의거지는, 사대부가의 여성이 집 밖에서 보호받을 수 있는, '집 밖에 있는 안 공간'의 의미를 지니게 된다. 특히 이 공간들은 모두 여성 인물의 집 밖 의거를 위해 의도적으로 마련된 기능 공간이기도 하다.

사씨 중매를 담당했던 묘희는, 본래 북경 순천부 근처의 우화암 여승이었으나 스승이 죽은 후 군산에 수월암을 짓고 그 일 년 정도 지난 해에 사씨를 맞이하게 된다. 이런 점에서 결국 의거지로서의 기능을 하기 위해 생겨난 공간이라고 할 수 있다. 또한 수월암은 사씨가 처음 의거할 때만 해도 절속(絕俗)의 공간이었으나, 유한림과 사공자 등 가족들이 방문하면서 그런 성향이 희석되고, 특히 이는 유한림이 무창에서 농사지은 것을 수월암으로 보냈다는 데서 잘 나타난다. 이후 수월암은 사씨의 시주로 그 규모도 바뀌게 된다.

화진의 부인 남씨가 의거하게 되는 자현암 또한, 남씨가 결혼하기 전에 인연이 있었던 청원이 있는 곳이라는 점에서, 그리고 남어사가

---

230) 한옥공간연구회 편, 앞의 책, 51면.

촉중을 두루 찾아다녔으나 그림자도 발견하지 못하여 첩첩산중에 있
는 암자와 사찰을 찾아가 보지 않은 곳이 없다가 드디어 화악산 자현
암에 도착하게 되었다고 할 만큼 산 속에 묻힌 절속적인 공간이라는
점에서 수월암과 유사하다. 그런데 이 경우에는 남씨의 의거지 역할을
한 후에 청원이 "사형이 천축국에 있어 오라고 했으나 부인 때문에 가
지 못했는데 이제 돌아가 중국과 영원히 이별하려 한다[231]고 하면서,
그 공간을 떠나는 데서 기능적 공간이었음이 잘 드러난다.

   또한 이 의거지에서 헤어졌던 가족들이 일시적으로나마 만난다는
점에서 집 안과 집 밖이 일시적으로 전도되고 있다고 할 수 있다. 즉,
보호와 안식의 거주 공간이 되어야 할 내(內) 공간이 오히려 외(外) 공
간보다 더 위협적인 죽음의 공간이 되고, 그 자리를 지키면서 함께 살
아가야 할 구성원들이 뿔뿔이 흩어지는 반면에, 여주인공이 머무르는
내공간은 보호와 안식을 주고 일시적이나마 자식이나 남편이 찾아와
가족 구성원이 결합하는 내공간의 양상을 띠게 되는 것이다.

   이는, 심씨에 의해 저자거리에서 심판받던 조녀가 오히려 심씨의
잘못을 폭로하는 과정에서 집 자체가 저자거리에 모인 사람들의 웃음
을 사게 되는 데서도 잘 나타난다. 이는 집 안의 문제가 집 밖으로 나
가 웃음거리가 되는 것으로 집/저자거리의 중심/ 주변, 상/하, 안/밖
관계가 일시적으로 전도되는 양상이다.

   이와 함께 집 밖으로의 공간 이동은, 그 이동을 만들어 낸 집 안의
문제를 해결하는 계기로 작용한다. 〈창선감의록〉에서 화진의 유배지
행은 공적인 부침(浮沈)과 관련된 부정적인 공간 이동이지만, 이때 유

---

231) 貧道之師兄二人, 在天竺國, 貽書相邀者已三年, 而但以夫人之故, 得不往矣. 從此當
     歸西天, 永與中土訣矣. 〈창선감의록〉 378면.

배지는 이전까지의 삶에 전환을 가져오는 새로운 공간으로 기능하게 된다.[232] 이 유배지에서의 선계 체험을 통해 이후 1,2차의 출정을 하게 되고, 이는 그대로 공적인 복귀와 연결되기 때문이다. 그런데 화진의 이와 같은 출정의 여정은 공적인 것임에도 불구하고, 집과 더 밀착된 공간 이동으로 나타난다. 물론 광범위한 공간의 이동과 그 속에서의 군담 등은 화진이라는 남성 인물을 한 영웅으로 돋보이게 만들고, 화진과 화진의 공간 이동이 집이라는 내공간과는 별개의 것이라는 생각을 갖게 할 수 있다. 그러나 출정의 여정 속에서도 화진이 향하는 곳은 언제나 집이다. 이는 일단, 절강의 소흥보다 남쪽인 부주나 안남 등에 있을 때는 집을 북으로, 무강주에서 촉으로 회군하라는 명을 받고 촉으로 올라가는 길에서는 동쪽으로 부르는 등 화진이 집이라는 사적 공간을 공간 이동의 기점으로 두고 있다는 데서 드러난다.

죽음을 무릅쓰고 전쟁터로 달려간 것은 만일 요행으로 작은 공이라도 세우게 된다면 조정이 반드시 죄를 용서하고 고향으로 돌아가게 하리라 믿었기 때문입니다. 그러면 많은 사람들을 거느린 채 북을 두드리며 대궐 문으로 나아가 형장의 지극한 원한을 호소하려 했던 것입니다.[233]

촉으로의 2차 출정 길에 심씨에게 보낸 위의 편지를 통해, 출정이라는 공적 이동 역시 집과 집의 문제를 풀기 위한 것임이 더욱 잘 드러난다. 유하림의 경우에도 집 밖에서의 여정은 집 안의 문제를 풀기 위한 것이다. 특히 집 안에서는 집의 문제에 대해 제대로 생각해 볼 수 없었

232) 이상택, 「명주보월빙연구」, 『한국 고소설탐구』, 중앙출판사, 1981, 43-44면.
233) 生死赴難者, 萬一僥倖, 得逢寸功, 則朝廷必赦罪譴, 放還故土. 伊時相率百口, 擊鼓叫閣, 鳴此至冤, 是所願也. 〈창선감의록〉 381면.

던 그가, 집 밖에서 비로소 집의 문제와 가족에 대해 생각하게 되었다는 점에서 집 밖 공간은 결국 집 안 공간의 연속이라고 할 수 있으며, 동시에 파괴된 내부 공간을 치유하는 기능을 하는 공간이라고 할 수 있다.

이런 점에서 집 밖 공간은 떠나기 전의 집과 돌아온 이후의 집에 대해 완충 공간의 의미를 지닌다고 할 수 있다. 수월암에 머물던 사씨가, 강서 지경에서 유한림과 만나는 자리에서 7년을 입은 소복을 화복으로 갈아입는 것이나, 강서부중에서 임씨를 맞을 때 교씨에 의해 버려졌던 인아를 찾게 된 것 등은 그 대표적인 양상이다.

그러나 이 집 밖 공간은, 완충의 공간으로서 집 안 갈등이나 문제가 궁극적으로 해결 혹은 해소되지는 않는다. 이는 무엇보다 갈등이나 문제가 집 안에서 발생했기 때문이다. 이와 함께 집 밖 공간이 인물들에게 일시적이고 잠정적인 공간이라는 점, 즉 결국은 집으로의 복귀를 전제로 한 임시적 공간이라는 점도 집 밖 공간이 하나의 과정에 해당하는 공간임을 드러내 준다.

실제 〈사씨남정기〉에서 강서부중은, '집 밖의 집'으로서의 면모를 여실히 드러내지만, 여전히 집 밖 이동을 초래했던 교씨의 처리는 이루어지지 않은 상태이다. 또한 〈창선감의록〉에서, 화진의 개선을 전후하여 남씨도 서울로 올라오고, 화소저 또한 집으로 와서 심씨를 봉양하며 살고 있는 상황에서도, 소흥에 돌아와 있던 성부인이 심씨에게만 안부를 묻지 않았다거나, 그 아들인 성학사 또한 여러 번 화부 문 앞을 지나갔음에도 심씨는 만나러 들어가지 않았다[234]는 것에서 아직

---

234) 夫人作手書 寄林小姐及花夫人尹夫人 而不問沈氏之母子 成學士亦屢過花府門外 而不入見沈氏 沈氏益慚焉. 〈창선감의록〉 393면.

도 갈등은 완전히 해결되지 않은 상태라는 것이 나타난다.

〈사씨남정기〉에서, 강서부중에서의 삼 년 임무를 마친 유한림은 예부상서가 되어 서울에 도착하자, 옛 집으로 가서 집을 청소하고 종족을 모두 모이게 한다. 이는 유한림의 집이 다시 종가로서 그 중심성을 회복하는 것을 단적으로 보여준다. 또한 서주에서 잡아올린 교씨를, 바로 그 집에서 처단함으로써 갈등 또한 근본적으로 해결하게 되는데, 무엇보다 이로써 유한림과 사씨의 관계가 회복되고 집이라는 내공간 또한 회복된다.

〈창선감의록〉에서는 화진의 남방 출정 이후, 집 밖 옥에 갇혔던 화춘이 돌아오고 남편을 따라갔던 화소저가 돌아오며, 화진이 돌아오면서 조녀 또한 태원에서 잡혀온다. 조녀가 거리에서 심판받으면서 조녀의 문제가 처리된 후에야, 조녀에 의해 축출되어 친정에 가 있던 임씨가 돌아오고, 윤시랑 집에 머물던 윤씨, 남씨 또한 집으로 돌아온다. 이로써 집을 떠났던 인물들은 대부분 집으로 돌아오고, 조녀의 문제 또한 해결되었으나, 화진의 집은 완전한 회복 단계에 이르지 못한다. 그것은 정신적 집인 가묘가 소흥에 있기 때문이다. 이 때문에 화진은 소를 올리지만 상이 허락하지 않고 대신 성부인의 아들인 성학사로 하여금 맞아오게 한다.

성학사가 소흥에 가서 가묘를 옮겨오고 이와 더불어 소흥 집에 머물던 성부인이 올라옴으로써 비로소 화진의 집은 회복되고 그 중심성을 뇌찾는다. 특히 성학사가 성부인을 모시러 갔을 때 심부인이 보낸 편지를 보고 그 회개함을 기뻐하면서 귀경길에 올랐다는 데서, 화진 집의 회복은 조녀라는 문제 인물과 그 갈등의 해결보다는, 심씨 모자와의 갈등 해결이나 그 관련 인물 간의 관계 회복으로 이루어진다고 할 수 있다. 또한 여기에서 〈창선감의록〉의 순환적 공간 이동을 만들어 낸 주요 갈등이 무엇인지가 분명하게 나타난다.

이처럼 두 작품에서 집을 중심으로 한 순환 구도는, 집의 파괴와 회복의 양상으로 나타나난다. 또한 구성원들의 집으로부터의 분리와 이산의 과정을 통해 그 재결합의 의미를 더욱 증대시키고 있는데, 이는 두 작품에서 '새집을 일구어 가는 것'으로 구체화된다.

〈창선감의록〉에서는, 장평의 소장과 계향의 등문고로 화춘이 잡혀가 계향과 대질하는 과정에서 화부의 정통성 문제가 부각된다.

> 계향이 "저의 부모는 모두 화씨 댁의 사람이었습니다. 제가 화씨를 근본으로 삼아야 하겠습니까? 심씨를 근본으로 삼아야 하겠습니까?" 화춘이 "그렇다면 단지 한림만 화씨일 뿐이고 나는 화씨가 아니란 말이냐" 계향이 "공자는 선조에게 죄를 지었으니 스스로 화씨와의 인연을 끊은 것입니다. 제가 받들어야 할 분은 오직 한림 한 사람뿐입니다."[235]

심씨와 화춘이 아닌 화진이 화가의 정통이라는 것인데, 이는 이후 화진의 집이 종가가 되는 것으로 실체화된다. 곧 화진에게 종통이 넘어가는 상황이 공간을 통해 나타나는 것이라고 할 수 있다. 그런데 순환구도와 관련하여 무엇보다 중요한 것은, 화진의 집이라는 새 집을 일구어 가게 된다는 것이다. 이는, 결말부에 천자가 내린 화진의 새집 헌수식이 극도로 부각되어 나타나는 것이나, "그로부터 심부인은 진부에 머물며 날마다 진공 형제와 세 며느리 그리고 딸과 함께 시간을 보

---

235) 且吾父母, 皆花氏之人也. 吾當以花氏爲本乎 以沈氏爲本乎 瑃曰, 然則翰林獨花氏, 而吾獨非花氏乎 桂香曰, 公子得罪於先祖, 自絶於花氏. 吾之所仰, 惟翰林而已. 〈창선감의록〉 311면.

냈다."236)는 데서 잘 드러난다.

이는 동시에 심씨와 화춘의 집이었던 시기가 끝나고 화진의 집이라는 새로운 집의 주기가 시작되는 것을 의미한다고 볼 수 있다. 〈사씨남정기〉에서는, 유한림의 집이라는 사실에는 변화가 없지만, 이 또한 교씨의 문제를 해결하는 일련의 주기를 마치고 임씨라는 인물의 영입으로 시작되는 새로운 집의 주기가 시작되는 것으로 파악할 수 있다.237)

이처럼, 두 작품에서 나타나는 공간의 순환 구도는, 집이라는 중심 공간이 문제를 배태하고 제 기능을 못함으로써 공간의 이동을 야기하고, 결국은 집 밖과 그 이동을 통해 중심 공간의 문제가 해소되고 제 기능을 회복하게 되는 과정을 보여준다. 또한 이때 집이라는 공간은, 문제를 배태한 공간임에도 떠남과 돌아옴이라는 순환구조의 정점에 있으며, 공간 이동의 과정에서 인물들에게 구심적 정위공간(定位空間)238)으로 작용하고 있다. 또한 구성원들의 집으로부터의 분리와 이산의 과정을 통해 그 재결합의 의미를 더욱 증대시키고 있는데, 이는 두 작품에서 '새집을 일구어 가는 것'으로 구체화된다.

---

236) 自此, 沈夫人來處晉府, 日與晉公兄弟, 三婦一女. 〈창선감의록〉 437면.

237) 전통시대의 생활 주기는, '집'을 중심으로 가족 수, 결혼 여부, 분가 여부, 사망 여부에 따라 확대와 축소의 주기가 진행되는데, 이때 가부장 부부와 장자 부부로서의 지위가 있으면 확고한 주거 위치가 정해지지만 그에 이르기까지 한 주택 내에서 여러 번 이동하지 않으면 안 되었다. 특히 장자부가 새 방 혹은 건넌방에서 시작하여 안방에 가기까지는 온갖 인내와 오랜 세월이 필요하였다. 한옥공간연구회 편, 앞의 책, 58-59면.

238) 의식의 중심점에 놓여있는 공간, 또는 의식의 발상 근거가 되는 공간을 말한다. Wolfgang Kayser, 이동승 역, 『문학예술작품』, 민음사, 1985, 254면.

(2) 안정/불안정의 대립과 해소

〈사씨남정기〉에서, 사씨는 결정적으로 교씨 소생인 장주 압살 사건의 누명을 쓰고 유한림에 의해 온 종족인 모인 자리에서 집 밖으로 축출당한다. 결혼한 여성에게 시집은 죽은 이후에도 그 집 귀신이 되어야 하는 절명(絕命)의 공간이자 여성이 있어야 할 당위의 공간이므로, 그러한 공간에서 축출되었다는 것은 삶의 의의, 존재 의미를 상실하게 하는 중대한 상황이다. 따라서 이 과정에서 사씨라는 인물의 의식이나 성격의 변화가 나타나게 될 것이데, 사씨의 경우 1차적으로 선산묘하에 정착, 거주하는 일련의 과정에서는 큰 변화를 보이지 않는다.

시집에서 쫓겨나온 여성이 돌아갈 당연한 공간으로 인식되는 친정 대신 선산묘하로 길을 정하는 사씨의 모습은, 집 안에 있던 예절을 체화한 종부의 모습이 집 밖에서도 연속되고 있음을 잘 드러내고 있다. 비록 그 내면에 어떤 충격이 가해졌을지라도 외면적으로는 평정을 잃지 않는 의연한 모습을 보이는 것이다. 집 밖을 집 밖으로 인식하지 않는 것, 혹은 집 밖이지만 집 안과 연결되는 공간을 찾는 것 등에서 집 안에서의 인물의 의식이나 성격의 변화가 바로 드러나지 않는다고 볼 수 있다.

그러나 선산묘하라는 집 밖 공간은, 집 안에서 오히려 교씨라는 적극적인 인물에 가려 부각되지 못했던 사씨라는 인물이 부각되는 공간이기도 하다. 또한 내면 의식 등과 달리 실제 현실, 생활 면에서는 그 차이가 극명하게 드러나게 되는데, 무엇보다 스스로 바느질을 통해 생계를 꾸려가며 문종 하나를 둔 초가에서 사는 모습은 집 안과 밖에서의 삶, 생활의 극명한 차이를 보여준다. 여기에서 사씨는 생활인으로서의 면모를 보여준다. 또한 의연한 종부로서의 모습을 유지하는 듯하면서도 흔들리는 감정, 의지 등을 보여주게 되는데, 이는 '꿈 속 소사 부부와의 만남'을 전후로 한 상황에서 나타난다.

> 사씨는 베개에 기댔다가 선잠이 들었다. 그때 문득 어떤 사람이 밖에서 들어왔다. "노야와 노부인께서 부인을 부르십니다." 사씨가 눈을 들어 바라보았다. 그 사람은 바로 지난날 소사가 부리던 계집종이었다. 사씨는 즉시 일어나 그녀를 따라갔다. 한 곳에 이르니 집이 있었다. 그 집 안팎은 그윽하고 심원하였다. 시비 수십명이 나와 사씨를 맞이하였다. "노야와 노부인께서 방안에서 기다리고 계십니다." 사씨는 시비를 따라 방안으로 들어갔다. 그 곳에는 소사가 앉아 있었다. 용모와 거동은 완연히 생시와 다름이 없었다. 부인도 명부(命婦)의 관복을 갖추어 입고 나란히 앉아 있었다. 역시 용모가 매우 단정하였다. 사씨는 그 앞에 엎드려 눈물을 흘렸다. 〈중략〉 소사가 다시 사씨에게 말했다. "그런 뜻이 아니란다. 그 편지는 본디 진품이 아니었지, 그러나 신부가 여전히 이곳에서 머문다면 실로 강포의 화를 만나게 될 것이야. 하물며 신부에게는 칠년 동안의 액운이 이미 예정되어 있단다. 그러니 남쪽으로 오천 리 밖으로 나가 화를 피하도록 하거라. 염려하지 말고 힘써 멀리 떠나거라" "이곳에 머물러도 환난을 면할 수 없다고 하셨습니다. 더구나 장차 남쪽으로 간다면 어떻게 의탁할 곳을 찾을 수 있었겠습니까?" "천기는 미리 누설할 수 가 없는 것이야. 그렇지만 단지 한 가지만은 부탁해 놓아야 하겠구나. 지금부터 육년이 지난 후 사월 보름날 저녁에는 반드시 백빈주 하류에 배를 대고 있다가 고초겪는 사람을 구하도록 하거라. 이곳은 구천 아래니 신부가 오래 머물 수 있는 곳이 아니란다. 빨리 돌아가거라." 사씨는 하직을 고하고 목놓아 슬피 울었다. 그러나 유모는 '부인이 꿈에 가위에 눌렸는가 보다' 생각하며 부인을 불러 잠을 깨웠다[239]

　이 장면은 '선인에게 닥쳐올 위기를 도와주고 예언하는 비현실계의 개입'으로 평가되고 있지만, 이와 같은 도움이 왜 집이 아닌 집 밖에서 일어났는가를 생각해봐야 할 것이다. 즉, 집 밖이라는 공간에서의 인물의 불안 심리, 불안정, 흔들이는 의지 등이 꿈이라는 무의식 혹은 비의식을 불러온 것이다. 인간이 자신의 존재감을 확신하고 불안 의식이 없을 때, 무의식이나 미신 등은 개입할 여지가 없거나 그 필요성이 느껴지지 않는다. 그러나 삶, 존재 등이 불안할 때 반대로 개입 여지가 많아지고 필요성 또한 커진다. 사씨에게 〈꿈〉은 바로 그와 같은 사씨의 의식, 내면 세계를 역으로 반영해 주는 것이라 할 수 있다.

　집 안에서 빈틈없고 완벽해 보이던 사씨가 집 밖 선산묘하에서 교씨와 동청의 가짜 편지를 받고 이에 의지하여 장사행을 생각할 때, 그 누군가에게 의지하고자 하는 불안감, 조급함과 같은 사씨의 의식이 거짓 편지를 제대로 분별할 수 없는 분별력의 결여를 가져왔고, 그와 같은 불안 심리의 한 지표로 꿈이 개입되었던 것이다. 그런 측면에서 〈꿈〉은 집 밖이라는 공간과 그 공간에서의 인물의 의식과 관련된 특징적 양상이라고 할 수 있다. 이처럼 집 밖 공간의 첫 의거지인 선산묘하는 외부적으로 집 밖이면서도 내부적으로 집과 연결되어 있고, 사씨라는 인물이 외면적으로는 종부로서 변함없는 모습을 보이면서도 실제 생활 면에서는 종부의 생활을 할 수 없으며, 무엇보다 이와 같은 괴리 등에서 오는 인물의 내면, 의식 등의 변화가 감지되는 공간이다.

　결국 사씨는 교씨와 동청의 계속되는 음모에 의해 이 1차 의거지에

---

239) 倚枕假寐. 忽有人, 自外來曰, "老爺老夫人, 召夫人矣." 謝氏擧目視之, 乃前日少師所使令之婢子也. 卽起, 隨其人, 至一處, 門庭房闥, 窈然而深. 侍婢十數人, 出迎謝氏曰, "老爺老夫人, 在房中待." 謝氏隨入, 少師坐焉, 容儀宛如平日. 夫人具命婦冠服, 幷坐, 體貌亦甚端嚴. 謝氏俯伏涕泣. 〈사씨남정기〉 278-279면.

서 다시 공간 이동을 하게 되는데, 이 과정에서 장기간의 노정을 겪게 된다. 고모인 성부인이 있는 공간, 장사로의 이동 과정은 말 그대로 이동이 지속되는 이동의 연속 상황이라는 특징을 지닌다. 집 밖이라는 같은 상황이라도 집 밖 어디냐에 따라, 또한 계속 이동하느냐 정착해 있느냐에 따라 의미가 다르다. 지속적으로 이동한다는 것, 그야말로 '길 위에 있다는 것'은 안착감의 결여로 오는 불안감을 더욱 가중시킬 수 있다. 그러나 사씨의 경우 이 과정에서도 외면적으로 의연한 모습을 보이고, 더욱이 뱃사람들을 부리는 모습 등에서는 적극적인 모습인데, 이는 무엇보다 그 이동의 방향, 목적이 두부인을 향해 있기 때문이다.

그러나 장사행은 무산되고 방향을 잃은 목적을 상실한 사씨는 동정호 악양루에서 머물게 되는데, 여기에서 집을 나온 후 부분적으로 나타나던 혹은 점진적으로 가중되던 사씨의 상실감, 불안감은 극도의 양상을 보이게 되고 비로소 외면적으로도 노출된다. 하늘을 향한 울부짖음은 이것이 행동으로 구현된 것이라고 할 수 있고, 이 상황에서 다시 의식의 불안의 표지로 〈꿈〉이 개입된다.

사씨가 정신이 혼미한 가운데 들으니 문득 무슨 소리가 나는 것 같았다. 한줄기 기이한 향내가 나고 패옥이 부딪치는 소리가 쟁쟁하였다. 사씨는 눈을 들어 그곳을 바라보았다. 용모가 기이한 청의(靑衣) 여동(女童) 두 사람이 앞에 서 있다.---〈중략〉---"부인은 훗날 자연히 이곳으로 오셔서 조대가(曹大家) 맹덕요(孟德曜)와 함께 어깨를 나란히 하게 될 것이오. 지금은 머무르기를 원한다 하더라도 그렇게 할 수가 없다오. 남해도인(南海道人)은 그대와 속세의 인연이 있소. 잠시 찾아가 몸을 의탁하도록 하시오. 이 또한 하늘의 뜻이라오." "첩이 듣건대 남해는 하늘 끝에 있으며 길도 매우 험하다고 합니다. 그런데 첩에게는 가마가 없고 또한 양식도 없습니다. 어떻게 그 곳까지 갈 수가 있겠습니까?" "인도하는 사람이 있을 것이니 염려하지 마시오."---
〈중략〉--- 낭낭은 다시 청의 여동 두 사람에게 명하여 사씨를 인도하고 대궐에서 내려가게 하였다. 이윽고 대궐위에서는 일시에 열 두개의 진주발을 내렸다. 그 소리가 쟁쟁하였다. 사씨는 그 소리에 놀라 몸을 움찔하여 잠을 깼다240).

불안감이 극도에 이른 상황의 〈꿈〉 또한 그 강도가 짙고 스케일도 크다. 또한 그 기능에서도, 사씨라는 인물의 실존 이유를 강조함으로써 현실의 불안감을 치유하는 심리적 보상의 기능뿐 아니라, 자살이라는 극단적인 행위를 저지하는 현실적이고 적극적인 의미를 담고 있는 것이다.

이후 사씨는 집 밖에서의 이동을 마무리하는 제 2의 의거지이자 정착지인 수월암으로 이동하게 되는데, 이전까지의 이동이 사씨의 선택에 의해 이루어지고, 그 양상이 현실적이며, 부정적 인물에 쫓기는 양상이었던 것과는 달리, 초현실, 비현실계의 개입이 이루어지고 있다. 그리고 수월암은 호수로 둘러싸인 산 속의 절이라는 측면에서 현실, 속세와 격리된 탈속적 성격을 띠는 동시에 의거지라는 측면에서 사씨가 이제껏 시달렸던 물리적인 불안감과 고통을 해소해 주는 공간이다. 이제껏 점진적으로 극대화되었던 또 노출되었던 인간적 감정들이 다시 절제되고 본연의 모습을 보여주게 되는 것은 이와 무관하지 않다.

---

240) 娘娘笑曰, "夫人他日, 自當來會, 與曹大家孟德曜比肩. 而今雖欲留, 不可得也. 南海道人, 與君有宿緣. 暫往相依, 亦天意也." 謝氏曰, "妾聞, 南海在天之涯, 路甚險惡. 而妾無車馬, 又無糧食, 何以得達?" 娘娘曰, "當有人導, 勿憂."〈사씨남정기〉292-293면.

그러나 존재감의 상실은 해소되지 못한 채, 그곳에 살되 몸은 소속되지 않는 괴리 상황이 지속된다.

이후 사씨는 남편 유한림의 방문을 받은 후 동생 사공자와 함께 남편이 있는 강서부중으로 1차 귀환한 뒤, 3년 후 서울 집으로 2차 귀환이자 완전한 귀환을 하게 된다. 강서 부중으로의 1차 귀환에서 이미 가족을 만나고 아이를 찾고 자신의 지위를 회복했다는 점에서, 강서부중은 또 다른 집으로서의 의미를 지니고, 무엇보다 남성인 유한림과 달리 여성인 사씨에게 집은 서울과는 완전히 동일한 위상을 지니지는 않는다는 것을 알 수 있다. 단, 서울집은 서울집의 문제를 해결함으로써 자신을 집 밖으로 몰았던 그 문제를 근원적으로 해결해주는 공간으로서의 의미를 지닌다. 즉, 사씨의 귀환이 바로 서울집으로 이루어지지 않은 것은 사씨를 내보낸 그 문제가 해결되지 않은 공간으로 남아있기 때문인 것이다.

사씨 축출 이후, 유한림은 정치적인 문제로 집에 칩거하게 되는데, 여성과 달리 남성이 집에 칩거한다는 것은 여성이 집 밖을 나가는 것과 맞먹는 이상 징후라고 할 수 있다. 이는 스스로 선택한 것이기는 하지만 조정이라는 중심으로부터 소외된 양상이며, 이로부터 오히려 집 안에서는 사씨를 축출로 몰고 간 온갖 의심과 혼돈으로부터 벗어나는 이상적인 가장의 모습을 보여주게 된다. 조정이라는 공적인 공간에서의 소외와 이탈이 집이라는 사적인 공간에서의 각성을 가져온 것이다. 그러나 이와 같은 각성은, 이를 두려워한 교씨와 동청에 의한 모해와 그로 인한 집 밖으로의 축출을 가져오게 된다.

유한림은 동청의 간계에 합세한 엄숭의 참소에 의해 행주로 유배를 가게 되는데, 이는 일차적으로 집으로부터의 이탈이자 동시에 조정으로부터의 이탈, 축출이다. 즉 사적, 공적인 측면에서 모두 삶의 근거지, 존재의 근거지로부터 축출되는 것이다. 더욱이 유배지는 천하의 악지로 풍토병이 심해 살아 돌아오기 힘든 남방이다. 따라서 유배지로의 떠남은 단순히 근거지로부터의 축출만이 아니라 생존의 위기, 시련을 의미하는 것이며, 근거지로의 회귀, 복귀가 예정되지 않는 떠남이다.

이와 같은 극한의 상황이지만 길을 떠나는 유한림의 모습에는 그러한 상황이 반영되어 있지 않다. 교씨에게 집과 가족을 당부하는 모습 등은 오히려 담담하며 감정이 개입되어 있지 않다. 사씨가 집을 떠날 때 의연한 모습을 보이면서도 인아를 안고 탄식하며 눈물 흘리던 모습이나 전반적으로 비장함의 기운이 서렸던 것과는 다른 양상이다. 유배지에 이르는 여정 또한 사씨의 그것이 사씨의 공간 이동의 핵심이 되었던 것과 달리, "반 년 만에 구사일생으로 적소에 도착했다"[241)는 데서 나타나듯이, 간결하고 단순하게 처리되고 있다.

그러나 풍토병을 얻어 위중한 상태에 이른 유한림은 비로소 동청의 간계에 당했음을 알아채고 탄식하며 얼굴을 뒤덮을 정도로 눈물을 흘리는 모습을 보이게 된다. 이는 동정호변에서 탄식하던 사씨의 모습과 유사하다. 집과 조정에서 축출되었을 뿐 아니라 그곳들로부터 너무나 먼 공간에서 맞게 된 죽음의 위기와 다시 돌아갈 수 없는 상황 등이 집을 떠날 때, 도성을 떠날 때 담담한 모습을 보였던 유한림을 흔들어 놓은 것이다. 얼굴을 뒤덮을 정도로 회한의 눈물을 흘리는 유한림의 모습은 조정이나 집에서는 찾아보기 힘든 모습이다. 이는 공간의 이동이 인물의 다른 면모를 노출시켜 주고 있다고 할 수 있으며, 배신당하고 모해에 넘어가 죽음의 위기에까지 몰린 인간 본연의 모습을 노출시

---

241) 翰林行及半年, 十生九死. 抵配所. 〈사씨남정기〉 306면.

키는 것이라고도 볼 수 있다.

또한 이와 같은 위기 의식, 불안 의식 그리고 여기에 직접적인 육체
적 병약함이 가세한 상황에서, 사씨의 경우와 마찬가지로 〈꿈〉이라는
특정 상황이 개입된다. 그런데 유한림의 〈꿈〉은, 죽음이 임박한 상황
이었기 때문에 단순한 몽중계시나 위로의 양상을 띠는 것이 아니라 직
접적이고 실질적인 문제 해결의 양상을 띤다. 즉, 꿈 속의 백의여자가
물병을 놓았던 그 자리에 실제 현실에서 샘이 솟고 그 물을 마신 유한
림의 병이 낫게 되는 것이다. 또한 이 샘물로 이 지방의 풍토병까지
사라지고 사람들이 이를 학사천이라고 불렀다는 데서, 유한림의 사적
인 삶만이 아니라 공적인 삶에서의 회생을 의미한다고 볼 수 있다.

실제 이후 천자의 대사면으로 유한림은 집으로, 서울로 돌아갈 수
있는 기회를 얻게 되지만, 스스로 돌아가기를 포기한다. "감히 집으로
돌아갈 수 없었다"[242]는 데서 유한림이 사면은 되었으나 공적, 사적으
로 이전의 유한림은 아님을 스스로 인지하고 있음을 알 수 있다. 한
번의, 그러나 죽음의 위기까지 겪게 한 남방행에서 유한림은 정신적,
육체적으로 재생한 것이며, 이 과정에서 이 전의 삶으로는 돌아갈 수
없음을 자각하게 된 것이다.

또한 공적인 위치에서의 격하가 집으로 돌아가지 못하는 자격지심
을 만들어 내고 있다고 볼 수 있다. 즉, 심리적으로 위축된 것이고, 이
는 공간 구조의 측면에서 단순 복귀 구조를 벗어나게 하는 계기로 작
용하고 있다. 전체 공간의 구조로 볼 때 유한림이 유배지인 행주는 최
남방이라고 할 수 있는데, 이 최남방에서 바로 최북방인 서울로의 단
순 귀환이 아니라, 복합적인 귀환구조를 이루게 되는 것이다. 또한 이

---

242) 翰林本京師人, 不敢歸家. 〈사씨남정기〉 309면.

는 사씨의 남방행이 지체와 정체 등을 거쳐 복합적 양상을 띠는 것과
대응된다고 할 수 있다.

　　유한림은 해배 이후 서울의 집이 아닌 전답이 있는 무창으로 돌아가
고자 한다.243) 그런데 무창으로 가는 길, 장사에서 진류 현령으로 부
임하던 동청의 행차를 보게 되고 이 과정에서 교씨의 음모와 사통 내
용을 알게 된다. 이로 인해 사씨의 축출에 대한 후회와 죄책감으로 사
씨의 행로였던 악주로 향하게 되고 여기에서 동청과 교씨가 보낸 자객
의 습격을 받을 위기에 다시 놓이게 된다. 유배지에서 동청에 배신당
함에 탄식하고 회한의 눈물을 흘렸던 유한림은 회사정에 씌여진 사씨
의 유서를 보고는 가슴을 치며 탄식하며 악주 강가에 서서 크게 우는
데, 이 모습은 그야말로 죄없는 부인을 내친 남편의 모습이며 그 어느
때보다 강도 높은 인간 본연의 모습이다.

　　이는 이후 상황에서 더욱 심화된다. 자객들을 피해 강가에 몸을 숨
기고 강 위의 청원 등에게 살려달라고 다급하게 외치는 모습은, 체면
이나 체통까지 찾아볼 수 없는 극한의 상황에 처한 인간의 모습이다.
또한 수월암에서 사씨를 만나 지난날을 되새기는 부분에서 서로 위로
하며 우는 모습은 집 안에 있을 때는 나타나지 않던 부부의 모습이다.

---

243) 물론 후에 사씨와의 대화에서 나중에 가묘를 옮겨오겠다고 하지만 이를 귀로할 장소
　　로 삼았다는 데서 유한림이 공적인 삶은 물론 사적인 삶에서도 완전히 새로운 삶,
　　이전의 삶과는 완전히 단절된 삶, 이전의 삶으로의 복귀, 회귀를 꿈꾸지 않은 상황이
　　었음을 알 수 있는데, 이는 공적인 삶에서는 정적이 난무하는 조정에서의 삶에 염증을
　　느껴서 그렇다고 이해하더라도 한 집안의 가장으로서 억울하게 쫓아낸 사씨라든지
　　집에 남겨두고 온 가족들이라는지 집 자체를 이렇듯 쉽게 포기하고 만다는 것은 쉽게
　　되지 않는 부분이다. 일반적으로 상상되는 가장의 모습, 가문의 유지와 번영을 최상
　　의 가치로 여기고 가족과 집을 간수하는 그런 모습은 이 순간만큼은 전혀 보이지 않는
　　것이다. 이는 여러 의미를 담고 있겠지만, 적어도 유한림의 이 남방행이 유한림의
　　삶과 의식에 지대한 영향을 미치고 있음을 드러내고 있다고 할 수 있다.

일시적으로 사씨와 이별할 때도 눈물을 흘리는데, 남방 행 이후의 행로에서 그의 행위가 '눈물을 흘리다'로 대체될 만큼, 유한림은 감정적이고 나약한 느낌마저 드는 인물로 변모되고 있다.[244)]

악주 강변 이후의 여정은, 인물들이 동일한 체험을 하게 되는 유형적 공간으로 기능하게 되는데, 그러면서도 사씨가 수월암에서 8여 년을 머물면서 회생의 기회를 기다린 것과 달리, 유한림은 일시적으로 머물고 떠나간다. 오히려 유한림에게는 수월암을 떠나 도착한 무창의 집이 수월암의 기능을 한다고 할 수 있다. 장사에서 흩어졌던 노복들도 모이고, 익명으로 농사짓고 지내면서 나름대로 재기를 다지는 공간이 되기 때문이다. 실제 엄숭을 비롯한 악인들의 죄상이 드러나면서 유한림은 이부시랑으로 승격되어 서울로 돌아오게 된다. 또한 수월암을 떠날 때까지 나타났던 유한림의 인간적 면모, 혹은 나약한 면모 또한 이후부터는 나타나지 않고 다시 본래의 모습으로 돌아간다.

이로써 남방 유배지로 떠났던 유한림은 다시 서울로 돌아오게 되고 벼슬 또한 그 이전보다 오르게 된다. 남방행을 거치면서 단순한 회귀,

---

244) 양승민은, 풍부한 내면성은 전기적 인간의 미적 특질 가운데 하나로, 그 내면성이 절제되지 못하면 때때로 감상성으로 흐르기도 한다고 하면서, 동선과 서문적이 서로의 소식을 몰라 애타게 그리워한다거나, 편지를 통해 절박한 속마음을 곡진하게 표출한다거나, 그것을 읽고 목에 메여 눈물을 흘린다거나 하는 것 등이 그러한데, 〈동선기〉의 경우에는 감정을 과잉 분출해 대성통곡하는 장면과 종종 마주칠 수 있다고 하였다. 또한 이는 내면성은 커녕 전기소설의 감상성조차 훌쩍 뛰어넘는 통속적 센티멘털리즘이라 할만하며, 국문통속소설에서 흔히 나타나는 '눈물의 감상성'과 사실상 다를 게 없어 보인다고 하였다. (양승민, 「〈洞仙記〉의 작품세계와 소설사적 위상」, 『고소설연구』 11집, 한국고소설학회, 2001, 212–213면.) 그런데 〈동선기〉에서 이러한 감정의 과잉이 여성 인물의 경우에 집중되어 나타나는 데 비해, 〈사씨남정기〉,〈창선감의록〉에서는 남성 인물들의 감상적 면모가 나타난다. 〈사씨남정기〉의 경우는 집 밖에서, 〈창선감의록〉의 경우는 집 안에서 그와 같은 면모가 나타나는데, 이는 통속성의 측면보다는 공간적 상황에 얼마나 구애되는가 하는 측면과 연결될 수 있을 것이다.

복귀가 아니라 상승적 복귀를 이룬 것이라고 할 수 있는데, 유한림의 공간 이동은 여기서 마무리되지 않는다. 공적인 삶에서는 상승적 복귀를 이루었지만, 사적인 삶은 회복되지 못했기 때문이다. 이는 천자를 알현한 이후 돌아온 옛집, 서울 집의 형상에서 구체적으로 나타난다. 그러나 강서에서의 임기는 무엇보다 문제의 핵심이었던 동청과 교씨의 행방과 그 처리 문제와 연결되어 있다.

실제 유한림은 동청이 죽은 이후 냉진을 따라나선 교씨의 행방을 탐문하여 교씨가 서주의 창기가 되어 있음을 알게 되고, 이후 임기를 마치고 서울로 돌아갈 때 교씨를 속여 서울의 옛집으로 찾아오게 만든다. 무창에서 흩어진 노복을 모아 힘써 농사를 지어 식량을 자급하고 사씨가 있는 군산으로 운송하는 등의 모습은 비록 원래의 유한림의 모습과는 거리가 있지만, 분명 수월암에서 사씨와 이별할 때까지의 나약한 모습과도 멀어진 것이다. 무창에서 이부시랑으로 승격되어 서울로, 다시 강서 지방에서 임기를 마치고 예부상서가 되어 재귀경하는 일련의 과정 속에서 유한림은 본래의 모습을 완전히 회복하며, 특히 교씨를 속여 불러 올려 죄상을 심문하는 모습에서는 본래의 모습에서도 나타나지 않았던 근엄함까지 나타난다. 이처럼 강서 지방에서 일시적 귀환, 재회를 이룬 후 서울 옛집으로 올라와 교씨까지 처단함으로써 유한림의 복귀는 완전해진다.

〈창선감의록〉에서, 화가에 들어간 남씨는 조녀가 보낸 독죽을 스스로 받아먹고[245) 의식을 잃은 채 화부 북원 밖 소흥부 보림사 소나무

---

245) 결혼 전 도로를 유리하면서도 삶에 대한 의지, 의욕을 잃지 않고 버텨 온 남소저가 정절이나 효 등의 주요 이념에 접촉되는 위배되는 문제가 아닌 첩에서 정실이 된 동서, 조녀와의 갈등 과정에서 이처럼 죽음을 결심하고 받아들이는 모습은 다소 의아하다. 비천한 존재에게 하대당하는 상황 그 자체가 구차하다는 그래서 차라리 죽어서

앞에 버려진다.

    막충이 발을 지고 북원 뒷문으로 나가매, 밤은 이미 삼경이었다. 백보를 가지 못하여 막충이 홀연 정신이 산란해지며 길을 돌고 돌아 산곡 중으로 들어가더니, 잠시 후 이목이 아득하여 지척을 분별치 못하는 것이었다. 이때 청원의 꿈에 관세음이 나타나 단약(丹藥)과 삼환(三丸)을 청원에게 주며 말하기를 "모년 모일에 남부인 채봉이 비명에 죽을 것이니, 너는 그날 밤 사경(四更)에 소흥 보림산 남쪽 기슭에 가서 기다렸다가 구하라." 하거늘 청원이 꿈을 깬 뒤에 이상히 여겨 다음날 석장과 단가(短褐)로 서촉에서 소흥을 향해 가서 보림산 명주암에 이르니 그 암자는 화부(花府)의 북원 밖에 있는지라, 그 때 화부에서 쫓겨난 운남 양부인 시비들이 암자에 숨어 있으면서 두 부인을 생각하며 서로 말하며 울고 있으니 청원이 알고 묻지 아니하더라. 이 날 밤에 청원이 계앵 등에 일러 말하되 "너희 주인의 곤액이 매우 심한지라 내 가서 구할테니 너희들도 나와 같이 가자." 하거늘, 계앵과 쌍섬 등이 매우 의아스럽게 생각되나 시험삼아 따라가서 남쪽 기슭 두 그루의 소나무 밑에 이르렀다. 청원이 머무르며 나가지 않고 이곳이라 하더니 홀연 한 명의 창두가 큰 발을 지고 오다가 땅에 넘어지거늘 계앵으로 하여금 그 발을 들라하니, 계앵 등이 놀라 다리가 떨려서 능히 들지 못하였다. 청원이 혀를 차며 말하기를 "조금만 때를 놓치면 구하지 못하니 속히 들라" 하니 계앵이 이 말을 듣고 비로소 부인이 그리된 줄을 알고 놀라서 땅에 넘어지거늘 청원이 급히 못하게 하고 스스로 그 발을 들고 암자로 돌아와 남쪽으로 향해 눕히고 발을 풀이 보니 인색이 불변하고 가슴과 머리에 온기가 있으며 온몸의 맥이 조금 움직였다. 이때에 계앵 등 십여인

안 보는 것이 낫다는 것인데, 이런 점에서 삶보다는 자존심, 신분을 더 중시하는 모습 (실제 이때 남어사 문제 때문에 소실로 강등된 상태였다)이라고 할 수 있다.

이 당황하여 어쩔 줄 모르고 있다가 모두 관세음께 축원하고 눈물을 비
오듯 쏟았다. 청원이 환약을 한 개 꺼내어 갈아넣으니 부인이 눈을 뜨
고 숨을 내쉬며 몸을 뒤집어 돌아눕거늘 독즙을 토하니 푸른 피가 땅에
가득하였다. 또 한 개의 환약을 꺼내서 먹이려 하니 부인인 스스로 마
시니 정신이 맑고 혼이 상쾌하고 사지를 움직이다가 일어나 앉아---
〈중략〉---청원이 인하여 관음보살의 현몽하시던 말을 전하고 또 말
하기를 "빈도 부인을 보니 아직 수년의 액운이 있고 또 불가와 인연이
있으니 이제 빈도와 같이 촉중으로 가서 대사께 의지하여 삼사 년만 지
나면 복록이 돌아오고 재화가 영원히 사라지리라." 라고 하니 부인이
한숨을 쉬고 탄식하며 허락지 아니하였다. 그날 밤 관음보살이 부인의
꿈에 나타나 하는 말이 청원과 같은 지라, 다음날 부인이 계앵과 더불
어 남복을 하고 청원을 따라 촉중으로 가고자 하니.246)

남씨의 경우, 결혼 전에 이미 부모와 헤어진 극도의 불안 상태에서
〈꿈〉을 통해 동정호 선녀의 도움을 받은 적이 있었으나, 그 불안 상태

---

246) 莫忠負其簀 園北小門而出 夜已三更 行未百步 精神散亂 回回入山 谷中俄而五官俱塞
咫尺不分 先時 淸遠夢觀世音 以丹藥三丸 授淸遠曰 某月某日 南夫人 彩鳳 當死於非命
汝其夜四更 往待於紹興寶林山南麓下 以救之淸遠 覺而異之 明日 卽以錫杖短袈 從西
蜀向紹興而來 至寶林山 明珠菴 菴 卽 花府 北園之外也 時 尹南侍婢等 匿菴中 各思其
夫人 相語流涕 淸遠 知而不問也 一日 夜半 淸遠 謂季鶯等曰 君家主人 因厄 極矣 吾當
救之 君等 從我而來 季鶯雙蟾等 大疑而試隨之 至南麓雙松下 淸遠 遲而 不前曰 比地是
也 忽有一介長漢 背負大簀 僵仆於地 使季鶯 挾擧其簀 季鶯等 心驚股戰 不能擧 淸遠
咄咄曰 過時則不救 速擧之 季鶯 聞此言 始知其爲婦人而驚仆地 淸遠 急止之 自擧其簀
歸菴中 南首而措之 發簀而視之 顔色 未變 胸頭 微有煖氣 遍身六脈 微動 時 季行等
十餘人 面無定色 皆視觀世音而 暴淚如雨 淸遠 始調一丸灌之 夫人 開目舒嘯 翻身回臥
嘔出毒汁 靑血 滿地 又調一丸進之 夫人 自飮之 神淸魂朗 四肢軒輕 起坐 ---〈中
略〉--- 因告觀音 夢而詔之 又曰 貧道 觀夫人 猶有數年災厄且與佛家有緣 今若與貧道
同歸蜀中 依止大師 逍遺三四年 福祿 自臻而灾禍永熄矣 夫人 喟然太息 未之快許 其日
夜 觀音 又現於夫人夢 所告 與淸遠 相同 明日 夫人 遂與季鶯 治男服 從淸遠入蜀.〈창
선감의록〉 186-187면.

에 이르게 했던 부모와의 이별, 이산이 해결되지 못한 상태였다. 그런 상황에서 다시 이와 같은 불안 상황에 처하게 되는데, 인용에 나타났듯이, 이미 집을 나갈 때 극도의 불안 상태인 의식불명 상태에 놓인다. 이 상황에서 촉중 자현암에서 온 청원에 의해 소생하게 되는데, 이때 남씨에게 직접 〈꿈〉이 개입되지는 않지만, 청원의 구원이 또한 몽시에 의해 이루어졌다는 점에서 불안 상태에서의 〈꿈〉의 개입과 연결된다고 할 수 있다. 또한 청원에 의해 소생되는 과정도 현실과 비현실의 구분이 모호한 상황이라고 할 수 있다. 이때, 집 밖 소나무 앞이라는 공간은, 남씨의 삶과 죽음의 경계 공간이고 남씨를 자현암으로 매개해 주는 공간이다. 남씨의 경우 결혼 전에 시련을 겪은 상태이기 때문에, 이 한 번의 극단적인 불안 상황에서의 탈출로 마무리되고, 촉중 행 또한 〈사씨남정기〉에서 유한림의 행주행과 마찬가지로 간략하게 처리된다.

촉중 하악산 자현암에서 지내던 남씨는 자현암으로 찾아온 남어사를 만나게 되는데, 유한림의 사씨를 찾는 여정이나 그 과정에서 나타나는 애절함 등이 남씨의 아버지 남어사에게서 그대로 나타난다. 딸을 찾는 애타는 여정이 잘 드러나는 것이다. 남어사를 만난 남씨는 일단 아버지를 따라 청성산 운수동으로 떠나는데, 〈사씨남정기〉에서 사씨가 동생과 함께 강서부중으로 가는 것처럼, 남부인도 집으로 완전히 복귀하는 것이 아니라 아버지를 따라 운수동에 가 있게 되며, 촉적을 치러 온 화진을 만난 이후에는 아버지와 더불어 윤학사의 집에 가 있는다.

이처럼 결혼 이후의 여정임에도 불구하고, 남편과의 동반이 이루어지는 것이 아니라 아버지와의 동반이 이루어지는 점이 주목되는데, 이는 간략화되기는 했지만 남소저의 가족이 겪는 시련과 그 극복을 통한 가족의 재회와 집의 회복이라는 또 하나의 서사가 전개되고 있다는 점과 연결된다. 즉, 남씨는 화진의 부인만이 아니라 남어사의 딸이라는 두 가지 중요한 역할을 지니고 있으며, 특히 후자가 남씨의 이동에는 더 큰 동인이 된다고 할 수 있다. 결혼 전은 물론 결혼 후에도 죄인의 딸이라는 것 때문에 소실로 강등되고 조녀의 혐의를 구차히 여겨 자살을 감행하게 되었기 때문이다. 따라서 남씨에게는 가족을 찾고 가족과 함께 있는 것이 안정을 되찾는 것이라고 할 수 있다.

〈창선감의록〉에서는 집 안에서 비현실적인 공간이 설정되는데, 이 또한 화진의 불안한 심리 상태와 관련되어 있다.

> 이때 한림이 유폐당한 후로 침석에 오래도록 의지하여 부모를 슬프게 부르다가 이때에 눈을 감으니 화상서와 정부인이 문득 침변에 와서 앉아 머리를 만지며 탄식하더니 이날 밤에 완연히 등불 아래 앉아서 말하기를 "큰 액운이 닥치리라."하거늘, 한림이 놀라 붙들고자 하나 이미 볼 수가 없었다.247)

이때 '한림이 부모를 슬프게 부른다'거나 '놀라 붙들고자 하나'와 같은 행위들은, 화진의 불안, 동요 상태를 잘 드러내 준다. 죽은 부모의 혼령이지만 붙잡고 싶을 만큼 절박한 것이다. 이는 또한, 두 작품을 통틀어 집이라는 내부 공간에서 유일하게 나타나는 〈꿈〉이라는 점에서 주목되는데, 그것이 집 밖 꿈에서와 같은 비현실적인 인물에 의해 이루어지는 것이 아니라, 집의 사당, 가묘와 관련된 조상의 귀신이라

---

247) 時翰林 自幽廢以來 長委枕席 哀呼父母而有時交睫則 花尙書 鄭夫人 輒來坐枕邊 撫首嘘晞 一日之夜 宛然來坐於燈前日 大厄至矣 翰林驚號 欲扶之 已不可見矣. 〈창선감의록〉 201면.

는 점에서 합리적인 양상을 띤다.

그런데 화진을 이토록 불안, 동요 상태에 몰아넣은 것은, 무엇보다 심씨 모자와의 관계라고 할 수 있다. 화진은 심씨 모자와의 이상적인 관계를 최고의 가치로 추구하는 인물이다. 그것이 이념적인 것이든 인간 본연의 것이든 작품 전반에서 일관되게 나타나고 있는데, 역설적이게도 화진은 그 때문에 집 안에 구속되는 동시에 집 밖의 시련에 처하게 된다. 그런 점에서 화진에게는 심씨 모자와의 관계 회복이 안정의 상태를 의미한다고 할 수 있으며, 이는 집을 떠난 출정지에서 나타나는 화진의 탄식 등을 통해 잘 나타난다.

> 한림은 항상 울면서 탄식했다. "내가 만일 모친과 형장의 환심을 하루만이라도 살 수 있다면, 저녁에 죽어도 여한이 없으련만……" 그 밖의 부귀를 누리는 일이나 처자와 사는 즐거움 따위는 모두 뜬구름이나 지푸라기처럼 하찮게 여겼다. 그 때문에 촉중에서 한 해를 머무르는 동안 남부인을 생각할 겨를이 없었다.248)

화진의 효와 우애에 대한 좌절은 유배지에서의 탄식으로 나타나는데, 이런 상황에서 이루어진 선계 체험은 화진과 심씨 모자의 관계를 돌이키는 데 결정적인 역할을 한다. 선계 체험으로 가능해진 출정의 여정이 곧 형을 구하는 것으로 귀결되기 때문이다. 화진은, 다른 인물들이 존재 자체의 위기 상태에서 안정/불안정의 대립을 보이는 것과 달리, 관계에서의 안정/불안정이 두드러지며, 이를 집 밖에서의 선계

---

248) 常飮泣太息曰, 吾若得母親兄丈一日之歡心, 則雖朝暮死而無恨也. 自餘富貴之事, 妻子之樂, 皆似秋雲浮芥耳. 以是身在蜀中者周年, 而未暇念及於南夫人也. 〈창선감의록〉 277면.

체험이라는 비현실의 개입을 기점으로 극복하게 된다. 이런 점에서 화진의 선계 체험은, 다른 인물들의 비현실 개입과 양상은 다르지만 그 기능은 유사하다고 할 수 있다.

　두 작품의 공간적 순환 구도는, 그 자체로 하나의 안정된 상태에서 불안, 동요를 거쳐 다시 안정된 상태로 진행하는 과정[249]에 대응된다고 할 수 있으며, 이를 인물과 관련해 보면, 자신의 자리를 상실했다가 다시 찾는 과정이라고 할 수 있다. 이때 〈사씨남정기〉의 경우는 '부부의 자리 찾기'에, 〈창선감의록〉의 경우는 '자식의 자리 찾기'에 초점이 맞춰지고 있다. 또한 이는 무엇보다 인물들의 심리 상태와 긴밀한 관계에 놓인다. 이때 불안과 동요의 단계에서 〈꿈〉이나 비현실의 개입이 이루어지고, 이 개입으로 불안, 동요 등이 해소되며 안정을 되찾게 된다.

5. 17세기 가정소설 공간의 특징과 의의

1) 17세기 가정소설 공간의 특징

(1) 인물과 공간의 밀착성

　인간은 공간과의 관계를 통해서 자신의 존재를 형성하는 존재로 이해된다. 공간 안의 일정한 장소를 통해서, 그 장소와 지속적으로 관계함으로써 자신의 존재를 만들어 가는 것이다. 이와 같은 맥락에서, 작

---

249) 토도로프, 「시학에 있어서의 구조주의」, 『구조주의란 무엇인가』, 민희식 편역, 고려원, 1985, 155면.

품 속에서 작가는 인물이 그를 에워싼 세계와 맺는 기본적인 관계를 특정 공간에 대한 반응을 통해 표현한다. 이때 인물은 한 공간으로부터 도피하기도 하고, 그 공간으로 숨어들기도 하며, 그 공간을 통해 자기 인식에 도달하기도 한다.[250] 즉, 인물의 공간에 대한 반응과 인식을 통해 인물과 공간이 어떤 관계에 있는가가 드러날 수 있는 것이다. 이는 집을 중심으로 하는 서사에서 잘 나타나며,[251] 특히 〈사씨남정기〉나 〈창선감의록〉처럼, 상층 집안을 대상으로 했을 때 더욱 두드러진다. 하층과 달리, 상층의 집에는 당대의 공간 윤리, 공간 질서가 견고하게 자리잡고 있으며, 이를 통해 인물들의 공간에 대한 반응이나 인식, 나아가 이를 통한 인물과 공간의 관계가 잘 감지될 수 있기 때문이다.

① 공간과 인물의 대응 관계

〈사씨남정기〉와 〈창선감의록〉에서 공간은, 그 공간을 차지하거나 그 공간에 처한 인물을 대신하는 혹은 그 인물로 대체되는 경향을 보인다.[252] 이는 특히 여성 인물들의 공간에서 잘 나타나는데, 여성 인물들은 언제나 그 거처가 정해지고 이름 지어진다.[253] 실제 상층의 집

---

250) 구수경, 「서기원 소설에 나타난 공간의 상징성 연구」, 한국소설학회 편, 앞의 책, 185면.

251) 집은 거주라는 인간의 기본적인 존재 양상을 비롯한 공간과의 관계와 인간 존재의 본질을 규정하는 요소이기 때문이다. 윤재홍, 앞의 책, 28면.

252) 공간구조에는 일정한 질서와 정체성이 있다. 질서는 공간 내에 누구를 어디에 배치시키느냐의 문제이며, 정체성은 그 공간에 속해있는 개인은 누구인가에 대한 공간의 미의 문제이다. 여기서 정체성이란 "각 공간영역이 공간점유자로부터 공간 자체의 정체성을 얻고 공간점유자는 공간으로부터 자신의 정체성을 얻는 사람과 공간의 결속을 의미한다" 박부진, 앞의 글, 18면.

이라 하더라도 남성의 공간과 달리, 여성의 공간은 안방을 제외하고는
안배가 제대로 이루어지지 않는 데 비해, 두 작품에서는 구성원이 많
은 경우라도 모든 여성 인물들에게 각각의 공간이 주어진다. 또한 그
공간의 성격에 따라 공간에 맞는 역할과 행동이 요구되며, 그 정해진
공간을 제대로 지키고 있는가가 중요한 문제로 부각된다. 여성 인물과
그가 거처하는 공간간의 밀착 관계는 그들이 부리는 시비들에게도 그
대로 적용된다.

> 정당의 시녀 계향과 난향 등고 그 뜻을 받들어 분주하게 날뛰었다./
> 취선이 다시 울면서 말했다. 성부인께서 한번 부중을 떠나신 후로 수선
> 루 시녀들 중에는 혹독한 형벌을 받은 자가 무수히 많답니다.[254]

위의 인용문에서 나타나듯이, 〈창선감의록〉에서 심부인의 시비들
은 심부인이 거처하는 정당과 대응되어 정당시녀로, 화진의 어머니 정
부인의 시비들 역시 그 주인의 거처와 대응되어 수선루 시녀로 명명되
고 있다. 이는 심부인과 정부인이 각각 처했던 거처와 그 인물이 그대
로 대응되는 양상을 드러내는 동시에, 그와 같은 대응이 각 공간에 속
한 시비들에게도 그대로 이어지고 있음을 나타낸다. 여기에서 여성 인
물과 공간의 합치 양상이 잘 나타나며, 같은 맥락에서 '여성을 찾는다'
는 '공간을 찾는다'로 대체되기도 한다.

---

253) 〈창선감의록〉에서 화진의 두 부인인 윤씨와 남씨는 모두 결혼 이후 친정과 시댁에서
각각의 공간을 배치받게 되고, 이는 각각 음향각/농취당과 비춘당/봉귀정으로 명명
되는데, 후에 이 공간과 이름은 사통의 모해와도 연결된다.
254) 正堂侍女桂香蘭香等, 承睞奔馳./翠蟬又泣曰, 一自成夫人離府之日, 壽仙樓侍女, 受
酷刑者無數. 〈창선감의록〉 46면.

〈사씨남정기〉에서 교씨는 유한림 집에 들어온 후 첩이라는 신분에 따라 화원 별당에 머물게 되는데, 이는 후에 유한림에 의해 백자당으로 이름 지어진다. 백자당은 그 자체로, 교씨가 특별한 목적을 위한 수단으로 유입된 인물임을 말해 주며, 이는 곧 교씨를 환유하는 공간명이 된다. 또한 서사의 종결 상황에서 유한림에게 속아 유한림 집을 찾아 온 교씨는, 창루의 여성이라는 곤궁한 상황과 하락한 지위를 만회할 수 있으리라 생각하면서 이를 무엇보다 백자당으로의 복귀와 연결짓는다.[255)]

이처럼 여성 인물의 신분이나 존재는 주어진 공간과 밀접한 관련이 있는데, 실제로 갈등 상황에서 인물의 존재 상황이나 신분 등에 변화가 올 때 그것은 바로 공간적 변화로 대체되어 나타난다. 사씨는 사통의 혐의를 받게 되자 안방에서 나와 초옥(草屋)으로 옮겨 죄인으로 자처하는데, 안방이라는 최고의 공간이자 중심에서 누추한 초가라는 최하의 공간이자 주변부로의 엄청난 하향적 공간 이동은 곧 사씨 신분의 강등과 대응된다. 남씨 또한 소실의 지위로 강등되면서 본래 머물던 봉귀정에서 나와 중당채에 갇히게 되는데, 사씨의 안방과 달리 봉귀정은 폐쇄된다. 사씨의 안방은, 안방이라는 고정 불변의 공간이되 그 공간에 처하는 여성들이 바뀌는 것임에 비해, 봉귀정은 안방에 가기 전의 여성들이 거처하는 점이적인 공간으로, 그 주인이 쫓겨나면 그 머물던 공간도 소멸되는 것이다. 윤씨의 경우는 남씨처럼 극단적인 상황에 처하지는 않지만, 모해 이후 내당에서 멀리 떨어져 발길도 닿지 않는 북원소각에서 거처하게 된다. 이는 그만큼 여성들의 공간이 불안정한 것임을 잘 드러내며, 이럴 때 여성 인물들은 자신이 있어야 하는

---

255) 吾眞有緣於此家矣. 必復入居於百子堂矣. 〈사씨남정기〉 339면.

공간에 안전하게 자리잡고 있다는 정향감256)을 상실하게 된다.

이 때문에 여성 인물들은, 공간을 통해 내가 어떤 존재인가, 어떤 상황에 있는가, 나의 위치는 무엇인가 등 자신에 대해 규정하고 인식하며 자각하게 된다. 수월암에 도착한 사씨에게 묘희가 "부인은 이미 이 땅으로 오셨습니다. 복색은 어떻게 해야 마땅할까요?"257) 하고 의향을 묻자, 사씨는 "내가 이곳으로 온 것은 부득이한 일이었습니다. 본래 유가의 제자이니 어떻게 승복을 입을 수 있겠습니까?"258)라고 대답하는데, 이는 단순히 종교적인 이유로 승복을 입을 수 없다는 문제만을 드러내는 것이 아니다. 옷은 공간의 또 다른 요소이고 공간에의 소속 여부를 말해 주므로, 승복을 입을 수 없다는 것은 사씨가 수월암에 완전히 소속될, 귀의할 마음이 없음을 의미하는 것이다. 이는 후에 사씨가 수월암에 머문 것이 부득이한 일이었음을 말하는 데서도 잘 나타난다.

이와 같은 공간과 인물의 대응 양상은 대부분 여성 인물들을 통해 두드러지지만, 〈창선감의록〉의 두 아들 화춘과 화진의 경우에도 그와 같은 대응 양상이 나타난다. 화진의 경우, 아버지이자 가장인 화욱이 정해 준 죽우당에 일관되게 머무는 것으로 나타나고, 여성 인물들처럼 죽우당이라는 공간이 화진을 환유하는 공간명으로 사용되기도 한다.259) 또한 죽우당에서의 화진의 모습은 대부분 책을 읽는 것으로 나

---

256) 이-푸 투안, 앞의 책, 143면 참조.

257) 夫人已到此地, 服色當如何? 〈사씨남정기〉 296면.

258) 吾之來此, 非得已也. 本以儒家子, 豈有變服之理? 〈사씨남정기〉 297면.

259) 범환이 화진을 죽이고자 누급이 비수를 들고 화진의 〈죽우당〉에 갔을 때, 그 지계문 밖에서 누가 음아질타(吟哦叱咤)하여 감히 들어가지 못하고 왔다 하니 이에 범환이 "그 집 귀신인 듯 싶으나 가히 알지 못하리로다"/ 범환이 다시 한번 계교로 누급을 보내어 심씨 죽이려 하는 날 밤 〈죽우당〉에 갇힌 화진의 꿈에 그 부모 나타나 "조심하

타난다. 이에 비해 화춘의 거처는 한송정으로 나타나는데, 악차(堊次)에서 삼년상을 치르는 기간에도 한송정에 가서 두건 등도 벗고 낮잠을 자는 모습260)에서 화진과는 다른 성향임이 잘 드러나고 있다.

그런데 화춘의 경우, 아버지이자 가장인 화욱이 죽은 후에는 화욱의 거처였던 백화헌에 거처하는 것으로 나타난다. 이는 화욱이 새 가장이 되었음을 의미하는 것으로, 남성의 신분과 지위의 변화 또한 공간의 변화로 나타나고 있음을 알 수 있다. 그러나 화춘은 장평에 의해 고발되어 옥에 갇혔다가 집에 돌아온 이후에 백화헌이 아닌 안채의 여성 공간에 거처한다. 이는 화춘이 더 이상 가장이라는 위치에 있지 않음을 의미하는데, 스스로 여성 공간을 선택하고 있지만, 실상 집이라는 사적 공간에서나 집 밖이라는 공적 공간에서 모두 좌절하고261) 그 결과 여성 공간으로 숨어들게 된 것이라고 할 수 있다.

그때 경옥은 내당에 깊이 들어앉은 채 폐인으로 자처했다. 그리고 단지 제수 및 누이동생과 함께 모부인 곁에서 밤이 깊도록 환담을 나눌 뿐이었다. 비록 손님이 만나기를 청해도 문득 아프다는 구실을 붙여 거절해버렸다. 어느 날 서평후, 윤학사 등이 찾아와 굳이 만나자고 했으나, 경옥은 여전히 나가보려 들지 않았다. ---〈중략〉---진공이 미처 말을 꺼내기도 전에, 경옥은 깜짝 놀라며 더듬거리는 말투로 대답했다.

라"고 알림/ 나중에 쫓기던 범환이 화원수의 귀환을 보고 다시 죽이고자 하자 누급이 "화공은 천신이 호위하는 사람이라, 전일 〈죽우당〉에서 놀란 것이 오늘날까지 있다"고 함.

260) 柳生意其有變, 欲見瑃問之, 至堊次, 瑃不在, 而童子言大公子方書寢於寒松亭. 柳生上寒松亭, 果然大公子者, 掛脚高窓, 哈臺大眠, 而脫棄巾絰, 狼藉左右.〈창선감의록〉 49면.

261) 집 안의 경우 조녀와 범한 등의 배신으로, 집 밖의 경우 장평에 의한 고발로 인한 조정의 형벌로 좌절을 겪게 되었다고 할 수 있다.

"내가 차라리 머리를 풀어헤치고 산 속으로 들어갈지언정, 결단코 사
대부들 사이로 나아가 고개를 들고 다니지 못하겠습니다."262)

위의 예문에서처럼, 화춘이 여성 공간에서 지내는 모습이나 찾아온
손님들을 거절하고 벼슬 또한 사양하는 모습 등은 화춘이 공적인 존재
로서나 사적인 존재로서의 자신을 포기하고 있음을 나타내 준다. 이
는, 화춘이 자신의 상태를 폐인으로 규정하고 있는 데서 단적으로 나
타난다.

공간 이동으로 나타나는 화춘의 신분 변화는, 화진의 공간 이동과
대응되어 더욱 잘 나타난다. 화진이 군담을 통해 입공한 후 서울 집으
로 돌아오자 천자는 그에게 새집을 내린다. 그런데 이 화진의 집에 아
버지 화욱의 사당이 지어지고 가묘가 옮겨지며, 심부인을 비롯한 가족
들이 머무른다는 것은, 자연스럽게 화진의 집이 종가가 되었음을 의미
한다고 볼 수 있다. 화춘이라는 장자가 아닌, 화진이라는 차자가 집의
새로운 가장이 되었다는 것이, 이와 같은 집의 이동으로 자연스럽게
나타나고 있는 것이다.263) 이때 화진이라는 인물의 신분, 위치는 새집

---

262) 時, 景玉深居內寢, 自處以廢人, 但與娣妹, 終夕歡愉於母夫人側. 雖賓客請見, 輒以
病爲辭. 一日, 西平侯尹學士等至, 固請與相面. 景玉猶不肯出見.---中略---晉公未
及言, 景玉大驚躑躅曰, 吾寧被髮入山, 決不抗顔自立於士大夫之林也. 後月餘, 果除
大理評事. 而景玉終不應命. 時論多之.〈창선감의록〉418-420면.

263) 조선시대의 가옥공간에는 집안 내 남성간의 위계에 따른 크기와 위치의 차이가 그대
로 반영된다. 최장세대인 가부장이 죽거나 나이를 먹어 은퇴하게 되면 장자는 어렸을
때 자신이 기거했던 큰 사랑을 차지하게 됨으로써 가부장권을 넘겨받으며 집안 전체
를 지휘, 통솔하게 된다. 이렇게 조선시대 가부장권의 이양경로는 장자의 큰 사랑방
의 이동과 일치하는 구조를 보이고 있다. 그렇기에 어느 방을 차지하고 있느냐가 내부
권력관계에서의 우위를 재는 하나의 척도가 되며, 그러한 공간을 확보했다는 것은
가족 내에서 자신의 권력자원을 높여주는 토대로 뒷받침된다. 김영선, 앞의 논문,
59-61면.

이라는 공간과 그대로 대응되고 있으며, 이런 점에서 남성 인물인 화진은 곧 집 자체를 의미한다고 할 수 있다.

② 닫힌 공간과 열린 공간

가부장제 하에서 여성들의 공간은 집 안으로, 또 그 속에서도 다시 집 안의 안으로 규정되고 강제되며, 그런 상황 하에서 여성들은 스스로 몸이 차지하는 공간을 줄임으로써, 가부장제가 요구하는 여성의 모습에 가까워지려 한다.264) 이때 여성 자신, 여성의 몸 또한 일종의 '경계' 혹은 '울타리' 공간이라고 할 수 있다.265)

〈창선감의록〉에서 남씨는 결혼 이전에 이미 불가피하게 집 밖 여정을 겪을 수밖에 없는 인물로, 도적들에 의해 부모와 헤어진 후 홀로 남겨져 시비와 함께 친척집을 찾아 나서게 된다. 그런데 이때 아무리 급박한 상황이라 할지라도 그녀에게 연고가 없는 집은 도로에서 죽을지언정 결단코 들어갈 수 없는 집이며, 친척집이라 하더라도 남자들이 있는 집은 쉽게 들어갈 수 없는 공간266)으로 인식된다. 여기에서 남씨의 철저한 내외구분과 죽음과도 맞바꿀 수 있는 엄정한 공간 인식을 엿볼 수 있는데, 이는 곧 투철한 정절 의식과 직결된다고 할 수 있다.

---

264) 이와 같은 양상은 일종의 광장공포증으로 명명되기도 한다. 수잔 보르도, 조애리 옮김, 「몸과 여성성의 재생산」, 『여성의 몸, 어떻게 읽을 것인가』, 한울, 2001, 122면 참조.
265) 이하배, 「우리 속담에 나타난 성차별의 사회화─유교적 사회화와의 관련 속에서」, 『한─독 사회과학논총』11, 2001 여름, 193면.
266) 吾以閨中處子, 情跡俱危, 不可以一時路次間荒唐所聞, 輕投於所昧平生之家. 汝試先往訪所謂陳官人家, 細問其名字爲誰, 官爲何官而來. 萬一吾家親戚, 則幸甚, 不然, 寧死於道路, 決不可入矣. 〈창선감의록〉86면.

"가소롭습니다! 가소로워! 남씨는 평소 절의를 숭상하며 스스로를 대단하게 여기고 있었습니다. 그 도도한 모습은 마치 턱을 하늘 위에 걸쳐놓은 것 같았지요. 유모 없이 홀로 마당에 내려서는 여인을 보면 정녀(貞女)가 아니라 비난했고, 촛불 없이 밤에 나다니는 여인을 보면 음부(淫婦)라 비난했습니다. 그런데 지금 수십 일 동안 홀로 빈방을 지키더니 잡념이 크게 일었던지 어두운 밤 삼경에 담을 넘어 달아났답니다."[267]

위의 인용문은, 남씨가 죽어 나간 후 조녀의 시비 난향이 이를 고소해 하며 심씨에게 하는 말로, 이를 통해 남씨는 결혼 이후에도 정절 의식을 강조하며, 이를 지고의 가치로 인식하고 있었음을 알 수 있다. 〈사씨남정기〉에서 교씨가, 사씨의 평소 행실을 한림에게 비꼬듯 말하는 부분이나, 동청과 선산의 사씨를 없앨 계획을 짤 때 하는 말 등에서도 유사한 양상이 나타난다.[268] 또한 이는 교씨와 동청의 모해를 입은 사씨가, 정절과 관련된 오명을 쓴 것만으로도 초가에 거적을 깔고 죄인으로 자처하는 데서도 잘 나타난다. 후에 사씨를 축출하면서 한림이 사당에 올리는 글[269]을 보면, 실제 여성은 음란한 소문의 주체가 된

---

267) 蘭香又拍手揶揄, 而入告於沈氏曰, "可笑哉! 可笑哉! 南氏常抗節目高, 掛頤天上. 而見無姆而下堂者, 則曰非貞女也, 見無燭而夜行者, 則曰比淫婦也. 乃今數旬空房, 雜念大起, 黑夜三更, 踰墻而走矣." 〈창선감의록〉 193면.

268) 이 부분은 의미는 같으면서도 한문본과 조동일 소장본인 한글본에서 다소 다르게 표현된다. 교씨가 한림에게 사씨 평소를 말하는 내용은 전자에서는, "夫人爲人, 飾辭好名, 每事自負古烈女, 眼下無人. 豈肯爲此醜行, 以受人之唾鄙"로, 후자는 "미를 열녀께 ᄌ처하고 시속 부인들은 안ᄒᆞ히 보니"(63/234)로 표현되며, 동청과 교씨의 대화는 전제에서는 "彼不肯往新城"으로, 후자에서는 "ᄉ씨 절ᄒᆡᆼ이 놉파 동기지가에도 단니지 오니ᄒᆞ니"(82/258)로 표현된다. 한글본에서 사씨의 행실이 좀더 직접적으로 지적되고 있다고 할 수 있다.

269) 謝氏益縱恣無忌, 因母病在新城, 惡聲彰聞, 聞者掩耳. 而尙恐一毫不明, 留置穢跡於家內. 〈사씨남정기〉 272면.

것만으로도 문제가 됨을 알 수 있다.

또한 집을 나온 이후 수월암에 머물면서도 안과 밖을 구분짓고, 그곳이 집 밖이라도 집 안에서와 같은 엄격한 내외를 강조하는 모습270) 등에서도 남씨의 공간 인식과 맥을 같이한다고 볼 수 있다. 특히 집을 나올 때 사당에 고했기 때문에 다시 집으로 들어갈 때도 예를 갖춰야 한다고 재입가의 예를 강조하는 대목271)이 사씨의 가부장적 공간 인식을 잘 드러낸다.

그런데 사씨에게 있어, 남씨에 비해 두드러지는 공간 인식은 바로 시댁과 관련된 것이다. 정절과 관련된 모해에 연루되었다는 것만으로도 죄인으로 자처할 만큼 정절 의식이 강하다면, 그 때문에 집에서 축출되었을 경우 스스로 목숨을 끊는 것이 자연스러운 행위로 여겨질 수 있다. 그러나 초당을 찾아온 두부인이나 선산묘하를 찾아온 동생 사공자에게 앞으로 선산묘하에서 일생을 마치겠다고 말하는 것 등을 보면 사씨는 집을 나간 후에도 자결할 생각이 없다는 것을 알 수 있다. 실제로 장사로 가는 배를 타고 갈 상인인 장삼이 두홍로 댁의 종이었다는

---

270) 집 밖에서도 지속적으로 나타나는 사씨의 엄정한 공간 인식은 한글본에서도 거의 유사하게 나타나지만, 한문본에서 백빈주에 가자는 묘희의 말에 암자 밖으로는 한 발자국도 날 수 없고, 특히 물을 건널 사람이 누구인지도 잘 모르는 상태로 배를 타고 간다는 것은 경솔한 행위라며 수긍하지 않는 모습을 보이는 데 비해, 한글본에서는 묘희가 잊고 있었던 소사의 꿈을 일깨우자 망설임 없이 가는 것으로 되어 있어 상반되는 양상을 띤다. 이 부분은 김춘택이 한역하면서 이치에 맞지 않아 고친다고 한 부분에 해당한다.

271) 처음에 첩이 집을 떠날 때 종족들들 모아놓고 사당에 고하였습니다. 지금도 또한 적절한 절차가 없을 수 없을 것입니다. 첩이 감히 지난 일을 다시 생각하자는 것이 아닙니다. 여자가 남을 따르는 것은 본대 중대한 일입니다. 하물며 일단 시가를 나갔다가 다시 들어간다는 것은 또한 변례에 해당하는 것입니다. 어찌 구차하게 그냥 넘어갈 수가 있겠습니까 (雖然始妾離家之日, 會宗族, 告祠廟. 今亦豈無節次? 妾非敢追念既往. 女子從人, 本是重事. 既出還入, 亦係變禮, 何可苟也?"〈사씨남정기〉320-321면.)

소리를 듣고, 그댁 종이면 우리 집 종과 다를 바 없다고 생각하는 데서 사씨가 여전히 출부임을 인정하지 않고 있음이 드러난다.

또한 아황여영에게 하소연하는 대목에서 사씨는 유한림 집과 선산 묘하를 떠나는 것은 곧 인세(人世)를 떠나는 것272)이라고 말하고 있는 데, 이는 사씨에게 유가와 선산묘하까지가 바로 인세로 인식되고 있음을 의미한다. 이와 같은 인식은 사씨의 시집에 대한 강한 집착, 곧 그곳이 자신이 있어야 할 유일한 공간이라는 것과 동시에 그렇기 때문에 반드시 돌아가야 한다는 회귀 의지에서 비롯된 것이라고 할 수 있다.

선인형 여성 인물들의 공간 인식이 집 밖에서 두드러지게 나타난다 면, 악인형 인물들의 공간 인식은 집 안에서 두드러진다. 이는 선인형 인물들의 경우 집 안에서도 그 누군가 항상 자신을 지켜보고 있다는 보이지 않는 시선을 느끼면서 체화된 공간 줄이기를 시도함으로써 집 안에서의 공간 이동이 활발하지 않은 데 비해, 악인형 인물들은 집 안 에서도 다른 여성 인물들에 비해 상당히 개방된 공간 인식을 나타내고 있다.

〈창선감의록〉에서 화춘의 첩 조녀는, 담 아래서 꽃을 꺾어 들고 배 회하다가 이를 담 넘어 본 화춘이 옥패를 던지자 웃음을 흘리며 화춘 을 자신의 방으로 유혹하여 그 날로 관계를 맺고 화가에 들어오게 된 인물이다. 여성의 공간 인식이 근본적으로 정절 의식과 연결되어 있다 고 할 때, 조녀의 위와 같은 행위는 조녀가 기본적으로 당시 여성들에 게 강요되던 공간적 규범과 그에 따른 폐쇄적인 공간 인식에서 자유로 운 인물임을 드러내 준다고 할 수 있다.

이는 화가에 들어온 이후에도 지속적으로 나타난다. 외간남자인 범

---

272) 掩面而出夫家之門, 灑淚而別舅姑之墓. 跡遠人世. 〈사씨남정기〉 290면.

환과 사통하는 것은 물론, 스스로 집 안의 이곳저곳을 누비면서 남의
대화를 엿듣고 이를 다시 고해바치러 다니며, 남씨가 중당채에 갇혔을
때도 직접 찾아가 심씨의 분부인 양 독이 든 죽을 내리고, 후에 화춘의
대화를 엿듣고는 윤부인이 갇힌 북원소각에 가서 윤부인을 억박하는
등 활발한 이동 양상을 보여 준다.

〈사씨남정기〉의 교씨는, 사씨 출문 이후 한림이 안방에 들어오는
날은 안방에서 한림과 함께 하고, 한림이 들어오지 않는 날은 백자당
으로 가서 동청과 함께 하는데, 이는 마치 사씨가 안방에 있을 때, 안
방과 백자당을 오가던 유한림의 모습과 겹쳐지기까지 한다. 이것은 교
씨가 얼마나 성욕에 충실한 인물인가 하는 것만이 아니라, 교씨가 집
안의 견고한 공간 윤리, 질서의 제약으로부터 얼마나 자유로운가 하는
것까지 보여 준다. 선인형 여성들이 스스로 여성임을 확인시키면서 공
간을 닫아 가는 것과 달리, 교씨는 여성이라는 존재의 제약성에 구애
받지 않고 공간을 열어 가는 것이다.[273]

그러나 이들의 이동이 이루어지는 집이, 중문과 같은 남녀 공간의
경계나 그 밖의 다양한 공간적 경계 등이 엄격하게 지켜지던 상층 집
이라는 점에서, 이들의 공간 인식과 공간 이동은 윤리나 도덕과 관련
하여 부정적 평가로 이어지게 된다.[274] 또한 스스로 집을 나간 이후의
공간 이동은 결국 동행하는 남성 인물에게 종속되면서 오히려 집 밖에

---

273) 그러나 안방이 아닌 백자당에 동청을 불러들였다는 데서 교씨에게도 안방이 주는
억압의 무게는 거부할 수 없는 것이었음을 엿볼 수 있으며, 다른 측면에서 안방에
외간 남자가 출입해서 안주인과 통정하는 것까지는 허락할 수 없었을 사대부 남성
작가의 의도된 설정 또한 엿볼 수 있다.

274) 공간을 '오가다'나 '가로지르다' 등의 활발한 이동을 나타내는 서술어는 문화적으로
부정적인 행위지표이다. 블라지미르 또뽀로프, 앞의 글, 109면.

서 더욱 구속되는 양상을 보여준다.

남성 인물 중에 상대적으로 공간의 제약을 많이 받는, 그래서 공간을 닫혀진 것으로 인식하는 인물은 〈창선감의록〉의 화진이다. 화진은 한림이라는 공적 공간의 위상에도 불구하고, 이를 경계한 심씨와 화춘에 의해 일 년 간 사적 공간인 집 안 죽우당에 머물게 되고, 이로 인해 공적 공간, 집 밖 공간으로의 이동이 금지된다. 그런데 이와 같은 제약적 상황에 순응하는 화진의 모습은, 화진이 공적 공간보다는 사적 공간을 우선시하고 있음을 드러내 준다. 또한 죽우당에 갇혔을 때는 죽우당 사이문이 잠김으로써 남성 공간에서 여성 공간으로의 이동이 금지되는 공간 통제 하에 있게 된다.

집이 여성들에게 폐쇄적 공간으로 인식되는 것은, 집 외부로의 이동뿐 아니라 집 안에서도 여성 공간인 안채에서 남성 공간인 사랑채로의 이동이 금지되기 때문인데, 이에 비해 남성들은 집에서 집 밖으로의 이동은 물론 집 안에서도 남성 공간인 사랑채에서 여성공간인 안채로의 이동이 비교적 자유롭고 그런 점에서 집이라는 공간은 열린 공간으로 인식되기 쉽다. 그러나 죽우당에 갇혀 안채로의 이동이 금지된 화진에게 집은, 집 외부로의 이동은 물론 집 안에서의 이동도 자유롭지 못한 닫힌 공간275)으로 인식된다.

이에 비해 화춘은, 마치 조녀가 여성 공간 안에서라 하더라도 활발한 공간 이동을 보인 것처럼, 집 안 전체를 자유롭게 활보하는 모습을 보인다. 화춘은 남성 공간에서도 자신의 거처 외에 다양한 공간을 이동할 뿐 아니라 여성 공간으로의 이동 또한 활발하다. 남성들에게, 여

---

275) 자유롭게 움직일 능력이 없거나 또는 그 능력을 잃어버린 경우에 공간은 닫힌 것처럼 보인다. 이-푸 투안, 앞의 책, 91면.

성 공간으로의 이동이 허용된 것이라 하더라도 이 또한 군자로서의 면모와 연결되어 그 빈도에 따라 어떤 남성인가가 드러나게 된다. 따라서 화진의 여성 공간 출입이 잘 드러나지 않는 데 비해 화춘의 여성 공간 출입이 잦은 것은, 화춘이 어떤 인물인가를 단적으로 드러내 준다고 할 수 있다. 실제 화춘은 처음에 조녀를 취난정에 있게 했다가 그곳이 외당과 절원(絶遠)하여 왕래하기가 불편하다면서 조녀를 만류정으로 옮겨 처하게 한다.

그런데 집 안에서는 이처럼 자유롭고 개방적인 공간 인식을 보여주는 화춘이, 집 밖이라는 공적 공간에서는 이와는 너무나 다른 모습을 보여주고 있다. 화춘은 화진을 무고한 죄로 경사의 옥에 갇혔다가 결국 화진에 의해 풀려나 집으로 돌아오게 되는데, 화진에게 집 밖은 집 안과는 달리 제한적이고 구속적인 공간이라고 할 수 있다.

이와는 달리, 집을 닫힌 공간, 제약적 공간으로 인식하던 화진에게 공적 공간, 집 밖은 열린 공간, 자유로운 공간으로 다가온다. 이는 적소 성도에서 지내는 화진의 모습을 통해 잘 나타나는데, 화진의 적소에서의 생활은 말 그대로 유람의 양상을 띤다. 완하계의 임정벽간에서 남어사가 써 놓은 글도 볼 수 있었던 것도 그 때문이고, 또 그걸 본 바로 다음날 청선산 운수동으로 향하기도 한다. 청선산에서 돌아오는 길에 선계의 경험을 하게 된 것도 유람의 양상과 무관하지 않다. 물론 남어사가 딸을 찾으러 가자고 했을 때나 유성희가 찾아왔을 때, 적소에 있는 죄인의 몸임을 강조하지만 이는 형식적인 말에 불과하며, 실제 양상은 외부 공간을 열린 공간으로 자유롭게 인식하고 있음을 알 수 있다.

그러나 화진의 경우, 〈사씨남정기〉의 사씨와 같이 집 밖 어디에서

나 집으로 향하는, 집에 고착된 인식을 보여준다. 몸은 집 밖에 있지만 마음은 집에 매여 있는 것이다. 화진이, 집에서 시련을 겪고 집 밖으로 축출되어 오히려 집 밖이라는 열린 공간에서 자신의 능력을 맘껏 펼치는 상황은 〈홍길동전〉에서 길동의 여정과 유사하다. 그러나 길동이 영웅적인 능력을 펼치면서 공간을 확대해 나가 다시 집으로 돌아오지 않는 데 비해, 화진은 자신에게 시련을 주고 자신을 축출한 집에 다시 돌아오게 되는데, 이 또한 화진의 집에 대한 회귀 의지 때문이며, 이는 곧 두 작품의 다른 지향으로 연결된다.

이처럼 남성 인물이 집에 고착된 인식을 보여준다든지, 여성 인물과 마찬가지로 공간에 구속되거나 제약받는 것으로 나타나는 등의 남성 인물과 공간의 밀착 관계는 17세기 가정소설에서 두드러지는 특징적 양상이라고 할 수 있다.

③ 현실 중심의 존재 확인

두 작품에서는 대부분의 인물들이 집 밖으로 이동하게 된다. 집이라는 공간은, 주거하는 존재인 인간이 자신의 실존을 의식하게 하는 가장 기본적인 공간이다. 따라서 이와 같은 공간에서 벗어나게 된다는 것, 특히 어떤 형태로든 타의적인 이동을 하게 된다는 것은 그 자체로 실존의 위기 상황이라고 할 수 있다. 집 밖으로 쫓겨난 상태에서는 그것이 이동의 상황이든 정지의 상황이든 원래 있어야 할 자신의 자리에 있는 것이 아니라는 점에서, 실존에 대한 회의와 위기를 절감하게 되기 때문이다. 그런데 두 작품에서 이와 같은 실존의 위기는 곧 생존의 위기로 나타난다. 생존의 위기는 실존에 대한 의식 여부를 떠나 현실에서의 삶이 지속될 수 있는가의 여부와 관련된 실존의 한계 상황이라고 할 수 있다.

〈사씨남정기〉에서 축출당한 사씨는 한 번은 선영에서, 또 한번은 동정호변에서 위기 상황에 처하게 되는데, 특히 두부인이 떠나버렸다는 소식을 듣게 된 후자의 상황은, 사씨에게 존재의 상실을 온몸으로 느끼게 했을 것이며 실존을 회의하게 했을 것이다. 이 때문에 결국 사씨는 자살을 결심하게 되는데 이는 곧 실존의 한계 상황임을 의미한다. 또한 이 상황에서 다시 한번 꿈을 통해 비현실 공간으로 이동하게 되는데, 아황, 여영과 만난 사씨는 서둘러 돌아가라는 말에 갈 만한 곳이 없다고 말한다.[276] 이는 현실에 자기 자리가 없다는 것을 의미하는데, 이런 점에서 두 작품에 나타나는 비현실 공간으로의 이동 중에서 현실의 한계 상황이 가장 극명하게 드러나는 부분이라고 할 수 있다. 그러나 꿈을 매개로 한 이동이었기 때문에 사씨는 꿈을 깬 후 현실로 돌아오게 된다.[277]

사씨는 꿈을 깬 후 꿈 속 경험을 현실에서 확인하려 한다. 이는 꿈 속의 경험이 헛된 것이 아니기를, 즉 현실에서의 한계가 극복될 수 있기를 바라는 마음에서 비롯된 것이라고 할 수 있다. 사씨는 꿈 속의

---

[276] 又謂曰, "夫人早歸." 謝氏曰, "妾無所歸. 娘娘若不以妾鄙卑, 則願爲下侍女之僕隷, 以托於此地."〈사씨남정기〉 292면.

[277] 꿈이라는 공간은 죽음 후의 저 세계와 공통점을 지닌다. 이 세상의 나라는 물질적인 존재는 존재하는데, 또다른 나가 있어서 그 존재가 활동하는 점이다. 꿈을 꾸는 나는 이 세상에 있는데, 또다른 나가 꿈의 공간에 있으며, 죽음을 통해 물질적인 나는 이 세상에 누워 있는데 또다른 나가 저 세상에 가 있는 것이다. 즉, 두 공간은 본질적으로 같은 공간일 수 있으며, 인식의 측면에서도 그러하다. 그러나 꿈의 공간은 '또다른 나'가 다시 이 세상의 '나'와 일정한 시간이 흐른 후에는 합치될 수 있는 공간이다. 꿈의 공간은 돌아올 수 있는 공간인 것이다. 나선희, 「고대 중국인의 공간에 대한 이해-《서유기》에 나타난 이 세계와 저 세계 연구의 토대로서-」, 『중국어문학』제30집, 1997, 12, 502-504면.

길을 더듬어 찾아가 아황, 여영의 묘소인 황릉묘를 발견하게 되는데, '묘의 모습이 꿈 속에 본 바와 조금도 다름이 없다'[278]는 설정은 꿈을 황탄한 것으로 만들지 않으며, 사씨가 처한 현실의 공간과 꿈의 공간이 긴밀하게 연결되고 있음을 드러낸다. 실제 이 꿈 후에 꿈 속의 계시대로 수월암에 안착하게 됨으로써 사씨는 삶을 지속하게 된다. 남성 주인공인 한림의 경우에도 유배지에서 거의 실존의 한계 상황, 즉 죽음을 앞두게 되었을 때, 꿈에 나타난 관음의 계시가 꿈을 깬 이후의 현실과 긴밀히 연결되면서 회생할 수 있게 된다.

〈창선감의록〉에서 남씨의 경우는, 결혼 이전과 결혼 이후에 모두 이와 같은 실존의 한계 상황에 직면하게 되는데, 전자의 경우에 사씨와 유사한 꿈 속 경험을 통해 삶을 지속할 수 있게 된다. 이에 비해 결혼 이후에는 집 안에서 이미 죽음이라는 실존의 한계 상황에 접하게 되는데, 이 때문에 집 밖에서는 현실 안에서 직접적인 도움으로 삶을 지속할 수 있게 된다. 물론 이 때도 청원이 남씨를 구하게 된 데에는 몽시라는 비현실적 요소가 작용한 상태이다.

이처럼 두 작품 속의 비현실 공간은, 대부분 현실 공간의 극도의 위기 상황, 인물의 한계 상황에 개입되면서, 현실의 한계를 인식하게 하면서도 결국은 죽음이라는 극단으로 치닫지 않고 현실 속에서 삶을 지속하게 만드는 계기로 작용하게 된다. 그런데 〈창선감의록〉에서 화진의 비현실 공간 체험은 이와 다른 양상을 띤다.

청성산에서 남어사를 만나고 돌아오는 길에 화진은 선계에 들어가게 되는데, 이는 두 작품을 통하여 처음으로 꿈을 매개로 하지 않는 비현실 공간의 개입이다. 무엇보다 꿈을 꾸는 시간은 현실의 시간과

---

278) 二妃塑像, 儼然如夢中. 〈사씨남정기〉 294면.

그대로 연결되어 잠깐 동안이라든지 하룻밤을 지나는 것으로 나타나는 데 비해, 화진이 경험한 선계는 그곳에서의 하루가 현실에서의 8개월의 시간으로 나타난다. 이는 균일하지 않은 시간 그 자체가 비현실 공간의 지표가 됨을 의미하며, 이런 점에서 선계가 현실과 다른 세계임을 분명하게 드러내 주는 것이라 할 수 있다.

또한 선계에서 노옹은 화진에게 신선이 될 것을 권유하는데, 화진은 이에 대해 남기고 온 어머니와 형이 있다고 하면서 사양한다.[279] 이는, 화진의 공간 인식이 언제나 집에 귀착되어 있다는 것을 구체적으로 확인시켜 주는 동시에, 선계에 대한 화진의 인식을 드러내 주는 것이기도 하다. 즉, 화진이 선계가 아닌 현실을 선택했음을 의미하는 것으로, 초월적인 세계의 등장에도 불구하고 그것이 당연히 받아들여야 하는 것으로 인식되는 것이 아니라 선택 가능한 것으로 인식되고 있는 것이다. 이는 선계의 기능과도 연결되는데, 화진은 이때 한계 상황에 처했다고 할 수는 없지만 정치적인 삶에서 위기에 처해 있었다. 따라서 정치적인 위기를 벗어나기 위한 태공육도 등을 전수받고는 다시 현실로 돌아오게 되는데, 이런 점에서 선계는 궁극적 이상향이 아니라 현세에서 입공하기 위한 매개공간으로 기능하고 있는 것이다.

선계로의 이동은, 그 전후 양상은 다르지만 꿈을 통해 이루어졌던 비현실 공간의 개입과 그 지향의 측면에서 일맥상통한다고 할 수 있다. 무엇보다 인물이 선계가 아닌 현실을 선택했다는 점에서, 두 작품의 현실 중심성을 대표적으로 드러내는 공간 이동이라고 할 수 있다. 〈금오신화〉와 같은 전기소설에서도, 현실의 한계와 좌절을 경험한 인물은 꿈 등을 통해 비현실계로 이동하고, 그 속에서 현실의 불만족을

---

279) 籍令此藥一飮成仙, 小生有偏母孤兄, 何忍捨之而獨往乎?"〈창선감의록〉 290면.

일시적으로나마 해소한다. 〈사씨남정기〉나 〈창선감의록〉의 비현실 공간 또한 유사한 기능을 한다고 할 수 있다. 그러나 〈금오신화〉에서 다시 현실에 돌아온 인물은 오히려 현실의 좌절, 불만을 더 절실히 느끼고 결국 현실을 등지게 된다.[280]

화진의 경우, 실존의 위기나 한계 상황이 아니었기 때문에 그만큼 현실 지향성이 강하게 나타났다고 볼 수는 있으나, 앞에서 다루었던 한계 상황에서도 비현실에 대한 인물들의 반응은 거의 유사하다고 할 수 있다. 유소사의 몽중계시에 대해 사씨는 꿈속의 말이 비록 분명하다고 생각은 하면서도 계속 의심하고 염려하다가 끝내 마음을 정하지 못해 점궤로 결정하겠다고 한다. 즉, 꿈보다는 구고신령이 내려주는 점궤에 더 의지하는 모습이다. 또한 황릉묘 꿈 직후에도, 황릉묘를 찾아 분향한 사씨는 살 의지를 되찾고 음식을 구걸해 먹기까지 했으나, 당장 의탁할 바가 없다[281]며 다시 꿈의 내용을 의문시한다. 한림 또한 관음의 꿈을 꾸고 나서 이상하게 생각한다. 남씨 또한 간밤의 일이 탄망하여 비록 입에 담을 것이 못되지만 기이하기는 참으로 기이하다고 하면서 꿈 속의 선아 말대로 부모님을 만날 수 있을지 모르니 잠시 목숨을 보전하겠다고 한다.[282]

이처럼 두 작품에서 비현실은 현실에서의 실존을 지속할 수 있게 하는 계기로서 일시적으로 개입하고, 그 자체가 부정되는 것은 아니지만

---

280) 〈금오신화〉에서 사건 공간의 중심이 비현실계인 작품들은 공통적으로 〈현실계→비현실계→현실계→초현실계〉로 공간 구조가 변화한다. 이는 주인공이 현실에서 불우하거나, 좌절 혹은 불운을 겪은 인물들이며, 그 불만족을 해소해 주기 위해 설정된 비현실 공간 역시 불완전한 것임을 의미한다. 심형근, 앞의 논문, 28면.

281) 日前無可依託, 神靈亦與人戲乎. 〈사씨남정기〉 294면.

282) 夜來事誕妄, 雖不可出口, 然其奇異則甚矣. 吾當暫保性命, 以冀他日或見父母之容顏. 〈창선감의록〉 84면.

계속해서 의심되고 회의되며, 무엇보다 주인공들에게 중심 공간이 아니다. 이는 비현실의 개입이 현실의 한계나 모순 상황에서 이루어짐에도 불구하고, 그것이 현실을 부정하기보다는 현실에 더욱 적극적인 의미를 부여하는 기능을 한다는 점과 연결된다. 결국 두 작품의 인물들에게 나타나는 비현실 공간에 대한 인식이나 반응 역시 이들이 현실에서 지니는 위치, 기득권을 지닌 상층 인물들이라는 신분과 밀접한 관계에 있다고 할 수 있다. 상층 인물들에게 현실은, 고난과 위기의 공간이기도 하지만 결국 그들의 존재를 확인할 수 있는, 그들이 머물러야 할 공간인 것이다.

(2) 경험 공간과 가상 공간의 이중적 구성

소설 속의 공간은 어떤 식으로든 현실을 반영하지만, 분명 실제의 현실 공간과는 구별되는, 작가에 의해 인식되고 재구성된 새로운 공간이다. 작가는 자신이 속해 있는 사회, 문화적 관계 속에서 공간을 인식하고 이를 작품 속에서 재구성된 현실로 창조하는 것이다. 따라서 소설 속의 공간이 어떻게 설정되고 형상화되었는가를 통해 작가의 현실과 세계에 대한 인식과 동시에 재구성의 원리와 의도를 파악할 수 있다.

① '중국'이라는 허구적 공간 배경의 이중성

〈사씨남정기〉와 〈창선감의록〉은 작품의 시공간적 배경으로 명나라를 설정하고 있다. 명나라 가정년간이라는 실제 역사적 시공간을 배경으로 하고 있는 것인데, 명나라를 비롯해 송, 당 등 중국의 역대 국가들이 고소설의 배경이 되는 것은 일반적인 양상이라 할 수 있다.

실제 몽유록을 비롯한 한문 소설들에서 중국 배경은 시대순으로 볼 때, 명나라가 가장 많고, 그 중에서도 명신종 때가 가장 많으며, 명신종→당현종→명세종 순으로 시기가 자주 나타나는데, 이들은 대체로 군주와 연관된 작품 배경이라고 할 수 있다. 즉, 군주들의 치적이나 당시 조선과의 관계 등이 이와 같은 시대 설정에 긴밀히 연결되고 있는 것이다.[283] 또한 17세기 작품들인 〈구운몽〉이나 〈숙향전〉, 가문소설인 〈소현성록〉 등도 모두 중국을 배경으로 하고 있다. 이렇게 볼 때, 특히 17세기를 전후로 하여 중국을 배경으로 하는 소설들이 많이 나오기 시작했다고 할 수 있다.

이에 대해 기존 연구자들은 대체로 중국에 대한 동경과 호기심 충족, 조선의 현실에 대한 풍자나 우의를 가장 많은 이유로 들고 있다. 특히, 이에 대해 가장 먼저 언급한 김태준은, 당시 성독되던 〈금고기관〉, 〈전등신화〉등에 "대명성화년간(大明成化年間)에……" "지정년간(至正年間)에……" 라고 화두(話頭)에 쓴 것이 많다는 것 등을 지적하면서[284] 중국 문화와 소설의 영향을 지적하고, 도피성이라는 명목의 대표적 작품으로 〈사씨남정기〉를 들고 있다. 소재영은 임,병란 이후 공간적 관념이 보다 확대되고 구체화되면서 작품 속의 지리적 또는 역사적 배경 설정도 점차 확대되고 정확성을 띠게 된다[285]고 하여 막연한 중국 배경의 차원이 아니라 실증적인 바탕 위에서의 공간 설정에 주목했다. 즉, 동경만이 아니라 실상에

---

283) 임명덕, 「韓國 漢文小說의 背景研究-中國과의 關係를 中心으로-」, 서울대 박사학 위논문, 1983.

284) 김태준, 『조선소설사』, 예문, 1989, 12면.

285) 소재영 外, 「임, 병란이 후대의 소설 발달에 끼친 영향」, 『임진왜란과 한국 문학』, 민음사, 1992, 256면.

대한 이해가 있을 때 이와 같은 설정 또한 가능하다는 것이다. 한편 이승수는, 고소설의 배경은 조선-중국-조선·중국의 경로를 밟고 있으며, 중국을 배경으로 하는 첫 머리에 〈창선감의록〉이 있다고 하면서, 이와 같은 중국 배경의 의미를 '금기(禁忌)의 형성'으로 설명하고 있다.286) 물론 이와 같은 입장은 소설의 우회성을 전제로 하고 있다. 즉, 배경을 현실과 동떨어진 것으로 설정하여 작품 속에서 구애됨 없이 하고 싶은 말을 마음대로 할 수 있게 하기 위한 방편이라는 것이다.

이렇게 볼 때, 중국 배경이 지니는 의미는, 기호적인 측면에서부터 지리, 역사적인 측면, 나아가 사회, 문화적인 측면에서까지 다양하고 심도 있게 접근되어 왔다고 할 수 있다. 그런 중에서도 〈사씨남정기〉나 〈창선감의록〉은 특히 정치적 우의성의 측면에서 많이 다루어져 왔는데, 〈사씨남정기〉가 숙종의 인현왕후 폐비 사건에 대한 우의로 지적되었다면, 〈창선감의록〉은 당시에 불거진 예송(禮訟) 논쟁에 대한 우의로 지적되어 왔다. 그렇다면 과연 이들 작품의 중국 배경을 이와 같은 당대 현실과의 관계에서만 보아야 하는 것일까?

물론 두 작품에서 다루어지는 갈등이 일반 가정에서 일어날 수 있는 다양한 갈등을 다루고 있다는 점에서, 목적성 혹은 우의성을 배제하고 순수한 가정소설로 보는 경우도 있다. 그러나 그런 경우에는 중국이라는 엄연한 허구적 배경을 당대의 조선이라는 사실적 배경으로 그대로 치환시키고 있다. 분명 두 작품은 명나라의 구체적이고 사실적인 실제 지역들을 배경으로 하고 있으므로, 중국이라는 허구적인 공간 배경에

---

286) 17세기 후반 들어 양란 이후 해체 개편의 조짐을 보이던 사회를 성리학의 이념으로 통세하게 되면서 이념에 대한 금기가 형성되었는데, 이는 제반 사회의 모순을 은폐한 채 지배층의 권력 누수를 막는 역할을 했으며, 이런 점에서 조선이 아닌 '중국 배경'은 자체가 〈금기〉가 된다는 것이다. 이승수, 앞의 글, 556-559면.

서 서사가 이루어진다는 점을 간과해서는 안 될 것이다.

그렇다면 〈사씨남정기〉와 〈창선감의록〉이, 중국이라는 허구적 공간을 배경으로 하고 있음에도 조선의 현실에 대한 우의라는 혐의로부터 자유롭지 못하거나, 이와는 달리 중국이라는 허구적 배경 자체가 간과되는 이유는 무엇일까?

이지영은, 조선시대 사대부에게는 '중국'이 이중적인 의미를 지닌다고 하면서, 현실적으로는 이들에게 중국은 '저곳'이고 '낯선 곳'이지만, 문화적으로 '친숙한 곳'이고, '이곳'으로 인식되었던 것으로 보인다[287]고 했는데, 이는 '중국 배경'이라는 고소설의 관행적인 공간 배경을 설명하기에 매우 유효해 보이는 해석이다. 단, 여기에서 중국은 '조선과 함께 설정되지 않는 공간 배경일 때'라는 전제가 붙어야 할 것이다. 중국이 함께 나오는 경우 중국은 조선에 대비되는 '저곳'일 뿐이기 때문이다.

실제 조선과 중국이 함께 나오는 경우, 중국은 하나의 이상향이나 영웅이 국외적인 활동을 펼치는 곳 혹은 조선의 가족이 유리하는 공간 등으로, 조선이라는 현실과 대비되는 개념으로 고정된다. 특히 이상향으로 설정되는 경우에 중국은 비현실 공간의 의미를 지니게 된다. 조선과 중국이 함께 나타나는 〈홍길동전〉의 경우, 조선은 홍길동이 일상적인 삶을 사는 공간이고 중국은 지상계의 낙원으로 나오는데, 여기에서 중국은 조선이라는 현실과 대비되는 이상국인 것이다.

이에 비해, 〈사씨남정기〉와 〈창선감의록〉은 중국만을 배경으로 하고 있으며, 따라서 중국이 '그때의 저곳'이기도 하고 동시에 '지금의 이곳'일 수 있다는 전제를 가정하게 된다. 실제 두 작품 속에서 중국

---

287) 이지영, 앞의 논문, 14면.

은, '그때의 저곳'으로 읽히다가 '지금의 이곳'으로 읽히기도 하고, '지금의 이곳'으로 읽히다가 '그때의 저곳'으로 읽히기도 된다. 이때 '그때의 저곳'은 명대의 중국이고, '지금의 이곳'은 '당대의 조선'이다. 결국 중국이라는 허구의 공간이 현실의 실재처럼 느껴지기도 하고 현실이 아닌 허구로 느껴지기도 한다는 것이다.

이는, 허황된 이야기를 비판하고 그럴 듯한 이야기를 추구함으로써 그 속에서의 감응을 통해 독자에게 교훈을 주고자 하는, 당대의 효용론적 소설 인식 태도와 연결된다고 할 수 있다. 실제 당대는 물론 후대에까지 이 두 작품은 교화나 효용 면에서 독보적인 작품으로 평가되고 있는데, 교화를 위해서는 무엇보다 교화의 대상인 독자들이 소설 속의 공간, 상황을 자신의 공간, 상황과 동일시해야 한다는 전제가 필요하다.[288] 자신과 무관한 낯선 공간의 이야기는 그렇지 않은 이야기에 비해 감응이나 그로 인한 교화의 정도가 낮을 수 있기 때문이다. 이는 두 작품에 대한 비평 자료들에서도 감지된다.

정도의 차이는 있어도 이 두 작품이 교화에 적합하다는 평가에는, 이미 그 이야기 속의 인물과 인물이 처한 상황이나 공간이 저곳의 것이 아니라 이곳의 것이라는 전제가 들어 있다. 비평 속에서 사씨나 교씨는 이미 중국 여성이 아니라 조선의 여성이고, 유한림의 집은 중국의 집이 아니라, 조선의 양반 집이기 때문이다. 앞서 3장에서 집의 배치를 다룰 때 나타난 것처럼, 공간을 구성하는 원리나 근간이 되는 사상 등에서는 유사하더라도 중국의 전통 가옥과 조선의 양반 가옥은 분

---

[288] 강상순은, 소설에서 재현된 현실은 허구적 현실일 뿐이지만, 고소설의 경우 항상 효용성의 요구에 긴박당해 있었던 만큼 소설이 현실적이어야 한다는 의식은 그만큼 강했다고 할 수 있는데, 이는 소설 속에서 그려내는 현실이 그럴듯해야 교범적(敎範的)인 기능을 가질 수 있기 때문이라고 하였다. 강상순, 앞의 글, 220면.

명한 차이가 있고, 이 차이는 갈등의 양상과도 밀접하게 연결된다.

그런데 주목되는 점은, '여기'로 느껴지는 상황이 집 밖보다 집 안에서 두드러진다는 것이다. 이는, 작가의 의도적 설정이나 무의식적인 모사(模寫)에서 이루어진 것일 수 있다. 전자의 경우 우리 독자, 특히 규방의 여성 독자들에게 교훈을 주기 위해 의도적으로 그들의 주거 공간과 가깝게 설정했다는 것이고, 후자의 경우는 중국이라는 이국의 가정 문제를 다루면서도 자신도 모르게 그 집의 배치나 구성 면에서는 작가 자신이 직접 살고 있는, 직접 체험한 공간을 재현해 내었다는 것이다.

전자의 경우, 소설의 허구성에 대한 인식이 좀더 강하다고 할 수 있다. 중국의 집을 재현하는 것이 더 허구적인 것이 아닌가라는 반문이 들 수도 있지만, 의도적으로 조선의 집을 재현했다는 점에서, 작가가 소설을 어떤 의도로 만들어 냈다는 허구 의식이 더 강하게 드러난다고 할 수 있다. 후자의 경우, 소설을 지으면서도 어떤 지점에서는 특별히 허구라는 인식 없이 자신의 삶, 생활, 체험을 그대로 드러낸 것이라 할 수 있는데, 이를 작가의 허구성에 대한 분명한 인식의 결여라는 측면에서 평가하기보다는 집이라는 공간이 지니는 성격과 결부시켜 파악해야 할 것이다.

집이라는 공간은, 무엇보다 일상의 공간이고 현실적 삶의 대표적인 공간이다. 작가 또한 한 사람의 인간으로서, 그에게 가장 밀접하고 현실적이고 일상적인 공간이 집이기 때문에, 자연스럽게 집을 다룰 때는 이곳의 집을 만들어 내게 된다는 것이다. 특히 두 작가 모두 집이라는 사적인 공간에 밀착된 삶을 살았다는 점289)에서 그와 같은 가능성도

---

289) 두 작품의 작가들에게 집과 특히 여성 공간은 경험의 공간이자 관심의 대상 공간이

생각해 볼 수 있다.

이와는 달리, 집 밖에서는 명나라의 구체적인 지역들이 상당히 많이 포진되어 있으며, 모두 지리지에 근거한 사실적인 배치가 이루어지고 있다. 이는, 집 밖 공간이 중국이라는 저곳임을 분명하게 인식하게 해 주며, 동시에 상상을 통해 공간에 접근하게 만든다. 실제 〈사씨남정기〉에서, 집 밖 공간이 북남이라는 대극적 방위로 계속해서 강조되는 것은, 중국이라는 집 밖 공간이 방위의 정보를 통해 재구되어야 할 가상의 공간임을 잘 드러낸다고 할 수 있다. 중국의 지리도를 펴놓고 읽지 않을 때, 집 밖의 공간 이동은 방향적 지표에 의해 가늠될 수 있기 때문이다.

17세기 작품인 〈구운몽〉에서도 성진이 꿈꾸기 전의 세계나 꿈 속 세계가 모두 중국인데, 이때 오히려 꿈꾸기 전의 중국이 신성 공간으로 나타난다. 연화봉은 중국에 실재하는 공간이지만 비현실적인 세계로 그려지는 것이다. 이에 비해 꿈 속 세계인 중국은 현실적인 공간으로 설정되어 있다. 이런 점에서 〈구운몽〉은 중국만을 배경으로 하면서도 꿈꾸기 전과 그 이후에 중국이 다른 공간으로 나타나고 있는 독특한 작품이라 할 수 있다.

이때 꿈속의 중국은 현실적인 공간이라는 점에서 〈사씨남정기〉나 〈창선감의록〉의 중국과 유사하다고 할 수 있다. 그러면서도 남성 인물의 여성 편력적인 양상이나 유희적인 남녀 관계 등에서 두 작품과는 상당히 나른 앙상을 보인다. 이는 '이승의 허구'290)로 지칭되기도 하

다. 두 작가 모두 여성들과 밀착된 삶을 살았고, 특히 조성기의 경우, 그의 신체적 특성 때문에 주로 집 안에서 생활했고, 자연히 집안 내의 일이나 조카, 며느리, 모친 등 집안 식구들에게 각별한 관심을 드러내었다고 한다. 민찬, 「조성기의 삶의 방식과 창선감의록」, 『천봉이능우박사 칠순기념논총』, 도서출판 한일, 1990.

는데, 즉 중국이라는 허구의 공간을 설정하면서도 이를 꿈속의 세계로 다시 한번 허구화시켜 현실적 제약으로부터 이중으로 벗어나고자 한다는 것이다. 동시에 이중의 허구로 둘렀다 하더라도 현실의 제약으로부터 완전히 자유로울 수 없었다는 견해도 팽팽히 맞서고 있는데,291) 이때 전자가 양소유와 여덟 여인의 결합 과정에 초점을 맞췄다면, 후자는 그 관계의 현실적 질서에 초점을 맞춘 것이다. 그러나 두 입장은 결국, 〈구운몽〉의 환몽적 장치가 현실의 제약과 관련 있다는 것을 전제로 한다는 점에서 동궤에 있다고 할 수 있다.

이런 점에서, 중국이라는 허구적 공간이, '이곳'으로 읽히기도 하 '저곳'으로 읽히기도 하는 두 작품의 공간 구성은, 〈구운몽〉의 이중적 허구 방식에 대응되는 또 다른 이중적 구성이라고 할 수 있다. 즉, 환몽구조를 통한 이중의 허구가 아닌, 허구 공간의 전제 속에서 경험 가능한 공간과 가상 공간을 교묘하게 접목시킨 이중적 구성이며, 이곳의 문제를 다루면서도 저곳의 문제를 다루는 것처럼 보일 수 있는 여지를 담보하는 공간 구성이라고 할 수 있다.

② 이념적 모델의 경험 공간

〈사씨남정기〉와 〈창선감의록〉은 집을 중심으로 서사가 진행된다. 이때 집은 명대 중국의 사대부가라는 허구적 공간이지만, 그 속에서 벌어지는 갈등의 양상이나 공간의 배치 등은 조선 가정의 그것과 유사하다. 이런 점에서 두 작품 속의 집은 경험 가능한 허구의 공간이라고

---

290) 강상순, 앞의 글, 215면.
291) 이상구, 「〈구운몽〉의 구조적 특징과 세계상」, 『민족문학사연구』 25, 민족문학사학회, 2004, 192면.

할 수 있다. 또한 그런 점에서 실제 현실 공간과의 관계, 즉 현실 공간
의 반영 여부가 주목되는 공간이기도 하다.

두 작품에서는, 집에서도 특히 여성들의 공간인 안채를 중심으로
서사가 진행된다. 이는 주요 갈등이 여성 공간에서 빚어지고 있기 때
문인데, 이로 인해 자연스럽게 여성 공간이 부각되고 있다. 이는 곧
두 작품의 공간이, 남성 공간 위주로 설정되던 기존 소설의 공간과 그
지향이 다르다는 것을 의미한다. 여성 공간의 부각은 그 자체로 여성
독자들의 관심과 호응을 불러올 수 있으며, 바로 이런 점에서 두 작품
은 규방의 여성과 긴밀한 관계에 있는 소설로 평가되는 것이다. 규방
안에서의 삶이 전부인 여성들에게, 자신들의 삶의 공간이 다루어지는
소설은 분명 관심의 대상이 되었을 것이고, 그 속에서 여성들은 자신
들의 삶을 들여다보기도 하고 공감도 하게 되었을 것이다.

그렇다면 두 작품 속에서 여성 공간은 어떻게 형상화되고 있을까?

(1)소저는 유씨댁에 들어간 이후, 구고는 효성을 다하여 섬기고, 비
복은 은혜로운 마음으로 대했다. 제사는 정성을 기울여 받들고, 가사
는 법도에 맞게 다스렸다. 금슬이 조화를 이루고 패옥 소리가 쟁쟁하였
다. 규문은 물처럼 맑고 화기가 봄날처럼 가득하였다.[292]

(2)교씨는 자신의 죄악이 극에 달하였음을 스스로도 잘 알고 있었
다. 그러므로 오직 얼굴을 단장하고 말이나 꾸몄다. 또한 음란한 노래
와 고운 곡조로 한림을 고혹하려 하였다. 혹독한 형벌을 써서 노복들도
제압하였다.[293]

---

292) 小姐自入劉家 事舅姑以孝, 待婢僕以恩, 奉祭祀以誠, 治家事以法. 琴瑟調和, 而珮聲
穆然也. 閨門如水, 而和氣成春也. 〈사씨남정기〉 236면.

(1)에는 유가에 들어온 이후의 사씨의 삶이 간략하게 제시되어 있는데, 이를 통해 그녀가 시부 봉양과 비복 다스리기, 자신의 몸가짐에 대한 철저한 단속, 가내지사의 법도 있는 다스림을 통해 완벽한 부덕(婦德)을 발휘한다는 것이 드러난다. 또한 조선시대 양반 여성들의 일상이 주로 친족들과의 관계, 노동 그리고 여가의 세 가지로 구성된다고 할 때,294) 사씨 또한 이와 같은 일상을 살고 있다고 볼 수도 있다. 그러나 실제 사씨가 어떤 생활을 했는지 생활인으로서 사씨의 모습을 잘 떠올려지지 않는다. 이는 교씨의 행실을 표현한 (2)에서도 마찬가지이다. 이 인용문을 통해 교씨가 극악한 인물이라는 것은 잘 드러났지만, 교씨는 너무나 현실감 없는 인물로 나타난다. 교씨라는 인물이, 일상적인 삶은 살지 않는, 오로지 극악한 행위만으로 점철된 삶을 사는 인물로 표현되고 있기 때문이다.

이처럼 인물들의 일상적 삶이 파악되지 않는 가운데 그들에 대한 평가만이 두드러지는 것은, 두 작품에서 구체적인 일상의 삶을 적나라하게 보여주는 가운데 독자로 하여금 그 사람이 어떤 인물이라는 것을 자연스럽게 파악하도록 하는 것이 아니라, 독자가 다른 생각을 할 수 없도록 그 사람의 삶의 단편, 특징만을 뽑아 말해 주고 있음을 의미한다. 〈창선감의록〉에서도 남주인공인 화진의 어머니 정부인에 대해서는 "매양 효경을 읽었다"로 말해 주고 있을 뿐이다.

이에 비해, 〈사씨남정기〉에서 나타나는 화원의 꽃구경 장면은 사대부가 여성들의 여유로운 하루를 잘 보여준다고 할 수 있다. 이는 또한

---

293) 喬氏自知罪盈惡極, 惟冶容飾辭, 又以淫聲艶調, 蠱惑翰林. 又爲酷刑, 威制奴僕. 或有言及其身, 輒灼膚斷舌. 〈사씨남정기〉 298면.

294) 조혜란, 앞의 글, 63면.

사씨의 구체적 삶이 드러나는 대표적인 장면이라고 할 수 있다. 그러나 그 장면에서조차 꽃구경하면서 즐기는 모습보다는 교씨를 불러 음악(淫樂)을 경계하는 모습이 강조된다. 실제 이 꽃구경이 끝나는 지점에서 독자에게 꽃구경 장면이 잔잔하게 남기보다는 사씨가 한 조언이 더 머리 속에 남을 것이다. 더구나 이후 이 화원에서는 교씨의 아들 장주의 압살 사건이 일어난다. 차를 마시며 꽃구경을 하던 자리에서 유아살해가 일어난다는 것은 화원이라는 공간을 낯설게 만든다.

> 어느 날 두 부인은 화부인과 함께 심부인 곁에 앉아 있었다. 심부인이 여러 부인에게 말했다. "노모가 요즈음 적적하고 우울하구나. 자네들이 돌아가며 우스개 소리나 하여 웃음을 한 번 짓게 해 보려무나. 화부인이 웃으며 윤부인에게 말했다. "내가 이 곳으로 오던 날 시녀들이 하는 말을 들으니, '부인이 조녀의 뺨을 치는 모습을 보고도, 자신들은 부인이 단연코 그렇게 할 리가 없다는 것을 눈치 채지 못했'고 합니다. 아마도 부인의 언행이 아랫것들에게 믿음을 받지 못한 결과인 듯합니다." 심부인이 웃으며 말했다. "아랫것들을 말해 무엇하겠느냐? 나도 또한 그 이야기를 듣고 그 사람이 윤현부가 아니라 바로 윤학사라는 사실을 깨닫지 못했느니라." 윤부인도 웃으며 화부인이게 대답했다. "사제가 방탕하여 그처럼 예법에 어긋나는 해괴한 짓을 해놓고도 첩에게 와서 의기양양하게 자랑하기를, '종적이 탄로 날까 두려운 나머지 오히려 속이 시원할 정도로 세게 때리지는 못했'고 했답니다." 심부인이 포복절도했다. 화부인도 낭랑하게 웃으며 말했다. "그만하면 시원하지. 세게 때린다고 더 시원할 것은 또 무엇이오?" 화부인이 설고를 돌아보며 물었다. "너도 엄부로 갔었느냐?" 설고가 웃으며 대답했다. "소비가 늙기도 하고 겁도 나서 내심 뒤로 빠지고 싶었는데, 그 때 마침 장평이 따라가지 못하게 쫓아버리는 것이었습니다. 이른바 '울려는 아

이 '뺨치기'라는 격이었지요." 심부인은 다시 크게 웃었다.295)

위의 예문은, 〈창선감의록〉에서 모든 일이 처리된 후 윤, 남 양 부인이 돌아온 어느날, 심씨를 부인들이 모시고 앉아 담소하며 윤공자의 변복한 일을 웃고 떠드는 장면이다. 윤, 남 부인이 결혼하기 전의 집인 윤가에서는 후원 놀이나 바둑두기 등 여성 공간의 일상이 다양하게 나타나고 있으나,296) 결혼한 이후의 집에서는 이 장면이 유일하다고 할 수 있다. 이 장면은, 그 소재나 여성 간에 오고가는 대화의 세심한 양상 등에서 여성 공간의 일상이 적나라하게 드러나는297) 가문 소설과 상당 부분 근접해 있다고 할 수 있다. 또한 이런 부분에서 〈창선감의록〉과 가문소설의 긴밀성이 감지되기도 한다.

그런데 이 장면에서 역시 이들의 대화에 쉽게 동화되고 공감되기보다는 무언가 불편하고 부자연스러움을 느끼게 된다. 그것은 먼저, 아무리 심씨가 개심(改心)한 이후라고 해도, 그 이전의 여성 공간이 치열

---

295) 一日, 兩夫人與花夫人, 侍沈夫人側. 沈夫人謂諸夫人曰, "老母涔寂小歡, 君等相與嬉言, 以助一笑也." 花夫人笑謂尹夫人曰, "頃來此之日, 侍女等傳夫人批趙女之頰, 而不能知夫人之決無是也. 夫人言行, 恐未見孚於不流也." 沈夫人笑曰, "下流何足道也? 吾亦聞此, 而不能覺其非尹賢婦而乃尹學士也." 尹夫人笑對花夫人曰, "舍弟放蕩, 作此禮外可駭之擧, 揚揚來誇於妾曰, '吾恐蹤跡之敗露, 猶未能快意猛擊也.'沈夫人絶倒. 花夫人琅琅笑曰, "斯已快矣, 何猛之益快乎?"顧謂雪姑曰, "汝往嚴府乎?"雪姑笑而對曰, "小婢老怯甚, 欲落後, 而張平逐之, 是所謂打欲啼之兒也." 沈夫人又大笑焉. 〈창선감의록〉416-418면.

296) 이 지점에서 〈창선감의록〉의 다른 집인 윤가에서는, 윤공자가 윤소저 〈침방〉에서 진소저, 남소저 등과 바둑두고 한담하는 평화롭고 한가로운 모습이나, 또한 소저들의 후원놀이에도 참여하는 모습 등이 나타난다는 점을 생각해 보지 않을 수 없는데, 다소 현실적이지 못한 장면까지 나타나지만, 마치 화가에서 나타내지 못했던 일상적인 삶을 보완하는 것처럼 보인다.

297) 정창권, 『한국 고전여성소설의 재발견』, 지식산업사, 2002, 104면.

한 싸움과 모해로 점철되어 나타났기 때문이다. 그러나 무엇보다 이 장면을 불편하게 만드는 것은, 이들이 소담을 나누는 화제가, 모해와 갈등 과정에서 나타났던 해프닝이며, 그 갈등의 가해자와 피해자가 함께 앉아 그것을 화제로 삼고 있다는 점이다. 따라서 일상이 그려지고 있으면서도 이는 오히려 실상처럼 자연스럽게 다가오지 않는다.[298)]

이처럼 작품 속에서 여성 공간은 실상 그대로 나타나지 않는다. 무엇보다 인물 간 갈등의 토대가 되는 일상은 극도로 제한되고,[299)] 갈등 상황과 관련하여 인물이나 그 삶에 대한 말해주기가 이루어지고 있으며, 구체적인 보여주기 또한 갈등과 관련되어 나타나고 있다. 자연히 이 과정에서 극단적인 선악 갈등이 부각되어 나타나는데, 이런 점에서 두 작품은 여성 공간을 주 배경으로 하면서도, 여성들의 삶과 일상을 구체적으로 다룸으로써 여성 독자들에게 삶의 공감대를 형성해 주기보다는, 여성 공간을 선악 구도로 재구성하여 여성 독자에게 제시해 주고 있다고 할 수 있다.[300)]

이는, 같은 시기의 소설로서 두 작품과 마찬가지로 집 안의 여성 공

---

298) 같은 시기의 가문소설인 〈소현성록〉 등에서는 모해나 갈등이 있더라도 그것이 극악한 양상을 띠지 않으며, 갈등의 과정에서도 일상이 지속적으로 나타나기 때문에 화해 이후의 상황도 자연스럽다.

299) 신종한, 「한국소설의 일상성」, 『동양학』 35집, 단국대 동양학연구소, 2004, 81-83면.

300) 이런 점에서 〈창선감의록〉의 경우는, 겉으로만 여성을 위하는 척하는 기만적인 규방소설이라는 평가를 받기도 한다. (송성욱, 「〈명주기봉〉에 나타난 규방에 대한 관심」, 『한국가문소설연구논총 II』, 이수봉 外, 경인문화사, 220면.) 또한 많은 논자들이, 두 작품이 기존 소설에 대한 반발로서, 사대부 남성들이 유교적 이념의 강화를 통한 교화의 의도에서 창작된 것으로 보고 있다.(정출헌, 「17세기 국문소설과 한문소설의 대비적 위상」, 『고전소설사의 구도와 시각』, 소명출판, 1999, 199면./강상순, 「구운몽의 상상적 형식과 욕망에 관한 연구」, 고려대 박사학위논문, 2000, 2면./지연숙, 「〈여와전〉연작의 소설 비평 연구」, 『장편소설과 여와전』, 보고사, 2003년, 258-262면.)

간을 주 배경으로 하는 〈소현성록〉에서 형상화되는 여성 공간과 비교
할 때 더욱 두드러진다. 실제 17세기 대표적 규방소설이자 가문소설인
〈소현성록〉에는 부인들이 모여 한담하는 장면이 많고, 여성 인물들끼
리 모여 꽃구경하며 술잔을 나누는 정경 묘사도 치밀하다. 박영희는,
이와 같은 여성 공간의 확대와 그 속에서의 구체적인 삶의 확대가 당
대 독자들의 흥미 충족은 물론 실생활에서의 여성들의 삶과 공감대를
형성하는 데 기여했을 것301)으로 보고 있다. 따라서 여성 공간이 확대
되면서도, 구체적인 삶은 축소되고 선악 갈등만이 부각되는 〈사씨남
정기〉와 〈창선감의록〉의 경우에는 독자들의 흥미 양상 또한 달랐을
것으로 예상해 볼 수 있다.

　일상적인 삶이 구체적으로 드러나지 않는 것은 남성 공간도 마찬가
지이다. 〈창선감의록〉의 전반부에는, 화욱이 불안하고 위태로운 조정
사로 근심하자 아들 진이 퇴사를 권하여 소흥부에 돌아와 자연을 완상
하는 과정이 설정되며, 이 때에 자연의 풍광과 아울러 한가롭게 소요
자락하는 장면이 묘사된다. 또한 아들들을 데리고 동산에 올라가 시작
(詩作)을 하는 모습도 나온다.302) 이처럼 작품의 전반부에는 여유 있는
사대부의 삶이 비교적 구체적으로 드러난다고 할 수 있다. 그러나 두
아들과 성준 등을 데리고 시답을 하는 상춘정에서의 한낮 놀이는, 사
씨의 화원 놀이가 그러했듯 일상의 여유보다는 화욱의 화춘에 대한 질
타와 화진에 대한 편애를 더 부각시키고 있다. 또한 이와 같은 일상도
화욱의 죽음 이후에는 거의 나타나지 않는다.

---

301) 박영희, 앞의 논문, 149면.
302) 公自開居以來, 寓心山水之. 然每讀古史, 至國家存亡之際, 君臣得失之間, 未嘗不感慨
　　沾襟也. 一日, 公使童子携短琴小壺, 與三子成生登園北小岡, 舒嘯寄傲於楓澗菊岸之
　　上, 或撫微引物, 或哦詩通史, 澔然而忘歸. 〈창선감의록〉 32면.

이는 무엇보다 아들 대(代)에서 갈등이 심화되었기 때문인데, 실제 심씨 모자에 의해 시련을 당하는 화진의 경우, 집 밖의 공적인 삶에서의 일상은 물론, 집 안에서도 자신의 처소에 있는 것조차 드물 정도로 대부분 안채에 매여 있다. 〈사씨남정기〉의 경우에도 유한림이 평소에 무엇을 하는지는 거의 드러나지 않는다.

그런데 두 작품에서도 집 안의 일상적인 삶이 상세한 보여주기를 통해 부각되는 경우가 있는데, 그것은 바로 의례와 관련된 일상의 묘사이다. 〈사씨남정기〉의 경우는, 그야말로 갈등과 사건 위주로 급박하게 서사가 전개되어, 보여주기의 구체적인 묘사가 거의 나타나지 않는데도, 유한림의 혼례나 인물들의 축출시에 사당에 고하는 의례 등은 비교적 구체적인 묘사가 이루어지면서 부각되고 있다.

〈창선감의록〉에서는 그와 같은 양상이 더욱 두드러져 나타난다. 특히 혼례의 경우에는 남성 인물이 여성의 집에 가서 집 근처의 별장에 머물면서 혼례일까지 기다리다가 혼례를 올리는 것부터, 윤부에서의 혼례와 친영하여 돌아와 화부에서 폐백올리는 절차는 물론, 각 절차의 상황 상황이 실상처럼 상세하게 다루어지고 있다. 그러나 의례의 부각은, 무엇보다 결말 부분에서 천자가 하사한 화진의 새집 헌수식에서 그 극치를 보여준다.

그 날 심부인이 장복(章服)을 차려 입고 정당 경은루(慶恩樓)에 앉으니 내외 친척과 공경대부외 부인들이 일제히 모여들었다. 그리고 마침 안남왕도 양아공주와 함께 경사로 들어와 있다가 공주는 내연(內宴)에 참여하고 왕은 외연(外宴)에 참여했다. 푸른 장막은 구름처럼 떠 있고 그림 병풍은 산처럼 벌려 있었으며, 문인(文茵)과 기석(綺席)도 하늘의

별처럼 이곳저곳에 놓여 있었다. 윤·남 두 부인은 국부인의 장복을 갖
추고, 임부인·요부인·화부인은 모두 칠보로 단장한 채 심부인과 성
부인의 곁에 앉아 있었다. 동편과 서편은 각각 빈객들이 앉는 자리였
다. 동편에는 윗자리에 서상국 부인이 앉고 그 아래로 정상서 부인 이
하 여러 부인들이 차례로 앉았다. 서편에는 윗자리에 하상국 부인이 앉
고 그 아래로 윤시랑 부인 이하 여러 부인들이 차례로 앉았다. 화용월
태(花容月態)가 양편에서 쌍쌍이 빛났으며, 금은·비취·구슬·비단의
광채로 온 누대 안이 번쩍번쩍 하였다. 이내 곱게 단장한 기녀들이 각
각 풍물을 잡았다. 마당에서는 종과 편경 등속을 두드리고, 마루에서
는 거문고나 비파 따위를 연주했다. 무녀(舞女)가 곡조에 맞추어 춤을
추니 마치 놀란 따오기가 날아오르는 듯하고, 노래 소리가 공중으로 울
려 퍼지니 마치 봉황의 암컷이 우짖는 듯했다. 붉은 소반과 옥그릇이
끊임없이 드나들었으며, 진귀한 과실과 맛있는 음식이 상마다 가득한
채 향기를 내뿜었다. 진공은 단면(端冕)·구류(九旒)·불의(黻衣)·수
상(繡裳) 차림으로서 얼굴이 관옥 같고 기상은 봄바람 같았다. 이윽고
진공은 두 국부인과 함께 호박 잔에 연년주(延年酒)를 따른 뒤 무릎을
꿇고 두 손으로 심부인에게 헌수를 올렸다. 그들이 움직일 때마다 패옥
도 따라서 찰랑찰랑 울렸다. 심부인은 진공의 등을 어루만지며 기쁘게
웃다가 너무 감격스러운 나머지 탄성을 발했다. 방안의 여러 부인들은
심부인의 만복(晩福)을 바라보면서 찬탄하지 않는 이가 없었다. 평사
부부와 화부인 그리고 유어사·성학사 이하 여러 친척들이 차례로 헌
수를 올렸다. 그리고 하각로·서평후·윤학사 등도 역시 마루로 올라
가 헌수를 올렸다. 천자가 또한 팔진어온(八珍御醞)을 보냈으므로 예
부시랑 임윤이 명을 받들어 심부인에게 헌수를 올렸다. 그 날 진부(晉
府)의 영광은 실로 만고에 보기 드문 것이었다.303)

---

303) 其日, 沈夫人盛服, 坐正堂慶恩樓. 內外姻親, 及公卿夫人, 一齊來會. 而時, 安南王與

이처럼 집 안의 일상에 대한 구체적인 묘사는 의례와 관련하여 나타나는데, 이와 같은 의례는 당대의 삶 속에서 일상을 구성하는 중요한 요소[304]라고 할 수 있지만, 실제 일상적인 생활과는 구분되는 말 그대로 의례이다.[305] 따라서 구체적인 묘사를 통해 의례가 부각된다는 것 역시 집 안의 삶, 생활을 충실하게 드러내는 것과는 거리가 있으며, 무엇보다 이를 통해 작가가 강조하고자 하는 것이 무엇인가를 잘 드러내 준다는 점에서 의도적 부각이라고 할 수 있다.

실제 관례, 혼례, 상례, 제례 등의 대표적인 의례 중에서도 혼례만이 부각되고, 그 밖에도 혼례와 관련된 의례, 즉 여성의 입가와 출가, 재입가시의 사당에 고하는 의례가 부각되며, 〈창선감의록〉의 헌수식처럼 집을 새로 세우고 옮기는 의례 등이 특히 부각되고 있다. 이들은 모두 가정 갈등의 추이나 작품의 지향과 밀접한 관련이 있는 의례들이

陽阿公主, 到京師, 公主參於內宴, 王參於外宴. 翠幕雲浮, 畫屛山開, 文茵綺席, 星羅棋布. 而尹南兩夫人, 具國夫人章服, 林夫人姚夫人花夫人, 皆以七寶凝粧, 護衛沈夫人成夫人而坐. 分東西爲客位, 東邊, 徐相國夫人爲首, 而鄭尙書夫人以下諸夫人坐之. 西邊, 夏相國夫人爲首, 而尹侍郎夫人以下諸夫人坐之. 花容月態, 兩兩相照, 金翠之色, 珠繡之光, 炫動一樓. 彩妓等各持風物, 庭叩鍾磬, 堂撫琴瑟. 舞袖蹈節, 如驚鵠翩翩, 歌音繞樑, 如雌鳳琤. 形盤玉豆, 繽紛絡繹, 豊珍上果, 芳華百味, 蕙蕩葳蕤, 芬馨酷烈. 而晉公以端冕九旒, 敝衣繡裳, 顔如瑞玉, 氣若和風. 與兩國夫人, 酌延年之酒於琥珀之鍾, 雙擎跪壽, 葱珮瑢瑽. 沈夫人手撫晉公之背, 欿愉解頤, 歡極流歎. 簾內諸夫人, 無不嘖嘖嗟賞於沈夫人之晩福也. 評事婦人及花夫人, 柳御史成學士以下諸親, 獻壽畢, 夏客老西平侯尹學士等, 亦陞堂獻壽. 天子又送八珍御醞, 禮部侍郎林潤, 奉命壽沈夫人. 是日榮光, 曠古所無也.〈창선감의록〉 435-437면.

304) 최기숙은, 〈소현성록〉에서는 여성만의 일상이 아니라 사대부의 '일상'이 서사의 주된 관심사로 부각되기 시작했으며, 그 일상에는 과거, 혼례, 상례, 제례 등의 의례가 포함된다고 하였다. 최기숙, 앞의 책, 216-217면.

305) 김진균 외, 「일상과 비일상적 주생활에 따른 전통주거건축의 공간적 특성에 관한 연구-안동지방 상류주택을 중심으로-」, 『대한건축학회논문집』 18권 12호, 대한건축학회, 2002, 111-118면.

며, 따라서 이들 역시 선별적으로 부각되고 있다고 할 수 있다.[306) 결국 의례의 구체화와 이를 통한 의례의 부각은, 갈등과 사건 속에서도 집이라는 공간이 가부장제가 제대로 구현되는 공간임을 드러내 주기 위한 의도에서 이루어졌다고 할 수 있다.

이처럼, 〈사씨남정기〉와 〈창선감의록〉에서는, 일상이 세밀하게 드러나지 않거나 일상적인 공간의 일상적 행위 또한 있는 그대로의 일상으로 보이지 않는다. 이는 두 작품이 특별한 사건 위주로 구성되고 있음을 말해준다. 실제 두 작품에서 집이라는 일상의 대표적인 공간은 언제나 사건과 사고로 들끓는다. 또한 이 과정에서 사건과 갈등의 추이에 맞게 공간의 확대나 축소가 일어나고 있다. 남성 공간이 축소되는 대신 여성 공간이 부각되고 있으며, 그 중에서도 갈등의 중심인 별당이 더욱 부각되고 있다. 그러면서도 그 속에서의 인물들의 일상적 삶이 충실하게 드러나기보다는 선악 갈등에 의해 재단되어 나타나며, 그에 비해 비일상적인 의례는 충실하게 그려지면서 부각되고 있다. 이는 결국 두 작품의 작가가, 여성 공간의 재구성과 의례의 부각을 통해 집이라는 경험 공간이 당대의 가부장제가 구현되는 공간임을 강조하고 있음을 드러내 준다고 할 수 있다.

이는 동시에 경험 공간인 집의 구성에 있어서, 작가가 현실로부터 자유로울 수 없었음을 드러내 주는 것이기도 한다. 허구적인 공간이라도, 집이라는 경험 공간의 경우에는 현실의 공간 인식에서 쉽게 벗어날 수 없다는 것이다. 집에서 비현실적인 요소나 비현실 공간의 개입이 거의 나타나지 않는 것이나, 공간 묘사에서의 서술자의 위치 또한 장면

---

306) 이는 특히, 두 작품 공히 유소사나 화욱이라는 전대(前代) 가장의 죽음과 관련된 의례, 즉 장례가 부각되지 않는다는 점에서 더욱 잘 드러난다.

밖에 위치하면서 감정 배제적인 양상을 띠는 것 등도 집의 구성에서 완전한 허구 공간의 창출이 이루어지지 않고 있음을 드러내 준다.

③ 소설적 이완의 가상 공간

두 작품에서 집 밖은 꿈, 군담, 선계 이동 등 일상을 벗어난 다양한 공간이 설정되고 있어 그야말로 가상적 허구 공간임이 잘 드러난다. 동시에 집 안에서처럼 말해주기와 보여주기를 통한 확대와 축소의 양상이 나타난다.

먼저, 집 밖에서는 대체로 긴 여정을 간략하게 제시하거나 공간적 거리를 극복하는 과정에서 축소의 양상이 나타난다. 〈사씨남정기〉에서 사씨가 가 찾아가야 할 장사는 "금위만리지별(今爲萬里之別) / 절념만수처산(竊念萬水千山), 여자일신(女子一身), 하이득도(何以得達)"와 같이 멀고 험한 공간을 의미하는 관습적인 묘사로 간략하게 처리되고 있다. 또한 장사로 가는 배 안에서의 여정과 같이, 반 년 정도의 시간이 걸린 여정임에도 '깨닫지 못한 사이에 도착했다'고 할 정도로 간결하게 처리되고 있다. 황릉묘에서 군산으로 이동하는 과정에서는 비현실적인 힘의 개입으로 유사한 양상이 나타나게 된다.[307]

유한림의 유배지 또한, 황성이 있는 북쪽과 대비되는 남쪽이자 한 번 가면 살아오기 힘들 정도로 천하의 악지로 표현되지만, 실제 유배지에 도착하는 여정은 너무나 간략하다. 단 인식의 한계를 벗어나는

---

[307] 마침내 그들은 서로 부축하여 언덕을 내려가 배에 몸을 실었다. 비구니와 여동이 미처 노를 젓기도 전에 문득 한 줄기 순풍이 황릉묘에 일어났다. 배는 순식간에 벌써 군산 아래 도착하였다(尼姑女童, 未及搖櫓, 忽有一陣便風, 從黃陵廟生, 瞬息之頃, 已泊於君山下. 〈사씨남정기〉 295면.)

먼 거리라는 점에서 유배지에 대한 상상적 묘사[308]가 나타나고 있다. 〈창선감의록〉에서 집에서 죽어 나온 남씨가 청원의 도움으로 살아나게 된 것도, 청원이 촉땅에서 절강 소흥부 땅이라는 먼 거리를 뛰어넘어 와 있었기 때문이고, 이후에 촉땅으로 함께 들어가는 여정도 청원을 따라 촉땅으로 들어갔다는 정도로 간략하게 처리되고 있다. 이처럼 공간 이동과 관련하여 실제의 거리나 그 이동이 말해주기로 간략하게 처리되는 것은 집 밖이 가상적 공간임을 드러내 준다.

이와는 달리, 남녀 인물의 여정 중에 극도로 확대되어 나타나는 부분들이 있는데, 〈사씨남정기〉에서는 사씨의 동정호 여정 부분이 그에 해당한다. 사씨가 동정호를 향해 나아가는 과정에서 동정호 악양루의 내력이 상세히 소개되고 있으며, 이를 통해 이곳을 찾는 사람들의 감정을 돋워 눈물 흘리고 탄식하게 만드는 역사적 공간임을 드러내고 있다. 그러나 〈사씨남정기〉의 집 밖 공간에서 가장 확대되어 나타나는 부분은, 사씨가 아황여영을 만나는 꿈 속 체험, 즉 비현실 공간의 체험이라고 할 수 있다.

사씨가 정신이 혼미한 가운데 들으니 문득 무슨 소리가 나는 것 같았다. 한 줄기 기이한 향내가 나고 패옥이 부딪치는 소리가 쟁쟁하였다. 사씨는 눈을 들어 그곳을 바라보았다. 용모가 기이한 청의(靑衣) 여동(女童) 두 사람이 앞에 서 있었다. 청의 여동이 사씨에게 말했다. "낭낭(娘娘)께서 모시고 오라고 하셨습니다." 사씨는 황급하게 자리에서 일어났다. "여동은 누구요? 낭낭은 어디 계시는가? 일찍이 낭낭을 뵈온 적이 없었소. 부른다고 감히 갈 수가 있겠나? "부인! 어서 가시지

---

308) 山川風俗絕殊, 獰風毒霧, 朝夕發作, 誠非人所居. 〈사씨남정기〉 306면.

요." 사씨는 청의를 따라 백여 보를 걸어갔다. 단장한 성곽과 높다란 대문이 나타났다. 마치 임금의 거처와 같았다. 사씨가 삼층문 안으로 들어가니 전각들이 구름 속에 우뚝하였다. 유리 기와와 백옥 계단으로 꾸며 존엄하고 장려하였다. 사람이 사는 곳은 아닌 것 같았다. 청의가 말했다. "마침 조회가 아직 파하지 않았습니다. 부인께서는 잠시 여기 서 기다리십시오." 청의는 사씨를 대궐 문의 동편에 있는 집에 앉아서 기다리게 하였다. 사씨가 문틈으로 대궐 안을 들여다보았다. 넓은 뜰 에는 금절과 운기가 줄지어 서 있었다. 채녀 수백 명은 각기 선악을 연 주하고 있었다. 그 소리가 매우 장엄하였다. 또한 오색의 신령한 새들 이 무리를 지어 울면서 서로 화답하였다. 그 소리도 맑고 아름다워 듣 는 사람으로 하여금 기운이 화평하게 하였다. 여관이 명부 백여 명을 인도하여 섬돌 아래에 차례로 서게 하였다. 명부들은 모두 성관과 월패 로 단장하고 있었다. 또 다른 여관 두 사람이 섬돌 위에서 진주 발을 걷어올렸다. 황금 향로에서는 용뇌가 타고 있었다.---〈중략〉---낭 낭은 다시 청의 여동 두 사람에게 명하여 사씨를 인도하고 대궐에서 내 려가게 하였다. 이윽고 대궐 위에서는 일시에 열두 개의 진주발을 내렸 다. 그 소리가 쟁쟁하였다. 사씨는 그 소리에 놀라 몸을 움찔하며 잠을 깼다. 유모와 아환이 사씨를 부축하여 일으켜 앉혔다. 날은 이미 늦은 저녁이었다.[309]

---

[309] 謝氏於昏迷怳惚之間忽聞, 有一陣異香, 而珮玉之聲鏘鏘. 謝氏擧目視之, 靑衣女童兩 人在煎, 容貌異常, 謂謝氏曰, "娘娘奉邀." 謝氏慌忙起問曰, "女童何人, 娘娘安在? 未 嘗承顔, 豈敢赴召?" 靑衣曰, "夫人第往." 謝氏隨靑衣, 行百餘步. 粉城高門, 如王者居. 入三層門, 殿閣連雲, 琉璃瓦, 白玉階, 尊嚴偉麗, 非人間也. 靑衣曰, "今朝未罷, 夫人可 於此待." 坐謝氏於殿門東舍. 謝氏從門隙見, 廣庭羅金節雲旗, 彩女數百人, 各秦仙樂, 轟훙轇輵. 又有五色靈禽, 成群相和而鳴. 其聲淸而雅, 能令人解不平之氣. 女官引命婦 百餘人, 叙立階下, 皆星冠月珮. 又女官兩人, 於階上褰眞珠簾, 爇龍腦於黃金香 爐.---中略---又命兩靑衣, 引謝氏下殿. 殿上一時下十二珠簾, 其聲琤然. 謝氏竦身 而覺, 乳母丫鬟扶而起坐. 日已晩矣. 〈사씨남정기〉 288-293면.

　사씨가 청의 여동을 따라 아황 여영을 만나러 가는 장면이나 그 만남을 끝내고 현실로 돌아오는 과정은, 몽유록의 꿈 체험 양상과 흡사하다. 그뿐만 아니라 몽유록계 전기소설에서 나타나는, 초현실적 공간의 화려함과 아름다움을 나타내는 묘사 또한 나타나고 있다.[310] 사씨가 청의 여동을 따라가면서 보게 되는 대궐의 모습은 비현실적인 공간의 양상을 여실히 드러내고 있으며, 이 순간만큼은 사씨 또한 그 화려하고 장엄하며 신비한 공간에 압도되어 놀라고 신기해하는 여느 인물에 지나지 않는 것으로 그려지고 있다. 즉, 사씨가 겪고 있는 현실의 고난이나 시련의 무게가 그 순간만큼은 느껴지지 않게 되는 것이다. 이는 동시에 이 공간은 사씨에게 위기의 공간이 아님을 드러내 주기도 하는데, 신령한 새들의 화답 소리가 기운을 화평하게 했다는 데서 잘 나타난다. 이처럼 이완된 양상은 결국 비현실 공간의 설정으로 가능해진 것이라고 할 수 있다.

　〈창선감의록〉에서 가장 상세한 집 밖 묘사는, 한림이 유배지에서 남어사 부부를 만나고 돌아오는 중에 선계에 진입하는 과정과 그 선계의 모습, 그리고 선계에서 돌아오는, 즉 비현실에서 현실로 돌아오는 부분에서 나타난다.

　　한림은 그 말을 매우 허탄하게 여기며 골짜기 입구 쪽으로 도로 나갔다. 10여 리쯤을 앞으로 나아가니 바위 골짜기가 점점 깊어지며 산봉우리는 더욱 수려해졌고, 자욱한 구름과 맑은 이내가 잠깐 일어났다 다시 사라지곤 했다. 신령스런 기운이 자욱하게 피어오르고, 태고의 향취는

---

310) 김문희는, 사씨의 황릉묘 체험이 몽류록계 전기소설인 〈안빙몽유록〉, 〈용궁부연록〉, 〈최생기우전〉 등의 초현실적 공간의 서술표지와 유사하게 나타난다고 하였다. 김문희, 「애정 전기소설의 문체 연구」, 서강대 박사학위논문, 2002, 190면.

사방에 넘쳐흘렀다. 한림은 발길이 닿는 대로 앞으로 나아갔다. 그 때 문득 좌우에 붉은 절벽이 나타나고 이내 드넓은 골짜기가 펼쳐지더니, 그 안에서는 신령한 새와 기이한 짐승들이 무리를 지어 놀고 있었다. 한림은 길을 잃은 줄 알고 근심에 쌓여 사방을 둘러보았다. 이윽고 서북쪽 층암절벽 위를 보니 의관을 성대하게 갖춘 사람이 하나 앉아 있었다. 파리한 얼굴에 머리가 하얗게 센 노인이었다.---〈중략〉---얼마 뒤 동산에 달이 떠오르고 옷깃에는 이슬이 가득 내렸다. 노인은 한림과 함께 바위 사이의 초가집으로 돌아가 바닥을 쓸고 그대로 누웠다. 한림은 피곤해 이내 잠이 들었다가 얼마 뒤에 깨어보니 붉은 해가 막 떠오르고 소나무에서는 바람이 솔솔 불고 있었다. 노인이 한림에게 말했다. "나라 일이 한창 급하니 어서 속히 돌아가시오." 한림은 『육도』와 부적을 거두어 품안에 간직하고 노인에게 하직을 고했다. 한림이 비로소 그가 은진인이라는 것을 깨달은 뒤 겨우 몇 발자국을 옮기자마자 그 노인과 초가가 보이지 않았다. 한림은 망연히 탄식하며 돌아갔다. 그런데 어제 보았던 길가의 단풍과 국화가 모두 진달래와 철쭉꽃으로 바뀌어져 있었다.311)

화진의 선계 이동은 꿈을 통해 이루어진 것이 아니기 때문에, 즉 현실 속에 비현실이 직접 매개됨으로써 현실과 비현실간의 모호한 경계를 드러내고 있으며, 이를 통해 기이한 경험임이 두드러지게 나타난다

---

311) 翰林甚誕其言, 還出洞門. 行十餘里, 漸見巖壑益邃, 峰巒益奇, 濃雲淡霞, 乍起乍滅. 靈淑之氣, 氤氳之臭, 習習褻褻, 郁郁霏霏. 翰林信步而前, 忽然*壁雙峙, 洞天廣開, 中有靈禽異獸, 接翼聯隊而遊. 翰林覺其失路, 怊悵四顧, 見西北層巖之上, 有一老人, 蒼顔華髮, 衣冠甚偉.---中略---俄而月輪東上, 玉露滿襟. 老人與翰林, 歸巖間茅茨, 掃地而臥. 翰林困倦就睡, 覺而視之, 紅日初高, 松籟瑟然. 老人謂曰, "國事方急, 君其速歸也." 翰林收其六韜及符籙而懷之, 拜辭於老人曰, 翰林始知其爲殷眞人, 而纔轉數步, 不見其人與茅茨, 茫然嗟歎而歸. 昨日路上之丹楓黃菊, 盡化爲杜鵑躑躅矣. 〈창선감의록〉 288-292면.

고 할 수 있다. 또한 특히 선계에서 머물렀던 공간이 현실에서 사라지고 그 시간 또한 단절되어 나타난다는 점에서 현실과 다른 공간이었음이 드러난다.

사씨의 꿈 속 이동이, 비현실적 공간의 화려함과 아름다움, 그리고 안온함을 드러냄으로써 현실과 다른 공간임을 드러낸 것에 비해, 화진의 선계 이동은 그 시공간의 불연속을 통해 현실과 다른 공간임을 드러낸 것이며, 이와 같은 양상은 전기소설의 환상 체험과 유사하다. 이런 점에서 결국 이와 같은 비현실 공간의 묘사는, 집 밖이 현실과 비현실이 공존하는 공간이며 환상적 체험이 나타나는 가상의 공간임을 드러내 준다고 할 수 있다.

또한 이와 같은 선계 이동 묘사는, 남어사 부부가 유배 중에 도적을 만나 동정호에 빠진 후 곽선공의 도움으로 살아나 그와 함께 청선산으로 들어가는 부분에서도 나타난다.

> 그 산은 예로부터 많은 신선들이 모여 사는 곳이었다. 푸른 기린과 흰사슴, 아름다운 풀과 기이한 나무들이 곳곳에 널려 있었다. 그리고 곽선공은 구름이 오가는 산중턱의 초가에서 살고 있었다. 그림처럼 맑고 깨끗한 광경이었다.[312]

이렇게 볼 때, 〈사씨남정기〉의 서술자가 동정호 악양루를 강조하는 것만큼, 〈창선감의록〉의 서술자는 선계를 강조하고 있다고 할 수 있다. 이들은 각각 주요 인물들의 거취와 관련하여 나타나고 있다는 점

---

312) 是山, 自古靈仙都會之府也. 靑麟白鹿, 瑤草異木, 處處有之. 而仙公結茅雲中, 瀟洒如畫圖. 〈창선감의록〉 77면.

에서 의도적인 확대이며, 집 안에서 나타나는 의례 관련 일상의 확대
에 대응된다고 할 수 있다. 그러나 동시에 비현실 공간의 상세한 묘사
가 이루어졌다는 점에서 현실 공간에 대한 제약으로부터 자유로운 공
간 묘사라고 할 수 있다. 이는, 집 안에서는 비현실적 요소나 그 공간
은 나타나지 않고 철저히 현실적인 공간만이 나타나고 있다는 점을 통
해 확인된다.

이처럼 집 밖에서는 집 안에 비해 공간 자체에 대한 관심이 많이 나타
나면서, 비현실 공간을 비롯해 공간에 대한 묘사가 상당히 부각되고
있다. 이 역시 집이라는 경험 공간에서와는 다른 집 밖 가상 공간의
특징적 양상이라고 할 수 있다. 집 안이 사건과 갈등 위주로 구성되면서
보여주기가 제한적으로 나타나는 데 비해, 집 밖에서는 사건과 갈등이
중심이 되면서도 집 밖이라는 공간의 성격상 외부 공간의 다양한 보여주
기가 나타나고 있는 것이다. 집 밖에서 나타나는 보여주기의 또다른
특징은, 공간이 인간에 종속된 양상을 띤다는 것이다. 즉, 인간이 처한
상황과 그 심리에 밀착된 감정 이입의 공간 묘사가 두드러지는 것으로,
이때 작품 속의 서술자는 그 공간 안에 인물과 함께 있다고 할 수 있으며,
독자에게 그 상황을 현실감 있게 전달할 수 있게 된다.313)

〈사씨남정기〉에서 사씨가 유가를 떠나는 날의 자연 묘사314)는, 자
연이 비분한 모습, 자연이 인물의 상황과 감정에 그대로 대입되는 듯

---

313) 서술자의 공간적 위치 설정은 소설의 현실성과 밀접한 관계를 갖게 된다. 서술자의
  공간적 위치는 서사물 속의 장면의 안이거나 밖에 놓이게 되는데, 서술자가 장면의
  밖에 배치되면 파노라마적 관점으로써 멀리 떨어져 전체의 장면이 제시될 수 있고,
  서술자가 장면에 포함될 때는 독자에게 작중현실의 직접성을 불어넣을 수 있다. 김병
  욱, 「한국 현대소설의 시간과 공간 연구」, 서강대 박사학위논문, 1988, 65~67면.
314) 天地黯慘, 白日無光, 急風吹雪. 〈사씨남정기〉 275면.

한 양상이다. 여기에는 사씨의 출문이 자연도 진노하고 비분할 만큼 순리가 아닌 일이며, 순리에 따르지 않은 집 안에 참화까지 닥칠 수 있다는 것까지 암시하고자 하는 서술자의 의도가 숨어 있다고 할 수 있다. 사씨와 유모, 아환 삼인이 죽음을 결심하고 동정호를 내려다 볼 때의 그 정경 또한 마치 큰 일이 벌어지기 직전의 자연을 묘사하고 있는데 이 또한 감정 이입적이다.

> 세 사람은 서로 손을 붙잡고 강물을 내려다 보았다. 파도가 크게 출렁이고 있었다. 그 깊이는 헤아릴 수조차 없었다. 일색(日色)은 참담하고 음산한 구름은 사방에서 몰려들었다. 원숭이가 슬피 울고 귀신은 휘파람을 불었다. 마치 모든 것이 사람의 비분을 돕는 듯하였다. 마침내 세 사람은 함께 큰소리로 울었다.315)

한림이 사씨가 죽은 줄 알고 강가에서 통곡할 때 역시 물결도 함께 오열하였다는 부분도316) 자연과 인간이 그대로 밀착된 양상이다. 〈창선감의록〉에서도 남씨가 부모를 위해 제전을 준비해 강물에 임했을 때 슬픔을 이기지 못하여 실성통곡하니, 강물도 소저를 위하여 오열하는 듯했다고 하여 유사한 양상이 나타난다. 특히 이 부분에서는 〈사씨남정기〉에서 악양루에 대한 내력이 서술되었던 부분과 유사하게, 그 지역의 내력과 인물의 상황이 겹쳐지면서 공간과 인물, 그리고 서술자까지 밀착되는 양상이 두드러진다.

---

315) 三人相持, 俯見江水, 波濤洶湧, 深不可測. 日色慘憺, 陰雲四集, 猿吟鬼嘯, 如助人之悲憤. 三人相與大哭. 〈사씨남정기〉 287면.

316) 臨江大哭, 水波爲之嗚咽. 〈사씨남정기〉 313면.

　　그 이튿날 윤시랑은 남소저와 함께 금사주(金沙洲) 언덕으로 올라갔
다. 호젓한 산에서는 낙엽만 흩날리고, 드넓은 강에서는 바람이 불어
왔다. 배는 한 척도 찾아들지 않았고, 외로운 구름만 쓸쓸하게 흘러갔
다. 해 저문 강 물결에서 어떻게 소식을 들을 수 있었겠는가? 원숭이는
자식을 잃고 슬프게 울었으며, 기러기도 짝을 찾아 안타깝게 부르짖었
다. 숲에는 안개 자욱한데 복조(鵩鳥)가 이리저리 날았으니, 장사(長
沙)에서 가태부(賈太傅)의 정경 바로 그것이었다. 죽지사(竹枝詞) 소리
처량한데 도시락 들고 왕래했으니, 멱라수(汨羅水)에서 굴삼려(屈三
閭)의 정경 바로 그것이었다. 가을 강가에서 비파를 타는데 곡조가 끝
나도 사람은 보이지 않았으니, 상령(湘靈)의 애원하던 정경과 다름이
없었다. 강가에 나아가 통곡하니 물결도 따라서 오열하는 듯했다. 이
윽고 윤시랑은 남소저와 함께 웃옷을 벗어 들었다. 그리고 윤시랑은 남
어사의 혼을 부르고, 남소저는 모부인의 혼을 불렀다. 이윽고 강가에
서 울면서 제를 올렸다. 그 날 강북 강남의 무수한 상선(商船)과 오초
(吳楚)의 나그네들이 서로 바라보며 눈물을 뿌렸다. 남소저의 정경을
슬퍼하지 않는 자가 아무도 없었다.317)

　　이와 같은 감정 이입적 공간 묘사는 집 안에서는 거의 나타나지 않
는다. 집 안에서는 서술자가 인물과 그 상황에 매몰되지 않고 멀리 떨
어져 그 상황을 평가하고 자신의 말을 직접 전달하고 있기 때문이며,
이는 독자에게도 상황에 몰입하게 하기보다는 상황에 대한 서술자의

---

317) 明日, 侍郎與小姐, 同至金沙洲岸上. 空山棄脫, 大江風鳴, 孤舟不來, 斷雲獨去, 日暮
　　滄波, 消息何處?猿聲失子而哀號, 鴈郡叫侶而酸嘶. 煙樹蒼茫, 鵩鳥翻飛者, 賈太傅之
　　長沙也. 竹枝悽斷 飯筒來往者, 屈三閭之汨羅也. 鼓瑟秋江之上, 而曲終人不見者, 湘靈
　　之哀怨也. 臨江痛哭, 江水嗚咽. 於是, 侍郎與小姐, 同脫卜衣, 侍郎自招御史魂, 小姐自
　　招夫人魂, 哭祭於江上. 是日, 江北江南無數商船, 吳楚之客, 無不揮淚相視, 而皆悲南
　　小姐. 〈창선감의록〉 102-103면.

판단을 그대로 받아들이도록 만든다.

이처럼 집이라는 사실 공간, 경험적 공간에서는 비현실적인 요소나 공간의 개입이 거의 나타나지 않거나 공간에 대한 묘사 또한 감정 배제적인 양상을 띠는 데 비해, 집 밖 공간에서는 비현실적인 요소나 공간의 개입이 자주 나타나고, 묘사 또한 구체적이고 감정 이입적이라는 점에서 두 공간에 대한 작가의 대비적 인식이 드러난다고 할 수 있다. 특히 의례와 관련된 구체적 묘사와 비현실 공간과 관련된 구체적 묘사는 두 공간의 변별성을 단적으로 드러내 준다.

2) 17세기 가정소설 공간의 의의

(1) 소설 공간의 수용과 독자적 구축

15세기 〈금오신화〉를 시작으로 〈설공찬전〉, 〈대관제기몽〉, 〈기제기이〉, 〈안빙몽유록〉, 〈원생몽류록〉, 〈화사〉, 〈수성지〉, 〈금생이문록〉 등의 15·16세기 초기 소설들에서, 소설의 중심 공간은 비일상의 공간 혹은 비현실 공간이었다. 이는 초기 소설들이 주로 전기나 몽유록의 전통에서 이루어진 것으로, 전기소설의 경우 명혼(冥婚)이나 인귀교환(人鬼交歡) 등을, 몽유록의 경우 꿈 속 체험을 그 특징적 소재로 하면서 자연스럽게 비현실적인 공간, 환상적 공간의 개입이 이루어지고, 또한 그런 공간이 서사의 핵심 공간으로 설정되었기 때문이다. 실제 전기소설의 대표적인 작품인 〈금오신화〉에서는 명계(冥界)나 선계(仙界), 몽중계(夢中界) 등의 다양한 이계 체험 속에서 다양한 비현실적 공간, 관념적 공간이 나타나고 있다.[318] 또한 현실에서 좌절과 불운을 겪는 주인공이 현실에서의 불만족을 해소해 주는 비현실 공간으로 이동했다가 다시 현실로 돌아오고, 그 과정에서 일시적으로 불만족을 해소함으로써 공간의 중심이 비현실계로 설정되고 있다.

이후 16, 17세기를 거치면서 전기소설은 그 내부적인 변모를 거치게 되는데, 무엇보다 현실성, 사실성의 강화가 그 대표적인 양상이라고 할 수 있다. 17세기의 전기소설인 〈최척전〉, 〈주생전〉, 〈위경천전〉, 〈동선기〉 등은 '만남—이별의 부침'의 서사구조를 공통적으로 지니는데, 이는 특히 전란과 관련된 실제 체험 공간의 이동을 통해 나타난다는 점에서, 현실적이고 사실적인 공간의 등장을 의미한다고 할 수 있다.[319] 〈최척전〉의 경우 조선, 중국, 일본, 안남 등의 국제적인 이동 속에서 가족의 이별과 만남, 재이별이 반복되어 나타나고 있고, 〈동선기〉의 경우 주인공들이 양주(楊州), 서주(徐州), 연경(燕京)과 호지(胡地) 등을 전전하다가 생환, 재회한다. 이처럼 17세기 전기소설은 그 이전의 전기소설들에서 나타났던 비현실적 공간이 현실의 구체적 공간으로 변화하였고, 지리적으로 공간의 다양한 이동과 확대가 나타나게 되었다.

몽유록 또한, 17세기 이후에는 〈피생명몽록〉, 〈달천몽유록〉, 〈수성

---

318) 장효현은, 15·16세기 소설의 이계 체험이 공간적 측면에서의 비현실성으로 단순하게 환치되기보다는, 그 속에서 현실모순을 드러낸다는 점에서 현실주의적 성격과 연결되어야 한다고 보았는데(장효현, 「고전소설의 현실성과 낭만성의 문제」, 『한국고전소설사연구』, 고려대학교 출판부, 2002, 97면.) 이와 같은 낭만성과 현실성의 문제에 대한 논자의 견해에 기본적으로 동의하면서도, 본고에서는 공간 배경의 시기적 변화라는 측면에 초점을 맞추어 공간 사체의 비현실성을 언급하고자 한다.

319) 정환국은, 17세기 전기소설에서 주인공들이 표랑하는 공간인 조선·중국·일본·후금 등 동북아 4국이, 실제 16-7세기 동아시아 재편기에 여러 인민들이 체험했던 공간이었다는 점을 들어, 이 시기 전기소설이 체험적 소설 공간을 확보하고 있음을 주장했다. 정환국, 「16-7세기 동아시아 전란과 애정전기」, 『민족문학사 연구』 15, 민족문학사 연구소, 1999, 52면.

궁몽유록〉,〈용문몽유록〉,〈강도몽유록〉 등 전란에 대한 직접적인 비판의 내용을 담은 몽유록들이 주류를 이루면서, 비록 몽유구조라는 그 근간에는 꿈이라는 환상 기제가 설정되어 있지만, 꿈 이전이나 꿈 속의 체험은 다분히 사실적이고 현실적인 양상을 띠게 되었다.

또한 17세기에는 이전까지 소설사의 주류를 이루었던 전기소설이나 몽유록 이외에 다양한 소설들이 나타남으로써 본격적인 소설의 시대가 되었다고 할 수 있는데, 그 시발점은 최초의 국문소설인 〈홍길동전〉의 등장이라고 할 수 있다. 〈홍길동전〉은, 영웅 소설의 시초로서 공간의 점진적 확장을 통해 나타나는 그 영웅적인 활약상이 주목되지만, 영웅 혹은 영웅의 활약상을 만들어 낸 것이 외부가 아닌 가족 내부의 문제이며, 이 때문에 전반부의 경우 집이라는 공간에 초점이 맞추어진다는 점에서 주목할 만하다. 〈홍길동전〉은 집 안에서 벌어지는 가족의 갈등이 다뤄지는 소설로서도 첫 자리에 올 수 있다.

17세기의 또 다른 작품인 〈숙향전〉과 〈구운몽〉의 경우에는, 기존 소설들의 공간 수용이 두드러지면서도 소설 공간의 새로운 모습을 보여주고 있다. 〈숙향전〉의 경우에는 소설은 물론 구비문학 속 다양한 상상 공간들이, 〈구운몽〉의 경우에는 몽유록의 환몽 구조와 그 공간 체험이 주로 수용되고 있는데, 이처럼 기존의 비현실 공간을 적극 수용하면서도320) '적강(謫降)구조'라는 기본 틀 안에서 인물의 한 단편이 아니라 일생을 이원 세계 속에 조응시킴으로써 이전과는 다른 비현실

---

320) 〈구운몽〉의 경우, 남악(南岳) 형산(衡山)이라는 천상선계는 물론 풍도(酆都)와 동정호 용왕이 거처하는 수부(水府), 남전산(藍田山)이라는 지상선계 등 다양한 세계가 두루 나타나고 있으며, 〈숙향전〉의 경우에도 숙향을 통해서는 명사계와 용궁계 등이, 선의 선약탐색 여행을 통해서는 해중세계 및 봉래산·천태산 등의 선경(仙境)이 두루 나타나고 있다.

공간과 그 구성을 모색하고 있는 것이다. 그러면서도 〈숙향전〉은 이원 세계의 경계를 모호하게 하는 자유로운 공간 이동을 통해 환상적인 공간 체험을 하게 해 준다면321), 〈구운몽〉은 환몽 구조를 근간으로 하여 각 세계에 대한 나름의 다른 체험과 인식을 하게 해 준다.

이 시기의 소설 공간을 논하면서 간과할 수 없는 부분은 중국 소설들의 유입과 번역, 번안을 통한 성독(盛讀) 양상이다. 선조 2년에 기대승 (1527-1572)이 올린 상소문에는, 〈삼국지연의〉를 비롯해 〈초한연의〉, 〈전등신화〉, 〈태평광기〉 등 당시에 성독되었던 중국소설에 대해 이들이 남녀간의 음담과 신괴불경지설(神怪不敬之說)을 늘어놓았다고 통박한 내용이 담겨 있다. 또한 허균의 〈서유록〉 발(跋)의, "나는 희가설(戲家說) 수십 종을 얻었는데 『삼국지연의』, 『한당유사』 외에 『양한연의』는 어긋나고 『제위연의』는 서투르며, 『오대잔당연의』는 거칠고 『북송연의』는 간략하며……"322)와 같은 기록들을 바탕으로 볼 때, 16세기 말에서 17세기 초엽에는 전기소설을 비롯한 대부분의 연의소설들이 전래되었을 뿐만 아니라 이미 널리 읽히고 있었다고 할 수 있다.323)

허균의 예에서 알 수 있듯이, 17세기를 전후한 소설 작가로 알려진 인물들 역시 이 중국 소설들은 충분히 읽은 상태였다고 할 수 있겠는데, 이는 작품 창작에도 영향을 미쳤을 것이다. 특히 〈전등신화〉, 〈전등여화〉 등 중국 전기소설에서 자주 반복되어 나타났던, 절강성 항주

---

321) 성현경은, 〈숙향전〉에서는 천상계와 지상계 혹은 선계와 속계뿐 아니라 지상계와 지하계까지도 가깝고 하나로 통합되어 있으며, 이 속에서 신선들은 물론 주인공들도 비교적 선속의 경계를 자유롭게 넘나들고 있다고 보았다. 성현경, 「淑香傳論」, 앞의 책, 135면.

322) 余得戲家說 數十種 除三國隋唐外 而兩漢差 齊魏拙 五代殘唐率 北宋略……『惺所覆瓿薧』, 권십삼.

323) 송진한, 『조선조 연의소설의 세계』, 전남대 출판부, 2003, 23면.

서쪽의 서호 지역은 17세기 전기소설의 주요 공간 배경으로 나타나고 있다.324) 〈주생전〉의 경우, 절강 출신 명군이 주인공이며, 〈최척전〉에서 최척이 중국에 건너가 처음 머물렀던 곳 또한 절강 유역이다. 이 경우 특히 작가 조위한의 직접적인 경험이 최척의 경험으로 치환된 것이라고도 볼 수 있다.

동정호 부근 역시 중국의 지명, 지역 중 고전 소설 전반에서 가장 빈번하게 거론되는 곳으로, 실제 중국의 명승지일 뿐 아니라 동정호 용왕과 관련된 신성성, 환상성을 환기하는 공간이며, 이비나 굴원 등의 죽음과 관련된 역사적 공간이면서 절개를 상징하는 공간이라는 등등의 다양한 의미를 지니고 있다.

17세기 작품들에서는, 〈최척전〉에서 절강 유역부터 시작된 최척의 유람지 중 하나로 나타나는 데 비해, 〈구운몽〉이나 〈숙향전〉에서는 동정호 용왕의 존재와 관련하여 수부(水府) 체험 과정에서 나타나고 있는데, 이는 당송대(唐宋代) 전기(傳奇)인 〈유의전〉에서 유의가 동정호의 용왕을 만나는 수부 체험 과정325)과 유사하다. 특히 〈구운몽〉에서 동정호는, 성진이 이 곳을 방문했다가 술을 먹고 술기운에 취해 8선녀와 수작을 한 후 결국 인간세계로 떨어지게 되는 데 결정적인 계기를 제공하는 공간으로 설정되고 있다.

이 밖에 17세기에 성행한 중국 소설로 연의류가 대표적이라고 할 수 있는데, 그 중에서도 〈삼국지연의〉의 영향이 단연 지대하다고 할 수 있다. 진수의 〈삼국지〉가 위(魏)를 한(漢)의 정통적 계승자로 한 것과

---

324) 정민은 이 밖에도 많은 전기(傳奇) 작품이 이 지역을 소설의 무대로 활용하고 있다고 하면서, 그런 점에서 조선 문인지식인층에 있어 강남 지역은 가보지 않고도 문학 텍스트를 통해 익숙히 접촉할 수 있던 추체험 공간이었을 것으로 보았다. 정민, 앞의 글.
325) 나선희, 앞의 글, 510면.

는 반대로, 〈삼국지연의〉는 철저하게 촉(蜀)을 정통으로 내세운 작품
인데[326], 자연히 〈삼국지연의〉의 성행과 수용 과정에서 촉땅에 대한
관심과 그 공간적 수용·활용 양상이 다양하게 나타나고 있다. 실제
16세기 말엽의 〈금생이문록〉부터 17세기의 〈부벽몽유록〉, 〈주생전〉,
〈최척전〉, 〈구운몽〉, 〈금화사몽류록〉, 〈강도몽유록〉등 주로 지식인
작가층의 한문소설들에서 촉땅이 등장하고 있다.[327]

그렇다면, 이와 같은 다양한 소설 공간의 등장과 성행 속에서 17세
기 가정소설인 〈사씨남정기〉와 〈창선감의록〉의 공간은 어떤 위치에
있으며, 그 공간이 지니는 의의는 무엇일까?

두 작품 또한 기존 혹은 당대의 여러 소설의 공간들과 상호 교섭적
인 영향 관계를 지니고 있다. 무엇보다 전반적인 현실성, 사실성 강화
의 양상과 관련하여 작품의 중심 공간이 일상적인 주거 공간으로 설정
되고 있다. 집 밖이라 하더라도 전기소설에서처럼 중국의 명승지 등의
경유가 나타나고, 명승지 이외에도 주인공들의 동선에 부합하는 실제
지역들이 사실적으로 배치되고 있다. 또한 〈숙향전〉에서처럼 여성 시
련이 공간의 이동으로 나타나기도 하며, 꿈과 같은 환상, 혹은 비현실
공간 등이 위기 상황에서 사용되기도 한다.

중국 소설 공간의 경우, 절강 유역은 〈창선감의록〉에서 그 영향이
두드러지게 나타난다. 화욱은 엄숭과의 정치적 갈등을 겪으면서 사은
하고 세거지인 절강 소흥부로 내려가 살게 되는데, 처음 내려가서 집
을 재건하는 과정에서 그 지역이 명승, 고직지임이 잘 드러나고 있다.
또한 화욱이 진퇴의 갈등 속에서 은거의 공간으로 삼고 내려왔다는 점

---

326) 이경선, 앞의 책, 23면.
327) 임명덕, 앞의 논문, 311-312면 참조.

에서, 또한 이사 온 이후 화욱의 유유자적하는 생활 모습 등에서, 당시 문인들에게 서호 유역이 고사적, 은일적 이미지로 인식되고 있음[328]을 확인할 수 있다. 17세기 소설들에서 절강은 많이 나타나지만, 정계에서 물러나 찾아가는 은거지로서 나타나는 경우는 〈창선감의록〉이 처음이라고 할 수 있으며, 따라서 가정소설이나 영웅소설에서 주인공 가문이 정계에서 은퇴하거나 잠시 은거하는 공간으로 이 절강 지역이 빈번히 나타나는 것은 〈창선감의록〉의 영향으로 보인다.

동정호 부근 역시, 두 작품 모두에서 이비나 굴원 등의 죽음과 관련된 역사적·상징적 공간으로서 나타나고 있다. 특히 〈사씨남정기〉에서는 이 지역이 사씨의 남정과 관련하여 서사의 핵심 공간으로 설정되고 있다. 동정호 유역이 여성의 집 밖 시련과 관련하여 정신적 위안을 주는 공간인 동시에 육체적 의거지로 설정된 것은, 이 작품에서 처음 나타나는 것이라 할 수 있다.

〈삼국지연의〉의 중심 공간인 촉과 그 주변 지역 또한 나타나는데, 〈사씨남정기〉에서는 주변 인물의 임지로 나타날 뿐인 데 비해, 〈창선감의록〉에서는 이 땅이 화진의 유배 공간이자 군담 공간으로 나타나 〈삼국지연의〉와의 상관성이 짙게 나타난다. 그러나 실제 이 작품에서 촉땅은, 이와 같은 남성의 시련과 입공담의 배경으로서보다는, 집에서 나온 이산 가족이 만나는 가족 재회의 공간으로 더 부각되고 있다. 이는, 〈창선감의록〉의 군담과 그 공간이, 가족의 문제와 관련된 혹은 가족 문제로 귀결되는 성질의 것으로서, 〈삼국지연의〉와 같은 연의 소설의 영향을 받으면서도, 가정소설이라는 장르에 맞게 변형적으로 수용된 것이라 할 수 있다.

---

328) 정민, 앞의 글.

이처럼 중국 소설 공간의 수용 양상 역시 기존 소설들과 유사하게 나타나면서도 두 작품의 성격에 맞게 변형되거나 새로운 공간으로 다루어지고 있음을 알 수 있는데, 이와 관련하여 작품의 배경 자체가 중국으로 설정되고 있는 점도 놓칠 수 없는 측면이다. 물론 〈숙향전〉이나 〈구운몽〉 등의 같은 시기 작품들에서도 중국 배경이 나타나고 있지만, 이들의 경우 중국이라는 배경이 비현실적인 공간으로 설정되어 있는 데 비해, 〈사씨남정기〉와 〈창선감의록〉에서는 일상적이고 현실적인 삶이 전개되는 공간으로 설정되어 있다. 이렇게 볼때, 고전소설 일반에서 유형적으로 나타나는 중국 배경도 이 두 작품에서 그 단초가 마련된 것이라고 할 수 있다.

그러나 당대 소설 공간의 수용 혹은 교섭 양상 속에서, 〈사씨남정기〉와 〈창선감의록〉이 지니는 위치와 관련하여 무엇보다 주목되는 것은, 가족과 가정의 문제를 중심으로 한 공간 설정이다. 가족과 가정의 문제에 대한 관심과 부각은 17세기 소설사의 한 특징으로도 거론되고 있는데329), 그 중에서도 가족의 이산과 재회의 과정을 공간의 이동에 대응시킨 〈최척전〉이나, 가정의 문제를 핵심으로 집이라는 일상 공간을 부각시킨 〈홍길동전〉의 공간에서 가져온 것이 많다고 할 수 있다.

〈최척전〉에서, 명나라에 간 최척이 처음 거주했던 곳은 중국의 대표적 명승지로 알려진 절강의 소흥이었는데, 여공이 죽자 최척은 이곳을 떠나 장강(長江)을 따라 동정호 주변을 중심으로 명승 유적지를 다니나가 속세에 뜻을 잃고 사천의 청성산으로 향하던 중 주우란 인물을 만나 그의 만류로 청성산 갈 것을 포기한 채 상선을 타고 함께 장사를 다닌다. 그러다가 안남에 이르게 되고 그곳에서 부인 옥영과 해후하고

---

329) 이승복, 『고전소설과 가문의식』, 월인, 2000, 12면.

항주의 용금문에 정착한다. 이 이후에도 최척의 여정은 계속되는데, 이와 같은 최척의 여정에 나타나는 지역들은 모두 중국의 실제 지역이 자, 지명으로, 그 이동 과정이나 지리적 상황은 역사적, 지리적 사실 과 일치한다.

이 작품 속의 절강 소흥, 동정호와 악주, 사천의 청성산, 안남 등의 지명과 지역은 〈사씨남정기〉와 〈창선감의록〉에서도 공유되고 있다. 물론 이 작품에 나타난 중국의 지명들은 모두 중국의 대표적이고 유명한 명승지나 유적지로서 굳이 실제 경험하지 않더라도 당시 소설 작가 층이라면 어느 정도 알고 있었을 지역들이다. 그러나 이러한 지역들이 단순한 유람이 아니라, 가족과 헤어져 다니는 여정에서 나타났다는 점에서 충분히 영향 관계를 생각해 볼 수 있다. 단, 두 작품은 이 공간들을 공유하면서도, 작품의 큰 지향에 따라 〈사씨남정기〉는 여성 행로 중심의 동정호를 축으로, 〈창선감의록〉은 남성 행로 중심의 소흥과 사천을 축으로 하면서 서사와 긴밀히 연결시키고 있다.

또한 〈홍길동전〉에서 집 안에 남녀와 서열에 따른 공간 구분이 있고, 집 안에서 자신의 위치를 확보하기 위한 시기와 갈등, 모함과 모해가 나타나며, 결국 그 결과 주인공이 집 밖으로 이동하게 된다는 점 등에서 분명한 영향 관계를 찾을 수 있다. 실제 집이라는 공간에서 내당과 외당의 구분이 명확하게 드러나고, 그 남녀 공간을 구분짓는 경계로서 중문의 존재가 부각되고 있다. 시비의 신분이었던 길동 모가 홍판서와의 잠자리 이후 몸가짐을 가지런히 하여 중문 밖에 나지 않았다는 데서 중문의 상징성이 잘 드러나고 있다.

그뿐만 아니라 낮에 동침을 원하는 남편에게 군자를 운운하며 이를 거절하여 결국 길동을 서자로 태어나게 한 정실의 엄정한 유교적 인식도 사씨나 남씨, 또 화춘의 부인인 임씨 등과 닮은 점이 많다. 그러나 무엇보다 집이, 구성원간의 갈등에 의해 갈등 당사자들을 한 집 안에 더 이상 함께 있을 수 없게 만드는 부정적인 공간으로 나타난다는 점에서, 또한 그 속에서 길동에게 집은 시련과 횡포의 공간이 된다는 점[330]에서 〈사씨남정기〉나 〈창선감의록〉의 집과 상당히 유사하다고 볼 수 있다. 이처럼 〈최척전〉이나 〈홍길동전〉은 단순히 가족과 가정의 문제라는 소재적 차원만이 아니라, 그 공간적 형상화에서도 영향 관계를 추정해 볼 수 있게 한다.

그러나 〈최척전〉에서 가족의 문제는 가족 자체의 문제가 아니라 외적으로 가족에게 부과된 것이다. 그 때문에 가족이 외적인 시련에 어떻게 대처하고 극복하면서 그 가족을 유지, 보존해 가는가에 초점이 맞추어져 있다. 자연히 서사 또한 가족이 생활하는 공간인, 집에 초점이 맞춰지기보다는 집 외부에 맞춰진다. 〈홍길동전〉의 경우, 문제의 시발점은 가족과 집에 있음에도 불구하고, 그 궁극적 지향점은 가족이나 집에 있지 않다. 이는 집을 나온 인물이 여성이 아닌 남성이라는 점과도 연결될 수 있겠는데, 어쨌든 집이 중심이 되지 않으며 집으로의 복귀가 이루어지지 않는다는 점 때문에 가정소설의 문제를 공유하고 있음에도 가정소설로 귀착시키기 어렵다.

〈사씨남정기〉와 〈창선감의록〉은 또한, 이 시기 이미 지어져 활발히 읽혔을 것으로 알려진 장편국문소설, 가문소설의 공간과 많은 부분을 공유하고 있다. 실제 이 시기 내표석인 가문소설인 〈소현성록〉은, 가정과 가문의 문제를 중심으로 집을 주요 서사 공간으로 설정하고 있다는 점을 비롯해서 많은 부분에서 두 작품과 유사성을 지닌다.[331] 〈소

330) 성현경, 〈洪吉童傳論〉, 앞의 책, 91~92면.

현성록〉역시, 가장의 빈자리가 중요한 문제로 부각되면서 집 안에서 벌어질 수 있는 여러 가지 다양한 갈등이 다루어지고 있으며, 특히 애정과 그에 따른 권력을 둘러싼 여성들 간의 갈등이 두드러진다. 또한 이 속에서 남녀 공간의 구분과 여성 공간의 위계 등이 나타나며, 특히 여성 공간인 안채가 확대, 부각되고 있다.

이처럼 집이라는 공간을 중심으로 하면서 그 속의 공간적 상황 등에서도 상당한 유사성이 발견되고 있는데, 그러면서도 〈소현성록〉에서는 다른 두 작품에 비해 주인공 집의 절대성이 부각되고 있다. 실제 〈소현성록〉에서 중심 가문인 소부(蘇府)가 위치한 자운산은 말 그대로 '절대 공간'이라고 할 수 있다. 이는 무엇보다 시집 간 딸들, 이른바 출가외인인 딸들이 시집 간 이후에도 친정인 자운산을 자주 찾거나 오랜 기간 머무는 데서 잘 나타나는데, 그 중에서도 소현성의 4녀인 수빙소저의 경우는, 시집 자체를 자운산으로 옮겨왔다는 점에서 주목할 만하다.

수빙소저는 김현의 제 2부인으로 들어가는데, 시어머니와 아주버니 그리고 형님과 첫째부인 등과의 복합적인 갈등을 겪게 되고, 일단 김현이 외방에 나간 사이에 모든 문제들이 소운성에 의해 해결되어 운성이 수빙을 자운산에 데려온다. 후에 돌아온 김현은 수빙소저를 다시 데려오려 하나 수빙소저는 시아주버니인 김환과 함께 한 집에 있을 수 없다며 거절해 결국 남편인 김현과 시어머니인 왕부인은 자운산에 새

---

331) 이와 관련하여 많은 논자들이, 〈사씨남정기〉, 〈창선감의록〉, 〈소현성록〉을 함께 묶어 17세기를 대표하는 소설로서 다루고 있는데, 그 중에서도 송성욱의 경우는 이들이, 가부장제와 주자주의라는 당시의 시대적 요구에 철저하게 부응하여 창안된 소설 양식으로, 17세기의 다양한 소설적 양식들 가운데서 한국적 소설의 모델로 독자적 모습을 지니게 되었다고 평가하고 있다. 송성욱, 앞의 글, 7면.

로 집을 짓고 살게 된다. 이는 물론 친정에 들어와 사는 것은 아니지만, 친정의 자장이 미치는 자운산에 시가를 옮겨왔다는 점에서, 자운산의 구심적 존재 혹은 절대 공간으로서의 면모를 잘 드러낸다고 할 수 있다. 이 외에도 소현성의 큰누나인 소월영 또한 결혼했는데도 남편과 함께 친정인 자운산에 머무른다.

〈창선감의록〉에서도 화소저는 결혼 전 심씨에 의해 곤박당했으나, 시집 간 이후로는 별 갈등 없이 친정일에 참여하고 자주 와 있는 것으로 나타나며, 남편 유태수의 임무 완수로 다시 소흥에 돌아온 이후에는 거의 친정에 와 있는 것으로 나타난다. 화진의 고모인 성부인 또한 심씨나 화춘이 문제삼을 정도로 집 안 일에 관여하며, 성부인이나 화소저 모두 화가에 일정하게 머무는 공간도 있다. 이에 비해 시집 온 여성들의 친정은, 쫓겨가거나 피해가는 곳으로 나타나며, 거리상으로도 가깝지 않다.

또한 갈등이 해결되어 화진, 화춘이 돌아오고 화소저까지 친정에 와 있음에도, 즉 화가 인물들은 다 돌아왔음에도 며느리들은 돌아오지 않은 상태이다. 이처럼 화가의 여성들이 출가외인임에도 불구하고 친정인 화가에 자주 출입하거나 머무르는 것뿐만 아니라, 서울로 집을 옮긴 이후에는 남부인의 친정부모인 남어사도 화가 주변으로 이사오는 등 모든 인물과 공간이 화가로 집중되고 있다.

이에 비해 〈사씨남정기〉에서는, 유한림의 고모인 두부인을 제외하고는 결혼 이후에 친정 왕래는 자수하는 여성들이 나타나지 않는다. 사씨의 경우, 한 번의 친정행은 위독한 어머니 병간호를 위해 이루어졌는데 그나마 모함의 대상이 되며, 첩인 교씨에게서도 완전한 가출 외에는 친정행이나 그 밖의 어떤 외출도 나타나지 않는다. 또한 두부인의 경우에도 유가에 상주하는 것이 아니라 들르러 오는 것으로 되어 있다.

따라서 집의 절대성, 중심 집으로의 집중이라는 부분만 놓고 본다면, 〈창선감의록〉은 〈사씨남정기〉와 〈소현성록〉 사이에 위치한다고 할 수도 있을 것이다. 또 실제 〈창선감의록〉이 초기 가문소설로 혹은 〈소현성록〉과 함께 가문소설로 분류되는 것도 이런 지점과 무관하지 않다. 그러나 〈소현성록〉에서 나타나는 집의 절대성은 집 자체가 흔들리거나 존폐의 위기를 겪지 않는다는 중요한 측면을 포함하고 있다. 〈소현성록〉에서는, 집 안의 갈등으로 여성이 집 밖으로 이동하고, 뒤이어 남성 또한 집 밖으로 나가 시련을 당하게 됨으로써 집이 파탄나고, 시련 이후에 갈등 해결의 계기를 마련함으로써 집에 복귀하고 집이 회복되는 일련의 양상이 나타나지 않는다. 자연히 서사의 초점이 집 외부로 옮겨지지 않으며, 여성이나 남성의 집 밖 시련과 그 공간적 대응 양상이 부각되지 않는다. 이처럼 〈소현성록〉은, 집 중심의 서사가 이루어진다는 점에서 〈사씨남정기〉, 〈창선감의록〉의 공간과 밀접한 관계에 놓이면서도, 집 밖으로의 이동과 집으로의 복귀라는 순환적 공간 이동과 그 의미 등에서 차이를 보이며, 이는 곧 17세기 가정소설과 가문소설의 공간적 변별성으로 연결된다고 할 수 있다.

이렇게 볼 때, 17세기 가정소설인 〈사씨남정기〉와 〈창선감의록〉 공간의 당대적 의의는, 가정의 문제를 다루는 여러 소설들과 공간을 공유하면서도, 집과 집 밖의 기본 구도 속에서 그 순환적 이동을 통해 집 안의 문제를 해결하고 새로운 집을 일구어 가는, 가정소설 공간의 기본 틀을 독자적으로 구축하고 있으며, 다양한 소설 공간들 역시 그에 맞도록 다듬어 내었다는 데 있다.

(2) 인물과 공간 관계의 유형성 제시

① 여성 인물과 공간 관계의 유형성

17세기 가정소설인 〈사씨남정기〉와 〈창선감의록〉은 그 이후에 나타난 가정소설[332]의 전범이 된다고 할 수 있다. 이는 무엇보다 중심 갈등과 그것을 바탕으로 한 서사 전개상의 영향 관계 때문이라고 할 수 있다. 또한 공간과 갈등의 밀접한 관계를 전제할 때, 갈등과 서사 전개의 유사성은 그대로 공간 설정의 유사성으로 이어진다고 할 수 있다. 따라서 후대의 가정소설들이 공간의 측면에서도 두 작품의 영향을 받았다는 것은 전제적인 사항이라 할 수 있다. 실제 두 작품의 기본적인 공간 구도를 기준으로 할 때, 후대의 가정소설들은 거의 모든 작품이 그 하위 유형으로 귀속될 수 있다. 그러나 〈사씨남정기〉와 〈창선감의록〉의 공간이 후대의 가정소설 공간에 미친 영향은, 공간 설정이나 구도의 유사성 그 이상이다. 특히 여성 인물을 중심으로 한 인물과 공간의 관계에서는 그 세부까지 영향 관계가 나타나고 있다.

먼저, 두 작품에서 주인공에 해당하는 여성들은 결혼 전이나 후에 지속적으로 공간에 대한 엄격한 구분 의식을 지닌 것으로 나타났는데,

---

332) 가정소설로 분류되는 작품들로는 작자·시대 미상의 정통 가정소설류와 19세기 남성 사대부에 의해 창작된 장편소설 중 가정 갈등이 나타나는 작품들을 들 수 있는데, 본고에서는 이들 중 상층 가문을 배경으로 하는 〈옥란빙〉, 〈정진사전〉, 〈조생원전〉(장학사전/소씨전), 〈월영낭자전〉, 〈정을선전〉, 〈어룡전〉(대본은 신해진 選注, 『朝鮮後期 家庭小說選』, 월인, 2000)//〈일락정기〉(『筆寫本古典小說全集』 5, 亞細亞文化社, 1980), 〈쌍선기〉(『筆寫本古典小說全集』 8, 亞細亞文化社, 1980.), 〈난학몽〉(『筆寫本古典小說 全集』 5, 亞細亞文化社, 1980.)등을 주 대상으로 한다. 이들은 주로 처첩(처)형 가정소설이나 처첩형과 계모형이 복합된 작품들로, 계모형만 나타나는 경우의 작품들은 대체로 서민 가정을 배경으로 하는 경우가 많아 그 영향 관계를 파악하기에 부적합한 측면이 많으므로, 상층 가문을 배경으로 하는 〈어룡전〉만을 대상으로 하였다.

후대의 작품들에서도 주인공 여성들에게서 이와 같은 양상이 나타나고 있다. 〈옥난빙〉에서 여주인공 석씨는 "싱셰 팔 년에 일가비복이 얼골 본지 드물고……조셕 문안 외에ᄂᆞᆫ 소져의 ᄌᆞ최 지게에 나지 아니ᄒᆞ더라."[333])는 데서 알 수 있듯이, 혼전에 지게문 밖도 나가지 않았으며 그래서 집안 시비들도 보는 이가 드물 정도로 전형적인 요조숙녀의 모습을 하고 있다.

또한 〈월영낭자전〉에서 월영은 결혼 전에도 꽃구경하자는 시비의 제안에 "녀ᄌᆞ 연고 업시 츌입을 못ᄒᆞ고"라고 하면서 거절하기도 하고, 집 안의 외간 남자는 물론 그의 서찰에 대해서까지 경계한다.[334]) 〈어룡전〉에서 계모에게 쫓겨난 어소저는 동정호의 이비 사당에서 구하러 온 사람을 만나 윤시랑 댁으로 가게 될 때, "쇼녀의 몸이 남재 안니옵고, 또한 친척의 집이 안니오니, 무단이 의탁ᄒᆞ여 잇ᄉᆞ오면 엇지 타인의게 슈치을 밧지 안니ᄒᆞ오릿가?"[335])라고 하면서 만류하는 모습을 보이는데, 이는 〈창선감의록〉의 남씨가 경어사댁에 의탁하게 될 때의 양상과 흡사하다.

여성 인물들의 엄격한 공간 의식은 집 밖에서 더욱 잘 나타나는데, 특히 집 밖의 여성으로서 그 거취 문제와 집을 나갔다가 다시 들어가는 문제, 즉 재입가(再入家)의 예(禮)와 관련하여 두드러지게 나타난다. 〈정진사전〉에서 첩 일지의 모함 때문에 출문당하게 된 최소저는, "녀ᄌᆞ의 행색이 문밧글 ᄒᆞ번 나가면 엇지 다시 드러오기를 바라오리잇

---

333) 〈옥난빙〉 110면.
334) 최랑이 사환에게 월영에게 서찰 전해달라고 하자 사환은 "외간남자 서찰은 받지 않을 것이 그러므로 그 유모에게 맡기라 한다. 이에 유모에게 전후사를 다 들었음에도 월영은 월귀탄 없이는 서찰도 펴 볼 수 없다고 한다.
335) 〈어룡전〉 536면.

가? 싀댁(媤宅)에 걸닌 죄인이라 하면목(何面目)으로 친정엔들 가오며, 신수 불측ᄒᆞ야 액화(厄禍)를 당ᄒᆞ얏거늘 고생을 마다 ᄒᆞ고 본가에 가 편히 잇ᄉᆞ오면 하늘이 무히 녁이시리니, 경쥬로도 가올 마ᄋᆞᆷ이 업ᄂᆞ이다.”[336]라고 하여 결국 사씨와 유사한 고난의 여정을 겪게 된다. 또한 의거지 등의 집 밖 공간에서도 내외가 엄격히 지켜지는 양상이 나타나는데, 이 때문에 우여곡절 끝에 이루어진 부부의 만남도 동침으로 연결되지 않는다. 실제 〈옥난빙〉에서 출문당한 석씨를 찾아 도월암에 간 남편은 낮임에도 부인의 엄절함을 알기에 부인의 거처에 바로 들어가지 못하고 머뭇거리기도 한다.

그러나 무엇보다 다시 집으로 들어가는 문제와 관련하여, 대부분의 여성들이 한 목소리를 내면서 집 밖으로 나올 때 사당에 고하고 나온 것처럼 다시 집으로 들어갈 때도 같은 예를 갖추어야 한다는 이유를 들어 의거지에 찾아온 남편과 함께 바로 집에 돌아가지 않는다. 이는 〈사씨남정기〉에서 나타났던 것이며, 〈조생원전〉, 〈옥난빙〉, 〈쌍선기〉 등에서 그대로 재현되는데, 〈조생원전〉에서는 택일해서 의거지인 유 어사댁에서 다시 혼례를 올리고 신방지 차린 후에 본가로 올라와 사당에 현알하고 구고에게 폐백을 드리는 혼례의 절차가 그대로 반복된다.

이러한 ‘집에 들어오기’의 예(禮) 문제는 집을 나가게 했던 무고에 대한 신원의 문제와도 연결된다. 즉, 완벽한 신원이 이루어졌을 때 비로소 완전한 복귀가 가능하다는 것인데, 〈쌍선기〉에서 이씨는 돌아온 한가(韓家)에 문제의 윤씨가 ᄀᆞ내도 있자 명백한 신원이 이루어지지 않았다며 정당에 들기를 거부하고, 한가 근처의 작은 처소에서 생활하다가 윤씨를 집에서 내치자 그제야 정당에 돌아온다. 또한 〈일락정기〉

---

336) 〈정진사전〉 334면.

에서 권채운은 일단 봉의동으로 돌아온 후에 무고를 밝히려 소를 올려 결과적으로 자신의 신원을 받는다.

〈사씨남정기〉나 〈창선감의록〉에서 집 안에 새로 들어온 여성들에 게 각각의 공간이 주어지고 그 공간이 곧 여성들을 환유하는 공간이 되면서 주요 갈등과 긴밀히 연결되었던 것처럼, 〈옥난빙〉에서도 정실 석씨에게는 설난각이, 첩인 류씨에게는 설희당이 주어진다. 이때 무 엇보다 남주인공이 첩의 처소인 설희당을 한 번도 찾지 않는 데서 갈 등이 초래되고 있으며, 이 과정에서 설희당의 공방과 첩 류씨의 소외 가 부각되고 있다. "미영이 침쇼에 도라와설난각을 가라치며 질미흠을 마지 아니ᄒ고 스스로 홍안박명을 슬허 눈물이 옷을 젹시더니"[337]에 서 나타나듯이, 이때 설난각은 애증의 대상 공간으로 부각된다.

〈조생원전〉의 경우에도 둘 이상의 처첩간에 소외, 편애 문제가 초 래되는데, 조공자는 결혼 첫날 후주방에 들린 이후 김소저만 찾다가 부모가 시키자 겨우 한 달에 한 번 찾는다. 또한 개용단을 먹은 이후에 는 후주 침소만 찾는데, 누나 조소저는 그제야 동생의 애정이 편벽됨 을 나무란다. 〈월영낭자전〉에서는 소외되는 대상이 첩이 아니라 천자 의 사혼으로 들어온 제 2처인데, 주인공 월영에 대한 편애가 너무 심 하다는 것을 월영 자신도 거론할 만큼 '편애나 소외'가 강하게 부각되 고 있다. 〈일락정기〉에서도 서몽상은 고모의 경계를 들은 후스스로 불러들인 첩 위씨를 한번도 찾지 않으며, 〈쌍선기〉에서도 남편 한회 의 은정이 온존하지 못함을 원망하던 윤씨는 이씨가 임신하자 풍한을 간부로 꾸민다.

이처럼 후대 가정소설들에서 남편의 편애와 그로 인한 소외는 그 어

---

337) 〈옥난빙〉 149면.

떤 문제보다 중요한 갈등의 원인으로 부각된다. 또한 〈사씨남정기〉와 〈창선감의록〉에서 애정과 권력의 문제가 결부되어 나타났던 것에 비해 애정 문제가 두드러지고 있으며, 이는 〈조생원전〉에서 모든 문제가 해결된 후 김씨가 남편에게 권하여 자신과 후주의 처소를 공평하게 나눠 찾게 하자 일가가 화목해졌다는 데서 다시 확인되고 있다.

남편의 편애와 그로 인한 소외가 불러온 모해로 여주인공들은 출문을 당하는데, 〈옥난빙〉에서 첩인 류씨의 모함으로 집에서 축출된 석씨는 〈사씨남정기〉에서와 달리, 본래 친정으로 가다가 도중에 류씨가 보낸 흉인을 만나 죽을 위기에서 노승의 도움으로 도월암에 안치된다. 이와 같은 과정은 사씨의 그것과 유사하지만, 원래 친정으로 가는 길이었으며, 위기 상황에서 벗어나는 양상 또한 간략하고 단순하다. 이에 비해 〈정진사전〉의 최씨는 친정행을 만류하면서 고난의 여정을 겪게 되는데, 특히 최씨와 시비 초향이 노상에서 겪는 고생담은 상당히 사실적이고 구체적이며, 이는 〈창선감의록〉에서 남씨의 결혼 전 집 밖 유리 상황과 흡사하다.[338] 이후 최씨는 장도사 집에 잠시 머물렀다가 그의 지시로 천불사에 의탁하게 된다.

〈쌍선기〉의 이씨 또한 출문당하자 소수의 노비를 데리고 한씨 선산 묘하에서 살다가, 다시 윤씨의 흉간을 만나 그곳을 떠나 시고모인 염부인이 있는 하남으로 향하는데, 동정호 악양루에 이르러 자진하려다

---

338) 최씨 마지 못ᄒ야 재습 당부ᄒ고, 쵸향을 압셰우고 도라셔셔 나오니, 운산(雲山)은 쳡쳡(疊疊)ᄒ고 만학(萬壑)은 의의ᄒᆞᆫ대 갈 길이 망연이라. 쵸향이 부인을 뫼셔 쳔신만고(千辛萬苦)ᄒ야 압길을 향ᄒ야 가니, 그 경상이 참불인견이러라. ~로주(奴主) 번거 흠을 질겨 아녀(앓아) 소로(小路)를 츠ᄌ 행ᄒ니 태산준령(泰山峻嶺)이 겹겹이 둘넛ᄂ 대, 산슈는 잔잔ᄒ고, 좌우 산상에ᄂ 각색 산새 우름을 옮고, 미록(麋鹿)이 쌍쌍이 왕래ᄒ며, 원왕·비추·앵무·두견새 온가지로 희롱ᄒ고 우름을 우러내니. 〈정진사전〉 334-335면.

가 관음의 명을 받고 온 노승의 배로 금릉땅 보화산 운수암으로 향한
다. 이는 사씨의 여정과 그대로 일치하며, 동정호 속의 군산이 아닌
금릉땅으로 갔다는 점만 다르다고 할 수 있다.

이에 비해, 〈조생원전〉에서는 의거지가 민가로 나타나는데, 출문
후 김씨는 친정 격인 절강 외삼촌댁에 가지만, 외삼촌은 죽고 도리어
강창이란 자의 늑혼을 당하게 되어 이를 피해 다시 길을 떠나게 된다.
김씨 편이라고 할 수 있는 시아버지가 원래 절강의 자사로 왔으나
이때는 이미 죄가 있어 형주로 이직한 상태였다는 점은, 〈사씨남정기〉
에서 사씨를 장사행에 오르게 했던 두부인이, 사씨가 도착할 때쯤 아
들의 임지를 따라 그곳을 떠난 상태였다는 점과 유사한 정황이다. 이
이후의 여정도 사씨의 그것과 흡사한데, 꿈 속 노인의 몽시로 도착하
게 된 '금강 회심정'은 '동정호 회사정'에 대응되는 공간으로, "옛날부
터 충신열녀 무고히 죽거나 애매히 모함을 만나면 이리 와서 사적을
기록하는 곳"으로 나타나 역사적 상징의 공간임을 드러낸다.

그러나 사씨의 자결이 시도에서 끝난 데 비해, 김소저는 그곳에 자
신의 사적을 기록하고 금강에 뛰어드는데, 몽시를 받고 도착한 유어사
에게 구출되어 유어사댁에 머물게 된다. 이처럼 강물에 빠져죽을 위기
에서 배를 타고 온 유어사의 도움을 받는 현실적인 구원이 이루어지
고, 유어사 댁이라는 민가에 의탁하여 그들을 친정 부모로 모시게 된
다는 점 등에서 현실적인 변개가 이루어졌다고 할 수 있다.

이처럼 후대의 가정소설에서도 출문당한 여성들의 의거지는 불교나
도교 공간이 대부분이지만, 의거지가 민가로 나타나는 경우도 있다.
또한 이 경우 의거지는 여성 인물의 친정이 없는 상태에서 친정의 의
미를 지니고, 실제 후에 친정 부모님으로 여기면서 시댁에 모셔오는

유사한 양상을 보인다. 또한 의거지의 성격은 같아도 〈사씨남정기〉의 사씨처럼 여러 곳을 거쳐 힘들게 도착하는 경우와, 〈창선감의록〉의 남씨처럼 바로 도착하는, 혹은 가는 과정이 간략히 서술되는 경우로 양상이 다른데, 후자의 경우에는 남씨처럼 결혼 전에 이미 집 밖 유리의 경험이 있는 것으로 나타나고 있다.

이들에 비해 〈월영낭자전〉이나 〈일락정기〉는 출문 이후의 여정이 나타나지 않는 경우라고 할 수 있다. 두 작품 모두 집 밖의 옥에 갇힌 다는 점에서는 집 밖으로의 이동이 일어난 것이지만, 월영의 경우 옥에 갇힌 상태에서 신원되어 집으로 돌아오게 되고, 권채운의 경우 옥에 갇혀 있다가 비현실적 이동으로 〈백련암〉에 인도된다. 그런데, 이들의 경우 공통적으로 결혼 전 이미 가족의 몰락이나 혼사장애 등으로 집 밖 유리 상황을 경험한 상태이다. 따라서 이런 점에서 결혼 이후의 집 밖 여정은 자연스럽게 생략된 것으로 볼 수 있으며, 이는 〈창선감의록〉에서 결혼 전 유리 상황을 겪은 남씨의 결혼 후 출문 여정이 단순화된 것과 연결된다고 볼 수 있다.

이처럼 후대의 처첩 갈등형 가정소설에서는 〈창선감의록〉에 나타난 결혼 전 여성의 유리 상황과 〈사씨남정기〉에 나타난 사씨의 집 밖 여정이 복합적으로 수용되고 있다고 할 수 있다.

이와는 달리, 전처 사후에 들어온 후처와 전실 자식간의 갈등을 다룬 〈어룡전〉의 경우에는, 결혼 전 유리 상황임에도 그 여정이 〈사씨남정기〉의 사씨와 흡사하게 나타나고 있다. 〈어룡전〉에서는 가성 갈등이 벌어지는 공간 배경 자체가 소상강 동정 어구의 죽림도원(竹林桃園)으로 동정호 부근이었으며, 집에서 쫓겨난 어소저 역시 황릉묘를 거쳐 이비 사당에 다다르며 그곳에서 의탁할 사람을 만나게 된다. 단, 그

이후에 민가인 윤시랑 댁에 머무르게 되고 여기에서 후에 결혼하게 되
는 것 등은 〈창선감의록〉의 남씨와 유사하다.

〈난학몽〉의 경우는, 처첩갈등의 양상이 〈사씨남정기〉와 흡사하면
서도 집 밖 이동은 이루어지지 않는데, 홍부인은 시댁 주변에 있던 시
누이가 먼저 떠나고, 남편 학선이 황성으로, 학년도 벼슬로 황성에 올
라가는 등 조력자가 없는 상태에서 위녀에 의해 간통의 모함을 받아
별당에 갇혔다가, 억울함을 호소하는 홍부인의 꿈을 꾼 학선이 다음날
바로 집으로 돌아옴으로써 신원을 하게 된다.

이런 경우, 집 안에서의 위기, 고난이 강조된다고 할 수 있는데, 〈사
씨남정기〉나 〈창선감의록〉에서처럼 후대의 가정소설들에서도 집은
하나의 사회로서 심문과 형벌, 그리고 하옥 등등이 빈번하게 일어나는
공간이다. 〈월영낭자전〉에서, 남편 최랑이 발해도를 평정하러 떠난
사이 월영은 일단 집 안의 옥에 갇히는데, 이때 월영이 집 안의 옥에
있는 모습은, "연연한 약질에 큰 칼을 쓰고 용납지 못하난지라."[339]에
서 알 수 있듯이 실제 옥에 갇힌 양상이다. 〈조생원전〉에서는 아들 압
사 사건에 대해 형구를 갖춰 심문하고자 하고, 〈어룡전〉에서도 집 안
에 형구를 갖추고 본처 자식을 매질한 후 협실에 가두었다가 끌어내
문 밖에 내치며, 이 밖에도 유아 압살 사건이나 각종 모해와 음해가
난무하는 공간이다.

〈사씨남정기〉나 〈창선감의록〉에서 악인형 인물들은, 갈등 관계의
여성 인물들은 물론 남성 인물들까지 집 밖으로 내몬 후에 집의 재산
등을 챙겨 집을 떠나게 되는데, 후대의 가정소설들에서는 악인형 여성
들의 다양한 신분과 악행의 정도 등에 따라 조금씩 다른 양상을 보인

---

339) 〈월영낭자전〉 263면.

다. 먼저, 〈사씨남정기〉나 〈창선감의록〉와 유사한 행로를 보이는 작품을 살펴보면, 〈정진사전〉에서 일지는 자기 꾀에 넘어가 뜻하지 않게 보쌈을 당해 집 밖으로 이동하게 되었으며, 술장사를 하는 신세가 되었다가 다시 옥사로 죽을 위기에 처하게 된다. 이후 목숨은 건지지만 처참한 말로를 보내게 된다. 〈일락정기〉에서 위씨 또한 서몽상이 사면되어 소환된다는 소식을 듣고 가보 등을 챙겨 달아나는데, 위씨의 집 밖 행로는 교씨의 그것과 거의 동일하지만, 집 안에서 남편의 명에 의한 것이 아니라 집 밖에서 천자의 명으로 사형당한다는 점에서 차이를 보인다. 〈난학몽〉에서 세전지보인 계설향을 나눠 받지 못한 데 대한 분노와 복수심으로 수 차례의 극악한 모해를 자행하고도 홍부인의 죽음을 보고야 말겠다면서 다시 한번 음모를 꾸미는 데까지 이르렀던 위녀는, 통간하던 전백중과 도망갔다가 결국 한가에 잡혀와서 처형받게 된다.

〈옥난빙〉에서 간통으로 임신한 후 친정에 갔던 류씨는 출산 후 일단 진가에 돌아오지만 죄상이 발각되어 다시 쫓겨나게 되는데, 류씨의 집 밖 행로에서 가장 두드러지는 점은, 동생 류생의 반란과 연루되면서 집안의 적에서 집 밖의 적으로 성격이 확대된다는 것이다. 〈사씨남정기〉나 〈창선감의록〉에서도 교씨나 조씨의 모해에 조정의 문제가 개입되기는 하지만, 그것은 어디까지나 간부들에 의해 주도되고 집 안에 있을 때 본격적으로 진행된다.

그러나 〈옥난빙〉에서 류씨는 집 밖에서도 소성의 문제에 개입되며, 더구나 동생의 반역군에 동참하면서 이를 진압하러 출병한 남편 진승상과 정면으로 대응하게 된다. 결국 반역군의 패배로 류씨는 물론 일가족도 참살당하는데, 여기에서 첩 류씨의 집안 자체가 진가라는 한 가정은 물론 조정의 적으로 몰리는 것을 알 수 있다.[340] 〈쌍선기〉의 경우 정실을 내몰았던 윤씨는 집에 그대로 남아 있다가 돌아온 이씨가 윤씨와 같은 집에 존재할 수 없음을 완강히 주장함으로써 결국 집에서 내쳐진다.

후대의 작품들에서도 악인형 여성들은 죽임을 당하거나 그렇지 않더라도 집 안에 용납되지 못하는 모습을 보이고 있다. 그러나 집 안에서나 집 밖으로 나가는 과정에서의 악행은 완화된 모습을 보이는데, 실제 교씨나 위씨처럼 집 안을 흔들고 재물까지 소탕해 나가는 경우도 있지만, 스스로 친정에 가거나 혹은 후에 쫓겨나거나 자결하기도 한다.[341] 후대 가정소설들에서는 주로 애정과 관련된 악행이었기 때문에 갈등의 대상자인 여성을 집 밖으로 내몬 이후에는 악행이 지속되지 않는다는 점이 집 밖 이동 양상의 변이를 가져온 것으로 보이다.

이처럼 〈사씨남정기〉와 〈창선감의록〉에 나타난 여성 인물들과 공간의 관계는, 선인형이든 악인형이든 후대의 가정소설 속에서 거의 유사한 수용 양상을 보이고 있다. 이는 두 작품에서 여성과 공간의 유형적 관계가 설정된 것이라고 볼 수 있는데, 이는 가정소설에서만이 아니라 18세기 이후의 본격적인 장편 국문소설에서도 확인된다.

장편 국문소설을 비평한 소설인 〈여와전〉 연작을 연구한 지연숙에

---

340) 집 안의 악인여성이 조정의 적대 세력으로 나타나는 것은 가정소설에서는 처음 나타나는 양상인데, 이후 〈청백운〉에서도 서번(西蕃)으로 도주한 요첩 교란이 남편 두상서를 죽이려고 번왕(藩王)을 동(動)하여 중국을 침범하게 한다.

341) 〈조생원전〉에서 후주 또한 국법으로 처단당할 상황에 놓였다가 김씨 아들 등의 만류로 죽음 면하고 후원에 갇혀 일절 수직하라는 명을 받게 되지만, 이후 절강 집으로 돌아가서는 죄를 용서받게 된다. 이 경우 후주의 신분과 관련하여 회과와 용서의 기회가 부여된 것으로 볼 수 있는데, 그러면서도 〈월영낭자전〉의 정씨가 유사한 신분임에도 자결하는 것과는 대비되는 양상이다.

의하면, 그 첫 번째 시대인 〈투색지연의〉 시대 중 17세기 말 작품인 〈소현성록〉, 〈빙빙전〉, 〈옥환빙〉, 〈한씨삼대록〉 등의 서사적 공통점 은, 모든 문제가 규방 안에서 벌어지고 규방 안에서 해결되어, 갈등의 파장이 그 이상으로 확대되지 않는다는 것으로, 이들 작품에서 처첩 갈등은 가문적·국가적 위기를 유발하지 않고 대부분 규방 안에서 해 결되며, 자연히 여성이 도로를 방황하며 고난을 겪는 일이 없다. 이에 비해 두 번째 시대인 〈여와전〉 시대의 작품들에서는, 악인이 가문 외 부 세력과 연대하여 가문을 파멸시키려 하고, 이로써 갈등이 가문 외 부로 확산되면서 집 밖으로 축출된 인물들이 겪는 고난의 정도나 규모 가 심화·확대된다.[342]

이에 의하면, 17세기 장편 국문소설에서는 여성의 집 밖 이동과 그 로 인한 수난상이 두드러지지 않는 데 비해, 18세기 이후의 작품들에 서는 사씨나 남씨와 유사한 공간 이동이 두드러진다고 할 수 있다. 이 는 곧, 이와 같은 장편 국문소설의 변화 지점에 17세기의 가정소설에 나타난 여성과 공간의 관계가 접합되면서 수용되고 있음을 드러내 주 는 것이라 할 수 있다.

특히 이 시기 작품들에서는, 유교 이념을 준수하는 과정에서 오히 려 역으로 고난을 당하게 되는 사씨와 같은 여성 인물들의 정신적 귀 의처로서, 사씨 남행의 핵심 공간이었던 '동정호 황릉묘'가 자주 등장 한다. 이로써 사씨의 여정이 이들 작품들의 여성과 공간 관계에 결정 적인 영향을 미치고 있다는 것이 확인되는데, 이는 특히 〈여와전〉 연 작의 중심 공간이 '황릉묘'라는 데서 단적으로 나타난다.[343]

---

342) 지연숙, 앞의 책, 252−255면.
343) 지연숙은 황릉묘라는 공간이 여성의 정신적 귀의처로서 〈사씨남정기〉에서 처음 나

실제, 연작의 마지막 작품인 〈황릉몽환기〉의 경우, 조선의 두 선비가 소상강 유역을 여행하다가 꿈 속에서 '황릉묘 상선궁'에 이르러 이비 등 여러 열부를 만나고 꿈을 깬다는 몽유록 형식의 작품인데, 여기에서는 꿈 속 체험의 양상이 사씨의 꿈 속 체험과 유사하게 나타나 몽유록의 전통과 사씨의 황릉묘 꿈 체험이 교합되고 있다고 할 수 있다. 그뿐만 아니라, 꿈을 꾸기 시작해서 황릉묘에 이르기까지의 과정이나 꿈에서 깨는 부분까지도 사씨의 체험과 흡사하게 설정되어 있다.

입몽)홀연 쳥의녀동 흔 쌍이 압히 니르러 빅 왈, "낭낭이 이위 션싱을 쳥흐시더이다." 공이 답왈 "낭낭은 뉘시며 어디 계시뇨?" 녀동 왈, "낭낭은 유우시 냥비시니 가시면 아르시리라." 냥인이 의혹흐나 마디 못흐여 쓸와 십여 리는 니르니, 샹운셔이는 반공의 어릭엿고 옥곳흔 돌과 구슬 모릭는 싸히 굴녀시니, 볼이 엄엄흐고 긔운이 츅쳑흐야 유유 쥬져홀 스이 녀동이 간 바롤 모르니 더욱 의황흐야 진퇴브득이러니 홀령 무수 션아 즈하의롤 부치며 운무샹을 쓰을고 금픽롤 가져 니르러 냥인을 마즈니, 냥인이 이에 무지게 드리와 구름 씌인 골을 말미아마 흔 곳의 니르니, 쥬궁패궐은 반공의 님니흐고 두 짝 쥬문은 홍옥이 녕녕흐고 쳥뉴리 현판의는 황능묘샹션궁이라 졔익흐엿더라.

각몽)언미흘의 누상의셔 진쥬발을 일시의 지우니 그 소릭 졍연흐디라. 놀나 씻치니 냥인이 쥬효롤 비겨 잠간 조으라시니[344]

타나고 있다는 점에 주목하고 있으며, 장편소설이나 영웅소설뿐 아니라 판소리계 소설인 〈춘향전〉에서도 같은 양상이 나타난다는 점으로 미루어 황릉묘라는 공간의 유형적 설정 양상이 후대로 갈수록 장편소설이라는 유형을 넘어서서 조선 후기 소설 전반으로 확대된 것으로 추정하고 있다. 지연숙, 앞의 책, 115~116면.

344) 본 대본은 고려대본 〈황릉몽환기〉로, 이를 소개한 장효현의 논문에 수록된 것이다. 장효현, 「〈황릉몽환기〉에 대하여」, 앞의 책, 144~154면.

이를 통해 장편 국문소설 속에서 〈사씨남정기〉의 공간, 특히 사씨라는 여성과 공간의 관계가 얼마나 영향력을 행사하는가 하는 것이 드러나고 있다.

이처럼 〈사씨남정기〉와 〈창선감의록〉에 나타났던 여성과 공간의 유형적 관계는, 가정소설뿐만 아니라 장편 국문소설들의 가정 내적 갈등 과정에서 지속적으로 수용·활용되면서, 집 안에 있어야 할 여성의 집 밖 이동을 만들어 내고 있다. 이는 일차적으로 자신이 있어야 할 곳에 있지 못하고 있으면 안 되는 곳으로의 쫓겨남이라는 시련이자 비극이지만, 동시에 집 안 혹은 규방 안으로만 한정될 수 있는 여성 인물의 공간을 집 밖으로 확대시키는 결과를 낳고 있다.[345]

② 남성 인물과 공간 관계의 유형성

〈사씨남정기〉와 〈창선감의록〉의 여성 인물들과 공간의 관계가 세부까지 유사한 양상을 보이는 데 비해, 남성 인물들과 공간의 관계는 공간 이동과 갈등의 추이라는 측면에서의 영향 관계만이 두드러진다. 먼저, 처첩 갈등형의 경우 대체로 남편이 편애나 홀대 등의 문제를 심어 놓은 상태에서 집 밖으로 나가게 되고, 이후 집 안에 남은 가장의 혼암에 의해 쫓겨난 선인형 여성과 집 밖에서 만나는 데 이어 집 밖으로 나온 악인형 여성 일행을 만나게 되어, 갈등 해결의 계기를 마련하게 된다는 거시적인 공간 구도를 공유한다.[346]

---

345) 지연숙은 후대 장편소설에서는 집 밖 이동이 여성의 대외적 활약으로까지 이어진다고 하였는데, 이것이 여성의 집 밖 이동이 지니는 진정한 공간 확대의 의미라면, 17세기 가정소설의 집 밖 이동은 그와 같은 진정한 공간 확대의 계기가 되는 공간 이동이라고 평가될 수 있을 것이다.

346) 〈조생원전〉의 경우, 혼암하지 않은 시아버지가 집을 떠난 이후 아들이 남아 처를

〈쌍선기〉에서 남편 한회는, 남방 순무길에서 돌아오는 유람 길에 황릉묘 근처에서 가노(家奴)였던 득심을 만나 부인의 소식을 알게 되고, 이에 부인의 의거지인 운수암으로 향하게 되며 그곳에서 아들도 만나게 된다. 〈정진사전〉에서 정판서는 청나라 사신으로 가게 되면서 집을 떠나게 되고, 이후 청국에서 본국으로 돌아오는 과정에서 압록강과 의주를 지나 고양에 와서 살인사건으로 옥사에 처한 일지를 만나게 되는데, 일지의 거짓 자백을 들은 후 심란한 정판서 꿈에 금강산 신령이 나타나 두 부인의 행적을 알려준다.

이들 후대의 가정소설들에서 남성 인물의 집 밖 여정은 집 안 일 때문에 이루어진 것이 아니다. 즉, 내적 갈등이 조정의 외적 갈등과 연계된 것이 아니며, 집 밖 이동은 단순히 집을 비우는 계기로 작용한다. 따라서 〈사씨남정기〉나 〈창선감의록〉의 남성 인물들에게 나타났던 고난이나 시련도 거의 나타나지 않는다. 또한 남성들이 집 밖에서 여성을 찾는 여정이 유람의 양상으로 나타나 절실함이 반감된다.

이에 비해, 〈일락정기〉에서는 〈창선감의록〉의 화진과 유사한 여정이 나타나는데, 이는 〈일락정기〉가 남성 주인공의 일대기를 중심으로 하는 작품이라는 점과 연결된다. 서몽상은 공적 공간에서의 위기로 유배를 가게 되었다가 철목족의 침입을 계기로 처자의 사은을 입고 대원사로서 출정하면서 다시 기나긴 노정에 오르게 된다. 이때 유배지에 있던 서몽상이 산수간을 소요하다가 망양정으로 돌아가던 길에 부인이 있는 남악 형산에 이르게 되었으나 일단 그대로 두고 오는 것이나,

---

축출하고, 〈쌍선기〉에서는 가장이자 남편인 한회가 처를 축출하는 것으로 되어 있어 다소 다른 양상이지만, 이들의 집 밖 행로는 마찬가지이다. 가장인 시아버지가 남아 축출한다는 점은 두드러진 차이점이다. 이는 집 밖 이동시에 집이 혼란스럽기는 해도 파탄, 파괴 상태에 놓이지 않는다는 점과 연결된다.

이후 개선해서 황성으로 돌아가는 길에 광서부의 옥에 갇혀 있던 위녀 일행을 만나 황성으로 압송시킨 것 등의 여정이 모두 화진과 유사하다.

계모형의 〈어룡전〉에서 어룡의 집 밖 여정 또한, 어린 나이에 집을 나온 후 황릉묘 죽림에서 통천도사를 만나 수학한 후에 입공하게 된다는 점을 제외하면 〈창선감의록〉의 화진의 그것과 그대로 일치한다고 할 수 있다. 통천도사에게 병법 등을 수련한 어룡은, 백의로 북 흉노를 정벌하여 공을 세움으로써 대원수의 직임을 맡아 다시 승전하여 촉국왕에 봉해지고 좌승상에 오르며, 이로써 조정에서 아버지와 상봉한 이후 누이와 이복 동생 재룡까지 데리고 다시 서울로 올라온다. 이처럼 룡의 군담과 그 무공으로 가족이 만나게 되고 집의 부귀영화를 되찾게 되며, 지방에 내려갔던 사람들이 다시 서울로 모이게 되는 것까지 〈창선감의록〉과 유사하며, 상이 별궁을 주어 폐가가 된 죽림도원이 아니라 새 집에서 살게 되는 것도 유사하다.

그런데 어룡의 여정이 화진의 여정과 다른 부분은, 18세기 이후의 통속적 영웅소설에 나타난 영웅의 여정과 흡사하다고 할 수 있다. 따라서 〈어룡전〉의 경우, 통속적 영웅소설의 구조와 가정소설의 구조가 접합된 작품이라고 할 수 있으며, 여기에서 가정 문제를 중심으로 하는 영웅소설의 공간과 〈창선감의록〉에 나타난 화진의 공간간의 영향 관계를 추정해 볼 수 있다. 실제 화진의 집 밖 공간 이동은, [집으로부터의 분리 → 유배라는 시련 과정에서의 재도약을 위한 병법 획득 → 군담에서의 무공을 통한 신분 상승과 십, 가문의 회복]의 궤도를 그리고 있는데, 이는 〈어룡전〉의 어룡이나 통속적 영웅소설의 주인공들의 집 밖 이동과 거의 동일한 것이다.

통속적 영웅소설의 경우, 일반적으로 16세기 후반에서 17세기 전반의 〈최고운전〉, 〈홍길동전〉이나 17세기 중, 후반의 〈임진록〉, 〈임경업전〉, 〈박씨전〉 등의 영웅소설과는 다른 경향을 지니는 것으로 평가된다. 이들 작품이 지니는 민중적 요소나 역사적 사실성 등이 통속적영웅소설에서는 나타나지 않는다는 점 때문이다. 이런 전제 하에, 이들과 비슷한 시기의 영웅소설이면서도 귀족적 취향을 드러내면서 통속적 흥미요소를 담고 있는 〈구운몽〉이나 〈숙향전〉을 그 모태로 하여형성되었거나347), 18세기 이후에 본격적으로 등장한 장편국문소설의변모 과정에서 나타나는 영웅의 일대기 구조나, 군담의 증가, 남성 인물 형상의 변모 등과 밀접한 관련을 맺으면서 형성된 것으로 파악되고있다.348)

이렇게 볼 때 통속적 영웅소설의 세계관이나 그 지향점에 영향을 미친 것은 17세기의 〈구운몽〉과 〈숙향전〉이며, 그 서사 구조에 직접적으로 영향을 미치고 있는 것은 18세기 장편국문소설이라고 할 수 있다.

그런데 앞에서 살펴본 것처럼, 이미 17세기 가정소설이자 장편소설인 〈창선감의록〉에서 영웅의 일대기 구조나 군담의 증가, 입공을 통한 집의 회복과 같은 영웅소설의 구조가 나타나고 있다. 이런 점에서〈창선감의록〉의 화진이라는 남성 인물과 공간의 관계에서 통속적 영웅소설의 영웅과 공간 관계의 단초가 마련된 것으로 파악할 수 있다.349) 무엇보다 군담소설로 불릴 만큼 군담이 중요한 제재이자 특징

---

347) 박일용, 「가문소설과 영웅소설의 소설사적 관련 양상」, 『영웅소설의 소설사적 변주』, 월인, 2003.

348) 장효현, 「장편 가문소설의 성립과 존재양태」, 『정신문화연구』 44호, 한국정신문화연구원, 1991./강상순, 「영웅소설의 형성과 변모양상 연구─서사 구조와 인물형상화의 양상을 중심으로─」, 고려대 석사학위논문, 1992./전성운, 「장편 국문소설의 변모와 영웅소설의 형성」, 고려대 박사학위논문, 2000.

349) 박일용은, 17세기 이후 통속적 형태로의 소설사적 변화에 미친 중국 화본소설 또는

적 요소임에도 불구하고, 군담 자체에 초점이 맞춰지거나 군담이 독자
적인 의미를 지니기보다는 가정 문제와의 관련 속에서 다루어지는 것
은, 〈창선감의록〉에서 그 연원을 찾을 수 있다고 할 수 있다.

또한 이와 같은 영향 관계는 시공적 배경이나 선계 체험을 통한 병
법 습득 등의 다른 측면에서도 나타난다. 먼저, 통속적 영웅소설로 분
류되는 작품 중 33편350)의 시공간 배경을 살펴보면, 시간적 배경으로
명나라를 배경으로 한 것이 17편이며 그 중에서도 성화년간이나 가정
년간을 배경으로 한 것이 가장 많고, 공간적 배경에서도 소주, 절강
부, 금능땅, 절강 소흥부 등이 많이 나타나고 있다.351) 특히 〈음양옥
지환〉, 〈화옥쌍기〉는 세종 가정년간과 절강 소흥부라는 시공간 배경
에서 〈창선감의록〉과의 밀접한 영향 관계를 보인다.

또한 33편 중 6편만이 조선과 중국이 함께 나타나고, 나머지는 모두
중국만을 배경으로 하고 있다. 전자의 경우, 조선의 인물이 중국에 가
서 입공하고 다시 조선으로 돌아오는 것으로서, 이때 중국은 조선이라

재자가인 소설 등의 영향을 논하면서, 〈사씨남정기〉와 〈창선감의록〉에서 가정 갈등
을 제거하고 남성 주인공만 문제삼을 때, 혹은 남성 주인공이 가정 내에서 겪는 갈등
도 전체적으로 보아 수난의 한 부분으로 간주한다면, 재자가인 소설인 〈심소하상회출
사표〉와 동일한 구조를 지니게 되고 이는 영웅소설 주인공의 삶과 동일한 구조가 된
다고 하였다.(박일용, 앞의 글, 54~55면) 이는 곧 〈창선감의록〉의 화진만이 아니라
〈사씨남정기〉의 유한림까지도 영웅의 일생 구조에 대응될 수 있고, 자연히 두 작품
또한 통속적 영웅소설의 모태에 해당하는 작품이 된다는 것을 드러내 준다.

350) 조선 배경 작품-〈이태경전〉, 〈신유복전〉, 〈옥소전〉, 〈옥소기연〉, 〈금강취류〉
  중국 배경 작품-〈유충열전〉, 〈류화기봉〉, 〈소대성전〉, 〈용문전〉, 〈조웅전〉, 〈이대봉
  전〉, 〈현수문전〉, 〈상백선〉, 〈장경전〉, 〈장풍운전〉, 〈장국진전〉, 〈유문성전〉, 〈양주봉
  전〉, 〈김진옥전〉, 〈설홍전〉, 〈사각전〉, 〈곽해룡전〉, 〈왕장군전〉, 〈장익성전〉, 〈김희경
  전〉, 〈정수정전〉, 〈이봉빈전〉, 〈정비전〉, 〈이학사전〉, 〈쌍주기연〉, 〈음양삼태성〉, 〈음
  양옥지환〉, 〈화옥쌍기〉

351) [조선/명-2, 신라-1, 고려/당, 송-2], [명-17, 송-5, 원-4, 당-1, 진-1], [성화년간
  -4, 가정년간-3], [소주, 절강부, 금능땅, 절강 소흥부-서주는 침입 지역]

는 '이곳'에 대응되는 '저곳'으로서의 의미로 고정된다. 그러나 후자의
경우, 〈창선감의록〉과 마찬가지로 중국만을 대상으로 하고 있어, 중
국이라는 공간이 '저곳'이면서 동시에 '이곳'으로 인식될 수 있다. 실
제 이들 영웅소설에서 나타나는 집 안의 갈등 양상 등은 〈사씨남정기〉
나 〈창선감의록〉에서와 마찬가지로 조선의 그것이다. 이와 함께 33편
전편에서, 군담부 전에 선계의 도사에게 병법 등을 전수받는 것으로
나타나는데, 입공을 위한 선계 체험이라는 화소상의 유사점만이 아니
라, 이 선계 체험의 양상 또한 화진의 체험과 유사하게 처리되고 있다.

이처럼, 남성 인물들의 공간 이동은 정통 가정소설류와 그렇지 않
은 작품에서 차이를 보이면서 그 영향 관계를 드러내고 있으며, 전자
는 〈사씨남정기〉의 유한림에, 후자는 〈창선감의록〉의 화진에 가까운
양상을 보이고 있다. 전자의 경우, 가정 갈등의 과정에서 남성의 집
밖 이동이 일어나면서 갈등 해결의 계기를 마련하는 유형적 공간 설정
으로, 후자는 가정 갈등과 영웅의 입공담이 결합되는 유형적 공간 설
정으로 후대 작품들에 지속적으로 수용되고 있는 것이다.

17세기 가정소설인 〈사씨남정기〉와 〈창선감의록〉의 공간은, 후대
의 정통 가정소설류만이 아니라 18세기 이후의 가문소설이나 영웅소
설, 19세기의 상층 지식인 창작의 장편소설에 이르기까지, 거시적인
공간 설정과 그 구도는 물론 세부에까지 영향을 미치고 있으며, 특히
인물과 공간 관계의 특정한 유형을 계승하는 의의를 드러내고 있다.

6. 결론

가정 소설 연구에서 갈등은, 주로 유교 이념이나 원리의 작동과 연결되면서 가부장제 하에서의 신분 갈등이나, 유교 이념을 근거로 한 선악 갈등, 인성의 대립 등을 통해 추상적, 관념적으로 다루어져 왔다. 그러나 공간의 논의를 통해, 공간으로 접근할 때, 그 작동의 공간화라는 구체적이고 현상적인 접근이 이루어질 수 있다. 또한 이럴 때, 인물의 신분이나 인성 또한 그 공간적 조건 속에서 다루어짐으로써, 단순한 선악 대립의 이분적 분석을 벗어나 다층적인 분석이 이루어질 수 있을 것이다. 이는 고소설의 공간적 접근, 공간적 논의가 지니는 가능성과도 연결될 수 있다. 즉, 인간이 숨쉬는 공기처럼, 인간 존재의 근본적 조건이면서도 그 실체가 드러나지 않고 묻혀져 있던 공간과 공간의 힘을 부각시킬 때, 역시 숨겨져 있던 소설의 심층이 파악될 수 있을 것이다.

17세기를 대표하는 작품인 〈사씨남정기〉와 〈창선감의록〉은 모두, 가정 혹은 집이라는 공간을 중심으로 서사가 전개되며, 그 속에서 빚어진 가정 내적 갈등과 가정 외적 갈등의 긴밀한 연결 속에서 인물들의 집 밖 이동이 이루어지고, 그 이동을 통해 가정 내·외적 문제가 해결된다는 공통점을 지니고 있다. 이는 무엇보다 두 작품의 공간이, 서사의 부수적 요소로서가 아니라 서사의 핵심적 요소로서 서사 전개에 긴밀하게 작용하고 있음을 의미한다. 본고에서는 이런 전제 하에 두 작품을 대상으로 본격적인 공간론을 시도해 보았다.

소설의 공간은, 배경이라는 아주 기본적이고 소박한 공간 개념에서부터, 그 자체로 존재론적 의미를 지니는 역동적인 공간 개념이나 나아가 하나의 상징으로서의 공간 개념에 이르기까지 다양한 층위를 지니고 있다. 또한 그만큼 소설에서 공간은, 소설의 부수적 구성 요소나 하위 개념이 아니라 오히려 적극적으로 그 의미를 찾고 드러내어야 할 중요한 구성 요소라고 할 수 있다. 소설의 공간 설정에는 작가층과 향유층이 처한 당대의 현실이 매개되어 있으며, 특히 당대의 현실 속에서 작가와 독자가 지니는 공간 인식이나 관념이 중요한 요소가 된다. 실제 고소설에서 중국이라는 공간이 대표적인 배경으로 설정되거나, 비현실적인 공간, 관념적인 공간이 빈번하게 나타나며, 전고를 활용하거나 역사적, 문화적 상징을 띠는 공간이 작품 속의 특정 상황과 매개되어 설정되는 것 등은 당대 사회, 문화적 공간 관념과 밀접하게 연결된다. 이는 〈사씨남정기〉와 〈창선감의록〉 또한 마찬가지이며, 무엇보다 17세기에 들어 하나의 사회 제도로서 정착하게 된 가부장제의 관념들과 두 작품의 공간 설정 간에는 더욱 긴밀한 관계가 형성되었을 것으로 추정해 볼 수 있다.

두 작품에서는 '집을 떠나다'와 '집으로 돌아오다'의 대표적인 행위에 의해 '집/집 밖' 구도가 공간의 기본 구도를 이룬다. 이는 기존의 고소설 공간 논의가 주로 전기소설이나 환몽·적강 소설 등을 대상으로 하면서 현실/비현실 혹은 일상계/이계를 기본 구도로 본 것과 대비되는, 가정소설 공간 구도의 특징이라 할 수 있다. 또한 이와 같은 기본 구도는 다시 표층 구조와 심층 구조로 나뉠 수 있는데, 전자는 각 공간의 객관적인 실상을 충실히 드러내는 것을 목적으로 하며, 집 안에서는 배치를 통해 나타나는 정적 구조에, 집 밖에서는 공간의 이동을 통해 나타나는 동적 구조에 초점을 맞춘다. 후자는 본격적인 공간 분석의 단계로, 갈등과 공간의 관계, 인물과 공간의 관계, 작품의 주제 혹은 지향과 공간 구조의 관계의 세 층위에서 공간 구도의 심층 구조를 분석하는 것이다.

두 작품에서 집은, 그 규모나 구성 등에서 차이가 나타나기는 하지만, 기본적으로 당대 상층 집의 구성과 구조를 공유하고 있으며, 무엇보다 남녀의 안/밖 구분이나 신분과 위계 등의 일정한 질서에 의한 공간 배치, 그리고 사당이나 가묘와 같은 가부장제의 대표적 공간물의 부각 등이 나타난다는 점에서, 당대의 가부장제 공간 질서에 부합하는 공간 배치가 이루어지고 있다고 할 수 있다. 특히 '중문'은 남녀의 엄격한 구분을 공간화한 대표적인 공간물로, 두 작품에서 모두 빈번하게 나타나고 있다.

두 작품에서 집 밖 배치는 모두 지리지적 사실에 근거해 이루어지고 있으며, 서사와 관련하여 특정 지역이 정점을 이루는 배치 양상을 드러내고 있다. 〈사씨남정기〉에서는, 북경이라는 최북단에서 행주라는 최남극까지 북남의 일직선 형태를 중심으로 강서나 서주 동창 등이 곁가지를 이루고 있으며, 무엇보다 이 중심의 일직선에서 교차점이 가장 많은 공간으로 북경과 장사가 배치되는 양상이다. 〈창선감의록〉의 경우 화진의 군담으로, 촉에서 다시 더 남쪽인 운남의 부주성은 물론 남쪽 국경을 접한 안람국(베트남)으로까지 공간이 확장되었다. 이러한 공간 설정에서 북경과 소흥, 촉(성도)이 가장 빈번하게 나타나고 겹치는 주요 공간이라고 할 수 있으며, 따라서 〈창선감의록〉에서는, 북경을 북쪽의 정점으로 해서 동님쪽으로 소흥을, 서남쪽으로 촉을 꼭지점으로 하는 삼각 배치가 이루어지고 있다고 할 수 있다.

두 작품에서는 갈등과 서사의 진행에 따라 집 밖으로의 이동과 집 밖에서의 다양한 이동이 이루어진다. 특히 갈등의 해소와 서사의 종결

에 가까워지면서 집 밖에 나와 있는 인물들 간의 우연한 만남이 두드
러져 나타나는데, 이를 가능하게 하기 위해서 공간의 집중화가 나타나
고 있다. 〈사씨남정기〉의 집 밖 여정에서는 '장사'로의 집중이, 〈창선
감의록〉에서는 '촉'의로의 집중이 나타난다. 이때 '장사'나 '촉'은, 서
사와 공간의 치밀한 연쇄, 얽힘을 잘 드러내 주는 공간이라고 할 수
있으며, 동시에 서사의 명료성을 드러내 주고 있다.

  또한 두 작품에서는 집으로부터 멀어졌다가 가까워지는 순환적 이
동이 나타나고 있다. '가까워지기'에서는 두 작품 공히 남성 인물인 유
한림과 화진의 공간 이동이 부각되는데, 그들의 공적인 삶과 관련하여
지체 양상을 보인다. 〈사씨남정기〉에서는 집/집 밖의 기본 구도에 서
울/변방, 북방/남방의 구도가 그대로 대응되면서 세 층위에서 동일한
순환적 이동이 나타나고, 〈창선감의록〉의 경우에는, 서울 집→소흥부
집→서울 집으로의 순환 구조가 첨가되고 있는데, 이로써 정치적인 공
간 이동이 함께 부각되고 있다. 그러나 이 경우에도 집 자체가 '가까워
지기'의 귀결점이 되는 것은 마찬가지이다. 인물들에게서 공히 집에
돌아오는 것이 강조되는 이와 같은 순환적 이동은, 두 작품에 나타나
는 공간 이동의 중심에 집이 있음을, 그 중심이 집임을 확인시켜 준다.

  두 작품의 집/집 밖 구도는 중심 갈등과 긴밀히 연결된다. 먼저, 집
안에서는 여성 공간의 중심/주변 구도와 남녀 공간의 안/밖 구도가 갈
등과 밀접한 관계에 놓이게 된다. 집 안에서 각 공간을 점유하던 인물
들은 갈등의 진행에 따라 중심↔주변으로 상호 이동하게 되는데 이는
모두 여성 인물들에게서 나타난다. 여성 공간의 중심/주변 구도가 갈
등을 배태하고 표출하는 것이라면, 남녀의 안/밖 구도는 갈등의 심화
와 연결된다. 이는 갈등 관계의 악인형 여성 인물과 외간 남자와의 사

통을 통해 안팎의 구분, 질서가 무너지는 과정에서 주로 나타난다.

집 안의 갈등 심화로 서사 공간은 집 밖으로 이동하게 되는데, 집 밖 공간에서도 집 안의 갈등은 지속된다. 〈사씨남정기〉에서 사씨는 선산 묘하에서 다시 교씨 일행에 의해 위기를 맞게 되는데, 이는 선영이 집 밖에 있으면서도 완전한 집 밖이 아닌, 유씨 가문의 자장 안에 있는 공간이라는 점과 연결된다. 유한림의 경우도, 갈등의 결과 행주 유배지로 가게 되었다가 해배되어 서울로 올라오는 과정에서 다시 동청 일행에 의해 죽음의 위기에 처하게 됨으로써 집 밖에서의 2차적인 갈등 상황에 놓이며, 〈창선감의록〉에서 화진 또한 유배 과정에서까지 계속해서 독살될 위기에 처한다. 이와 같은 갈등은 남성 인물들의 공적인 복귀를 통해 새로운 국면을 맞이하게 되는데, 남성 인물의 공적인 복귀는 악한 인물들의 집 밖에서의 몰락과 궤를 같이하다가, 남성 인물에 의해 이들의 징치가 가능하게 되면서 갈등 해소의 계기로 작용하게 된다. 또한 이때 악한 인물들의 공간 이동과 남성 인물들의 공간 이동이 교묘하게 접합된다.

두 작품에서 집은 편애와 그로 인한 구성원의 소외를 불러오는 공간이다. 이는 부부나 부자 관계에서 나타나는 애정의 소외와 신분의 문제에서 빚어지는 존재론적인 소외의 두 양상으로 나타나는데, 부부 관계에서 소외의 가장 단적인 공간적 지표는 '공방'이며, 그 행위 지표는 '찾아가기'와 '기다리기'가 대립적 짝을 이룬다. 존재론적 소외는 '무시하기'와 '무시당하기'의 대립 양상으로 나타나며, 이들이 서로 긴밀히 연결되면서 복합적인 소외의 양상을 나타내고 있다. 이처럼 구성원간의 소외와 그로 인한 좌절과 결핍은, 구성원간의 내밀한 유대 관계를 형성하지 못하고 서로를 시기하고 무시함은 물론 불신하게 만들고, 나아가 서로를 감시하고 통제하는 부정적 상황을 초래한다. 이는 '엿듣기'와 그것을 모함으로 옮기는 '고해바치기'의 행태로 나타난다. 그러나 집이 지니는 부정성의 극대화된 양상은, 그 구성원을 집 안에 있을 수 없게 만드는 것이라고 할 수 있다. 집에 있어야 할 구성원을 집 밖으로 내보내는 것은 집의 존재 의미 자체를 흔드는 중대한 문제가 된다. 또한 이와 같은 집의 성격은 '가두기'/ '갇히기'와 '나가기'/'내보내기'의 대립적 행위 지표들로 나타난다.

외부 공간의 행위 지표인 '몸으로 숨기'는, 남장이나 소복 등 옷으로 성을 가리는 '옷으로 숨기'와 대응되는 집 밖 여성들의 행위 양상이다. 이들은 모두 집 밖이라는 공간이, 여성들에게 허용되지 않는 남성의 공간이라는 점과 연결되는데, 이런 점에서 여성들에게 집 밖 공간으로의 이동과 집 밖 공간에서의 여정은 그 자체로 부정적 전력이 된다고 할 수 있다. 남성 인물들에게도 집 밖은 자유보다는 위기의 공간으로 먼저 나타나는데, 유한림이나 화진은 모두 유배라는 감시와 통제 하의 제한적 상황에서 타의적 공간 이동을 이루고 있으며, 유배 과정이나 해배 이후의 상황 등에서 '쫓다'와 '쫓기다'로 나타나는 위기 상황에 봉착하게 된다. 그러나 동시에 집 밖은 열려 있는 가능성으로 인해 '우연히 만나다'가 이루어지며 이로써 위기나 문제의 해결을 모색할 수 있게 되는 회생의 공간이다. 이는 무엇보다 다양한 사람들을 하나의 시-공간적 지점에서 교차하게 하는 '길'의 공간성을 통해 부각되며, 화진의 경우 '지우와의 만남'이 회생에 결정적인 역할을 한다.

두 작품에서는 갈등의 정점 단계에서 집이 파괴되는데, 갈등과 관련된 모든 여성 인물들은 밖으로 나와 임시적 공간에 거처하고 있으며, 유한림이 사면된 후에도 집에 돌아오지 않으려 하면서 일시적이나

마 무창의 새로운 집에 머무는 것이나, 화춘조차 집을 피해 나오는 것 등에서 이때 집은 더 이상 가족과 그 삶의 중심이라고 볼 수 없다. 이에 비해 사씨나 남씨가 머무르는 의거지는 일종의 성역으로, 사대부가의 여성이 집 밖에서 보호받을 수 있는, '집 밖에 있는 안'의 공간으로서 중요한 의미를 지니며, 이 공간에서 헤어졌던 가족들이 만난다는 점에서, 집 안과 집 밖이 일시적으로 전도되고 있다고 할 수 있다. 또한 집 밖에서 다시 집으로 돌아오는 순환 과정에서 집 밖 공간은, 떠나기 전의 집과 돌아온 이후의 집에 대해 완충 공간의 양상을 띠지만, 갈등이나 문제가 현실적으로 해결, 해소되는 것이 아니라, 비현실적인 힘 등에 의해 일시적으로 완화되는 것이라고 할 수 있다. 따라서 근본적인 해결, 해소는 돌아온 집에서 이루어지며 이로써 집은 중심성을 회복하게 된다. 또한 구성원들의 집으로부터의 분리와 이산의 과정을 통해 그 재결합의 의미를 더욱 증대시키고 있는데, 이는 두 작품에서 '새집을 일구어 가는 것'으로 구체화된다.

두 작품의 공간적 순환 구도는, 그 자체로 하나의 안정된 상태에서 불안, 동요를 거쳐 다시 안정된 상태로 진행하는 과정에 대응된다고 할 수 있으며, 이를 인물과 관련해 보면 자신의 자리를 상실했다가 다시 찾는 과정이라고 할 수 있다. 이때 〈사씨남정기〉의 경우는 '부부의 자리 찾기'에, 〈창선감의록〉의 경우는 '자식의 자리 찾기'에 초점이 맞춰지고 있다. 또한 이는 무엇보다 인물들의 심리 상태와 긴밀한 관계에 놓인다. 이때 불안과 동요의 단계에서 〈꿈〉이나 비현실의 개입이 이루어지고, 이 개입으로 불안, 동요 등이 해소되며 안정을 되찾게 된다.

두 작품의 공간이 지니는 특징은 먼저 인물의 공간 인식을 통해 나타난다. 두 작품이 상층 집안의 상층 인물들을 대상으로 했다는 점과 인물의 공간 인식 간에는 밀접한 관계가 생성되고 있는데, 먼저 작품 속에서 특히 여성 공간은 여성 그 자신을 의미하는 것으로 인식되고 있으며, 신분의 변화에 따라 공간이 옮겨지거나 폐쇄되기도 한다. 이처럼 여성 인물들과 공간의 밀착성이 주로 신분과 관련된 것이라면, 남성 인물들의 그것은 인품이나 성향과 관련된 것과 신분과 관련된 것의 두 가지 양상을 보여준다. 〈창선감의록〉에서 화진과 화춘은 각각 죽우당에서 책을 읽거나 정자에서 낮잠자는 모습으로 대비되어 나타나는데, 이것은 공간과 인물의 성향간의 밀착성을 드러낸다. 이에 비해 화욱이 죽은 후에, 큰사랑인 백화헌에 장자인 화춘이 거처하게 되는 것이나, 화진이 입공한 후 하사받은 새집이 종가가 되는 것 등은 공간과 인물의 신분 간의 밀착성을 보여준다. 또한 남성이나 여성 공히, 악인형 인물들은 활발한 이동으로 상당히 개방된 공간 인식을 나타내는 데 비해, 선인형의 경우 집 안에서도 공간 이동이 활발하지 않은 것으로 나타난다. 그 중에서도 남성 인물인 화진이, 집 안에서 공간의 제약을 많이 받으면서 집을 닫힌 공간으로 인식하는 것은, 이 이후의 가정소설 작품들에서는 나타나지 않는 특징적인 면모이다. 또한 비현실 공간, 초현실 공간과 관련하여, 이들은 현실에서 고난을 겪기도 하지만 현실에서 존재의 의미를 찾는 인물들로, 결국은 현실 속에서 그들의 자리를 잡고 다시 찾아야 한다는 현실 중심의 인식을 강하게 드러내고 있다. 이 역시, 이들이 현실에서 지니는 위치, 기득권을 지닌 상층 인물들이라는 신분과 밀접한 관계에 있다고 할 수 있다.

작가의 공간 인식을 통해 나타나는 특징은, 작품의 공간 설정에서 나타나는 공간 구성의 원리나 의도와 관련된 것으로서, 중국이라는 허구적 공간 설정의 이중성을 들 수 있다. 두 작품에서는, 조선만을 배경으로 하거나 조선은 물론 중국, 일본, 안남 등의 주변국들을 다양한 배경으로 하는 기존 소설들과 달리 중국만을 배경으로 한다. 이런 점에서 중국이라는 배경은 그 자체로 허구적 공간 설정을 드러낸다고 할 수 있다. 그런데 실제 두 작품 속에서 명대 중국은 '지금 이곳'이 아닌 '그때의 저곳'으로만 읽히지 않는다. 그것은 특히 집이라는 경험적 공간에서 두드러지는데, 두 작품의 집은 실제 조선의 상류가정을 형상화하고 있으며, 그 속에서 나타나는 삶의 양상 또한 조선의 그것이다. 이에 비해 집 밖이라는 가상적 공간에서는 중국 명대의 사실적, 역사적 공간들이 나타나면서 '그때의 저곳'임이 두드러진다. 이는 허구적인 공간과 사실적인 공간을 교묘하게 접목시키면서, 허구 공간의 전제 속에서 사실 공간의 문제를 담아내고자 한 것이라 할 수 있다.

두 작품에서는 경험적 공간인 집 안에서도, 여성의 공간이 상당히 부각되어 나타나고 있는데, 실제 작품 속에서 여성 공간은 실상 그대로 나타나지 않는다. 무엇보다 인물간의 갈등을 유발하는 일상은 극도로 제한되고 선악 갈등만이 부각되고 있으며, 이는 주로 말해주기를 통해 나타난다. 그에 비해 비일상적인 의례는 충실하게 그려지면서 보여주기를 통해 부각되고 있다. 이는 결국 두 작품의 작가가, 여성 공간의 재구성과 의례의 부각을 통해, 집이라는 경험 공간이 당대의 가부장제가 구현되는 공간임을 강조하고 있는 것이라 할 수 있다. 이는 동시에 경험 공간인 집의 구성에 있어서 작가가 현실로부터 자유로울 수 없었으며, 그 결과 집의 구성에서 완전한 허구 공간의 창출이 이루어지지 않고 있음을 드러내 준다.

이에 비해 두 작품에서 집 밖은 꿈, 군담, 선계 이동 등 일상을 벗어난 다양한 공간이 설정되고 있어 그야말로 가상적 허구 공간임이 잘 드러난다. 특히, 〈사씨남정기〉에서 사씨의 동정호 여정 중 특히 아황, 여영을 만나는 꿈 속 체험과, 〈창선감의록〉에서 화진의 선계 체험이 극도로 확대되어 나타나는 부분들인데, 이들은 모두 비현실 공간의 개입 부분이라는 공통점을 지닌다. 이들의 확대는, 집 밖이 현실과 비현실의 공존 공간이며, 환상적 체험이 나타나는 가상의 공간임을 드러내 준다. 이처럼 집이라는 사실 공간, 경험적 공간에서는 비현실적인 요소나 공간의 개입이 거의 나타나지 않거나, 공간에 대한 묘사 또한 감정 배제적인 양상을 띠는 데 비해, 집 밖 공간에서는 비현실적인 요소나 공간의 개입이 자주 나타나고, 묘사 또한 구체적이고 감정 이입적이라는 점에서 두 공간에 대한 작가의 대비적 인식이 드러난다고 할 수 있다. 특히 의례와 관련된 구체적 묘사와 비현실 공간과 관련된 구체적 묘사는 두 공간의 변별성을 단적으로 드러내 준다.

17세기 가정소설로서 두 작품의 공간이 지니는 소설사적 의의는 당대적 의의와 후대적 의의로 나눌 수 있다. 두 작품이 창작된 17세기는, 그 이전 시기인 15·16세기 소설들의 중심 공간이었던 비일상의 공간 혹은 비현실 공간이, 현실성·사실성 강화의 흐름에 의해 현실의 구체적 공간으로 변화하였다. 또 그런 한편에, 〈숙향전〉이나 〈구운몽〉처럼, 기존의 비현실 공간을 적극 수용하면서도 '적강구조'라는 기본 틀 안에서 인물의 한 단편이 아니라 일생을 이원 세계 속에 조응시킴으로써 이전과는 다른 비현실 공간과 그 구성을 모색하는 작품들이 나타나기도 했다. 또한 이 시기의 소설 공간에는, 중국 소설들의 유입과 번역, 번안을 통한 성독 양상과 그 공간적 수용이 두드러진다. 지식인층의 관심 대상이었던 절강 서호 유역이나, 역사적·상징적 의미를 담고 있는 동정호 부근, 그리고 〈삼국지연의〉의 성행과 관련하여 관심을

17세기 가정소설의 공간 연구 257

모은 촉땅 등이 17세기 소설들 속에서 다양하게 수용·활용되고 있다. 또한 이 시기에는 가족과 가정의 문제가 소설 속에서 형상화되기 시작했는데, 그 중에서도 〈최척전〉이나 〈홍길동전〉에서는, 각각 가족의 이산과 재회의 과정이 공간의 이동에 대응되거나, 가정의 문제를 핵심으로 집이라는 일상 공간이 부각되는 등 가족과 공간의 관계가 부각되고 있다.

17세기 가정소설인 〈사씨남정기〉와 〈창선감의록〉 또한, 이와 같은 당대의 소설 공간들과 상당히 밀접한 관계에 놓이면서 다양한 공간들이 수용되는 동시에 작품에 맞게 변형되고 있다. 특히, 가정소설이라는 측면에서 〈최척전〉이나 〈홍길동전〉의 공간과의 영향 관계가 나타나지만, 〈최척전〉에서는 가족이 생활하는 공간인 집에 초점이 맞춰지기보다는 집 외부에 맞춰지며, 〈홍길동전〉의 경우, 문제의 시발점은 가족과 집에 있음에도 불구하고 그 궁극적 지향점은 가족이나 집에 있지 않다는 점에서 변별성을 보인다. 〈사씨남정기〉와 〈창선감의록〉은 또한, 이 시기 이미 지어져 활발히 읽혔을 것으로 알려진 장편 국문소설, 가문소설의 공간과 많은 부분을 공유하고 있다. 그러면서도 〈소현성록〉에서는 다른 두 작품에 비해 주인공 집의 절대성이 부각되고 있으며, 이는 집 자체가 흔들리거나 존폐의 위기를 겪지 않는다는 중요한 측면을 포함하고 있다. 이렇게 볼때, 17세기 가정소설인 〈사씨남정기〉와 〈창선감의록〉은, 기존 혹은 당대의 소설 중에서도 특히 가정의 문제를 다루는 소설들과 공간을 공유하면서도, 집과 집 밖의 기본 구도 속에서 그 순환적 이동을 통해 집 안의 문제를 해결하고 새로운 집을 일구어 가는, 가정소설 공간의 기본 틀을 독자적으로 구축하고 있다고 할 수 있다.

〈사씨남정기〉와 〈창선감의록〉은 공간의 측면에서도 이후 가정소설에 많은 영향을 주고 있는데, 이는 특히 인물과 공간의 관계에서 두드러진다. 여성 인물과 공간의 관계는, 공간 인식의 측면에서 역시 인물과 공간의 밀착성이 나타난다거나, 남편의 편애와 소외가 중심 갈등과 연계되면서 여성들이 집 밖으로 이동하게 되고 그 이후 집 밖 의거지에 머무르게 된다는 점 등에서 영향 관계가 나타난다. 이는 가정소설뿐만 아니라 18세기 이후의 장편 국문소설들에서도 나타나며, 특히 집 밖 여성의 정신적 안식처로서 동정호 황릉묘가 유형적으로 반복되어 나타나고 있다. 남성 인물들의 공간 이동은 정통 가정소설류와 그렇지 않은 작품에서 차이를 보이면서 그 영향 관계를 드러내고 있으며, 전자는 〈사씨남정기〉의 유한림에, 후자는 〈창선감의록〉의 화진에 가까운 양상을 보이고 있다. 전자의 경우, 가정 갈등의 과정에서 남성의 집 밖 이동이 일어나면서 갈등 해결의 계기를 마련하는 유형적 공간 설정으로, 후자는 가정 갈등과 영웅의 입공담이 결합되는 유형적 공간 설정으로 후대 작품들에 지속적으로 수용되고 있는 것이다.

〈옥수기〉에 형상화된 이국(異國), 중국(中國)

1. 서론

명(明)을 비롯해 송(宋), 당(唐) 등 중국의 역대 국가들이 고소설의 배경이 되는 것은 일반적인 양상이다. 이는 특히 애정전기를 비롯해 〈구운몽〉, 〈사씨남정기〉, 〈창선감의록〉, 〈숙향전〉, 〈소현성록〉 등 17세기 작품들에서 두드러지게 나타나기 시작했으며, 이때 중국은 단순히 시대적 배경만이 아니라 구체적인 공간 배경으로 활용되고 있다.

이처럼 본격적인 소설의 등장부터 중국이 시공간적 배경으로 설정되고, 이것이 일종의 전통 혹은 관습처럼 이후의 고소설 일반에서 나타나게 된 이유는 무엇일까? 이와 관련하여 19세기 한문소설 〈절화기담〉의 평비자 남화자(南華子)가 쓴 글은 주목할 만하다.

패설은 대개 중국 것을 숭상하나 중국 것이 우리나라 것보다 나아서 그런 것은 아니다. <u>사람의 마음이라는 것이 본래 그러해서, 듣도 보도 못한 것을 즐겁게 여기고 옛 것을 좋아하며 요즘 것은 별로 좋지 않게 여기며, 먼 데 것을 좋아하고 가까운 것은 싫어한다.</u> 그러나 이는 우리나라만의 병폐가 아니라 온 천하가 함께 가지고 있는 병폐이다. 우리나

라 사람들이 이야기를 지으면 꼭 중국의 일을 쓰고는 반드시 "우리나라
에는 볼 게 없다"고 한다.[1]

　이는 19세기까지 유지되던 중국 배경의 관행을 비꼬는 것이지만,
그 속에 당대인의 눈으로 파악한 중국 배경의 이유가 적실하게 드러나
고 있다. 그것은 경험하지 못한 먼 이국과 과거에 대한 선호 때문이며,
이는 곧 인간의 본성이라는 것이다. 현대 연구자들 또한 중국 배경과
관련하여 보편적으로 거론하는 것이 중국 문명에 대한 동경과 이국 풍
물에 대한 호기심 충족이다.[2]

　고소설의 중국 배경과 관련하여 공통적으로 지목된 동경과 호기심,
나아가 지향 의식 등은 곧 이국취향이라는 개념으로 대체될 수 있다.[3]

---

1) 稗說盖尙華, 非華勝東, 人情固然, 輒以未聞睹爲快, 好古非今, 樂遠厭近. 非東之病,
　乃天下同病. 東人著說, 必用夏, 必曰, "東無觀焉."〈절화기담〉追序, 김경미, 조혜란
　역주, 『19세기 서울의 사랑-절화기담, 포의교집』, 도서출판 여이연, 2003, 93면.
2) 이에 대해 가장 먼저 언급한 김태준은 당시 작가들이 중국 소설을 심독한 후 그것을
　모방하여 자신이 동경하며 이상화한 인물과 지명을 그대로 기록했다고 하였고,(김태
　준, 『증보조선소설사』, 박희병 교주, 한길사, 1990, 20면.) 우쾌제는 중국 역대의 문
　학 작품 등을 통한 간접체험이라도 독자들의 무지와 호기심을 자극할 수 있다면 가능
　한 한 이국의 지명과 풍속, 역사 등을 그대로 원용해 왔다고 했다.(우쾌제, 「〈南征記〉
　의 南征路에 나타난 西浦의 中國 認識 考察」, 『국어국문학』 115, 국어국문학회, 1995,
　79면.)
3) 이국취향을 규정짓는 이국에 대한 호기심, 동경, 지향 의식 등은 엄밀한 의미에서
　다른 차원의 개념들이다. 실제 서구 낭만주의의 이국취향이 대체로 낯선 곳에 대한
　호기심이나 동경에서 비롯된 것이라면, 고소설의 중국 배경은 그보다는 낯익은 곳에
　대한 동경과 지향 의식에서 비롯된 측면이 다분하다. 이국취향의 대상인 중국이 당대
　인들에게 단순한 이국이 아니라 역사적, 정치적, 문화적으로 의식 지향의 대상이었기
　때문이다. 그런 점에서 일반적인 이국취향의 개념을 그대로 적용시키는 것이 타당한
　가 하는 의문이 제기될 수 있다. 그런데 고소설의 작가를 포함한 당대인들에게 중국에
　대한 호기심은 일반적인 차원의 호기심과는 다른 성격을 지닌다고 할 수 있다. 현실적
　으로는 저곳이지만 의식적으로는 이곳인, 그래서 실제 가 보지는 않았지만 가 본 것
　같은 경험과 의식의 거리 사이에서 그 거리를 합치시키고자 하는 과정이 곧 이국

서구 낭만주의 시대의 중요한 주제로 부각되기도 했던 이국취향(엑조티즘, exoticism)은, 본래 인간이 주어진 현실 밖의 일을 생각하거나 그것을 좇는 마음가짐에서 유래된 말로, 그 범위는 이국의 신기하고 특이한 사고방식이나 그 풍속에 대한 관념적인 선호와 도취에서부터 자유롭게 그것을 향유하는 생활까지 포함한다.[4]

실제 17세기 애정전기의 중국 배경에 대해, 당시 문인들 사이에서 만연한 강남 지역, 특히 절강 유역의 서호에 대한 이국정서와 동경이 투영된 것으로 본 견해[5]도 있었으며, 그 밖에 중국을 배경으로 한 고소설의 대부분이 직접 가보지 않은 상태에서 상상을 통해 창작되었다는 것이나, 시대적으로도 창작 당대의 중국이 아닌 역대 중국, 곧 과거에 집착하고 있다는 것 등은 모두 서구 낭만주의의 이국취향과 닮아 있다.[6] 이런 점에서 고소설의 중국 배경은 우리 문학에 나타난 이국취향의 대표적 양상이라고 할 수 있다.

그러면서도 그 대상이 중국이라는 한 나라에 집중되는 점은 서구 낭만주의의 이국취향과 변별되는 면모라 할 수 있다. 이는 무엇보다 중

대한 호기심으로 발현되는 것이다. 그런 점에서 본고에서는 당대인들의 특수한 상황을 전제로 호기심과 동경, 지향 의식이 유기적으로 결합된 총체로서 이국취향이라는 개념을 쓸 것이다.

4) 손우경, 「Baudelaire의 Exotisme 연구」, 『연구 논문집』 40, 효성여자대학교, 1990, 56면.

5) 정민, 「16,7세기 조선 문인지식인층의 江南熱과 西湖圖」, 『고전문학연구』 22, 한국고전문학회, 2002.

6) 고전주의 이후로 많은 작가들이 상상으로 이국을 묘사해 왔고, 19세기에 와서도 여전히 위고는 그리스와 근동을, 발자크는 이집트를 가보지 않고도 훌륭하게 묘사했다. 또한 특히 18세기 말과 19세기 초의 프랑스 낭만주의는 그 어느 때보다 '다른 곳'에 대한 열정이 고조되어 있었으며, 시간적으로도 과거에 집착하여 시긴의 이국취향을 나타내기도 했다. 이산호, 「샤또브리앙의 낭만주의적 이국취향 연구」, 『프랑스학 연구』 20권, 2001, 프랑스학회, 143-144면.

국이 당대인들에게 역사적, 정치적인 의식 지향의 대상이었기 때문이었다고 할 수 있다. 또한 그런 점에서 고소설의 중국 배경에는 작가 개인의 취향 이전에 작가가 속한 집단의 의식 성향이 전제되어 있다고 할 수 있는데, 중국 배경에 대한 연구가 대체로 역사와 정치의 측면에서 이루어져 온 것 또한 이러한 상황과 무관하지 않다. 그런데 이는 곧 공간적 배경으로서의 중국이 아닌, 시간적 배경으로서의 중국에 대한 관심이라고 할 수 있으며, 이때 중국은 대체로 조선의 정치와 역사로 환원되는 양상을 보여 왔다.

근대 이행기인 19세기에 나타난 중국 배경 소설이 시대에 역행하는 것으로 평가되는 것도 이와 무관하지 않다. 특히 이런 평가는 지식인 작가에 의해 창작된 일련의 한문장편소설과 관련해 두드러지는데7), 이 시기에 〈절화기담(折花奇談)〉이나 〈포의교집(布衣交集)〉처럼 과거의 중국이 아닌 현재의 조선과 그 세태를 다루는 한문소설8)이 나타남으로써 더욱 대비되고 있다.

그러나 조선에 있어 19세기는 그 어느 때보다 중국 문화와 체험에 대한 동경이 고조되었던 시기이다.9) 18세기부터 본격적으로 이루어진 연행 체험과 그 기록들, 사적 · 공적으로 유입된 많은 문물과 서적들, 그리고 명청 문인들의 문화적 취향에 대한 동경 등10)이 이 시기

7) 이기대는 19세기 한문장편소설의 중국 배경이 당시 소설 경향에 비추어 고답적이며, 나아가 소설 발전과도 거리 있는 현상으로 보일 수 있으나, 오히려 의도적으로 역사적 공간을 채택한 것으로 보았다. 이기대, 「19세기 한문장편소설 연구−창작 기반과 작가 의식을 중심으로−」, 고려대 박사학위논문, 2003, 43-44면.

8) 김경미, 조혜란 역주, 앞의 책.

9) 서경희, 「〈옥선몽〉연구−19세기 소설의 정체성과 소설론의 향방」, 이화여대 박사논문, 2004, 18-19면.

10) 남정희, 「조선후기 문인의 明 · 淸 서적 수용과 독서의 경향성 試考」, 『한국문화연구』

중국에 대한 이국취향을 더욱 고조시켰을 것으로 보인다. 19세기 한문
장편소설의 작가들은 이와 같은 시대적 동향의 최전방에 있었던 만
큼11), 작품의 중국 배경 또한 이런 동향과의 관련 하에서 접근해야 할
것이다. 또한 그럴 때 역사와 정치라는 시간에 긴박되어 드러나지 않
았던 중국 배경의 새로운 면모와 의미가 포착되지 않을까 한다.

  본고는 이런 전제 하에, 19세기 중반기 한문장편소설인 〈옥수기〉를
대상으로, 인물, 지리, 풍속의 세 측면12)에서 중국 형상화 양상을 특징
짓고, 나아가 19세기라는 시대적 맥락 속에서 그 의미를 파악하고자
한다. 〈옥수기〉는 특히 작자 심능숙과 밀접한 작품으로 평가되는 만큼,
이국취향이라는 관점에서 접근하기에 유효한 작품이라고 할 수 있다.13)

  8, 이화여대 한국문화연구원, 2005. 강명관, 『조선시대 문학 예술의 생성 공간』, 소명
    출판, 1999.
11) 김경미에 의하면, 한문장편소설 작가들은 비록 정치적으로는 소외된 위치에 있거나
    주변적 인물이었다 할지라도 문화적으로는 중심적인 위치에 있었으며, 관료적인 삶이
    나 처사적인 삶을 살기보다 문화 활동을 위주로 살았던 인물들이다. 김경미, 「19세기
    한문소설의 새로운 모색과 그 의미」, 『한국문학연구』창간호, 고려대 민족문화연구원
    한국문학연구소, 2000, 216~218면.
12) 시간적 배경이 아닌 공간적 배경에 초점을 맞춘다는 점에서, 중국이라는 공간을 구성
    하는 대표적 요소인 인물과 지리, 풍속을 기준으로 하였다.
13) 〈옥수기〉의 중국 배경에 주목한 기존의 논의 또한 대부분 작가의 정치적 이념과 시대
    인식 등의 시간적 측면에서 다루어져 왔으며,(이병직, 「19세기 한문장편소설 연구」,
    부산대 박사학위논문, 2001. 조광국, 「19세기 고소설에 구현된 정치이념의 성향-〈옥
    루몽〉, 〈옥수기〉, 〈난학몽〉을 중심으로-」, 『고소설연구』16, 한국고소설학회, 2003.
    이기대, 앞의 논문), 중국 배경이 아닌 작품 자체에 주목하는 경우에는 19세기의 문화
    적 동향과 관련하여 이념이 아닌 문화와 인물, 일상에 초점을 맞춘 논의가 이루어졌
    다.(김경미, 「〈옥수기〉연구-이념적 요소에 대한 해석과 새로운 모색을 중심으로」, 『고
    소설연구』17, 한국고소설학회, 2004.)

2. 〈옥수기〉[14]에 형상화된 중국(中國)

1) 한족(漢族)과 호족(胡族)의 구분

〈옥수기〉는 명나라 헌종대를 배경으로 하고 있다. 헌종은 중국 역사상 가장 치욕적인 사건의 하나인 토목지변(土木之變)의 당사자였던 영종의 아들이며, 작품 속에서는 복위한 영종과 달리 헌종대에 들어서면서 점차 북로(北虜)에 대한 공납이 전에 못 미치는 것에 노한 먀선(乜先), 엄답(俺答)이 다시 명의 변경을 침입하는 사건이 설정되어 있다. 그런데 이 북로의 침입 과정에서 명나라를 대표하는 한족(漢族)과 북방 오랑캐를 대표하는 호족(胡族)에 대한 다양한 서술과 묘사가 나타나고 있다.

> "상공께서는 염려하지 마십시오. 이오의 요술에 비할 것이 못 됩니다. 호인(胡人)이 궁마(弓馬)만을 믿고 급히 나아오고 쉽게 물러나니 어찌 묘법(妙法)을 알겠습니까?" / "그러나 호아(胡兒)는 변덕이 심하고 의심이 많습니다."[15]
>
> 관군이 크게 일어남을 듣고 웃으며 "한아(漢兒)가 싸움을 겁내니 그 진 치기를 기다려 철기로 짓밟으면 불가한 일이 없을 것이다." / 먀선이 웃으며 "한아(漢兒)는 단지 진으로 싸우는 것만 배웠으니 지금 이후는 패병을 쫓지 않는다면 미천지진(彌天之陳)이 있어도 무엇이 두렵겠는가?" / 엄답이 웃으며 "저들 또한 눈이 있어 너의 미모를 보고 차마

---

14) 『校勘本 韓國漢文小說 家庭家門小說』(장효현 외, 고려대학교 민족문화연구원, 2007, 193-430면)에 실린 교감본을 대본으로 한다. 이후 인용에서는 작품의 면수만 밝히겠다.
15) "相公勿憂, 此非李五妖術之比, 胡人恃其弓馬, 急進易退, 豈知妙法"(337면)/ "然胡兒反覆多疑"(345면)

서로 싸우지 못한 것이니 한아(漢兒)가 원래 정이 많다."16)

이는 각각 한족과 호족이 상대 민족을 부르는 호칭과 상대에 대한
인식을 보여주고 있다. 예문을 통해 알 수 있듯이, 한족과 호족은 상
대에 대해 자신감을 전제로 한 낮춰보기를 하고 있다. 한족은 호족의
전술에 대해, 호족은 한족의 전술에 대해 비웃고 있으며, 한수 위의
입장에서 상대 민족의 성향을 꼬집기도 한다. 먀선과 엄답의 발화에
계속해서 '웃으며'가 붙는 것은 이를 잘 드러내 준다.
　이 북로와의 접전 과정에서 대원수 가유진은 엄답의 두 딸 백룡, 연
연 공주를 자신의 동생이자 천자의 부마인 가유겸과 혼인시킴으로써
엄답의 항복을 받는 계교를 내어 이를 성사시키기에 이른다. 이 과정
에서 호족과 한족의 혼례 풍습이 비교되어 나타난다.

　실달이 고하기를 "북속(北俗)에 신인(新人)이 오는 날로서 장부가 반
　드시 얼굴로 맞아 면신(面信)의 예를 삼으니 대장군께서는 이를 명하
　십시오"17)
　가유진이 "누가 두 공주의 중매를 섰는가? 이제 공주가 중원(中原)에
　들어왔으니 마땅히 중화(中華) 예의를 따라야 할 것이다. 남자는 중매를
　할 수 없으니……중략……너희 호인(胡人)이 어찌 한예(漢禮)를 알리오?18)"

---

16) "漢兒㤦戰, 待其出陳, 以鐵騎誅之, 無所不可"(338면)/ 乜先笑曰, "漢兒只學鬪陳, 從今
　　以後, 勿追敗兵, 則渠有彌雖天之陳, 我何懼哉"(338면)/ 俺答笑曰, "彼亦有眼, 見女之
　　美, 不忍相戰, 漢兒原來多情"(342면)
17) 悉達告曰, "北俗以新人到日, 丈夫必面會, 以爲面信, 唯大將軍命之"(347면)
18) "兩公主媒人爲誰, 今公主入中原, 宜用中華儀禮, 男人不可爲媒……中略……汝胡人豈
　　知漢禮耶"(348면)

전자는 면신지거(面信之擧) 혹은 면신지례(面信之禮)라는 말로도 지칭
되는 호족의 혼례 풍습으로 한족의 친영(親迎)과 대비되고 있으며, 이
에 가유진이 별도로 장막을 배설하고 두 공주를 맞아오게 한다. 후자
는 중국 풍속에서는 여성만이 중매를 할 수 있다는 것으로, 이를 전해
들은 엄답은 "내가 거의 잊어서 중원(中原) 사돈가에 망신을 당할 뻔했
다."[19]고 한다.

또한 전쟁과 전쟁 이후의 일종의 모의전투인 궁중 군례시에 호족 공
주의 외양 묘사가 상당히 구체적으로 나타나고 있다.

깃발 아래로 두 여장수가 말을 나누어 타고 나타났는데, 나이는 대
략 십오륙 세 정도로, 눈썹이 푸르고 입술이 붉으며 허리가 가늘고 등
은 곧으며, 얇은 갑옷 위에 수놓은 가죽옷을 입고 활과 화살을 몸에 지
니고 손에 보검을 잡고, 하나는 홍설마를 타고 하나는 오운총을 타
고……[20] /

꽃 같고 달 같은 여장군이 나아왔는데, 그림 같은 눈썹과 별 같은
눈이며 붉은 입술과 반짝이는 보조개에, 몸놀림이 가벼운 기러기 같고
춤추는 난초 같아, 허리에 보궁(寶弓)을 차고 오른편에는 금전(金箭)이
있으며, 구슬 옷과 수놓은 치마로 손에 아로새긴 창을 잡고 한 마리 연
홍마를 탔으니……[21] / 진주 같고 옥 같은 여장군이 어깨가 소소하며 허
리가 가늘고 눈썹은 웃는 듯하여 초승달이 막 뜬 것 같으니, 그 풍염함
은 매우 탐스럽고 그 밝은 광채는 서로 비치는 듯하다. 허리에는 자개

---

19) "吾幾忘之, 見侮於中原查家矣"(348면)

20) 旗下兩員女將, 分馬而出, 年可十五六, 眉翠脣紅, 腰細背直, 細鎧繡襖, 弓箭隨身, 手
    執寶刀, 一騎紅雪馬, 一騎烏雲驄(339면)

21) 如花如月之女將軍而來, 畵眉星眸, 丹脣寶靨, 翩若輕鴻, 宛若舞鸞, 要帶寶弓, 金箭在
    左, 珠衣繡裳, 手執雕戈, 騎着一匹軟紅馬(363면)

로 만든 활을 두르고 흰 깃털을 몸에 붙였으며, 구슬 바지에 보배 치마
로 손에 보검을 빗겨 들고 한 마리 분운총을 탔으니……22)

전자는 전쟁시의 외양 묘사이고, 후자는 궁중 군례시의 외양 묘사
이다. 두 경우 모두 얼굴은 물론 어깨와 허리 등 몸매까지 구체적으로
묘사되고 있다. 〈옥수기〉에는 가유진과 결연을 맺는 3처 4첩의 여성
들을 비롯해, 가유진 형제들과 결연을 맺는 많은 여성들이 등장하며,
이들은 하나같이 뛰어난 미모를 지닌 것으로 되어 있다. 그런데 앞에
서 예시한 호족 공주, 즉 백룡과 연연 두 자매를 제외하고는 모두 한족
여성들이며, 이들의 외양에 대해서는 대표적인 미인조차도 낙포선녀
나 서시에 비유되거나 그저 미인으로 지칭될 뿐이다. 호족 여성의 경
우 얼굴이나 몸매까지 구체적으로 묘사되는 과정에서 그 아름다움이
현실로 다가오는 데 비해, 한족 여성의 경우는 관습적인 묘사로 일관
되면서 관념적인 아름다움을 보여주는 데 그치고 있다. 물론 호족 여
성들의 구체적인 외양 묘사도, 실전이든 모의 전쟁이든 여장군으로 출
전하는 경우, 즉 대중 앞에 노출된 경우이고 이후 가씨 집안의 여성으
로 돌아가서는 더 이상 나타나지 않는다. 이런 점에서 볼때, 한족이든
호족이든 기본적으로 집 안의 여성에 대해서는 외양 묘사가 구체적이
지 않다고 할 수 있다. 그러나 궁중 군례라는 동일한 노출 상황에서도
호족 여성에 대해서만 외양 묘사가 구체적이라는 점은, 한족 여성과
호족 여성에 대한 구분된 인식을 잘 드러내 준다고 할 수 있다.23)

---

22) 如珠如玉之女將軍, 肩竦腰細, 眉笑月開, 豊若可啖, 皎若相照, 腰掛貝弓, 白羽隨身,
珠袴寶裳, 手橫寶刀, 坐下一匹嘶雲驄(364면)

23) 18세기 연행록 저자들이 내/외 개념에 의거해, 한족 여성과 달리 집 밖에 자주 노출되
는 호족 여성들에 대해 부정적인 시각을 보였다는 점(김현미, 「18세기 연행록 속에

2) 전 지역적 분포와 사실적 지리 설정

〈옥수기〉에는 서두의 절강 태주에 대한 소개를 시작으로 중국 명대의 지명이나 지리 관련 언급이 빈번하게 나타나고 있다. 이를 북부부터 정리해 보면 다음과 같다.

요양(遼陽), 요동(遼東)
북경-북평(北平) /자금성-동화문(東華門), 오문(午門), 서화문(西華門) / 자형관(紫荊關), 선부(宣府)
산동성-신성(新城)
산서성-태원(太原)
섬서성-연안(延安)
감숙성-농서(隴西)
강소성-금릉(金陵), 진회(秦淮), 강회(江淮), 영릉(零陵), 오군(吳郡), 서주(徐州)/ 회(淮)수, 연자기(燕子磯)호
절강성-태주(台州), 선거현(仙居縣), 처주(處州), 소흥(紹興)/섬계(剡溪), 괄창산(括蒼山), 천태산(天台山)
[동백산(桐栢山) 동소남(董邵南)의 廟]
호남성-악주(岳州), 남악(南岳), 형양(衡陽)
강서성-광신부(廣信府), [마고산(麻姑山)], 용호산(龍虎山)
광동성-조주(潮州), 애주(崖州)
운남성-운남(雲南), 대리(大理), [숭명주(嵩明州)]

나타난 중국의 여성」, 이혜순 외 공저, 『우리 한문학사의 해외체험』, 집문당, 2006, 313면.)과 연결해 본다면, 〈옥수기〉에서 호족 여성에 대한 외양 묘사가 두드러진 것은 〈옥수기〉 창작 당시의 호족 여성과 한족 여성의 현실과 일정한 관련이 있을 것으로 보인다. 그러나 호족 여성의 외양 묘사가 아름다움을 그대로 재현하는 양상을 띠고 있다는 점에서, 연행록 저자들이 지녔던 부정적 시각과는 거리가 있다고 할 수 있다.

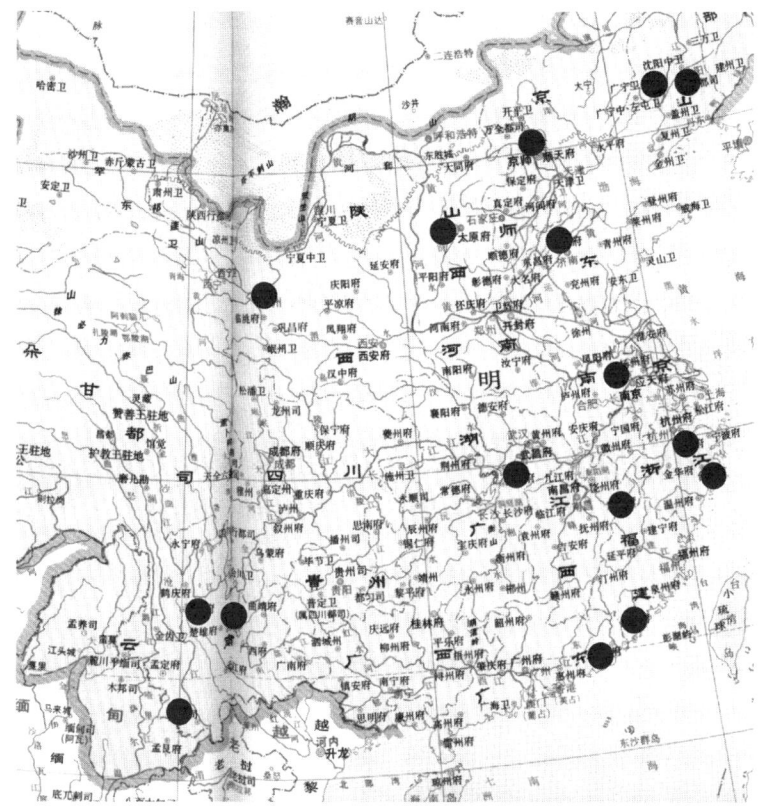

〈옥수기〉의 지역 분포도

중요도와 빈도의 차이는 있지만, 〈옥수기〉에는 북단 요동에서 남단 운남까지 그리고 극동의 태주에서 극서의 농서까지 중국 전 지역을 총 망라하는 지리 설정이 이루어지고 있으며, 그 중에서도 특히 강소성과 절강성 소재 지역들의 분포가 높게 나타난다.[24]

---

24) 강남의 소주와 항주, 그리고 절강 항주의 서호 유역은 16,7세기부터 조선의 문인들에 게 애호되었던 지역으로, 17세기 작품들에서도 주 배경으로 활용되었다.

태주는 옛 양주땅이다. 오(吳)나라와 월(越)나라의 도회요, 동남으로
경치가 아름다우니, 진송대(晉宋代) 이후로 유명한 학자들이 배출되었
고 재능이 뛰어난 재자(才子)들이 천하의 곳간을 이루었다. 태조 고황
제께서 원나라를 대신하여 천하를 다스리시매, 천하를 십삼성으로 나
누시고, 특별히 절강성을 세워 태주를 부속시키셨다. 서쪽으로 처주를
접하고, 북쪽으로 소흥과 경계를 이루니, 인물로 말하면 유견오, 서중
행, 방효유의 유풍이 있고, 산천으로 말하면 괄창산, 금오산, 천태산
등의 명승지가 있다. 도읍이 부호하고 풍속이 온화하고 고상하다.25)

인용문은 〈옥수기〉의 도입부로, 절강성 소재 태주에 대한 소개로
이루어져 있다. 절강 태주는 주인공 가남 집안의 세거지인 선거가 있
는 곳으로, 태주에 부임한 화부와 주변의 소흥에 거주하는 경부과의
교유와 결연이 이루어지는 공간이다. 지리지와 흡사한 서술 속에서 태
주의 역사적 연원과 인접 지역, 배출된 명사들과 명승지 소개가 이루
어지고 있다.

태주에 대한 서술이 한 지역에 대한 보고라면, 남주인공 가유진과
정혼했다가 늑혼의 위기에 빠진 화소저의 시련 여정은 북경에서 광동
성 조주까지, 중국 전역을 종단(縱斷)하는 것이다.26) 이와 같은 화소저
의 여정에서 주목되는 것은, 화소저의 여정이 강소성을 비롯한 강남
일대의 수로와 긴밀히 연결되어 있는 점이다.

---

25) 台州, 古之楊洲也. 吳越都會, 東南佳麗, 自晉宋以來, 名碩輩出, 賢俊才子, 爲斗南府
藏. 太祖高皇帝, 代元而有天下, 分天下爲十三省, 特立浙江省, 以台州府隷焉, 西接處
州, 北界紹興, 人物則有庾肩吾・徐中行・方孝孺之遺風, 山川則有括蒼・金鰲・天台之
名勝. 城邑富豪, 風俗和雅(193면)
26) 강소성 진회 → 강서성 광신부, 묘고산 → 광동성 조주 → 강소성 진회, 서주 → 북경

홍교가 "첩의 아비가 수로에 익숙하니 수로로 급히 조주에 가 상공께 보고하고, 수로가 육로보다 빠르니 속히 다녀와 바로 소저를 가씨에게 돌아가도록 하면 부인이 어쩌시겠습니까?" 라고 하자, 운아가 "그건 그렇지 않아. 조주는 여기서 구천 리나 떨어져 있으니, 만약 갔다 오기를 기다리면 소저께서는 이미 아들딸 낳고 살고 있을 것이야."라고 하였다. / "애주와 이곳 조주의 거리가 불과 천 리입니다."[27]

인용문을 통해서 알 수 있듯이, 화소저는 부친의 적소인 조주로 떠나기 전이나, 조주에서 애주로 떠나기 전에 시비들과 함께 수로를 탐색하면서 거리는 얼마나 되고 얼마나 걸리는지 등을 따져보고 있다. 또한 이 과정에서 매번 배에 오를 때마다 오랜 여행에 대비하는 모습이 현실적으로 그려지고 있다.[28] 결국 애주로 향한 지 십여 일 만에 화소저 일행은 표풍을 만나 삼일밤낮을 표류하다가 진회에 정박하게 된다. 그런데 화소저의 여정에는 강남의 수로만이 아니라 중국 동부 해안의 해로와 관련된 언급도 나타난다.

"내 들으니 삼국시절의 손권이 사신을 보내어 바닷길로 요동에 이르러 공손강을 봉(封)하게 했다 하니, 조주와 요주 간의 거리는 얼마나 되느냐?" 운아가 말하기를 "조주에서 장사하는 사람들이 요주에 끊이지 않으니, 비록 수로로 얼마나 되는지 자세히 알지는 못하고 두관가

---

27) 紅嬌曰 "姜之父, 素慣水路, 可以水道急走潮州, 報知相公, 而水路捷於陸路, 速速往返, 亟歸小姐於嘉氏, 則夫人無奈我何" 雲娥曰, "不然. 婚事有晷夕之慮, 潮州隔九千之路. 若待往還, 小姐幾生男抱女矣."(207) /崖州距此, 不過千里(219면)

28) 처음 회수가에서 조주로 갈때, 두관가는 강가 상점에서 비단과 건어물, 밀린 과일 등을 많이 사서 배에 올랐으며, 이후 조주에서 다시 애주로 향할 때도 두관가는 친한 상인을 찾아가 금구주삼(金龜珠衫)을 천여 금으로 바꾼 후에 배에 오른다.

또한 왕래한 적이 없지만, 순풍을 만난다면 조주가 하늘에 있지는 않을 것입니다."[29]

이는 비록 실행되지 않은 계획이지만, 조주와 요주의 거리를 가늠하면서 여차하면 부친의 적거인 조주에서 조부의 부임지인 요동에 갈 수 있음을 시사하고 있으며, 이는 당시에 이루어졌던 요동 상인들의 빈번한 강남 왕래라는 사실을 기반으로 하고 있다. 이처럼 수로이든 육로이든 그 거리를 단위나 혹은 소요 시간을 통해 강조하는 것은 지리 설정에 사실성을 부여하고자 한 것이라 할 수 있고, 이는 나아가 중국 지리에 대한 작가의 자신감을 드러내는 것으로 볼 수 있다.

그런가 하면 동백산과 동소남의 묘 등은 실재하는 사실 공간임에도 재배치가 이루어지고 있다. 가남과 가유진 부자는 모두 세거지인 선거현에 돌아와 부모의 삼년상을 치르는데, 이때 동백산의 동소남 사당을 중수하거나, 흰까치가 동백산으로부터 날아오거나 하는 등 동소남 묘와 관련된 삽화가 반복된다. 가유진의 경우는 향인이 그 효에 감동하여 동백산당을 생사당(生祠堂) 삼아 동효자 소남선생과 일체로 향사했다[30]고 되어 있다.

그런데 동백산은 강소성 소재의 회수의 발원지이며, 동소남의 묘는 정확한 소재를 알 수는 없지만 동백산과 관련이 있는 것은 분명하다.[31] 따라서 동백산과 동소남의 묘를 결합시킨 것은 자연스럽지만,

---

29) "吾聞, 三國時, 孫權送使, 由海道達遼東, 封公孫康. 潮與遼, 遠近何如"雲娥曰, "潮州沽客不絕遼, 則不諳水路, 杜管家未曾往來, 須借順風, 潮州不在天上."(214면)

30) 鄕人感其孝, 以桐栢山堂爲北平王生祠, 春秋與董孝子邵南先牛一體竝饗.(379면)

31) 동소남은 당나라 덕종(德宗) 정원(貞元) 시절, 수주(壽州) 안풍현(安豊縣)의 효자이다. 소학 외편 제 육(六) 선행 실명륜 편에 한문공(韓文公)이 〈董生行〉을 지었는데,

절강성 태주부의 선거현에 동백산을 등장시키는 것은 사실에 근거한 것이라고 보기 어렵다. 이는 동소남의 효와 의를 가남 집안과 연결시키려는 작자의 의도적 재배치라고 볼 수 있다.

3) 당대 풍속과 진회라는 풍류 공간의 반영

〈옥수기〉에는 작품이 배경으로 하는 당대의 생활상을 알 수 있는 다양한 풍속이나 풍물, 제도와 관련된 언급이 나타나는데, 그 중에서 가장 빈번하게 나타나는 것은 혼례 풍속과 관련된 것이다. 남녀의 결연이 서사의 핵심 화소로서, 작품 전반에 걸쳐 지속적으로 나타나면서, 정혼 단계에서의 신물 교환, 며느리나 사위의 충족 조건, 폐백과 혼례 등 혼인의 전 과정이 소개되고 있다.

먼저, 매파 없이 당사자의 부모나 당사자 간의 정혼이 이루어지는 경우가 대부분이며, 이때 예외 없이 신물로 빙폐를 삼게 된다. 신물이 대체로 장신구인 데[32] 비해 가유진의 부모인 가남과 경부인은 거문고 곡조와 그 시를 서로 주고받는 것이 신물이 되고 빙폐가 된다. 또한 마치 이것이 실제 있었던 일이라는 듯이 "당시 사람들이 이를 두고 옥수(玉樹)와 연미(鳶尾)의 빙폐라고 일컬었으며 지금까지 절강에 미담으

그 글에 "회수(淮水)가 동백산(桐栢山)에서 흘러나와 동쪽으로 치달려 천리를 굽이치면서도 쉬지 못하거든……. 淮水出桐栢山 東馳遙遙 千里不能休)이라고 했으므로, 동소남이 동백산과 관련된 것은 사실이다.

32) 가유진은 화소저와의 정혼시 집안에서 세전하는 금봉(金蜂)을 끌러 주고, 진회에서 만난 두홍앵에게는 머리 위의 금잠(金簪)을 빼어 준다. 가유진의 처남인 왕공자 또한 길에서 만난 임소저에게 머리 위에 꽂은 백옥잠(白玉簪)을 빼어 준다. 명대에는 다른 장신구에 비해 은, 옥, 금으로 된 장식물을 머리에 치장하는 것, 즉 금은잠을 좋아했고, 남녀나 계층을 무론하고 하나씩을 꽂고 다녔다고 한다. 제롬 케를루에강, 『명나라시대 중국인의 일상』, 이상해 역, 북폴리오, 2005.

로 전한다.[33]"고 서술된다. 가유겸의 경우, 문연각에서 근무하던 중 녹앵무(綠鸚鵡)가 날아와 옥환 한 짝을 떨어뜨리고 가자 이를 옷에 달고 다녔는데, 후에 알고 보니 그것은 운남에서 조공 바친 옥환 한 쌍중 하나로, 바로 파릉공주가 잃어버린 물건이었다. 이에 한바탕 소동을 겪은 후 유겸은 파릉공주와 혼인하게 된다.

당사자 간의 정혼이 아닌 경우 매파들이 부귀가의 혼사를 중매하는 과정에서, 여자는 용모, 재주, 문벌이, 남자는 지위, 부, 문벌이 혼인의 중요 조건으로 거론되고 있어, 남녀 공히 문벌이 중요한 조건임을 드러내 준다. 실제 신흥세력가인 나옹은 매파가 진처사댁 소저를 언급하자, 처사는 너무 한미하여 힘을 실어줄 수 없다[34]고 한다. 또한 나옹이 화부에 보내는 폐백은 부귀가의 호화로운 폐백 풍속을 구체적으로 드러내고 있는데[35], 이는 당사자 간의 정혼시에 나타난 소박한 폐백과 대조된다.

이처럼 주로 남녀의 결연 과정에서 당대 사회의 혼례 풍속이 두드러져 나타나는 한편, 특정 공간, 특정 지역의 풍속이 전경화되기도 한다.

가유진 삼형제는 외할아버지 경상서의 생일연을 맞아 북경으로 올라가는 길에 천하 명승지라는 금릉 땅에 들러 잠시 놀다가기로 한다. 또한 금릉 땅의 주점에서 진회가 술과 풍류로 유명하다는 말을 듣고 진회의 유명한 술집인 두사인 집을 찾아간다. 두사인 집은 포도주의 맛으로도 유명하지만, 상색주(上色酒)와 하색주(下色酒)를 빚어 두고 돈과 관계 없이 문재(文才)가 뛰어난 손님에게 상색주를 대접한다는 점에

---

33) 時人稱玉以樹鸚尾幣, 至今浙江, 傳爲美談 (197면)

34) 處士太冷, 太冷, 吾賴不得, 賴不得(205면)

35) 靑絲貫錢十萬, 其餘雜綵, 皆禰是, 而別送金幣一函.(206면) 珍珠小袴衣(211면)

서 더 유명하다.

가유진 형제는 행인들이 일러 준 대로 살구나무꽃이 많이 핀 곳을 찾아가는데, 연자기 호수 동쪽가에 자리한 두사인의 주점은 몇 채의 누각이 연이어 있고 단청이 성하여[36] 그 규모가 크고 화려한 것으로 그려진다. 또한 그 안에서 제공된 술과 안주, 각종 기물이 진귀한 것은 물론 술병이나 술잔까지 모두 진주로 만든 것[37]이며, 내실의 방들은 모두 보석으로 꾸며져 있고 옥과 비취와 비단의 휘장이 드리워 있어[38] 매우 화려하면서도 은밀한 분위기를 자아낸다. 특히 연자기 연못 위에 자리한, 진회에서 가장 으뜸인 청류당(清流堂)에서는 가유진과 두 여성 간의 술과 음악, 시의 향유는 물론, 여장(女裝)과 남장(男裝)의 속고 속이는 유희가 펼쳐지는 등 이 진회에서의 나날은 유흥의 연속으로 그려진다.

또한 이 부분은 상당한 분량을 차지하면서[39] 서사의 전면으로 부각된다. 이때 진회는 명대 진회라는 지역이 지니는 사실적인 특성을 매개로 하여, 화려한 누각과 술과 여자로 대표되는 유흥의 공간이자, 문재(文才)를 우선시하는 미인과 남성의 결연이 이루어지는 풍류의 공간으로 그려지고 있다.[40]

---

36) 自燕子磯東邊, 樓閣重重, 丹靑隱隱, 皆杜家所占 (222면)

37) 俄已, 珍果異肴, 皆非恒市之味, 盃樽床几, 亦是希有之物. 已而, 兩丫鬟, 錦衣珠佩, 奉玉罍而進. (224면)

38) 俄已, 設珠翠照外之帳於內戶.(225)/資粧, 皆飾以金寶, 帷帳, 設以錦繡, 瑞香津津, 金燭煌煌. (228면)

39) 장회로는 전체 14회 중 2회(4,5회)에 해당하지만, 분량 면에서는 전체의 1/5(86면/438면)에 해당한다.

40) 명대에 남경의 진회는 강남의 최고 아름답고 화려한 홍등가로 유명해서, 주작교 다리를 중심으로 서남에서 동북까지 십 리 길을 십리진회(十里秦淮)라고 부르기도 했다. 진회는 또한 그곳의 풍류 넘치고 문학적이며, 음악적이었던 기생들로 인해 많은 문인

3. 〈옥수기〉에 형상화된 중국(中國)의 특징

1) 호족(胡族)에 대한 유연한 시각

앞 장에서 살펴본 것처럼, 〈옥수기〉에서는 북로와의 전쟁 상황에서 전쟁 자체보다는 한족과 호족의 성향이나 문화에 초점이 맞춰져 있다. 이는 또한 한족의 입장에서 일방적으로 서술되는 것이 아니라 호족과 한족을 적절히 오가며 균형 있게 서술되고 있다. 그런 과정에서 호족과 한족이 비교적 대등한 위치에 있는 것으로 그려지고 있는데, 이는 호족 공주와 부마의 결혼을 둘러싼 갈등의 상황에서 한쪽으로 기울어진다.

북로 우두머리인 먀선(也先), 엄답(俺答)이 한족에 대해 나름의 자존심을 견지하고 있는 것과는 별도로 엄답의 딸인 두 호족 공주는 평소에 중국을 동경해 왔고, 한족 남성에게 시집가기를 염원해 왔다. 또한 엄답이 딸들과 천자의 부마인 가유겸의 결혼을 흔쾌히 받아들인 것과 달리, 천자나 다른 한족에게 이 결혼은 절대로 받아들일 수 없는 것이다.

> 황후가 노하며 "우리 공주가 차마 어찌 호녀(胡女)와 더불어 한 사람을 섬기리오? 유진이 비록 공이 있다 하나 조정에 욕을 끼쳤으니, 청컨대 먼저 대장군직을 삭탈하시고 호 공주의 입성을 불허하소서."[41] / 성

들이 모여들면서 풍류와 로맨스로 유명한 곳이기도 했다. 〈옥수기〉의 경우, 두홍앵이나 설강운이 기생은 아닌 것으로 나타나지만, 그들의 재능이나 성향 등은 진회의 기생들을 그대로 연상시킨다. 이렇게 볼때, 〈옥수기〉 속의 진회는 당대의 풍속 공간인 진회를 거의 그대로 재현하고 있다고 할 수 있다.

41) 皇后大怒曰 "我公主, 豈忍與胡女齊體以事人乎? 有晉雖有功, 貽辱朝廷, 請先削大將軍之職, 不許胡公主之入城."(350면)

부인이 성내며 "공주는 명위가 지중하신데, 어찌 저 개 같은 오랑캐의
딸과 함께 부마를 섬기리오?"42) / 상이 변색하여 "유진이 감히 호녀로
짐에게 고하지도 않고 부마에 약혼하니, 짐의 딸이 호녀와 부마를 함께
섬기는 것은 예모(禮皃)가 전혀 없고 동시에 황가(皇家)에 욕을 보이는
짓이다."43)

혼인을 둘러싼 이들 발화는 호족 여성을 포함한 호족 전체에 대한
극단적이 부정과 비하의 양상을 띠고 있다. 특히 호족 측의 입장이나
발화는 없이 한족 측의 발화만 일방적으로 나타난다는 점에서 대등한
서술에서도 벗어나 있다.

호족 공주들의 중원과 그 인물에 대한 동경, 나아가 호족 여성에 대
한 비하와 입성 불허 등의 일련의 양상들에서 한족과 호족에 대한 서
술자의 시각을 엿볼 수 있다. 서술자는 중국 문화와 한족의 독보적인
우월성을 강조하면서 상대적으로 북방 오랑캐 민족을 폄하하고 있는
것이다. 이런 시각은 비단 〈옥수기〉를 통해서만 나타나는 것은 아니
다. 오히려 중국을 배경으로 하는 대부분의 고소설에서 나타난다고 할
수 있다.

그런데 〈옥수기〉의 경우, 지배적인 폄하의 목소리 사이로 그에 제
동을 거는 목소리들이 간간이 들려온다.

"대장군이 벌을 받자 공주가 울면서 식음 전폐한다 하니 부녀지정에
어찌 이하(夷夏)를 논하겠습니까? 엄답이 이 일을 알면 창자가 끊어지

42) "名位至重, 彼犬胡之女, 何人敢與公主事駙馬乎"(352면)
43) 上變色曰 "有晉, 敢以胡女, 不告於朕, 而約婚於朕婿 使朕女胡女同事駙馬, 全昧禮皃
貽辱皇家."(356면)

고 뼈에 사무쳐 반드시 친히 황성 북문을 두드리고 그 딸을 빼앗으며
그 분함을 풀고자 할 것입니다."44)

"제가 먼저 이치의 옳고 그름을 설명한 후 승부를 내면, 우리나라에
도 말을 잘 할 수 있는 사람이 있다는 것을 드러내기에 충분할 것입니
다."/ 공주가 "화이(華夷)를 무론하고 빼어난 사람은 배우지 않아도 스
스로 아는 것입니다."라고 하였다./ 녹엽은 뛰어난 미모에 가무는 물론
거문고와 바둑이 궁중 안에서 제일가고, 말솜씨가 뛰어나며, 소사(小
詞)를 잘 지으니……45)

오랑캐도 부녀간의 인지상정은 같다거나, 호족 중에도 능변가가 있
을 수 있고, 재능 또한 화이를 불문하는 것이라는 이런 예시들은, 특
히 두 호국 공주의 중국 입성 이후부터 빈번하게 나타난다. 이는 두
호국 공주가 중국의 부마인 가유겸의 부인이 된다는 신분의 변화와 밀
접한 관련이 있다. 호국 공주일 때와 중국에 시집온 여성, 특히 부마
에게 시집온 여성일 때의 시각이 달라질 수밖에 없는 것이다. 물론 이
받아들임의 과정도 녹록치는 않다. 특히 호국 공주에 대해 처음부터
강하게 반감을 드러냈던 황후는 궁중 군례시에 등장한 호국 공주의 행
차를 보면서 이런 귀한 기상을 지닌 여자가 호녀일 리가 없다며 재차
수긍하지 않고 냉소로 일관한다.46) 그러나 바로 그 황후가 궁중 군례
의 막바지에 가서는 두 사람에게 반하고 감동하여 비로소 마음을 열고

---

44) "自聞大將軍之待罪, 悲泣不食云, 父女之情, 何論夷夏哉. 俺答若知此事, 腸斷切骨, 必
欲親叩皇城之北門, 奪其女, 而肆其忿"(358면)
45) "妾先說曲直後, 決勝負, 足顯吾國有能言之人"(339면)/ 公主曰, "無論華夷, 秀出之人,
不學自爲"(366면)/ 有傾都之色 歌舞琴棋, 獨擅宮中, 言語慧巧, 善作小詞.(418면)
46) 皇后冷笑曰 "何物胡媼, 敢生此等人物耶? 外面看之, 極有貴人氣像, 衣服言語 何處似
胡女耶?"(365면)

부마를 함께 섬기는 것을 허락하는 데[47] 서 호족에 대한 변화된 시각이 단적으로 드러난다. 실제 이후 두 공주는 서사에서 부각되지는 않지만, 집안 여성들 간의 대화에 일정하게 참여하는 등 한족 여성들 속에서 나름의 입지를 점하게 된다. 이처럼 〈옥수기〉에서 호족에 대한 시각은 호족 공주의 중국 입성을 기점으로 변화되고 그 속에서 이전까지 강조되었던 한족과 호족의 구분 자체가 무화되는 듯 보이기까지 한다. 물론 작품의 종반부에서 호국 공주의 시녀인 녹엽에 애달아하는 유함에게 초왕이 "녹엽이 비록 약간 미모가 있다 하나 한낱 호녀 중에서 겨우 봐 줄 만할 뿐이니 내 어찌 원하겠는가[48]"라고 조롱하는 말에서 드러나는 것처럼, 끝까지 견제의 줄을 놓지 않고 있는 것은 사실이다. 그러나 그 역시 한바탕 웃음을 동반한 사기극 속에서 연출된 발화라는 점에서, 중반 이후의 호족에 대한 지배적인 시각은 분명 경직된 양상에서 벗어나 있다고 할 수 있다. 이는 〈옥수기〉 창작 당시의 중국 정황, 즉 호족의 청나라라는 정세와, 연행을 비롯한 다양한 교류 등으로 인해 호족이 재발견되던 시대적 분위기와 밀접할 것으로 보인다.

2) 당대적 현실 공간의 비중 강화

앞 장에서 살펴본 것처럼 〈옥수기〉에는 중국 전역의 지명들이 나타나고, 주인공들의 동선(動線) 또한 지리나 각 지역의 특성에 근거하여 사실적으로 배치되고 있다. 어떤 면에서는 불필요하다 싶을 정도로 혹

---

47) 皇后因見兩人顔色之美, 辭令之妙, 雍容自如, 宛有士女之風, 大愛之, 命使近前, 不覺執手曰 "汝姉妹, 今之平陽公主. 使人看看生愛." 因指公主 曰 "此卽巴陵公主, 與爾同事駙馬之人, 汝須拜見."(372면)

48) "此綠葉畧有姿色, 胡女中僅可者, 吾豈欲之耶"(426면)

은 그리 비중 있는 인물이 아닌 경우에도 그들의 출신지를 일일이 확인시키면서 동서남북의 다양한 지역들을 언급하고 있으며, 이동이 이루어지는 경우에는 지역과 지역 간의 거리와 이동 시간을 언급하고 있다. 이는 막연하게 중국을 공간적 배경으로 하는 작품들과는 분명히 다른 양상이다.

또한 중국의 구체적인 공간들이 나타나는 작품들의 경우도, 대부분은 역사적, 관습적 공간의 비중이 강하고, 그 공간이 지니는 문화적 약호49)와 주인공들의 행보가 긴밀히 연결되는 등 공간적으로 과거와, 역사로 돌아가는 성향이 강하게 나타난다. 그러나 〈옥수기〉의 경우, 이런 약호화된 공간의 비중이 낮고, 나타난다 하더라고 그 성격이 퇴색되거나 달라지는 양상을 보인다. 이는 곧 공간적으로 더 이상 과거에 얽매이지 않는다는 것50)을 의미한다. 화소저의 여정 중에 나타나는 강소성 묘고산은 중국의 대표적인 도교 공간51)이며, 이는 작품 속에서도 비교적 충실하게 그려지고 있다. 그러나 일반적으로 도교적 공

---

49) 특수한 공간이 소설의 배경으로 자리잡을 때, 그 공간이 함축하고 있는 역사적 사건이나 특수한 의미소들 역시 텍스트 생성을 위한 약호로 기능하게 된다. 최경환, 『〈육미당기〉의 텍스트 생성과정 연구』, 월인, 2002, 33면.

50) 이는 전범적 텍스트의 끊임없는 개입으로 19세기 한문장편소설은 역사성이 강화된 방향에서 창작되었다(이기대, 앞의 논문, 52-53면)는 이기대의 견해와 거리가 있다. 적어도 〈옥수기〉 경우에는 작품 전반의 전범적인 텍스트와 별도로 역사성이 거세된 공간 설정이 확인되기 때문이다.

51) 여기서 묘고산은 강서 지방을 지나면서 들르게 되었다는 점이나 각종 신이한 이적으로 유명하다는 점 등에서 강서(江西)의 마고산(麻姑山)을 지칭하는 것으로 보인다. 지연숙은 중국에서 일반적으로 마고와 관련 있다고 여겨지는 산은 강서(江西)의 마고산(麻姑山), 호남(湖南)의 형산(衡山), 사천(四川)의 청성산(靑城山) 등이지만, 우리 나라 설화에서는 천태산 마고가 하나의 공식구로 되어 있고 이것이 〈숙향전〉의 영향이라고 하였다.(지연숙, "〈숙향전〉의 세계 형상과 작동 원리 연구", 『고소설연구』 24집, 한국고소설학회, 2007, 205면) 이에 의하면 작가 심능숙은 설화적인 전통보다는 중국의 역사적 전통에 근거해 공간을 설정하고 있다고 할 수 있다.

간에서 여성 주인공들이 신이한 도움을 받아 잠시 화를 피해 머물게 되는 것과 달리, 화소저는 이곳에서 해적의 침입과 늑혼가에서 보낸 무뢰배의 침입이라는 이중의 수난을 겪게 된다. 또한 가까스로 화를 면한 화소저는 묘고산을 떠나 다시 조주로 향한다. 결국 화소저의 여정에 영향을 주는 것은 도교적 공간의 신이성이 아니라, 수로상의 표류나 강가 혹은 산의 험지에 있는 도적떼의 출몰과 같은 현실적인 문제인 것이다.

여성 인물의 시련 여정과 관련하여 전범적 공간이라 할 수 있는 동정호와 수월암의 경우도, 설강운의 풍류적 속임수 속에서 희화화되어 나타난다.[52] 이 밖에 남악이나 천태산과 같은 도교적 공간도 남악 선고나 천태산 요도사의 존재와 주인공들의 도교에 대한 동경 등으로 인해 일정한 비중을 차지하기는 하지만 구체적인 배경으로 형상화되지는 않는다.

〈옥수기〉에는 이런 역사적, 관습적 공간들의 자리에 당대의 현실적인 공간들이 교차되어 들어서 있는데, 먼저 북경 거리의 등장을 들 수 있다.

"내가 진정 의심했던 바이다. 관경(임공자)이 용모가 이와 같고 그 지닌 자장(資裝)이 심히 후하여 반드시 청루의 기생들과 간사한 부인네들에게 꾀임에 넘어갔을 것이니, 내가 그 은밀한 일을 들춰낼까 하여

---

52) 설상운은 가유진이 여장하고 자신을 속이자 자신 또한 물에 빠져 죽었다가 귀신이 되어 나타난 것으로 하고는, 자신이 연자기 호 물에 빠졌다가 동정호에 닿았는데 이때 동정 용녀와 유의가 남악 상선의 모임에 갔다오다가 자신을 겁박하려 하니 광풍이 불어 소상 군산의 기슭에 닿았고 그 위에는 황릉묘가 있어 이비를 만났다고 한다. 이 계교 속 여정은 전기소설인 〈유의전〉 내용을 패러디한 것이기도 하다.(이기대, 앞의 논문, 261)

찾아오지도 않는 것이다."53)

"이경(二更) 쯤에, 큰길로 들어가 동쪽으로 향하여 화자교를 건너 서쪽으로 돌아 양류항으로 들어가니, 한 붉은 문이 있으되, 높디 높게 길에 임해 있고, 문지기들이 모두 흩어져 자고 있는데, 다만 풍경 소리만 바람결에 은은히 들려오는지라. 공자가 하늘을 향해 두 번 절하고 높은 문을 날아들어가니……중략……감히 가던 길로 다시 오지 못하고 서쪽으로 향하여 달아나다가 거방(車房)의 불이 밝음을 보고 찾아왔습니다." 왕백언(왕공자)이 문 밖으로 나와 파자항을 지나는데 문득 들으니 길거리의 사람들이 뛰어다니며 떠들썩하게 외치는 소리가 들렸다.54)

물론 여기에 나타난 거리명이나 거리의 성격이 사실인가는 확인되지 않는다. 중요한 것은 그 정합성의 여부가 아니라 〈옥수기〉 속에서 그것이 구체적으로 서술되었다는 것이고, 나아가 그 양상은 곧 작가가 상정한 북경의 모습이라는 것이다. 그 속에서 일단 북경 거리는 지방에서 과거보러온 선비들이 청루 기생의 꼬임에 넘어가 가진 여비를 다 탕진해 버리는 향락적이면서도 도시의 몰인정과 상술이 드러나는 공간이고, 또한 후자의 예를 통해 나타나듯이, 여러 거리가 사방으로 나 있고 부귀가의 으리으리한 저택이 자리한, 상당히 번화하고 성대한 수도의 면모를 보이고 있다.55)

---

53) "吾固疑之矣. 觀卿, 容兒若此 資裝甚厚, 必爲靑樓粉頭狹邪弓鞋所誘, 恐吾據其隱事, 不來相訪"(384면)

54) "夜二更, 直入大道, 向東而去, 度花子橋, 轉西而入楊柳巷, 有一朱門, 峨峨臨路, 守門人, 皆散臥而睡. 只聞風磬聲隱隱, 乘風而至, 四無人聲. 公子 向天再拜, 飛入高門, 若一道電光……中略……不敢向來路, 一直向西而走, 見車房火明, 尋路而歸."(385)/ 出門, 過巴子巷, 忽聞路人, 奔走喧傳日.(386면)

55) 연행록 속에서, 18세기 초반에 연경이 실용적인 물물과 관련하여 소개되었던 데 비해, 후반에는 유락적이면서 화려한 관광지의 이미지로 변화되었다고 한다. 김현미,

이와 함께 〈옥수기〉에 새롭게 등장한 당대적 공간은 요동이다. 사실 〈옥수기〉에서 실제 침입은 몽고족에 의해 이루어진다. 그 침입 경로 또한 토목지변이 일어났던 토목보 부근의 선부와 북경의 관문인 자형관으로, 북서쪽 국경 부근이다. 그런데 그런 와중에 요동 지역의 견고한 수비 문제가 계속해서 언급되고, 요동 자체가 반복적으로 다루어진다.

> "화각로께서 북으로 요양(遼陽)에 나가 오랑캐를 막으셨다."/ 이에 화경춘이 요동(遼東)에 좌천되어 있다가……천자가 화경춘을 다시 불러 선위사(宣慰使)를 삼아 요동(遼東)을 진무하게 했다.
> 　소저가 "가형께서 무예에 정통하니 저를 데리고 요동에 갔다가 다시 연안부에 가서 공을 세우고자 합니다."하니, 화상서가 "네가 요동에 가는 것은 안 되는 일이다. 먀선이 변방을 엿보고 있으니 나이 어린 서생이 어찌 그런 험지에 가겠느냐."[56]

실제 작품 속에서 북로나 호족의 개념 속에 몽고족과 여진족은 구분되어 나타나지 않는다. 북로나 호족은 몽고족이나 여진족을 포함하는 북방 오랑캐를 대표하는 개념으로 나타나는 것이다.[57] 그러므로 이와 같이 반복되는 요동 방비의 강조는 몽고족보다는 여진족을 염두에 둔 것이라고 할 수 있다. 또한 그런 점에서 요동의 강조는 헌종 당대보다는 명청 전환기의 격동지였던 요동에 대한 관심이 투영된 것으로 볼

『18세기 연행록의 전개와 특성』, 이화연구총서4, 혜안, 2007, 79면.

56) 小姐對曰, "今奉小生赴遼東後, 欲往延安府入功." 尚書喜曰, "但賢輩不可赴遼. 乜先嘗有窺邊之志, 年小書生, 何爲入此險地"(278면)

57) 조광국 또한 이런 측면에서 심능숙의 대청의식을 지적한 바 있다. 조광국, 「〈옥수기〉에 나타난 중국인식」, 『한국문학논총』 31, 2002, 146-147면.

수 있다.58) 명대를 배경으로 하는 다른 소설들에서 북방만이 아닌 남방이나 서방의 오랑캐와 그 방비를 다양하게 다루는 데 비해, 〈옥수기〉에서는 유일하게 북방의 오랑캐와 북쪽 변방만을 다루고 있는 점도 같은 맥락이라고 할 수 있다.

이처럼 〈옥수기〉에서는 역사적, 관습적 공간의 비중이 약화되고 그 자리를 당대적 현실 공간이 대신하고 있으며, 또한 요동의 부각과 함께 북방 위주의 변방 설정이 이루어지고 있다.

3) 사족 남성의 유흥적 일상 재현

〈옥수기〉에는 남녀의 결연과 관련하여 당대의 혼례 풍속이 두드러지고, 당대의 유흥적 풍속을 대표하는 진회가 부각되고 있다. 그런데 이 진회라는 공간은 실상 이 작품 전체를 관통하는 핵심 공간이라고 할 수 있다. 그것은 이 공간에서 이루어진 가유진과 두 미녀 간의 결연 양상이 이를 전후로 나타나는 남녀 간의 결연 양상을 대표하기 때문이다.

가유진의 재능에 반해 결연한 두홍앵은, 설강운의 마음을 잡으려면 고악부(古樂府) 한 편을 지어 감평(鑑評)하게 하라고 권유한다. 이에 가유진은 퉁소와 거문고의 협주곡에 붙인 서주곡(西州曲)을 짓는데, 두홍앵은 자음(字音)이 모두 육률(六律)과 육려(六呂)에 합당하다고 칭찬하고, 이를 받아본 설강운 역시 전대의 인물들과 비교하여 극찬하며59)

---

58) 이보다 뒤에 창작된 남영로의 〈옥루몽〉은 명확하지는 않지만, 영락제를 배경으로 삼은 듯한데, 영락제의 활발한 변방 정벌과 관련하여, 명 전반에 걸친 변방 민족과의 관계가 총합적으로 다루어진다. 그러면서도 북방 오랑캐들의 비중이 압도적이라고 할 수 있는데, 흉노의 침입이 안문→태원→곤주의 침입 경로를 보이는 데 비해, 흉노에 결탁하는 척발랄의 침입은 몽고퇴→요동 광녕→의 침입 경로를 보여 이 역시 요동 지역에 대한 관심을 보여주고 있다.

결국 자신이 그토록 찾던 문재(文才)를 얻게 된다.

작품 초반부의 가남과 경소저의 결연 과정에서 역시, 가남은 거문고 곡조에 대한 실로 전문적인 소견을 보이고60), 이후 경시랑의 요청에 의해 십이결(十二闋)이라는 금곡(琴曲)을 작곡하는데, 이 곡조에 화답을 하게 된 경소저 또한 가남에 대적할 수 있는 인물로 그려진다. 결말부에 이르러 유함과 호희인 녹엽은 보살만(菩薩蠻)과 장상사(長想思) 가사를 주고받으며 마음을 확인하고, 이후 밀애 과정에도 시와 노래가 함께한다.61)

남녀의 결연에 시와 음악이 매개되는 것은 일반적이지만, 이처럼 창작은 물론 비평이 두드러지고 구체적인 양상을 띠는 것은 흥미롭다. 또한 이런 자리에는 어김없이 술이 매개되고 있다.62)

가유진 형제는 금릉의 주점에서 상인들이 주고받는 말들 "진회에 가면 한번 취하지 않을 수 없다"63), "두사인 집에서 빚은 포도주는 맛이

---

59) 자건의 신운, 태백의 풍골, 낙천의 정사, 이귀년의 음률 4명을 합쳐도 못 미치며, 곽분양의 완복(完福)과 배진공의 만절(晩節)보다도 위에 있다고 한다.(美人 曰, "非一人所可疑. 子建神韻, 太白風骨, 樂天情思, 李龜年音律, 合此四人, 然后可作此曲. 吾欲別此二人之上, 郭汾陽之完福, 裴晉公之晩節, 此却有餘." 241면)

60) 凡琴非七絃, 則爲五絃, 今大人所奏之琴六絃, 而武絃兼正聲餘音, 則實七絃也. 此曲文絃方絃大絃爲用, 而上下武三絃爲助(194면)

61) 녹엽으로 하여금 '碧雲天末之詞'를 노래하게 하니, 그 소리가 가늘고 길게 이어져 마치 우는 것 같고 하소연하는 것 같았다.(命綠葉歌碧雲天末之詞, 歌聲嫋嫋, 如泣如訴, 420면)

62) 더 나아가 음악이나 시가 없는 경우라도 술은 언제나 사족의 일상과 함께 한다. 늑혼을 피해 화공자로 변성명한 화소저가 왕시랑 집에 머물 때, 왕시랑의 아들인 왕공자가 화공자의 처소를 오가며 돈독한 관계를 유지하는데, 어느 날 왕공자가 모부인 방에서 몰래 빼온 벽선주를 들고 찾아가자 화소저가 병중이라는 이유로 오늘은 술을 못먹겠다고 사양하는 대목은, 이들의 교유에 술이 함께 했음을 추측하게 한다.

63) 今午往秦淮, 則不可不一醉(221면)

진기하고 색이 선명해 단지 이 근처에서 뛰어난 맛일 뿐 아니라, 천리 안에서는 이 같은 술이 없다.[64]" 등등에 솔깃해 진회에 들르기로 한다. 이처럼 가유진 형제가 진회를 찾아가게 된 것은 무엇보다 좋은 술을 마셔보고 싶어서이다. 그러면서 주막 주인이 상색주를 얻어 먹지 못할 거라 하자 자신의 문재라면 마고주도 바로 먹을 수 있다[65]고 너스레를 떨기도 한다. 이후 서주곡을 짓거나 시를 지을 때, 두 미인들과 함께 하는 자리에서 여지없이 일단 몇 잔 씩 술을 돌려 마시거나 만작(滿酌)을 하는 것으로 그려지고, 다시 길을 떠나는 날에도 포도주를 많이 빚어 놓고 기다리라는 말[66]을 남기고 떠난다. 이처럼 진회 삽화는 술로 시작해서 술로 끝나고 있으며, 특히 반복적으로 명주(名酒)와 문재(文才)가 같은 가치로 평가되고 있어 그 자체로 풍류적인 양상이다.

이와 같은 술과 술자리의 여흥은 결말부의 유함과 관련된 일련의 삽화들에서 극에 달한다. 유함은 호희 녹엽을 보고 한눈에 반하지만 신분 때문에 마음만 졸이다가 이를 안 형 유겸이 초왕의 짓인 양 녹엽 납치극을 꾸미자, 녹엽을 되찾기 위해 천자 앞에 나아간다. 천자 앞에서 술에 취해 초왕의 행동이 너무 심하다고 하소연하던 유함은, 천자가 초왕을 벌주고 녹엽을 다시 뺏어 주겠다고 달래자, 술에 취해 일어나지도 못하고 엎드려서 만약 녹엽을 뺏어준다면 천자는 요순 같은 임금일 거라고 한다.[67]

---

64) 有杜舍人家, 釀葡萄酒, 味奇色鮮, 非徒此間尤味, 方千里之內, 無如此酒.(222면)

65) 若以文買酒, 莫道葡萄酒, 雖麻姑天日酒, 酬應不暇.(222면)

66) "娘子待吾歸, 多釀葡萄, 以作喜酒"(273면)

67) 上曰, "朕奪綠葉, 歸卿矣", 有咸欲起拜, 醉不能起, 俯伏曰, "然則陛下堯舜之主也"上大笑.(426면)

여기에서 무엇보다 흥미로운 것은 술자리의 여흥에 궁중과 천자까지 관련되어 있다는 것이고, 그 정도 또한 지나치게 '거나하다'는 것이다. 천자와 신하간의 술자리는 이보다 앞서 가유진 형제가 문연각 근무를 할 때도 나타난다. 물론 이처럼 적나라하게 묘사되지는 않았지만 이때도 가유진은 취한 상태이다. 또 그 때문에 천자가 하사한 여지(荔子:리찌)를 왕부인에게 건네고는 왕부인이 먹는 것을 술취한 눈으로 지켜보며 희롱한다. 물론 여기에는 여지라는 과일이 환기하는 분위기[68]가 함께 작용하고 있다고 할 수 있다.

같은 맥락에서, 궁중 안 그것도 바로 천자 앞에서 여자 때문에 주사를 부려도 문제될 것이 없고, 오히려 천자가 재밌어 하면서 여기에 동참하는 상황은, 결국 천자 또한 남성 주인공들의 성향과 다를 것이 없음을 나타낸다. 유함의 소원대로 녹엽을 첩으로 들이게 되자, 질투로 노기등등한 성부인이 비꼬며 하는 말, "천자도 참 다사하여 신하의 첩을 다 중매하니 이 같은 천자는 고금에 없는 바로다.[69]"는 바로 이런 유흥적 분위기, 나아가 풍류적 면모가 천자에게도 연장되고 있음을 단적으로 드러낸다.

이처럼 진회라는 풍류 공간을 정점으로 〈옥수기〉에는 시와 음악의 창작과 비평, 술자리의 여흥이 전경화되고 있다. 특히 이들을 향유하는 주체는 가유진 형제를 비롯한 사족 남성이며, 향유의 대상과 양상 또한 사족 남성의 일상의 영역에 속한 것이다. 이런 점에서 〈옥수기〉에 형상화된 풍속은 무엇보다 사족 남성의 유흥적 일상을 사실적으로

---

68) 양귀비의 과일이라고 불리기도 한 여지는 당현종과 양귀비의 향락적 관계를 함의하는 과일이라고 할 수 있다. 또한 여기에는 이 작품의 시대적 배경인 명 헌종의 만귀비가 양귀비에 비교되던 역사적 정황도 매개되어 있다고 할 수 있다.

69) "天子多事, 盡媒人臣之妾, 如此天子, 古今所無"(428면)

재현하고 있다고 할 수 있다.

4. 개별적 경험에 근거한 이국취향의 형상화

〈옥수기〉가 창작된 19세기에는 18세기부터 본격화된 연행과 그 기록들을 통해 청나라와의 교류가 빈번해지고 청나라에 대한 이해의 폭이 넓어졌음에도 불구하고 여전히 화이론이 지배적이었다.[70] 화이론은 화이(華夷)라는 민족과 그 민족의 문화에 대한 인식과 평가를 기저에 둔 것이다. 그런 점에서 〈옥수기〉에 명나라를 대표하는 한족과 북방 오랑캐를 대표하는 호족에 대한 구분이 두드러지는 것은, 그 자체로 민족에 대한 관심이 반영된 것이라 할 수 있다. 북로와의 전쟁 상황에서 전쟁 자체보다 호족이나 한족 나름의 성향과 문화, 그리고 상대민족에 대한 인식을 드러내는 데 초점을 맞춘 것이 바로 그런 것이다. 호족 여성의 외양이나 복식 등에 대한 구체적인 묘사는 그와 같은 관심을 시각적으로 형상화한 것이며, 호족 여성에 대한 묘사는 객관적인 양상이다.

이는 곧 화이에 대한 시각이 관념적이고 이념적인 것이 아니라, 구체적이고 현실적인 것임을 의미한다. 또한 그 속에서 호족 또한 인지상정은 같다거나 호족이라도 뛰어난 인재는 있다는 식의 화이에 대한 유연한 시각이 드러나게 된 것이다. 이는 당대의 지배적인 시각은 물

---

70) 19세기의 연행에서 나타난 조선 사신의 태도에서도 여전히 화이론에 근거하여 중국에서 오랑캐성을 찾아 멸시하고자 하는 것이 나타난다. 김유경, 「19세기 연행문학에 나타난 중국 체험의 의미-전, 중반기를 중심으로-」, 『열상고전연구』 21집.

론 〈육미당기〉나 〈옥루몽〉 등의 같은 시기 한문장편소설에서 드러나
는 견고한 화이관과도 대별되는 것이며, 나아가 〈옥수기〉에 대한 기
존 연구의 견해와도 거리가 있다.71) 이와 같은 변별적인 시각은 무엇
보다 연행 등을 전후하여 화이에 대한 다양한 시각이 공존하게 된 시
대적 분위기와 밀접하다고 볼 수 있다. 또한 그런 점에서 〈옥수기〉 속
의 중국은 한족의 명대로 설정되어 있으나 여기에 작가의 당대인 청대
가 포개져 있다고 할 수 있다.

  또한 18,9세기에는 역사지리에 대한 관심의 고조와 함께 지리서나
지방지가 대량 유입되었으며,72) 1790년에 입연하여 중국 지역의 답사를
통해 지리 역사적 사실을 고증한 서호수(徐浩修)의 『연행기(燕行記)』73)와
같은 연행 기록의 영향 등으로, 중국에 직접 가보지 못한 경우라도 마치
가본 듯한 지리적 지식을 과시할 수 있었다. 〈옥수기〉에 중국 전 지역이
광범위하게 분포되어 있고, 주인공들의 동선(動線) 또한 대부분 지리지적
사실에 근거하여 배치되고 있으며, 지역 간의 거리와 소요 시간 등이
강조되어 나타나는 것 또한 기본적으로 당대의 이와 같은 학문 동향과
연결될 수 있다. 또한 그 결과 〈옥수기〉 속의 중국은 모호하거나 신비한
색채가 걷혀지고 구체적이고 현실적인 공간으로 나타난다. 이는 같은
시대적 동향 하에서 창작된 〈육미당기〉나 〈옥루몽〉 등에서 신비하고

---

71) 김종철은 〈옥수기〉의 작가 심능숙의 중화주의와 화이론을 논하면서, 그가 시사를 통
   해 노년의 박지원과 교류할 수 있었음에도 그의 변화된 시각에는 영향을 받지 못했다
   (김종철, 「19세기 중반기 장편영웅소설의 한 양상—〈옥수기〉, 〈옥루몽〉, 〈육미당기〉를
   중심으로—」, 『한국학보』 40, 1985, 100면)고 했는데, 본고의 관점에서는 박지원과의
   일대일 영향 관계는 아니라도 일정 부분 영향을 받은 것으로 본다.
72) 서경희, 앞의 글, 122면.
73) 임유경, 「서호수의 〈연행기〉: 지식과 정보의 보고(寶庫)」, 이혜순 외 공저, 『우리 한
   문학사의 해외체험』, 집문당, 2006, 308면.

환상적인 이미지가 부각되고 있는 것과 대비적인 양상이다.

그런 한편에 기존에 중요한 공간으로 부각되었던 역사적, 관습적 공간의 비중이 약화되고 북경이나 요동과 같은 당대적 현실 공간의 비중이 강화되고 있다. 요동의 경우, 몽고족과 여진족이 구분 없이 함께 거론되거나 요동에 대한 방비가 지속적으로 강조된다는 점에서, 명청 교체기의 변방에 대한 관심이 투영된 것으로 볼 수 있다. 또한 북경이나 요동이 모두 연행의 핵심 경로였다[74]는 점에서, 이들 지역의 부각은 연행을 둘러싸고 이들 지역에 관심이 집중된 당시 정황과도 일정하게 관련될 것으로 보인다. 또한 그럴 때 이 지역들은 명대라는 과거의 지역이기보다는 작가의 당대인 청나라에 대한 관심이 투영된 지역일 수 있다. 이는 서방이나 남방의 변방은 사라지고 요동을 중심으로 한 북방의 변방만이 부각되고 있는 것에서 좀더 분명하게 확인된다.

18세기부터 본격적으로 이루어진 연행의 결과, 특히 중국의 문물이 대량 유입되면서 당시 문인들의 새로운 취향을 만들어 내기도 하고 또한 이에 심취하는 경향을 보이게 되었는데, 그 중 녹앵무는 이덕무가 연행을 통해 들여온 것으로, 이덕무는 녹앵무에 심취하여 『녹앵무경(綠鸚鵡經)』이라는 책까지 펴낸 바 있다.[75] 〈옥수기〉에는 가유겸과 공주의 혼사 과정에서 녹앵무가 중매의 역할을 하는 화소가 나타난다. 이는 그 자체로 이국정취를 자아내지만, 무엇보다 녹앵무나 『녹앵무경』이라는 책이 화제에 올랐을 18,9세기 당시의 정황을 환기한다. 이때 녹앵무는 중국의 문물임은 분명하나, 역시 청대 문물에 대한 관심의 반영으로 볼 수 있다. 이 밖에도 중국의 대표적 과일인 여지나 포도

---

74) 김현미, 앞의 책, 58면.
75) 정민, 『18세기 조선지식인의 발견』, 휴머니스트, 2007.

주, 북로의 조공물인 홍보로 등이 다양하게 언급되면서 실제 중국에 있는 듯한 이국정취를 환기하고 있다.

또한 명청대의 유명한 홍등가였던 진회 지역의 풍속을 사실적으로 매개하여 작품 전반의 풍류를 관통하는 핵심 공간으로 축조하고 있다. 앞서 언급한 것처럼, 16,7세기 조선 문인들의 강남 지역, 특히 절강 서호에 대한 열기는 17세기 애정전기에 그대로 반영되었으며, 서호를 비롯한 항주와 소주는 이후 또 하나의 관습처럼 17세기의 다른 작품은 물론 그 이후의 많은 작품들 속에서 낭만적이고 유흥적인 공간의 대표적 형상을 띠게 되었다. 이는 소주와 항주가 작품의 핵심 공간으로 부각되고 있는 19세기 한문장편소설 〈옥루몽〉에서 극치에 달한다. 이에 비해, 〈옥수기〉에서는 절강 유역에서도 잘 다루어지지 않았던 태주를 세거지로 설정하고, 무엇보다 유흥적, 풍류적 공간으로 소주나 항주가 아닌 금릉땅 진회를 선택하고 있다. 소주나 항주의 설정이 집단적으로 향유된 관심사에서 비롯된 것이라고 할 때76), 〈옥수기〉에 진회가 설정된 것은 작가의 개인적 관심사에서 비롯된 것이 된다.

또한 진회라는 공간을 축으로 사족 남성의 유흥적 일상이 부각되고 있으며, 특히 시와 음악의 창작과 비평, 일상적인 술자리와 그 적나라한 묘사 등은 이를 사실적으로 재현해 내고 있다. 특히 후반부에 나타난 가유함의 일상은 명청 시대 문인들의 풍류적 일상과 많은 부분 겹

---

76) 실제 절강 유역 외에도, 대중적으로 읽혔던 〈삼국지연의〉의 배경 지역 역시, 〈숙향전〉, 〈창선감의록〉 등 17세기 작품은 물론 이후 시기까지도 작품의 중심 지역으로 활용되고 있으며(지연숙, 앞의 글, 200면.), 그 밖에 중국의 역사적, 종교적 공간들 또한 전 시기에 걸쳐 관습적 공간으로 기능하고 있다. 이렇게 볼때, 고소설의 중국 배경에 나타난 공간 설정은 대체로 집단적으로 향유된 관심사에서 비롯된 것이라고 할 수 있다.

쳐진다.[77] 나아가 19세기 조선 문인인 작가 심능숙의 풍류적 삶과도 그대로 겹쳐진다. 실제 가남의 빙폐가 되었던 '십이결'이나, 설강운의 마음을 열었던 '서주곡', 그리고 녹엽과 화답했던 '보살만'과 '장상사' 등은 심능숙 본인의 작품이기도 하다.[78] 작품 속에 작가와 작가의 현실이 직접 개입되고 있는 것이다.

이상을 통해 볼 때, 〈옥수기〉의 중국 배경에 나타나는 이국취향의 특징은 무엇보다 18,9세기의 시대적 동향에서 매개된 현실적 맥락의 동경이자 취향이라고 할 수 있다. 또한 작가 개인의 개별적인 경험과 인식에서 비롯된 관심사가 우선적으로 반영되는 이국취향의 개별화가 나타나고 있다는 점이다.[79]

〈옥수기〉가 명대 헌종대를 배경으로, 내부적으로는 이오의 반란, 외부적으로는 북로의 침입이라는 정치적, 역사적 사건을 계기로 하여 가유진이라는 남성 주인공의 입공과 가문의 부흥이 이루어지는 영웅 서사를 거시적인 흐름으로 하면서도, 정치나 전쟁 또한 결연의 계기로

---

77) 유함은 형인 부마 유겸이 공주궁에 동산을 새로 만들어 꽃나무와 진귀한 돌을 벌여놓고 그 가운데 취진헌(聚珍軒)을 짓자, 매일 왕래하면서 유겸과 함께 투호(投壺), 바둑(彈碁), 품죽(品竹), 조사(調絲)를 즐긴다. 명말청초의 소품가들이 시문 속에서 이와 같은 일상생활의 취미가 주는 정취를 한껏 추구하였고, 원굉도의 『병사(瓶史)』등이 열독되면서 만명문인들의 생활을 따르는 취향도 나타났다는 점(강혜선, 「심능숙 산문의 소품적 성향에 대한 연구」, 『한국고전연구』9, 한국고전연구학회, 2003, 178면)에서 이런 일상의 재현 또한 당대 문인의 취향과 연결될 수 있다.

78) 심능숙의 문학적 삶과 일상에 대해서는 다음 논문들을 참조했다. 김종철, 「심능숙의 〈옥수기〉」, 『고소설사의 제문제』, 집문당, 1993. 장효현, 「심능숙의 생애와 문학」, 『한국고전소설사연구』, 고려대 출판부, 2002, 강혜선, 앞의 글.

79) 같은 명대를 배경으로 하는 소설들은 주로 치적으로 유명한 영락제를 시대 배경으로 하고 있다. 18세기 장편가문소설(박영희, 「長篇家門小說의 明史 수용과 의미-靖難之變을 중심으로-」,『한국고전연구』6, 한국고전연구학회, 2000)과 19세기 작품인 〈옥루몽〉, 〈옥수기〉 등이 그러하다. 이에 비해 그리 주목받지 못했던 헌종대를 배경으로 한 점도 마찬가지이다.

작용하는 등 무엇보다 남성 주인공의 결연에 초점이 맞춰져 있고, 이 과정에서 인물들의 일상이 두드러지는 작품이라는 점[80]은 바로 그러한 이국취향과 긴밀히 연결된다.

또한 그런 점에서 〈옥수기〉의 중국 배경은, 중국의 역사나 정치와 같은 거대 담론보다는 그 땅에 존재하는 개인과 그 일상에 대한 관심에서 비롯된 것이라고 할 수 있다.[81] 이는 〈옥수기〉가 지식인 작가에 의해 창작된 한문장편소설이라는 점에서 더욱 주목되는 측면이다. 곧 지식인으로서의 이념이나 세계관보다는 한 개인으로서의 취향과 동경을 적극적으로 반영하게 되었다는 점에서, 이는 근대 이행기적 중국 배경의 한 양상이라고 할 수 있다.

5. 결론

〈옥수기〉는 심능숙이라는 상층 문인 작가에 의해 19세기에 창작된 한문장편소설로, 명나라 헌종대를 작품의 시공간적 배경으로 하고 있다. 본고에서는 17세기부터 본격적으로 나타나기 시작한 고소설의 중국 배경이 이국취향의 한 양상이라는 전제 하에, 19세기 작품인 〈옥수기〉의 중국 형상화 양상을 특징짓고, 나아가 이를 19세기라는 시대적

---

80) 김경미는 〈옥수기〉가 이념이 아닌 웃음과 놀이라는 일상의 부각을 통해 근대적 요소를 드러내고 있으며, 이것이 19세기 한문소설의 새로운 모색이라고 보았다. 김경미 (2004), 앞의 글, 295면.

81) 이 지점에서 〈옥수기〉의 중국 배경은 시간보다는 공간에 초점을 두고 설정되었다고 할 수 있다. 또한 조혜란의 논의(조혜란, 「〈옥루몽〉의 서사미학과 그 소설사적 의의」, 『고전문학연구』 22, 한국고전문학회, 2002.)를 참고할 때, 이는 같은 시기의 한문장편소설인 남영로의 〈옥루몽〉이 거둔 소설사적 성취와 일맥한다.

맥락 속에서 파악함으로써 〈옥수기〉의 중국 형상이 지닌 시대적 의미
를 드러내고자 하였다.

〈옥수기〉의 중국 배경을 역사와 정치라는 시간의 측면에서 접근할
때, 대체로 과거지향이며 당대인의 집단적인 의식 성향에 가까운 것으
로 평가되어 왔다. 이에 비해 인물과 지리, 풍속이라는 공간의 측면에
서 접근했을 때, 과거보다는 작가를 둘러싼 당대가, 집단적 의식 성향
보다는 작가 개인의 취향이 좀더 명료하게 부각되는 작품이라는 것이
드러났다. 특히 이 과정에서 당대의 일반적인 화이관에서 벗어난 시각
을 드러내고 있는데, 이는 같은 시기의 한문장편소설에 나타난 화이관
과도 대비되는 양상이다.

〈옥수기〉의 중국 배경이 드러내는 이와 같은 특징은 19세기라는 시
대상이나 상층 문인 작가의 작품이라는 점과 긴밀한 관련이 있는 것으
로 보인다. 이런 점에서 〈옥수기〉와 유사한 환경에 놓인 작품들, 곧
〈삼한습유〉, 〈육미당기〉, 〈옥루몽〉과 같은 19세기 한문장편소설들에
대한 연구가 후속적으로 이루어질 때, 〈옥수기〉의 중국 배경이 지닌
의미와 위상은 물론, 근대 전환기인 19세기의 중국 배경이 지니는 시
대적 의미가 제대로 드러날 수 있을 것이다.

제2부

조선 배경 고전소설의 공간

고소설 속 관서-관북 지역의 형상화와 그 의미

.

1. 서론

명(明)을 비롯해 송(宋), 당(唐) 등 중국의 역대 국가들이 고소설의 배경이 되는 것은 일반적인 양상이다. 이는 특히 애정전기를 비롯해 〈구운몽〉, 〈사씨남정기〉, 〈창선감의록〉, 〈숙향전〉, 〈소현성록〉 등 17세기 작품들에서 두드러지게 나타나기 시작했으며, 이때 중국은 단순히 시대적 배경만이 아니라 구체적인 공간 배경으로 활용된다.

이처럼 본격적인 소설의 등장부터 중국이 시공간적 배경으로 설정되고, 이것이 일종의 전통 혹은 관습처럼 이후의 고소설 일반에서 나타나게 된 이유에 대해 가장 먼저 언급한 김태준은 "당시 작가들이 중국 소설을 심독한 후 그것을 모방하여 자신이 동경하며 이상화한 인물과 지명을 그대로 기록했다"[1]고 하였고, 우쾌제는 "중국 역대의 문학 작품 등을 통한 간접체험이라도 독자들의 무지와 호기심을 자극할 수 있다면 가능한 한 이국의 지명과 풍속, 역사 등을 그대로 원용해 왔다"[2]고 했다. 또한 19세기 한문소설 〈절화기담〉의 평비자 남화자(南華

---

1) 김태준, 『증보조선소설사』, 박희병 교주, 한길사, 1990, 20면.
2) 우쾌제, 「〈南征記〉의 南征路에 나타난 西浦의 中國 認識 考察」, 『국어국문학』 115,

子)는 19세기까지 유지되던 중국 배경의 관행을 비꼬는 맥락에서 "우리나라 사람들이 이야기를 지으면 꼭 중국의 일을 쓰고는 반드시 '우리나라에는 볼 게 없다'고 한다."[3]고 하였다. 이 밖에도 당대의 조선보다는 중국이 자유롭게 이야기를 풀어나가기에 적합하다는 견해 등 여러 가지가 있지만, 무엇이 가장 적절한 설이든 간에 고소설이 대부분 중국을 배경으로 한다는 것은 사실이며, 현대의 독자들도 이를 자연스럽게 받아들이는 상황이다.

그런데 실상 작품들을 접하다 보면 우리나라를 배경으로 한 작품도 상당수 있음을 알 수 있다. 이복규는 김기동이 밝힌 225종의 고소설 중에 우리나라를 배경으로 하는 작품은 모두 71종이라고 하면서, 이들 중 사건의 배경지가 뚜렷한 20종을 제시하였다.[4] 이 책에서 이복규는 〈취유부벽정기〉의 평양이나 〈심청전〉의 황주, 〈장화홍련전〉의 철산 등이 북한 지역이라 연구하기 힘든 사정을 언급하면서, 우리나라 배경 중 특정 지역에 대한 연구들을 소개하였는데[5], 실제 이들 연구 역시 대부분 남한 지역에 집중되어 있고 그 대표적 지역은 〈만복사저포기〉와 〈춘향전〉의 공통 배경인 남원이다. 특히 〈춘향전〉과 남원의 관계

국어국문학회, 1995, 79면.

3) 東人著說, 必用夏, 必曰, "東無觀焉." 〈절화기담〉追序, 김경미, 조혜란 역주, 『19세기 서울의 사랑-절화기담, 포의교집』, 도서출판 여이연, 2003, 93면.

4) 〈만복사저포기〉-남원 만복사/ 〈이생규장전〉-송도의 낙타교와 선죽리/ 〈취유부벽정기〉-평양의 부벽정/ 〈이화전〉-전라도 여산/ 〈숙영낭자전〉-안동/ 〈부용상사곡〉-평양/ 〈장화홍련전〉-평안도 철산/ 〈콩쥐팥쥐전〉-전주/ 〈김인향전〉-평안도 안주성/ 〈황월선전〉-전라도 여주/ 〈정진사전〉-충청도 괴산 산원동/ 〈김씨열행록〉-관동땅/ 〈허생전〉-서울 남산 묵적동/ 〈양반전〉-정선군/ 〈오유란전〉-평양/ 〈이춘풍전〉-서울/ 〈춘향전〉-남원/ 〈심청전〉-황해도 해주/ 〈흥부전〉-충청, 전라, 경상/ 〈배비장전〉-제주
이복규, 『우리고소설연구』, 역락, 2004, 292-293면.

5) 앞 책, 293-294면.

는 연구자들은 물론 일반 대중의 관심을 받아왔는데, 이를 통해 우리 나라를 배경으로 하는 대표적이고 대중적인 소설의 지역이 역시 관심사가 되어왔다는 것을 알 수 있다. 그러면서도 특히 분단이라는 현 상황에서 평양이나 황주, 철산 등의 북한 지역이 우리나라 배경으로 쉽게 인지되지 않는 정황도 일정 부분 작용한다고 할 수 있다.

그러나 실제 상당수 존재하는 우리나라 배경 소설들 속에서 서울인 한양을 제외한 특정 지역으로 가장 많이 거론되는 지역은 바로 관서 지역, 즉 평안도의 중심지인 평양이다. 또한 이들 작품을 대상으로 하는 연구들 속에서 평양에 대한 관심이나 의미 부여도 상당히 이루어진 편이다. 무엇보다 〈금오신화〉의 〈취유부벽정기〉가 평양의 부벽정을 배경으로 한다는 점에서, 관련 논의들에서 평양의 공간성이 중요하게 다루어져 왔으며, 평양감사 부임, 평양 기생과 유생의 만남, 평양 유람이라는 공통적 화소를 지니는 조선 후기 애정 세태 소설류의 존재감 속에서 평양은 서사의 중요한 공간 배경으로 언급되어 왔다.

먼저, 〈취유부벽정기〉의 공간에 대해서는 〈금오신화〉 연구 초기부터 지속적으로 언급되어 왔다. 평양이라는 공간의 역사성에 주목하여 작가 김시습의 자주적 문화의식을 드러내는 공간이나, 고조선이나 고구려에 대한 회고 의식으로 표현되는 공간으로 보거나, 부벽정이 지니는 의미를 작가 김시습의 허탈과 허무 극복이라는 도가적 차원에서 파악하기도 했다.6) 이런 공간에 대한 의미 부여가 작품 연구에서 빠지지

---

6) 임형택, 「현실주의적 세계관과 금오신화」, 『국문학연구』 13, 서울대학교 국어국문학회, 1972 /이상택, 「취유부벽정기의 도가적 문화의식」, 『한국고전소설의 탐구』, 중앙출판사,1983./설중환, 『금오신화연구』, 고려대학교 민족문화연구소, 1983./최삼룡, 「금오신화의 비극성과 초월의 문제」, 『한국고전소설연구』, 이우출판사, 1983/이혜순, 「금오신화」, 『한국고전소설작품론』, 집문당, 1990. /윤호진, 「취유부벽정기의 공간 구조와

않고 거론된다는 것은 의미망들의 차이에도 그만큼 〈취유부벽정기〉에서 평양이나 평양의 부벽정 같은 배경이 중요한 의미를 지닌다고 할 수 있는데, 다음의 연구들은 이를 좀 더 초점화한 것이어서 주목된다. 먼저, 이승수7)는 평양이 지니는 공간적 상징성이나 분위기를 문헌들을 통해 확인한 후, 이것이 문학 작품 속에서는 '남녀 간의 사랑'과 '역사의 회고'라는 두 가지 주제로 대표된다고 하면서, 이런 전제 하에 〈취유부벽정기〉의 전체 서사를 평양이라는 공간에 집중해 분석했다. 결국 홍생이라는 남주인공이 평양이라는 과거의 공간으로 이동했다는 떠남의 서사가 매우 중요하며, 고조선과 고구려의 유허에서 이별이 전제된 애틋한 사랑을 나누는 주인공들의 모습은 우리 문학 일반에서 나타나는 평양의 문화적 분위기와 그대로 일치한다고 보았다. 박일용8)은 〈취유부벽정기〉에서의 부벽정이라는 공간이 심리적 초월 체험을 반영한 '준초월적 공간'으로, 이런 공간 설정 속에서 강한 현실지향성을 지녔으면서도 현실의 초월을 꿈꿀 수밖에 없는 홍생의 역설적 상황에 작가 자신의 상황을 절묘하게 결합시킨 것으로 보았다. 전성운9)은 다른 연구들에서 도입부의 평양 묘사가 역사성, 회고성을 보여준다고 한 것과 달리, 도입부의 묘사 자체는 영명사와 부벽정의 승경(勝景)과 그 주변의 유흥성을 보여주기 위한 것이며, 이런 묘사 속에서 홍생 또한 애초에는 일상적이고 세속적인 인물이었다고 논의를 시작한다. 그

작가의식」, 『중국어문학』 18집, 영남중국어문학회, 1990.
7) 이승수 , 「한국문학의 공간 탐색 1 평양—김시습의 〈취유부벽정기〉와 이태준의 〈패강랭〉을 중심으로—」, 『한국학논집』 33집, 한양대학교 한국학연구소, 1999.
8) 박일용, 「〈취유부벽정기〉의 형상화 방식과 그 의미—〈등목취유취경원기〉, 〈감호야범기〉와의 대비를 중심으로—」, 『고소설 연구』 14, 한국고소설학회, 2002.
9) 전성운, 「〈취유부벽정기〉의 공간성과 서사 전개 」, 『우리어문연구』 34, 우리어문학회, 2009.

러던 홍생이 현재적 관점에서 번잡한 유흥의 도시지만 과거에는 영웅
이 살았던 위대하고 성스러운 공간이었다는 평양이 지니는 이중성 속
에서, 청흥(淸興)과 역사적 무상감을 체험하면서 심리적 변화를 겪게
되었으며, 이런 심리 변화의 중요한 매개체로 영사시적 특징을 지니는
삽입시가 존재한다고 보았다. 김수연10) 또한 평양과 부벽정의 성격에
주목하였는데, 이 논의에서는 하나의 물리적 공간 안에 여러 개의 시간
층이 겹쳐 있는 특수 공간이라는 의미의 '공간경계역'이라는 개념을 설
정하여, 부벽정을 고조선 이래 우리 역사가 시간 주름을 이루며 존재하
는 공간경계역으로 명명하였다. 또한 이런 공간경계역에서 그곳을 스
쳐갔던 사람들과 심리적 공감을 경험하는 과정에서 만들어지는 환상과
비애의 미감이 이 작품의 전반적인 의경(意境)을 형성한다고 보았다.
  애정 세태 소설류로 범박하게 총칭한 소설군은 엄밀하게 기녀와의
애정담과 남성 훼절담으로 구분되는데, 본 연구에서는 평양이라는 지
역에 초점을 맞추고 있으므로 구분해서 보지는 않기로 한다. 앞서 언
급한 것처럼 애정 세태 소설군의 주요 배경이 평양이기 때문에 대부분
의 논의에서 거론되고 있다고 할 수 있는데11), 다음 논의들에서는 평
양이라는 지역이 좀 더 집중적으로 다루어지고 있다. 먼저, 황혜진12)

10) 김수연, 「〈취유부벽정기〉의 '경계성'에 대하여」, 『한국고전연구』 19, 한국고전연구학
   회, 2009.
11) 김종철은 〈정향전〉이나 〈지봉전〉이 풍자에는 못미친다는 지적을 하면서 평양 지방관
   아라는 특수공간에서 배태된 웃음으로 보였다. 김종철「〈매비강건〉 유형의 소설 연구」,
   『관악어문연구』 10, 서울대 국어국문학과, 1985./ 이은숙은 〈채봉감별곡〉, 〈부용상사
   곡〉, 〈이화몽〉 등의 신작 구소설의 지리적 배경으로 평양이 두드러진 것과 관련해,
   당시 평양을 포함한 서북지방이 신문물을 받아들여 새로운 기풍이 조성되었던 곳이므
   로 배경 자체가 신작 구소설의 개방성을 보여준다고 하였다. 이은숙「신작구소설의
   성격을 통해 본 연구전망」, 『국어문학』 34, 국어문학회, 1999.
12) 황혜진, 「문학을 통한 인문지리적 사고력 교육의 가능성 탐색-평양을 배경으로 한

은 평양을 배경으로 한 〈옥단춘전〉, 〈부용상사곡〉, 〈채봉감별곡〉, 〈이진사전〉, 〈이춘풍전〉 등을 대상으로, 이들 소설에 형상화된 평양의 지역성을 '인간사(人間事)를 펼치는 무대', '유정(有情)한 존재인 자연', '명승지(名勝地) 중심의 지역관'의 세 가지 항목으로 다루었다. 특히 세 번째 항목에서 명승지가 두드러진 평양 지도를 제시하면서 소설이 특정 지역에 대한 당대의 관념을 반영한다거나 명승지 유람과 감상 과정에서 역사적, 문화적 명소를 매개로 역사와 한 개인이 연결된다는 논의는 고소설 속 평양 배경의 인문지리적 기능과 의미를 지적했다는 점에서 흥미롭다. 나경운13)은 기존의 남성훼절형 소설 연구에서 훼절이 발생한 공간의 지정학적 의미에 대해서는 간과한 면이 있음을 지적하면서, 훼절 공간이 남주인공의 출신지인 서울이 아닌 지방이라는 점과 그 지방의 문화적 배경이 이들 작품의 비판의식과 밀접하다고 하였다. 특히 평양의 경우 중앙으로부터 정치적으로 배제된 공간, 성리학적 질서와 거리가 먼 공간이면서 상업의 발달로 유흥문화가 발달한 공간이었기에, 서울에서 파견된 양반들이 유흥과 향락을 마음껏 즐겨도 되는 공간이라는 인식이 지배적이었는데, 바로 그런 인식이 평양 지역민으로부터 반감을 사고 그것이 작품의 비판의식과 연결된다는 것이다.

본 연구에서는 위와 같은 기존의 평양 중심 연구들을 바탕으로 하되, 그 지역을 평양을 포함한 평안도과 함경도로 확대하여, 고소설 속에 형상화된 관서 관북 지역의 양상을 살피고 그 특징과 의미를 드러내 보고자 한다. 본 논의는 일차적으로 평양에 국한되었던 고소설 속

고전소설을 대상으로」,『고전문학과 교육』13, 한국고전문학 교육학회, 2007.
13) 나경운, 「남성훼절 소설의 비판의식 연구-〈배비장전〉〈오유란전〉〈삼선기〉의 인물 관계를 중심으로-」, 서강대학교 교육대학원, 2008.

관서 관북 지역 문학적 형상화의 전반적 지형도를 그리는 것을 목표로
한다. 이차적으로는 다른 장르와는 구분되는 고소설 속 관서 관북 지
역 형상화의 특징을 밝혀보고자 한다. 같은 지역에 대한 당대인의 경
험과 공감을 토대로 하면서도, 그 경험과 공감이 소설이라는 허구의
틀을 거치면서 어떤 특징적 양상을 띠는가를 보고자 하는 것이다.[14]

2. 작품 속 관서 관북 지역의 분포와 빈도

고소설 작품 속에서 관서 관북 지역이 거론되는 경우, 단순히 지명
이 거론되는 경우와 그 지역의 역사나 문화가 연계되는 경우, 나아가
사건의 중요한 배경이 되는 등 다르게 나타나지만, 이 장에서는 일단
이런 양상의 차이를 접어두고 어떤 지역이 거론되고 얼마나 거론되는
가를 기계적으로 살펴보고자 한다.

1) 관서 지역

먼저, 평안북도와 평안남도를 지칭하는 관서 지역의 경우를 보면
다음과 같다.

---

14) 이런 전제 하에 창작시기의 선후, 작가나 독자층의 양상, 한문본과 한글본의 존재,
   유형의 차이 등에 대한 구분 없이 작품들을 대상화했으며, 이 지역 작품군 전반의 지형
   도를 그린다는 점에서 개별 작품에 대한 심도 있는 접근을 이루지는 못했음을 밝혀둔다.

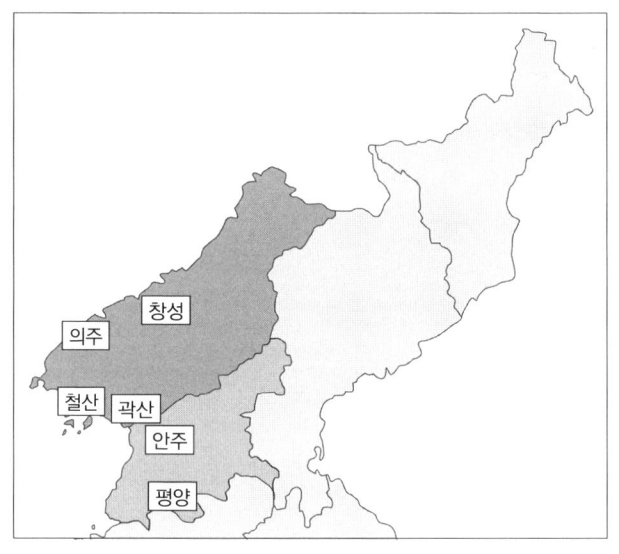

* 평안북도

창성: 〈최척전〉, 〈김영철전〉

의주: 〈강로전〉, 〈정생기우기〉

철산: 〈장화홍련전〉

곽산: 〈강로전〉

* 평안남도

안주: 〈인향전〉, 〈주생전〉, 〈김영철전〉, 〈강로전〉

평양: 〈취유부벽정기〉, 〈김영철전〉, 〈강로전〉, 〈정생기우기〉, 〈이
진사전〉, 〈오유란전〉, 〈옥단춘전〉, 〈채봉감별곡〉, 〈부용상사
곡〉, 〈삼선기〉 등

평양 이외의 지역으로 작품의 주요 배경이 되는 지역은, 〈장화홍련
전〉의 배경인 철산과 〈김인향전〉의 배경인 안주이다. 특히 〈장화홍련

전)의 박인수본이 17세기 중반 평안도 철산 지방의 부사로 제수된 전 동흘 실사를 바탕으로 하고 있다는 점에서, 철산은 이야기의 비현실성 을 완화시키는 기능을 한다고 볼 수 있다. 그러나 실제 작품 속에서 철산 지방 자체가 부각되지는 않는다.

위에서 알 수 있듯이 관서 지역의 경우, 평안남도의 대표적인 두 도 시인 안주와 평양을 비롯해 평안북도의 여러 지역이 언급되고 있으며, 평안남도에서는 단연 평양의 빈도가 높고 평안북도에서는 국경 근처 인 의주나 창성의 빈도가 높은 편이다.

2) 관북 지역

다음으로 함경북도와 함경남도를 지칭하는 관북 지역을 보면 다음과 같다.

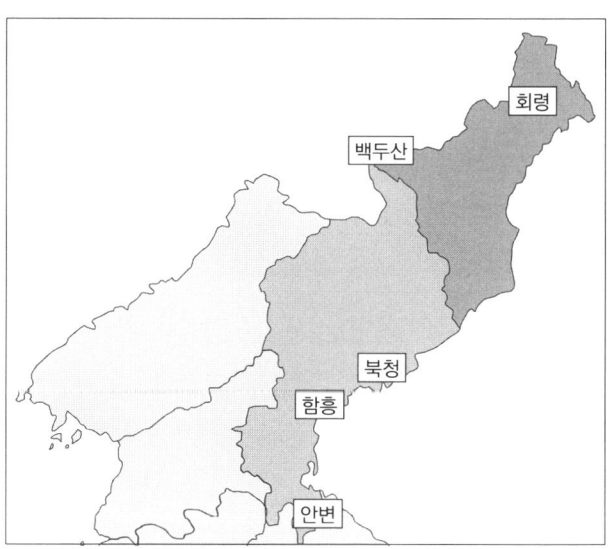

* 함경북도
백두산, 회령 : 〈이진사전〉

* 함경남도
북청: 〈이진사전〉
함흥: 〈월하선전〉
안변: 〈이진사전〉

위에서 알 수 있듯이, 관북 지역은 상대적으로 그 분포가 다양하지 못하고 빈도도 낮다. 특히 함흥을 제외한 모든 지역이 〈이진사전〉에서 이진사의 방랑 겸 유람 과정에서 집중적으로 나타난 것이다.

결국 고소설 속 관서 관북 지역은, 그 분포에서 관서에 집중되어 있고 그 중에서도 평양에 집중되어 있음을 알 수 있다.

3. 작품 속 관서 관북 지역의 형상화

1) 문화적 형상화

평안도와 함경도의 중심지인 평양과 함흥은 중앙에서 감사가 파견되는 곳이다. 이들 지역이 중심지인 만큼 이곳을 관할하는, 그것도 중앙정부에서 파견된 감사의 권세는 대단하다고 할 수 있는데, 그 중에서도 평안 감사의 위세는 대단했다. 이는 도임 행사의 규모와 화려함에서부터 나타난다고 할 수 있는데, 공식적인 '평안감사도임행사도(平安監事到任行事圖)'[15]는 물론 김홍도의 '연광정 연회도', '부벽루 연회도' 등의 풍속화를 통해서도 가시적으로 확인할 수 있다. 도임 이후 머물게 되는 관사의 규모나 그곳에서 여는 연회의 규모도 대단한데, 실제 작품들에서 평안감사의 관사인 선화당에서 벌어지는 연회는 유흥적인 평양의 분위기를 압축적으로 묘사하고 있다.

선화당에 차려놓은 음식은 처음 보는 이생의 귀와 눈을 놀라게 하였다. 42주의 많은 고을 원님들이 좌우로 늘어앉았고, 72명의 많은 기녀들이 앞뒤로 모시고 앉아서 금슬관현(琴瑟管絃) 등의 오음(五音)을 방안에서 연주하고 있었으며, 금석포토(金石匏土) 등의 팔음(八音)을 뜰에서 번갈아 연주하고 있었다. 술잔과 안주 그릇들은 뒤섞여 있어 한바탕 먹고 마시며 술잔을 주거니 받거니 하니 그야말로 성대한 술잔치였다.[16)

〈오유란전〉에서 이생과 함께 공부하던 김생은 장원급제하여 평안감사를 제수받게 되자, 진사에 그친 이생을 평양 임지로 함께 가자고 한다. 이에 이생은 평양의 번화함을 들어 거절하지만 감사의 권유로 결국 평양에 따라가게 되는데, 위 인용문은 감사가 이생을 위로하느라 베푼 연석 장면 묘사이다. 이처럼 엄청난 규모로 차려진 잔치 앞에서 이생은 이런 잔치는 인간의 도리를 위한 것이 아니라고 하여 물러나고, 이 때문에 감사는 물론 자리에 함께 한 사람들의 심사를 건드리게 되면서 감사와 오유란의 속임수에 걸려들게 된다.

이와 함께 백일장 개최와 장원 선발도 평안감사의 중요한 연중행사

---

15) 평양감사도임행사도는 평안도 관찰사가 평양으로 도임하는 의례과정 중 환영 연희를 도해한 지방행사도로, 국립중앙박물관 소장의 3폭과 미국 피바디에섹스 박물관 소장의 8폭 병풍이 있다. 이명희, 「平安監事到任行事圖 硏究」, 이화여대 석사학위논문, 2009 참조.

16) 而來宣化高堂 鋪陳等節 忽驚於初到之耳目也. 四十二州官長 列坐於左右 七十二名妓女 侍倍於前後 琴瑟管絃五音 繁於房中 金石匏土八音 迭於階畔 杯盤狼藉 觥籌交錯 〈오유란전〉, 장효현 외, 『애정세태소설』, 고려대 민족문화연구원, 2007.

라고 할 수 있는데, 〈이진사전〉에서 이진사는 바로 이 백일장에서 장원으로 선발된다.

> 이찍 진사ㅣ 그 방을 보고 심즁에 싱각ᄒ되 내 드르니 관셔ᄂᆞᆫ ᄌ고로 문인직즉ㅣ 만타ᄒ니 ᄂᆡ 흔번 가 구경ᄒ리라 ᄒ고 이에 밧비 힝ᄒ야 영문으로 드러가 슮혀보니 션화당 뜰에 구름 ᄀᆞᆺᄒᆫ 챠일은 반공에 둘너스며 현뎨판에 시부고풍 글뎨를 놉히 걸엇ᄂᆞᆫ딕 모든 션비 렬좌ᄒ얏고 당상에 감ᄉㅣ 당건쳥포로 단졍히 안자스며 평양 셔윤과 즁군과 십이 비쟝이 각각 의관을 졍졔ᄒ고 뫼셔스며 슈빅 명 통인과 삼빅여 명 기녀ㅣ 록의홍샹에 응쟝셩식으로 좌우에 시립ᄒ얏스며 륙방관속과 영문하예 등 슈삼쳔 인이 딕샹과 딕하에 라렬ᄒ얏스니 그 인물의 번화홈과 위의의 엄슉홈을 이로 긔록지 못ᄒᆞᆯ너라. 이찍 모든 션비 각각 화젼을 펼치고 취필을 ᄲᅡ혀들고 직ᄌᆞᆫ를 ᄌᆞ랑ᄒ야 글을 지을ᄉᆡ 진ᄉ 쏘흔 비률시 이십운을 지어 션쟝ᄒ니라. ᄎ시에 감ᄉㅣ 여러 쟝 글을 ᄼᆡ노을ᄉᆡ 그 즁에 비률 일편이 잇스되 지면에 풍운이 니러나고 롱샤ㅣ 비등홈ㅕ 됴격이 탁월ᄒ고 의ᄉㅣ 광활ᄒ야 사름의 안목을 놀닉이ᄂᆞᆫ지라. 크게 아름다히 녁여 즉시 휘쟝 쟝원으로 ᄲᅢ힌 후 쏘 ᄉ십여 쟝을 취ᄒ야 각기 뎨ᄎ를 명ᄒᆫ 후 그 봉닉를 ᄎ례로 써혀보니 쟝원은 이에 츙쳥도 공쥬 기ᄒᆞᆫ는 진ᄉ 리옥린이라.17)

이진사는 본래 평안도 인물이 아니므로 이 지역 백일장에 참여할 수 없었으나 이번은 예외로 다른 도나 읍의 인물도 참여할 수 있다는 평안감사의 특별 방을 보고 이 백일장에 참여할 수 있었고, 장원을 축하하는 잔치에서 김경패라는 기생을 만나 사랑에 빠지게 된다. 위 인용문에서 '슈빅 명 통인'이나 '삼빅여 명 기녀'라는 설정은, 당시 '대연(大

---

17) 〈이진사전〉, 『활자본 고소설전집』 7, 아세아문화사, 1977, 82면.

宴)'으로 명명되는 큰 잔치에서도 기녀 수는 60~70 정도 규모였다는 점18)에서 상당히 과장된 측면이 있으나, 백일장이 중요한 연중행사로 그 규모가 매우 성대하다는 것은 잘 드러내 준다고 할 수 있다. 이 밖에 연광정이라는 평양의 대표적 정자에서 이루어지는 연회나 대동강의 선유(船遊) 또한 단순한 감사의 유희를 떠나 평양 자체의 풍속, 풍물이라 할 만하다. 〈부용상사곡〉에서 신임 감사는 부임 이후 마음에 드는 기녀를 만나지 못하자 사월 초파일 대동강 선유를 이용해 부용을 불러 겁탈하려 하는데, 이때 강에 배를 여러 척 띄워 묶어 놓고 이루어지는 많은 악공과 기생들의 공연과 거나한 술자리의 취흥이 눈앞에 보이는 듯 그려진다.19)

　팔일을 당흠애 대동강상에 선유를 비셜홀시 슈빅 쳑 금범슈장은 향풍에 ᄂᆞ붓기고 구슬 등쵹은 ᄉᆞ면에 죠요흐며 싱쇼고악은 강물을 흔드ᄂᆞ지라 감ᄉᆞᆯ 평양 셔윤과 모든 비장으로 더브러 수빅 명 기녀를 거느려 비에 오르니 음식의 풍비흠과 위의의 장려흠을 이로 긔록지 못흘너라……즁략……. 좌우를 명흐야 비를 즁류에 씌오니 큰 강에 바람이 고요흐고 거울 갓흔 물결이 월하에 몱앗ᄂᆞ듸 관현은 질퉁흐야 강상의 잠든 빅구를 놀너이고 쳥아흔 노릭소리ᄂᆞ 반공에 써러지며 츔추ᄂᆞ 소ᄆᆡᄂᆞ 완만흐야 강풍에 ᄂᆞ붓기니 취쥬홍장이 슈즁에 죠요흐야 대동강상이 ᄉᆞᆺ밧을 일웟ᄂᆞ지라 감ᄉᆞᆯ 대희흐야 대빅을 기우려 십여 비를 마시고

18) 송혜진, 「조선후기 관서지방의 공연 시공간과 향유에 관한 연구」, 『공연문화연구』 22, 한국공연문화학회, 2011 참소.
19) 〈옥단춘전〉에서 이혈룡 또한 사월 초파일에 친구인 평양감사가 연광정에서 베푸는 화려한 연회에 거지꼴로 나타났다가 감사에 의해 대동강에 빠져 죽을 위기에 처하는데, 그 연회에 참석하였던 기생 옥단춘의 눈에 들어 대동강 사공에 의해 목숨을 구하게 된다. 이후, 암행어사가 되어 평양에 돌아온 이혈룡이 출도한 곳 또한 대동강 선유 연회장이다.

취흥이 도도ᄒ야 용낭의 억기를 치며 대쇼왈[20]

또한 감사가 관찰하는 평양이나 함흥의 명물로는 단연 기생을 들 수 있다. 평양을 배경으로 하는 작품의 많은 수가 기녀를 매개로 하고 있는 것도 이런 정황을 반영한 것이라 할 수 있다. 실제 작품들 속에서 부임을 하는 것이든 유람을 하는 것이든 평양을 찾는 남성인물들은 으레 기녀와의 만남을 갖게 된다. 즉 '평양에 간다'는 '평양 기생을 만난다'와 등가적으로 인식되는 것이다.

> 천순(天順; 명나라 영종 때의 연호, 1457~1464) 초, 송도의 부잣집 자제 홍생은 젊고 수려한 외모에 풍류가 있고 글도 잘했다. 8월 보름이 되자 기생들과 놀아보려고 친구들과 배를 타고 평양으로 갔다. 강가에 배를 댔는데, 평양성의 이름난 기녀들이 모두 성문 밖으로 나와 눈길을 보냈다. 평양성에 사는 친구 이생이 홍생을 위해 잔치를 열었다.[21]

위 인용문은 〈취유부벽정기〉의 도입부로, 남성주인공 홍생과 기녀의 사랑을 다루는 서사는 아니지만, 홍생이 평양에 도착해 평양임을 실감하게 된 첫 번째 이미지가 성문 밖에 몰려나온 평양성의 이름난 기녀들이라는 점에서, 평양=기녀라는 인식을 단적으로 보여주는 부분이라고 할 수 있다.

아름다운 기녀들에 둘러싸이는 경험은 황홀하면서도 자칫 두려운 경험일 수 있다. 많은 작품들에서 평양에 가는 본인이든 주변인이든 물색의 번화함을 경계하는 것 또한 그 때문일 것이다. 그러나 남성인

---

20) 〈부용상사곡〉, 『활자본 고소설전집』 3, 아세아문화사, 1976, 68-69면.
21) 〈취유부벽정기〉, 김수연 외 편역, 『금오신화 전등신화』, 미다스북스, 2010, 122면.

물들에게 기녀와의 만남은 한 번은 거쳐야 할 당연한 경험이다. 이는 함흥 감영의 경우도 다르지 않다. 〈월하선전〉은 유일하게 함흥 관기인 월하선과 함흥 감사의 자제 간의 사랑을 다룬 작품인데, 이 작품에서 감사의 자제인 직경은 함흥에 올 때부터 관기의 수청을 염두에 두고 있었으며, 그렇기에 함흥에 온 지 삼 일 만에 행수에게 아름다운 기녀를 천거하도록 한다.

> ㄴㄴ 함흥 풍경을 구경치 못ㅎ엿더니 금일이야 풍경 구경ㅎ다가 너 갓튼 어엿분 ㅈ싀을 보고 엇지 마음을 진졍ㅎ리요 닉 지금 미춰 젼니요 쏘한 소년니라 한번 니연을 믹ㅈ미 엇더ㅎ요[22]

위 인용문에서 직경은 풍경 구경을 운운하고 있지만 여기에는 아름다운 기생 구경이 포개져 있다고 할 수 있다. 월하선은 이런 수청 요구에 처음에는 거절하다가 맹세의 제문을 받고는 결합하지만 3년 뒤 감사가 만기가 되어 떠나게 되자 두 사람도 이별을 할 수밖에 없게 된다.

이처럼 지역의 특성상 유명한 기녀들과 이곳을 찾은 남성들의 인연 맺기가 두드러지는데, 애정 관계이든 훼절 모의든 재색을 겸비한 기녀와 양반 자제의 만남은 낭만적이고 일탈적인 이미지로 다가온다. 그런데 이런 이미지는 남성들이 평양의 명구승지(名區勝地)로서의 명성을 듣고 유람을 목적으로 이 지역을 찾는 것과 긴밀히 연결된다.

> 평양에 다다르니 십리 장림 푸른 수풀 원직을 반기ᄂ 듯 련광뎡에 올나
> 셔셔 ᄉ면을 슯혀 보니 릉라도 연긔 속에 양류ᄂ 의의ㅎ고 모란봉

---

22) 〈월하선전〉, 『필사본 고전소설전집』 21, 아세아문화사, 1980, 394면.

구름 아
    릭 창숑은 울울ᄒ며 부벽루에 빗긴 히에 금슈병풍 둘너잇고 슝령젼
의 잠긴
    구름 학의 소릭 머러잇고 영명ᄉ 져믄 쇠북 산승이 밧비 가며 틱동
강 푸른
    물결 졍연이 침벽ᄒ니 이 진짓 뎨일강산이라.[23]

〈이진사전〉에서 이진사는 평안도 강서 현령인 외숙을 방문하게 되
는데, 길을 떠나기 전에 노모에게 "평양은 팔도 중 제일 명구승지(名區
勝地)라 하니 왕래지로에 한번 구경하와 또한 흉회를 넓히고자 하나이
다"라고 하고 길을 떠나 강서에 들렀다가 평양에 다다른다. 이후 평양
경치를 한 눈에 볼 수 있는 연광정에 올라 사면을 둘러보는데, 그의
눈 속에 들어온 능라도, 모란봉, 부벽루, 숭령전, 영명사 등은 모두 평
양의 이름난 누정(樓亭)과 고적(古蹟)이다. 남성 주인공들의 이런 평양
유람은 많은 작품에서 나타나는데, 위의 인용문에서처럼 대체로 상투
적인 묘사, 나열의 양상을 띠고 있다. 평양의 명승고적에 대한 이런
상투적 묘사는 평양이 유람지라는 것이 관념화되어 있음을 드러낸다
고 할 수 있다.[24]

---

23) 〈이진사전〉, 79-80면.
24) 이는 15세기 김시습의 〈취유부벽정기〉의 도입부가 부벽정과 그 부근의 유람지로서의
    면모를 현장감 있게 서술하고 있는 것과 대비된다.
      영명사의 부벽정도 그 가운데 하나인데, 그곳은 바로 동명왕의 궁궐인 구제궁이 있던
    곳이다. 평양 성곽에서 동북쪽으로 20리쯤 떨어진 곳에 있는데, 아래로는 긴 강이 흘러
    가고 멀리로는 끝없이 넓은 평원이 펼쳐져 있어 그야말로 빼어난 경치였다. 저녁이면
    놀잇배와 장삿배들이 대동문 밖 나루터에 정박하는데, 여기에 머무는 사람들은 반드시
    상류로 거슬러 올라가 부벽정을 여기저기 구경하고 마음껏 즐기다가 돌아간다. 부벽정
    남쪽에는 돌층계가 있는데 왼편의 것은 청운제, 오른편의 것은 백운제라고 한다. 돌로

이처럼 관서 관북 지역은, 기녀 이야기가 주를 이루는 작품들 속에
서, 평양을 중심으로 평안감사 관련 연회나 행사, 평양기생이라는 풍
속과 명승지를 갖춘 유람지의 면모 등이 두드러지게 드러나면서 문화
적 형상화가 이루어지고 있다.

2) 정치적 형상화

관서 관북 지역은, 북방이자 변방 지역이라는 점에서 군사적, 정치적
으로 중요한 지역으로 인식되어 왔다. 고소설 작품 속에서도 이들 지역
의 군사적, 정치적 형상이 확인되는데, 관서 지역의 경우 주로 명청
교체기의 두 전란과 관련하여 압록강을 중심으로 하는 국경 지방과 전쟁
의 이동 경로가 부각되고 있으며, 관북지역은 전란 관련 소설에서 출정
하는 인물들의 출신지로 거론되면서 정치적 색채를 드러내고 있다.

이는 먼저, 17,8세기 동아시아 전란을 소재로 한 작품군 중, 강홍립
의 요녕성 원군 출정과 정묘호란을 소재로 한 〈강로전〉에서 두드러지
게 나타난다. 무오년에 후금이 요양을 침범하자 명나라는 조선에 원군
을 요청하는데, 이때 강홍립이 원수로 출정하게 된다. 강홍립은 국경
부근 의주에 이르러 통군정에서 평안북도의 선천군수 김응하가 이끄
는 좌영 부대를 보병으로 영마전(요녕성)에 출정하라는 지휘를 내린
다.[25] 이후 명과 후금 간의 세력을 가늠하던 강홍립은 결국 누르하치
에 투항하여 신임을 받아 정묘년에 후금 군대를 이끌고 조선을 치게

깎아 세운 화표주는 호사가들의 볼거리가 되었다. 〈취유부벽정기〉, 120–121면.

25) 실제로 통군정은 의주읍성(義州邑城)에서 제일 높은 압록강 기슭 삼각산(三角山) 봉
우리에 자리잡고 있는데, 서북방위의 거점이었던 의주읍성의 북쪽 장대(將臺)로서 군
사지휘처로 쓰였다.

된다. 강홍립의 군대는 먼저 국경의 의주를 습격한 후 평안북도 곽산의 능한산성[26]을 치는데, 이때 의주성이나 능한산성 안에 있던 사람들이 놀라 싸워보지도 못하고 뿔뿔이 흩어짐에도 강홍립은 무자비한 살상, 도륙 약탈을 지시해 순식간에 두 성은 참혹한 아비규환의 상황에 이른다. 이후 청천강 서쪽 유역에 이르러 안주성에 사람을 보내 화의를 도모하려 하지만 안주 절도사 남이흥은 "목을 자르는 장군은 있어도 강화를 하는 장군은 없다"[27]고 하면서 항거하겠다고 한다. 이에 강홍립은 다시 안주성을 치러 들어가 다시 도륙과 살상을 가하는데 앞서 두 성을 칠 때와 마찬가지로 잔인하고 참혹한 형상이다.

> 병사들을 몰아 동북쪽 모서리에서 곧장 공격하여 함락시키니, 남이흥은 목사 김준과 함께 군루에 앉아 분신 자결했다. 성안에 가득한 사람들은 노소를 불문하고 울부짖으며 허둥지둥 달아나 숨었다. 홍립은 한윤과 함께 오랑캐 병사들을 나누어 독려하여 풀 베어 놓듯 살상하니, 시체가 거리를 메우고 유혈이 도랑에 가득한데, 거의 다 마구 찍어 죽인 것이었다.[28]

---

26) 능한산성은 전략적으로 서북방 제1선의 중심지라 할 수 있는 의주 흥화진(興化鎭)에서 제2선인 안주에 이르는 중간지점에 위치해 있다. 1010년(현종 1) 거란군의 제2차 침입 때 능한산성 일대에서는 치열한 전투가 벌어졌는데, 양규(楊規)의 지휘하에 6천의 고려군이 거란의 대병력을 섬멸하는 승리를 거두었다. 또 1627년(인조 5) 후금의 침략(정묘호란) 때에는 정주·선천·곽산 등 평안도 일대의 백성들이 이 능한산성을 중심으로 하여 적에게 타격을 가하였다.

27) "有斷頭將軍, 無和好將軍"〈강로전〉, 신해진, 『권칙과 한문소설』, 보고사, 2008, 188–189면.

28) 驅兵直衝陷, 自東北角, 南以興與牧使金俊, 坐軍樓自焚. 滿城之人, 若老若幼, 啼呼奔竄. 弘立與潤, 分督胡兵, 若刈草菅, 尸塡街巷, 血滿溝渠, 亂斫幾盡.〈강로전〉, 189면.

특히 안주성의 경우에 강홍립의 군대가 공격하여 함락되기 시작할 때 절도사인 남이홍이 목사 등과 함께 군루에 앉아 분신자결하는 것으로 되어 있어 참혹함에 비장감이 더해지고 있다. 강홍립은 이후 평양과 황강(해주) 등의 조선 병력이 흩어졌다는 소식을 듣고 바로 평양에 이르러 평양성 수비대장을 따로 정하고 본인은 황해도 평산에까지 진군하여 강화조약을 맺은 후에야 오랑캐 병력을 후퇴시킨다.

〈강로전〉에서 부각되는 지역은 국경의 요지인 의주와 능한산성이 있는 곽산, 그리고 평안북도에서 평안남도로 넘어오는 길목에 위치한 대도시 안주이다. 특히 의주는 강홍립이 조선의 군대로 출정할 때와 후금의 군대로서 조선을 침범할 때 기점으로 반복 거론되면서 국경의 정치적, 군사적 요지임이 잘 드러나고 있다. 의주는 〈정생기우기〉에서도 조선으로 들어오는 거점으로 나타난다. 정생은 결혼한 지 며칠 만에 병자호란으로 서울까지 내려온 오랑캐에게 붙잡혀 있다가 예순이 넘어서야 조선에 돌아올 수 있게 되는데, 이때 의주를 거쳐 고생 끝에 서울 집을 찾아가지만, 아들이 평안감사가 되어 있다는 소식 듣고 다시 평양으로 향하는 것으로 되어 있다. 안주의 경우, 〈주생전〉에서 주생이 왜란 당시 명나라 원군에 서기로 참전하는 과정에서 거론된다. 우여곡절 끝에 선화와의 혼인을 앞두게 된 주생은 때마침 조선에 왜적이 침입하고 명나라가 원군을 출병하게 되자 서기로 참전하게 되는데, 이때 주생이 안주에 이르러 백옥루에 올라 시를 짓고, 송경에 왔을 때 상사병으로 더 이상 남히히지 못하는 깃으로 되어 있다. 마지막의 간략한 서술에서도 안주가 거론된 것은 임진왜란 당시, 안주가 명나라 원군의 남하 과정에서 중요한 거점이었기 때문인 것으로 보인다.

〈강로전〉과 함께 전쟁 과정에서 이 지역이 두드러지게 나타나는 작품은

〈김영철전〉이다. 김영철은 평안남도 영유현 출신으로 후금의 침략 당시 명나라의 원군으로 출병한 강홍립 부대에 소속되어 있었는데, 이때 김영철의 부대가 처음 집결한 곳은 평안북도 창성이었다. 이후 김영철은 후금, 명, 조선을 넘나들며 전쟁포로와 이방인의 경험을 한 후에 고향으로 돌아오게 되는데, 본인의 경험을 자식들이 겪지 않게 하기 위해 말년에 평안도 자산군 자모산성29)에서 성을 방비하며 아들들과 일생을 마친다.

〈김영철전〉에서 명나라 원군으로 구성된 김영철 부대가 처음 집결한 곳은 평안북도 창성으로, 이 또한 의주와 마찬가지로 북쪽으로 압록강을 접하고 있는 국경 지역이었다. 〈최척전〉에서도 조선으로 돌아간 최척의 생사를 모르고 항주에서 남편을 기다리던 옥영은 요녕에서 조선국경까지는 겨우 나흘이나 닷새면 되니 최척이 고국으로 달아났을 거라 하면서 자신이 찾아가 만약 죽었다면 창주(창성)에 가서 원혼을 위로한 후 선산에 장사지내겠다고 한다.

이처럼 관서 관북 지역은 특히 〈김영철전〉이나 〈강로전〉과 같은 전쟁 서사를 통해 의주나 창성과 같은 국경 지대와 전쟁의 주요 거점과 이동 경로가 실사에 근접하게 설정되고 있으며, 북방 변경 지역으로서의 면모를 여실히 드러내고 있다. 단, 17,8세기의 동아시아 전란이라는 실제 역사를 근간으로 한 서사라는 점에서, 또한 우리나라보다는 해외 체험이 주가 되는 작품들로 관서 지역은 주로 이동 통로로 다루어지고 있다는 점에서, 지역 자체가 전경화되지는 않는다고 할 수 있다. 그러면서도 〈강로전〉의 안주성 전투에서 안주성 절도사가 분신자

---

29) 청룡산성과 흘골산성, 휴류산성, 황룡산성과 함께 옛 고구려의 수도 평양성을 지키던 위성들 중의 하나로, 평양성의 북쪽 방위를 담당하였다. 평성시 자모산 일대에 있던 이 산성은 의주로부터 안주를 거쳐 평양으로 들어가는 길목에 위치한 가장 중요한 요새 중 하나였다.

결한 것이나, 강홍립이 평양성에 이르러 재능 있는 사람을 구한다는 방을 붙였을 때 아무도 이에 응하지 않은 것 등을 통해 전란의 참화 속에서도 절의를 지키는 지역이라는 것이 형상화되고 있다.

3) 역사적 형상화

관서 관북 지역은 건국 이래 우리나라의 역사와 밀접한 관련을 지니고 있다. 관서 지역의 평양은 기자 조선의 수도이자 고구려의 수도로서 가장 오래된 고도이고, 관북 지역의 함흥이나 북청 역시 조선 건국과 밀접한 지역이며, 두만강 부근은 발해의 역사와 밀접한 지역인데, 이런 역사적 정황이 작품들에 긴밀히 녹아들어 있다. 특히 역사적 연원, 내력 등이 소회, 감회의 감정과 더불어 서술되고 있다.

먼저, 평양의 역사성은 〈취유부벽정기〉와 〈부용상사곡〉에서 형상화되고 있다.

> 평양은 옛날 조선의 수도였다. 중국 주나라 무왕이 은나라를 치고 기자를 찾아가 세상을 다스리는 법에 대해 물었다. 기자가 우임금 때부터 전해오던 홍범구주를 일러주자 무왕은 그를 이 땅에 봉하고 신하로 삼지 않았다. 이곳의 뛰어난 경치로는 금수산, 봉황대, 능라도, 기린굴, 조천석, 추남허 등이 있는데 모두 오래된 명승지이다. 영명사의 부벽정도 그 가운데 하나인데, 그곳은 바로 동명왕의 궁궐인 구제궁이 있던 곳이다……홍생은 감흥을 이기지 못하여 작은 배를 타고 달빛 아래 노를 저어 상류로 올라가며 이 흥취를 다하고 돌아오리라 생각했다. 가다 보니 부벽정에 이르게 되었다. 갈대밭에 배를 묶어 놓고는 계단을 밟고 정자 위로 올라갔다. 난간에 기대 주위를 둘러보며 낭랑한 소리로

시를 읊조렸다. 달빛은 밝고 물결은 잔잔한데, 기러기는 모래밭에서 울고 학은 소나무에서 날아 올랐다. 그 정경은 마치 달나라나 신선세계 같았다. 홍생이 옛 서울 평양을 바라보니, 흰 망루는 안개에 싸여있고 외로운 성에 물결만이 부딪히고 있었다. 홍생은 옛 나라의 흥망을 서글퍼하며 시 6수를 지었다.[30]

공쥬ㅣ 수일을 편히 쉬고 각쳐 풍물을 완상홀식 몬져 슈령뎐에 쳠알 ᄒ니 태빅산의 ᄂ린 신인 유상이 완연ᄒ고 긔즈릉에 례빈ᄒ니 숑츄만 푸르럿고 팔됴유풍 막연이오, 죠쳔굴 도라드니 텬마ᄂ 간 곳 업고 동명왕의 녯 자최를 무를 곳이 바이업다.[31]

〈취유부벽정기〉와 〈부용상사곡〉은 모두 평양의 역사적 유적을 강조하고 있는데, 그 방식은 다소 다르다. 〈취유부벽정기〉의 경우, 홍생과 관련 없이 도입부에서 평양의 고도로서의 역사적 사실을 객관적으로 기술하고[32], 홍생 등장 이후에는 부벽정에 치중하여 부벽정에 감응하는 홍생의 감정에 초점을 맞추고 있다. 이런 과정에서 홍생이라는 한 개인의 소회가 두드러지고 있다. 이에 비해 〈부용상사곡〉은 주인공 김유성의 유람 여정 속에 역사적 유적이 포함되어 있어, 김유성이 이들 유적을 체험하고 있다는 느낌을 주지만, 밑줄 친 부분과 같이 소

---

30) 〈취유부벽정기〉, 122면.
31) 〈부용상사곡〉, 14면.
32) 이는 〈택리지-팔도총론〉의 기술과 흡사하다.
  옛날 요임금 때 신인(神人)이 평안도 개천현 묘향산 박달나무 아래 석굴에서 태어났다. 이름을 단군(檀君)이라 하고, 구이(九夷)의 임금이 되었는데, 그 연대와 자손에 대해서는 기록할 수가 없다. 그 뒤에 은나라의 기자(箕子)가 조선에 봉해지면서 평양에 도읍했다. 그의 후손 기준에 이르자 연나라 사람 위만(衛滿)에게 쫓겨났……. 위씨는 한나라 무제 때 망했다. 이후 한나라에서 백성만 옮기고 땅은 버리자 주몽이 말갈에서 일어나 평양을 차지하고 나라 이름을 고구려라고 했다. 〈택리지-팔도총론/ 이중환 저, 허경진 역, 『택리지』, 서해문집, 2007, 28-29면.〉

회의 내용은 상투적이다. 특히 조천굴에 대한 김유성의 소회는 이색 (李穡)이 부벽루에서 노래한 '기린마는 돌아오지 않으니 천손은 어디에 있느뇨(麒馬去不返 天孫何處遊)'라는 구절의 변용이라고 할 수 있는데[33], 〈취유부벽정기〉의 홍생의 시 구절과 비교해 보면 김유성이라는 개인 의 소회가 잘 드러나지 않는다는 것을 확인할 수 있다.

하늘에 간 동명왕은 아직 소식 없으니　　　聖帝朝天今不返
세상일을 의지하여 말할 사람 없구나!　　　閑談落世竟誰依
그가 타던 황금수레 기린마도 없으니　　　金轝麟馬無行迹
풀 우거진 그 길에는 스님이 홀로 가네.　　　輦路草荒僧獨歸[34]

이후 김유성은 물을 따라 내려가며 경치를 완상하다가 평양의 대표 적 정자인 연광정에 이른다. 그런데 이때 연광정에 대한 묘사는 연광 정에서의 화려한 연회와 같은 풍류, 유흥과는 거리가 있다.

거름을 도로혀셔 물을 싸라 ᄂ려가니 강싴이 광활ᄒ고 슈셰ᄂ 평온 흔딕 벽운은 취수에 어래엿고 량량빅구ᄂ 평사에 멀엇스며 금범슈장은 바람결에 ᄂ붓기ᄂ 곳에 흔 명즈ㅣ 강을 림ᄒ엿스니 취와홍란은 반공 에 소삿스며 현판에 크게 썻스되, '뎨일강산(第一江山)'이라 ᄒ엿스니 이ᄂ 명ᄂ라 쩍 한림편수 쥬지번이 죠션에 ᄉ신으로 왓다가 이 명자에 올ᄂ 풍광을 구경 ᄒ고 크게 칭찬ᄒ며 현판을 만ᄃ라 텬하뎨일강산이

33) 이는 해모수의 아들 동명왕이 기린마를 타고 평양 부벽루 뒤편에 있는 기린굴로 들어 가 땅 밑을 거쳐 대동강 상의 조천석으로 나와 천상계로 올라갔다고 하는 고구려 신화 에 기반한 것으로, 조천석은 대동강 가운데 있는 반석인데 기린마익 발자국이 지금도 남아 있다고 한다.
34) 〈취유부벽정기〉, 124면.

라 쓰려 ᄒ다가 닐ᄋ디 우리 즁국의 금릉믈싁이 가히 이에 느리지 아니
리라 ᄒ고, 다만 뎨일강산이라 쓴 바이오, 그 후 병화를 당ᄒ야 그 네
글ᄌ 즁에 믈 강 ᄌ를 일흠으로 필가에 유명ᄒᆫ 빅하 윤판셔슌이 다시
믈 강 ᄌ를 셧스니 이 곳은 이에 련광뎡이라.35)

    명나라 사신인 주지번(朱之蕃)이 평양을 들렀다가 연광정에서 본 대
동강의 경관에 대해 '천하제일강산(天下第一江山)'이라고 했다가 '천하
(天下)'를 뗀 일화와, 현판의 '강(江)'자를 명필가 백하(白下) 윤순(尹淳)이
쓴 내력 등이 상세하게 서술되고 있는 것이다.36) 이처럼 특정 지역의
물물이나 유적에 여러 이야기가 포개어 있는 것이 역사성이자 그 지역
이나 유적의 약호화37) 양상이라고 할 수 있다. 실제 〈부용상사곡〉에서
김용성의 평양 유람 과정에 보이는 심리 묘사는 15세기 김시습의 유람
체험을 바탕으로 한 개별적인 역사적 공간 인식이 이 시기에 약호화된
공간 인식으로 변화되었음을 보여준다고 할 수 있고, 이 과정에서 관념
은 고정되고 개별적인 심사는 약화된다고 할 수 있다.38)

---

35) 〈부용상사곡〉, 14-15면.
36) 〈택리지〉에도 이 현판과 관련된 내용이 기술되어 있는데, 주지번은 여섯 글자를 다
    쓰고 돌아갔으나 후에 청나라 황제가 앞의 두 글자를 없앤 것으로 되어 있다. (명나라
    때 주지번이 사신으로 왔다가 연광정에 올라 상쾌하다고 부르짖으며, '천하제일강산
    (天下第一江山)'이라는 여섯 글자를 제 손으로 쓴 현판을 걸었다. 그런데 정축년에 청
    나라 황제가 군사를 이끌고 돌아가던 날 이 현판을 보고 "중원에 금릉과 절강이 있는
    데, 여기가 어찌 제일이 될 수 있으랴" 하면서, 사람을 시켜 부숴버리게 했다. 그러나
    잠시 뒤 그 글씨가 훌륭한 것을 아깝게 여겨, '천하'라는 두 글자만 톱질해서 없애버리
    게 했다. 〈택리지〉 평안도 평양부, 32면.)
37) 특수한 공간이 소설의 배경으로 자리잡을 때, 그 공간이 함축하고 있는 역사적 사건
    이나 특수한 의미소들 역시 텍스트 생성을 위한 약호로 기능하게 된다. 최경환, 『〈육미
    당기〉의 텍스트 생성과정 연구』, 월인 , 2002, 33면.
38) 작품 도입부의 평양 묘사를 보면 "차홉다 죠선의 승디강산 의론ᄒ면 평양이 뎨일이
    라. 쟝셩일면용용슈와 대야동두뎜뎜산은 고려 문쟝 김황원의 졀챵이라. 룽라도 연긔

관북 지역의 경우 이런 역사적 공간의 형상이 〈이진사전〉에서 두드러
진다. 이진사는 김경패라는 평양의 기생을 첩으로 들이면서, 대대로
첩을 들이면 화를 면하지 못했던 내력에 의해 선조가 꿈에서 계시해
준 대로 집을 나와 삼년을 지내야 했는데, 이때 "내 쟝ᄎ 어이 삼 년
세월을 보내리오. 강산을 널리 구경ᄒ야 수회를 풀니라" 하면서 함경도
유람을 시작한다. 함경도 유람 일정은 백두산, 함경북도 회령의 운두산
성, 함경남도의 북청, 함경남도 안변의 석왕사로 이어진다. 이진사의
유람은 백두산과 석왕사를 제외한 지역의 경우 그 지역의 역사적 내력을
들은 후에 자신의 소회를 시로 지어 덧붙이는 공통된 양상을 보인다.

먼저, 백두산의 경우 이 지역이 발해국의 고도였다는 것이 드러나
는데, 이 지역의 경우 이진사 본인의 소회 시 대신 남이 장군의 시를
읊조리는 것으로 되어 있다.

몬져 함경도에 드러가 빅두산에 올나 슉신 시와 불해국의 고도를 굽
어보고 남이 장군의 지은 바, '백두산(白頭山)은 석마도진(石磨刀盡)이
오, 두만강류(豆滿江流)ᄂᆫ 음마무(飲馬無)ㅣ라'ᄒᄂᆫ 글구를 읊조리다
가 ᄂ려와…….39)

─────────────

속에 홍엽은 분운ᄒ고 모란봉 느진 비에 황화은 란만ᄒ디 대동문 안 ᄒ 모롱이 쇼됴링
락ᄒᆫ ᄒ 젹은 집 후원 별당……〈부용의 상사곡〉, 3면"이라고 하여, 고려 때 시인 김황원
의 시구가 인용되고 있다. 김황원은 연광정에 올랐다가 그곳에 있는 여러 시들을 보고
마음에 들지 않아 본인이 한 수 지어보고자 하루 내내 깊이 생각했지만, "긴 성 한쪽에
는 넘실넘실 물이 흐르고 큰 들판 동쪽에는 점점이 산이로다(長成一面溶溶水 大野東頭
點點山)"라는 시구만 짓고 시상이 막혀 더는 짓지 못하고 통곡하며 내려갔다는 일화가
전하는데(〈택리지〉 평안도 평양부, 31-32면), 이 시구가 평양을 묘사하는 데 그대로
인용되고 있는 것 또한 같은 맥락이라고 할 수 있다. 실제 이 시구는 평양을 대상으로
하는 〈옥단춘전〉, 〈이진사전〉, 〈이춘풍전〉 등에서도 그대로 인용되고 있다.
39) 〈이진사전〉, 113면.

다음 유람지는 함경북도 북쪽 두만강 경계인 회령(會寧)의 운두산성 (雲斗山城)으로, 이곳에서 이진사는 운두산성에 얽힌 송황제의 내력을 듣고 이를 차탄하는 시를 짓는다.

회녕에 다다르니 이곳은 오국셩 녯터이라. 북녁 운두산 봉상에 흔 큰 무덤이 잇고 그 아리 흔 연못이 잇스며, 못가 셕벽에 운연이란 두 글즈를 전즈로 삭엿거늘 토민다려 무르니 딕답ᄒ되, "이 무덤은 송나라 흠종황뎨 조환의 무덤이니 넷젹 금나라 태종황뎨 완인 오걸민 지나 송국 을 쳐 흠종을 사로잡아 이 싸히 귀양보내니 운연이라 흔 것은 곳 흠종의 쓴 바이오. 슉종 삼십팔년은 곳 쳥국 셩조 강의 오십일년에 쳥국 오롤 총관 목극등이 죠션과 쳥국의 디계를 명ᄒ려 왓다가 그 무덤을 파 젹은 비를 엇으니 송데지묘라 쓴 네 글즈를 보고 즉시 그 무덤을 봉츅ᄒ얏고 지금신지 밧가는 농부들이 왕왕히 무덤 엽히셔 슝녕통보란 돈을 엇ᄂᆞ이 다" ᄒ거날 진ᄉᆞ ㅣ 이 말을 듯고 이에 일슈 시를 지으니 기 시에 왈

風塵漠上에 歎飄零ᄒ는딕   풍진막북에 표령흠을 탄식ᄒᆞᄂᆞᆫ딕,
一片荒墳草色靑을   흔조각 거츤 무덤에 풀빗이 푸르럿도다.
當日에 若聽李綱策이면   당일에 만일 리당의 쇠를 드럿더면,
肯教玉駕踏湖庭가   엇지 옥가로 ᄒ야곰 오랑키을 볿아스리오[40]

금나라에 망한 북송의 두 황제가 귀양왔다가 죽음을 맞이한 곳이며, 숙종 때 청나라의 목극등이 백두산의 정계비 문제로 왔다가 그 중 흠종의 묘로 추정되는 무덤을 발견한 후 봉축을 쌓게 하였다는 운두산성의 내력 을 토민들의 입을 통해 상세히 전해들은 후에 그 소회를 시로 붙이고

---

40) 〈이진사전〉, 114면.

있다. 그런데 이때 토민들이 전하는 운두산성의 내력은 〈택리지(擇里志)〉
에서 소개하고 내용과 그대로 일치한다.[41] 덧붙인 시 또한 금태종에게
조소를 당하고 타지로 압송되어 억울하게 죽어간 북송 황제의 최후[42]와
긴밀히 연결되면서 한탄의 정조를 보이고 있다. 그런데 이진사가 가정의
문제로 어쩔 수 없는 방랑을 하고 있는 상황이라는 점에서, 이는 평소의
감회가 내력과 결합된 것이라기보다는 운두산성이라는 유적을 방문하여
그 내력에 일시적으로 감응한 감회로 보는 것이 타당할 듯하다.

　다음 유람지는 함경남도의 요지이자 숙신의 도읍인 북청(北靑)으로,
태조 이성계의 조선 건국에 일등공신 역할을 한 청해백(靑海伯) 통두란
(通杜蘭)의 내력을 들은 후에 역시 시를 짓는다.

　다시 길에 올나 북청 ᄯᅳ히 이르러 ᄒᆞᆫ 곳에 다다르니 큰 굴이 잇고
그 압히 큰 반석이 잇거날, 진ᄉᆞㅣ 촌옹다려 무르니 답왈 "이 토굴은
청ᄒᆡᆨ 통두란의 잇던 곳이라" ᄒᆞ거날, 진ᄉᆞㅣ 놀래여 ᄌᆞ셰ᄒᆞᆫ 연유를
알고져 ᄒᆞ니, 촌옹 왈 "청ᄒᆡᆨ의 본셩은 악이니 고려 인종 ᄯᅢ에 송나라

41) 두만강을 따라서 회령의 운두산성에 이르러서 성 밖을 보니 큰 언덕에 무덤들이 있는
데 그 고장 사람들이 황극릉이라고 지칭하였다. 청나라 사신 목극동 등이 정계비문제
로 조선에 왔을 때 이것을 사람을 시켜 파헤치려다가 무덤 곁에서 짧은 비갈을 얻었는
데 그 위에 송제지묘라는 네 글자가 쓰여 있으므로 목극동등이 곧 그 봉축을 크게 쌓도
록 하고 갔다. 그래서 금나라의 오국성이 곧 운두산성임을 비로소 알게 되었다. 그러나
송제라고 한 것이 휘종인지 흠종인지 알 수 없다……(중략)……. 언덕 위에서 밭을 갈던
이 고장 사람들이 가끔 옛 제기, 술항아리, 솥, 화로 따위를 발견하는데 이 무덤은
선화 휘종릉이며 나머지는 궁인이나 시종하던 벼슬아치들의 무덤인 듯 하다 이 고장
사람들이 선하는 발로는 두만강 북쪽으로 10여리 되는 곳에 또 황제릉이 있다고 하는
데 이것은 흠종의 능인 듯하나 분명하지는 않다. 〈택리지〉함경도–앞의 책, 40–42면.
42) 금에 패한 북송의 두 황제 휘종과 흠종은 평민 백성의 소복을 입고 태조묘 앞에 꿇어
앉아 '견양례(牽羊禮)'를 올린 후에 금태종을 알현하는 치욕을 당하였고, 한주 편련자
성을 거쳐 오국두성으로 압송되어 결국 천회13년 (1135년)과 해릉왕 정융 6년(1161년)
에 비참하게 최후를 맞았다.

고종이 금국으로 더불어 싸흘시 고려에게 구원병을 쳥ᄒ거늘 고려 죠 명이 군ᄉ를 됴발ᄒ야 보낼시 북방의 ᄒ 녀ᄌㅣ 그 늙은 어버니를 ᄃᆡ신 ᄒ야 송국에 가 무목왕 악비의 휘하에 잇셔 효용이 졀륜ᄒ야 여러 번 공이 잇슴이, 악비 그 녀ᄌ임을 알고 크게 긔특히 녁여 갓가히 ᄒ얏더 니 그 후에 악비 참소를 맛ᄂ 죽음이 그 녀ᄌㅣ 본국에 도라와 ᄒ 아달 을 나코 인ᄒ야 북도에 거ᄒ고 그 ᄌ손이 류략ᄒ야 녀진 ᄯᅡ히 드러가 셩을 퉁이라 ᄒ고, 그 칠셰손 두란이 조션 태조를 도아 공이 잇서 쳥히 빅을 봉ᄒ고 셩을 리시를 주시고 일홈을 곳쳐 지란이라 ᄒ얏더니, 명철 보신ᄒ기로 그 고향 북쳥에 도라가 홀로 토굴에 쳐ᄒ야 셰ᄉ를 니져바 리고 ᄌ손이 음식을 가져다가 반셕 우희 노흐면 취ᄒ야 먹고 여년을 맛 첫ᄂ이다.”ᄒ거날, 진ᄉㅣ 이 말을 듯고 탄식홈을 마지 아니ᄒ고 이에 ᄒ 노ᄅᆡ를 지으니 긔 가에 왈

將門有種兮여 乃生英雄이로다
　장슈의 집에 시 잇슴이여 이에 영웅이 삼기도다.
杖劍扶眞主兮여 開國元功이로다
　칼을 집고 진쥬를 붓들미여 ᄀᆡ국ᄒ 읏듬 공이로다.
不忍泛舟五湖兮여 身歸故鄕이로다
　춤아 빈를 오호에 ᄯᅴ우지 못홈이여 몸이 고향에 도라왓도다.
靑山은 不老ᄒ고 水長流兮여 千秋名姓香이로다
　푸른산은 늙지 아니ᄒ고 물은 길이 흐름이여 쳔츄에 일홈과 셩이
　향긔롭도다[43]

이 또한 퉁두란이 원나라 말, 많은 부하를 이끌고 귀화하여 함경남 도 북청에 거주하면서 이성계 휘하에 들어가 이씨 성을 하사받았으며,

---

43) 〈이진사전〉, 115면.

이어 조선 개국공신으로 청해백에 봉해졌다는 청해 이씨의 시조 내력
과 상당히 부합된다.[44] 이때 읊은 시는 앞의 시들과 달리 감탄, 칭송
의 감회를 보이고 있는데, 이는 무엇보다 조선의 개국에 일등공신 역
할을 했다는 점에서 연유된 것으로 보인다.

　이후 다시 길을 떠나 함경남도 안변(安邊) 석왕사(釋王寺)에 이르는
데, 이때는 내력을 듣는 대신에 대웅전에 나아가 빌고 꿈에서 합천 해
인사로 가라는 노승의 몽시를 들은 후 길을 떠나는 것으로 되어 있다.
석왕사는 태조 이성계가 나라를 세우기 전에 무학대사에게 왕이 될 것
이라는 해몽을 듣고 그 기원을 위해 창건한 절이라고 전해지는데[45],
다른 지역들을 유람할 때와 달리, 이 내력이 서술되지 않는 것은 너무
나 보편적으로 알려진 내력이기 때문이 아닐까 한다. 잘 알려진 내력
을 서술하는 대신에 기도를 하고 몽시를 듣고 그대로 따르는 등 이성
계가 무학대사를 만났던 것과 유사한 행위를 함으로써 내력을 체화(體
化)하고 있는 것이다.

---

44) 청해이씨(靑海李氏)의 시조 이지란(李之蘭)은 조선 개국공신으로 자가 식형(式馨),
　　시호가 양열(襄烈)이다.《황송통보(皇宋統譜)》에 의하면 이지란은 남송(南宋)의 충신
　　악비(岳飛)의 다섯째 아들 악정(岳霆)의 6세손이라고 한다. 이지란의 본명은 퉁두란(佟
　　豆蘭)으로 아버지 아라부카(阿羅不花)는 여진의 금패천호(金牌千戶)였다. 아버지에 이
　　어 천호가 되었다가 원나라 말기 1371년(공민왕 20) 많은 부하를 이끌고 귀화하여 함경
　　남도 북청(北靑)에 거주하면서 이성계 휘하에 들어가 이씨 성을 하사 받았으며, 이어
　　조선 개국공신 일등에 책록되고 청해백(靑海伯)에 봉해졌다고 한다.
45) 이능화(李能和)의《조선불교통사》에 따르면 석왕사 창건은 단지 숭불호법을 부회한
　　것이라고 한다. 그 이유로는 1377년(우왕 3)에 이성계는 정몽주(鄭夢周)·이화(李和)
　　등과 함께 꽝직사(廣積寺)에 있던 대장경(大藏經) 1부와 불상 및 법기(法器)를 석왕사
　　에 옮기고 임금과 나라의 복을 빌게 하였다고 한다. 따라서 이성계가 석왕사로 대장경
　　을 옮긴 1377년 이전에 이 절이 세워진 것은 분명하다. 그러나 이성계는 젊은 시절에
　　석왕사에서 가까운 설봉산 귀주사(歸州寺)에서 독서를 하고 지냈으며, 이성계와 무학
　　대사에 얽힌 이야기 등으로 미루어 볼 때 석왕사의 창건은 이성계와 매우 깊은 관련이
　　있음을 알 수 있다.

이처럼 관서 관북 지역의 역사적 형상화 속에서, 고조선과 고구려의 수도라는 고도로서의 역사성과, 발해의 옛땅이자 조선 건국의 주축이 되는 땅이라는 역사성이 이를 체험하는 작중 인물들을 통해 당대의 땅으로 다시 살아나고 있다고 할 수 있다.

4. 관서 관북 지역 형상화의 특징과 의미

1) 지리지적 사실에 충실한 형상화

앞 장에서 고소설 속 관서 관북 지역의 형상화 양상을 문화, 정치, 역사라는 세 가지 층위에서 살펴보았다. 이 세 가지 형상화는 대상이나 서술 방식, 환기되는 분위기나 이미지 등등에서 다른 양상을 보이면서도 공통적인 양상을 보이는데, 그것은 무엇보다 이 지역을 다루는 데 있어 지리지적 사실과 상당히 부합되어 있다는 것이다. 지리지는 그 지역의 지리는 물론 역사와 문화, 풍속까지 총체적으로 다루고 있으며, 기본적으로 사실에 근거한 내용이 기술되어 있다. 따라서 이런 지리지적 사실에 부합된 형상이 이루어졌다는 것은 소설의 내용이 완전한 허구가 아니라 실사와 허구가 뒤섞인 것이라는 인상을 주게 된다. 이 지역을 다룬 작품 중에 실재 소재를 바탕으로 한 이야기가 많은 것도 이와 연관된다.[46]

이런 양상은 먼저, 전란 관련 작품들에서 두드러진다. 〈강로전〉의 경우 강홍립을 대원수로 하는 명나라 원군의 북방 원정 행로가 대동강

---

[46] 〈부용상사곡〉은 성천 기생 부용이 소재 원천이 된다고 할 수 있고, 〈김영철전〉이나 〈강로전〉 또한 실사를 원천으로 하고 있다.

과 평양을 지나 국경의 요충지인 의주를 넘어 가는 것으로 되어 있고, 정묘년에 강홍립이 후금을 이끌고 다시 조선을 쳐들어올 때 또한 의주부터 통과하여 평안북도 곽산의 능한산성, 청천강 유역, 평안남도의 안주성, 평양에 이르는 것으로 되어 있는데, 이런 경로가 관서 지방의 북쪽 경계인 의주부터 남쪽 평양까지의 지리적 위치에 부합된다. 그뿐만 아니라 이 조선 침략의 과정은 정묘호란 당시의 후금군의 남하 경로와 그대로 부합된다.47) 이는 소설 내에 만들어진 지리 설정의 현실성과 역사적 사건 속 지리 설정과의 부합을 통한 사실성을 동시에 확보하는 것이라 하겠다. 3장에서 다루었듯이, 다른 작품들에서도 의주나 안주, 창성 등이 지니는 국방상 요지이자 거점이라는 지리지적 사실48)과, 〈김영철전〉의 평양 방비성인 자모산성의 지리지적 사실이 작품 속에서 그대로 반영되고 있다.

전란 관련 작품들에서 지리 설정과 관련된 사실적 반영, 형상화가 나타났다면, 〈이진사전〉이나 〈부용상사곡〉 같은 기녀와의 애정담을 다룬 작품들에서는 그 지역의 유적에 대한 지리지적 기술이 두드러지

---

47) 정묘호란 당시 압록강을 건너 의주를 점령한 후금군의 주력은 용천·선천을 거쳐 안주성 방면으로 남하하였다. 조선군은 곽산의 능한산성(凌漢山城) 등에서 후금군을 저지하려고 하였으나 실패하였다. 후금군의 침입이 조정에 알려지자 인조는 장만(張晚)을 도체찰사로 삼아 적을 막게 하고, 여러 신하를 각지에 파견하여 근왕군(勤王軍)을 모집하였다. 그동안 후금군은 남진을 계속하여 안주성을 점령하고 다시 평양을 거쳐 황주까지 진출하였으며, 평산에 포진하였던 장만은 개성으로 후퇴하였다. 이는 〈강로전〉 속의 경로나 정황과 그대로 일치한다. 다만, 이 후금군을 강홍립이 아니라 누르하치의 동생이자 슈르하치의 자남인 아민이 이끌었다는 것만 다를 뿐이다.

48) 의주목: 의주는 국경의 첫 고을이다. 심양으로 통하는 길목인데, 고을 관아는 압록강 가에 있다.
안주목: 평양 서쪽 100여 리 되는 곳에 안주가 있다. 안주 동북쪽은 영변부다. 산세를 따라 성을 쌓았는데, 가파르고 험해 철옹성이라 부른다. 평안도 일대에서 외적을 막을 만한 곳을 오직 여기뿐이다. 〈택리지〉

게 나타나고 있다. 〈이진사전〉에서의 함경도 회령의 운두산성, 북청의 청해백 통두란 고사와, 〈부용상사곡〉의 연광정 현판 관련 일화가 대표적이다. 이들 작품 이외에 평양을 배경으로 하는 소설들에서 단군과 기자, 동명왕의 역사적 사실을 기술하거나 평양의 각종 명승, 유적들을 나열하고 묘사하는 것, 연중행사인 백일장이나 연광정 연회, 대동강 선유 등이 나타나는 것 또한 평양의 실제 역사와 문화를 담아냈다는 점에서 지리지적 사실에 충실한 형상화라 할 수 있다. 이런 과정에서 일차적으로 관서 관북 지역은 뚜렷하게 작품 속으로 들어오게 된다.

그런데 지리지적 사실에 충실하다는 것은 나아가 이들 작품들 속의 관서 관북 지역이 작가의 체험보다는 인문지리적 지식을 바탕으로 형상화된 것일 수 있음을 의미한다.[49] 실제 앞서 언급한 평양의 역사나 유적과 풍물, 전란 작품 속 전란의 경로, 함경도의 유적과 내력 등은 지리서나 역사서 등을 통해 충분히 습득할 수 있는 것이며. 따라서 이런 자료들을 통한 간접 경험, 인지되어 있던 사실이 작품 속에 형상화되었을 가능성이 높다는 것이다. 또한 그럴 때, 이런 지식, 자료를 많이 얻을 수 있는 작가층일수록 작품 속에서 지역과 긴밀한 서사를 전개하기가 자유롭고 또 풍부한 서사를 얽어 낼 수 있는 반면, 관련 지식이 한정적일수록 관습적인 묘사를 할 수밖에 없고 지역과 긴밀한 서사에 긴박될 수밖에 없게 된다. 이는 평양이라는 같은 지역을 대상으로 하는 작품들에서 평양의 유적이나 풍물들이 다뤄지는 양상이 큰 편차를 보이는 동시에 작품 간에 유사한 묘사나 설정이 나타나는 데서 단

---

49) 김시습과 같이 관서 지방을 유람한 체험이 확인되는 경우는 예외일 수 있지만, 이 또한 체험이 그대로 지역 형상화와 연결된다고 보기는 어렵다. 단, 앞서 역사적 형상에서 지적한 것처럼 작가를 알 수 없는 〈부용상사곡〉의 평양 묘사나 소회 토로와는 분명 변별되고 이 체험을 바탕으로 한 소회의 개별화라고 볼 수 있다.

적으로 확인할 수 있다.[50]

그러나 무엇보다 많은 작품에서 지리지적 지식을 바탕으로 한 형상화가 이루어졌을 것이라는 가상은 관서 관북 지역 중에 관북 지역을 다룬 작품이 적다는 실상을 설명하기에 유효하다고 본다. 본 논의에서 관서 관북 지역을 표제화하고 있음에도 불구하고 실상 관북 지역을 본격적으로 다룬 것은 〈이진사전〉 한 작품뿐이었는데, 그 한 작품 속의 관북 지역, 즉 함경도 지역의 형상이 바로 앞서 언급했던 '지리지적 사실에 충실한 양상'을 띠고 있기 때문이다. 함경도 지역의 경우 평안도 지역보다 훨씬 변방이면서 주로 유배지였기 때문에 체험 빈도가 상대적으로 낮고 반대로 지리서 등을 통한 간접 체험에 기댈 수밖에 없다. 그런 상황에서 자료나 정보가 한정되어 있으며[51] 그 또한 〈이진사전〉에서 나타난 것과 같은 지식, 자료로 편중되어 있다면, 이 지역을 배경으로 다양한 이야기를 창작하기 힘들게 되는 것이다. 이는 실제 유배 체험을 한 경우에 여성과의 만남 등 다양한 경험을 기술하고 있음에도[52] 소설

---

50) 물론 시대에 따라, 또 이야기의 성격에 따라 같은 지역이라도 관심사나 비중 있는 부분이 달라질 수 있기 때문에 시대를 막론하고 기계적으로 재단하는 것은 성급할 수 있다.

51) 조선초기 함경도에 대한 관심이 태조의 탄생지로서 왕실권위를 선양하기 위해 그들 조상이 입신하여 세력을 키웠던 동북면에 대해 큰 관심을 보였고 이 지역에 대한 위상을 높이려는 의지가 강하였던 데 비해, 16세기 이후 국가 체제가 정비되고 왕실의 권력이 안정됨에 따라 함경도에 대해 풍패지향이라는 의미는 더 이상 강조되지 않았고 군사적 관심만이 유지되게 되는데, 이는 함경도라는 지역이 조선 전체에서 지니는 의미가 상당히 제한적이었음을 보여준다. 고승희, 「조선후기 함경도 지역의 상업 연구」, 이화여대 박사학위논문, 2001, 1-3면.

52) 조선후기 학자인 김려(金鑢 1766~1822)는 유배지인 함경북도 부령에서 그곳의 풍정, 신분을 뛰어넘는 당대 민중들과의 우정, 그리고 한 여인을 향한 애틋한 사랑과 그리움을 담은 연작악부시를 비롯해 여성 인물 전(傳)을 많이 지었는데, 그 중에서도 연희라는 여성 인물과 관련된 시나 전이 두드러진다고 한다. 권경록, 「변방에서 부르는 노래-경성, 부령, 종성」, 김태준 외, 『문학지리, 한국인의 심상공간』, 논형, 2005, 156-159면.

작품에서는 이런 다양한 이야기, 특히 고소설 대부분에서 다루어지는 남녀 간의 애정 이야기가 없다는 점에서도 확인할 수 있다.[53]

결국 고소설 속에서 관서 관북 지역은 역사나 정치, 문화적으로 당시 지역의 실상과 부합되는 형상을 보이는데, 이는 이 지역 배경 작품들이 실제 가보지 않고도 지리서나 역사서 등을 통해 숙지하고 있는 사실을 바탕으로 창작되었을 가능성을 보여주며, 이런 전제 하에서 관북 지역을 다룬 작품이 적을 수밖에 없는 이유 또한 가늠해 볼 수 있다.

2) 절강 지역의 환유 공간, 평양

이 지역의 압도적 배경인 평양은 여러 면에서 중국 배경 소설 속 절강 유역과 닮아 있다. 무엇보다 강을 끼고 있는 아름다운 도시이자 기생과 풍류객들의 만남의 도시라는 점이 그렇다.[54] 강남의 소주와 항주, 그리고 절강 항주의 서호 유역은 16,7세기부터 조선의 문인들에게

---

53) 자료나 지식의 문제 이전에 일차적으로는 함경도 지역에 대한 보편적인 인식이 이 지역을 배경으로 하는 다양한 이야기, 특히 사랑 이야기의 창작을 제한했다고 볼 수 있다. 함경도는 조선 건국 초기에 태조의 탄생지라는 것이 강조된 것 이외에 일찍부터 변방의 군사지역이며, 평안도의 안주나 평양 같은 번화하고 유흥적인 대도회가 없다는 인식이 보편화되어 있었으므로, 그런 분위기나 배경에서의 사랑 이야기는 낯설고 부자연스러운 것일 수밖에 없는 것이다. 함흥 기생 월하선과 감사의 자제와의 사랑을 그린 〈월하선전〉의 경우도, 이때 함흥은 다른 작품의 평양에 대체되는 공간일 뿐이고 함흥 자체는 전경화되지 않는다. 또한 결국 이들이 사랑을 완성하기 위해 떠난 곳은 평양으로, 평양이 이런 사랑 이야기를 다루기에 익숙하고 자연스럽다는 것을 드러내 준다고 할 수 있다.

54) 신장섭은, 신광수의 〈관서악부〉를 통해 관서 지역의 행정과 자연지리, 유물과 유적, 인물과 풍속 등을 상세 항목화하여 소개하면서, 도시의 하위 항목 안에서 평양을 '항주와 같은 평양'으로 명명하면서 평양과 절강 유역의 유사한 분위기를 시적하였다. 신장섭, 『관서의 역사와 문화』, 북스힐, 2007.

애호되었던 지역으로, 17세기 애정 전기에서 주 배경으로 설정되었고55), 그 이후 또 하나의 관습처럼 17세기의 다른 작품은 물론 그 이후의 많은 작품들 속에서 낭만적이고 유흥적인 공간의 대표적 형상을 띠게 되었다. 이는 소주와 항주가 작품의 핵심 공간으로 부각되고 있는 19세기 한문장편소설 〈옥루몽〉에서 극치에 달한다. 그런데 평양을 배경으로 하는 〈부용상사곡〉 속 부용의 대동강 투신 관련 일련의 서사가, 〈옥루몽〉 속 항주 기생 강남홍의 전당호 투신 관련 일련의 서사와 거의 그대로 일치하고 있어 주목된다.

먼저 〈부용상사곡〉에서 부용은 김용성을 한양으로 떠나보내면서 후원 별당인 추수헌(秋水軒)에 올라 김유성이 멀어지는 것을 보며 연연해하는데, 이는 〈옥루몽〉에서 강남홍이 연로정이라는 역정 정자에 나와 전별의 술자리를 하고 나귀를 타고 떠나는 양창곡을 두고두고 바라보며 눈물 흘리는 장면과 풍경 묘사까지 거의 일치한다.56) 이후 소주자사인 황여옥과 평안감사는 수청을 거부하고 두문불출하는 강남홍과 부용을 겁탈하기 위해 각각 5월 5일 전당호 노젓기 경주와 사월 초파일 대동강 선유를 계획한다. 이때 소주자사와 평안감사가 먼저 배에

---

55) 정민, 「16,7세기 조선 문인지식인층의 江南熱과 西湖圖」, 『고전문학연구』 22, 한국고 전문학회, 2002.

56) 강남홍은 정자 난간에 홀로 서서 길 떠나는 나그네를 아득히 바라보았다. 첩첩이 쌓인 먼 산은 석양빛을 받아 들쭉날쭉하고 아득한 들판 빛은 저녁 안개를 머금고 평평이 펼쳐져 있다. 푸른 나귀 한 마리가 문득 간 곳을 모르게 되자 숲 속의 새소리는 바람결에 지저귀고 하늘 끝 돌아가는 구름은 비를 머금었는지 어둑했다. 〈옥루몽〉, 89~90(김 풍기 역, 『완역 옥루몽』 1, 그린비, 2006.)

이쩌 용낭이 뒤뫼히 올나 공ᄌ의 힝진을 ᄇ라보니 텹텹ᄒ 먼산은 느진 볏을 ᄯᅡᅵ여 푸르럿고 망망ᄒ 들빗은 졈은 연긔에 널녓니 흔뎜 푸른 라귀의 가ᄂ 곳이 졈졈 멀더니 나죵에ᄂ 그 그림ᄉ노 보이지 아니코다. 만수 풀ᄉ이의 ᄉ소리ᄂ 바람에 지저괴며 하늘가에 도라가ᄂ 구름은 슯흔 긔ᄉᆨ을 쯰엿ᄂ지라. 〈부용상사곡〉, 42면.

나와 앉아 강남홍과 부용을 맞이하는 모습[57]부터 겁탈하려는 과정, 이를 피해 물에 뛰어드는 상황 등은 묘사까지 그대로 일치한다.

① 두 자사가 양쪽 고을의 기생과 악공을 데리고 정자에서 내려와 배에 올랐다. 큰 강엔 바람이 고요하여 거울같이 맑은 십 리 물결이 펼쳐져 있다. 펄펄 나는 갈매기들은 춤추는 자리에 내려와 날개를 떨치고 물소리는 노랫소리와 함께 흘러간다……. 질탕한 음악소리는 푸른하늘에 울려퍼지고 펄펄 춤추는 소맷자락은 강바람에 휘날렸다. 붉고 푸른 장식들이 물속에 비쳐서 10리 전당호가 한 조각 꽃과 같은 세계로 변한 듯했다. 황여옥은 큰 잔을 기울여 10여 잔을 마시고 취흥이 도도하여 강남홍의 어깨를 쓰다듬으며 웃었다. 황여옥은 미친 듯한 취흥을 이기지 못하고 좌우에 호령하여 작은 배 한 척을 끌어와서 물 한가운데에 띄우라고 하였다. 그리고는 소주의 여러 기생들에게 강남홍의 손을 잡고 배에 오르도록 하였다. 배 안에는 겹겹이 쳐져 있을 뿐 다른 물건은 없었다[58]

좌우를 명ᄒ야 비를 즁류에 씌오니 큰 강에 바람이 고요ᄒ고 거울 갓흔 물결이 월하에 묽앗ᄂᆞᆷ딕 관현은 질탕ᄒ야 강상의 잠든 빅구를 놀ᄂᆞ기고 청아ᄒᆞᆫ 노릭소리ᄂᆞᆫ 반공에 써러지며 츔추ᄂᆞᆫ 소믹ᄂᆞᆫ 완만ᄒ야 강풍에 ᄂᆞᆺ붓기니 취쥬홍장이 슈즁에 죠요ᄒ야 대동강상이 쇳밧을 일웟

---

57) 머리에는 오사절각모를 쓰고 몸에는 비단으로 지은 학창의를 입고 있었다. 허리에는 야자대를 가로질러 맸으며, 난간에 기대서 느긋하게 홍접선을 흔들고 있었다. 취한 듯한 눈으로 몽롱하게 앉아 있으니, 그 방탕한 모습이나 행동거지, 험하고 거친 기상이 넘쳐흐르고 있었다. 강남홍은 지척에 있는 맑은 물결로 자신의 눈을 씻어내고 싶었지만, 어쩔 수 없이 앞으로 나아가 문안을 올리고 항주 기생을 따라 앉았다. 〈옥루몽〉, 103면. 감스의 거동을 보니 오사당건을 머리 우희 빗기 쓰고 청사록포를 압자락을 헷쳐 몸에 걸칫스며 흔 팔을 붉은 비 란간에 걸치고 흔 손으로 홍라션을 흔들며 취안이 몽롱ᄒ야 안자스니 방퉁흔 용지와 추솔흔 긔상이 지쳑쳥파에 그 보던 눈을 씻고져 흘지라. 〈부용상사곡〉, 70면.
58) 〈옥루몽〉, 105-107면.

눈지라 감수ㅣ 대희ᄒ야 대빅을 기우려 십여 빅룰 마시고 취흥이 도도
ᄒ야 용낭의 억기룰 치며 대쇼왈······츠시 감수ㅣ 미친 마음을 것잡지
못ᄒ야 <u>모든 기녀룰 호령ᄒ야 용낭을 뭇들어 흔 젹은 빅에 ᄂ리니</u> 그
빅에 비단장을 겹겹이 둘너치고 아모것도 업더라59)

② 강남홍이 거문고를 밀쳐놓으니 매서운 빛이 얼굴에 가득하였다.
그녀는 마음속으로 축원하였다. "푸른 하늘이시여. 저를 이 세상에 낳을
적에 처지를 미천하게 하셨으면서 뛰어난 재주를 주시었습니다. 넓고
넓은 천지에 보잘 것 없는 이 몸을 용납할 곳이 없는 것은 무슨 까닭입니까.
맑은 강 물고기 뱃속의 굴원을 그 누가 찾겠습니까. 바라건대 제가 죽은
뒤 이 몸을 떠오르게 하지 마시고, 외로운 혼백이 깨끗한 땅에서 노닐게
해 주소서." 말을 마치자 물속으로 뛰어들었다. 강남홍이 강물에 몸을
던지가 배 안에 있던 사람들이 크게 놀라고 당황하여 급히 구하려 했다.
그러나 그녀의 몸은 가볍고 물살은 급해서 미처 잡아채기도 전에 치맛자
락은 풍파에 표연히 날려서 잠깐 사이에 어디로 사라졌는지 알 도리가
없었다. <u>소주 항주의 모든 기생들이 얼굴을 가리고 통곡을 했으며, 두
자사 역시 아연실색하여 사공에게 급히 구하도록 했다.</u> 서로 묶었던 배를
풀어서 온 강을 가득 채워 수색하도록 했지만 찾을 수가 없었다.60)

용ᄂ이 드듸여 거문고를 밀치고 렬렬흔 긔운이 미우에 ᄀ득ᄒ며 왈
유유창련아 이 부용을 인간에 내실졔 어이 그 처디를 쳔히 ᄒ시며 어이
쏘 그 마음을 달니 품슈케 ᄒ시뇨 광활흔 이 셰계에 젹은 몸을 용납홀
곳이 업ᄉ오니 쳥강어복에 굴삼려의 자최를 차지며 쇼샹강샹에 이비의
혼을 ᄯ로리라 ᄒ고 말을 맛치며 션두에 씨리지니 규즁지인이 ᄃ셩챵
황ᄒ야 급히 붓들고져 ᄒ나 가비야온 몸을 밋쳐 것잡지 못ᄒ야 믈결바

<hr />

59) 〈부용상사곡〉, 70-71면.
60) 〈옥루몽〉, 109-111면.

람에 라군이 나붓기며 간 곳이 업는지라 <u>평양졔기 우지 아니ᄒᆞᄂᆞᆫ 쟈ㅣ</u>
<u>업고 감ᄉᆞㅣ 악연실싁ᄒᆞ야 사공을 호령ᄒᆞ야 건지기를 진촉ᄒᆞ니</u> 모다
황황ᄒᆞ야 결션ᄒᆞᆫ 비를 풀어 강을 덥허 차즈나 그 종적이 묘연ᄒᆞᆫ지라 감
ᄉᆞㅣ 무연ᄒᆞ야 즉시 션유를 ᄑᆞᄒᆞ고 도라가니라[61]

①은 소주자사와 평안감사가 술에 취해 따로 마련한 배에 강남홍과
부용이 옮겨 타도록 하는 장면이고, ②는 겁탈당하기 직전에 강남홍과
부용이 이를 피하러 강에 투신하는 모습이다. 실제 밑줄 친 부분에서
만 전당호와 대동강, 소주 항주와 평양이 변별될 뿐이다. 이후 강남홍
이나 부용이 전당호의 해녀 손삼랑이나 능라도의 어부 최기남에게 구
출되는 것도 유사한 설정이다.

이런 양상은 물론 〈옥루몽〉과 〈부용상사곡〉 두 작품 간의 패러디,
상호텍스트성이라는 측면에서 접근할 수 있다. 하지만 〈부용상사곡〉
만이 아니라 평양을 배경으로 하는 많은 작품들 속에서 대동강의 대표
적 정자인 연광정 연회는 소주의 압강정 연회를 떠오르게 한다. 또한
〈이진사전〉의 경우 이진사가 평양에서 백일장 대회에 참여하는 모습
은, 문필의 실력을 겨루는 자리를 마련하고 거기에 기녀들이 동원되어
잔치를 베풀며 즐긴다는 점에서, 소주와 항주의 문인들이 압강정 등에
서 기녀들과 잔치하며 글 짓던 모습을 방불케 한다.

이런 점에서 고소설 속에 형상화된 평양은, 중국 배경 소설의 절강
유역과 유사한 심상을 불러오는 대표적인 풍류와 유흥의 공간이자, 절
강 유역을 대체할 수 있는 대등한 공간 배경이라고 할 수 있을 것이다.

---

61) 〈부용상사곡〉, 73-74면.

3) 서사의 유형성과 '비일상'이라는 지역성

　관서 관북 지역을 다룬 작품들은 크게 전란 관련 이야기, 기생과의 애정 혹은 훼절 이야기, 유람 이야기라는 세 범주의 서사를 이루고 있는데, 이때 기생과 유람 이야기는 대체로 짝을 이룬다. 곧 이 지역을 다룬 작품들 자체가 서사적 유형성을 띤다고 할 수 있는데, 이런 유형성은 이 지역의 성격에 대해서도 일정한 유형성을 형성한다.

　먼저, 전란 관련 이야기의 경우, 주인공들이 이곳 출신이든 아니든, 이곳이 부각되든 부각되지 않든 전란의 중심지에 있다는 인상을 준다. 이는, 〈강로전〉에서 명나라의 원군으로 북진하거나 후금군으로 남하하는 과정에서 의주와 능한산성, 안주성이 함락되면서, 온갖 도륙, 살상을 당하는 피비린내 나는 전쟁터로 그려지는 데서 단적으로 나타난다. 하지만 이런 물리적인 전쟁터의 아비규환 묘사보다 이곳의 인상을 더 좌우하는 것은 〈김영철전〉에서 후금의 포로로 온갖 고난을 겪고 고향으로 돌아온 김영철에게 주어지는 냉혹한 현실이다. 일단 이 현실은 그 동안의 전란으로 아버지가 전사한 것과 그 사이에 가세가 기울어 너무나 빈한해졌다는 것, 그리고 결정적으로 고향으로 돌아온 본인을 군사적인 목적으로 다시 후금과의 협약 등에 이용하면서도 경제적으로는 전혀 이득을 주지 않는 등 오히려 타국보다 못한 대접을 하는 영유현 현령의 처사이다. 이런 형상들은 이곳이 여러 차례 전란을 거치면서 정신적 물리적으로 황폐해진 지역이라는 유형성을 형성한다.

　기생과 유람 이야기의 경우, 먼저 인물에서부터 유람 혹은 방랑하며 이동하는 남쪽 남성과 모두 기생이거나 기생이 될 여자인 북쪽 여자라는 유형성을 보인다. 그러면서 이 남쪽의 남성이 본래의 거주지를 떠나 북쪽이라는 낯선 다른 지역으로 이동하게 되는데, 그 지역에서 남성은 기생과의 만남이나 명승지와 유적지 유람이라는 비일상의 경험을 하게 된다. 명승지나 유적지 유람이 비일상의 경험이기는 하지만, 작중 인물들에게 남아로서 해볼 만 한 가치 있는 경험으로 인식되는 데 비해, 기생과의 만남은 일탈의 경험으로 인식되며 그 속에서 '내가 아닌 나'가 되는 것 또한 유형적이다. 이는 〈오유란전〉에서, 평양이 번화하다며 평양에 가기를 주저하던 이생이, 결국 오유란에 빠져들게 되자 먼저 수작을 걸어 동침하는 적극성을 보이는 데 대해 "이생은 이미 전일의 이생이 아니었다. 호탕한 기분이 넘쳤다."라고 서술하고 있는 데서 잘 드러난다.

이처럼 관서 관북 지역을 배경으로 하는 고소설 작품들은, 전쟁 이야기와 기생과 유람 이야기가 주를 이루면서 유형적인 서사를 보여주는 동시에 이 지역에 대한 유형적인 인식을 형성한다. 먼저 전쟁 이야기의 경우, 평온하고 사람으로서의 기본적인 삶을 살 수 있는 공간이 아닌, 전란으로 긴박하고 황폐한 삶을 살 수밖에 없는 공간이라는 인식을 형성한다. 기생과 유람 이야기의 경우, 기생만 전경화되는 유흥의 공간으로 떠나가 기생과의 일탈적이고 일시적인 사랑을 하게 되거나, 유람을 하거나 속임수에 걸려드는 등 평소와는 다른 경험을 하는 상황 속에서, 이 역시 일하거나 공부하는 일상의 공간이 아니라는 인식을 형성한다.

결국 두 유형적인 서사를 통해 형성되는 유형적 인식은 '비일상의 공간'으로 모아진다고 할 수 있다.62) 소설이라는 장르에서 이런 '비일

---

62) 두 서사 유형 이외의 이 지역 배경 작품들, 〈취유부벽정기〉(평양 부벽정)나 〈장화홍련전〉(평안북도 철산), 〈인향전〉(평안남도 안주), 〈변강쇠전〉(평안도 월경촌-이 경우 배

상성'은 낯섦, 긴장, 참신, 낭만이나 환상 등의 감정을 환기하면서 서사의 역동성을 획득하는 요소라는 점에서, 관서 관북 지역을 대상으로 하는 작품들에서 '비일상성'이 감지되는 것은 개별 작품 자체로는 문제되지 않을 수 있다. 그러나 이런 작품군을 통해 '비일상의 공간'이라는 유형적 인식이 형성될 경우, 자칫 그 지역을 타자화하면서 다른 지역의 독자들에게 이 지역에 대한 고정관념을 만들거나 기존의 고정관념을 강화시킬 수 있을 것이다.63)

5. 결론

본고는 고소설 속에 형상화된 관서 관북 지역의 양상을 살피고 그 특징과 의미를 드러내고자 한 것이다.

고소설 속에서, 관서지역은 평안남도의 대표적 두 도시인 안주와 평양을 비롯해 평안북도의 여러 지역이 언급되고 있으며, 평안남도에서는 단연 평양의 빈도가 높고 평안북도에서는 국경 근처인 의주나 창성의 빈도가 높은 편이다. 관북지방은 상대적으로 그 분포가 다양하지 못하고 빈도도 낮다. 결국 고소설 속 관서 관북 지역은, 그 분포에서 관서에

경 자체가 허구적이다) 등도 환상적인 체험이나 비일상적인 서사를 다루고 있다는 점에서 '비일상의 공간'이라는 자장에 들어갈 수 있을 것이다.

63) 소설의 역농적 요소로서의 '비일상성'이 아닌, 지역에 대한 관념으로서 가치가 개입된 '비일상성'을 말하고자 하는 것이다. 이승수 또한 평양 체험을 한 문인들의 평양 대상 문학 작품들을 거론하면서 이들 문인들에게 평양이 문학적으로 사랑받은 공간이었음을 언급하면서도, 이들 문인들이 대부분 이방인이었고 평양은 이들에게 타자화 된 공간이었기 때문에 이들 문학을 통해 평양을 보는 우리의 시선 또한 여행객의 그것이라는 한계를 지닐 수밖에 없음을 지적한 바 있다. 이승수, 앞의 논문, 107면.

집중되어 있고 그 중에서도 평양에 집중되어 있음을 알 수 있다.

관서 관북 지역은 먼저, 기녀 이야기가 주를 이루는 작품들 속에서, 평양을 중심으로 평안감사 관련 연회나 행사, 평양기생이라는 풍속과 명승지를 갖춘 유람지의 면모 등이 두드러지게 드러나면서 문화적 형상화가 이루어지고 있다. 다음으로 이 지역은 특히 〈김영철전〉이나 〈강로전〉과 같은 전쟁 서사를 통해, 의주나 창성과 같은 국경 지대와 전쟁의 주요 거점과 이동 경로가 실사에 근접하게 설정되고 있으며, 북방 변경 지역으로서의 면모가 여실히 드러나면서 정치적 형상화가 이루어지고 있다. 마지막으로 이 지역은 고조선과 고구려의 수도이자, 발해의 옛 땅이며 조선 건국의 주축이 되는 땅으로서, 이와 관련한 역사적 내력과 인물의 소회, 감회의 감정이 더불어 서술되는 방식을 통해 역사적 형상화가 이루어지고 있다.

관서 관북 지역의 형상화는 다음의 세 가지 특징을 보여준다. 먼저, 관서 관북 지역은 역사나 정치, 문화적으로 대체로 당시 지역의 실상과 부합되는 형상을 보인다. 이는 이 지역 배경 작품들이 실제 가보지 않고도 지리서나 역사서 등을 통해 숙지하고 있는 사실을 바탕으로 창작되었을 가능성을 보여주며, 이런 전제 하에서 상대적으로 자료나 정보가 한정된 관북 지역을 다룬 작품이 적을 수밖에 없는 이유 또한 가늠해 볼 수 있다. 다음으로, 이들 작품 속에서 평양은, 중국 배경 소설의 절강 유역과 유사한 심상을 불러오는 대표적인 풍류와 유흥의 공간으로 형상화되고 있다. 이는 평양이 절강 유역을 대체할 수 있는 대등한 공간 배경으로 자리매김했다는 것을 의미하며, 〈부용상사곡〉 속 평양기생 부용의 대동강 투신 관련 일련의 서사가, 〈옥루몽〉 속 항주 기생 강남홍의 전당호 투신 관련 일련의 서사와 거의 그대로 일치하는 데서 단적으로 확인된다. 마지막으로, 관서 관북 지역을 다룬 작품들은 크게 전란 관련 이야기, 평양 기생과의 만남과 유람 이야기라는 서사적 유형성을 띠며, 이런 유형성은 이 지역의 성격에 대해서도 일정한 유형성을 형성한다. 먼저 전란 관련 이야기의 경우, 긴박하고 황폐한 삶을 살 수밖에 없는 공간이라는 인식을 형성하며, 기생과 유람 이야기의 경우, 기생과 일시적인 사랑을 하게 되거나 유람을 하는 등 평소와는 다른 경험을 하게 되는 일탈적 공간이라는 인식을 형성한다. 결국 이런 두 유형적 인식은 '비일상의 공간'으로 모아진다고 할 수 있다.

본고는 그 동안 평양에 국한되었던 지역을 확대하여, 고소설 속 관서 관북 지역 문학적 형상화의 전반적 지형도를 그려보고자 하였고, 그 결과 기존에 막연하게 인식되었던 이 지역 배경의 구체적 실상을 어느 정도 드러냈다고 할 수 있다. 나아가 고소설이라는 장르 속에서 이 지역이 매개되는 양상과 그 특징을 규명함으로써 특정 지역의 문학화, 나아가 소설화의 한 경향을 엿볼 수 있었다.

다만, 이런 과정에서 평양이 관서 관북 지역의 대표성을 띠는 동시에 다른 지역과는 구분되는 존재감을 지닌 지역이라는 점은 다소 간과된 면이 있다. 이와 함께 기존의 평양 중심 논의들과의 변별성을 초점화하여 드러내지 못한 측면도 있다. 이는 실제 존재하던 지역과는 별개로, 평양이라는 지역이 당대인의 관념 속에서, 그리고 소설이라는 장르 속에서 환기되던 특정 이미지에 초점을 맞춘 후속 논의를 통해 부완되어야 할 것이다. 평양이, 중국 배경 소설의 설강 유역과 유사한 심상을 불러오는 대표적인 풍류와 유흥의 공간으로 형상화되면서, 절강 유역과 대등한 공간 배경으로 자리매김했음을 확인한 지점이 그 논의의 출발점이 될 수 있을 것으로 본다.

〈장화홍련전〉의 서사 공간 연구

−박인수본, 신암본, 자암본을 대상으로−

1. 서론

〈장화홍련전〉은 계모와 전실 자식 간의 갈등을 핵심으로 하는 계모형 고소설, 혹은 계모 갈등형 가정소설의 대표적 작품이다. 그간 〈장화홍련전〉에 대한 연구는 작품론을 중심으로 전개되어 왔으며, 특히 계모와 전실 자식 간의 갈등과 사회제도의 관련성을 밝히는 데 집중되어 왔다. 그 중에서도 가부장제의 구조적 문제를 드러내면서도 갈등의 책임을 계모라는 특정 개인에게 전가함으로써 문제의 본질을 은폐했다고 본 이원수의 연구[1]와 주변인인 계모가 가족 내부에 편입하려는 과정에서 갈등이 발생하는 것으로 본 김재용의 연구,[2] 그리고 작품의 발생 시기와 직접 연결시켜 직계 중심으로 가족제도가 변모하는 과정에서 갈등이 발생한 것으로 본 이기대의 연구[3] 등이 그 대표적 논의라고 할 수 있다.

---

1) 이원수, 「가정소설 작품세계의 시대적 변모」, 경북대 박사학위논문, 1991.
2) 김재용, 『계모형 고소설의 시학』, 집문당, 1996.
3) 이기대, 「〈장화홍련전〉연구」, 고려대 석사학위논문, 1998.

그런데 이와 같은 사회사적인 연구에 공통적으로 전제되는 사실은, 〈장화홍련전〉의 갈등이 바로 집⁴⁾에서 발생한다는 것이다. 이때 집은 흔히 갈등의 공간적 배경 정도로 인식되지만, 여기에는 조선 시대의 집이 가부장제의 가장 원형적인 공간이라는 점이 간과되어 있다. 따라서 〈장화홍련전〉의 갈등이 사회제도와 필연적인 관계에 있다면, 또한 그 갈등이 집에서 발생한 것이라면, 당대의 대표적 사회제도인 가부장제가 원형적으로 구현되는 집의 성격을 규명하는 것이 필수적이라고 할 수 있다. 실제 사회사적 연구나 계모의 성격 연구 등에서 자주 거론되었던 '계모나 전실 자식의 소외'라는 것도 결국 공간적 성격을 지니는 것[5]이다.

또한 집에서 발생한 갈등이 집 밖의 못과 관아에서 정점을 거쳐 해소되고 있는데, 이때 못과 관아는 〈장화홍련전〉의 서사가 무엇을 지향하는가를 단적으로 드러내 주는 공간[6]이라고 할 수 있다. 이는 곧 서사와 공간이 밀접한 관계에 있음을 확인시켜 주는데, 실제 장화 자매의 억울한 죽음과 원귀 출현이라는 핵심 서사는 곧 현실을 벗어난 공간의 필연적 설정을 가져온다. 또한 이런 점에서, 〈장화홍련전〉의

---

4) 기존의 논의에서는 집보다는 가정이라는 용어를 자주 사용했는데(최시한은 '가정'이란 '집안'의 의미까지를 내포한 '집'을 뜻하며, 그것은 거주지로서의 공간과 함께 가족구성원 및 동족과 친척, 가산, 그리고 가풍까지를 의미한다고 정의하였다. 최시한, 『가정소설 연구-소설형식과 가족의 운명-』, 민음사, 1993, 29-30면) 본 논의에서는 공간에 주목하고자 하므로 가정이 아닌 집이라는 용어를 쓰겠다.

5) 소외의 라틴어 어원은 alienatio라는 명사로서, 인간의 따뜻한 관계가 차가운 관계로 변질되는 것을 지시하며, 인간 관계 속에서 자아가 타인에 의해 배척되는 것도 여기에 포함된다(정문길, 『소외론 연구』, 문학과지성사, 1978, 20면). 이처럼 소외는 인간 관계 속에서 파생된 개념이며, 이때 관계는 특정한 공간적 범주를 전제로 한다. 곧 소외는 특정 공간 속에서의 배제를 의미하는 것이다.

6) 홍성암, 「소설의 공간 설정과 작가 의식」, 『현대소설연구』, 1996, 63면.

서사 공간에서는 인물의 존재 조건으로서 공간이 지니는 의미가 무엇보다 중요하다는 것을 알 수 있다.

앞서 언급한 것처럼, 〈장화홍련전〉의 서사는 집을 중심으로 전개되다가 갈등의 정점을 전후로 하여 집 밖으로 이동한다. 따라서 서사 공간은 표피적으로 집과 집 밖의 두 공간으로 크게 구분되며, 그런 점에서 집 안과 밖의 서사라는 가정 소설 공간의 기본 구도7)를 따르고 있는 듯하다. 그런데 실제 갈등을 중심으로 서사를 따라가다 보면, 집 안과 밖이라는 구분은 그리 효과적이지 못하다는 것을 알 수 있다. 그것은 집 안이나 밖을 포함하는 서사 공간 전반이, 장화 홍련은 물론 계모와 아버지인 배 좌수 모두에게 폐쇄적인 현실 공간으로 일관되어 있기 때문이다. 따라서 〈장화홍련전〉의 서사 공간은 집과 집 밖의 관계보다는 가부장제가 작동하는 현실 공간과 장화의 죽음 이후 본격적으로 개입되는 비현실 공간의 관계 속에서 다루어져야 할 것이다.

이런 측면에서 〈장화홍련전〉을, 남성 지배의 신화를 재생산하는 텍스트로 본 조현설의 논의8)나, 원귀로 말하게 하는 답답한 현실과 원혼을 만들어 내는 가학적 현실에 대한 향유층의 환상을 반영한 이야기로 본 이정원의 논의9)는 주목된다. 조현설은 결국 남성 지배가 여성들의 신체 속에 자동화되어 있다고 했는데, 이는 여성에 대한 규제가 곧 공간에 대한 규제, 나아가 공간 속의 육체에 대한 규제로 작동하고

---

7) 탁원정, 「17세기 가정소설의 공간 연구-〈사씨남정기〉, 〈창선감의록〉을 대상으로-」, 이화여대 박사학위논문, 2005, 23-24면.
8) 조현설, 「남성 지배와 〈장화홍련전〉의 여성 형상」, 정출헌 외, 『고전문학과 여성주의적 시각』, 소명출판, 57-86면.
9) 이정원, 「〈장화홍련전〉의 환상성」, 『고소설 연구』 20집, 한국 고소설학회, 2005, 99-134면.

있음을 시사한다. 또한 이정원은 환상의 개념을 가부장제의 억압적 현실에 대한 일탈의 개념으로 파악하여, 표층적으로는 전처 집단의 환상을, 심층적으로는 여성 일반의 환상을 드러내고 있다고 하였다. 이때, 일탈의 개념이 공간의 측면에 국한된 것은 아니지만, 여전히 작품 속의 현실 공간이 폐쇄적임을 드러내는 데는 유효하다. 그러나 〈장화홍련전〉은 강박적 현실 공간과 그에 충격을 가하는 비현실 공간의 역동적 관계 속에서 파악되어야 하며, 또한 환상을 만들어 낼 수밖에 없는 가부장제 사회의 피해자는 여성 향유층만이라고 할 수 없다.

본고는 〈장화홍련전〉의 현실 공간이, 그 현실을 살아가는 인물들 전체에게 폐쇄적이며, 그런 현실에 대한 균열적 인식을 가능하게 하는 계기로서 비현실 공간[10]이 설정되고 있다는 입장이다. 따라서 이런 전제하에 〈장화홍련전〉의 서사 공간을, 핵심 서사를 중심으로 집, 못, 관아의 세 공간으로 나누어, 현실과 비현실 공간의 관계 속에서 각 공간의 성격을 분석하고자 한다. 특히 인물들의 존재 조건으로서 각 공간이 인물의 행위와 심리에 미치는 영향을 세밀하게 다루고자 한다. 그런데 〈장화홍련전〉의 경우 다양한 이본이 존재하고, 이본의 계열에 따라 재생담의 유무 등 서사의 크고 작은 차이를 보이고 있으므로, 이본 계열별 대표 이본을 대상으로 하여, 그 공통된 서사 공간을 중심으로 논의를 전개할 것이다.

따라서 본고에서는 초기의 대표적 이본인 박인수본과 후기의 대표

---

10) 전기소설 논의에서는 일상적인 것과 대립된다는 측면에서, 초월계, 비현실계, 천상계 등의 개념을 모두 포함하는 이계라는 용어를 쓰기도 하는데(이지영, 「〈금오신화〉와 〈기제기이〉의 비교 연구—空間構造를 중심으로—」, 서울대 석사학위논문, 1996) 본 논의에서는 가부장제가 작농하는 현실 공간에 대비되는 개념으로 비현실 공간이라는 용어를 쓰고자 한다.

적 이본인 신암본, 자암본11)을 대상으로 논의를 전개하고자 한다.

2. 〈장화홍련전〉 서사 공간의 전제

소설의 현실 공간은 그 자체로 조건화된 공간으로서 인물과 행동에 대한 제약의 성격을 지닌다.12) 소설이 재구성된 허구의 공간이라 할지라도, 현실 공간은 소설이 모태로 하는 사회를 의식적이건 무의식적이건 반영할 수밖에 없으며, 그런 과정에서 자연스럽게 그 사회의 규범이나 질서 또한 소설 공간 속에 묻어오게 마련이기 때문이다. 따라서 모태가 된 사회가 얼마나 규범적이고 제약적인가는 소설의 현실 공간과 밀접한 관계에 있다고 할 수 있다.

고소설의 공간에는 비현실적이고 환상적인 공간들이 많이 나타나는데, 이 또한 현실의 제약성을 다분히 의식한 공간 설정이라고 할 수 있다. 특히 고소설의 모태가 되는 조선조 사회가, 그 어느 사회보다 제도나 규범 등에서 구성원에게 엄격했다는 점에서, 비현실적이고 환상적인 공간 설정은 제약적 현실에서 벗어나고자 하는 상상력의 산물이라고 할 수 있다. 실제 고소설의 공간 구성을 살펴보면, 정도와 양

---

11) 박인수본과 신암본은 모두 재생담이 없는 이본이지만, 박인수본의 경우 한문본으로 실사 위주로 구성된 이본이며, 신암본은 박인수본과 자암본의 중간 단계의 양상을 띠며 가장 많은 수의 유사한 이본을 거느리고 있다. 자암본은 이 중 가장 후기의 이본으로 추정되며 재생담이 있다. 박인수본-「薔花紅蓮傳」, 全炯順 편, 『嘉齋公 實錄』, 국립중앙도서관 소장, 95-100면. 신암본-「장화홍연젼이라」, 고려대 도서관 소장본, 자암본-「薔花紅蓮傳 單」방각 18장본, 김동욱 편집, 『영인고소설판각본전집』 2권, 나손서옥, 1975, 579-588면.

12) 장일구, 「소설 공간론, 그 전제와 지평」, 한국소설학회 편, 『공간의 시학』, 예림기획, 2002, 33면 참조.

상의 차이는 있지만 대개가 현실 공간과 비현실 공간이 결합된 양상으로 나타난다.

최초의 소설인 김시습의 〈금오신화〉는 현실과 비현실 공간의 결합이 나타나는 대표적인 작품이다. 특히, 〈금오신화〉의 다섯 작품들은 현실과 비현실이 대등한 비중을 지니면서, 사건과 갈등의 양상에 따라 공간의 초점이 이동하는 공간 구조를 취하고 있다. 이와 같은 공간 구조는 곧 작품의 지향과 연결되는데, 예를 들어 〈이생규장전〉 등과 같이 '현실계→비현실계→현실계'로 공간 구조가 변화하는 작품의 경우, 주인공이 현실계에서 자신의 욕망을 제대로 실현하지 못해 비현실 공간으로 이동하고 그 곳에서 일시적인 충족이 이루어지지만, 현실계로 돌아올 수밖에 없는 그 근본적인 불완전성으로 인해 결국 비극성이 증대하는 양상을 낳게 된다고 할 수 있다.[13] 또한 이때 현실과 비현실은 인물이나 작가의 인식이나 그 서사적 기능 등에서 대립 구도의 양상을 띤다고 할 수 있다. 〈금오신화〉이후에 대거 나타난 몽유록 유형의 소설들에서도 그 양상이 '꿈 이전→꿈→꿈 이후' 로 바뀌었을 뿐, '현실→비현실→현실'의 공간 구조는 그대로이다.[14] 또한 이때 대체로 비현실 공간이 초점화되거나 현실/비현실의 대결, 긴장 구도를 지닌다고 할 수 있다.[15]

〈장화홍련전〉 또한 장화 자매의 죽음과 원귀 출현이라는 핵심 서사와 관련하여 비현실 공간의 상정이 필연적으로 나타난다. 핵심 서사와

---

13) 심형근, 「금오신화의 공간 구조 연구」, 고려대 인문정보대학원 석사학위논문, 2001, 28면.
14) '꿈'은 인간이 현실계에서 비현실계라는 다른 공간으로 자유롭게 넘어가는 공간 이동을 자연스럽게 치러하는 장치이나. 심형근, 앞의 논문, 13면.
15) 탁원정, 앞의 논문, 23면.

관련된 만큼 비현실 공간의 비중 또한 크다고 할 수 있다. 특히 '좌절', '불운', '억울함'과 같은 부정적 감정 상태를 그 기저에 둔다는 점에서 몽유록이나 전기소설의 비현실 공간과 일맥한다고 볼 수 있으며, 역시 그런 측면에서 현실과 비현실의 대립과 대결 구도를 상정해 볼 수 있다.

　그런데 〈장화홍련전〉에서 비현실은 결정적으로 주인공 인물이 죽음을 통해 이동하게 되는 공간이다. 다른 소설들에서 비현실로의 이동이 환상적 기재를 통해 일시적으로 이루어지는 것인 데 비해, 장화 자매의 이동은 죽음으로써 이루어지는 회귀 불가의 이동이며, 현실은 그 성격이 어떠하든, 잠시 다녀올 수 있는 공간이 아니라 다시 오지 못하는 공간인 것이다. 그런 점에서 기존 소설의 순환 구조 속에서 나타나는 대결과 긴장 구도에서도 벗어난다고 할 수 있으며, 이것이 바로 〈장화홍련전〉의 서사 공간이 지니는 특징적 양상이 될 것이다. 따라서 〈장화홍련전〉의 서사 공간은, 무엇보다 비순환 구조[16] 속에서 나타나는 현실과 비현실 공간의 관계와 그 성격을 규명하는 데 주목되어야 할 것이다.

---

16) 〈장화홍련전〉의 작품 구조에 대한 기존의 논의에서는, 그 구성적 특징에 대해, "고소설 일반에서 나타나는 전기적 일대기 서술이 아닌 '삶—죽음—삶'의 삼 단계적 환생 구조"(우쾌제, 「계모형 소설 연구—구성, 인물, 사상을 중심으로—」, 고려대 석사학위논문, 1976, 24면)나, '삼 단계의 환생 구조'를 근간으로 하는 '만남(결연)—이별(죽음)—만남(재생)의 연합구조'(신규원, 「계모형 소설 연구—계모의 성격과 그 갈등 양상을 중심으로—」, 영남대 석사학위논문, 1981, 85면), '천상계(출생)—지상계(죽음)—천상계(재생)의 삼차원 구조'(박태상, 「장화홍련전의 구조적 의미—자암본과 연대본(B)를 대상으로—」, 『동방학지』, 252면) 등으로 결국은 삶과 죽음, 현실과 비현실의 순환을 포괄하는 정의가 내려졌다. 그런데 이는 주로 재생담이 나타나는 자암본 계열을 대상으로 한 것이며, 따라서 〈장화홍련전〉 이본 선반의 공통적 서사 공간을 대상으로 하는 본고와는 그 출발점이 다르다고 할 수 있다.

3. 〈장화홍련전〉의 서사 공간

1) '집'의 폐쇄성과 불회귀(不回歸)의 떠남

(1) 소외와 모해의 공간

〈장화홍련전〉의 갈등은 소외에서 비롯된다. 소외는 불행한 인간 관계를 지칭하는 말을 그 어원으로 하고 있으며, 인간 관계 속에서 자아가 타인에 의해 배척되는 것도 포함한다. 인간 관계라는 것이, 기본적으로 그 관계가 성립, 유지되는 특정한 공간을 상정한다는 점에서 소외는 공간과 밀접한 관계에 있다고 할 수 있다.

계모 허씨는, 배좌수 집이라는 특정한 공간 속에 들어온 후 그 집과 구성원들로부터 소외된다. 특히 장화 자매의 경우 계모를 어머니로서 섬기면서도 마음으로는 어머니로 받아들이지 않는데, 이는 이들이 계모라는 존재에 대해 미리 마음의 문을 닫았기 때문이다.[17] 이런 점에서 장화 자매 또한 계모와의 관계에서 스스로를 배제하고 있다고 할 수 있다.

> ㉠ 小女姊妹 寢食不離 今果致死則 子子一身 將復誰賴(97)
> ㉡ 나 한번 죽은 후에 독슉공방 찬자리예 쵹블노 벗설삼어……이젹의 홍년이 제형을 이별ᄒᆞ고 젹젹ᄒᆞᆫ 빈방앙의 쵹블로 버설 삼고 혼자 누워 우름 운니 마음 둘고지 전혀 업셔 흐르난 눈물은 베개여 사못차고 슈니난 한슘은 바람을 이우더니……(12,16)

---

[17] 이를 계모에 대한 기존 사회의 편견에서 기인하는 것으로 보는 논의는 많으므로 여기에서는 따로 거론하지 않겠다. 단, 본 논의에서는 계모라는 외부로부터 유입된 인물에 대한 집의 배타적 공간성, 폐쇄적 공간성의 측면에서 사회적 편견을 파악하고자 한다.

ⓒ 너를 적적흔 빈방의 혼즈 브리고 가는 일을 싱각호미 흉격이 터
지고 간쟝이 타는 심스를 청천알쟝지로도 긔록지 못홀지라(581)

위의 인용문은, 계모의 모해로 장화가 집을 나가게 되는 상황을 전
후하여 장화나 홍련이 나누는 대화들이다. 장화나 홍련은, 장화의 죽
음으로 홍련이 '혼자가 되었음'을 누차 강조하며, 그것은 '빈방'으로 구
체화된다. 물론 이것은 장화 자매가 한몸처럼 의지하며 한 방에서 지
냈다는 점에서 장화의 결핍, 결손을 의미하는 것이기도 하다. 그러나
중요한 것은 장화 이외의 인물, 특히 한 집에서 주로 관계를 맺을 수밖
에 없는 어머니와의 관계는 원천적으로 배제하고 있다는 사실이다.

사실 계모는 전처의 죽음으로 인한 빈자리를 충원하기 위해 들어온
인물이며, 따라서 자연스럽게 그 빈자리에 녹아들어야 한다. 하지만
어디까지나 또 언제까지나 계모는 그 집 구성원으로서 빈자리에 자연
스럽게 녹아들 수 없는, 겉도는 인물일 뿐이라는 인식이 지배적인 실
상은 계모와 그 집 구성원 간의 공간적 단절과 배제를 가져온다. 이를
더욱 부추기는 것은 아버지로 대표되는 가부장 권력의 향방이다. 집은
가부장제의 권력 구조가 원형적으로 구현되는 공간이다. 따라서 그 집
에서 가장 큰 권력을 지닌 인물은 당연히 가부장인 아버지 혹은 남편
이며, 그와의 관계에 따라 그 상대방의 집 안에서의 위치가 달라질 수
있다.

㉠ 士族爭爲求婚 時慶 別擇令婿 終不許婚 至孝廟辛卯 長女 年二十
次女 年十八 時慶 以時任座首 在官府 定昏於巨族 通奇於後妻 亟備昏
需(95)

ⓛ 늬가 업실락 더옥 불쌍니ᄒ고 갈연이 알고 각별 사랑ᄒ옴니 올커
든 늬 나흔 자식이 아니라고 그듸지 박듸ᄒ난요(1)
ⓒ 일시라도 냥녀을 못보면 삼추갓치 녀겨 나갓다 드러오면 몬져 냥
ᄋ의 방의 드러가 숀을 잡고 눈물을 흐녀 왈 너희 심규의 이셔 어미
그리워 ᄒ믈 노뷔 미양 슬허ᄒ노라(579-580)

위의 인용문들은 양상은 다르지만, 모두 장화 자매에 대한 배좌수
의 편애를 드러낸다. 편애는 말 그대로 치우친 사랑이며, 곧 치우친
권력이다.[18] 치우친 권력은 말 그대로 문제가 되는 것인데, 실제 이
작품에서 권력의 편중은 어미 잃은 자식에 대한 연민과 애정이라는 천
륜의 이름으로 한 꺼풀 덮혀 있어 문제적 상황으로 부각되지 않는다.
또한 이 과정에서 가부장의 권력은 당대 공간 윤리상으로 있어야 하지
않을 곳에 있는 공간적 혼란을 가져오기도 한다.

일일은 좌쉬 외당으로셔 드러와 녀ᄋ 형졔의 방의 안즈며 냥ᄋ를 삷
펴본 즉……너희 이럿틋 쟝셩ᄒ여스니……좌슈의 손을 잇그러 드러가
이불을 들치고 뵈니 쟝화 형졔 잠을 깊히 드러는지라(580)

자암본에서 배좌수는 수시로 장성한 장화 자매의 방에 들락거린다.
또한 계모의 손에 이끌려가기는 하더라도 잠이 든 딸들의 방에 들어가
이불 속을 들쳐보기도 한다.[19] 당대의 공간 윤리에서 부녀간이라도

---

18) 전성운, 「〈소현성록〉에 나타난 성적 태도와 그 의미」, 한국고소설학회 70차 발표논문
집, 2005.7.
19) 이는 신암본에서도 마찬가지로 나타난다. "좌슈를 다이고 장화의 방의 드러가 그 허
물을 늬여노코 전후말을 낫낫치 다ᄒ면서"(3)

엄연히 내외 구분이 이루어져야 함에도 불구하고 이와 같은 공간 구분, 공간 질서가 와해되고 있는 것이다.

결국 이와 같은 가부장의 편애는 장화 자매에게 아버지의 권력이 집중된다는 것을 의미하고, 이는 상대적으로 계모가 장화 자매에 대해 열등한 관계에 있다는 것을 의미한다.

> 추시 흉녀 창틈으로 여허듯고 더욱 분노ᄒᆞ여 흉게를 싱각ᄒᆞ다……일일은 져의 형졔의 비빌ᄒᆞᆫ 말을 우연히 연허 듯ᄉᆞ온즉 그 흉픽ᄒᆞ온 말이 층냥치 못ᄒᆞ지라(580, 586)

인용문에서 흉녀로 지칭되는 계모 허씨는 장화 자매의 방을 엿보거나 엿듣는데, 이와 같은 행위는 곧 계모와 장화 자매간의 위계 관계를 드러내 준다.[20] 또한 이와 같은 행위는 곧 그 관계를 역전하기 위한 모해로 이어진다.

세 이본에서 모해의 상황은, 유사하면서도 그 양상에서 다소 차이를 보인다. 먼저, 박인수본에서는 장화가 잠든 사이에 거짓 증거물인 낙태물을 먼저 넣어 놓고 나왔다가 다시 들어가 현장에서 발각하는 형식[21]으로 나타나며, 신암본에서는 장화 자매가 깨어 있는 사이에 낙태물을 넣어 두었다가 잠자는 틈을 타 배좌수에게 보인는 것[22]으로

---

20) 이정원, 「조선조 애정 전기소설의 소설시학 연구」, 서강대 박사학위논문, 2003, 103면.
21) 捉鼠剝皮面目 機發宛若墮胎 暗置袖中 乘薔花之寢 以鼠血 塗濺衣裳 置鼠衾中 頃之 復入其房 呼之曰 薔兒 有何病而 困臥如是 薔花驚視之 塗血淋漓 母問曰 汝之衣衾間 是何血痕之多也 卽 披衾取鼠(95-96)
22) 날이 밝지 안니ᄒᆞ여셔 가지고 장화홍연의 방의 드러가 거직 사ᄅᆞᆼ ᄒᆞ난 체ᄒᆞ며 가로디 방이 더우냐 차랴 ᄒᆞ고 은근니 엡쎄 여기난 긔식이 잇거늘……좌슈를 다이고 장화의 방의 드러가 그 허물을 늬여노코 전후말을 낫낫치 다ᄒᆞ면서(3)

되어 있으며, 자암본에서는 전후 상황이 모두 장화 자매가 잠든 사이에 일어난다.[23] 이처럼 세 이본에서 모해의 과정에 편차가 나타남에도 불구하고, 모해의 상황에서 장화 자매의 방이 그 주인 모르게 계모에 의해 유린되고 있다는 점은 공통적이다.

처녀 방의 유린은 처녀성의 유린, 곧 낙태라는 실절의 모함과 연결되면서 집이 얼마나 폐쇄적인 공간인가를 드러내 주게 된다.

(2) 돌아올 수 없는 집

소외에서 비롯된 계모의 부정적 욕망은 곧 처녀의 임신과 낙태라는 극단적인 모해를 불러오는데, 이는 열악한 상황을 해소하고 역전할 수 있는 강도 높은 모해[24]이면서, 동시에 가부장제 사회에서 여성에 대한 가장 극단적인 모해이기도 하다.

　　㉠ 笑曰 汝以名家女子 行淫如此 誠可駭怪也(95)
　　㉡ 그 후처 거짓 셩닉여 갈오듸 이 닐을 엇지ᄒ여야 올을잇가 상놈의 집이라도 어려온 일이옵거던 허물며 양반의 집으셔 일언 일이 어듸 잇시니요 자고로 듯지 못ᄒ 일니라(3-4)
　　㉢ 우리 대대 냥반으로 만일 누셜ᄒ올진듸 무슴 면목으로 셰샹의 셔리오(580)

모해 과정에서 이처럼 양반의 집을 강조하는 계모의 말은, 자신에게 열리지 않는 집에 대한 비웃음처럼 보인다. 이는 또한 집이라는 가

---

23) 좌슈의 손을 잇그러 드러가 이불을 들치고 뵈니 장화 형제 잠을 깊히 드러ᄂ지라 허씨 그거슬 가지고 온가지로 비양ᄒ거늘(580)
24) 이기대, 앞의 논문, 44면.

부장제 권력 공간에 대한 비웃음으로 연결된다고 할 수 있다. 실제 계모는 여성에게 행사된 가부장제의 상징폭력[25]을 이중으로 이용하여 실절을 빌미로 가부장을 위협하고 압박하며,[26] 장화 또한 아버지의 명령에 복종하도록 한다. 이 과정에서 가부장의 권한, 권력을 이용하기도 한다. 이 때문에 가부장인 배 좌수는 어찌할 바를 모르며 자신이 행사해야 할 권한을 계모에게 위임한다. 규문 안의 처녀가 낙태했다는 말은 사실 유무를 떠나 용인될 수 없는 것이며, 배 좌수는 그 때문에 사실 여부를 제대로 가려보려고도 하지 않는다. 집을 더럽히는 모해만으로도 용서될 수 없다는 폐쇄성[27]이 배좌수를 눈을 닫고 귀를 막는 것[28]이다. 물론 여기에는 계모를 집 안 사람으로 인정하지 않는 배타성이 동시에 자리하고 있다. 장화 자매와 자신의 공간에서 배제된 인물에게 약점이 잡혔기에 칼자루가 계모에게 넘어가게 된 것이다.[29]

그런데 계모가 제안한 방법은 집 안에 두어서는 안 된다는 것이고,

---

25) 국가는 이 세계가 자연스러운 사회처럼 받아들여지도록 사회구성원의 인식구조를 형성시키는 보편적 교육을 강요함으로써 기존질서에 즉각적 복종을 유도하는데, 이 복종은 계산이나 의식의 층을 거치지 않고 신체 깊숙이 내재해 있는 성향을 일깨워 나오는 복종이다. 이와 같은 무의식적 복종을 유도하는 상징폭력은 원초적 제도인 가족 내에서 먼저 발견된다. 현택수 편, 『문화와 권력−부르디외 사회학의 이해』, 나남출판, 2002, 116−117면, 216면.

26) 조현설은 이를 남성화된 육체에서 나오는 발화라고 보고 있으나(조현설, 앞의 글, 81면) 실제 계모가 집이 지켜지기를 바라고 이런 발화를 했는가 하는 측면에서 볼때, 가부장제의 규범, 질서를 역이용한 것으로 볼 수 있다.

27) ㉠汝姊之行 如此 生而何用 推殺舟岩龍湫 可矣(96)

28) ㉠父黙然(97) ㉡아무 말도 못ᄒ고 귀먹은 더시 안저시니⋯⋯좌슈난 귀 먹고 눈 어둔 사ᄅᆷ으로(4)

29) ㉢용녈ᄒᆫ 좌슈는 흉계를 모로고 놀ᄅᆞ며 일오디 이 일을 쟝ᄎ 엇지ᄒ리오⋯⋯미련ᄒᆫ 좌슈ᄂᆫ 그 말을 고지듯고 급히 붓드러 왈 그디의 진즁ᄒᆫ 덕을 ᄂᆡ 이믜 아ᄂᆞ니 샐니 가ᄅᆞ치면 져를 지금 쳐치ᄒ리라 ᄒᆞ며 울거늘(580)

나아가 집 밖에서도 못에 넣어 죽여 종적을 없애야 한다는 것30)이다. 이는 집을 흔드는 구성원에 대한 배제를 통해 집을 다시 견고하게 하기 위함인 동시에 집의 문제가 집 밖으로 노출되는 것을 막기 위함이다. 그런데 이를 위한 계략으로, 배좌수가 내린 거짓 명령, 즉 외가에 다녀오라는 명령에 장화는 평소와는 달리 그대로 복종하지 않는다.

> ㉠ 薔花 怪而對曰 是何敎也 女子之行 不可輕出閨門 況 如此暮夜乎 父催之甚嚴(96)
> ㉡ 소녀난 처자의 몸으로 집을 안니 쩌나온듸 오날은 엇지 집을 쩌나라 ᄒ시난잇가……질니 쇼삽ᄒ옵고 밤니 임의 집퍼시니 날 새긔를 지다려 가오미 맛당할가 ᄒ나이다.(6)
> ㉢ 쟝해 함누듸왈 쇼녜 모친 복즁을 쩌는 후로 문밧출입을 아니ᄒ엿습거늘 엇지 이 심야의 길을 ᄂ셔리잇고(580)

장화가 배좌수의 명령에 바로 순응하지 않은 것은 다른 이유에서가 아니라, 밤에 집 밖을 나갈 수 없기 때문이다. 여기에서 여성에 대한 공간 규제와 여성의 체화된 공간 인식이 드러나는 일면, 가부장의 명령이 이와 같은 공간 규제를 일탈하는, 이에 위배되는 것임이 드러나고 있다. 공간의 폐쇄성이 가부장권의 모순은 물론 공간 자체의 모순을 노출시키고 있는 것이다.

그러나 배좌수와 계모의 협공에 밀려 장화는 결국 죽음의 길을 떠나

---

30) ㉠家有大變 此將奈何 時慶驚問 曰 抑有何變 曰 薔兒 某夜 墮胎 但 以言告則 必不見信 故藏置耳 此事漏出則 彼二子等 必不容世 莫若投江而 掩迹也 ㉡니 일이 누셜이 되오며 만인의 우세되옵고……죽일지라도 남니 모로게 물흐나 씌워 죽니쇼셔(3-4) ㉢져를 죽이지 아니면 문호의 화를 면치 못ᄒ리니 기셰양ᄂ이니이다(580)

게 된다. 이때 집의 폐쇄성은 다시 돌아올 수 없는 집의 이미지로 나타
난다.

　　㉠ 吾去之後 汝侍父親 幸得無恙(96)
　　㉡ 오익비 딕답ᄒ되 너난 임의 죽은지죄을 지여 가문의 욕되게 ᄒ고
남의 우세를 면치 못ᄒ게 되니 ᄒ면목으로 집을 드러가 부친의게 뵈오
며 쏘 일가 친척을 딕면ᄒ리요(11)
　　㉢ 가련ᄒ다 나의 팔자여 이제 어딕로 가셔 다시 이 문견을 보리오(583)

　자암본의 인용문은 장화의 죽음 이후, 실제 모함에 연루되지 않았
음에도 불구하고 스스로 집을 나가는 홍련의 말이다. 불회귀의 탄식
속에서도 스스로 나간다는 점에서, 이때 집은 나갈 수밖에 없는 집,
살아남을 수 없는 집의 이미지로 나타난다. 그런데 홍련이 집을 나갈
수밖에 없는 공간으로 생각하고 집을 나가는 과정에, 꿈이라는 비현실
공간이 설정되고 있다.
　신암본과 자암본에는 배좌수가 계모와 함께 장화를 모해할 계획을
꾸밀 때, 홍련이 장화와 함께 가다가 장화를 잃고 우는 흉몽을 꾸는
장면이 설정되어 있는데, 이때 꿈은 불안한 심리, 닥칠 흉사의 몽조의
기능을 한다. 장화의 죽음 이후 홍련은 다시 한번 꿈을 꾸는데, 이 꿈
은 세 이본에서 모두 나타난다. 이 꿈에서 장화는 자신의 원억한 죽음
을 알리기도 하고, 자신이 이미 죽어 현실적 존재가 아닌 비현실적 존
재가 되었음을 보여 주기도 한다. 후자의 경우 억울한 죽음의 이미지
는 부각되지 않지만, 죽음을 알려 준다는 점에서 전자와 일맥하고, 이
런 점에서 두 번째의 꿈은 예비 신원(伸冤)의 양상[31]을 띤다.

그러나 그 신원은 결국 장화와 같은 처지의 홍련을 매개로 한 것이기에 해원(解冤)으로 이어지기 어려우며, 오히려 이런 상황을 절감한 홍련으로 하여금 자신 또한 장화와 같은 처지에 놓이게 될 것이라는 체념적 인식 속에 떠나기를 감행하도록 한다. 이런 점에서 집에서의 비현실 공간은 직접적으로 현실에 개입하지는 못했지만, 그 구성원으로 하여금 현실 공간을 회의하게 하는 계기로 작용했다고 할 수 있다. 또한 폐쇄적 현실 공간으로 일관되는 집은, 비현실 공간보다는 현실의 인물이자 그 구성원인 계모에 의해 그 모순이 노출되고 혼란이 초래된다고 할 수 있다.

2) '못'의 환상성과 불완전한 죽음

〈장화홍련전〉에서 '못'은 장화와 홍련이 죽음을 맞이하는 현실의 공간이자, 이후 원귀로 다시 나타나게 되는 비현실의 공간이다. 이때 비현실은 집이나 관아에서 설정되는 꿈 혹은 유사 꿈의 양상이 아니라 현실과 일상 속에 자연스럽게 섞여 있는 공간이다. 못이 현실이면서 동시에 비현실 공간인 것이다. 이처럼 현실과 비현실이 한 공간 안에 혼효되어 있다는 점에서 단연 작품 전반에서 공간적 상상력이 극대화된 공간이라고 할 수 있다. 그렇다면, 이와 같은 환상적 공간 설정은 폐쇄적인 현실 공간과 어떤 관계에 놓이는가.

---

31) 박인수본에서는 이 양상이 두드러진다. 홍련의 꿈에 나타난 장화는 아버지가 계모의 말을 듣고 자기를 연못에 빠뜨려 죽게 만들었다고 하면서 원통함을 호소한 후 홀연히 사라지고, 이에 홍련이 부모에게 이 꿈 이야기를 하자 계모는 장화의 죽음을 실토한다. 홍련은 이 말을 듣고 자신의 꿈이 들어맞았다며 장화의 억울한 죽음에 원통해 한다.

(1) 현실의 지속과 죽음의 물

못 앞에서 죽음을 맞이하게 된 장화는, 너무나 놀라고 원통해하며 억울한 죽음을 탄식한다. 그런데 이 탄식은 무엇보다 아버지를 대신해 온 오라비를 앞에 두고 이루어진다는 점에서, 아버지와 아버지의 권력으로 대표되는 가부장적 현실 공간에 대한 탄식이라고 할 수 있다. 실제 장화가 죽을 당시의 상황은 후에 집에 돌아간 오라비에 의해 재현된다는 점에서 의도가 다분하다. 이본에 따라서는 계모의 모함에 넘어가 자신을 이 지경에 빠뜨린 아버지에 대한 한탄[32]도 나타난다.

그런데 장화의 탄식을 자세히 들여다보면, 죽음 자체보다는 누명을 쓰고 죽는다는 사실을 더 억울해 하고 있다는 것을 알 수 있다.

> ㉠ 薔花大驚墜馬 哭曰 吾前生 有何罪惡而 生爲女子 蒙此累名 皇天后土 實照共鑑 第一死之後 此冤莫雪(96)
> ㉡ 나 흔나 죽난 양은 섭지 안이ᄒ되 일언 익명을 입고 황천의 도라가와도 오른 귀신니 되지 못ᄒ옵고 세상 사람의 우셰을 면치 못할 거시니 각골원통ᄒ옵고(11)
> ㉢ 창천은 무슴 일노 장화를 늬시고 천고의 엇슨 악명을 짓고 이 못세 쌘져 죽어 속졀 업시 원혼이 되게 ᄒ시ᄂ고(581)

실절했으니 이 못에서 죽어줘야겠다는 오라비의 말을 듣고, 장화가 타고 있던 말에서 떨어질 정도로 놀랐던 것도 자신이 너무나 어마어마한 누명을 썼다는 것 때문일 것이다. 죽음이라는 인간 본연의 극한 상

---

32) ㉡계모의 말만 듯고 옥갓턴 이닉몸의 더러온 익명 임펴 첩첩 사즁 짐푼 밤의 이 지경이 되계흔니 이갓치 박졀흔 일리 어듸 쏘 잇실가(12-13)

황보다 실절의 누명이 더 참을 수 없는 것은 바로 이들에게 체화된 현
실 공간의 규범 때문이다. 그런 점에서 박인수본에서 "전생에 무슨 죄
를 졌다고 여자로 태어나 이런 누명을 쓰는가" 하는 탄식은, 당대 현
실에서 여성이 쓸 수밖에 없는 태생적 누명에 대한 탄식이기도 하다.
그러나 그와 같은 인식에도 불구하고 장화는 누명과 누명을 쓴 상태로
의 죽음, 따라서 그것이 해명될 길이 없는 것을 원통해한다. 죽어서도
현실의 누명에 신경써야 하는 것이야말로 가부장제 현실 공간의 엄청
난 위력이 아닐 수 없다.

　그러나 그처럼 원억함에도 불구하고, 또한 죽기 전 말미를 얻고자
하면서도, 그 동안 누명을 씻어 죽음을 모면하고자 하지 않는다. 이들
에게 죽음은 예정된 것, 확정적인 것이다. 자암본의 경우 발명(發明)하
면 계모에게 해가 되고, 살고자 하면 아버지의 명을 거스르기에 죽음
을 받아들이겠다[33]고 하고, 신암본에서는 집에 돌아가 발명을 하고
와서 죽겠다[34]고 한다. 특히 자암본은 발명의 기회가 있지만 하지 않
는 것이고, 신암본은 발명하고도 죽겠다는 것이다. 이는 결국 그처럼
누명을 억울해하고 있음에도 아버지의 이름으로 내려진 그 명을 따라
야 한다는 체화된 규범과, 실절의 누명을 쓴 이상 못 이외의 다른 대안
공간이 없는 현실의 폐쇄성을 드러낸다. 그와 같은 폐쇄성은 못에서의
죽음에서 정점에 이른다.

　어두운 밤, 첩첩 산중, 깊은 골짜기, 인적이 드문 곳에 위치한 깊고

---

33) ㉢발명ᄒᆞᆫ 즉 계모의게 히 잇슬거시오 살고져 ᄒᆞᆫ 즉 부명을 거역ᄒᆞ미니 일정 명ᄃᆡ로
　ᄒᆞ려니와 바라건ᄃᆡ 잠간 말믜를 쥬면 단녀와 죽으믈 쳥ᄒᆞ노라(581)
34) ㉢목심 잠간 지체하면 ㆍᄂᆡ 집의 도라가와 아반인견의 누츄ᄒᆞᆫ 익명을 입고 익미이 죽난
　원졍을 알오옵고 또 두쳐난 얼린 동싱 홍연의 얼골나나 다시 보고 드려다가 외가의
　두고 와 죽사오면 슈즁고혼이라되 원한 업실가 ᄒᆞ나이다(11)

깊은 못35)은 바로 이와 같은 극한적 현실과 그대로 대응되는 공간이
다. 못은, 강이나 바다와 같이 흐르는 물, 개방된 공간과 달리 고인
물, 폐쇄된 공간이며, 이런 점에서 죽음의 이미지가 강하다.36) 그 때
문에 이 공간에서 이루어진 장화의 자살 혹은 타살의 시도는 그대로
죽음으로 이어진다. 못 자체의 공간성과 현실의 극한성이 결합되어 장
화의 죽음을 가져온 것이다.

　그런데 장화의 죽음은 동생 홍련의 죽음에서 그대로 재현된다. 동
일한 죽음이 두 번 나타나는 것이며, 이는 따라죽기의 양상으로 나타
난다.37) 홍련의 죽음은, 집 안에 있을 경우 자신 역시 장화와 같은 처
지에 놓일 것이라는 여성으로서의 한계 인식과, 동시에 꿈을 통해 장
화의 죽음을 알게 되었으면서도 어떤 행동도 취할 수 없는 현실에 대
한 한계 인식에서 비롯된 것이다. 그러므로 장화의 죽음보다 홍련의
죽음에서 현실의 폐쇄성은 극대화되고, 이는 "바람과 물결이 일고 구
름이 강을 덮는"38) 심상치 않은 자연 징후로 구체화된다. 또한 한 공
간에서의 잇따른 죽음, 못으로의 두 번의 투신은 못을 죽음의 공간으
로 고정시키고, 장화 홍련의 죽음은 마치 그 공간에 들어가는 하나의
의례처럼 이루어진다.

---

35) ⓛ밤은 집퍼 삼경니요 월식은 교교ᄒ야 구름박긔 도다온다 산은 첩첩 청산되고 물은
　　잔잔 구부로다(9) ⓔ흔 곳의 다다르니 산은 첩첩 쳔봉이요 슈는 잔잔만루이라 초목이
　　무셩ᄒ고 숑빅이 ᄌ욱ᄒ여 인젹이 젹막흔듸(581)
36) 가스통 바슐라르, 『물과 꿈−물질적 상상력에 관한 시론』, 이가림 역, 문예출판사,
　　1998, 145−146면.
37) 이와 같은 따라죽기는 〈김인향전〉에서도 동일하게 나타나는데, 〈김인향전〉의 경우
　　인향의 죽음 직후 오라비 인형이 꺼내어 묻어 준 상태이기 때문에, 인함은 언니의 시신
　　을 파내어 그 치마끈으로 목을 매달아 죽는다.
38) 因墜水而死 風標而波靜 雲起而蔽江(97)

　㉠ 哭曰 吾死之後 若有 三月枯旱 知其爲冤魂也 因墜水而死(97)

　㉡ 쇼녀난 이 물의 죽난이다 ᄒ고 속적삼 버셔들고 숀가락을 ᄭᅵ무러 피로 글을 씨되……글씨긔을 다ᄒᆫ 후예 오셜 낙낙장숑 진가지예 놉피 언고 집고집푼 방쥭가의 버션발노 웃둑 셔셔 뒤여 씰은 금봉채를 쑥 ᄲᅢ여 닉던지고 홍상즘이 물음씨고……두어 거름 물니셔셔 허허탄식 한 마듸ᄭᅵ 물 쇽의로 씌여드니(13-14)

　㉢ 좌슈로 황샹을 뷔여잡고 우슈로 월귀탄을 버셔들고 쥬리을 버셔 발을 구르며 눈물을 비오듯 흘니며 오든 길을 향ᄒᆞ여 실셩통곡 왈…… 말을 맛치며 만경쳥파의 나ᄂᆞᆫ다시 쒸여드니(582)

　다른 이본들이 눈물과 한탄으로 그친 것과 달리, 박인수본의 경우 홍련은 만일 내가 죽은 후 석 달 동안 가뭄이 들면 원혼 때문임을 알라고 고함으로써 죽기 전에, 즉 원귀가 되기 이전에 이미 원귀의 징후를 드러낸다. 이처럼 장화 자매의 죽음 시점까지 '못'은 있는 그대로 죽음의 공간일 뿐이며, 폐쇄적 현실의 한 공간이자 그 극대화의 양상을 보여주는 공간이라고 할 수 있다. 이로써 장화 자매는 집에서만이 아니라 현실 공간에서 배제되고, 그 현실에의 실존을 의미하는 육신 또한 깊은 못 속으로 자취를 감추게 된다.

(2) 잠들지 않는 죽음과 환상의 못

　개모와 배좌수는, 모해이기는 하지만 집을 더럽힌 장화를 못 속에 깊이 빠뜨림으로써 그 종적을 없애려 했다. 집은 물론 집 밖 현실 공간에서도 장화가 존재하는 것을 용납할 수 없다는 것이다. 그런데 장화의 죽음, 그리고 이어진 홍련의 죽음은 못 속에 그대로 묻히지 않는다.

㉠ 風飄而波靜 雲起而蔽江 果如其言 大旱三月 天陰 雨濕之日 參橫 月落之夜 哭聲四聞(97)

㉡ 이젹의 왕닉ᄒ난 인민더리 그 피로 씬 글을 보고 질이 탄식 아니 ᄒ되 업더라 그 후로ᄂ 못 일홈을 곳쳐 홍연못시라 ᄒ되 비 오고 날 발근 밤이면 장화 홍연니 셔로 붓들고 실피 울며 시피 우는 쇼릭 세상 사람이 듯고 블상이 여긔더라(21)

㉢ 그 후로조차 물의 안기 ᄌ옥ᄒ 가온디셔 슬피 우는 쇼릭 쥬야 연 속ᄒ여 게모의게 익믜히 죽으믈 ᄉ셜ᄒ니 이ᄂ 원근이 다 알게 ᄒ미러 라(584)

장화와 홍련이 죽은 후 홍련의 유언대로 석 달 동안 큰 가뭄이 들었으며, 자욱한 안개 속에서 밤에는 곡성이 들린다. 세 이본에서 공통으로 곡성이 사방에 퍼지고, 이를 사람들이 들었다는 점에서 곡성은 현실에 실재한 것이라고 할 수 있다. 또한 그 곡성의 주인공인 장화 홍련 또한 죽었음에도 불구하고 현실을 완전히 떠난 것이 아님을 알 수 있다. 몸은 죽었으나 영혼은 죽지 않은, 몸은 물 속에서 잠자고 있으나 영혼은 잠자지 못하는 이 상황은 장화 자매가 삶과 죽음, 현실과 비현실의 경계적 존재[39]임을 드러내 준다. 또한 바로 이와 같은 불완전한 죽음 혹은 경계성 죽음은, 지상과 지하 혹은 지상과 수중을 잇는 매개 공간으로서의 못의 상징성[40]을 통해, 일탈적 경험이 아닌 자연스러운

---

39) 강진옥, 「원혼설화의 담론적 연구」, 『고전문학 연구』 22, 한국고전문학회, 2002, 51면.

40) chaomos는 천지개벽이 된 이후에도 양극단적 時空인 chaos와 cosmos가 접할 수 있는 매개공간으로서 존재한다. 天上(chaos)와 地上(cosmos)을 잇는 宇宙山, 宇宙木, 地上 (cosmos)과 地下 또는 水中(chaos)을 잇는 窟, 墓, 井, 泉, 川 등이 이에 해당된다. 또한 chaomos는 인간의 존재 형태로는 죽을 때에 영혼과 육체가 분리되는 형태이다. 곧 chaomos적 인간은 육체는 죽었으나 영혼은 남아 cosmos와 접촉을 계속하고 있는 존재, 즉 鬼神을 말한다. 김창진, 「관념적 時空의 존재 양상 및 성격 고찰(Ⅰ)-初監 巫歌,

경험41)으로 다가온다.

못 주변을 지나가는 사람들에게, 곡성을 듣는 일은 분명 일상을 벗어난 기이한 경험이다. 하지만, 밤이라는 시간과 몽롱한 안개 속에서, 또한 못과 관련된 전통적인 공간 관념 속에서 사람들은 이를 자연스럽게 받아들이면서 그 사연에 안타까워할 뿐이다.42) 또한 이는 단지 작품 속 세상 사람들만이 아니라 그 향유층에게 자연스러운 사실로 받아들여졌을 것이다. 그렇다면 이처럼 그 실체를 감추고 자연스럽게 현실에 파고든 비현실 공간은 현실 공간과 어떤 관계에 있는가.

장화 자매의 죽음 이후 나타난 비현실 공간은 그것이 현실과는 다른 어떤 것, 너무나 생경한 것, 그래서 거부감이 드는 공간으로 나타나지 않는다. 대신 마치 현실의 연장인 것처럼 설정되어 사람들에게 자연스럽게 인식되도록 함으로써, 장화 자매의 억울한 죽음이라는 현실의 모순 또한 자연스럽게 노출되도록 또한 받아들여지도록 의도하고 있다. 비현실적 존재의 허망한 타령이 아니라, 실제 있었던 원통한 죽음에 대한 신원의 곡성으로 받아들여지도록 하여, 결국 귀곡성을 듣는 사람들에게 자신들이 사는 현실 공간을 회의하도록 하는 것이다. 그런 점에서 못에 연출된 비현실 공간은, 집에서 나타났던 꿈이라는 소극적 양상을 넘어서면서, 동시에 현실에 직접 개입하여 현실에 충격을 가하고 있다고 할 수 있다.

그러나 이와 같은 의도는 아이러니하게도 못의 공간성으로 인해 실효를 거두지 못한다. 세 이본에서 공히 장화 자매의 곡성은 사방에,

---

檀君神話, 朴赫居世神話를 중심으로-」, 309-310면.

41) 이지영, 앞의 논문, 14-16면.

42) 이정원은 전처 집단의 환상과 관련한 논의에서, 못을 소통이 불가능한 집과 대조되어 신원의 발원처이자 소통 매개 공간으로 보았다. 이정원, 앞의 글, 112면.

세상 사람이나 원근 사람들이 모두 들도록 퍼졌다고 했지만, 실제 작품 속에서 못은 첩첩 산중 깊은 골짜기에 고립된 공간으로 설정되어 있다. 따라서 세상 사람들이 들었다고 하는 것은 실상 소문을 통해서라고 보아야 할 것이다. 못을 지나가던 사람에게는 그 곡성과 원통한 사연이 실제처럼 받아들여질 수 있다. 그러나 이들의 입을 통해 소문으로 번지는 원귀의 곡성은, 소문이라는 비공식적 통로에 의해 그 절실함이 희석되고 동시에 신빙성이 약해지며, 결정적으로 현실을 흔드는 힘이 소멸되는 결과를 낳는다. 실제 8여 년을 못에 머무르면서 곡성을 되풀이함에도 불구하고 사람들은 그런 소문이 있다는 식으로 받아들이고 있으며,[43] 감정적 차원에서의 동정을 하는 데서 그친다. 이 때문에 비현실 공간은 못을 벗어나 현실 공간의 한 가운데로 새로운 개입을 시도한다.

　㉠ 二女將訴冤 入官則 本倅 或死或遞 遷延累歲矣 監司啓曰 本道 鐵山之府 有冤鬼 積年未決 天旱官遞 皆由於斯 願擇人才 無至廢邑之地 (97)

　㉡ 홍연의 영혼니 제 형 쟝화을 다이고 쳘원골의 드러가 무죄한 원혼을 사원ᄒᆞ랴 ᄒᆞ고 원의게 션몽ᄒᆞ여 사원을 낫낫치 알외오니 원임니 공사를 ᄭᅦ닷지 못ᄒᆞ미 쟝화 홍연이 원귀 되여 원임 열러시 죽고 여러시 피지ᄒᆞ미 쳘원골의 폐읍니 되여(21)

　㉢ 쟝화 형졔 원혼이 구천의 ᄉᆞ못쳐 ᄆᆡ양 신원코져 ᄒᆞ여 본읍원의게

---

43) 자암본에서 홍련의 원귀가 처음 나타난 다음날 부사가 이방을 불러 사실을 확인하는 과정에서, 이방은 자신은 잘 모르는 일이나 '소문에 의하면'이라는 전제하에 곡정을 전하는데, 그 대답 중 '그들의 죽음'까지는 객관적 사실로 답하지만, '죽음 이후'에 대해서는 원귀가 되었다 한다는 식의 간접 인용으로 불확실한 상황임을 드러낸다.

드러간 즉 원이 긔졀ᄒ여 죽으니 이럿툿 여러 둥이 지ᄂᆞᄆᆡ 쳘산이 ᄌᆞ연
폐읍이 되여 인민이 분산ᄒᆞᄂᆞᆫ지라……샹이 인견ᄒᆞᄉᆞ 왈 쳘산이 여차여
차ᄒᆞ여 폐읍이 되엿다 ᄒᆞᄆᆡ……쏘흔 근심이 되ᄆᆡ 부듸 조심ᄒᆞ여 인민을
보호ᄒᆞ라(584)

　장화 자매의 원귀가 계속해서 찾아간 관아는, 공식적인 소통이 가
능한 현실의 중심 공간[44]이라고 할 수 있으며, 따라서 이는 현실에 대
한 정면충돌이라고 할 수 있다. 그러나 아이러니하게도 못이 아닌 현
실의 중심 공간에서, 귀신의 출현이라는 비현실 공간은 유표화되고,
그 생경함, 낯선 경험은 공간적 부대낌을 유발한다. 이는 단순히 귀신
혹은 원귀를 보는 데서 오는 생경함만은 아니다. 비록 귀신이라 하더
라도 엄연한 양반집 규수가 밤에 관아라는 공간에, 또한 고을원이라는
외간 남성 앞에 나타나는 공간적 상황 또한 현실의 공간 윤리에서 생
경한 것이다. 연이은 고을원의 죽음과 고을의 폐읍화는 곧 이와 같은
현실과 비현실의 공간적 부대낌이 인물과 공간을 통해 구체화된 것이
다. 또한 이 과정에서 오히려 현실 공간이 아니라 비현실 공간이 문제
적 공간으로 부각된다. 이는 고을원의 연사와 고을의 폐읍화를 보고받
은 왕이, 인재를 구하여 그 고을 사람들을 보호하게 하는 데서 잘 나타
난다. 특히 가부장제 현실 공간의 수장인 왕에게서 이런 발화가 이루
어졌다는 데서 비현실과 현실의 갈등 관계, 나아가 비현실에 대한 현
실의 배제를 엿볼 수 있다.
　그러나 결정적으로 원귀 출현이라는 비현실 공간의 개입은, 장화
자매의 억울한 죽음이라는 현실 공간의 문제에서 비롯된 것이다. 따라

---

44) 강진옥, 앞의 글, 36면.

서 장화 자매가 원귀로 떠돌지 않고 완전한 죽음을 맞이하기 위해서는 그 해결 또한 현실 공간에서 이루어져야 한다.45) 이로 인해 현실과 비현실 공간의 관계는 관아에서 새로운 국면을 맞게 된다.

3) 관아의 이중성과 거듭된 신원

(1) 1차 신원과 부정되는 진상

관아에 부임한 첫 날 밤, 촛불을 밝히고 앉은 부사 앞에 장화 자매의 원귀가 나타난다.

> ㉠ 至夜 明燭憑案而睡 有美女 入庭泣訴 曰……公 悽然 開戶視之 非夢似夢 怳若常時(98)
>
> ㉡ 이러구러 날니 저물믹 석반을 드리거늘 밥을 먹고 상을 물닌 후에 등촉을 발키고 정신을 가다듬어 안저더니 난듸 업난 음풍이 몸 틈으로 드러와 쵹블을 츔노ᄒ거늘 살펴보니 문득 쳐자 두리 숀질을 마죠 잡고 청이흔 우름두이 쇼릭 완연니 드러와 안지며 이로듸……간고지 업난지라(22-23)
>
> ㉢ 친이 긔ᄉ의 가 등쵹을 붉히고 쥬억을 열남ᄒ더니 밤이 깁흔 후 홀연 찬바람이 이러ᄂ며 정신이 아득ᄒ여 아모리 홀 줄 모를 지음의 일 미인이 녹의홍상으로 문을 열고 완연이 드러와 졀ᄒ거늘 부ᄉ 정신을 가다드마(584)

꿈인지 생시인지 모르는 상태, 난데없는 음풍과 함께 나타나 어디로 사라졌는지 모르는 상황, 홀연 찬바람이 일어나며 정신을 아득하게

---

45) 강진옥, 앞의 글, 56-57면.

하는 몽롱한 분위기 등은 모두 원귀 출현이라는 비현실 공간을 조성하는 환상적 요소들이다. 이런 상황에서 부사는 장화 자매의 신원을 듣고 처연해하거나 괴이하게 생각한 후, 형리 등을 불러 그 사실을 확인하고 그것을 토대로 배좌수 일가를 잡아들인다. 상의 명령으로 철산46)에 부임한 부사는 가부장제 국가 권력의 대리자이자 법의 집행자이다. 부사의 이와 같은 신분은 관아의 공적 기관, 형법 기관이라는 성격과 그대로 일치된다고 할 수 있다. 그런데 부임한 첫날 부사에게서 나타나는 이와 같은 일련의 행위는, 부사라는 신분은 물론 관아라는 공간에도 어울리지 않는다.

이것은 부사가 비현실 공간을 거부하거나 배제하지 않고 있음을 드러내며, 무엇보다 낮의 관아가 아닌 밤의 관아라는 시공간적 상황의 영향이 크다고 할 수 있다. 앞서 언급한 몽환적 분위기 또한 이 밤의 관아에서 가능한 것이다. 낮의 관아는 분명 공적인 형법 기관이지만, 밤의 관아는 그와 같은 성격에서 비켜설 수 있다.47) 따라서 이 밤의 관아, 이완된 공간에서 부사는 현실 질서인 공식적인 제도와 법 이면을 엿볼 수 있었던 것이다.

그러나 다음날 좌수 일가를 잡아들여 벌인 심문에서 계모의 거짓 증언과 증거물을 보고 들은 부사는 좌수 일가를 일시 풀어준다. 계모의 거짓 증언은 계속되는 정절 모함이면서 집에서보다 한층 부풀려지고 있는데,48) 정절 규범의 준수와 관련된 거짓 고해와 그 뚜렷한 증거물

---

46) 신암본에서는 강원도 철원을 배경으로 하고 있다.

47) 정인혁, 「조선후기 한문단편소설의 공간과 인물 연구-〈茶母傳〉을 중심으로-」, 『한국고전여성문학연구』 8, 257-258면.

48) ㉡장화 제 죄로 제가 싱각ᄒᆞ직 친척 볼 낫치 업고 세상의 살 ᄆᆞ음이 업사와 모야 무지간의 부모도 모로게 도망ᄒᆞ여시ᄆᆡ 부지거처더니 슈용못에 ᄲᅡᆺ져 죽은지라 제 동ᄉᆡᆼ 홍연

앞에서 부사는 밤의 신원 내용을 회의하게 된 것이다. 실제 자암본에서 부사는 전후 상황은 부합하지만, 죽은 지 오래되어 징험은 없다면서 일단 방송(放送)을 명한다.[49] 이는 역시 밤의 관아가 아닌 낮의 관아라는 시공간적 상황과 관련 있다. 형법 기관으로서의 낮의 관아에서 다시 부사는 법을 우선하게 된 것이다.

(2) 2차 신원과 소극적 타협

부사가 좌수 일가를 일시 방면한 그날 밤 다시 장화 자매는 부사 앞에 나타난다. 몽환적 분위기는 여전하지만, 1차 신원 때와 달리 '울면서'[50] 나타난다. 이 '울음'은 1차 신원이 제대로 이루어지지 않았음을 의미하는 동시에 부사에 대한 원망을 표출하는 행위이다. 실제 2차 신원의 내용은 1차 때보다 비장하고, 직접적이고, 구체적이다. 장화 자매의 원귀는 먼저, 원한을 풀까 기대했는데 뜻대로 되지 않아 더 원통하다고 하소연하고, 그 거짓 증거물이 죽은 쥐임을 알려 준 후, 계모와 오라비는 법대로 엄형을 내리고 아비는 용서해 달라고 한다.[51]

은 형의 일을 싱각ᄒᆞ미 사 마음니 업셔 밤즁의 도망ᄒᆞ여 다러나다가 제 형 죽은 못싀 ᄲᅡ저 죽어시미 양반의 집으셔 쓸 자식 일엇탄 말니 고이ᄒᆞ와 죽은 죨노 발ᄒᆞ여나니다……죄인을 다 장방구류ᄒᆞ고 밤을 지다리더니(24-25)

49) ㉢부시 본즉 낙틱ᄒᆞᆫ거시 분명ᄒᆞᆫ지라 이의 분부ᄒᆞ여 왈 말과 일이 방불ᄒᆞᄂᆞ 죽은 지 오리여 분명ᄒᆞᆫ 증험이 업스미 닌 싱각ᄒᆞ여 쳐치ᄒᆞᆯ 거시니 아즉 물너그라 ᄒᆞ고 방송하엿더니(585)

50) ㉠是夜 雲霧滿庭 二女復入 哭曰(99) ㉡밤이 집푸 후에 쳥리ᄒᆞᆫ 우름쇼리 은은이 들이거늘(25) ㉢이날 밤의 홍년 형제 완연히 부ᄉ 압히 ᄂᆞ아와 슬피 우다가(585)

51) ㉠矣等 所冤 庶冀其雪而 誤聽誣言 反被退斥 骨髓至痛 無地控訴 彼 所謂胎者 是鼠也 更推其物 剖而觀之則 必知虛實也(99) ㉡명졍ᄒᆞ신 원임의 원슈을 갑삽고 올흔 귀신이 될가 바리더니 엇지 안젼임의 간식ᄒᆞᆫ 계모의 말을 고지 듯고 쇽졀업시 쇽켜시나……목셕을 착실니 갈인 후에 제모와 그 아덜 삼형졔을 죽여 형의 원슈를 갑퍼 쥬옵시고 쇼녀 아비 실노 무죄ᄒᆞ오니 죽니지 마옵시물 천만 바람나니다(26-27) ㉢우리 형졔 누명을

자신의 소행에 대한 원망과 함께 거짓 낙태물의 구체적인 실체까지 듣고 나자 부사는 다시 이에 귀 기울이고, 자암본에서는 말을 듣자마자 자신이 계모에게 속았음을 깨닫는다.[52] 이는 역시 밤의 관아라는 시공간과 연결된다. 또한 두 번의 신원 과정에서, 1차에서의 비현실 공간에 대한 회의가 현실에 대한 회의로 전이되고 있다고 할 수 있다. 다음 날 다시 좌수 일가를 불러들인 부사는 간밤에 원귀가 알려 준 대로 낙태물의 배를 갈라보라 하고 그 진상을 눈으로 직접 확인하게 된다. 이때 낮의 관아는 모순과 혼란의 공간이 된다. 부사는 그 혼란을 느끼면서도 이것이 원귀의 현몽(現夢)에 의한 것임을, 즉 비현실이자 밤의 관아에서 일어났던 신원에 힘입은 것임을 발설하지 않음으로써[53] 현실을 혼란을 막는다.

부사에 의해 거짓 증거임이 밝혀지고 계모의 모해가 천일하에 드러나는 명판결 장면은, 동시에 밤의 관아에서 이루어진 원귀의 신원은 낮의 관아라는 현실 공간을 통해서만 효력을 발휘할 수 있음을 드러내 준다. 장화의 원귀가 계모와 그 아들의 처결을 요구하는 것은, 비현실 공간의 열세[54]가 전제된 타협의 제스처로 볼 수 있다. 이는 자신의 신

신원홀가 ᄇ라더니 명관도 흉녀의 간특ᄒ 쇠의 ᄰ질 줄 엇지 싱각ᄒ여스리잇고 슬피 우다가 다시 엿자오ᄃᆡ……흉녜를 다시 잡혀 낙틱ᄒ 거슬 올니라 ᄒ여 비를 가르고 보시면 반다시 진가를 변식ᄒ실 거시니 아르신 후ᄂᆞ 쇼녀의 형계를 쳔만 긍측히 녀기ᄉ 법닉토 쳐치ᄒᆞ여 쥬시고 쇼녀의 아비ᄂᆞ 쳔황시절 ᄉᆞ름이라도 흉녀의 간특ᄒ 모계의 ᄰ져 흑빅을 분별치 못ᄒ오니 특별히 ᄉᆞᆼ어 주시믈 쳔만 바라ᄂᆞ이다(585)

52) ㉢부ᄉᆡ 그 말을 드르ᄆᆡ 긔긔히 분명ᄒ니 ᄌᆞ긔 흉녀게 속은 줄 더욱 분노ᄒ여

53) ㉠公乃推胎剖腹 鼠屎照然 公大怒 幷捉座首與後妻及其子 詰之(99) ㉡그 녀와 그 아달놈을 셩틀의 올여ᄆᆡ고 집장사령을 호령ᄒ여 미우치라 ᄒ난 쇼릭 쳔지 진ᄒ난지라(27) ㉢부ᄉᆡ 이에 되로ᄒᆞ여 흉녀를 큰 칼 씨오고 고셩되 왈 이 간특ᄒ고 흉악ᄒ 년아 네 쳔고의 불측ᄒ 죄를 짓고도 방ᄌᆞ히 고읍ᄒ 말노 관장을 속이던가 그ᄰ는 닉 잠간 싱각ᄒᄂᆞ 빅 잇셔 방송ᄒᆞ엿거니와 이졔됴 무슴 말을 ᄉᆞᆷ며 발명코져 ᄒᆞᄂᆞ냐(585-586)

원만 이루어진다면, 그 선에서 더 이상 현실을 문제삼지 않겠다는 소극적인 타협이며, 부사 또한 "부모가 그 딸을 죽이고 오라비가 그 누이를 죽인 윤강대변(倫綱大變)"[55]의 행위가 문제임을 강조하여 이를 받아들인다.

나아가 자신보다 더 큰 현실의 권력, 가부장제 현실의 수장인 왕의 힘을 빌어 현실을 더욱 공고히 하고자 한다.[56] 이것은 부사라는 신분에 부합하는 행위이지만, 그만큼 부사에게 이 현실의 모순이 감지되었음을 의미한다고 할 수 있다. 실제 자암본에서 부사는 좌수가 처벌받아 마땅하지만 처벌하지 않는다고 한다.[57] 이는 결국 아버지이기 때문에 법에서 제외되는 가부장제 현실이 모순임을 내포한 발화라 할 수 있다.[58] 그런 점에서 형을 집행하는 단계에서 부사가 좌수를 꾸짖는 말[59]은 결국 자기 자신에게 하는 말이기도 하다.

이와 같은 현실과 비현실 공간의 타협 과정에서 결국 계모와 그 아들들만이 극단적인 처벌을 받게 된다. 특히 계모의 경우, 정절이라는 가부장제 규범을 지속적으로, 더욱 치밀하고 공교하게 모해에 이용했

---

54) 이 열세는 어떻게 보면 장화 자매가 죽어서도 현실에서 벗어나지 못한, 현실 규범에서 자유롭지 못한 영혼이라는 점에서 근원적인 것이라고 할 수 있다.

55) ㉠公 厲聲 曰 親殺其女 姚戮其姊 倫綱大變(99)

56) ㉠條陣報營 監司以狀聞上 下敎曰 裵時慶刑配 妻子鉅斬(99) ㉡그 연유를 영문의 보장ᄒᆞ니 감ᄉᆞ 블상이 여긔ᄉᆞ 나라의 장문ᄒᆞ니라(28) ㉢이 죄인ᄂᆞᆫ 여타 ᄌᆞ별ᄒᆞ니 늬 임의로 쳐결치 못ᄒᆞ리라 ᄒᆞ고……이 뜻으로 조졍의 계달ᄒᆞ니(586)

57) 당시 형법제도의 측면에서 볼 때 배좌수를 형배하거나 방송하는 처리는 모두 현실적 처벌과 차이가 있으며, 곧 법에 따른 처벌이라 할 수 없다. 이기대, 앞의 논문, 47~48면.

58) 정인혁, 앞의 글, 260면.

59) ㉢네 아모리 불명ᄒᆞᆫ들 엇지 그 흉녀의 간계를 ᄭᆡ닷지 못ᄒᆞ고 이미ᄒᆞᆫ ᄌᆞ식을 죽여스미 맛당히 네 죄를 다ᄉᆞ릴 거시로되 흥년 형제의 소원이 잇고 ᄯᅩ 하교 여ᄎᆞᄒᆞ시기로 네 죄를 특별히 ᄉᆞᄒᆞ노라 ᄒᆞ고 방송ᄒᆞ며(586)

다는 점에서 국가적 차원에서 처벌되고,[60] 저자거리에 회시(回示)됨으로써 패륜한 여성에 대한 경고를 대신하게 된다. 이와는 반대로 현실과 타협한 장화 자매는 진정한 죽음에 이르게 된다.

㉠ 翌日 公 率吏 援尸 顔貌如生 鎭邑男女 莫不於悒 乃 設帳湫邊 殮以錦繡 葬以棺槨 製文而祭之 堅碣而銘之(99)

㉡ 일번 관군을 조발ᄒᆞ여 슈용못실 품고 본직 장화홍연니 죽은 제 팔연이도되 죠곰도 석지 안이ᄒᆞ고 성제 셔로 안고 잠드 사람 갓더지라 위이 제문지여 제ᄒᆞ고 방산의 안장ᄒᆞ여(29)

㉢ 즉시 친히 관속을 거ᄂᆞ리고 쟝화 형제의 죽은 못시 나아가 물을 푸고 본 즉 냥녜 옥평상의 즈ᄂᆞ다시 누엇스미 얼골이 조곰도 변치 아니ᄒᆞ여 산 ᄉᆞ름 갓튼지라 부ᄉᆞ 보고 긔이히 녀겨 관곽의금을 갓초와 명산을 퇴ᄒᆞ여 인쟝ᄒᆞ고 뫼 압히 삼쳑셕비를 셰워 썻스되(586)

못에서 건져진 장화 자매의 시신은 생시와 같고 잠자는 듯하다. 이는 못에서의 죽음, 곧 물에서의 죽음이기에 가능한 상상적 형상[61]이기도 하지만, 장화 자매의 신원에 대한 강한 의지를 보여 주는 형상[62]이기도 하다. 동시에 순리가 아닌 것, 자연스럽지 못한 것을 내포한다. 그런 점에서 부사의 지휘하에 못에서 산으로, 물에서 흙으로 옮겨지면서 장화 자매의 영혼은 진정한 잠에 들 수 있게 된다.

---

60) 이 죄인ᄂᆞᆫ 여타 ᄌᆞ별ᄒᆞ니 ᄂᆞᆯ 임의로 쳐결치 못ᄒᆞ리라 ᄒᆞ고 즉시 이 ᄉᆞ연으로 감영의 보쟝ᄒᆞᆫ듸 슌찰ᄉᆞ 듯고 되경 왈 이ᄂᆞᆫ 고금의 업슨 일이라 ᄒᆞ고 이 뜻으로 조졍의 계달ᄒᆞ니 샹이 쟝계를 보시고 홍년의 형졔를 불샹히 녀기ᄉᆞ 즉시 하교ᄒᆞᆺ 왈 흉녀의 죄샹이 만만불측ᄒᆞ니 흉녀ᄂᆞᆫ 능지쳐참ᄒᆞ여 후인을 각별증게ᄒᆞ고……흉녀ᄂᆞᆫ 능지쳐참ᄒᆞ여 회시ᄒᆞ고(586)

61) 가스똥 바슐라르, 앞의 책, 96~98면.

62) 강진옥, 앞의 글, 54면.

　한편 장화 자매의 이와 같은 성대한 안장 의식은 이들의 해원이 이루어졌음을 의미하고, 일면 장화의 죽음을 가져온 현실의 문제들 또한 해소되었음을 의미하는 것으로 보일 수 있다. 그러나 억울한 죽음을 당한 두 여성에 대한 해원 이면에서 여성의 정절 규범은 더욱 공고화된다. 집에서는 물론 못이나 관아 어디에서도, 여성의 정절이 반드시 지켜져야 하며 그렇지 못할 때는 마땅히 죽어야 한다는 것에 대한 의문은 없었다. 바로 이 지점이 비현실이 현실과 타협한 지점이다. 현실의 문제는 억울한 죽음에서 비롯된 것이 아니라 정절 누명이 죽음도 불사하게 한다는 엄격하고 폐쇄적인 현실 그 자체에 있었다. 그럼에도 비현실은 억울한 죽음에 대해서만 고해를 받고 현실은 그대로 두기로 한 것이다. 결국 현실과 비현실의 타협으로 〈장화홍련전〉은 실절한 여성과 패륜한 여성에 대한 엄정한 경고로 귀결되고, 현실 공간은 더욱 공고화된다.

4. 〈장화홍련전〉 서사 공간의 의미

　〈장화홍련전〉은 억울한 죽음과 그것의 신원을 핵심으로 하는 서사이다. 이제껏 그 죽음의 정체와 신원의 의미에 대한 다양한 분석이 시도되어 왔으며, 이를 통해 어느 정도 그 실상이 드러났다고 할 수 있다.
　본고에서는 그와 같은 기존의 논의들에 힘입어 〈장화홍련전〉에 대한 공간적 접근을 시도해 보았다. 여기에는 공간이 단순한 배경이 아니라, 그 공간에 실존하는 인간과 그 삶의 한 조건이며, 동시에 그 속의 인간 행위와 심리를 규정하고 견인하는 역동적인 존재라는 점이 전제되어 있다.

〈장화홍련전〉에서, 주인공인 장화 자매는 물론 그와 갈등 관계에 있는 계모나 아버지 또한 그들의 가장 기본적인 실존 공간인 집에서, 그 공간의 조건과 규범에 의해 억압당하거나 소외되고 있었고, 이는 곧 죽음을 전제로 한 장화 자매의 집 밖 이동을 가져 왔다. 그러나 집 밖 공간 역시 집의 논리가 지속되는 공간으로서 결국 한계적 상황에서 장화 자매는 못 속에서 죽음을 맞이한다. 이는 집을 포함한 현실 공간 전체가 이들에게 다른 대안이 없는 닫힌 공간임을 드러내 주며, 결국 그 대안의 공간으로 죽은 자의 공간이라는 극단적인 비현실 공간을 불러오게 된다.

그런데 기존의 서사에서 현실과 비현실, 특히 현실의 모순과 불만을 기저로 매개된 비현실 공간이 현실과 팽팽한 긴장, 대립 구도를 보였던 것과 달리, 〈장화홍련전〉의 비현실 공간은 현실 공간에 균열을 가져오고 충격을 가하지만 결국 타협을 이룬다. 그러나 이것은 장화 자매나 그들이 속해 있는 비현실 공간의 한계라고만 할 수 없다. 오히려 장화 자매가 죽음을 통해 비현실 공간의 존재가 되었음에도, 현실 공간에 대해 진정 하고 싶은 말을 마음껏 쏟아내지 못하는, 또 그렇게 만드는 강박적 현실 공간에 그 한계가 있다고 보아야 할 것이다.

〈장화홍련전〉에서 현실은, 그 가장 기본 단위인 집의 희생마저 감수하면서 그 공고화를 시도하고 있다. 이는 처첩형 가정소설에서 문제적 집의 회복을 통해 현실이 공고화되는 것과는 다른 양상이며, 그런 점에서 좀더 폐쇄적이라고 할 수 있다. 재생담이 나타나는 이본에 대한 논의에서는, 그 재생과 관련하여 현실로의 복귀, 집으로의 복귀가 거론되지만,63) 실제 재생담은 순환과 회복의 의미를 지닌다고 보기 어렵다. 자암본에서, 가산이나 노비가 풍족한 배좌수가 조석공양할 가모가 없다는 이유로 세 번째 부인인 윤씨를 들이는 것은, 장화 자매의 재생을 위한 다분히 의도적인 설정으로 보인다. 그러나 이미 현실로, 집으로 돌아올 수 없는 존재가 된 장화 자매가 윤씨의 몸을 빌어 다시 태어나는 것은 현실과 집으로의 복귀가 아니다. 그것은 장화 홍련으로서의 복귀가 아니라 새로운 존재로서의 시작이다. 해원과 성대한 안장에 더해, 보상 차원에서 재생담이 첨가되지만, 장화 자매의 죽음은 이미 돌이킬 수 없는 것이다.[64]

그런 점에서 후기 이본인 신암본이나 자암본의 경우에, 장화 자매가 원혼이면서도 죽음 직후 선녀의 옹위하에 옥경으로 올라가거나, 청조를 타고 날아가는 것 등의 환상적 장면이 새롭게 삽입된 것은, 그와 같은 강박적 서사에 대해 나름의 이완적 상상력이 발휘된 것으로 해석해 볼 수 있다. 그러나 〈장화홍련전〉의 서사 공간이 어떤 변주를 보이고, 그것이 현실과 비현실의 관계 구도에 어떤 의미망으로 작용하는가는, 이본 상호 간의 면밀한 비교 분석 속에서 파악되어야 할 것이다.

---

63) 재생담을 담은 서사가 현실로의 복귀, 삶으로의 복귀를 의미하는 것으로 보는 견해는 2장의 순환구도에 관한 각주에서 다루었으며, 같은 순환, 복귀라도 집으로의 복귀로 보는 것은 김재용의 논의이다.

64) 현재 가장 많은 이본 수를 거느리고 있는 신암본 계열에 이 재생담이 나타나지 않는 것은, 신암본 계열이 장화 홍련의 시련에 초점을 맞춘 이본이기 때문이기도 하겠지만, 그 향유층이 장화 자매의 죽음을 사실로, 현실로 받아들이고 있음을 반영하는 것이기도 할 것이다.

참고문헌

• 17세기 가정소설의 공간 연구 –〈사씨남정기〉〈창선감의록〉을 대상으로–

1. 자료

〈翻諺南征記〉(정규복 소장본, 『김만중문학연구』, 국학자료원, 1993.)
〈사씨남정기〉(조동일 編, 『조동일 소장 국문학연구자료』 17, 박이정, 1999.)
〈사씨남졍긔〉(인천대 민족문화연구소 編, 『구활자본 고소설전집』 4, 1983)
〈彰善感義錄〉(【국립중앙도서관 의산 고3636-49】)
〈챵선감의록〉(나손본, 『필사본 고소설 자료총서』 66, 보경문화사)
〈彰善感義錄〉(신구서림본, 『활자본 고전소설전집』 19, 아세아문화사)
〈구운몽〉(B형 노존본, 『김만중문학연구』, 국학자료원, 1993.)
〈난학몽〉(김기동 編, 『筆寫本古典小說全集』 5, 亞細亞文化社, 1980.)
〈소현성록〉(15권 15책, 이화여대 소장본)
〈쌍선기〉(김기동 編, 『筆寫本古典小說全集』 8, 亞細亞文化社, 1980.)
〈일락정기〉(김기동 編, 『筆寫本古典小說全集』 5, 亞細亞文化社, 1980.)

신해진 選注, 『朝鮮後期 家庭小說選』, 월인, 2000.
이래종 역주, 『사씨남정기』, 태학사, 1999.
이래종 역주, 『창선감의록』, 고려대학교 민족문화연구원, 2003.

『明史』
『輿址廣記』
『中國歷史地圖』
『中國交通旅遊圖』
『惺所覆瓿藁』
김만중, 『서포만필』, 홍인표 역주, 일지사, 1987.

2. 단행본

강영환, 『새로 쓴 한국 주거문화의 역사』, 기문당, 2002.
김동욱 외 著, 『한국민속학』, 새문사, 1988.

김동욱, 『조선시대 건축의 이해』, 서울대 출판부, 1999.

김명석, 『김승옥 문학의 감수성과 일상성』, 푸른사상, 2004.

김용범, 『道敎思想과 英雄小說』, 문학아카데미사, 1991.

김종건, 『〈구인회〉소설의 공간설정과 작가의식』, 새미, 2004.

김진명, 『굴레 속의 한국여성-향촌사회의 여성인류학-』, 집문당, 1993.

박일용, 『영웅소설의 소설사적 변주』, 월인, 2003.

박재환 외 편역, 『일상생활의 사회학』, 한울아카데미, 2002.

설성경·심치열, 『옥루몽의 작품세계』, 개문사, 1994.

성현경, 『한국옛소설론』, 새문사, 1995.

손세관, 『깊게 본 중국의 주택-중국의 주거문화 下』, 열화당, 2001.

송진한, 『조선조 연의소설의 세계』, 전남대 출판부, 2003.

윤재홍, 『우리 옛집 사람됨의 공간』, 집문당, 2004.

이광규, 『韓國家族의 構造分析』, 一志社, 서울 1982.

이경선, 『삼국지연의의 비교문학적연구』, 일지사, 1976.

이승복, 『고전소설과 가문의식』, 월인, 2000.

이재선, 『우리 문학은 어디에서 왔는가』, 소설문학사, 1986.

장효현, 『한국고전소설사연구』, 고려대학교 출판부, 2002.

정문길, 『소외론 연구』, 문학과 지성사, 1978.

정창권, 『한국 고전여성소설의 재발견』, 지식산업사, 2002.

정출헌, 『고전문학과 여성주의적 시각』, 소명출판, 2003.

지연숙, 『장편소설과 여와전』, 보고사, 2003년,

최기숙, 『17세기 장편소설 연구』, 월인, 1999.

최시한, 『가정소설 연구-소설형식과 가족의 운명-』, 민음사, 1993.

한옥공간연구회 편, 『한옥의 공간문화』, 교문사, 2004.

앙리 르페브르, 박정자 역, 『현대세계의 일상성』, 세계일보, 1991.

C.N 슐츠, 김광현 역, 『실존, 공간, 건축』, 산업도서 출판공사, 1980.

에드워드 소자, 이무용 외 역, 『공간과 비판사회이론』, 시각과 언어, 1997.

가스통 바슐라르, 곽광수 역, 『공간의 시학』, 민음사, 1990.

이-푸 투안, 구동회·심승희 역, 『공간과 장소』, 도서출판 대윤, 1999.

미하일 바흐찐, 전승희 역, 『장편소설과 민중언어』, 창작과 비평사, 1988.

제레미 탬블링, 이호 역, 『서사학과 이데올로기』, 예림기획, 2001.

로뜨만 외, 러시아 시학연구회 편역, 『시간과 공간의 기호학』, 1996.

R.H.라우어, 정근식·김해식 옮김, 『사회변동의 이론과 전망』, 한울 아카데미, 1995.

Wolfgang Kayser, 이동승 역, 『문학예술작품』, 민음사, 1985.

3. 논문

강금숙, 「숨은 성과 드러난 성-고소설에 나타난 변복의 의미」, 『여성의 글 여성의 삶』, 국학자료원, 1999.

강상순, 「영웅소설의 형성과 변모양상 연구-서사 구조와 인물형상화의 양상을 중심으로-」, 고려대 석사학위논문, 1992.

_____, 「〈구운몽〉과 영웅소설의 소설사적 상관성」, 『김만중문학연구』, 국학자료원, 1993.

_____, 「사씨남정기의 적대와 희생의 논리」, 『고소설연구』 12, 한국고소설학회, 2001.

_____, 「고소설에서 환상성의 몇 유형과 환몽소설의 환상성」, 『고소설연구』 15, 한국고소설학회, 2003.

강현모, 「〈홍길동전〉 서사 구조의 특징과 양상」, 『한민족 문화 연구』 창간호, 한민족문화연구학회, 1996.

강희, 「공간사용특성에 따른 한국과 중국 전통주거 비교연구-조선시대 양진당과 명·청 시대 사합원을 중심으로-」, 국민대 석사학위논문, 2004.

구수경, 「서기원 소설에 나타난 공간의 상징성 연구」, 『공간의 시학』, 한국소설학회 편, 예림기획, 2002.

권정희, 「『창선감의록』과『사씨남정기』, 『일락정기』 비교 연구」, 홍익대 석사학위논문, 2002.

금용욱, 「구운몽의 시·공간 구조 연구」, 국민대 석사학위논문, 1983.

김갑진, 「조선조 소설의 서사 공간 연구」, 『한국학논집』, 한양대학교 한국학연구소, 1986.

김경미, 「사씨남정기 작중 인물연구」, 이화여대 석사학위논문, 1986.

_____, 「조선후기 소설론 연구」, 이화여대 박사학위논문, 1994.

_____, 「규방 공간의 형성과 여성문화」, 『한국의 규방문화』, 국제문화재단 편, 박이정, 2005.

김난기, 「韓國傳來住居空間의 記號論的 分析에 關한 硏究」, 홍익대 석사학위논문, 1983.

김대현, 「17세기 소설사의 한 연구-전기소설의 변형양상과 장편화 과정」, 성균관대박사학위논문, 1993.

김문희, 「애정 전기소설의 문체 연구」, 서강대 박사학위논문, 2002.

김병권, 「17세기 후반 창작소설의 작가사회학적 연구」, 부산대 박사학위논문, 1990.

김병욱, 「한국 현대소설의 시간과 공간 연구」, 서강대 박사학위논문, 1988.

김연숙, 「고소설의 여성주의적 연구」, 서강대 박사학위논문, 1995.

김영선, 「조선시대 양반가옥의 공간구조를 통해 본 여성 통제에 관한 연구-영남 양동 마을향단을 중심으로」, 이화여대 석사학위 논문, 1995.

김용범, 「금오신화의 공간구조와 작가의식」, 『한남어문학』, 1984.

김재용, 「가정소설과 시공간 형식(1)-쌍선기를 중심으로」, 『국어교육 연구』 제 7집, 원광대, 1989.

김종철, 「서사문학사에서 본 초기소설의 성립 문제-전기소설과 관련하여」, 『다곡 이수봉선생회 갑기념논총』, 경인문화사, 1988.

김진균 외, 「일상과 비일상적 주생활에 따른 전통주거건축의 공간적 특성에 관한 연구-안동지방 상류주택을 중심으로-」, 『대한건축학회논문집』 18권 12호, 대한건축학회, 2002.

김창진, 「시공의 변화를 중심으로 금오신화를 살핌」, 『석의 박일민 박사 회갑기념 국어국문학 논총』, 대양출판사, 1997.

김탁환, 「사씨남정기계소설 연구」, 서울대 석사학위논문, 1993.

_____, 「고소설과 이야기문학의 미래」, 『고소설연구』 17, 한국고소설학회, 2004.

김화영 역술, 「소설의 세계」, 『문학사상』, 1984.

김현, 「현대소설의 時間性 및 空間性 연구-김동인과 염상섭의 단편을 중심으로」, 서강대 박사학위논문, 1987.

김현양, 「사씨남정기와 욕망의 문제-소설사적 평가와 관련하여」, 고전문학연구』 12, 한국고전문학회, 1997.

나선희, 「고대 중국인의 공간에 대한 이해-《서유기》에 나타난 이 세계와 저 세계 연구의 토대로서-」, 『중국어문학』 제30집, 1997.

민찬, 「조성기의 삶의 방식과 창선감의록」, 『천봉이능우박사 칠순기념논총』, 도서 출판 한일, 1990.

박명희, 「고소설의 여성중심적 시각연구」, 이화여대 박사논문, 1990.

박순임, 「고전소설에 나타난 처첩관계 갈등」, 한국정신문화연구원 박사학위논문, 1991.

박영희, 「〈소현성록〉연작 연구」, 이화여대 박사학위논문, 1994.

박일용, 「인물형상을 통해 본 구운몽의 사회적 성격과 소설사적 위상」, 『정신문화 연구』 44호, 정신문화연구원, 1991.

_____, 「사씨남정기의 이념과 미학」, 『고소설연구』 6, 한국고소설학회, 1998.

_____, 「〈창선감의록〉의 구성원리와 미학적 특징」, 『고전문학연구』 18집, 한국고 전문학회, 2000.

박혜리, 「심청전의 공간 구조 연구」, 홍익대 석사학위논문, 2003.

박희병, 「한국고전소설의 발생 및 발전단계를 둘러싼 몇몇 문제에 대하여」, 『관악 어문연구』 17집, 서울대국문과, 1992.

서경희, 「〈옥선몽〉연구-19세기 소설의 정체성과 소설론의 향방」, 이화여대 박사학 위논문, 2003.

설성경, 「謝氏南征記의 寓意性」, 『동방학지』 102, 연세대 국학연구원, 1998.

소인호, 「〈주생전〉이본의 존재 양태와 소설사적 의미」, 『고소설연구』 11, 한국 고 소설학회, 2001.

소재영 外, 「임, 병란이 후대의 소설 발달에 끼친 영향」, 『임진왜란과 한국 문학』, 민음사, 1992.

송성욱, 「17세기 소설사의 한 局面-〈사씨남정기〉·〈구운몽〉·〈창선감의록〉·〈소 현성록〉을 중심으로-」, 『한국고전연구』 8집, 한국고전연구학회, 2002.

_____, 「18세기 장편소설의 전형적 성격」, 『한국문학연구』 4, 고려대 민족문화연 구원 한국문학연구소, 2003.

신재홍, 「구운몽의 서술원리와 이념성」, 『고전문학연구』 5, 한국고전문학회, 1990.

신종한, 「한국소설의 일상성」, 『동양학』 35집, 단국대 동양학연구소, 2004.

심치열, 「〈옥루몽〉의 시공간 체계 연구」, 『문학 한글』 9, 1995.

심형근, 「금오신화의 공간 구조 연구」, 고려대 석사학위논문, 2001.

양승민, 「〈洞仙記〉의 작품세계와 소설사적 위상」, 『고소설연구』 11집, 한국고소설 학회, 2001.

엄기주, 「창선감의록 연구」 성균관대 석사학위논문, 1984.

오춘택, 「17세기의 소설비평」, 『국어국문학 연구의 시각과 전망』, 고려대 국어국문 학연구회 발표논문집, 1996. 10. 25.

우쾌제, 「〈南征記〉의 南征路에 나타난 西浦의 中國 認識 考察」, 『국어국문학』 115, 국어국문학회, 1995.

유광수, 「창선감의록 구조 연구」, 연세대 석사학위논문, 1996.

유봉학, 「京·鄕 학계의 분기와 京華士族」, 『조선후기 학계와 지식인』, 신구문화 사, 1998.

윤현정, 「한국전통주거공간에 있어서 경계공간의 개념 및 특성-조선시대 주거건축 의 공간구조를 중심으로-」, 세종대 석사학위논문, 2002.

이금희, 「〈남정기〉의 문헌학적 연구」, 숙명여대 박사학위논문, 1986.

이문규, 「국문소설에 대한 유희자의 비평의식」, 『한국학보』 31, 일지사.

이상구, 「사씨남정기의 작품구조와 인물형상」, 『김만중문학연구』, 국학자료원, 1993.

_____, 「사씨남정기의 갈등구조와 서포의 현실인식」, 『배달말』 27, 배달말학회, 2000.

_____, 「〈구운몽〉의 구조적 특징과 세계상」, 『민족문학사연구』 25, 민족문학사학
　　회, 2004.

이상택, 「명주보월빙연구」, 『한국 고소설탐구』, 중앙출판사, 1981.

이성권, 「가정소설의 역사적 변모와 그 의미」, 고대 박사학위논문, 1998.

이승복, 「처첩 갈등을 통해서 본 가정소설과 가문소설의 관련 양상」, 서울대 박사학
　　위논문, 1995.

이원수, 「가정소설 작품세계와 시대적 변모」, 경북대 박사학위논문, 1991.

이재문, 「고소설 공간 배경의 상징적 기능에 관한 연구」, 충남대 석사학위논문, 1990.

이정원, 「조선조 애정 전기소설의 소설시학 연구」, 서강대 박사학위논문, 2003.

_____, 「〈장화홍련전〉의 환상성」, 한국고소설학회 69차 정기학술대회 발표논문
　　집, 2005.4.

이지영, 「『금오신화』와『기재기이』의 비교 연구─공간구조를 중심으로」, 서울대석
　　사학위논문, 1996.

_____, 「〈창선감의록〉의 이본 변이 양상과 독자층의 상관관계」, 서울대 박사학위
　　논문, 2003.

이하배, 「우리 속담에 나타난 성차별의 사회화─유교적 사회화와의 관련 속에서」,
　　『한─독 사회과학논총』 11, 2001.

임명덕, 「韓國 漢文小說의 背景研究─中國과의 關係를 中心으로─」, 서울대 박사
　　학위논문, 1983.

임형택, 「17세기 규방소설의 성립과 창선감의록」, 『동방학지』 57집, 연세대국학연
　　구원, 1988.

장일구, 「소설 공간론, 그 전제와 지평」, 『공간의 시학』, 한국소설학회편, 예림기
　　획, 2002

장효현, 「전기소설 연구의 성과와 과제」, 『민족문화연구』 28집, 고려대 민족문화연
　　구소, 1995.

전성운, 「장편 국문소설의 변모와 영웅소설의 형성」, 고려대 박사학위 논문, 2000.

_____, 「〈소현성록〉에 나타난 성적 태도와 그 의미」, 한국 고소설학회 70차 정기
　　학술대회 발표논문집, 2005, 7.

정규복, 「창선감의록의 유가사상과 小說史的 의미」, 『고소설논총』, 茶谷李樹鳳 先
　　生回甲紀念論 叢刊行委員會, 1988.

정길수, 「17세기 장편소설의 형성 경로와 장편화 방법」, 서울대 박사학위논문, 2005.

정룡·김정문·김재식, 「조선시대 상류가옥에 나타난 유교 및 태극·음양 사상에
　　관한 연구─사랑채 공간과 안채공간을 중심으로─」, 『한국정원학회지』 20, 2002.

정민, 「16·7세기 조선 문인지식인층의 江南熱과 西湖圖」, 한국고전문학회 하계학

술대회 발표논문집, 2002.8.

정지영, 「조선후기의 첩과 가족 질서-가부장제와 여성의 위계」, 『사회와 역사』, 65, 한국 사회사학회, 2004.

_____, 「규방 여성의 외출과 놀이: 규제와 위반, 그 틈새」, 국제문화재단 편, 『한국의 규방문화』, 박이정, 2005.

정환국, 「16-7세기 동아시아 전란과 애정전기」, 『민족문학사 연구』 15, 민족문학사연구소, 1999.

조규익, 「깨달음의 아이콘, 그 제의적 공간」, 소재영 외, 『연행노정, 그 고난과 깨달음의 길』, 박이정, 2004.

조정희, 「고소설의 신성공간 연구」, 고려대학교 교육대학원 석사학위논문, 1993.

조현설, 「남성지배와 〈장화홍련전〉의 여성 형상」, 『고전문학과 여성주의적 시각』, 소명출판, 2002.

조혜란, 「민중적 환상성의 한 유형-일사본 〈전우치전〉을 중심으로-」, 『고소설연구』 15, 한국고소설학회, 2003.

_____, 「조선시대 규방의 일상 문화」, 국제문화재단 편, 『한국의 규방문화』, 박이정, 2005.

조희웅, 「한국서사문학의 공간관념」, 『고전문학연구』 1, 한국 고전문학연구회, 1971.

지연숙, 「사씨남정기의 이념과 현실」, 『민족문학사연구』 17, 민족문학 사학회, 2000.

하순철, 「고소설의 비현실계」, 고려대 석사학위논문, 1987.

황도경, 「소설 공간과 '집'의 시학」, 『현대소설연구』 17, 한국현대소설학회, 2002

홍성민, 「부르디외와 푸코의 권력개념 비교: 새로운 주체화의 전략」, 『문화와 권력-부르디외 사회학의 이해』, 현택수 편, 나남출판, 2002.

홍성암, 「소설의 공간 설정과 작가 의식」, 『현대소설연구』 5, 한국현대소설학회, 1996.

블라지미르 또뽀로프, 「뻬쩨르부르그와 러시아 문학에 있어서의 뻬쩨르부르그 텍스트」, 『시간과 공간의 기호학』, 로뜨만 외, 러시아 시학연구회 편역, 열린책들, 1996.

수잔 보르도, 조애리 옮김, 「몸과 여성성의 재생산」, 『여성의 몸, 어떻게 읽을 것인가』, 한울, 2001.

토도로프, 「시학에 있어서의 구조주의」, 민회식 편역, 『구조주의란 무엇인가』, 고려원, 1985.

• 〈옥수기〉에 형상화된 이국(異國), 중국(中國)

강명관, 『조선시대 문학 예술의 생성 공간』, 소명출판, 1999, 253-340면.

강혜선, 「심능숙 산문의 소품적 성향에 대한 연구」, 『한국고전연구』 9, 한국고전연구학회, 2003, 157-188면.

김태준, 『증보조선소설사』, 박희병 교주, 한길사, 1990, 1-280면.

김경미, 「19세기 한문소설의 새로운 모색과 그 의미」, 『한국문학연구』 창간호, 고려대 민족문화연구원 한국문학연구소, 2000, 203-234면.

김경미, 조혜란 역주, 『19세기 서울의 사랑-절화기담, 포의교집』, 도서출판 여이연, 2003, 1-255면.

김경미, 「〈옥수기〉연구-이념적 요소에 대한 해석과 새로운 모색을 중심으로」, 『고소설연구』 17, 한국고소설학회, 2004, 275-298면.

김유경, 「19세기 연행문학에 나타난 중국 체험의 의미-전,중반기를 중심으로-」, 『열상고전연구』 21집, 열상고전연구회, 2005, 31-64면.

김종철, 「19세기 중반기 장편영웅소설의 한 양상-〈옥수기〉, 〈옥루몽〉, 〈육미당기〉를 중심으로-」, 『한국학보』 11, 1985, 3088-3108면.

김현미, 「18세기 연행록 속에 나타난 중국의 여성」, 이혜순 외 공저, 『우리 한문학사의 해외체험』, 집문당, 2006, 311-332면.

김현미, 『18세기 연행록의 전개와 특성』, 이화연구총서4, 혜안, 2007, 1-307면.

남정희, 「조선후기 문인의 明·淸 서적 수용과 독서의 경향성 試考」, 『한국문화연구』 8, 이화여대 한국문화연구원, 2005, 61-93면.

박영희, 「長篇家門小說의 明史 수용과 의미-靖難之變을 중심으로-」, 『한국고전연구』 6, 한국고전연구학회, 2000, 191-216면.

서경희, 「〈옥선몽〉연구-19세기 소설의 정체성과 소설론의 향방」, 이화여대 박사논문, 2004, 1-215면.

손우경, 「Baudelaire의 Exotisme 연구」, 『연구 논문집』 40, 효성여자대학교, 1990, 55-74면.

우쾌제, 「〈南征記〉의 南征路에 나타난 西浦의 中國 認識 考察」, 『국어국문학』 115, 국어국문학회, 1995, 59-82면.

이기대, 「19세기 한문장편소설 연구-창작 기반과 작가의식을 중심으로-」, 고려대 박사학위논문, 2003, 1-219면.

이병직, 「19세기 한문장편소설 연구」, 부산대 박사학위논문, 2001, 1-210면.

이산호, 「샤또브리앙의 낭만주의적 이국취향 연구」, 『프랑스학 연구』 20권, 프랑스학회, 2001, 143-165면.

임유경, 「서호수의 〈연행기〉: 지식과 정보의 보고(寶庫)」, 이혜순 외 공저, 『우리 한문학사의 해외체험』, 집문당, 2006, 283-310면.

장효현, 「심능숙의 생애와 문학」, 『한국고전소설사연구』, 고려대 출판부, 2002, 405-441면.

정민, 「16,7세기 조선 문인지식인층의 江南熱과 西湖圖」, 『고전문학연구』 22, 한국고전문학회, 2002, 281-306면.

정민, 『18세기 조선지식인의 발견』, 휴머니스트, 2007, 1-445면.

조광국, 「〈옥수기〉에 나타난 중국인식」, 『한국문학논총』 31, 한국문학회, 2002, 131-150면.

조광국, 「19세기 고소설에 구현된 정치이념의 성향-〈옥루몽〉, 〈옥수기〉, 〈난학몽〉을 중심으로-」, 『고소설연구』 16, 한국고소설학회, 2003, 45-70면.

조혜란, 「〈옥루몽〉의 서사미학과 그 소설사적 의의」, 『고전문학연구』 22, 한국고전문학회, 2002, 225-255면.

지연숙, 「〈숙향전〉의 세계 형상과 작동 원리 연구」, 『고소설연구』 24집, 한국고소설학회, 2007, 191-217면.

최경환, 『〈육미당기〉의 텍스트 생성과정 연구』, 월인, 2002, 1-268면.

• 고소설 속 관서-관북 지역의 형상화와 그 의미

강진옥, 「원혼설화의 담론적 연구」, 『고전문학 연구』 22, 한국고전문학회, 2002, 35-65면.

김재용, 『계모형 고소설의 시학』, 집문당, 1996.

신규원, 「계모형 소설 연구-계모의 성격과 그 갈등 양상을 중심으로-」, 영남대 석사학위논문, 1981.

심형근, 「금오신화의 공간 구조 연구」, 고려대 인문정보대학원 석사학위논문, 2001.

우쾌제, 「계모형 소설 연구-구성, 인물, 사상을 중심으로-」, 고려대 석사학위논문, 1976.

이기대, 「〈장화홍련전〉연구」, 고려대 석사학위논문, 1998.

이원수, 「가정소설 작품세계의 시대적 변모」, 경북대 박사학위 논문, 1991.

이정원, 「조선조 애정 전기소설의 소설시학 연구」, 서강대 박사학위논문, 2003.

_____, 「〈장화홍련전〉의 환상성」, 『고소설 연구』 20집, 한국고소설학회, 2005, 99-134면.

이지영, 「〈금오신화〉와 〈기제기이〉의 비교 연구-空間構造를 중심으로-」, 서울대 석사학위논문, 1996.

장일구, 「소설 공간론, 그 전제와 지평」, 한국소설학회 편, 『공간의 시학』, 예림기획, 2002, 9-37면.

전성운, 「〈소현성록〉에 나타난 성적 태도와 그 의미」, 한국고소설학회 70차 발표논문집, 2005.7.

정문길, 『소외론 연구』, 문학과지성사, 1978.

정인혁, 「조선후기 한문단편소설의 공간과 인물 연구-〈茶母傳〉을 중심으로-」, 『한국고전여성문학연구』 8, 2004.6, 247-272면.

조현설, 「남성 지배와 〈장화홍련전〉의 여성 형상」, 정출헌 외, 『고전문학과 여성주의적 시각』, 소명출판, 2003, 57-86면.

최시한, 『가정소설 연구-소설형식과 가족의 운명-』, 민음사, 1993.

탁원정, 「17세기 가정소설의 공간 연구-〈사씨남정기〉, 〈창선감의록〉을 대상으로-」, 이화여대 박사학위논문, 2005.

현택수 편, 『문화와 권력-부르디외 사회학의 이해』, 나남출판, 2002.

홍성암, 「소설의 공간 설정과 작가 의식」, 『현대소설연구』, 1996, 51-65면.

가스똥 바슐라르, 『물과 꿈-물질적 상상력에 관한 시론』, 이가림 역, 문예출판사, 1998.

• 〈장화홍련전〉의 서사 공간 연구

〈강로전〉, 신해진 역, 『권칙과 한문소설』, 보고사, 2008.

〈부용상사곡〉, 『활자본 고소설전집』 3, 아세아문화사, 1976.

〈월하선전〉, 『필사본 고전소설전집』 21, 아세아문화사, 1980.

〈오유란전〉, 장효현 외, 『애정세태소설』, 고려대 민족문화연구원, 2007.

〈옥루몽〉, 김풍기 역, 『완역 옥루몽』 1, 그린비, 2006.

〈이진사전〉, 『활자본 고소설전집』 7, 아세아문화사, 1977.

〈취유부벽정기〉, 김수연 외 편역, 『금오신화 전등신화』, 미다스북스, 2010.

고승희, 「조선후기 함경도 지역의 상업 연구」, 이화여대 박사학위논문, 2001, 1-250면.

김경미, 조혜란 역주, 『19세기 서울의 사랑-절화기담, 포의교집』, 도서출판 여이연, 2003, 1-256면.

김수연, 「〈취유부벽정기〉의 '경계성'에 대하여」, 『한국고전연구』 19, 한국고전연구학회, 2009, 217-250면.

김종철, 「〈배비장전〉 유형의 소설 연구」, 『관악어문연구』 10, 서울대 국어국문학과, 1985, 201-229면.

김태준, 『증보조선소설사』, 박희병 교주, 한길사, 1990, 1-280면.

김태준 외, 『문학지리, 한국인의 심상공간』, 논형, 2005, 1-530면.

나경운, 「남성훼절 소설의 비판의식 연구-〈배비장전〉〈오유란전〉〈삼선기〉의 인물관계를 중심으로-」, 서강대학교 교육대학원, 2008, 1-115면.

박일용, 「〈취유부벽정기〉의 형상화 방식과 그 의미-〈등목취유취경원기〉, 〈감호야범기〉와의 대비를 중심으로-」, 『고소설 연구』 14, 한국고소설학회, 2002, 5-30면.

송혜진, 「조선후기 관서지방의 공연 시공간과 향유에 관한 연구」, 『공연문화연구』 22, 한국공연문화학회, 2011, 287-326면.

신장섭, 『관서의 역사와 문화』, 북스힐, 2007, 1-238면.

우쾌제, 「〈南征記〉의 南征路에 나타난 西浦의 中國 認識 考察」, 『국어국문학』 115, 국어국문학회, 1995, 59-82면.

이명희, 「平安監事到任行事圖 研究」, 이화여대 석사학위논문, 2009, 1-153면.

이복규, 『우리고소설연구』, 역락, 2004, 1-336면.

이승수, 「한국문학의 공간 탐색 1 평양-김시습의 〈취유부벽정기〉와 이태준의 〈패강랭〉을 중심으로-」, 『한국학논집』 33집, 한양대학교 한국학연구소, 1999, 97-121면.

이은숙, 「신작구소설의 성격을 통해 본 연구전망」, 『국어문학』 34, 국어문학회, 1999, 349-373면.

이중환 저, 허경진 역, 『택리지』, 서해문집, 2007, 1-263면.

정민, 「16,7세기 조선 문인지식인층의 江南熱과 西湖圖」, 『고전문학연구』 22, 한국고전문학회, 2002, 281-306면.

전성운, 「〈취유부벽정기〉의 공간성과 서사 전개」, 『우리어문연구』 34, 우리어문학회, 2009, 191-222면.

최경환, 『〈육미당기〉의 텍스트 생성과정 연구』, 월인, 2002, 1-268면.

황혜진, 「문학을 통한 인문시니적 사고력 교육의 가능성 탐색-평양을 배경으로 한 고전소설을 대상으로」, 『고전문학과 교육』 13, 한국고전문학 교육학회, 2007, 67-99면.

탁원정

이화여대 국문학과를 졸업했으며, 동 대학 국문학과에서 고전문학으로 석사학위와 박사학위를 받았다. 고전소설의 공간이라는 다소 낯선 주제에 천착하여 그 분야의 연구를 지속적으로 해 오고 있다. 대표 논문으로 「17세기 가정소설의 공간 연구-〈사씨남정기〉〈창선감의록〉을 대상으로(2006)」, 「〈장화홍련전〉의 서사 공간 연구(2007)」, 「〈옥수기〉에 형상화된 이국(異國), 중국(中國)(2008)」, 「고소설 속 관서-관북 지역의 형상화와 그 의미(2011)」, 「〈옥수기〉 속 호족이라는 이민족 형상의 특징과 의미(2012)」 등이 있고, 역서로 『금오신화 전등신화』(미다스북스, 2010), 공저로 『고전서사문학에 나타난 삶과 죽음』(보고사, 2010), 『고전서사문학에 나타난 이방인』(보고사, 2013)이 있다.

이화여대 강의전담교수와 한국문화연구원 연구교수를 거쳐 현재 서울대 규장각 한국학연구원의 연구원으로 있다.

조선 후기 고전소설의 공간 미학

2013년 9월 30일 초판 1쇄 펴냄

지은이 탁원정
펴낸이 김흥국
펴낸곳 도서출판 보고사

책임편집 이경민
표지디자인 오동준

등록 1990년 12월 13일 제6-0429호
주소 서울특별시 성북구 보문동7가 11번지 2층
전화 922-5120~1(편집), 922-2246(영업)
팩스 922-6990
메일 kanapub3@naver.com
http://www.bogosabooks.co.kr

ISBN 979-11-5516-085-5   93810
ⓒ 탁원정, 2013

정가 20,000원
사전 동의 없는 무단 전재 및 복제를 금합니다.
잘못 만들어진 책은 바꾸어 드립니다.

이 도서의 국립중앙도서관 출판시도서목록(CIP)은 서지정보유통지원시스템 홈페이지
(http://seoji.nl.go.kr)와 국가자료공동목록시스템(http://www.nl.go.kr/kolisnet)에서
이용하실 수 있습니다. (CIP제어번호: CIP2013018313)